U0421217

中国当代文学批评史料编年

第五卷 1984—1987

本卷主编 方岩 李媛媛

总主编 吴俊

总校阅 黄静 肖进 李丹

华东师范大学出版社

本书为国家出版基金资助项目
国家“双一流”拟建设学科“南京大学中国语言文学艺术”资助项目
江苏高校优势学科建设工程“南京大学中国语言文学”资助项目
江苏省 2011 协同创新中心“中国文学与东亚文明”资助项目
南京大学中国新文学研究中心资助项目

编纂说明

文学批评史尤其是中国古代文学批评史，本是文学研究中的大宗。但从20世纪90年代开始，批评史退出了学科设置体系，由此对相关的教学和研究都有影响。较之于古代文学批评史，现当代文学批评史显然薄弱，或可说当代文学批评堪称发达，而当代文学批评史的研究却最弱。这从学术上看倒也是正常现象。只是所谓当代的时间范畴一直在无限扩展，恍惚间已达到了六十年，是一般概念中的现代文学时间的两倍。其他不谈，如果现代文学史、现代文学批评史方面的学术成果足以令人惊艳的话，当代文学批评的历史及内涵体量应该也完全能够支持当代文学批评史的研究开展。

或许受到20世纪80年代早期我在复旦大学读书时上过的现代文学文论课的影响，90年代末期我在华东师范大学开设过当代文学文论、当代文学批评史专题之类的课程，大概算是较早的同类课程教学和研究。调南京大学工作后，当代文学批评史方向的研究，我也一直在继续。2010、2011年间，我任首席专家的“中国当代文学批评史”项目竞标成功，立项为教育部重大课题攻关项目。这促使我必须在近年完成至少两项任务：一是结项项目专著《中国当代文学批评史》的撰写，二是原定计划中包括正在进行的《中国当代文学批评史料编年》等的文献整理及研究课题。在我看来，当代文学批评史的研究开展及其学术保障，必须依赖并建立在后者之类的专业史料和文献研究的基础之上。这可以说就是我从事这项具体工作的初衷。

感谢我的合作者多年来的精诚团结，终于完成了这套丛书的编纂。付梓之际，既感欣喜和放松，但也不乏遗憾和不安。毕竟凡事总不能做到尽善尽美。我视这套书为中国当代文学批评的历史图标集成，它应该是将历史的散点集合而成的一种逻辑系统。所以准确性和系统性是它的基本要求，也是它的基本特点，它对专业研究的学术价值也将视此而定。这套书的收录对象主要是狭义的文学批评史料，但也有与文学批评相关的一般当代文学理论史料，甚至包括了一些古代文学研究、外国文学研究等方面的史料；之所以如此，从宏观上简单说是因为中国当代文学批评的开展和理论建设往往与"古为今用，洋为中用"的思想指导相关，在古今、中外研究中，互相间的影响和互动互渗是一种历史的常态。这其实也就给这套书的编纂带来了显见的困难，如何取舍既难轻断，且常易断错。另一方面，失之疏漏、错失的地方又几乎在所难免。尤其是在定稿成书之后，诚惶诚恐就是我现在的真实心理。不管怎样，作为总主编我须为这套书的质量和水平负责。希望学界同道不吝赐教。

感谢丁帆教授慨赐墨宝为本书作书名题签。这套书除了已经署名的主编者、校阅者之外，还有我的研究生吴倩、郭静静参与了资料补充、核查工作，谨表感谢。对于华东师范大学出版社王焰女士、庞坚先生诸位多年来的宽容和照应，特别是他们为这套书的出版所付出的劳动，再次深表由衷的感谢。

吴　俊

2017 年 8 月 8 日

写于南京东郊仙林和园

目录

1 1984年
3 1月
10 2月
16 3月
25 4月
32 5月
40 6月
46 7月
54 8月
61 9月
69 10月
75 11月
83 12月

91 1985年
93 1月
101 2月
107 3月
115 4月
120 5月
127 6月
133 7月
140 8月
145 9月
152 10月
157 11月
165 12月

173 1986年
175 1月
184 2月
190 3月
199 4月

204 5月
213 6月
218 7月
228 8月
233 9月
243 10月
248 11月
258 12月
265 **1987年**
267 1月
276 2月
281 3月
291 4月
296 5月
304 6月
309 7月
318 8月
324 9月
332 10月
337 11月
346 12月

1984年

1984年

1月

1日,《广州文艺》第1期发表黄展人的《评“革命现实主义和现代主义的结合”论》;张奥列的《真诚质朴　景美情深——读短篇小说〈神情〉》;夏香的《夏易谈创作》。

《小说林》第1期发表蒋原伦的《艰难的挖掘——读〈小巷轶闻〉有感》。

《上海文学》第1期发表雷达的《心灵美与时代精神——中篇小说〈无声的雨丝〉的启示》。

《长安》第1期发表孙豹隐、陈孝英的《正确地描写青年一代的复杂性》。

《北方文学》第1期发表冯健男的《毛泽东文艺思想在新时期的重要阐发》。

《作品》第1期发表本刊记者的《关于当前文艺形势、创作、评论及其他——杜埃、秦牧、楼栖、华嘉、张绰、岑桑、陈国凯访问纪实》;李钟声的《儿童小说的新收获——读王曼的〈小兵的脚印〉》;李翰的《杂议〈评论杂议〉》。

《作家》第1期发表曲本陆的《文艺要清除精神污染》;李玉铭的《马克思主义的批评必然是坦率的》;丁国成的《评论家也要熟悉生活》。

《青年作家》第1期发表竹亦青的《生活的旋律　民族的音调——〈青年作家〉诗作印象》;祈初的《“一个小故事”引起的争议——读〈木樨弼马温〉及其评论》。

《青春》第1期发表梁晓声的《关于小说创作的几个问题——在南京文学讲习所的报告》。

《萌芽》第1期发表陈丹晨的《天真的、单纯的、真诚的——记铁凝的创作》;梁永安的《从“这一号”到真正的人——〈瑞雪兆丰年〉小析》。

《滇池》第1期发表聂德胜的《〈仲夏之夜〉的“探索”》;郑凡的《谈小说〈山里人〉》;时明的《眼力、心力和笔力——读〈眼泪,落在蜜月的照片上〉》;蔡应律的《龙百野的悲剧——也谈小说〈黑蜂谷〉》。

《新港》第1期发表弋兵的《责任・斗争・洗礼——关于清除文艺上的精神污染问题的一封信》;方欣的《不能宣传抽象的人道主义》;汪宗元的《试谈小小说的美学——简评〈新港〉近两年的小小说》。

《解放军文艺》第1期发表丁临一的《新与美的追求——读〈黄豆生南国〉》；刘白羽的《坚持四项基本原则　清除精神污染——在中国文联座谈会上的发言》；李延国的《让引滦精神进入文学》；朱春雨的《加强学习　深入生活》；张西南的《捕捉时代的信息》；黄国柱的《探求自己的个性——谈刘兆林和他的小说》；扬子的《刘兆林小说中的战士形象》。

《新疆文学》第1期发表冯大真的《党员文艺工作者要站在清除精神污染斗争的最前列——在自治区党员文艺工作者座谈会上的讲话》；本刊记者的《清除精神污染，建设精神文明——记自治区党员文艺工作座谈会》；雷茂奎的《新疆呼唤开发者——读邓普的〈情满天山〉》。

3日，《小说选刊》第1期发表屠岸的《枪声的启示——读〈啊，索伦河谷的枪声〉》；崔道怡的《且看雏凤凌空——〈玛丽娜一世〉读后》；石言的《在挚爱的大地上飞翔——〈秋雪湖之恋〉创作体会》。

《报告文学》第1期发表冯健男的《周立波对报告文学的贡献》。

胡乔木在中共中央党校作《关于人道主义和异化问题》的讲话，讲稿经修改扩充后发表于中共中央党校主办的《理论月刊》第2期，此后《人民日报》1月27日、《红旗》第2期全文转载。

5日，《广西文学》第1期发表覃伊平的《创作，需要思想》；蒋锡元的《关于"探索"的探索》。

《文学报》发表欧阳文彬的《扩大视野　深入探索——读程乃珊作品随想》。

《边疆文艺》第1期发表晓雪的《清除精神污染　繁荣文艺创作》。

《延河》第1期发表刘建军的《开展两条战线的斗争》；肖云儒的《在新的高度上坚持发展——学习〈邓小平文选〉笔记》；王愚的《把握历史发展的联系——读〈我们的都经理〉随想》。

《当代文坛》第1期发表本刊评论员的《坚决清除文艺上的精神污染》；马识途的《高举社会主义的文艺旗帜》；周良沛的《今日新诗艺术乱弹》；李敬敏的《也谈"正面人物"与"反面人物"》；以"加强评论，改进评论"为总题，发表朱寨的《序〈探求者的心愿〉》，陈荒煤的《敏感·锐气·求实精神——序〈张炯文学评论选〉》，陈骏涛的《关于文艺批评的随想》；同期，发表叶嘉莹的《从中西诗论的结合谈中国古典诗歌的欣赏》；沙汀的《致王西彦同志信》；钟惦棐的《论潘虹》；曾镇南的《青春和理想的巨大热能——评长篇小说〈北国草〉》；王昌定的《"自种自育"与创作者的个性——浅谈吴若增的小说》;张韧的《走进暴风雨与冯骥才的新探求》;钱光培的《和作家对话》;仲玉、朝璐的《农民富起来之后——读几篇获奖作者的农村题材新作》;陆棨的《能不能随波逐流》;丁隆炎的《讲点心里话》;王朝闻的《向群众学》;曾祥麟的《脱尽浮艳的花——谈"返朴归真"》;杨汝絅的《"空白"处的审美》;江源的《〈杨月月与萨特之研究〉的探讨》。

《光明日报》发表《深入生活,反映时代,立志改革,繁荣创作——学习〈陈云同志关于评弹的谈话和通信〉座谈纪要》。

《花溪》第1期发表丁道希的《生活与幸福属于强者——陆星儿小说谈片》;专栏"散文创作十二谈"发表秦牧的《探索和发展散文艺术》。

《青海湖》第1期发表石葵的《高举社会主义文艺旗帜自觉抵制精神污染》;开斗山、牛一的《悠悠牧笛惓惓心音——浅谈格桑多杰的诗歌创作》;九思的《艳丽多姿馨香袭人——〈高原新花〉人物座谈纪实》;陈平的《只有真实的,才是可信的——评〈馥郁的玫瑰〉》。

《星火》第1期发表冯立三的《清除文学中精神污染的随想》;缪俊杰的《革命历史题材与精神文明建设》;袁茂华的《一曲壮美的时代赞歌——读〈警报拉响之后〉》。

7日,《文艺报》第1期发表《〈陈云同志关于评弹的谈话和通信〉选》;本刊评论员的《清除精神污染与解放艺术生产力》;朱穆之的《关于文化艺术工作中精神污染的一些情况和问题》;周扬的《科学和文学要结合》;温济泽的《关于科幻小说创作问题——在科幻小说创作讨论会上的发言》;晓蓉的《为了科幻小说创作的健康发展——记科幻小说创作讨论会》;张光年的《饶阶巴桑的诗——饶阶巴桑诗选〈爱的花瓣〉序言》;袁鹰的《散文的六年》;余心言的《现代化进入家庭之后——兼评陈继光的小说〈旋转的世界〉》;张炯的《"从黑暗引向光明"了吗?——评〈人啊,人!〉的〈后记〉》。

10日,《北京文学》第1期发表方顺景的《权欲者的一面镜子——读张洁的新作〈条件尚未成熟〉》;辛垦的《塑造人物和塑造自己——读稿寄语之四》;余飘的《实话和真实》;草云的《"认出"和"说出"》;刘绍棠的《必须重视第一要素》;赵成的《访骆宾基》。

《东海》第1期发表毛英的《一群玩弄感情的男女——谈谈〈问心X愧〉》;朱苇的《胡编乱造要不得——评〈女俘〉》;张海的《为社会主义新人造像——读报告

文学征文随感》。

《西藏文学》第1期发表于乃昌的《文艺批评应从美学和历史的观点出发》；闻华的《天然情节巧安排——谈〈圣山之子〉的情节处理》；徐明旭的《历史的玩笑　真理的闪光》；刘伟、孟黎莎的《美在味之不尽中——读抒情诗〈牧女〉》；田文的《老战士的热忱——评介单超的两部长篇小说》；田娅的《青山遮不住　毕竟东流去——评长篇小说〈花园街五号〉》。

《雨花》第1期发表柳松的《文艺的作用　作家的责任》；专栏"作家的个性和文学的发展"发表卫平的《艺术独创性与"非个性化"》。

《诗刊》第1期以"学习《邓小平文选》札记"为总题，发表方敬的《人民是诗人的母亲》，宫玺的《创新；离不开一个大前提》；"诗苑漫步"栏发表石平的《黎明拾穗》，吴嘉的《李钢诗选（七首）》，王燕生的《瑰宝集》；同期，发表尹在勤的《回答"崛起"论的挑战》；鲁扬的《莫把腐朽当神奇——组诗〈诺日朗〉剖析》；公刘的《诗要让人读得懂——兼评〈三原色〉》。

《奔流》第1期发表夏放的《尊重艺术规律　繁荣文艺创作——学习〈邓小平文选〉的体会》；张赞昆的《表现时代　表现人民》；阎豫昌的《写正气发真情出新意——论王不天的创作》；王毅的《朔原上掘火者的歌——读〈中原散佚诗抄〉》。

《读书》第1期发表罗洛的《绿原的诗》；董鼎山的《一九八三年诺贝尔文学奖的风波》。

12日，《光明日报》发表胡采的《同新的群众的时代相结合——毛泽东文艺思想学习札记》；滕云的《作家自我提高的一种手段——读张贤亮一篇书简有感》；刘美贤的《历史悲歌又一曲——读长篇历史小说〈辛亥风云录〉》。

14日，《中篇小说选刊》第1期发表张健行的《从〈折射的信息〉写作中想到的》；乔雪竹的《去年秋天，在乌尔其汗森林》（《今夜霜降》创作谈）；达珲的《愿象生活本身一样真实》（《卖书》创作谈）；陆星儿的《我心中的达紫香》（《达紫香悄悄地开了》创作谈）；黄蓓佳的《雨巷里的憧憬》（《这一瞬间如此辉煌》创作谈）；廖琪的《英雄，你在哪里？》（《寻找幸福的人们》创作谈）；贺寒星的《直面严峻的生活》（《高空跳板》创作谈）。

15日，《山东文学》第1期发表任孚先的《同时代一起前进》；震东的《向人民提供更多更好的精神产品》；李存葆的《生活、创作及其它》。

《文学评论》第1期发表本刊评论员的《清除精神污染是文学工作者的重要

任务》;钱中文的《论当前文艺理论中的现代主义思潮——评〈崛起的诗群〉兼论现实主义创作原则》;曾镇南的《深沉而广阔地反映时代风貌——张贤亮论》;李庆宇的《"真则精金美玉,伪则瓦砾粪土"——论报告文学的真实性》;王东明的《关于文学的当代性的思考》;张同吾的《腾波踏浪的历程——中篇小说〈迷人的海〉评析》。

《北京师范大学学报(社会科学版)》第1期发表李复威的《关于当代文学反面形象塑造的思考》;洪珉的《漫谈体育题材报告文学》;杨聚臣的《雷抒雁诗歌管窥》。

《当代文艺思潮》第1期发表易炎的《更高地举起社会主义文艺的旗帜》;陈辽的《用毛泽东文艺思想观察和处理新时期的文艺思想论争》;洪毅然的《当前文艺思潮中的几个问题——兼评〈崛起的诗群〉》;江晓天的《新时期长篇小说的新发展——读六部获奖长篇小说杂记》;彭定安的《在世界文学格局中的我国当代文学》;钱觉民的《甘肃新人新作散论》;卫中的《读徐绍武的中篇小说〈孀居〉》;陈伯君的《用什么尺度衡量文艺作品——与梦真同志商榷》;那顺的《是呐喊的时候了——读〈决不能把他作为楷模推荐给人民〉有感》;李元洛的《对台湾现代派诗潮的针砭——余光中诗观遥测》。

《青春·青年文学丛刊》第1期发表本刊评论员的《健全文艺批评　促进精神文明》;盛英的《王安忆作品的人物形象》;黄政枢的《散文细节描写刍议》。

《钟山》第1期发表南帆的《小说技巧断想》;钟本康的《谈谈"复合小说"》;何若的《过犹不及》;夏阳的《精神食品、饮料及其他》;Joe C. Huang作、梅汝恺译的《一部卓越地反映中国敌后抗日斗争的小说——美国学者评介艾煊的〈大江风雷〉》。

《特区文学》第1期发表彦火的《於梨华与留学生文学》。

17日,《作品与争鸣》第1期发表刘展的《加强文学评论,防止和清除精神污染》;本刊记者的《认清战略意义　站到斗争前列——记本刊召开的"坚持社会主义的文艺方向,清除精神污染"座谈会》;刘白羽的《爱国热血在翻滚沸腾——谈〈在这片国土上〉》;夏康达的《〈悲剧比没有剧要好〉的思想和艺术》;扈雯、小雪的《既要复杂,又要统一——〈悲剧比没有剧要好〉的得和失》;陈忠民的《田质民的奋斗精神值得赞扬吗?》;高虹的《一个微有瑕疵的时代弄潮儿》;郝作永的《当代青年的鲜明形象》(以上三文均为关于马秋芬《从丁字街到大海》的评论,原载《四川文学》1983年第7期)；若为的《〈花城〉讨论中篇小说〈历史将证明〉》；赵铁信的《关于提高电视剧质量问题的讨论》；广山的《有争议的几篇小说》；蔡萌的《关于中国文学史研究与编写方法问题的讨论》；晓明的《关于中篇小说〈燕儿窝之夜〉的争鸣》；李准的《怎样认识和对待现代派文艺》；丁帆的《峻青传》。

18日，《人民政协报》发表胡风的《介绍两位台湾作家——杨逵和吕赫若》。

19日，《文学报》发表益明的《谈谈"人性论"对文学的污染》；肖德的《新人的时代感——读中篇小说〈玛丽娜一世〉》。

《光明日报》发表雷达的《关于文学的思想深度的探讨——从〈河的子孙〉和〈鲁班的子孙〉谈起》。

《青年文学》第1期发表牛志强的《多重角度与交叉结构》(评矫健的《挡浪坝》)；何志云的《把信念镌上蓝天》(评邢原平、邢小平的《站在高高的脚手架上》)；崔道怡的《品槐香》(评唐栋的《槐花香》)；南山的《纯朴含蓄的山乡风情》(评陈计中的《山野，飘来一支歌》)；丹晨的《一片炽烈之情——读〈龙兵过〉》。

20日，《人民文学》第1期发表从维熙的中篇小说《雪落黄河静无声》；马烽的《给人民以健康的精神食粮》；秦牧的《爱清洁，洗污垢》；徐迟的《让反映四化建设的作品多起来》；夏锦乾的《喜读〈旋转的世界〉》；尤敬东的《革命英雄主义的赞歌》。

《长城》第1期发表汤吉夫的《关于"H县城名人"的回顾》(创作谈)；陈映实的《通向艺术王国的天地——访青年作家铁凝》；刘哲的《多点什么？少点什么？——读宋聚丰的中篇小说〈汤泉风情〉随感》。

《福建戏剧》第1期发表包恒新的《台湾现代戏剧浅谈》。

21日，《文艺研究》第1期发表本刊记者的《坚持正确的方向　清除精神污染　努力开创文化艺术的新局面——朱穆之同志在全国文化厅(局)长会议上的报告(摘要)》；夏衍的《关于中国电影问题——答香港中国电影学会问》；林志浩的《关于"五四"文学革命指导思想问题的商榷》；敏泽的《对待西方现代派问题的原则分歧》；韩瑞亭的《新时期军事题材文学发展管窥》；吴松亭的《谈革命历史题材的长篇小说创作》；钟文的《性格的复杂性与质的规定性》。

25日，《当代作家评论》(双月刊)创刊，本期发表《让作者与批评一起前进——致读者》；李树谦的《为了文学事业的繁荣兴旺》；江作苏的《凤凰：一个老作家的向往——论徐迟的报告文学》；行人的《他耕耘在真善美的土地上——论汪曾祺的小说创作》;刘梦溪的《生活的启示录——读〈花园街五号〉》;殷晋培的《邓刚小说的力度和光彩》;彭定安的《越过生活的"恩赐"——评邓刚的小说〈迷人的海〉》;华然的《风雨历尽香犹在——读〈风雨文谈〉》;邓友梅、蔡翔的《一部优秀的传记文学——读石言、吴克斌的〈陈毅北渡〉》;滕云的《生活的开拓和心灵的开拓——读蒋子龙作品的一点思考》;陈孝英、李晶的《"经""纬"交错的小说新结构——试论王蒙对小说结构的探索》;郭志刚的《孙犁创作中的艺术观》;范伯群的《陈奂生论》;李子云的《致铁凝——关于创作的通信》;马加的《作家的土壤》;韶华的《典型、本质、真实、主流联想录》;崔德志的《旧曲重弹》;赵成的《为生活增添一支烛光——邓友梅和他的新作》;黄伊的《他像一匹骆驼,从容地迈向绿洲——关于李克异和〈历史的回声〉的杂忆》;李宝群等的《时代的脉息　民族的风格——辽宁大学生谈邓刚小说》;易新鼎的《冯雪峰》;邹午蓉的《舒群》;文介的《要重视当代文学研究——文摘二则》。

《花城》第 1 期发表刘思谦、孔凡青的《文学追赶青年的轨迹》;阎纯德的《小说家聂华苓》。

《人民日报》发表林丽韫的《小草的奋斗——台湾省中学生作文选序》。

26 日,《光明日报》发表陶文鹏的《脱离民族土壤何来新诗"崛起"——评〈崛起的诗群〉中的反传统观点》;李炳银的《描绘新型的政治工作者形象——读刘兆林的一组小说有感》。

本月,《十月》第 1 期发表张承志的《北方的河》;余心言的《我们的文学创作应当是共产主义实践的组成部分》;郑伯农的《关于文艺反映时代的几个问题》。

《小说界》第 1 期发表许锦根的《星星静静地闪亮——评王小鹰的〈星河〉》;陆士清的《穿透历史风雨　激发爱国情怀——读杨逵的〈送报夫〉》;克非、左泥的《关于〈微风燕子斜〉的通信》。

《文学》第 1 期发表段儒东的《巢湖;我们向你报告——〈安徽文学〉一九八三年散文巡礼》。

《当代文学研究参考资料》第 1 期发表《一种背离社会主义的艺术主张——吉林省部分文艺理论工作者讨论〈崛起的诗群〉》。

《百花洲》第 1 期发表曾镇南的《我读〈无言歌〉》。

《湘江文学》第 1 期发表李冰封的《由讨论现代派想起的几个问题》。

《福建文学》第 1 期发表夏村的《清除精神污染,繁荣社会主义文艺》;郑松生的《评“新的美学原则”》;张国祯的《各辟蹊径见契机——本省部分青年作者小说抒情性漫议》。

本月,山东文艺出版社出版孟广来、韩日新编的《〈故事新编〉研究资料》,李衍柱的《马克思主义典型学说概述》。

上海文艺出版社出版瞿光熙的《中国现代文学史札记》。

湖南人民出版社出版何寅泰、李达三的《田汉评传》,艾芜著、汪华藻选编的《谈小说创作》,巴金著、王毅刚选编的《写作生活的回顾》。

花城出版社出版沈仁康的《诗意美及其他》,艾青的《艾青谈诗》。

陕西人民出版社出版胡征的《诗的美学》。

中国文艺联合出版公司出版王朝闻的《了然于心》。

南开大学出版社出版朱维之等的《比较文学论文集》。

2月

1日,《上海文学》第2期发表毛时安的《独特的生活画卷——程乃珊小说漫议》;杨文虎的《艺术家对生活真实的把握》。

《小说林》第2期发表晓江的《思想倾向不可忽视——漫话提高小说创作质量》;王敬文的《艰难的起步——谈郑九蝉的小说创作》。

《广州文艺》第2期发表《正视“现代派”文艺思潮在青年中的影响——〈广州文艺〉、广州青年文学会联合召开的作者座谈会纪要》;夏香的《以文为高,甘当“傻佬”:介绍香港作家海辛先生》。

《长安》第2期发表蒙万夫的《题材的开掘与作家的世界观——关于提高小说创作水平的一个思考》;张长仓的《谈对象化地深入生活》。

《长江》第1期发表江岳的《一扇鸣奏着时代心声的窗口——评长篇小说〈风雨编辑窗〉》;杉沐的《理趣之美——谈小说的直说和议论》。

《作品》第2期发表史纵整理的《是“崛起”还是倒退?——〈作品〉编辑部召

开的诗歌座谈会纪要》；宋协周的《激流勇进的阳刚美——苏晨的〈常砺集〉读后》。

《作家》第2期发表廉雪石的《做名副其实的灵魂工程师》；肖冰的《坚持正确方向下的探索》；栾昌大的《〈"轰炸鸡"轶闻〉和"异化"热》；李玲修的《心有灵犀一点通——报告文学创作随感之二》。

《现代作家》第2期发表吴野的《以火一样的热情表现当代生活》；叶辛的《亦从"三角恋爱"谈起》(小说《蹉跎岁月》创作谈)。

《青年作家》第2期发表吴野的《共产党人的正气歌——〈非常时期〉初读》；谭兴国的《再评〈一年只有十二天〉》。

《青春》第2期发表陈祖芬的《感情的碰撞和人生的扩充——报告文学创作漫谈》；于宗信的《感情：点燃诗意的火花——关于几首诗的创作回忆》。

《萌芽》第2期发表康尔的《话说"巴掌事件"——谈〈灵魂〉的修改》；魏威的《生活和探索——刘舰平和他的〈船过青浪滩〉》；其纲的《在创新与传统之间——读彭见明的〈那人　那山　那狗〉》。

《滇池》第2期发表洛汀的《生活是创作的唯一源泉——毛泽东文艺思想学习札记》；方勃的《清除精神污染与百花齐放》；陆文夫的《技巧、主题、风格及其它——陆文夫谈小说创作》；郑祖荣的《浅谈〈有权厌恶鼾声〉的结构和人物》。

《新港》第2期发表雷达的《短篇小说的时代声音》。

《解放军文艺》第2期发表于庆的《寓伟大于平凡的形象——看革命历史题材影片〈四渡赤水〉随想》；所云平的《一面现实生活的镜子——话剧〈火热的心〉观后》；吴思敬的《古代战略家的雕像——读中篇小说〈望郢〉》；何永康的《心潮深处有潜流》；王炳根的《敌人·人格·人道》。

《新疆文学》第2期发表李元洛的《朴实如山野　粗犷似大漠——读杨树〈无愧的歌〉》。

《世界日报》(菲律宾)发表秦牧的《华文文化的国际交流》。

2日，《文学报》发表杨匡汉的《大漠上阳光和雨雾交映的虹——评〈大漠的歌〉》；阎纲的《绿色的梦——〈那山·那人·那狗〉短评》；孙光萱的《诗意何处寻?》。

3日，《小说选刊》第2期发表顾骧的《读〈雪落黄河静无声〉》；刘兆林的《关于〈啊，索伦河谷的枪声〉》；转载《青年文学》1984年第1期丹晨的《一片炽热之情——读〈龙兵过〉》。

《报告文学》第2期发表袁良骏的《以传神之笔　状不朽之人——〈彭德怀速写〉漫谈》。

4日，《光明日报》发表《近年来军事题材报告文学的若干经验——军事题材报告文学座谈会纪要》。

5日，《广西文学》第2期发表周民震的《“左”右病良方》；谭福开的《文艺批评必须正常化和经常化》；江建文的《谈报告文学的人物塑造——兼评〈广西文学〉几篇报告文学新作》。

《边疆文艺》第2期发表李丛中的《对“崛起”的回答》。

《当代文坛》第2期发表任白戈的《郭沫若与爱国主义——在乐山郭沫若研究会上的讲话》；敏泽的《作家的职责》；唐小丁的《历史的真实关系决不是爱的王国——浅析小说〈离离原上草〉提出的一个问题》；仲呈祥的《冷视与偏见——评小说〈清晨，三十分钟〉的审美倾向》；郭踪的《评中篇小说〈小城风流〉》；冯健男的《天真无邪和新人的成长问题——再谈铁凝的小说创作》；孟繁华的《崇高，在他的作品中高高飞翔——孟伟哉军事题材小说的创作漫评》；王福湘的《漫话“精神文明”——评〈荣誉的负荷〉》；姚雪垠的《关于历史小说创作的若干问题——给李悔吾同志》；雷抒雁的《英雄，和英雄的乐章》；钟惦棐的《略论闪光——电影美学札记之一》；叶嘉莹的《从中西诗论的结合谈中国古典诗歌的欣赏（续一）》；廖得为的《中和与非中和的审美要求——古典美学艺术思想探微及其现实意义》；李庆信的《“美质不美”——浅谈反面人物“否定的美质”》；罗良德的《一束带刺的玫瑰——浅评余微野的〈辣椒集〉》；田闻一的《好在别开蹊径——读〈他们都到汉口〉》；余见的《昂贵的代价——小议〈娘娘坡的年轻人〉》；郑波文的《戏剧易名有感》；张继楼的《儿童诗“成人化”小议》；本刊记者的《四川省召开“当代文艺思想讨论会”》。

《延河》第2期发表秦鄂的《评两篇科幻小说的错误倾向》；权海帆的《正确反映新时期的城乡关系》。

《花溪》第2期发表雷达的《铁凝和她的女朋友们》；专栏“散文创作十二谈”发表谢璞的《情感的燃烧和酝酿》。

7日，《文艺报》第2期发表陈云的《关于党的文艺工作者的两个倾向问题》；刘白羽的《时代的激流——论〈迷人的海〉》；柯岩的《难，但是需要——任溶溶和他的儿童诗》；公仲的《陆地和长篇小说〈瀑布〉》；朱晶的《请从心造的灰色雾中走出来——读张辛欣小说随想》；谭昭的《评〈离离原上草〉》；李希凡的《再说“源泉”》；王炳根的《编结“铁蒺藜”的人——朱苏进和他的小说创作》；陈模的《和孩子们的心相通——介绍儿童小说的作者罗辰生》；转载《吉林日报》1983年12月12日张笑天的《永远不忘社会主义作家的职责——关于〈离离原上草〉的自我批评》；同期，“新作短评”栏发表于晴评《沉沦的土地》，李庆宇评《在希望的田野上》，陈子伶评《条件尚未成熟》的文章。

9日，《文学报》发表庚保的《有如流水叮当响——谈郭小川对诗歌艺术的探求》；辛未艾的《要加强分析与评论》。

《光明日报》发表贺兴安的《雄浑深沉的琴音——张承志小说艺术特色浅谈》。

10日，《文汇月刊》第2期发表溪烟的《关于报告文学讨论的“真实性”及其他——对刘宾雁同志〈商榷〉一文的“申辩”》(《文汇月刊》1983年第8期发表刘宾雁的《向何处去?》)；罗洛的《当前新诗的主流——关于诗的一封信》；邵燕祥的《写诗难，评诗亦不易》。

《北京文学》第2期发表何孔周的《创作个性与作家的世界观》；康凯的《如此“爱情真谛”——跟踪〈求索〉的探索》；刘梦溪的《文学创作中作家主观思想的渗透》。

《东海》第2期发表刘新的《中篇小说〈迷津〉的错误》；鲁平的《〈乳汁〉——一部歪曲生活的作品》。

《西藏文学》第2期发表徐明旭的《多样·深化·欠缺——1983年汉文版〈西藏文艺〉小说漫评》；李佳俊的《我爱〈小木屋〉》；史坤的《浑朴的牧歌从草原深处飘来——评长篇小说〈高原深处的人们〉》。

《雨花》第2期专栏“作家的个性和文学的发展”发表唐再兴、姜文的《发挥能动性，防止随意性——关于创作个性的一点浅见》，戎东贵的《“表现自我”与创作个性》。

《诗刊》第2期发表绿原的《周末诗话——从“崛起”论谈到〈袖珍诗丛〉；又从〈袖珍诗丛〉谈到“崛起”论》；李元洛的《论林希的诗》；赵树岭的《“爱国诗，八行的”——有感于一个中学生的呼声》。

《奔流》第2期发表艾斐的《文艺与政治的关系的辩正》；孙荪的《从一滴水看

大千世界——读〈幽幽莲塘水〉》;陈世明的《论诗的矛盾美》。

《读者》第2期发表洁泯的《文学·人道主义·人性》;严辰的《日出江花红胜火——读〈袖珍诗丛·青年专辑〉》;张隆溪的《神·上帝·作者——现代西方文论略览·评传统的阐释学》;郭宏安的《说散文诗》。

15日,《山东文学》第2期发表陈宝云的《漫论文学创新》;尚涛的《评〈小三姑娘〉》;陈建功的《从生活到艺术的若干问题——谈短篇小说创作》(第3期续完)。

16日,《文学报》发表梦花的《批评更见情真切》;谢云的《提倡这样一种反批评》;张丽抗、杨万青的《征战老马未解鞍——杜鹏程印象记》。

《光明日报》发表南帆的《艺术分析中多重关系的考察》。

17日,《作品与争鸣》第2期发表思忖的《有至情方有至文——读〈秋雪湖之恋〉》;心宇的《并非大惊小怪》;金梅的《论〈东方女性〉的得失》;张学敏的《〈东方女性〉赞》;曾国民的《谈〈支撑〉中的三个人物》;覃富鑫的《一得一失》(评论作品同上);雷萌的《我看〈支撑〉》;车前子的《我谈我的诗》(原载1983年4月号《青春》);姚永宁等的《评车前子和他的一组诗》;丁国成的《酸涩难咽的青果——简析组诗〈我的塑象〉》(标题"塑象",文中注:象应作像);吕福田、刘延年的《所欠者美　所失者真——浅议〈早霞谢别天幕〉》;胡义成的《关于"真实"的闪想》(原载《青海湖》1983年第6期);张思涛的《真实性是个客观标准——由〈闪想〉引起的闪想》;蔚国的《失误在哪里?——评张辛欣的新作〈疯狂的君子兰〉》;诚夫的《人生十字路口上的选择——读〈我的路〉》;郭政的《怎样看待刘思佳、解净的"复杂性格"》(评电影《赤橙黄绿青蓝紫》);郑的《〈美术〉杂志上关于抽象美学问题的争论》;献青的《对几篇小说的争论》。

19日,《青年文学》第2期发表冯牧的《一篇启人深思的佳作——读中篇小说〈明天行动〉》;金人的《融情、景、理于一炉》(评姜滇的《蟹灯》);高进贤的《火辣辣的人物、感情和语言》(评魏继新的《在另一个世界里》);赵尊党的《眼光、笔触和独特感受》(评宋学武的《干草》);黄子平的《不连贯的对话》(评海迪的《垛草时节》)。

20日,《当代》第1期发表苏叔阳的长篇小说《故土》;同期,发表刘白羽的《答读者问》;杨志杰的《这才真正是大写的"人"——读郑义、刘亚洲两篇报告小说有感》。

《萌芽》增刊第1期发表汤吉夫的《梦的回顾及其它》;冯健男的《读汤吉夫的

短篇小说》。

22日,《文学知识》第1期发表叶辛的《我为什么写〈蹉跎岁月〉》。

23日,《光明日报》发表陈达专的《读〈远方的树〉致韩少功》;韩少功的《欢迎爽直而有见地的批评》(给陈达专的复信)。

25日,《中州学刊》第1期发表《马克思主义是社会主义文学的灵魂——读〈如意〉、〈立体交叉桥〉及有关评论》。

月底,《名作欣赏》第1期发表杜莲茹的《畸形塔下的畸零人——读散文〈在斜塔下〉》;李元洛的《盛唐的芬芳　现代的佳构——余光中〈寻李白〉欣赏》。

本月,《小说家》第1期发表冯健男的《"这种人现在正符合了时代的要求"——读长篇小说〈男人的风格〉》;黄桂元的《简评〈男人的风格〉》;许志安的《农村变革的风俗画——评中篇小说〈鸡鸣店〉》。

《文学》第2期发表沈敏特的《是童话?不是童话!——〈一个低音变奏〉的鉴赏》。

《清明》第1期发表何西来的《面对历史的考验——论新时期文学中的共产党人形象》;罗洛的《诗的随想录》;陈登科的《努力塑造社会主义新人形象——在"第二届淮河乡土文学笔会"上的发言》。

《湘江文学》第2期发表艾青的《曹辛之的诗——〈最初的蜜〉序》;古远清的《柯蓝的散文诗诗论》;谢明德的《离远合奇——短篇小说艺术探微》。

《福建文学》第2期发表李联明的《"自我"、"自由"评析》;张德林的《漫谈人物性格的复杂性——小说艺术谈之一》;陈永强的《理想·爱情·现实——评〈当代女唐吉诃德轶闻录〉》;戴永明的《现实中的理想和理想中的现实——评〈当代女唐吉诃德轶闻录〉》。

汕头大学成立"台港及海外华文文学研究中心",陈贤茂任主任。

本月,中国社会科学出版社出版《文学评论》编辑部编的《文学评论丛刊(第十九辑·文艺理论专号)》。

甘肃人民出版社出版何望贤、陆荣椿选编的《新时期文艺理论论争集(上)》。

人民文学出版社出版老舍的《出口成章:论文学语言及其他》,张天翼的《张天翼文学评论集》。

湖南人民出版社出版马焯荣的《写作艺术散论》,林焕平的《学习鲁迅札记》。

花城出版社出版[英]爱·摩·福斯特著、苏炳文译的《小说面面观》。

江苏人民出版社出版王郊天编的《散文创作艺术谈》。

上海文艺出版社出版中国民间文艺研究会上海分会编的《民间文艺集刊(第五集)》,李桑牧的《〈故事新编〉的论辩和研究》。

少年儿童出版社出版《儿童文学研究》编辑部编的《儿童文学研究·第15辑》。

北京师范大学出版社出版北京师范大学中文系现代文学教研室编的《现代文学讲演集》。

贵州人民出版社出版徐纪明、吴毅华编的《王蒙专集》。

三联书店出版李子云的《净化人的心灵》。

天津人民出版社出版倪墨炎的《鲁迅与书》。

黑龙江人民出版社出版秦川编的《鲁迅出版系年(1906—1936)》。

陕西人民出版社出版李何林编的《鲁迅论》。

3月

1日,《广州文艺》第3期发表黄树森、钟晓毅的《歌·诗·画·情——报告文学〈弯弯的歌圩路〉读后》。

《小说林》第3期发表晓江的《多在人物塑造上下功夫——漫话提高小说创作质量之二》;郑兴万的《略谈工业改革题材的小说创作》。

《上海文学》第3期发表程德培的《邓刚的"两个世界"——读邓刚的中短篇小说》;胡德培的《表现形式与思想深度——艺术规律探微》。

《长安》第3期发表陈深的《时代潮流的呼唤——小说阅读漫笔》;何西来的《深情地呼吁——漫评黄宗英的〈大雁情〉、〈橘〉、〈小木屋〉》;于木的《误会在小说中的运用》。

《文学报》发表缪俊杰的《让人物发出艺术光彩——读1983年若干中、短篇小说有感》;傅活的《震撼心灵的枪声——读〈啊,索伦河谷的枪声〉》;戴翊的《人物语言魅力何在?》;马文的《“探头到你自己的生活圈子以外”》。

《中国青年报》发表陈骏涛的《人生的搏击者——读中篇小说〈北方的河〉》。

《光明日报》发表张炯的《文学与人性、人道主义》。

《作品》第3期发表林焕平的《试论邓小平文艺》;杨奎章的《“自由化——异化——现代派”析》;胡德培的《时间跨度与艺术概括》;张奥列的《面向生活,从生活中找灵感——熊诚和他的小说》。

《作家》第3期发表上官缨的《谈诗书简》;朱晶的《来自生活的哲理——读王维君的抒情诗》;荣春的《理想和信念的闪耀——谈小说〈大地的眼睛〉的人物塑造》。

《现代作家》第3期发表翟大炳的《汪曾祺小说风格管窥》;李敬敏的《发现和展示生活的美——读王群生小说集〈彩色的夜〉》。

《青年作家》第3期发表萧向阳的《李季与菊花石》;梁晓声的《文学与青年》。

《青春》第3期发表《张贤亮谈创作——在一次座谈会上答文学青年问》;陆星儿的《纤夫,走在生活的河岸上——我的第一本集子的后记》;秦文玉的《关于当今散文的断想》。

《萌芽》第3期发表朱小如的《情者文之经——读〈太阳〉》。

《滇池》第3期发表李勤的《执着的深情——致吴慧泉》;王莉的《漫评何群的短篇小说》。

《新港》第3期发表鲍昌的《论作品的思想与主题》;何镇邦的《鲜明的形象　优美的旋律——读〈从滇池飞出的旋律〉》;马绍娴的《新颖的题材　精当的描绘——读〈芳芳和汤姆〉》;刘志华的《一篇散发着时代甜意的好作品——评小小说〈甜杏儿〉》。

《解放军文艺》第3期发表闻黎的《彩笔绘祖国　鼓号壮军威》;李延国的《礼赞这英雄的国土》;钱钢、江永红的《为教育训练中的改革者立传》。

《新疆文学》第3期发表周政保、胡康华的《粗犷的男性的北方——评文乐然的中篇小说〈荒漠与人〉》;马卫的《战士自有战士的爱情——读短篇小说〈断崖〉》;鲁力的《深情的赞歌——读散文〈阿拉沟恋歌〉》;古月的《一个普通的女开发者形象》。

《山花》第3期发表钟文的《新诗例话》。

1—7日,《人民文学》和《文艺报》编辑部在河北涿县联合召开农村题材小说创作座谈会(《文艺报》1984年第4期雷达、晓蓉报道《农村在变革中,文学要大步走——记〈文艺报〉〈人民文学〉召开的农村题材小说创作座谈会》)。

2—6日,中国作家协会江苏分会、江苏省社科院、苏州大学中文系、苏州市文联在苏州联合举行陆文夫作品讨论会(《文学评论》本年第3期)。

3日,《小说选刊》第3期发表黎之的《生活的高度——读〈站在高高的脚手架上〉》;从维熙的《开掘华夏之魂——关于〈雪落黄河静无声〉》。

《报告文学》第3期发表里遥的《美的追求——柯岩报告文学集〈奇异的书简〉读后》;方蒙的《祝一批小报告文学的诞生——读〈福建青年〉小报告文学征文作品》。

5日,《广西文学》第3期发表鲁原的《创作总归于发现——兼评一种非理性的美学主张》;罗良德的《新诗创作艺术探微——兼评〈广西文学〉部分诗作》。

《边疆文艺》第3期发表宋莘的《从社会效果看精神污染》。

《当代文坛》第3期发表白烨的《创作与人性、人道主义问题漫谈》;苏执的《在清除精神污染的斗争中共同提高》;曹廷华的《人道主义与社会主义文艺》;许子清的《评"自我表现"说的主观唯心主义本质》;高直的《到哪里"去寻找一片绿叶"——评〈同一地平线上〉男主人公的返朴归真思想》;何火任、陈全荣的《文艺评论的新开拓——读近几年文学评论集有感》;王昌定的《动人的恋歌——赞〈秋雪湖之恋〉兼寄石言同志》;钟文的《黎明期的抒情——评杨山的诗》;碎石的《读藏族民歌集〈白云牧歌〉》;叶嘉莹的《从中西诗论的结合谈中国古典诗歌的欣赏》;成德的《秦似谈杂文创作》;韩金英的《郑敏谈诗》;卢杨村的《多讲点实感》;羽军的《"创新"与"用旧"》;杨汝絅的《话说民歌的消亡与不朽》;李克俭的《"儒者不知兵"种种》;冯异的《从"徐志摩热"说起》;余见的《〈电话号码23450〉的启示》;杨翰端的《写诗·骂人·真情》;秋萍的《"最佳年龄"的质疑》;余之思的《编辑札记零抄》。

《延河》第3期发表白烨的《创作奥秘的执着探寻者——读〈从生活到艺术〉兼谈胡采的文学评论色彩》;陈深的《一部沉甸甸的耐读的作品——〈啊,故土〉印象记》。

《花溪》第2期发表韩志君的《他找到了自己的路——李宽定小说近作管窥》;专栏"散文创作十二谈"发表碧野的《生活与构思》。

《青海湖》第3期发表艾斐的《"朦胧"——阴晦:诗的歧路》;曹晓的《浅谈王

云甫小说中的人物描写》。

《星火》第3期发表秦梦莺的《深情巧思织新篇——谈许洁的诗歌创作》；胡平的《热烈期待着——诗坛新人刘立云》；陈良运的《向生活的深处走——写给周敏生同志》。

7日，《文艺报》第3期发表魏易的《维护和促进社会主义文艺的健康发展》；顾骧的《文学创作和作家的世界观》；韦君宜、谢永旺、蒋荫安、吴泰昌的《一九八三年长篇小说漫谈》；何闻的《话剧〈车站〉观后》；黄毓璜的《现实主义新的探求——读陆文夫的近作三篇》；王蒙的《大地和青春的礼赞——〈北方的河〉读后》；李清泉的《赞颂生活搏击者——论〈迷人的海〉及其评论》；专栏"怎样表现变革中的农村生活"发表子静整理的《社会主义作家的历史责任》(来稿综述)，李国涛的《不应冷落他们》。

8日，《光明日报》发表李国涛的《从小说〈彭成贵老汉〉说开去》。

10日，《文汇月刊》第3期发表杨村彬的《关于〈火烧圆明园〉〈垂帘听政〉的历史背景和人物性格》。

《北京文学》第3期发表顾骧的《十月革命胜利后列宁文艺思想与实践的几个问题》；李清泉、阿红、姚辛的《诗苑漫语》；肖复兴的《一月清新的风——读〈北京文学〉第一期"青年作者专辑"》；王愿坚的《短篇小说的艺术特点》。

《东海》第3期发表施振眉的《激励·引导·促进——〈陈云同志关于评弹的谈话和通信〉读后》；肖荣的《创新杂谈》。

《西藏文学》第3期发表张治维的《坚持社会主义文艺方向　清除和防止精神污染》；戴翊的《爱国主义的赞歌——读短篇小说〈书香门庭〉》。

《雨花》第3期发表黄毓璜的《〈美食家〉〈围墙〉〈万元户〉散论——陆文夫作品研究之二》；董健的《自我·忘我·创作个性》；陈词的《创作个性与反精神污染》。

《诗刊》第3期"诗苑漫步"栏发表刘岚山的《人之诗》，吴思敬的《爱的火焰花》，燕翼的《春的儿女》，杨金亭的《灵感的流云》；同期，发表吕进的《社会主义诗歌与现代主义》；罗洛的《诗属于人民》；叶橹的《在返朴归真中攫取生活的诗意——论青勃的诗》；刘北汜的《散文诗片议》。

《奔流》第3期发表曾凡的《走向明天——河南省1983年短篇小说创作略览》；庄众的《处于变革时代的新型农民形象——读张一弓的〈火神〉》。

《读书》第3期发表卞之琳的《何其芳的晚年译诗》；唐湜的《含英咀华——读

〈李健吾文学评论选〉》；曾镇南的《〈泥土与蒺藜〉后记》；张隆溪的《仁者见仁；智者见智——现代西方文论略览·关于阐释学与接受美学》。

13日，《解放日报》发表缪俊杰、郑伯农的《希望作家们关心正在变革中的农村——关于农村题材创作问题的通信》。

14日，《中篇小说选刊》第2期发表梁晓声的《我加了一块砖》（《今夜有暴风雪》创作谈）；王润滋的《我比以往更加追求》（《鲁班的子孙》创作谈）；达理的《献给普通人的歌》（《无声的雨丝》创作谈）；郑义的《创作〈远村〉之随想》；刘健安的《为什么要写"湖"》（《珍珠湖》创作谈）；黄虹坚的《校园·激情·创作》（《橘红色的校徽》创作谈）；贺毅武的《有关〈此巷名人〉写作的始末》。

15日，《山东文学》第3期发表金梅的《"文学艺术，自有其民族传统"——读孙犁的现实主义艺术论札记》。

《文学报》发表岂凡、凤山的《时代脉搏的跳动——简评近两年工业题材的短篇小说》；张贤亮的《创作自由从何而来？》；夏锦乾的《飞速旋转的生活截面——读陈继光的〈旋转的世界〉》；谢云的《〈四个四十岁的女人〉得失谈》。

《文学评论》第2期发表张韧、杨志杰的《从〈啊，人……〉到〈人啊，人！〉——评近几年文学创作中的人性、人道主义问题》；吴松亭的《革命历史题材长篇小说创作散论》；杨佩瑾的《让主人公闪耀人的光彩》；陈良运的《论自由体诗》；毛迅的《关于"呼唤史诗"的质疑》。

《民族文学》第3期发表冯牧、唐达成、谢永旺、玛拉沁夫的《从〈开拓者〉谈起》。

《当代文艺思潮》第2期发表周政保的《论社会主义文学的感召力》；陆学明的《关于典型范畴及其发展趋势的思考——兼与吴亮同志商榷》；王福湘的《"女性文学"论质疑——与吴黛英同志商榷兼谈几部有争议小说的评价问题》；白烨的《鼓吹新时代的文学　呼唤文学的新时代——谈冯牧的文学评论》；高平的《浅谈文学作品的社会效果问题》；陈德宏的《试论近来短篇小说的主题指向及开掘》；郭小东的《知青文学主潮断论》；马嘶的《当代文学中的流派问题》；行人的《翻滚在社会历史的漩流中——略论张弦的婚姻爱情小说》；傅世伦的《赵燕翼小说浅议》；陈志明、常文昌的《评"崛起"的反传统主张——兼谈新诗的发展方向》。

《光明日报》发表吴宗蕙的《时代呼唤的新女性——评〈玛丽娜一世〉》。

《钟山》第2期发表陈白尘的《重读〈小井胡同〉》；从维熙的《要"认识你自

己”》；陈辽的《从维熙论》；赵宪章、安凡的《心理信息的快速追踪——王蒙〈风息浪止〉赏析》；李振声的《冗繁削尽留清瘦——贾平凹〈商州初录〉读札》；潘旭澜的《进入与跳出》。

《文学研究动态》第3期发表李欧梵著、陈圣生摘译的《台湾文学中的“现代主义”和“浪漫主义”》。

《暨南学报》第2期发表蔡美琴的《林海音小说创作初探》；李洁容的《走自己的路——试评聂华苓的两部长篇小说》。

17日，《作品与争鸣》第3期发表林文山的《企业改革洪流中的一朵浪花——评〈各领风骚〉》；西南的《写出灵魂工作者的灵魂来——读中篇小说〈啊，索伦河谷的枪声〉》；屠岸的《枪声的启示——读〈啊，索伦河谷的枪声〉》（原载《小说选刊》1984年第1期）；潘仁山的《枪声响过之后——也评〈啊，索伦河谷的枪声〉》；陈朝红的《揭示生活的复杂性——读克非小说〈头儿〉随想》（原载《文坛》1983年第7期）；李发展的《试谈〈头儿〉的是与非》（原载《文坛》1983年第10期）；谭豹的《浅谈“头儿”的定性》（原载《文坛》1983年第11期）；文辑的《关于〈头儿〉的争鸣综述》；张笑天的《永远不忘社会主义作家的职责——关于〈离离原上草〉的自我批评》（原载1984年1月9日《人民日报》）；张维德的《平中显新奇》；丽明的《这种探索不足取》；高松年的《值得商讨的探索》（以上三文原载《文学青年》1983年第11期，均评贺子壮《嘘，别开窗》，发表于《文学青年》1983年第10期）；辛究之的《社会主义异化论与文艺问题》；马畏安的《要正确地开展批评和自我批评》；秋泉的《新诗必须坚持社会主义方向——〈崛起的诗群〉讨论概述之三》；石依的《关于“五四”文学革命指导思想问题展开讨论》；严石的《长篇小说塑造改革者形象有进展》；春芳的《〈文艺报〉就〈鲁班的子孙〉开展争鸣》；尚巾的《对电影〈火烧圆明园〉、〈垂帘听政〉的批评》；黄维钧的《胡可》；陈圣安、林泰的《“俄国形式主义”》。

18日，《北京日报》发表彭真的《文艺要表现人民——在首都文艺界纪念老舍同志诞辰85周年座谈会上的讲话》。

19日，《青年文学》第3期发表雷达的《灵魂的洗礼——评〈同船过渡〉兼谈一个创作问题》；李硕儒的《美的塑造，美的启示》（评严歌苓的《“歌神”和她的十二个月》）；张新亭的《生活的万花筒》（评孙步康的《金狮巷，铁狮巷》）；阿明的《她为什么最后出场》（评王璞的《手风琴最后出场》）。

20日，《人民文学》第3期发表高士其的《用现代科学知识丰富文学》；李陀、乌热尔图的《创作通信》；罗强烈的《大时代弯弓上的射箭手》；盛祖宏的《应该繁荣杂文创作》。

《长城》第2期发表顾传菁的《是生活给她的馈赠——略论铁凝的小说创作》；黄绮丽的《山色不厌远；我行随处深——漫话宋聚丰中篇小说的地方特色》。

21日，《文艺研究》第2期发表贺敬之的《正确地进行反对错误倾向的斗争》；杨匡汉的《李瑛的感情投影系统》；章亚昕的《艾青与形象思维》；张冠华的《"创作方法"三题》；颜纯钧的《"两结合"与社会主义现实主义的规定性》；谢晋的《对电影创作几个问题的思考》；宋家玲的《关于电视剧艺术特征的探讨》；黄书泉的《文学批评应生动活泼、入情入理》；左人的《细节辨析》。

22日，《文学报》发表边风豪、周桦的《地囿小而意幽深——访〈围墙〉作者陆文夫》；王传珍的《焊枪、大海和笔——记〈阵痛〉作者邓刚》；临乙的《对文学的爱，坚定了创作上的追求——访〈雪国热闹镇〉的作者刘兆林》；王莹珺的《她始终不离开自己的轨道——访〈旋转的世界〉作者陈继光》。

《光明日报》发表余见的《创造奇迹的时代——读报告文学〈在大时代的弯弓上〉》。

24日，《文汇报》发表曾镇南的《日见其深切　日见其斑斓——读短篇小说获奖作品有感》。

25日，《当代作家评论》第2期发表徐俊西的《在社会主义文学的道路上不断探索——论王蒙小说的创作思想和艺术特色》；王愚的《在交叉地带耕耘——论路遥》；南帆的《王安忆小说的观察点：一个人物，一种冲突》；林家平的《〈芙蓉镇〉的结构艺术》；刘齐的《崭新的兵　崭新的魂——杂谈刘兆林对当代军人精神领域的艺术探索》；程德培的《〈黑骏马〉的诗学——兼及张承志小说的艺术特色》；杨匡汉的《兼得于英雄花与含羞草之美者——论闻捷的抒情短章》；李兴武的《来自太平洋上的声息——谢挺宇和他的短篇集〈雾夜紫灯〉》；李炳银的《短篇小说创作谈——兼议1983年短篇小说创作》；洁泯的《农村的新足音——〈农村短篇小说集〉第二集序》；王维玲的《艺术无止境　更上一层楼——梁斌〈笔耕余录〉跋》；何志云的《永不迷蒙的崭新一代——读〈"五四"青年文学奖短篇小说选〉》；何镇邦的《谈谈〈男人的风格〉的成就与不足——致张贤亮同志》；王淑秧的《评丁玲的文学评论》；陈悦青的《他执着地追逐春光——谈崔德志和他笔下的纺织工人家族》；柯夫的《人民·时代——关于崔德志同志》；崔德志的《创作的苦辣酸甜》;金河的《文学创作的质量与数量》;陈玙的《自我认识与自我发现》;潘亚暾的《钟肇政创作浅说》;杨澄宇、赵则训的《白朗》;杨筠的《崔德志》;文介的《文艺批评的职能不完全是浇花除草——文摘一则》。

《花城》第2期以"更上一层楼——部分文学刊物报告文学编辑笔谈"为总题,发表周明的《时代精神的播火者》,刘茵的《敢遣风云上笔端》,罗达成的《文艺热·体育热·爱国热》,杨旭的《人物描写琐议》,钟子硕的《广东报告文学的兴起和走向》。

《澳门日报》主办"港澳作家座谈会",香港作家原甸、韩牧、梅子、东瑞、陶然等与澳门文艺界人士交换意见,诗人韩牧在会上呼吁"建立'澳门文学'的形象"。

29日,《文汇报》发表刘振声、任之的《史铁生和他的创作》。

《文学报》发表潘仁山的《"崛起"声浪中浮出的苦果——析组诗〈诺日朗〉》;晓岚的《不同价值观的冲突——读沈乔生的中篇小说〈收获〉》;孙菡的《艺术的禁止与袒护》。

《光明日报》发表舒霈的《一九八三年获奖短篇小说概评》;张春宁的《报告文学"难""易"谈》;潘旭澜的《崇高的爱之歌——谈小说〈秋雪湖之恋〉》。

本月,《十月》第2期发表张贤亮的《绿化树》;贾平凹的《鸡窝洼的人家》;顾骧的《革命现实主义道路广阔——略论邓友梅的小说创作》;李国文的《〈花园街五号〉漫谈》。

《文艺理论研究》第1期发表姚雪垠的《谈〈李自成〉的若干创作思想(上)》;王西彦的《为同时代人造像》。

《文学》第3期发表沈敏特、治芳等的《笔谈〈白色不算色彩〉》。

《当代文学研究参考资料》第3期发表徐觉民的《当前文学创作中表现的错误倾向》;周忠厚的《试论北京作家群》。

《百花洲》第2期发表萧殷的《谈谈有关文学创作的几个问题——在一次文艺座谈会上的讲话》;宋垒的《三难"自我形象"论——兼为"抒人民之情"正名》;张贤亮的《当代作家首先应该是社会主义改革者》。

《湘江文学》第3期发表康濯的《更高地举起社会主义文艺的旗帜——在湖南省第三次青年文学作者会议上的报告》;樊篱、何平的《一个错误的创作口号——评"社会主义的批判现实主义"》。

《福建文学》第3期发表高少锋的《努力表现"新的人物,新的世界"》;盛生的

《散文诗的领域在拓展——谈刘再复的近作》;王光明的《"凝视着一个遥远的焦点"——读袁和平的〈森林,人在深邃幽远中〉》。

本月,湖南人民出版社出版《延安文艺丛书》编委会编的《延安文艺丛书·第二卷:小说卷(上)》,刘雪苇的《鲁迅散论》,湖南省当代文学研究会编的《思想·色彩·情调》,《延安文艺丛书》编委会编的《延安文艺丛书·第三卷:小说卷(下)》,《延安文艺丛书》编委会编的《延安文艺丛书·第四卷:散文卷》,《延安文艺丛书》编委会编的《延安文艺丛书·第五卷:诗歌卷》,《延安文艺丛书》编委会编的《延安文艺丛书·第六卷:报告文学卷》,缪俊杰、何启治的《美的探索》。

浙江文艺出版社出版[日]松井博光著、高鹏译的《黎明的文学——中国现实主义作家茅盾》;许子东的《郁达夫新论》。

北京大学出版社出版汪景寿的《台湾小说作家论》。

人民文学出版社出版胡风的《胡风评论集(上)》;阎纲的《文坛徜徉录》。

江苏人民出版社出版柏彬、徐景东等编选的《田汉专集》。

北京出版社出版中国现代文学研究会、北京出版社编的《中国现代文学研究丛刊(1984 年第 1 辑)》。

陕西人民出版社出版王寅明的《故事编讲新探》。

上海文艺出版社出版郭小川的《谈诗》。

花城出版社出版阿红的《探索诗的奥秘》。

中国社会科学出版社出版《文学评论》编辑部编的《文学评论丛刊(第二十辑·当代作家评论专号)》。

河南人民出版社出版河南省社会科学院文学研究所、河南省文学学会编的《文学论丛(第二辑)》。

文化艺术出版社出版中国艺术研究院外国文艺研究所《马克思主义文艺理论研究》编辑部编的《马克思主义文艺理论研究(第 2 卷)》。

中国人民大学出版社出版全国马列文艺论著研究会主办的《马列文论研究(第 5 集)》。

本季,《文艺评论通讯》第 1 期发表咏枫、朱曦的《咏唱人间最美的花——读马恒祥的爱情短诗》;于广礼的《再真切些　再深刻些——评张炜的〈第一扣球手〉》;刘焕鲁的《向更新更深的领域开掘——一九八二年〈柳泉〉短篇小说一瞥》;

李凌的《读陈伯吹近作〈骆驼寻宝记〉》;刘可的《梁兴晨小说的语言特色》;李英森、王秀珠的《敞开心灵的诗——试谈李根红近年来诗歌的思想艺术》;贺立华的《同中求异　寻出"个性"——浅论峻青和王愿坚的小说创作》。

《海峡》第1期改由海峡文艺出版社出版,本期发表子敬的《四十年代香港文学活动一瞥》。

4月

1日,《广州文艺》第4期发表张绰的《世界冠军背后——评短篇小说〈弧线〉》。

《小说林》第4期发表晓江的《注意加强当代性——漫话提高小说创作质量之三》;刘冬冠的《由南国到北疆——林予和他的小说》;李布克的《潇潇春雨　盎盎生机——〈春雨,下得再大些〉读后》。

《上海文学》第4期发表刘梦溪的《一篇值得一读的佳作——评肖矛的〈石场风情〉》;程代熙的《一封迟发的稿件——答徐俊西同志》(1981年《上海文学》第1期发表徐俊西的《一个值得重新探讨的定义——关于典型环境和典型人物关系的疑义》)。

《作品》第4期发表本刊评论员的《文学作品要宣扬社会主义的人道主义——学习胡乔木〈关于人道主义和异化问题〉》;杨越的《一部反映华侨生活的现实主义力作——与友人谈陈残云的〈热带惊涛录〉》;李钟声的《生活·情感·诗——读〈心灵的彩翼〉致西彤》;艾彤的《沈仁康散文的艺术特色——读散文集〈彩贝与山桃花〉》。

《作家》第4期发表述林的《时代的潮汛　历史的佐证——吉林省近年长篇小说创作述评》;秋白丁的《独具风韵的"采访录"——读报告文学〈莲花过人头〉》;关德富的《留给读者的思考——读小说〈村女进城后〉》。

《现代作家》第4期发表郑万隆的《小说的内在力量》。

《青年作家》第4期专栏“关于《啊，碧青的橄榄》的讨论”发表李树森等的文章；同期，发表刘绍棠的《小说民族化杂谈——与〈故都遗梦〉作者檀林和〈金狮镇〉作者李永祯的谈话》。

《萌芽》第4期发表刘锡诚的《深入事物的灵魂——1983年〈萌芽〉优秀小说概评》；谢望新的《赞美大海；别忘了涓流——为肖复兴的报告文学一辩》。

《散文》第4期发表叶公觉的《心灵的流泉——读巴金散文一得》。

《新港》第4期发表蔡葵的《一个十足的农民形象——读〈赵百万的人生片断〉》；远星的《“莎士比亚被冷落了”——读〈一路平安〉》；张春生的《老树新枝春意浓——读〈风雨柿子岭〉》；刘乐群的《随类赋采　取题之神——读小小说〈荷花〉、〈米兰〉、〈墨菊〉》。

《解放军文艺》第4期以“希望与祝愿”为总题，发表刘白羽的《提倡散文》，宋振庭的《这是一个好主意》，冯牧的《军旅生活——散文艺术的丰饶土壤》，艾芜的《我准备写他们》，孙犁的《散文要短小扼要》，魏巍的《这是一块好园地》，陈残云的《一条团结的纽带》，秦牧的《当此开端之际》，郭风的《我的祝愿》，何为的《致新垦地的祝辞》，魏钢焰的《三愿》；以“纪念宋之的同志”为总题，发表刘白羽的《唯有豪情似旧时》，李伟的《早谢的红花——怀念宋之的同志》；同期，发表王震的《〈恶魔导演的战争〉序》；马畏安的《一个重要的区别》；王昊的《战争、人道及其它》；李准的《关于“诗意”的复信——电影〈高山下的花环〉改编体会》。

《新疆文学》第4期发表丁子人的《美，在迷人的草原上闪光——读长篇小说〈帕里黛与帕里夏〉感想》；夏定冠的《一棵有旺盛生命力的牛蒡花——〈哈吉·穆拉特〉赏析》。

2日，《人民日报》发表本报评论员的《努力反映变革中的农村现实》。

3日，《小说选刊》第4期以“一九八三年获奖短篇小说漫评(一)”为总题；发表杨子敏、舒霈、嵋峥、刘锡诚、蒋荫安、王朝垠、韩瑞亭、吴宗蕙、行人的文章；同期，发表邓友梅的《〈烟壶〉之外》。

《报告文学》第4期专栏“报告文学刊授园地”发表张德明的《报告文学的时代性》。

5日，《广西文学》第4期发表魏仁的《新的探索　新的收获——长篇小说〈流星〉漫评》；刘名涛的《尊重规律》；彭洋的《及时地艺术地反映生活的变化——评王云高、宋郡的短篇新作〈残局〉》;罗启业的《只能借鉴　不可套用》。

《文学报》发表董存保的《一个引人注目的青年作家——访〈恶魔导演的战争〉的作者刘亚洲》。

《延河》第4期发表肖云儒的《王宝成披沙拣金谈》。

《当代文坛》第4期发表本刊评论员的《向"山药蛋派"学习》;艾雯的《长期"公事"以"久"臻"熟"——论"山药蛋派"作家深入生活的态度和方法》;雷达的《〈鲁班的子孙〉的沉思》;仲呈祥的《思想偏见与审美失误——从几部错误作品的一条重要教训谈起》;意秋的《有诗为证》;竹亦青的《人民需要好诗——兼谈〈祖国:儿子们的年代〉的错误倾向》;牟宗福的《向社会主义爱情婚姻道德的挑战——读小说〈挑战〉引起的思考》;左人的《竹叶舟,飘在清澈的小溪——评赵敏的散文诗》;吕进的《论新诗艺术表现中的虚与实》;李洁非、张陵的《李力的矛盾性——论〈钢铧将军〉的美学思考》;刚韧的《真的"像生活一样深厚"吗?——也谈〈乡场上〉和〈种包谷的老人〉的写作》;董运庭的《"当场抓住自然"》;蔡行端的《谈谈几个细节》;马立鞭的《短篇小说的小时空与大时空》;邹荻帆的《朴素的歌　乡土的梦——诗集〈醉心的微笑〉代序》;陈朝红的《悲中见喜　寓庄于谐——评〈酒鬼杨石匠的女儿〉》。

《光明日报》发表谢永旺的《读〈故土〉》;李准的《改革的潮流和文艺的发展》。

《边疆文艺》第4期发表刘正强的《评"现实主义和现代主义结合论"》。

《花溪》第4期发表吴秀明的《且说〈天国恨〉》;李印堂的《可喜的转折——汤保华的〈情感分析〉读后》;专栏"散文创作十二谈"发表峻青的《散文的选材》。

《青海湖》第4期发表罗洛的《如花怒放——读邵燕祥近作有感》。

《星火》第4期发表贺光鑫的《张聚宁小说创作琐议》。

7日,《文汇报》发表贺新创的《积极反映变革中的现实——〈故土〉得失谈》。

《文艺报》第4期专栏"怎样表现变革中的农村生活"发表雷达、晓蓉的《农村在变革中,文学要大步走——记〈文艺报〉〈人民文学〉召开的农村题材小说创作座谈会》,王蒙的《谱写农村的新生活交响乐章》,楚良的《从阿Q的翅膀下飞出来》;同期,发表唐挚的《文学中的人性与人道主义问题——读胡乔木同志〈关于人道主义和异化问题〉笔记》;李何林的《读胡乔木同志〈关于人道主义和异化问题〉小记》;洁泯的《激情充盈——读1983年部分短篇小说》;丁道希的《执着于生活,执着于理想——邹荻帆近作漫评》;汪曾祺的《漫评〈烟壶〉》;向川整理的《一场意义重大的文艺论争——关于〈崛起的诗群〉批评综述》；同期，“新作短评”栏发表马立诚评《“修氏理论”和它的女主人》，高红十评《生当做人杰》，方顺景评《满城飞花》的文章。

10 日，《北京文学》第 4 期以“纪念老舍诞辰八十五周年”为总题，发表彭真的《文艺要表现人民》，白介夫的《与首都人民血肉相连的艺术家》，阮章竞的《缅怀舒舍予先生》；同期，发表郑荣来的《文学的一个重要内容——关于英雄人物形象的塑造》；李复威的《摘下鬼与兽的面具以后——近年来反面形象塑造的局限和失误》；并公布《〈北京文学〉一九八三年优秀作品评选获奖作品篇目》。

《东海》第 4 期发表钟本康的《新人的性格力量在于改造环境》；牧知的《可喜的第一步——评 1983 年〈东海〉发表的处女作》。

《西藏文学》第 4 期发表徐明旭的《1977—1983 西藏汉文短篇小说创作述评》；李佳俊的《要重视报告文学的创作》。

《雨花》第 4 期发表陆建华、李昌华的《从洞开的心扉里流出的真诚的歌——读忆明珠的散文》；朱邦国的《东边日出西边雨——评姜滇的短篇小说〈挑担鱼苗走湖湾〉》；胡德培的《在探索中前进——与黎汝清的一次谈话略记》。

《诗刊》第 4 期公布《1983 年〈诗刊〉优秀作品、评论评奖获奖篇目》及《获奖作品、评论简评》；“新诗话”栏发表何晴波的《小诗不小》、《虚实相生》、《创新》；敏岐的《夸张、想象与土壤》、《细节的力量》、《启迪》、《哭的个性》，成庶的《标点名称入诗》，胡力重的《语言的时代色彩》；同期，发表胡昭的《吹吧，绿色的风——给诗友的信》；徐敬亚的《时刻牢记社会主义的文艺方向——关于〈崛起的诗群〉的自我批评》(转载自《人民日报》1984 年 3 月 5 日)。

《奔流》第 4 期发表沐杉的《艺术描写的真与实》；田耘的《爱情・事业・理解》(评王苏红的《哗啦啦的小白杨》)。

《读书》第 4 期以“治学・读书・生活”为总题，发表巴金的《我的“仓库”》，金克木的《读书・读人・读物》，王佐良的《读书随感录》，吕叔湘的《读书忆旧》，杨宪益的《未完成的心愿》，黄裳的《读书生活杂忆》；同期，发表夏衍的《关于读书问题的对谈》；绿原的《十九世纪文学主流和〈十九世纪文学主流〉——一篇有待进一步思考的读书笔记》；端木蕻良的《〈草鞋脚〉的道路》。

12 日，《文学报》发表高远的《面对着文学这座大山——访〈兵车行〉作者唐栋》；王建国的《愿更多地反映乡土的变革——访〈公路从门前过〉作者石定》；陈可雄的《熟悉脚下的这片土地——与〈沙灶逸风〉作者李杭育对话录〉》；魏威的《“是滩姐给了我信念”——访〈船过青浪滩〉作者刘舰平》；江曾培的《注视人在改革中的“阵痛”》（评邓刚《阵痛》）；王愚的《挖井与开源》；陈朝红的《小说民族化的新尝试——读马识途长篇小说〈夜谭十记〉》。

《光明日报》发表缪俊杰的《需要有更多的艺术发现——塑造改革家形象问题浅议》。

15日，《山东文学》第4期发表广礼的《在哪里失误了——再评短篇小说〈梦〉》；萧平的《文学创作过程中的心理活动》；王光明的《评耿林莽的散文诗》；侯书良的《漫谈孔孚同志的山水诗》。

16日，《人民日报》发表冯牧的《时刻倾听时代的心声——谈长篇小说〈故土〉》。

《厦门日报》发表郭风的《台湾儿童诗〈有翅膀的歌〉——读书录之一》。

17日，《作品与争鸣》第4期发表顾骧的《海赋新篇——读邓刚的〈龙兵过〉》；丁临一的《新与美的追求——读〈黄豆生北国〉》（原载《解放军文艺》1984年第1期）；李炳银的《描绘新型的政治工作者形象——读刘兆林的一组小说有感》（原载1984年1月26日《光明日报》）；思忖的《刘兆林和他的〈黄豆生北国〉》；凤子的《看话剧〈风雨故人来〉》（原载1984年1月28日《北京日报》）；蔡体良的《飞翔的鸽子——话剧〈风雨故人来〉观后》（原载1984年1月19日《光明日报》）；许柏林、姜大中的《戏剧冲突的逻辑前提与时代精神》（原载1984年2月9日《光明日报》）；田涌的《令人失望的彭银鸽——谈〈风雨故人来〉的青年女性塑造问题》（原载1984年1月15日《中国青年报》）；杨世伟的《妇女解放与时代精神——〈风雨故人来〉观后》；邢念萱的《从“沙漠”到“绿洲”》（原载《青春》1983年第8期）；沈成的《评小说〈再见，沙漠！你好，绿洲〉及其评论》；戚方的《我们需要学习马克思主义理论》；崇杰的《关于“现代化”与“现代派”的关系》；林泰、陈圣生的《捷克结构主义》；明光的《〈文学青年〉继续讨论小说〈嘘，别开窗〉》；白甘的《对小说〈边城〉的不同看法》；杨兆祥、文高、莽画的《克里木·霍加》。

19日，《文学报》发表何镇邦的《我国长篇小说创作日趋繁荣》。

《光明日报》发表何镇邦的《一曲爱国知识分子的赞歌——读长篇小说〈求〉》。

《青年文学》第4期发表葛洛的《一株散发着异香的花——〈枫林晚〉读后》；

张同吾的《发现和凝聚的艺术》(评汤世杰的《那由东向西流淌的小河》);曾继人的《对比的效用》(评薛勇的《碑》)。

20日,《人民文学》第4期发表张志民的《说"味"》;何士光的《关于〈青砖的楼房〉的写作》;本刊记者的《大胆探索　知难而进——记农村题材小说创作座谈会》;并公布《一九八三年全国优秀短篇小说获奖作品》。

《当代》第2期发表穆青的《讴歌我们的时代和人民》;林非的《一个散文家所走过的道路》;峻青的《他在不断地追求——读竹林中篇小说集》。

22—29日,全国第二次台湾香港文学学术讨论会在厦门大学举行,会后二十余篇论文入选福建人民出版社出版的《台湾香港文学论文选》,大会通过《致台湾、香港文学界朋友们的信》。

《文学知识》第2期发表黄培亮、张奥列的《临渊羡鱼,不如退而结网——介绍青年作家吕雷》。

26日,《文学报》发表叶芸的《也谈文艺批评的"老化"》;蒋子龙的《重要的是投身创业者的行业》;高松年的《折射出时代变革的强光——中篇小说〈山风〉的艺术特色》;曾镇南的《雪润故土迎春回——评长篇小说〈故土〉》;骆宾基的《一曲优美的赞歌——〈"修氏理论"和它的女主人〉读后》。

《光明日报》发表顾骧的《壶里乾坤大——读邓友梅新作〈烟壶〉》;白烨的《社会主义人道主义与社会主义文学》;丁临一的《读〈军旅散文百家〉》。

29日,《陕西日报》发表张岂之的《雨湿神州望故乡——读于右任先生诗小札》。

本月,《名作欣赏》第2期发表刘心爽的《一曲心歌情悠悠——孙犁〈山地回忆〉赏析》;史文贵的《巧绘轻云托明月,精描绿叶衬红花——浅谈〈山地回忆〉中"我"的形象塑造》;汪炳悦的《文学应当同生活一道奔腾前进——谈几篇获奖中篇小说的人物塑造》;祥云的《对祖国的深情怀念——台湾诗人高准〈念故乡〉赏析》。

《十月》杂志社和中国作家协会宁夏分会分别召开座谈会,专题讨论《绿化树》(《文艺报》1984年第10期争鸣综述《对〈绿化树〉的种种看法》)。

《山西文学》第4期发表蔡润田的《深刻精细　稳步向前——〈山西文学〉一九八三年获奖小说概评》;刘金笙的《他在发掘作品的灵魂——张成德评论文章读后》;孙桂森、李仁和的《〈歌声〉的题材及作者》。

《文学》第4期发表林为进的《新的矛盾　新的形象——读短篇小说〈光面爆破〉》。

《当代文学研究参考资料》第4期发表赵寻的《在毛泽东文艺思想学术讨论会上的讲话》；冯牧的《毛泽东文艺思想是发展社会主义文艺的指针——在毛泽东文艺思想学术讨论会上的讲话》；《毛泽东文艺思想学术讨论会纪要》；佘树森的《近年散文创作概评》。

《清明》第2期发表李焕仁的《拓展出新——评长篇小说〈一支不正规的队伍〉》。

《湘江文学》改名为《文学月报》，第1期发表胡德培的《创作的提高与突破——潇湘文苑拾遗》。

《福建文学》第4期发表张德林的《人与物——小说艺术谈之二》；罗守让的《余味曲包——小说艺术谈》；陈达专的《"杂毛狗牯"的命运》（评小说《杂毛狗牯》）；陈子任的《强者文学的信息——读〈差十分钟，三点〉》。

本月，中国人民大学出版社出版中国人民大学中国语言文学系《文学论集》编辑组编的《文学论集（第七辑）》。

解放军文艺出版社出版刘白羽等著、闻黎编的《军事文学创作论集》。

中国文艺联合出版公司出版甘肃省文联《飞天》编辑部编的《我是怎样走上文学道路的》。

北京大学出版社出版谭霈生的《论戏剧性》。

少年儿童出版社出版贺宜主编的《儿童文学研究（第16辑）》。

陕西人民出版社出版胡采的《从生活到艺术》，《现代文艺论丛》编辑部主编的《现代文艺论丛（第2辑）》，杜鹏程的《我与文学》，杨义的《鲁迅小说综论》。

福建人民出版社出版雷加的《浅草集》。

上海文艺出版社出版杨匡汉、杨匡满的《艾青传论》。

浙江文艺出版社出版唐文斌等编的《田间研究专集》。

湖南人民出版社出版张又君的《作家剪影》，《延安文艺丛书》编委会编的《延安文艺丛书·第一卷：文艺理论卷》。

四川人民出版社出版《郭沫若研究论集（第二集）》。

天津人民出版社出版林非的《论〈故事新编〉的思想艺术及历史意义》。

山东文艺出版社出版山东省鲁迅研究会编的《〈故事新编〉新探》。

5月

1日,《小说林》第5期发表石加的《献上一束鲜花——八三年度〈小说林〉获奖小说读后》。

《广州文艺》第5期发表黄新康的《凭空设境,重在写意的〈沉思〉》;夏香的《十年辛苦不寻常:记香港作家陶然先生》。

《上海文学》第5期发表吴亮的《综合:研究当代文学的一种途径》。

《长安》第5期发表闻冰的《用积极进取的态度反映人生——评贾平凹同志的创作倾向》。

《长江》第2期发表徐志祥、丁道希的《灼热的心在追逐着——论邹获帆的诗歌创作》;张一弓的《"理解了的东西才能更深刻地感觉它"》。

《北方文学》第5期发表曾镇南的《他从地层深处走来——读孙少山的短篇小说》。

《作品》第5期发表罗源文的《棉红又是一年春——读杨石同志的〈东湖诗草〉》;岑桑的《魅力来自深情——谈野曼的散文创作》;黄培亮的《〈岭南作家漫评〉小记》。

《现代作家》第5期发表何西来的《李国文风格论》。

《青年作家》第5期专栏"关于《啊,碧青的橄榄》的讨论"发表陈晓兵等的文章;同期,发表钟惦棐的《创作热情有违于艺术规律者不祥》。

《青春》第5期发表《肖建国和陈达专的通信——关于〈左撇子球王〉及其他》。

《萌芽》第5期发表宋耀良的《矫健笔下的农民》。

《新港》第5期发表丁振海、李准的《马克思主义哲学与文艺创作——纪念〈在延安文艺座谈会上的讲话〉发表四十二周年》;吴周文的《他在寻求自己的"声音"——读谢大光的散文和报告文学》。

《解放军文艺》第5期公布《一九八三年〈解放军文艺〉优秀作品获奖名单》;同期,发表闻黎的《谱军旅壮歌　拨时代琴弦》;元辉的《更多一些时代的诗情》;乔良的《汪培听到青春的足音——"战友诗苑"新人新作漫评》;何镇邦的《"战士自有战士的爱情”——读“散文诗小辑”》;周政保的《严峻的塞外土地上的军人旋律——评周涛写军人情怀的部分诗作》。

《新疆文学》第5期发表阿红的《从开拓者心灵输出的浓绿信息——读郭维东诗集〈葡萄园情歌〉》;木业羌的《成固可喜;败亦可鉴——董立勃的一组为开发者立传的小说读后》。

2日,《深圳特区报》发表萧正义的《研讨台港文学,繁荣民族文化:全国第二次台湾文学学术讨论会在厦门召开》。

3日,《小说选刊》第5期以“一九八三年获奖短篇小说漫评(二)”为总题,发表曾镇南、吴桂凤、张韧、谢明清、崔道怡、陈骏涛、郑兴万的文章;同期,发表草明的《谈谈〈工人日报〉的几篇小说》。

《文学报》发表冯健男的《关于孙犁艺术的对话录》。

《光明日报》发表王蒙的《对于现实生活的反映、反应与呼唤》;李庆宇的《评〈有这样一位县委书记〉》;李彤的《文艺批评也要根植于大地——也谈话剧〈风雨故人来〉兼评“异议”》。

《报告文学》第5期专栏“报告文学刊授园地”发表李庆宇的《报告文学的新闻性》。

5日,《广西文学》第5期发表陈运祐的《多创作有强烈时代感的作品》;潘武彬的《突然应不是偶然——从〈铁打的衙门流水的官〉中赵书记谈起》。

《边疆文艺》第5期发表黎泉的《他胸中有一团火——周孜仁和他的小说》;上官玉的《略评短篇小说〈晚秋〉》。

《当代文坛》第5期发表李友欣的《重读〈讲话〉的一点感想》;刘大枫的《在艺术创作中考察生活现象的本质意义》;杨志杰的《“芙蓉镇”里育英才》;谭风的《齐白石的诗》;庄东贤的《蒋子龙印象记》;吴欢章的《诗人之文——读臧克家的抒情散文》;李炳银的《新开掘与新创造——读长篇小说〈故土〉》;刘湛秋的《他的感情深沉而美丽——读刘再复散文诗集〈告别〉》;高洪波的《揭余生的儿童小说创作》;黄泽新的《沿着民族化的艺术道路创新——评〈探求〉的艺术特色》;松笔的《历史的评价和道德的评价——几篇“争鸣小说”引起的思考》;蒋守谦的《典型化原则和典型论上的庸俗社会学》;金宏远的《求新与失度——评〈杨月月与萨特之研究〉》;刚韧的《“玄说”》;[美]玛丽·罗尔伯格的《论作为一种文学形式的短篇小说》;胡明的《作诗必此诗、定知非诗人》;马立鞭的《也谈“隔”与“不隔”》;潘志豪的《请把准我的假定心理》；李正心的《由简到繁的艺术》；钟志海的《文艺评论也应该多样化》；刘洪耀的《从〈家风〉〈小巷幽蓝〉谈起》；秦树艺的《由萧伯纳写信所想到的》；叶嘉莹的《叶嘉莹教授来信》。

《延河》第5期发表李健民的《谈题材的发现》；聿之的《工业题材的新收获——读几篇工人业余作者的小说有感》。

《花溪》第5期发表修远的《笔底清泉出新声——读王小鹰的小说创作》；专栏“散文创作十二谈”发表柳嘉的《散文的真情实感》。

《星火》第5期发表刘欣大的《文艺与人性、人道主义问题——读胡乔木〈关于人道主义和异化问题〉札记》；陈俊山的《时代的回声——〈海沫文谈偶集〉读后感》。

《安徽大学学报(哲学社会科学版)》第3期发表王宗法的《归心乱逐浪千重——读〈台湾爱国怀乡诗词选〉》。

7日，《人民日报》发表何孔周的《引人深思的〈绿化树〉》。

《文艺报》第5期专栏“戏曲艺术必须‘推陈出新’”发表刘厚生的《戏曲，再革新，再提高！》，宋振庭的《戏剧现状之我见》；专栏“怎样表现变革中的农村生活”发表宋爽的《漫谈几篇反映农村变革的小说》，胡采的《在生活的大海面前》；以“短篇小说获奖者的话”为总题，发表陆文夫的《短篇小议》，达理的《愿笔下吹拂着时代气息》，张洁的《热情地拥抱生活》，石定的《我爱我的那一片乡土》，唐栋的《生活的馈赠与奉献于生活》；同期，发表邵燕祥的《幸存者；但不是苟活者——张贤亮〈绿化树〉读后》；冯牧的《关于畅想的随想——读〈共青畅想曲〉》；戚方的《关于“从属”和“远离”的思考》；梁晓声的《关于〈“风雅”何其多〉一文的通信》；礼谆、臻海的《文艺和人性的断想》；“文艺短评”栏发表王朝垠评《惊涛》，方晴评《丈夫》，牛志强评《明天行动》的文章。

8日，《人物》第3期发表何标的《爱祖国、爱家乡——台湾省籍文学家张我军》。

10日，《文汇月刊》第5期发表曾卓的《在大海面前——从〈迷人的海〉谈到〈老人与海〉》。

《北京文学》第5期发表苏叔阳的《关于小说的构思、素材和人物刻画》；白烨的《新时期文学交响曲中独异的乐章——略论知青小说题材创作》；林草思的《对于文艺批评的杂感》；苗家全的《掀掉这层纱》。

《东海》第5期发表王羊的《深刻地反映新的时代》。

《光明日报》发表刘锡诚的《漫谈邓刚的小说》；程树臻的《深入火热的生活，塑造改革家形象》。

《西藏文学》第5期发表李佳俊的《现实主义给他灵感和力量——浅谈益希单增〈叛誓者〉的部分章节》；田文的《情深才能感人——读叙事诗〈月夜〉》；李雅平的《读组诗〈大草原〉——致作者马丽华同志》；周炜的《新的探索，新的启示——读藏文短篇小说〈大前门〉》；田娅的《〈法音〉之词》。

《雨花》第5期发表郑乃臧的《漫谈刘振华小说创作的艺术特色》。

《诗刊》第5期发表高扬的《对农村青年诗歌作者的几点希望——高扬同志给吴振华同志的信》；尹一之的《继承·创造——读周纲、廖公弦的近作》；朱先树的《写诗的战士与写战士的诗——读李松涛的部分诗作》；张志民的《文学笔记（七则）》；何锐的《假如你想做个诗人写诗，要讲究虚实的妙用》；杨世运的《诗，不应该是文字游戏》。

《读书》第5期发表王嘉良的《游子的心浮在祖国——读萧乾的〈海外行踪〉》；刘湛秋的《愉快的自白——抒情诗集〈生命的快乐〉跋》；王行之的《关于文学评论的"放"谈》。

14日，《中篇小说选刊》第3期发表李小巴的《多余的解释》（《啊，故土》创作谈）；贾平凹的《在商州山地》（《小月前本》创作谈）；冯骥才的《〈爱之上〉创作随笔》；冯苓植的《来自草原的汇报》（《翅膀上的故事》创作谈）；姜磊的《沉重的思索》（《枫叶思》创作谈）；奚青的《献给女勘探队员的歌》（《天涯孤旅》创作谈）；刘国民的《只能如实汇报》（《啊！世界上最美丽的》创作谈）。

《人民日报》发表《台湾新文学的动向》。

15日，《山东文学》第5期发表缪俊杰的《关于描写农村新人问题浅议》；任孚先的《笔端有力任纵横——评宋协周的政治抒情诗集〈声请集〉》。

《文学评论》第3期发表刘爱民的《在生活的漩流中奋进——读三篇报告文学》；贺兴安的《青年奋击者的壮美诗篇——读张承志的〈北方的河〉》；张韧的《邓友梅小说的民俗美与时代色彩——读中篇小说〈烟壶〉及其他》；彭韵倩的《对变革时期农村生活的思考——评周克芹的〈橘香，橘香〉》；韩瑞亭的《既脱艰窘　迭出新奇——读刘兆林近作》；刘再复的《论人物性格的二重组合原理》；李明泉的《戴着脚镣跳舞——论报告文学的想象》；陈素琰的《论宗璞》；宗璞的《小说和我》;陈惠芬的《从单纯到丰厚——王安忆创作试评》;沈敏特的《当代文学——新的社会信息》;许子东的《文学批评中的"入"与"出"》;陈骏涛的《富于创造性的文学探求——评王蒙的〈漫话小说创作〉及其他》。

《当代文艺思潮》第3期专栏"坚持四项原则　高举社会主义文艺旗帜"发表《学习讨论〈关于人道主义和异化问题〉——中国当代文学研究会甘肃分会、本刊编辑部联合召开座谈会》,康林的《正确理解文艺的创新问题》,林恭寿的《今日诗坛上的存在主义哲学——析〈崛起的诗群〉》,徐敬亚的《时刻牢记社会主义的文艺方向》,并加编者按,转载《文艺报》1984年第4期向川整理的《一场意义重大的文艺论争——关于〈崛起的诗群〉批评综述》;同期,发表曾镇南的《论〈土壤〉对社会主义文学创作的意义》;敏泽的《谈谈张辛欣的创作》;甘棠的《共产主义与中国作风中国气派》;孙光萱的《也谈新诗的"窘境"和"危机"》;梅瑞华整理的《姚雪垠、松本清张漫谈历史小说创作》;王新兰的《扎根于故乡的沃土中——谈东乡族诗人汪玉良的诗》。

《钟山》第3期发表汪曾祺的《谈谈风俗画》;吴调公的《风俗画与审美观》;章品镇的《"地方色彩"掠影》;姜滇的《写出水乡味来》;许志英的《从现代小说的风俗画谈起》;丁帆的《杂谈当代风俗画作品》。

《台湾研究集刊》第1期发表卢善庆的《艺术・美・思想——读蒋勋的〈艺术手记〉》。

17日,《文学报》发表巴金的《核时代的文学——我们为什么写作——在第四十七届国际笔会代表大会上的发言》。

《光明日报》发表苏叔阳的《改革的文学和文学的改革》;张灯的《写出了农村变革的新趋向——赞〈公路从门前过〉》。

《作品与争鸣》第5期发表章仲锷的《一幅当代生活的斑斓画卷——简析长篇小说〈故土〉》;阎纲的《诗可以怨——读〈打鱼的和钓鱼的〉》;武国华的《农村基层干部形象塑造漫议——希望克服一种新的公式化、概念化倾向》;权海帆的《正确反映新时期的城乡关系》;杜实的《这能算社会主义人道主义吗?——评中篇小说〈深深的辙印〉》;智杰的《本是同根生　秉性何太异——读〈深深的辙印〉》;董之林的《爱情的"橄榄"所无法包容的》(批评作品同下);何火任的《让爱情在事业中闪光吧——读短篇小说〈啊,碧青的橄榄〉》;怡敏的《是忠贞的爱情么——〈树梢上悬起的晚霞〉读后》;魏军的《让晚霞升得更高、更高……》(以上二文均原载《红豆》1984年第1期)；秦鄂的《评两篇科幻小说的错误倾向》；陈全荣《〈驼峰上的爱〉及其争论简介》；马辑的《关于当代大学生形象塑造问题的讨论》；田昉的《近年短篇小说创作质量得失谈——“关于进一步提高短篇小说质量的讨论”综述》；朱建新的《对小说〈求索〉的批评综述》；郭斌的《中篇小说〈问心X愧〉引起批评》；霍明的《广州文学讲习所讨论〈一个犯过错误的男人〉》；晓行的《关于几位中国现代作家研究综述》；张富国、邢静的《对几部电影、电视剧的批评》。

19日，《青年文学》第5期发表许涤新的《草原滴滴血　开出美丽花——读中篇小说〈白与绿〉》；张同吾的《描绘，美妙的演奏》(评雁宁的《月亮溪》)；林斤澜的《“黑土地”上的收获》(评周进《黑土地》)；牛志强的《说“味儿”》(评李龙云的《记忆中的橄榄果》)；黄子平的《“视点”的选择》(评高尔品的《阿加“帕日吉玛”》)。

20日，《长城》第3期发表周申明的《探索·锐气·深度——陈冲近作简评》；张庆田的《群山·星河·展开的翅膀——谈1983年以来我省的中篇小说创作》。

《萌芽·增刊》第2期发表哈华的《愿萌芽的幼芽成为参天的大树——〈萌芽短篇小说佳作选〉序》；李硕儒的《纯朴的歌，深沉的歌——读徐恒进的中篇小说》。

21日，《文艺研究》第3期以“上海工人话剧创作笔谈”为总题，发表宗福先的《关于工业题材戏剧的几点浅见》；梁星明的《写“我在河上见过”的》；贾鸿源的《创新意识随想》；史美俊的《生活与话剧结构样式的创新》；贺国甫的《业余作者与生活》；汪培的《生活，新人及探索》；同期，发表陈云的《春节会见曲艺界人士时的谈话要点(一九八四年二月二日)》；朱穆之的《学点马克思主义的哲学》；张庚的《繁荣文艺的正路》；陆梅林的《必然与空想——再谈马克思主义与人道主义关系问题》；郑伯农的《人道、异化和创作思想》；王蒙的《读八三年一些短篇小说随想》；丁道希、萧立军的《张贤亮在一九八三年》；吴方的《谈谈文艺研究的研究》。

22日，《新文学史料》第2期发表袁良骏的《关于苏雪林攻击鲁迅的一些材料》；阎纯德的《沉樱，及其创作和翻译》。

24日，《文学报》发表叶梅珂的《给大地添点绿意——陈国凯印象记》；张韧的《〈绿化树〉与张贤亮的新探索》；何川江的《知识分子命运的交响曲——宁夏作协〈绿化树〉座谈会纪要》。

《光明日报》发表丁玲的《漫谈散文》；丹晨的《且说艺术生命的短与长》。

25日,《当代作家评论》第3期发表周鉴铭的《蒋子龙论》;刘思谦的《蒋子龙的小说创作》;杨桂欣的《论张洁的创作》;马加的《写在文集的前头》;曾镇南的《评长篇小说〈北国风云录〉》;罗中起、莫毓馥的《马加小说的东北地方特色》;夏刚的《在灵与肉的搏斗中升华——〈绿化树〉的"心灵辩证法"》;马畏安的《美的追求——评胡昭的散文》;光群的《"柳叶桃"——一个艺术典型——试论"柳叶桃"的形象塑造及其典型性》;张春宁的《刘宾雁报告文学的语言特色》;高洪波的《崔坪的儿童小说创作》;刘蓓蓓的《高潮之后——话说1983年中篇小说》;李作祥的《文坛上升起三颗星——〈啊,索伦河谷的枪声〉、〈迷人的海〉、〈无声的雨丝〉放谈》;丹晨的《"把心交给读者"——读巴金近作〈真话集〉》;张桦的《诗人灵感的云——读周良沛的诗论〈灵感的流云〉》;胡宗健的《有"弹性"的文学》;许振强的《评论家与社会生活》;方顺景的《关于文学作品的感情问题——就〈爱的火焰〉致陈模同志》;陈模的《文学作品要以情感人》;刘秉山的《马加》;张毓茂的《萧军》;白烨的《近年来关于文艺批评问题的讨论》。

《花城》第3期发表陈骏涛的《刘心武论》。

《文艺情况》第5期发表周青的《台湾乡土文学发展中的四次大论战》。

26日,《文汇报》发表刘绪源的《多层次多视角地反映农村的变革》。

31日,《光明日报》发表张一弓的《听命于生活的权威》;周申明的《做时代的"弄潮儿"》;张同吾的《五十年代拓荒者的足迹——评长篇小说〈北国草〉》。

本月,《十月》第3期发表唐挚的《读〈北方的河〉的断想》。

《山西文学》第5期发表马烽的《中国农民与文学作品——应意大利〈人之书〉之约而作》;王汶石的《漫谈革命作家的使命感(一)——在运城地区创作座谈会上的发言》;王蒙的《我的第一篇小说》;张厚余的《虚实相生　气象无穷——读青稞的两篇散文近作》。

《小说界》第3期"获奖作品评论"专栏发表王纪人的《新时期的彩虹——读〈彩虹坪〉》,曾文渊的《强烈的生活实感——读〈康家小院〉》,吴中杰的《可喜的收获——读〈收获〉》,张德林的《爱情、艺术、道德——读〈啊,明星〉》,史中兴的《艺术的源头活水——读〈穷表姐〉》,方克强的《那察加玛心灵的交响曲——读〈拯救〉》,江曾培的《微言大义,耐人寻味——读〈枪口〉等五篇微型小说》。

《小说家》第2期发表盛英的《茹志鹃论》;洪钧的《在新时代的画廊里——一九八三年〈小说家〉读后》;温超藩的《文学的创新与开拓者的现代品格》。

《文学》第5期发表刘景清的《细节的魅力》。

《文学月报》第5期发表宋振庭的《一个文艺工作者在学习〈邓小平文选〉时想到的几个问题》；任光椿的《美的情愫，诗的意境——给彭见明同志的一封信》；阿红的《回响着人民肺腑的歌吟——读弘征的〈浪花·火焰·爱情〉》；陈少禹的《开掘了人们的美好心灵——读中篇小说〈遥远万里情〉》。

《当代文学研究参考资料》第5期发表艾斐的《当代文学流派诠疑》；亦鸣的《对中篇小说〈女俘〉的批评》。

《百花洲》第3期发表吴海的《以艺术的笔触书写人生——〈四个四十岁的女人〉读后漫笔》；西璘的《花儿正芬芳——评短篇小说集〈流逝不去的花儿〉》；江鱼的《〈大山，绿色的大山〉的一些回顾》；吴松亭的《江鱼中篇小说创作管窥》；周劭馨的《紧追生活　注重写人——读陈海萍中篇小说随想》；黄方的《思考是为了前进——谈时雨、如月的中篇小说随想》。

《福建文学》第5期发表叶公觉的《"散文之乡"新笛声——读〈福建文学〉一九八三年的散文》。

《当代文学研究丛刊》第5辑发表封祖盛的《黄春明的创作特色》；涂碧的《论陈映真思想的"个体性"》。

《星星》第5期发表杨汝絅的《一个有心人的"动物国"漫步——〈台湾诗人十二家〉读后》。

《文艺新世纪》第2期发表纪楠的《台湾新文学运动纪略》。

本月，人民文学出版社出版陈涌的《鲁迅论》。

陕西人民出版社出版西安地区纪念鲁迅诞生一百周年大会编的《西安地区纪念鲁迅诞生一百周年文集》，金汉编的《王汶石研究专集》。

中央广播电视大学出版社出版黄修己等编选的《中国现代文学史参考资料（上）》。

北京大学出版社出版中国文艺思想史论丛编委会编的《中国文艺思想史论丛（第1辑）》，张隆溪、温儒敏编的《比较文学论文集》。

贵州人民出版社出版何火任编的《谌容研究专集》。

重庆出版社出版陆荣椿的《夏衍创作简论》。

人民文学出版社出版胡风的《胡风评论集（中）》，茅盾的《我走过的道路（中）》，蔡仪主编的《文学概论》。

花山文艺出版社出版冯健男的《作家论集》。

中国社会科学出版社出版阎纲主编的《当代文学研究丛刊(第5辑)》。

北京师范大学出版社出版北京师范大学苏联文学研究所编译的《苏联当代作家谈创作》。

上海社会科学出版社出版上海社会科学院文学研究所编的《文学研究丛刊(1)》。

6月

1日,《小说林》第6期发表姜胜群的《略谈〈旋转〉》;《〈丢失的梦〉讨论会发言摘要》。

《上海文学》第6期发表鲁枢元的《反映论与创作心理》;赵鑫珊的《关于文学艺术独特性的随想》。

《长安》第6期发表和谷的《沉浸——散文创作掇拾》;张田的《我读柳青的一首诗》。

《北方文学》第6期发表吴光华的《从维熙和他的〈北国草〉》。

《作品》第6期发表赵鹰的《"无技巧"境界》;韦轩的《〈上弦月集〉诗的美》。

《作家》第6期发表夏南的《文艺要积极宣传社会主义人道主义》;周桐淦的《陈奂生论——兼论系列小说创作的有关问题》。

《现代作家》第6期发表王小鹰、陆星儿、黄子平的《生活感受与审美激情——创作通信》;孟伟哉的《克拉克夫人与蛇——一点自白》(《昨天的战争》创作谈);吴秀明的《别有韵味——读〈金冬心〉》;陈朝红的《一篇发人深思之作——评小说〈打鱼的和钓鱼的〉》;刘中桥的《一个伟大作家的心愿——读巴金随想录〈化作泥土〉》;竹亦青的《悲剧向着喜剧的转化——读〈酒鬼杨石匠的女儿〉》。

《青年作家》第6期发表陈朝红的《也谈〈啊,碧青的橄榄〉》;陆文璧的《喜读〈五月春正浓〉》。

《青春》第6期发表集华铭的《年轻的心对生活的回应——青年题材获奖小说读后》；叶公觉的《一丛含露乍开的鲜花——〈青春〉近两年发表的散文漫评》。

《萌芽》第6期发表洪波的《激动人心　富有新意——读〈筑起我们新的长城〉》。

《滇池》第6期发表吴然的《刘绮和儿童文学》；闽豪的《袅袅〈炊烟〉》；莫凯的《滴水生辉——读〈我们的四合院〉》。

《新港》第6期发表吴松亭的《广阔的时代视野　丰满的人物形象——评柳溪的长篇小说〈功与罪〉》；浩然的《〈浩然选集〉自序》。

《解放军文艺》第6期发表曾镇南的《事信·意深·言文——读〈大寨在人间〉》；曾镇南的《慧眼向洋看世界——读刘亚洲的报告文学》；徐怀中的《〈啊，索伦河谷的枪声〉序》；张雨生的《短篇小说容量琐谈》；罗强烈的《海波创作漫议》；李伟的《犹自带铜声——悼念虞棘同志》。

《新疆文学》第6期专栏"'开发者文学'笔谈"发表蔚岐的《要敢于反映尖锐复杂的矛盾斗争》，丁子人的《赋予开发者形象以时代特征》，王仲明的《光荣而艰巨的使命》；同期，发表刘宾的《评近年来文学中的所谓"人道主义潮流"》；匡满的《柏桦诗印象》。

3日，《报告文学》第6期专栏"报告文学刊授园地"发表李庆宇的《报告文学的文学性》。

5日，《广西文学》第6期发表冯峨的《谈文艺创作中的主观和客观》；胡宗健的《让情节摆脱概念的躯壳》。

《延河》第6期发表春歌的《生活呼唤着作家——作协陕西分会农村题材创作座谈会纪要》；京夫的《生活呼唤变革的文学》。

《当代文坛》第6期发表本刊记者的《农村改革题材座谈会纪略》；周克芹的《八十年代农村题材展望》；肖云儒的《几缕清香——读〈丁玲散文近作选〉》；单复、傅子玖的《郭风简论》；谭兴国的《探索人生的起点——〈艾芜的生平和创作〉之一章》；陈伯吹的《业余创作大有可为》；胡君靖的《金近童话的艺术特色》；董之林的《那是她心中最美的歌——漫谈刘真儿童小说的艺术独创性》；陈丹晨的《历史的动力和历史的是非——人道主义问题札记》；吴亮的《评〈杨月月与萨特之研究〉》；陈文超的《情与理的矛盾——评〈鲁班的子孙〉》；罗定金的《"分段还是散文诗"？——致流沙河同志》；杨汝絅的《入情入理的意外》；哲良的《妙与不妙——艺术辩证法之一》;汪裕彬的《逼真与变形——从一则诗话说起》;叶潮的《月亮诗·太阳诗·再创造》;高信的《〈达夫书简——致王映霞〉及其他——〈北窗书话〉之一》;[美]玛丽·罗尔伯格的《论作为一种文学形式的短篇小说(续)》。

《花溪》第6期发表戴明贤的《石定小说印象》;钟文的《力的诗风——谈新作者唐亚平三首诗》;专栏"散文创作十二谈"发表韩少华的《文若行云自卷舒》。

《星火》第6期发表范咏戈、朱苏进的《关于深化军事题材作品主题的通信》;吴宗蕙的《人生之船,驶向何方——评〈四个四十岁的女人〉》;李蓬获的《思想深邃 形象感人——看获奖影片〈乡音〉有感》。

7日,《文艺报》第6期发表冯牧的《投身到伟大变革的生活激流中去》;云海的《和新的生活现实相结合——记中国作协工作会议》;专栏"怎样表现变革中的农村生活"发表张一弓的《听命于生活的权威——写自农村的报告》,乌热尔图的《挖掘独特的财富》,叶蔚林的《眼睛往哪里看?》;同期,发表司马文缨的《请深深地根植在中国的土地上——略论吴若增"国民性"小说创作之得失》;蔡葵的《岁老根弥壮——读〈圣地〉〈烽烟图〉〈热带惊涛录〉〈无定河〉等老作家新作》;江曾培的《普通工人——时代的"剧中人"》;徐怀中的《从浅海划进深水域——刘兆林和他的近作》;"新作短评"栏发表张同吾评《雷暴》,蒋荫安评《蒲叶溪磨坊》,谢云评《打鱼的和钓鱼的》,湖余评《倾斜的阁楼》,于建评《天鹅湖畔》,崔道怡评《站在高高的脚手架上》的文章。

《文学报》发表《改革者形象应具有新人风貌和远大理想》;肖德的《正气歌 民族魂——读〈雪落黄河静无声〉》;谢云的《遗憾的一笔——谈〈雪落黄河静无声〉的结尾》;唐再兴的《意念不能代替生活——〈雪落黄河静无声〉的不足》;田岳的《提倡同志式的讨论》;许大立的《一曲深情的歌——记台湾诗人彭邦桢和他的儿子》。

《解放军文艺》第6期发表曾镇南的《慧眼向洋看世界——读刘亚洲的报告文学》。

9日,《团结报》发表韦人的《林海音谈台湾文学的启蒙》。

10日,《文汇月刊》第6期发表冯牧的《面对生活的召唤》;荒煤的《莫要知情却怯情》;于晴的《文学与断层》;唐挚的《到生活激流中去》;敏泽的《从"自古而然"未必然说起》;洁泯的《时代声息的感知》;梅朵的《为改革的作品开路》。

《北京文学》第6期以“报告文学笔谈”为总题，发表韩少华的《新生活，正扑面而来——关于报告文学的断想》，朱述新的《报告文学的作者要自强自重》；肖复兴的《题材与表现的希望》；同期，发表蔡润田的《文学风格的审美价值刍议》；王衍盛的《对社会主义文艺旗帜的一点思考》。

《东海》第6期发表骆寒超的《谈题材与主题的关系》。

《西藏文学》第6期发表晓之的《跌宕有致　扣人心弦——评〈三等世家之子〉的回溯手法》；子华的《在平凡、普通中见精神——读〈极地〉》。

《雨花》第6期发表包忠文的《真理、精神个体性的形式和创作个性》；戎东贵的《陆文夫创作追求点滴谈》。

《诗刊》第6期“诗苑漫步”栏发表莫文征《一九八二年诗选》，陈绍伟的《六月流火》，欧阳近士的《故园别》，匡汉的《春天的竖琴》，朱子庆的《迟来的爱情》；成志伟的《西天的云彩》，未央的《第一行足迹》；同期，发表曾卓的《绿原和他的诗》；陈良运的《假如你想作个诗人(18)谈诗的深化》。

《奔流》第5、6月合刊发表艾云的《齐岸青作品印象》；何彧的《从小秦川走向大世界——谈郑彦英的小说创作》；阎豫昌的《攀登者的脚印——致周同宾同志》(评周同宾的散文)。

《读书》第6期发表张志忠的《青山遮不住，毕竟东流去——谈张贤亮〈河的子孙〉》；王蒙的《序〈中篇小说论集〉》。

14日，《文学报》发表刘锡诚的《“新典型观”三问——与吴亮同志商榷》；黄宏建的《“传递出更多的光明和欢乐”——读竹林的两个中篇》；魏然的《由“说愁”想到的》；牧惠的《〈暖流〉余话》。

《光明日报》发表焦祖尧的《更深刻地理解变革中的现实》；尚宇的《改革者的赞歌——读〈袁振诗选〉》。

14—20日，厦门大学举行丁玲创作讨论会(《文艺报》1984年第8期)。

15日，《山东文学》第6期发表张达的《捕捉生活中的深刻变化——读〈三掌柜〉》；李先锋的《短篇小说的情绪基调》。

《文学研究动态》第6期发表符的《〈台湾乡土文学史导论〉及〈乡土文学〉的盲点》。

16日，中华人民共和国成立以来首次儿童文学理论座谈会在石家庄召开(《文艺报》1984年第8期)。

17日,《作品与争鸣》第6期发表朱寨的《〈绿化树〉预示着什么?》;胡德培的《艺术应扎根在生活的沃土里——〈她从画中走出来〉评析》;应泰岳的《一篇有矛盾的好小说》(评《她从画中走出来》);周晓的《〈弓〉与〈祭蛇〉的启示》(原载《儿童文学选刊》1983年第4期);樊发稼的《也谈〈祭蛇〉》(原载《儿童文学》1984年第1期);刘绪源的《由别林斯基的话说开去——兼谈樊发稼同志的〈也谈《蛇祭》〉》(原载《儿童文学选刊》1984年第2期);龙子的《奇花异草分外香——谈小说〈祭蛇〉》(原载《儿童文学研究》第15辑);沙平的《〈荒漠与人〉得失谈》(原载《新疆文学》1983年第11期);罗国梦的《对〈荒漠与人〉的看法》(原载《新疆文学》1983年第12期);周政保、胡康华的《粗狂的男性的北方——评文乐然的中篇小说〈荒漠与人〉》(原载《新疆文学》1984年第4期);翁睦瑞的《为电影文学论辩》;孙午的《关于"异化"和文艺问题的争论综述》;谢云的《〈四个四十岁的女人〉得失谈》(原载1984年3月15日《文学报》);林泰的《"苏联符号学"》;杜实的《沙汀》。

19日,《青年文学》第6期发表秦牧的《为平凡的人物写传——读伊始的〈"狗咬豹"和它的主人〉》;彤夫的《审美感受的沉淀》(评矫健的《报复》);章仲锷的《在平凡中发掘不凡》(评杜保平的《"分子"和"分母"》);赵尊党的《情景结合的艺术手法》(评李逊的《年轻的江》)。

20日,《人民文学》第6期发表段崇轩的《喜看短篇小说显优势》;王树村的《写出了我国知识分子的本质》;尤敬东的《〈惊涛〉的"发现"与"突转"》;姜世雄的《急转直下　力透纸背》;同期,发表李国文的中篇小说《危楼记事》。

《当代》第3期发表《一幅当代生活的斑斓画卷——长篇小说〈故土〉发言摘要》;冯立三的《当代知识分子的心灵造影——评长篇小说〈故土〉》;并公布《一九八三年"〈当代〉文学奖"获奖作品篇目》。

《文艺情况》第6期发表周青的《我头脑中的两个陈若曦形象》。

21日,《光明日报》发表从维熙的《唯物论者的艺术自白——读〈绿化树〉致张贤亮同志》;韩瑞亭的《站在一定的历史高度表现改革》。

《文学知识》第3期发表向鸣的《秀竹正迎风——张宇和他的小说创作》;夏夏的《不息的追求——读〈龙兵过〉》;范炯的《记入年轮的思考——读〈记入年轮,记入年轮〉》。

27日,人民文学出版社为《当代》创刊五周年在北京华侨大厦举行了茶话会

(《当代》本年第 4 期)。

28 日,《文学报》发表郑朝宗的《赤胆忠心的最好见证——读〈战火中的书简〉忆彭柏山同志》;刘冬冠的《意在开拓——读俞天白的长篇小说〈氛围〉》;单复的《爱国才能情深——读于宗信的〈台湾诗情〉》。

《光明日报》发表叶友文的《把理想定格化的爱情悲剧——评谌容的中篇新作〈错,错,错!〉》;杨旭村的《评中篇小说〈火神〉中的郭亮》。

29 日,《福建论坛》第 3 期发表耘之、饶山的《全国第二次台湾、香港文学学术讨论会简介》;温祖荫的《鲁迅与林语堂》。

本月,《山西文学》第 6 期发表张仁健的《袭故而弥新——读义夫新作〈花花牛〉》;王汶石的《漫谈革命作家的使命感(二)——在运城地区创作座谈会上的发言》;董耀章的《生活的探索者——梁志宏和他的诗歌创作》。

《文艺理论研究》第 2 期发表姚雪垠的《谈〈李自成〉的若干创作思想(下)》。

《文学》第 6 期发表段儒东的《深刻反映变革时期的新生活——记〈文学〉编辑部召开的一次创作座谈会》。

《文学月报》第 3 期发表汪曾祺的《谈风格》;郭志刚的《〈丁玲创作谈〉序》;吴慧颖的《劳动妇女粗豪美的赞歌——读刘舰平的〈船过青浪滩〉》。

《名作欣赏》第 3 期发表吴嘉的《〈拾穗〉随拾》。

《当代文学研究参考资料》第 6 期发表亦鸣的《对短篇小说〈挑战〉的批评综述》;转载《学术界动态》1984 年增刊第 1 期竹青的《〈诗人之死〉的思想倾向》。

《福建文学》第 6 期发表邹平的《现实主义精神——社会主义文学的凝聚力——兼与曾镇南同志商榷》;王屏的《一代人的幸运》(评叶明山的《天鹅》);管宁的《〈天鹅〉之美》。

本月,花城出版社出版赵增锴、刘彦钊的《艺术辩证法枝谈》,刘西渭的《咀华集》。

上海文艺出版社出版《文艺论丛(第 20 辑)》,以群主编的《文学的基本原理》。

北京出版社出版老舍的《文学概论讲义》,中国现代文学研究会、北京出版社编的《中国现代文学研究丛刊(1984 年第 2 辑)》。

岳麓书社出版胡念贻的《关于文学遗产的批判继承问题》。

湖北人民出版社出版李保均的《小说写作研究》。

文化艺术出版社出版《茅盾研究》编辑部编的《茅盾研究(第1辑)》。

天津人民出版社出版庄钟庆编的《茅盾研究论集》。

花城出版社出版刘西渭的《咀华集》。

陕西人民出版社出版陈鸣树的《鲁迅的思想和艺术》。

本季,《文艺评论通讯》第2期发表王荣纲的《我国报告文学理论研究一瞥》;郑凤兰的《评长篇新作〈泰山石〉》;肖舟的《他为美的心灵唱赞歌——郭建华小说创作漫评》;陈毛美的《几颗小星;淡淡的……——读〈三个傻小子〉》;理先的《生活与诗情的奏鸣——读散文诗集〈潮音集〉》;吴开晋的《独具一格的吟唱——读孔林同志的诗集〈百灵〉》;庞守英的《论肖平的小说创作》;兰琪的《运河岸边多丽人——谈刘绍棠塑造人物的特点》。

《海峡》第2期发表武治纯的《和平的战争——陈映真〈华盛顿大楼〉初探》。

7月

1日,《广州文艺》第7期发表刘乐群的《含蓄与含糊——微型小说〈书法家〉与〈圆〉的对比》。

《小说林》第7期发表蒋原伦的《她在探索中成长——记陆星儿》;赵捷的《坚持丰富与明确的统一——谈人物性格描写》。

《上海文学》第7期发表阿城的《棋王》。

《长安》第7期发表冰心的《谈谈散文》;杜鹏程的《我的心愿——〈杜鹏程小说选〉序言》;冯日乾的《爱的呓语与社会主义道德》;陈孝英的《再访王蒙》。

《北方文学》第7期发表高进贤的《走向成熟的路——关于肖复兴的报告文学创作》。

《作品》第7期发表艾彤的《生活;严峻而又多情——读陈国凯的中篇〈两情若是久长时〉》;李天平的《〈圣地〉艺术漫笔》;李钟声的《提高对生活的理解能力——对提高广东中短篇小说创作的意见》。

《作家》第7期发表南风的《由史铁生的“冒险”计划引发的联想》；韩志君的《作家的“眼界”》；孙里的《作家，要跟上时代的发展》。

《现代作家》第7期发表邓仪中、仲呈祥的《谱写变革时期的“人心史”——读我省反映改革的几篇小说》；吴野的《认识变革，反映变革——读〈星球・轨道〉有感》。

《青年作家》第7期发表周克芹的《感受・表达——农村题材创作琐议》；专栏“关于《高地》的讨论”发表北京大学中文系文学专业八二级的《探索〈高地〉之谜》。

《青春》第7期发表曾镇南的《她憧憬着人生的辉煌瞬间——评黄蓓佳的小说创作》（第8期续完）；贾平凹的《我的台阶和台阶上的我》；李传申的《诗情的音乐魅力——评王中朝的三首诗》。

《萌芽》第7期发表曾镇南的《关于程乃珊作品的断想》；冯嘉的《〈蓝屋〉得失谈》；专栏“关于中篇小说《太阳》的讨论”发表北极的《道德化的痛苦与历史发展的阵痛》，周健的《是“太阳”还是“流星”？》。

《滇池》第7期发表陈剑晖的《需要坦率的文艺批评》；小铁的《群山之恋——米思及和他的诗》。

《新港》第7期发表杨桦的《为新时代放声歌唱——天津几位中年诗人的诗集读后》。

《解放军文艺》第7期发表闻黎的《迅速而深刻地表现军营生活和时代精神》；孙葳的《小说美感二题》；金辉的《叙述角度琐谈》；梅沙的《论胡奇的儿童文学创作》。

《新疆文学》第7期专栏“‘开发者文学’笔谈”发表余开伟的《开发者文学的范畴及特征管见》，刘定中的《深刻反映新时期边疆的社会变革》；同期，发表雷茂奎的《激情与感奋的流泻——读〈从天山脚下开始〉》；马卫的《告别昨天也是美丽的——读小说〈驼运线即将消失〉》；牛常兴的《开发者的壮美情怀——〈痴情〉读后》；李振坤的《一篇耐人咀嚼的小说——读〈书记手册里的故事〉》；梁礼玉的《〈卵石雨〉读后》。

3日，《小说选刊》第7期发表黄伟宗的《评〈两情若是久长时〉》；张贤亮的《关于〈绿化树〉——在〈十月〉召开的座谈会上的发言》；陈国凯的《熟悉变革时期的老干部》；转载《青年文学》本年第5期许涤新的《草原滴滴血　开出美丽花——

读中篇小说〈白与绿〉》。

《北京日报》发表谭谊的《艺术形象中的透视力——简评长篇小说〈故土〉》。

5日，《广西文学》第7期发表贺兴安的《以生命的形式呈现出来》；周鉴铭的《文学创作中的"小"与"大"》。

《文学报》发表徐霖恩的《反映农村改革的创作浪潮正在掀起》。

《当代文坛》第7期发表周劭馨的《熟地上的新耕作——近年来革命历史题材创作漫谈》；何国庆、陈襄民的《〈男人的风格〉"理念大于形象"辩》；苏叔阳的《〈故土〉闲聊篇》；唐跃的《逆转和顺转的螺旋轨迹——张弦小说创作阅读札记之一》；仲呈祥、邓仪中的《〈橘香，橘香〉人物散论》；蔡翔的《韩德来：一个富有魅力的艺术启示——重读〈辘轳把胡同9号〉》；陈美渝的《沙汀短篇小说结构初探》；李士文的《一朵水灵灵的昙花——蔡大嫂——〈死水微澜〉人物谈》；冯宪光的《〈杨月月与萨特之研究〉之研究——与江源同志商榷》；罗强烈的《作家与"这一个"——谈李宽定的小说创作》；尹在勤的《杏黄，草绿，淡紫……——"四川诗丛"第二辑掠影》；钟庆成的《他走着自己的路——读短篇小说集〈大雁落脚的地方〉》；高信的《"努力吧，二十年！"——葛琴和他的小说集〈总退却〉》；艾以的《读罗淑的两个短篇》；庄众的《"声画对位"在文学中的运用》；岑杰的《也谈"缺陷美"》；川江水的《作家不是"写作机器"》。

《花溪》第7期发表杨旭村的《青春在他的作品中闪光——杨东明中短篇小说漫评》；罗强烈的《对社会起家庭教师的作用——文学批评断想》；专栏"散文创作十二谈"发表石英的《散文创作中的弊端及其克服》。

《青海湖》第7期发表张同吾的《新的形象和新的审美判断——刘谌秋诗作谈片》。

《星火》第7期发表张同吾的《为当代人的心灵塑像——评胡平的诗〈当代人〉》；周劭馨的《秋天，果实将更加圆熟——熊光炯近作印象》；曾广德的《"墓地"面前的独特表演——评〈无名墓地〉》；王自立的《人民——艺术家的母亲——读〈飞出院墙的音符〉》。

7日，《文艺报》第7期发表巴金的《核时代的文学——我们为什么写作？——在第四十七届国际笔会大会上的发言》；陈涌的《人性、人道主义和我们》；鲁枢元的《关于创作心理研究的再思考》；华生整理的《关于"复杂性格"问题的讨论》(争鸣综述)；韦君宜的《读〈夜谭十记〉随笔》；金梅的《柳溪创作印象》；南丁的《有地在，不愁长不出庄稼来——张宇和他的小说》；童道明的《〈街上流行红裙子〉有新意》；蓝光的《分歧在哪里？——〈街上流行红裙子〉观后》；曲六乙的《评话剧〈车站〉及其批评》；嘉谨的《关于〈乡音〉获奖的争论》；专栏"改革浪潮和报告文学"发表乔迈的《要有识有胆》，江永红、钱钢的《注意改革者自身的裂变》，胡思升的《写改革者；不是写完人》；专栏"怎样表现变革中的农村生活"发表叶文玲的《"冲进去"和"逃出来"》，王愚的《贾平凹创作中的新变化——谈〈小月前本〉和〈鸡窝洼的人家〉》，动理的《关注改革　推动创作》。

《北京日报》发表紫塞的《评〈故土〉的四角恋爱》。

9日，《羊城晚报》发表陈残云的《读白洛的小说：〈香港一条街〉序》。

10日，《文汇月刊》第7期发表蒋孔阳的《理论解放　创作繁荣》；钱谷融的《要有"事外远致"》；丹晨的《"将言而嗫嚅"》；罗洛的《需要提高一步》；蒋子龙的《叶辛的谜，谜一样的叶辛》；吴亮的《谌容近作印象》。

《北京文学》第7期发表罗强烈的《艺术观察的视角和目光——试评李功达的小说创作》；蔡葵的《"改变不了我的中国心"——读〈墓园〉》；陆莹的《含而不露——读〈珊瑚沙的弄潮儿〉》。

《东海》第7期发表钟本康的《漫议新人的主导性格》。

《西藏文学》第7期发表田文的《也许，那是再生的火焰——评〈那雪，象白色的火焰〉》；程朝富的《文学评论与文学创作》；李佳俊的《树立文学批评的马克思主义文风——关于〈他，留在了这片土地中〉及评论之我见》。

《雨花》第7期发表严迪昌的《波光·云影·涛声——论沙白的诗歌创作》。

《诗刊》第7期"新诗话"栏发表罗良德的《不知其来，令人惊绝》、《博喻》，马绪英的《讲究修辞艺术》；同期，发表袁忠岳的《关于诗歌的历史感》；吴嘉的《现实的、本质的、激情的》；臧克家的《捏着一把火——序〈王亚平诗选〉》；陈萱的《〈彭燕郊诗选〉跋》；朱先树的《要认真重视诗歌评论工作——记〈诗刊〉举办的评论作者读书写作会》。

《奔流》第7期发表杜田材的《执着的现实主义追求——评南丁的小说创作》；杨晓杰的《把握时代精神　反映农村变革——记作协河南分会召开的农村题材小说创作座谈会》；王绶青的《〈天涯采英〉后记》；王振铎的《对〈辩证〉的"质疑和争论"》(《奔流》本年第2期发表艾斐的《文艺与政治的关系的辩证》)。

《读书》第7期发表刘再复的《用系统方法分析文学形象的尝试——读〈论阿

Q性格系统〉》；绿原的《海外诗人郑愁予》；李子云的《关于创作的通信——与程乃珊谈创作》。

10—25日，人民文学出版社在山东烟台举办长篇小说创作笔会（《当代》第6期）。

12日，《光明日报》发表礼谆、臻海的《道德的思考与时代的脉搏》；张志强的《为你拨响动情的弦——谈散文集〈泉水淙淙〉》。

14日，《中篇小说选刊》第4期发表张贤亮的《关于〈绿化树〉的一些说明》；水运宪的《关于〈雷暴〉》；张锐的《我爱你，大西北！》（《盗马贼的故事》创作谈）；邓友梅的《一点探索》（《烟壶》创作谈）；郑彦英的《关于〈太阳〉给编辑部的信》；刘兆林的《鸣枪礼赞军魂》（《啊，索伦河谷的枪声》创作谈）。

15日，《山东文学》第7期发表丁振家的《汪洋恣肆　沧海横流——读苏晨的〈常砺集〉》；程勇的《对诗评的一点浅见》。

《文学评论》第4期发表《文学与时代共脉搏（座谈会发言摘要）——本刊编辑部邀请文学编辑座谈当前文学创作问题》；朱寨的《历史转折中的文学批评——中国新文艺大系（1976—1982）理论二集导言》；李庆西的《文学的当代性及其审美思辨特点》；时汉人的《高晓声和"鲁迅风"》；雷达的《哦，乌热尔图，聪慧的文学猎人》；杨世伟的《普通劳动者心灵的乐章——简析达理的小说创作》；邵燕祥的《也谈"呼唤史诗"——以简代论》；刘齐的《微电脑和文学家》；云千的《全国第二次台湾香港文学讨论会侧记》。

《当代文艺思潮》第4期发表王蒙的《社会进步与道德、审美评价》；贺绍俊的《人道的批判和历史的批判》；石天河的《社会主义人道主义的新澜》；高戈的《在过去与未来之间的抉择——甘肃三位诗人创作谈》；陈德宏、王守义的《对农民对故土的绵绵情愫——评〈树上的鸟儿〉》；南帆的《文学评论的有机整体意识》；嘉昌的《让文艺评论多姿多彩》；陈少松的《把文学评论写得更有文采》；金惠敏的《当前青年农民形象塑造问题刍议》；许文郁的《试谈新时期小说中的几类知识分子形象》；魏天祥的《改革文学中的党风问题》；张春生、张宜雷的《描写开会与改革者形象塑造》。

《青春·青年文学丛刊》第3期发表王若望的《"结尾"得失谈》。

《钟山》第4期发表陈建功的《小说起码……》；陈骏涛的《更勇敢、更热烈地反映变革中的生活——关于陈建功的阅读笔记》；吴文的《新时期小说观念的审美演变》。

15日,《文学研究动态》第7期发表蒋勋的《台湾写实文学中新起的道德力量》。

16—25日,中国当代文学学会在西安举行第四届年会,与会者探讨了改革时期文学、当代港台文学的特点和发展趋势。

17日,《作品与争鸣》第7期以"笔谈《绿化树》"为总题,发表晓笋的《一曲心灵美的颂歌》,安定的《独到见真功——简谈〈绿化树〉的心理描写》,金歌的《〈绿化树〉和审美理想》,赵铁信的《美中也有不足——也谈〈绿化树〉》;同期,发表杨志杰的《面对着生活的召唤——喜读小说〈索居者〉》;陈朝红的《悲中见喜寓庄于谐——评〈酒鬼杨石匠的女儿〉》;兴汉的《应该遵循典型化的原则——也谈〈酒鬼杨石匠的女儿〉》;汪渐成、温小珏的《索取与给予》;岂凡、凤山的《工业战线改革的新声——读短篇小说〈阵痛〉》;绸花的《〈阵痛〉痛在哪里?——也谈〈阵痛〉》(以上两文均原载《工人日报》1984年3月14日);布文的《〈文学〉讨论小说〈白色不算色彩〉》;望亭的《石英》;厚的《关于〈梅兰芳与程砚秋〉的争鸣》。

19日,《文学报》发表《还历史以本来的面目——部分知名作家谈丁玲》;方位的《深沉激越的交响乐章——评刘亚洲的长篇小说〈两代风流〉》;魏巍的《我所认识的丁玲——在厦门大学丁玲创作讨论会上的发言》。

《光明日报》发表雷达的《"注意力转移"之后——关于何士光的创作变化及其"创作谈"》;黄国柱的《历史的沉思与启迪——读报告文学〈大寨在人间〉》。

《青年文学》第7期发表康濯的《走向理想的远山》;黄子平的《大容量的动作》(评达理的《腾跃》);陈达专的《"平淡"中的……》(评刘小兵的《那儿接近蓝天》);瘦马的《题材、人物以及人物关系》(评苏童的《近郊纪事》);张兴劲的《朴实的奇 含蓄的美》(评陈计中的《胡麻花开哟》)。

20日,《人民文学》第7期发表茹志鹃的《〈人民文学〉第四期读后》;张宇的《努力反映生活的丰富性》;同期,发表蒋子龙的中篇小说《燕赵悲歌》。

《长城》第4期发表雷达的《邓刚的豪气、力度和薄弱点》;冯健男的《八仙过海,各显其能——读〈长城〉中篇小说专号》;王洪涛的《顶露的朝花——〈朝花诗会〉编余随想》。

《福建戏剧》第4期发表包恒新的《台湾剧作家张晓风》;林斌龙的《台湾歌仔

戏班“回娘家”》。

21日,《文艺研究》第4期发表王朝闻的《艺术理论的新开拓》;丁玲的《迷到新的社会生活里去——同青年作家谈创作》;苏民、左莱、杜澄夫、蒋瑞、杨竹青的《从两个提纲看焦菊隐的戏剧美学思想》;克莹的《老舍剧作留给我们的启迪》;魏洪丘的《也谈“五四”文学革命的指导思想》;姜开翔的《为“细节”一辩》。

《北京日报》发表陈思方的《质本洁来还洁去——关于〈故土〉主题思想之我见》。

25日,《当代作家评论》第4期以“作家书简”为总题,发表《何士光致王蒙》,《王蒙致何士光》,《端木蕻良致邓友梅》,《邓友梅致端木蕻良》;同期,发表张弦的《我对陆文夫的理解》;金燕玉的《独特的“建筑群落”——陆文夫创作论》;徐采石的《陆文夫小说的历史感》;李兆忠的《陆文夫创作的幽默风格》;蔡翔的《朱自冶:一个无价值的人如何转化为有价值的艺术形象——有关〈美食家〉的艺术随想》;陆文夫的《造园林与造高楼——谈作品质量的提高》;陶力的《郑文光论》;姚善义的《他献给祖国:战士的忠诚和深情——李瑛诗歌创作简论》;许家昌、刘玲的《论碧野散文的艺术风格》;陈望衡的《眉睫之前卷风云之色——简论〈芙蓉镇〉的美学特色》;钟本康的《她表现了一个完整、统一的世界——读王安忆小说随想》;王延才的《金河小说的审美特征》;庐湘的《作品的民族特色与作家的自觉追求——〈夜幕下的哈尔滨〉纵横谈》;吴炫的《艺术探索中的稚嫩痕迹——陈建功两类小说比较谈》;梅惠兰的《论叶文玲创作的艺术特色》;鲁枢元、叶文玲的《叶文玲创作心理调查十题》;傅愈的《关于文学评论的写作——与阎纲同志随谈琐记》;涂碧的《试论陈映真创作的风格》。

《花城》第4期以“笔谈首届‘《花城》文学奖’(一九八三年)获奖作品”为总题,发表饶芃子、黄树森、霍之键、罗源文、张木桂、蔡运贵、黄伟宗、张奥列、钟子硕、黄培亮的文章。

《社会科学战线》第3期发表蒋守谦的《伟大的变革　丰硕的成果——新时期的短篇小说》;张韧的《从崛起走向繁荣——新时期的中篇小说》。

26日,《文学报》发表《斗争就是生活　人生只有前进——巴金在瑞士答记者问》。

《光明日报》发表胡余的《为了促进真切的文艺批评》。

27日—8月3日,杭州市文协在浙江新安江举行李杭育的葛川江系列小说专题讨论会(《文艺报》第10期)。

29日,《华声报》发表汪舟的《胡风先生与杨逵的〈送报夫〉——悬置半世纪之谜今获解》。

本月,《十月》第4期发表贾平凹的《腊月·正月》;谢望新的《关于张一弓创作论辩的笔记》。

《山西文学》第7期发表林建法的《道是无情却有情——审美情感断想》。

《小说界》第4期发表张韧的《邓友梅小说的市人相与民俗美》。

《文学》第7期发表钱念孙的《一曲令人警策的忧歌》(评祝兴义的《刘青其人其事》);周翰藻的《一次可贵的尝试》(评祝兴义的《刘青其人其事》);枫林的《"混沌世界"中的"混世游民"》(评祝兴义的《刘青其人其事》)。

《文学月报》第4期发表康濯的《答意大利〈人与书〉杂志问》;阿如的《我爱白妮——试析〈山高林密处〉中的白妮形象》;罗田的《一个新的农村妇女形象》。

《百花洲》第4期发表胡辛的《献给我的同龄人》;熊尚志的《关于〈斑竹园〉》;周劭馨的《社会主义文学与时代精神》;程麻的《应该有雄浑繁复的"合声"效果》。

《当代文学研究参考资料》第7期发表王蒙的《一个值得探讨的问题——谈我国作家的非学者化》;刘宗武的《孙犁谈小说创作——读〈孙犁论文集〉随笔》;晓笋的《对张辛欣作品的批评》。

《福建文学》第7期发表庄钟庆的《略说茅盾怎样看待现代派》;阮温凌的《曲径通幽——漫步"百草园"》(评本年《福建文学》第2期发表的四篇小小说);林锡潜的《独特的性格　美的灵魂》(评林孙珍的《残烛》)。

《小说月报》第7期发表乐融融的《香港报刊关于〈打错了〉的争论》。

全国"港台文学研究讲习班"在深圳举行。

本月,天津人民出版社出版北京鲁迅博物馆鲁迅研究室编的《鲁迅研究资料　13》。

人民文学出版社出版李霁野的《鲁迅先生与未名社》,聂绀弩的《高山仰止》。

西北大学出版社出版西北大学鲁迅研究室编的《当代作家谈鲁迅》。

青海人民出版社出版傅正乾的《郭沫若创作论稿》。

上海文艺出版社出版陈涌的《陈涌文学论集》。

上海书店出版茅盾等的《作家论》。

湖南人民出版社出版杨桂欣的《丁玲创作纵横谈》。

少年儿童出版社出版贺宜主编的《儿童文学研究(第17辑)》。

吉林人民出版社出版彭嘉锡的《小说创作十谈》。

四川人民出版社出版吴奔星、徐放鸣选编的《沫若诗话》。

江苏少年儿童出版社出版朱明雄等的《文学写作手册》。

中国人民大学出版社出版全国马列文艺论著研究会编的《马列文论研究·第6集：马克思恩格斯现实主义理论研究专集》。

8月

1日,《广州文艺》第8期发表黄树森、钟晓毅的《命题深邃,构思巧妙——读中篇小说〈断桥〉》。

《小说林》第8期发表陈玙的《关于〈夜幕下的哈尔滨〉的创作》。

《上海文学》第8期发表陈骏涛的《关于首届〈上海文学〉奖获奖作品的通信》;陈昭的《苦难历程中"熟悉的陌生人"——谈〈绿化树〉和〈灵与肉〉中的人物形象》。

《长安》第8期发表畅广元的《论作家的情感品质》;郑定宇的《短篇小说结尾的艺术处理》;邢小利的《春在溪头荠菜花——读〈古镇的儿子〉随想》;杨虎林的《一个不真实的人物形象——谈〈生命在于运动〉中的田春生》。

《长江》第3期发表谢冕的《永恒的星光——诗歌语言浅谈》;金宏达的《〈"美人儿"〉印象——谈沈虹光的小说创作》;於可训的《别是一声子规啼——读古华的〈相思树女子客家〉》;黄自华的《"系牛桩"论——读中篇小说〈观音桥〉》。

《作品》第8期发表黄培亮、欧阳翎的《努力描绘时代的风貌——一九八三广东新人新作获奖小说读后》;里汗的《〈新绿林传〉的写作及其它——致沈仁康》;谢望新的《续谈"走出五岭山脉"》;韦丘的《此山、此水、此人——读韩笑诗集〈南国旅伴〉札记》。

《作家》第8期发表杜若的《把激情献给开拓型改革者》;纪众的《一曲深沉的

挽歌——读〈奶奶的星星〉》;赵宝康的《遍尝人生诸滋味　朝悟夕死亦堪豪——读〈喜怒哀乐〉札记》。

《现代作家》第8期发表李庆信的《精巧·严谨·别致——沙汀短篇小说的结构艺术》。

《青年文学》第8期专栏"关于《高地》的讨论"发表刘洪耀、许凌、林锦鸿、徐思华、艾侠的文章。

《青春》第8期发表《罗达成和周林发的通信——关于报告文学集〈中国的旋风〉》;邢念萱的《渡船,就在自己的脚下!——读小说〈天边有片五色的云〉》。

《萌芽》第8期发表公刘的《徐明德和他的诗》;魏威的《历史·现实·道德·审美——读〈太阳〉有感》。

《新港》第8期发表唐达成的《从时代变革的高度关注生活——在〈新港〉小说奖授奖大会上的讲话》;李书磊的《漫评〈小小梳子巷〉》;吴思敬的《沿着心灵的轨迹——读〈鸡冠花紫红紫红〉》;刘滢的《送给孩子们的一曲战斗的歌——读〈小金刚钻儿〉》。

《解放军文艺》第8期发表黄国柱的《大气磅礴的改革壮歌——读报告文学〈活力〉》;冯复加的《真切感人的母亲形象——评〈穿迷彩服的儿子在微笑〉》;叶鹏的《假如……　读〈穿迷彩服的儿子在微笑〉》;尹卫星的《读〈雾的海〉所想到的》。

《新疆文学》第8期发表李元洛的《红旗直上天山雪——读杨眉〈雪山魂〉》;本刊记者的《"开发者文学"大有可为——记作协文学评论小组"开发者文学"讨论会》。

2日,《光明日报》发表应从瑛的《真实地塑造彭总艺术形象——读〈东方〉增补的七章》;李贵仁的《向着新的大厦欢唱——评中篇小说〈倾斜的阁楼〉》。

3日,《小说选刊》第8期发表蓝翎的《结出硕果的"反思树"——读〈绿化树〉的随感》;肖德的《"小上海"的众生相——评〈单家桥的闲言碎语〉》;陈冲的《生活不会自动走进艺术——关于〈小厂来了个大学生〉》。

《报告文学》第8期发表柯岩的《〈中国新文艺大系·报告文学卷〉导言》;专栏"报告文学刊授园地"发表冯锡刚的《报告文学的人物描写》。

4日,《北京日报》发表汪兆骞的《在爱情的追求中放出异彩——浅析〈故土〉中的叶倩如形象》。

5日,《广西文学》第8期发表罗守让的《浅谈小说艺术的动态美》;辛力的《熔铸着诗和小说美的散文——读敏岐的散文集〈霜叶集〉》。

《当代文坛》第8期发表王炳根的《“花环”之后……——谈近年来军事题材创作》；王愚的《在历史性的转折面前》；李左人的《论〈淘金记〉的语言艺术》；戎东贵的《开拓性·抒情性·幽默感——陆文夫小说艺术特色漫评》；吕世民、贾红的《谈王安忆八一年以后小说的钻透力》；张田的《我所知道的柳青》；胡世宗的《他是大巴山的儿子——梁上泉印象》；周良沛的《对生命感激与挂虑的吟唱》；傅安的《巴金〈随想录〉读后》；刘世杰的《时代的强音》；谭风的《喜读新曲第一支》；严肃的《读〈镜头对准，开拍〉》；余见的《时势造英雄——读报告文学〈长河精英〉》；李敬敏的《现实主义不能兼容无边》；高信的《从〈书话〉到〈晦庵书话〉》；吕进的《诗家语》；黄力之的《他们不知道他们究竟为何物?》；周冠群的《小说中的散文美》；郑彬的《别出蹊径的前呼后应》；叶潮的《诗歌形象的虚实同》；[苏]鲍列夫的《美学的对象和任务》；成都市文化宫书评组整理的《工厂读者谈〈当代文坛〉》。

《花溪》第8期发表张慧光的《我看谭力》；专栏“散文创作十二谈”发表李起超的《航行中的断想》。

《星火》第8期发表纪鹏的《李瑛和他的诗歌近作(上)》；牛玉秋的《新生活漩涡中的人们——谈〈天鹅湖畔〉等中篇小说中的人物》；袁茂华的《奏出时代的音响——读〈一个女厂长未婚夫的内心独白〉、〈遴选记〉有感》。

7日，《文艺报》第8期发表溪烟的《评价作品的依据是什么——曲六乙同志文章读后》；蔡师勇的《也谈〈乡音〉的时代感》；柏柳的《评〈乡音〉的时代感和伦理观》；刘再复的《灵魂的深邃和性格丰富的内在源泉》；陆贵山的《我看“题材”》；荒煤的《诗意情真　美在人间——谈李玲修的报告文学》；马识途的《她在大海边拾贝——关于包川的小说》；郭志刚的《略谈〈故土〉的得与失》；苏叔阳的《写作〈故土〉的主观畅想曲》；李炳银的《读从维熙近作札记》；同期，“新作短评”栏发表严文井评《雪，白色的，红色的……》，莫应丰评《我的广袤的开阔地》，张贤亮评《老人二题》，冯骥才评《青砖的楼房》，吴泰昌评《只要你还在走》，仲呈祥评《婚配概然率》，王屏评《菜园巷风波》，郑兴万评《再会，小镇》，傅活评《两情若是久长时》的文章。

9日，《文学报》发表李小巴的《要解决“着眼点”问题》；曹志华的《蕴藉深远的短篇力作——简评李国文的〈驳壳枪〉》；陈诏的《评论家也要深入生活》。

《光明日报》发表丁玲的《关于〈寻找回来的世界〉的通信》；叶公觉的《随物赋形之妙——石英散文的艺术风格》；魏巍的《继承传统　开拓未来——写在〈晋察冀诗抄〉重版的时候》。

10日，《北京文学》第8期发表冯立三的《一个朴素而亲切的公仆形象——评报告文学〈人民代表〉》；方磊的《读〈不该是方尖碑〉》；贺光鑫的《"同能不如独胜"》；林斤澜的《由"鸡啄米"想到的》；马光复的《追求人世间最宝贵的——访作家管桦》。

《西藏文学》第8期发表田娅的《一个有新意的反面人物——评〈花纹〉主人公德合拉的形象》；林为进的《德合拉——一个华而不实的野心家——短篇小说〈花纹〉读后》；海岑的《怎样理解这个人物？——也评〈花纹〉中的德合拉形象》。

《雨花》第8期发表陈辽的《吟鞭指处识风流——读艾煊长篇小说〈乡关何处〉》；姜文的《雾障消去是新晴——试谈海笑长篇新作〈青山恋情〉的构思》。

《诗刊》第8期发表魏巍的《继承传统　开拓未来——〈晋察冀诗抄〉重版后记》；唐弢的《王绶青的诗》；罗洛的《杜谷和〈泥土的梦〉》；竹亦青的《有字的诗与无字的诗》。

《奔流》第8期发表刘凤艳的《属于时代的作家——漫谈黑丁的文学道路》；胡宗健的《新人形象与艺术表现》。

《读书》第8期发表李树声的《时代弯弓上的响箭——读几篇写改革的报告文学》；程乃珊的《关于创作的思考——给李子云的回信》。

《文汇月刊》第8期发表陈白尘的《压不扁的玫瑰——杨逵先生印象记》。

13日，《十月》编辑部座谈贾平凹的三部中篇小说《小月前本》、《鸡窝洼的人家》、《腊月·正月》(《文艺报》第10期)。

15日，《山东文学》第8期专栏"农村变革与文学创作"发表本刊记者的《从〈鲁班的子孙〉和〈老人仓〉看如何深入反映变革的农村(一)》；张炜的《我的看法》；张达的《反映变革中的真实——有感于〈鲁班的子孙〉》；丁振家的《忧歌的价值不应低估——简谈〈鲁班的子孙〉》；翟德耀的《谈谈木匠父子的冲突》；侯琪、侯林的《多侧面、多层次地描绘农村变革生活——读〈鲁班的子孙〉和〈老人仓〉》。

《文学研究动态》第8期发表刘峰的《当前台湾文学两大潮流——对台湾"乡土文学派"新论争的评介》。

《当代文坛》第8期发表周良沛的《对生命感激与挂念的吟唱(诗人昊展)》。

《红楼梦学刊》第3期发表舒讯的《简介高阳著〈红楼一家言〉》。

《台湾研究集刊》第2期发表朱天顺的《纪念台湾作家赖和先生》;朱学群的《试论白先勇小说的悲剧意识》;王华的《宋泽莱小说艺术散论》;韦体文的《钟理和论》;丘熊熊的《叶维廉的诗与传统》;庄明萱的《台湾乡土小说女性形象雏论》;黄重添的《简论台湾乡土文学的新进展》;朱南的《试论三十年代台湾小说》;李熙泰的《台湾新文学作品的方言使用》;夏钟的《台湾文学研究综述》;陈育伦、黄重添的《丰富多彩的台湾高山族民间文学》;卢善庆的《台湾海峡两岸学术界研究王国维美学思想述评》、《全国第二次台湾香港文学学术讨论会纪要》;许建生的《试论台湾谚语》。

《鲁迅研究》第4期发表朱南的《鲁迅与台湾新文学运动》。

16日,《文学报》发表《他在改革的道路上探索——张锲谈"改革文学"和作家的改革实践》;丘峰的《雄浑的青春奏鸣曲——读孙颙近来的小说创作》;谢璞的《生活源泉一天也不能割断》;李德明、熊冬华的《灵魂的呼声——评盲诗人周佳堤的〈我和小草〉》;吴士余的《写出"心理环境"的真实》。

《光明日报》发表唐先田的《改革题材文学的一道彩虹——评长篇小说〈彩虹坪〉》;李庆宇的《喜看改革的春潮激荡——评报告文学〈奔涌的潮头〉》。

16—24日,文化部教育局在昆明召开全国高等艺术院校文艺理论讨论会(《作品与争鸣》1985年第3期)。

17日,《作品与争鸣》第8期以"关于中篇小说《深深的辙印》的讨论"为总题,发表马天增的《这能算是封建道德吗?——与杜实同志商榷》,刘士杰的《也评〈深深的辙印〉》;以"关于报告文学《津源》的争鸣"为总题,发表陆庄人的《个人感情,不能取代对生活的科学领悟——评报告文学〈津源〉》(原载《冀东文艺》1984年3、4月号),王畅的《滦河子孙的胸怀——评报告文学〈津源〉》;同期,发表周一萍《愿破土而出的新芽迅速成长——谈国防科技工业战线的文艺创作活动》;张成德的《评〈清凉的沙河水〉》;丁东的《清凉的河水　你向何处流——致周宗奇同志》(评论作品同上,以上二文均原载《太原日报》的《双塔》副刊347期);张伦钢、陈黔生的《不是大山的报复,而是历史的警钟——中篇小说〈在故乡的密林中〉读后》(原载《山花》1984年第5期);泰辉的《写出变革的复杂,写出复杂的人物》(评论作品同上);郭瑞三的《〈丧事〉的思想意义》;晓行的《评〈丧事〉的思想倾向》;王实的《关于对电视剧〈金房子〉的争论》；蒋守谦的《努力开创百家争鸣的新局面》；王一飞的《一枝新花——评〈歌不足泣，望不足归〉》（原载广东《当代文坛》第6期）；麦文峰的《你还是炎黄子孙吗？》（评论作品同上）；王崧的《不能宣扬拜金主义》（原载广东《当代文坛》第6期）；王德和的《艺术的理性与“新的美学原则”》；徐敬亚的《时刻牢记社会主义的文艺方向》；布白的《话剧〈街上流行红裙子〉引起讨论》；楼肇明的《郭风》。

19日，《青年文学》第8期发表何志云的《文学对生活的“透视”力》（评叶之蓁的《我们的节日》）；李炳银的《艰难的心灵历程》（评王戈的《他走了，留给你一张白纸》）；西南的《对军人职业价值的新的展示》（评黄传会的《窄小世界里的韵律》）。

20日，《人民文学》第8期发表黄益庸的《不仅是“穷而后工”》。

《当代》第4期发表曾镇南的《〈有一个美丽的地方〉及其他》；苏叔阳的《感谢四面送来的温暖》。

22日，《文学知识》第4期发表刘迁的《大山林的孩子——鄂温克族青年作家乌热尔图》。

《新文学史料》第3期发表万平近的《林语堂的生活之路——兼评林语堂的〈八十自叙〉》。

23日，《光明日报》发表张贤亮的《关于时代与文学的思考——致从维熙》。

28日，《外国文学》第8期发表丁往道的《“我的根在中国”——记聂华苓访问北外》。

30日，《光明日报》发表曾镇南的《农村社会变革急潮中的心理微澜——评贾平凹的几部中篇近作》；汪兆骞的《充满希望的劳动和追求——读短篇小说〈麦客〉》。

本月，《山西文学》第8期发表束为的《为英雄的改革者们塑像》；公刘的《在〈山西文学〉诗歌座谈会上的谈话》。

《小说家》第3期发表冯骥才的《神鞭》；李炳银的《冯骥才论》。

《文学》第8期发表苗振亚的《让新意向深处延伸——读刘震云的三篇小说》。

《文学月报》第5期发表常振家、树华的《面向当代，着意求新——喜读水运宪的中篇小说〈雷暴〉》；陈达专的《试论吴雪恼小说中的民俗美》。

《名作欣赏》第4期发表胡汉祥的《景美，人更美——杨朔散文意境的内核》。

《当代文学研究参考资料》第8期发表《讨论当前文学创作问题——〈文学评论〉编辑部召开文学编辑座谈会》；天明的《1983年小说争鸣概述》。

《清明》第4期发表夏中义的《当代文学中的英雄交响曲》；沈敏特的《新时期文学与社会主义人道主义》。

《福建文学》第8期发表林德冠、王启敏的《拿出真正艺术家的勇气 反映变革的现实》；郭风的《关于散文诗》；陈志铭的《郭风散文诗的独特风格》。

本月，上海译文出版社出版[苏]乔·米·弗里德连杰尔著、郭值京等译的《马克思恩格斯和文学问题》。

中国社会科学出版社出版《文学评论》编辑部编的《文学评论丛刊(第21辑·现代文学专号)》。

四川省社会科学院出版社出版四川大学中文系《文学概论》课程小组编写的《文学的基本原理自学辅导》。

高等教育出版社出版仇春霖主编的《简明文学原理》。

山东教育出版社出版孙移山的《写作方法与技巧》。

花城出版社出版范培松的《散文天地》。

中央广播电视大学出版社出版张炯、郏瑢主编的《中国当代文学讲稿》。

南开大学出版社出版田慧贞主编的《中国现代当代文学研究论文索引(一九四九年至一九八二年)》。

百花文艺出版社出版丁玲著、黄一心编的《丁玲写作生涯》。

新疆人民出版社出版骆寒超等编的《艾青研究论文集》。

解放军文艺出版社出版陆文璧、王兴平编的《胡可研究专集》。

四川人民出版社出版肖斌如等编辑的《郭沫若专集(1)》，上海图书馆编注的《郭沫若专集(2)》。

文化艺术出版社出版中国郭沫若研究学会《郭沫若研究》编辑部编的《郭沫若研究(学术座谈会专辑)》。

黑龙江人民出版社出版张志岳的《中国文学史论集》。

人民文学出版社出版秦兆阳的《文学探路集》，倪墨炎的《鲁迅后期思想研究》，王瑶的《鲁迅作品论集》，唐弢的《鲁迅的美学思想》。

天津人民出版社出版赵瑞蕻的《鲁迅〈摩罗诗力说〉注释·今译·解说》。

武汉大学出版社出版易竹贤的《鲁迅思想研究》。

9月

1日，《小说林》第9期发表庐湘的《骏马看远行——谈金河的短篇小说》。

《上海文学》第9期发表程德培的《病树前头万木春——读李杭育的短篇近作》；纪人的《由爱走向广阔的人生——王小鹰小说漫论》；陈村的《关于"小说时间"》；曾卓的《诗人的两翼——关于梦想和现实》。

《长安》第9期发表路侃的《创新管见》；晓风的《清新的格调　温暖的色彩——〈阳光，可爱的阳光〉读后》；刘邵安的《奏出时代的强音——略谈〈长安〉"处女作专号"的几篇小说》；邵西玲（正文作者为耿华）的《一曲爱国主义的颂歌——谈短篇小说〈阿努〉》。

《北方文学》第9期发表张同吾的《一个新的课题》（评改革题材小说）。

《红旗》第17期发表何镇邦的《变革中农村生活的诗意再现——读〈鸡窝洼的人家〉》。

《作品》第9期发表黄楠树的《小叙事诗片谈——罗沙诗作读后》；王曼的《新人的脚步——廖琪的〈等待判决的爱〉序》；苗得雨的《诗艺赏析——读诗札记》。

《作家》第9期发表朱晶的《知己知彼——关于摆脱创作的盲目性》。

《现代作家》第9期发表崔道怡的《〈宝匣〉的秘密》；何牧的《读〈深山风情〉》；刘中桥的《一幕不该发生的时代悲剧——读中篇小说〈婚配概然率〉》；祈初的《羊脂玉的遭遇和罗楠的"钱的艺术"——评〈羊脂玉〉》；罗良德的《在矛盾漩涡中写人物——浅析〈红丝绒帷幕即将拉开〉的人物塑造》；余见的《一个颇具特色的短篇——读〈河豚〉》。

《青年文学》第9期专栏"关于《高地》的讨论"发表畅游的《简评〈高地〉》。

《萌芽》第9期发表孙文昌的《草原青青又抽芽——读〈险闯乌呼森山谷〉》；章仲锷的《热切的追求，冷峻的反顾——晓剑的〈世界〉及其它》。

《滇池》第9期发表郑凡的《闲话云南的文学创作》;王超英的《冲破常规的思考——读〈反光〉有感》。

《新港》第9期发表刘锡诚的《小小说创作琐谈》。

《新疆文学》第9期发表孟驰北的《浅谈开发者文学的艺术个性》;周政保的《〈沉默的冰山〉的悲壮感——开发者文学探讨之一》;郭超的《调子——小说的"魂儿"》。

3日,《小说选刊》第9期发表唐挚的《喜读佳作三篇——〈小河弯弯小河长〉、〈一潭清水〉、〈人境〉读后》;公仲的《简练·含蓄·深沉——读〈惊涛〉二题》;潮清的《农村改革的缩影——关于〈单家桥的闲言碎语〉》;陈世旭的《由〈惊涛〉想到》。

5日,《广西文学》第9期发表谢明德的《立体地把握人物性格》;江建文的《文学的民族特色和艺术光彩——写在读〈江和岭〉之后》。

《边疆文艺》第9期发表张毓书的《皇帝什么也没有穿——文艺创作大众化、民族化琐议》;韩永福的《独特的环境独特的歌——评〈古道悠悠〉》。

《当代文坛》第9期发表敏泽的《〈绿化树〉的启示》;鲁德《〈绿化树〉的质疑》;石天河的《重评〈诺日朗〉》;金城的《〈悲剧比没有剧要好〉再认识——试论悲剧人物的性格特征》;张陵、李洁非的《一个富有意味的启示——读中篇小说〈天鹅湖畔〉札记》;翰达的《生活的浪花——读焦祖尧同志的〈跋涉者〉》;哲良的《妙处难与君说》;高尤仁的《在打磨中呼唤诗美》;李德义的《有感于"蹦,噔一枪"》;吴野的《文艺批评发展的征兆》;邓宾善的《批评家的"知音"》;周晓风的《评两本论文学风格的新著》;谭风的《琳琅印章共赏析(一)》;崔吉熹的《〈童年〉——孩子们喜爱的歌》;程伯玲、萧蔓若的《文学与我们》;周克彬、亦平的《观察生活应当从何着手——关于积累生活的通讯之一》;[苏]丽·柯瓦廖娃的《读者的才华(上)》。

《花溪》第9期发表田增科的《象水,象风——试谈肖复兴小说近作》;清茗的《美的展示和美的追求——读〈梧桐桥下〉》;专栏"散文创作十二谈"发表赵丽宏的《愿你的枝头长出真的叶子》。

《星火》第9期发表熊光炯的《井冈山的茶叶细又香——读〈文莽彦诗选〉》;秦梦莺的《走向成熟的田野——谈苏辑黎的近作》;纪鹏的《李瑛和他的诗歌近作(下)》。

6日,《文学报》发表尚弓、黄国柱的《奋笔改革意纵横——喜读报告文学〈奔涌的潮头〉》;左泥的《"家务事"大,"儿女情"深——读〈市委书记的家事〉》;易知的《不必要的遗憾》。

《光明日报》发表阎纲的《进一步鼓起艺术家的勇气——致刘亚洲》；刘亚洲的《开拓于新的熟悉的领域——致阎纲》；滕云的《瞩目于经济巨人》。

7日，《文艺报》第9期专栏“话剧创作纵横谈”发表吴祖光的《不应缺少反批评》，凤子的《感想与希望》，胡可的《胆识至关重要》，杜高的《旧话重提》，陈颙的《要面对新课题》，杜清源的《请关注他们》；同期，发表张光年的《〈沉重的翅膀〉修订本序言》；范伯群的《历史大潮中的三姐妹——评艾煊的长篇小说〈乡关何处〉》；张韧的《评陈冲的小说》；杜埃的《滴水见阳光　细流聚大海——读〈袁鹰散文选〉随感》；胡畔的《〈绿化树〉的严重缺陷》；何西来的《论人物性格复杂性的三个制约因素》；董学文的《文艺创作心理规律与反映论》；同期，“新作短评”栏发表陈子伶评《燕赵悲歌》，李庆宇评《省委第一书记》，刑天评《走通大渡河》，甘泉评《潮峰出现之前》，贺绍俊评《老人仓》，崔道怡评《避雷针》，朱晖评《一百单八镫》的文章，梦花的《评〈陈若曦小说选〉》。

10日，《文汇月刊》第9期发表缪俊杰的《“文章合为时而著”》；徐中玉的《现实主义也要发展》；张德林的《由作品反映万元户想到的》；江曾培的《心中要有鉴赏者》。

《北京文学》第9期发表李复威的《勇于向时代的纵深突进——文学反映当代社会变革的历史职责》；前铁三的《谈文学创作与欣赏趣味的“对比”》；胡德培的《生活实感与艺术表现》。

《中国社会科学》第5期发表张志忠的《近年农村题材小说概论》。

《西藏文学》第9期发表杨棣的《爱的选择，生活的歧途——读〈谜样的黄昏〉》；尹爱苏的《双手写的书　她读懂了——评〈谜样的黄昏〉》；于默的《漫谈评论作者的修养》。

《雨花》第9期发表黄毓璜的《霜叶红于二月花——石言小说漫评》。

《诗刊》第9期孙克恒的《哲理抒情与工业诗——聂鑫森诗作印象》；吴嘉的《胡桃树下的沉思——读何来的诗》；唐祈的《西部诗歌的开拓精神——评新疆三诗人》；钟文的《心灵与时代的碰击——读“诗人丛书”第二辑》；屠岸的《关于〈讲究修辞艺术〉的通信》。

《奔流》第9期发表杨志杰的《改革与文学漫议》；王浮星的《揭示社会人生的追求——评张斌的小说创作》；王学海的《闲话〈短章三篇〉》；谢祖宪的《一曲生命

的赞歌——读〈“大门”被拉开一道缝隙〉》。

《读书》第 9 期发表舒芜的《对人们负责是杂文的动力——读舒谭〈扫叶集〉》；李黎的《人间风景——读黄永玉〈太阳下的风景〉及其他》；蔡翔的《一个理想主义的精神漫游——读张承志〈北方的河〉》；程步奎的《读谌容的〈太子村的秘密〉》。

《开放时代》第 5 期发表张良栋的《论於梨华小说的语言艺术特色》。

《复旦学报》第 5 期发表陆士清的《近年来的台湾文学研究》。

13 日，《文学报》发表徐启华的《喜剧因素与小说——读谌容短篇近作有感》。

《光明日报》发表刘白羽的《奔涌的浪潮——三中全会以来军事题材文学鸟瞰》；邓仪中、仲呈祥的《评中篇小说〈桔香，桔香〉》。

14 日，《中篇小说选刊》第 5 期发表凯南的《上帝，应该是人民》（《西风·流云·枯叶》创作谈）；张洁的《九死而不悔》（《祖母绿》创作谈）；曹征路的《〈只要你还在走〉的一点断想》；赵长天的《时髦的话题》（《市委书记的家事》创作谈）；从维熙的《几句多余的话》（《雪落黄河静无声》创作谈）；江鱼的《回首重道大山》（《大山，绿色的大山》创作谈）；关鸿的《与同代人一起思考》（《寄远方》创作谈）。

15 日，《山东文学》第 9 期专栏“农村变革与文学创作”发表张达的《从〈鲁班的子孙〉和〈老人仓〉看如何深入反映变革的农村（二）》，狄其骢的《矫健在〈老人仓〉中的艺术探求》，侯琪、侯林的《向生活深层的开掘——喜读〈老人仓〉》，王树村、王万森、王忠林的《郑江东形象漫谈》，于广礼的《是什么打动了我的心》。

《文学评论》第 5 期发表徐觉民的《在沉思中探索——〈中国新文艺大系(1976—1982)·理论一集〉导言》；本刊记者的《创作多样化　评论怎么办——记作家、批评家的一次专题对话》；黄子平的《论中国当代短篇小说的艺术发展》；邱岚的《对一个“棘手题目”的思考——评〈对建国以来农村题材小说的再认识〉》；蒋荫安的《柳暗花明又一村——读贾平凹的三个中篇》；公仲的《陈世旭创作个性的发展——兼评〈惊涛〉、〈天鹅湖畔〉等新作》；纪众的《浅议小说中的知识性蕴含》；张德林的《创作个性与艺术风格断想》。

《当代文艺思潮》第 5 期以“中国当代社会主义文艺的回顾和展望——评论家笔谈、答问”为总题，发表荒煤的《总结历史　创造新的历史》，冯牧的《对当前文学创作的期望和展望》，洁泯的《面向崭新的现实》，唐达成的《从历史实践中吸取经验》，阎纲的《在文艺新潮面前——对若干问题的回答》；同期，发表王蒙、李国文、赵燕翼、梁晓声的《新时期文学的现状与未来——作家答问》；白烨的《建国三十五年来文艺思想斗争的一个轮廓》；陆学明的《建国以来我国典型理论研究述评》；云德的《在时代的激流面前》；程文超的《从反馈角度看陈奂生系列小说的创作——兼谈文学是一个系统》；王鉴骅的《"性别转化"的历史意义——从"家庭生活"作品的比较看妇女解放运动一斑》；曾凡的《新时期文学中的软化现象》；王晋民的《论最近二年台湾文学发展的新特点新趋势》；流沙河的《我读台湾现代诗——〈隔海说诗〉自序》；李以建的《香港散文主潮漫评》。

《钟山》第5期发表张一弓的《现实性与历史感》；周健平的《哲理性・幽默感・乡土味——试谈张一弓小说的语言艺术》；[苏]C. Торопцев著、应天士译的《王蒙对文学创作的探究》；[英]菲利克思・格林的《格林给戴乃迭的信(摘录)——关于〈蝴蝶及其他〉》；谢海泉的《高晓声系列小说艺术谈略——兼及小说的"系列化"倾向》；谢旺新的《为了辉煌时刻的到来——黄蓓佳创作的评判与设想》；潘旭澜的《阳刚与阴柔》。

《抗战文艺研究》第3期发表于绍的《台北现代文学杂志社的"抗战文学专号"》。

《文学研究动态》第9期发表王晋民的《六十年代的台湾现代派文学》；符的《台湾召开的"台湾文学讨论会"》；[日]松永正义的《台湾文学的历史与个性》。

17日，《作品与争鸣》第9期发表张炯的《谈改革与文艺》；西龙的《"时代的大潮轰击着虎头山"——谈〈大寨在人间〉》；顾骧的《读〈雪落黄河静无声〉》(原载《小说选刊》1984年第2期)；张颖的《〈雪落黄河静无声〉是成功之作吗?》(原载的1984年5月25日《文论报》)；臻海的《性格的真实与思想的高度——也谈〈雪落黄河静无声〉的结局》；赵铁信整理的《关于中篇小说〈雪落黄河静无声〉的讨论》；从维熙的《开掘华夏之魂——关于〈雪落黄河静无声〉》(原载《小说选刊》1984年第3期)；曹祥麟、袁永庆的《美，是严峻的——读叙事诗〈北大荒之恋〉》；吉平的《评〈北大荒之恋〉》；李士非的《难忘的北大荒之行》；李超综合整理的《关于〈咱们的牛百岁〉的争鸣——北京电影学院电影理论进修班一次学术讨论会纪要》；李斌整理的《大学生讨论〈北方的河〉》；朱水涌的《丁玲创作讨论会在厦门举行》。

19日，《青年文学》第9期发表刘白羽的《创业者心灵的歌——读〈三春柳〉》；行人的《在纵横交错中找到自己的生活基点——从〈荫柳之路〉说到民族心理结构》；崔道怡的《说心慰》(评宋学武的《心慰》)；南云端的《表现普通人的精神美》

(评王小鹰的《七色花》)。

20日,《人民文学》第9期以"我与《人民文学》"为总题,发表徐迟的《宏伟的重任在肩》,王汶石的《常忆常新》,李国文的《失去的蒙太奇》,柳溪的《我的文学摇篮》;同期,发表袁鹰的《致〈燕赵悲歌〉作者》;陈祖芬的报告文学《关于候补中年知识分子的报告》。

《文学报》发表李健民的《写出人物心灵深处的思想层次——简评周克芹的〈晚霞〉》;张蜀君的《深邃幽远的人生启示录——读中篇小说〈腊月·正月〉》。

《长城》第5期发表高占祥的《千方百计地把文艺活跃和繁荣起来——在河北省中青年文学创作座谈会上的讲话》。

《光明日报》发表彭定安的《惊涛起处见性情——评陈世旭的新作〈惊涛〉》。

21日,《文艺研究》第5期以"深入改革生活　反映改革潮流　跟上改革步伐"为总题,发表冯至的《银湖夜思》,冯牧的《南方归来答客问》,绿原的《深圳的启示》;同期,发表刘宁的《问题与方法——苏联学术界对于文学史的研究》;周宪的《现代西方文学学研究的几种倾向》;徐贲的《文学批评的历史方法的几个问题》;张普的《计算机与文艺研究手段的现代化》;陈望衡的《艺术的美学分类》;许怀中的《"重客观"和"重主观"两大文艺流派》;邹忠民的《关于浪漫主义的评价问题》。

24日,《人民日报》发表冯牧的《新时期文学的广阔道路》。

25日,《当代作家评论》第5期发表陈辽的《既是挑战,又是机会——谈改革和文学》;赖瑞云的《独创与局限——刘绍棠创作道路得失刍议》;周恩珍、杨九俊的《论刘绍棠小说的人物塑造》;陈孝英、李晶的《在广阔的现实主义大道上——读王蒙1983年小说散记》;王炳根的《五位部队小说家艺术特色简析》;腾云的《〈迷人的海〉——〈北方的河〉》;曾镇南的《伟大的事业是将人的素质提高的事业——论程乃珊的小说创作》;范伯群的《"无边落木"与"不尽长江"——评艾煊的长篇〈乡关何处〉》;胡永年的《当代性与历史感的统一——评肖马的〈钢锉将军〉》;谢望新的《〈将军吟〉的再认识》;陈衡的《论秦牧散文的美学追求》;韶华的《非说不可的话——〈过渡年代〉后记》;华然的《将人提高的一本好书——读王蒙的〈漫话小说创作〉》;吴秀明的《评1982年至1983年的历史小说创作》;浩明的《章德益诗歌的修辞美》;胡世宗的《他是小草,他是燕子,他是桥——雷抒雁印象》;刘智祥的《嫦娥与上帝——流沙河的月亮太阳诗》;李松涛的《"正面强攻"得失谈——〈我的名字叫：兵〉成诗经过》；刘湛秋的《跋涉在生活中的沉思——序晓凡诗集〈彩色的梦〉》；邓萌柯的《走向深沉、丰富和成熟——读刘镇近期诗作》；山川的《鲍昌》；陈隄的《李克异》；苏子白摘编的《人物性格的二重组合原理》。

《花城》第5期发表苏晨的《智慧的海——读张洁的〈祖母绿〉》；谢望新的《走出五岭山脉——简评伊始小说集〈黑三点〉》。

26日，《文艺报》召开《绿化树》讨论会(《文艺报》本年第11期王屏报道《本刊召开〈绿化树〉讨论会》)。

27日，《文学报》发表李国文的《〈花园街五号〉的创作》；徐学清的《水静沙明　一清到底——谈建国后巴金的散文创作》。

29日，《团结报》发表端木来娣的《台湾乡土作家王拓》。

《中国建设》第9期发表武治纯的《祖国心海中的航船：全国第二次台湾、香港文学学术讨论会小记》。

本月，《十月》第5期发表曾镇南的《生活的辩证法与心灵的辩证法——评〈绿化树〉》；季红真的《平波水面　狂澜深藏——评〈鸡窝洼的人家〉》；陈冲的《自说自话》。

《山西文学》第9期发表李国涛的《读〈含玉儿〉》；闰田的《无可奈何花落去——读〈听，表在深夜嘀嗒响〉》。

《小说界》第5期发表田晨的《谱写工业改革的新歌——赞〈会计今年四十七〉》；以"关于提高小说创作质量的座谈"为总题，发表李国文、陈冲、汪浙成、陈忠实、徐孝鱼、王小鹰、陆星儿、沈乔生、邓开善、徐光兴、姚忠礼的文章。

《文艺理论研究》第3期发表季红真的《文学批评中的系统方法与结构原则》；陈骏涛的《略论文学探求及其目标感——从刘心武的创作说开去》；江曾培的《作家的观察、体验与理性思考》；张春宁的《刘宾雁报告文学的艺术特色》；高松年的《陆文夫创作的讽刺艺术特色》。

《文学》第9期发表邵江天的《不避平凡唱大风——读〈今夜无星星陨落〉》。

《文学月报》第6期发表刘强的《泼水不要将"婴儿"泼掉了》(评叶蔚林小说的抄袭行为)；《叶蔚林的成就与失误——座谈纪要》。

《当代文学研究参考资料》第9期转载《当代文坛》1983年第4期孔捷生的《青年文学的回顾与展望》；同期，发表《一部成功的现实主义的好作品——长篇小说〈故土〉座谈纪要》;方直的《评〈人生〉的社会效果》。

《福建文学》第9期发表刘再复的《我爱,所以我沉思——散文诗集〈太阳·土地·人〉后记》;李丕显的《漫说角度种种》;杨健民的《一支心曲吐衷肠》(评王海玲的《心曲》);周上之的《悬念相环　平中见奇》(评孙颙的《夜风暖融融》)。

《文艺评论通讯》第3期发表佘树森的《近年散文创作概评》;李丕显的《深沉蕴藉的美——新时期文学的美学特征》;牛运清的《新时期中篇小说创作的成就与经验》;吴开晋的《略谈当代诗歌的成就与不足》;王世维、王照青的《新中国光辉历史的真实纪录——略谈建国以来的报告文学》;任孚先的《努力反映势不可挡的改革潮流——评矫健的从〈老霜的苦闷〉到〈老人仓〉》;杨守森、宁茂昌的《追求,是无止境的——谈尹世林的小说创作》;苗得雨的《"浑身有掸不掉的香气!"——丁庆友诗作赏评》;韩兆福的《哦,大运河——读耕夫的两篇小说》;武鹰的《简评赵和琪的中篇小说〈野丁香〉》。

《百花洲》第5期发表曾镇南的《读〈走通大渡河〉断想》;陈俊山的《放眼写好边远山区的改革——读中篇小说〈斑竹园〉》;吴海的《新的视野　新的探索——杂谈陈世旭的中篇小说创作》。

本月,福建人民出版社出版《台湾香港文学论文选(首届台湾香港文学学术讨论会专辑)》。

中央广播电视大学出版社出版黄修己等编选的《中国现代文学史参考资料(下)》。

浙江文艺出版社出版陈坚的《夏衍的生活和文学道路》。

湖南人民出版社出版顾骧的《顾骧文学评论选》,李希凡的《李希凡文学评论选》,萧殷的《给文学青年》。

百花文艺出版社出版巴金著、贾植芳等编的《巴金写作生涯》,卫建林的《文学要给人民以力量》。

北京出版社出版中国现代文学研究会、北京出版社编的《中国现代文学研究丛刊(1984年第3辑)》。

上海文艺出版社出版《中国现代文艺资料丛刊(第8辑)》。

河北人民出版社出版二十所高等院校《中国当代文学作品选评》编委会编的《中国当代文学作品选评》。

上海书店出版李何林编的《中国文艺论战》。

陕西少年儿童出版社出版陕西少年儿童出版社编辑的《儿童文学十八讲》。

华东师范大学出版社出版翁世荣等的《文学写作教程》。

作家出版社出版周扬编的《马克思主义与文艺》。

本季，《海峡》第3期发表巴桐的《对香港社会重大题材的探索——读香港作家白洛的小说》，林承璜的《全国第二次台湾香港文学学术讨论会侧记》。

10月

1日，《小说林》第10期发表周达的《李汉平和他的〈梦·泪·梦〉》；郑志强的《读三个超短篇》。

《上海文学》第10期发表洁泯的《文学七年的随想》；曾镇南的《异彩与深味——读阿城的中篇小说〈棋王〉》。

《长安》第10期发表本刊评论员的《文学，和变革的时代一同起飞》；权海帆的《新人形象与生活理想》；刘建军的《小说家的硬工夫——〈晚霞〉读后》；冯立的《根植于生活和劳动中的美——读〈柴达木手记〉》。

《作品》第10期发表郑莹的《工厂的五彩图——简评〈陈国凯中篇小说集〉》；张奥列的《爱，是沉重的——浅谈两篇有争议的爱情小说》；马雪吟的《让形象说话——如何正确评价〈序曲在后面的乐章〉》。

《作家》第10期发表纪众的《我们听到了大河澎湃的涛声——读〈北方的河〉》；吴甸起的《信息与诗——读〈旋转的圆柱〉》；林为进的《好一幅雪景沉思图——读〈雪纷飞〉》。

《现代作家》第10期发表洁泯的《周克芹创作散论》。

《青春》第10期发表陈辽的《话说读者美学》。

《新港》第10期发表弋兵的《文艺要认真总结新的经验》；鲍昌的《王林的生平与创作》；赵玫的《蓝色的乐章——谈王家斌的小说创作》；汪宗元的《晶莹质朴的童心美——读儿童小说集〈神山顶上闪亮的星〉》。

《解放军文艺》第 10 期发表范咏戈的《读〈裂变〉》；董保存的《刘亚洲印象记》；佘树森的《军旅散文漫评》；西南的《近距离地深刻地反映军营改革现实——近年来军事题材报告文学琐议》；汪守德的《夺得千峰翠色来——读〈祖国，我为你燃烧〉》；林草思的《变"听来的"为"自己的"》。

《新疆文学》第 10 期发表陈达专的《读〈在伊犁〉九篇致王蒙》；王仲明的《一丛芬芳的〈野玫瑰〉》。

3 日，《小说选刊》第 10 期发表邵燕祥的《读〈燕赵悲歌〉四题》；蒋子龙的《"悲歌"之余——关于〈燕赵悲歌〉》。

《报告文学》第 10 期专栏"报告文学刊授园地"发表德明的《努力写出"自己的声音"——略谈报告文学作者的独创性》。

4 日，《文学报》发表王汶石的《一颗明亮的"新星"——致长篇小说〈新星〉作者柯云路》；阎纲的《田园的诗——彭见明的〈小河弯弯小河长〉》；李星的《献给祖国和人民的一颗赤子之心——读毛锜〈云帆集〉》。

5 日，《广西文学》第 10 期发表钟本康的《应把人物性格作为一个完整的实体来描绘》；闻起的《回顾・思考・展望》。

《延河》第 10 期发表刘锦满的《忠胆义骨壮诗魂——柯仲平创作道路管窥》。

《当代文坛》第 10 期发表以"文艺改革纵横谈"为总题，发表康濯的《改革中的农村题材》，阎纲的《文学在改革声中起》，郭琳的《西影厂，扬起振兴之帆》；同期，发表姚雪垠的《论深刻》；孟广来的《从戏曲史上的"现代题材"说起》；徐岱的《艺术的特性与特征——也谈艺术中情感与形象的关系》；侯民治的《几种心态小说的分析比较》；郑波光的《王蒙中篇小说〈杂色〉的象征》；孟伟哉的《我相信。我了解他。》；丁临一的《读长篇小说〈两代风流〉》；秦晋的《也谈〈鲁班的子孙〉的评价——给雷达同志的信》；段崇轩的《时代感・真实感——评玛丽娜的形象塑造》；黎永毅的《文学的任务和作家的追求——关于何士光两篇小说的评价及其他》；卢杨村的《少而精》；张陵、李洁非的《一个经典镜头的启示》；羽军的《"别开生面"与"旧有基础"》；周冠群的《简论散文笔调》；方方的《在创作的道路上……》；意秋的《生活之路与文学之路——致一位初学写作者》；黄书泉的《漫谈"突破"》；[苏]丽・柯瓦廖娃的《读者的才华》。

《花溪》第 10 期发表高原的《一个不安的、追求的灵魂》(评乔雪竹的小说)；专栏"散文创作十二谈"发表郭风的《漫谈散文创作》。

《青海湖》第5期专栏"小说创作纵横谈"发表程东安的《生活履历与创作成败》，禾穆的《把握人物的性格逻辑》，钟本康的《要有思索的余地》。

《星火》第10期发表陈俊山的《喜看文苑竞繁华——新时期江西小说创作巡礼》。

7日，《文艺报》第10期专栏"改革激流与文学创新"发表周介人的《历史感一议》，缪俊杰的《生活的发展与作家的眼光》，沈敏特的《改革题材创作的一个侧重点》；专栏"关于'复杂性格'问题的讨论"发表杜书瀛的《"复杂性格"与典型创造》，陈晋的《"人物性格二重组合原理"异议》，俊人的《用动态的方法研究性格问题》；同期，发表蓝翎的《超越自己与超越历史——关于〈绿化树〉人物形象的片断理解》；《对〈绿化树〉的种种看法》（争鸣综述）；王蒙的《且说〈棋王〉》；崔道怡的《若非慷慨之士，怎唱燕赵悲歌！》；冯牧的《重读郭小川诗作——〈郭小川诗选〉新版序言》。

10日，《文汇月刊》第10期发表张贤亮、杨仁山的《秋凉夜话》（对话录）。

《北京文学》第10期发表林斤澜的《另外的感想——读〈三将军之墓〉》。

《东海》第10期发表肖荣的《从"以小见大"谈起》；高松年的《多角度地描绘改革中的新人形象——读〈东海〉近期有关小说随感》。

《诗刊》第10期发表邹荻帆的《待认识的星群——读"无名诗人作品专号"》（本期为"无名诗人作品专号"）。

《奔流》第10期发表乐平的《李佩甫小说漫谈》；林为进的《一篇有警策意义的佳作——读〈村魂〉》。

《读书》第10期发表袁可嘉的《西方现代派文学的边界线》；林大中的《改革潮流的历史剖析——评长篇小说〈新星〉主题思想》；范一直的《儿童诗"成人化"的尝试》。

《解放日报》发表查志华的《香港中文大学授予荣誉文学博士学位，巴金即将赴港出席颁授典礼》。

11日，《光明日报》发表张韧的《狂飙突进　蔚为大观——中篇小说创作的回顾与展望》。

《文学报》发表许翼心的《香港文学的历史与现状》。

15日，《山东文学》第10期发表丁振家的《浅谈文艺创作与思想解放》；专栏"农村变革与文学创作"发表王希坚的《"图解政策"不符合党的政策》，尚涛的《应将宏观与微观统一起来》，墨铸的《新时期农村变革中的“畸形怪物”——〈鲁班的子孙〉黄秀川形象管窥》，毛树贤的《一部优秀的现实主义力作——读〈老人仓〉》，牟志祥的《关于〈老人仓〉的主题》。

《民族文学》第10期发表本刊评论员的《新中国的产儿——三十五年来少数民族文学》。

《青春·青年文学丛刊》第4期发表莫应丰的《肖建国和他的创作》；楚良的《文学的信息来自生活的信息》；蔡玉洗的《用感情去浸透历史——评周梅森〈庄严的毁灭〉》。

《暨南学报》第4期发表潘亚暾的《一曲爱国抗日的悲壮战歌——评钟肇政的〈台湾人三部曲〉》。

《文学研究动态》第10期发表陈圣生的《全国第二次台湾香港文学学术讨论会情况综述》。

17日，《作品与争鸣》第10期以“笔谈《绿化树》”为总题，发表刘滋为的《马樱花的人格是美吗?》，廖达天的《简论马樱花》，佩瑾的《关于马樱花——〈绿化树〉讨论中的歧见》；同期，童道明的《〈街上流行红裙子〉有新意》(原载《文艺报》1984年第7期)；蓝光的《分歧在哪里？——〈街上流行红裙子〉观后》(原载《文艺报》1984年第7期)；何西来的《他们追求更美好的人生——〈街上流行红裙子〉观后》；李兆忠的《魅力在于内涵的丰富——评周克芹的新作〈晚霞〉》；西龙的《〈晚霞〉的思想和艺术》；武久计的《一篇发人深省的小说——读〈何期茉莉似昙花〉》；高欣的《本非茉莉何以昙花——评〈何期茉莉似昙花〉》；金敬迈的《瑕不掩瑜——〈山那边是海〉观后》；章以武的《仅仅是美丽的图解——略谈〈山那边是海〉》；唐斯里的《赞〈山那边是海〉》(以上三文均原载广东《当代文坛》1984年第9期)；徐志红的《她终于醒悟了》(原载1984年5月30日《北京日报》)；张增甫的《〈悟〉不如改为〈醋〉》(原载1984年6月4日《北京日报》)；孟向荣的《〈悟〉的优点在于“隐”》(原载1984年6月9日《北京日报》)；林初平的《含蓄不同于晦涩》(原载1984年6月10日《北京日报》)；毛志成的《愿与读者共悟》(原载1984年6月25日《北京日报》)；苏叔阳的《〈故土〉闲聊篇》(原载四川《当代文坛》1984年第7期)；达欣的《〈故土〉争鸣录》；戈平的《影片〈乡音〉引起热烈争论》；敬达的《话剧〈车站〉在论辩中》；郭政的《小说〈杨月月与萨特之研究〉有争议》；王晋民的《欧阳子的心理小说及其争论》；乐融融的《一九八三年台湾文坛一瞥》；林泰的《法国结构主义》;蔡毅的《卞之琳》。

18日,《文学报》发表马白的《盛开在塞外草原的鲜花——读许淇的散文诗》;叶鹏的《"现代化"共产党人的心境——读报告文学〈省委第一书记〉》。

《光明日报》发表梦真的《观念更新与改革文艺》;刘亚洲的《我们的时代与我们的文学》。

19日,《青年文学》第10期发表刘锡诚的《悲壮的人生图画》(评梁晓声的《为了收获》);黄子平的《抒情性的"闲笔"》(评王梓夫的《黑牙村记事》);夕风的《生活的反思》(评陆星儿的《列车到达是黄昏》);雷达的《独特性:葡萄园里的"哈姆雷特"——关于农村题材创作的一封信》;张炜的《秋天的思索》。

《新疆大学学报(哲学社会科学版)》第4期发表常征的《向作品的深处探寻——对台湾当代作家白先勇小说的再认识》。

20日,《人民文学》第10期(《人民文学》创刊35周年纪念刊),以"我与人民文学"为总题,发表冰心、张天翼的《祝辞》,玛拉沁夫的《在那一片沃土上》,刘心武的《秋收时节念春播》;同期,发表从维熙的《创作随想录》;林斤澜的小说《矮凳桥传奇》。

《当代》第5期发表雷达的《他和他的青年世界——评〈当代青年三部曲〉兼及有关创作问题》;刘亚洲的《关于〈海水下面是泥土〉的一点说明》;同期,发表刘心武的长篇小说《钟鼓楼(上)》。

《团结报》发表翁倩因的《海天云树忆故人——记台湾女作家琦君》。

22日,《深圳特区报》发表黄尚允的《香港社会生活的写照:读谢雨凝的〈雨凝集〉》。

25日,《光明日报》发表洁泯的《既往与展望——三十五年来文学理论的发展》;缪俊杰的《研究新事物,促进大繁荣》。

26日,解放军文艺出版社在北京召开部队青年作家刘亚洲作品讨论会(本年《解放军文艺》第12期)。

28日,《文艺情况》第10期发表积目的《陈映真谈在台湾的中国文学》。

《羊城晚报·港澳海外版》发表李森的《巴金在香港答记者问:谈到反封建,主张讲真话》。

《星星》第10期发表复虹等的《台岛女诗人作品选析(一)》。

本月,《山西文学》第10期发表艾斐的《引吭驭笔诉真诚——焦祖尧报告文学创作漫评》;张厚余的《〈起步〉的魅力——读短篇小说〈起步〉》。

《文学》第10期发表叶公觉的《天光云影映碧波——读〈文学〉一九八四年八月号散文专辑》。

《当代文学研究参考资料》第10期发表郭志刚的《孙犁评传》(第11期续完);苏承德的《不倦的小溪流——访严文井同志》;马焯荣的《周立波小说幽默风光漫谈》。

《清明》第5期发表胡永年的《关于塑造变革时期农村新形象问题的断想》;徐季子的《小说的含蓄》;徐卫新的《探求最能表现作品内容的形式——刘祖慈近作简论》;丁临一的《一个丰满而独特的军人形象——评〈军人的投影〉》。

《福建文学》第10期发表李振声的《创作方法新探》;沉洲的《此时无声胜有声——〈爆炸〉读后》。

《名作欣赏》第5期发表张放的《愤懑·挽歌·苦笑——痖弦诗〈盐〉赏析》。

本月,黑龙江人民出版社出版卢康华、孙景尧的《比较文学导论》。

重庆出版社出版何洛、周忠厚的《艺术规律论稿》。

辽宁人民出版社出版冉欲达等编著的《文艺学概论》。

贵州人民出版社出版周来祥的《文学艺术的审美特征和美学规律》,王永生的《论鲁迅的文艺批评》。

上海文艺出版社出版吕荧的《吕荧文艺与美学论集》,蒋子龙的《不惑文谈》。

山东文艺出版社出版李犁耘、吴怀斌编的《中青年作家谈创作》。

上海教育出版社出版徐中玉的《写作与语言》。

中国青年出版社出版谢文利、曹长青的《诗的技巧》。

四川人民出版社出版钟文的《诗美艺术》。

重庆出版社出版吕进的《给新诗爱好者》。

春风文艺出版社出版刘绍棠的《我与乡土文学》。

陕西人民出版社出版[英]乔纳森·雷班著、戈木译的《现代小说写作技巧——实用文艺批评集》。

湖北教育出版社出版洪威雷的《报告文学的写作》。

福建人民出版社出版佘树森的《散文艺术初探》。

河北人民出版社出版二十所高等院校《中国当代文学作品选评》编委会编的《中国当代文学作品选评(中)》。

天津人民出版社出版邱文治的《现代作家作品艺术谈》。

中国文联出版公司出版谢明清、宋昌琴编的《丁玲作品评论集》。

江西人民出版社出版曾华鹏、蒋明玳编的《王鲁彦研究资料》。

花城出版社出版老舍的《老舍序跋集》。

解放军文艺出版社出版吴开晋的《李英儒研究专集》，刘金庸、陆思厚编的《陆柱国研究专集》。

人民文学出版社出版茅盾等的《作家论》。

湖南人民出版社出版张炯的《张炯文学评论选》，陆耀东、唐达晖的《鲁迅小说独创性初探》。

济南人民出版陈丹晨的《陈丹晨文学评论选》。

百花文艺出版社出版董大中编的《赵树理写作生涯》。

11月

1日，《广州文艺》第11期发表金钦俊的《酌奇而又存真——〈流沙河〉赏析》；柳嘉的《散文的美》。

《小说林》第11期发表艾若的《蒋巍作品的情志观》；李健民的《在时代的潮流中汲取诗情——评贾平凹的两篇近作》。

《上海文学》第11期发表吴亮的《自然·历史·人——评张承志晚近的小说》。

《长安》第11期发表李廷华的《张贤亮"第二次浪潮"的启示》；李国平的《略谈文学创作中的时空追求》；高友群、郭琳的《小说〈李自成〉与历史文学的创作问题——访姚雪垠》。

《长江》第4期发表洪钧的《有失偏颇的〈重阳舅的树，重阳树〉——兼谈作家对生活的认识与把握》；本刊记者的《一读斯文儿弹泪——写在〈汉江，记住这个夜晚〉后面》。

《文学报》发表肖云儒的《写出典型来——关于改革题材作品的一点感想》；魏威的《不落窠臼　自生新意——评陈冲的中篇新作〈会计今年四十七〉》；赖丹的《深沉的眷恋——读长篇小说〈我们的歌〉》；思藻的《重视文艺作品提供的信息量》。

《北方文学》第11期发表肖复兴的《报告文学的文学性》。

《光明日报》发表曾镇南的《蝉蜕时期的痛苦和希望——评〈沉重的翅膀〉修改本》。

《作品》第11期发表蒋丽萍的《我写〈序曲在后面的乐章〉》；伊始的《被呼唤的文学和文学的呼唤》。

《作家》第11期发表孙里的《不能接受的标准化——评〈美酒能否少些辛辣味?〉》；单言《美酒能否少些辛辣味——浅谈小说〈女帮办〉的得与失》。

《现代作家》第11期发表王春元的《谌容论》(第12期续完)。

《青年文学》第11期发表周良沛的《诗就是诗——在四川人民出版社"诗歌座谈会"上的发言》。

《滇池》第11期发表逸风的《评〈雪落黄河静无声〉的爱国主义》。

《萌芽》第11期发表宋永毅的《文学与青春同步——上海青年作者的涌现和流变》。

《新港》第11期发表郭瑞三的《试论作家的历史纵深感》；陈景春的《艺术作品，首先是艺术——谈创作意图、思想内容和社会效果的关系》。

《解放军文艺》第11期发表高厚良的《党委要管好文艺工作——学习〈邓小平文选〉的一点体会》；李希凡的《向新时代进军的战歌——读李延国近年来的报告文学》；张雨生的《文艺的三个作用不可偏废》；金辉的《〈红楼梦〉与"关系学"》。

《新疆文学》第11期发表周政保的《〈胡杨泪〉的现实性——开发者文学探讨之二》。

《福建日报》发表方航仙的《在"沙漠"上艰辛耕耘：记香港闽籍女作家陈娟》。

《作品》第11期发表朱安的《梁羽生的新武侠小说》。

2日，《台港与海外文摘》创刊，本期发表朔望的《关于陈映真》。

3日，《小说选刊》第11期发表石言的《〈魂归何处〉创作体会》；陈冲的《努力写出新意》；周克芹的《〈晚霞〉点滴》；转载本年《小说界》第5期田晨的《工业改革的新歌——赞〈会计今年四十七〉》。

5日，《广西文学》第11期发表田林的《努力塑造好变革时期的农民形象——兼评近期〈广西文学〉农村题材的小说创作》。

《当代文坛》第11期以"笔谈道德评价和历史评价问题"为总题，发表李庆西的《不能降低文学的道德尺度》，吴野的《争鸣断想》；冯宪光的《道德评价与文学发展》，李士文的《金钱与人品》；同期，发表叶潮的《全国报刊关于道德评价争鸣综述》；朱华固的《剧团体制改革的探索》；吕进的《春风燕语——近年四川诗歌述评》；艾雯的《论"荷花淀派"的艺术变迁》；傅书华的《"真的艺术"——试评张洁散文创作》；李洁非、王嫣的《"情感和心灵的历程"——传记文学女作家肖凤采访札记》；乐融融的《香港文学一瞥(上)》；张默芸的《香港社会的真实写照——陶然小说创作述评》；王晋民的《台湾文学发展的趋势及其它》；朱玛的《电影中的悬念及其运用(上)》；马立鞭的《诗的散文美与散文化》；卢杨村的《"不是这个汉；怎么打得这个虎"》；谢明德的《风俗画的审美魅力(短篇艺术探微之一)》；李伏伽的《一篇超微型小说》；陈孝英等的《姚雪垠笑谈〈李自成〉的幽默》；谭风的《琳琅印章共赏析(二)》；刘志勇的《笑话的艺术手法与结构形式(之一)》；谭兴国的《探索心灵的"三部曲"——关于观察生活的通信之二》；余之思的《时代·人物·个性·语言——关于一个写改革题材剧本的信》；金平的《千山外，水长流》；王晋民的《台湾文学发展的趋势及其他》；张默芸的《社会的写真，心灵的记实：陶然小说创作评述》；乐融融的《香港文学一瞥(待续)》。

《花溪》第11期发表华铭的《真诚的心灵与敏锐的识见——评甘铁生的小说创作》；专栏"散文创作十二谈"发表何为的《关于散文写人与锤炼文字》。

《星火》第11期发表周劭馨的《时代风涛的心灵回声——新时期江西诗坛絮语》。

7日，《文艺报》第11期发表《本刊召开〈绿化树〉讨论会》；张炯的《关于〈绿化树〉评价的思考》；黄子平的《我读〈绿化树〉》；专栏"关于'复杂性格'问题的讨论"发表贺兴安的《意识的两极转化与性格的多样统一》，洪永平的《复杂性格的审美价值及其它》；同期，发表陈丹晨、鲁枢元的《关于创作心境模糊性问题的通信》；绿雪的《长篇小说新苑的报告》；高占祥的《献给英雄的歌》(评《李学鳌长诗选》)；同期，"新作短评"栏发表凌行正评《元帅外交家》，章仲锷评《麦客》，谢冕评《"亚细亚"的故事》，龚笃清评《单家桥的闲言碎语》，范咏戈评《神岗四分队》，舒霈评

《晚霞》，艾云评《村魂》的文章，萧乾的《遥寄狮岛——为新加坡女作家刘培芳的散文集〈我心得处〉而作》。

8日，《文学报》以“改革、开放在向文学挑战——七作家笔谈”为总题，发表张贤亮、李国文、邓友梅、陆文夫、从维熙、冯骥才、叶文玲的对话录；同期，发表顾传菁的《〈津门大侠霍元甲〉与通俗文学》。

《光明日报》发表牛志强的《白与绿的交响诗——评中篇小说〈白与绿〉》；洪开的《新颖真实亲切的〈小木屋〉》。

10日，《文汇月刊》第11期发表敏泽的《革新与所谓“返祖”》；顾骧的《评论家更需要深入生活》；吴溪的《“长风”不可长》。

《北京文学》第11期发表式昭、世凯的《可贵的升华——读〈清凉界〉》；高玉琨的《真实地反映现实生活的矛盾——读〈大船在颠簸中前进〉》；牛志强的《生活气息与艺术虚构——读〈乡风〉》；朱靖宇的《一首好诗——读〈“死不着”的后代们〉》。

《东海》第11期发表徐夕明的《再谈报告文学的几个问题》。

《西藏文学》第11期发表刘伟的《评〈218万岁〉》；拥登嘉措的《唯其真实，才有力量》；程朝富的《“主题”刍议》。

《诗刊》第11期以“诗意漫笔”为总题，发表杨光治的《开头：醒人耳目》、《结尾：清音有余》、《浅谈跳跃》、《“听觉艺术”和“视觉艺术”》、《惊人之句》，吕进的《诗的“点”》、《事理与情理》、《“不离不即”》，余之的《自由诗不能太自由》，朱子庆的《一种“互鉴”》、《发现》；同期，发表田间的《无愧于大众——怀念柯仲平同志》；方成的《讽刺的诗和诗的讽刺》；董培伦的《让诗歌插上翅膀飞翔》；姚振函的《杜绝不着边际的空话》；高平的《诗——浓缩的文学》。

《奔流》第11期发表鲁枢元的《文学语言特性的心理学分析》；周健平的《故道风情画　农村变革图——试论张兴元近几年小说创作》。

《雪莲》第4期发表阎钢的《文学八年——在当代文学研究会第四次学术讨论会上的发言》。

《读书》第11期发表刘再复的《关于“人物性格二重组合原理”答问》；刘心武的《尝鼎一脔话性格》；袁可嘉的《西方现代派文学的边界线(二)》；徐迟的《谈袁水拍的诗歌》。

14日，《中篇小说选刊》第6期发表张承志的《致友人》(《北方的河》创作谈)；

李宽定的《我用喜悦的泪水;写过去了的那些日子》(《山月儿》创作谈);刘心武的《这个孩子叫冷静》(《日程紧迫》创作谈);鲁克的《军队·时代·生活》(《战斗部队接近目标》创作谈);冯骥才的《〈神鞭〉之外的话》;张一弓的《我和我的争吵》(《春妞儿和她的小戛斯》创作谈);何士光的《〈青砖的楼房〉琐谈》;阿城的《一些话》(《棋王》创作谈)。

15日,《山东文学》第11期专栏"农村变革与文学创作"发表王润滋的《从〈鲁班的子孙〉谈起——在一次座谈会上的发言》,矫健的《生活——一个老话题》,丹丁的《时刻想着八亿农民》。

《文学报》发表易知的《投身生活激流写〈醉乡〉——访土家族作家孙健忠》;方克强的《雯雯三十年:一次综览——读王安忆的〈69届初中生〉》;刘强的《改革潮流中的觉醒与追求——评铁凝的新作〈村路带我回家〉》。

《文学评论》第6期专栏"文学研究方法创新笔谈"发表刘魁立的《要重视科学研究的方法论问题》;刘再复的《思维方式与开放性眼光》;林兴宅的《科技革命的启示》;钱中文的《文艺理论的发展和方法更新的迫切性》;杨义的《研究方法上的三个境界》;同期;发表周政保的《走向开放的中篇小说的结构形态》;丁帆、徐兆淮的《新时期风俗画小说纵横谈》;陈孝英的《让当代文学研究与比较文学"联姻"》;余福智的《读〈没有地址的信〉所引起的思考》;李兆忠的《文学批评的对象、视角和方法》;邹平的《两个金苹果:"跳出来"和"走进去"——〈蓝屋〉、〈流逝〉比较谈》;胡宗健的《他从沸腾的生活中脱颖而出——试评彭见明的小说》;李之蕙的《关于"人物性格二重组合原理"的争鸣(来稿综述)》。

《当代文艺思潮》第6期发表金燕玉的《论复活的作家群》;周政保的《中国当代军旅诗的新生界》;杨桂欣的《历史的补课和创作的填凹——评贾平凹的中篇小说〈鸡窝洼的人家〉》;孙克恒、唐祈、高平的《西部诗歌:拱起的山脊》;王舟波的《惓惓女儿心——谈舒婷的诗兼与周良沛同志商榷》。

《光明日报》发表蒋荫安的《慷慨悲歌撼人心——评中篇小说〈燕赵悲歌〉》。

《钟山》第6期发表邓友梅的《也算创作谈》;张韧的《民俗画与众生相——邓友梅论之三》;惠浴宇的《追祭王冶平文》;慕湘的《阿英的晚年》;傅溪鹏的《一支为平民唱歌的笔——访作家苏叔阳》;黄毓璜的《文学表现"心灵美"浅识》;贾平凹、丁帆的《关于〈九叶树〉的通信》;商金林的《〈渝沪通讯〉读后》;潘旭澜的《漫说流变》。

17日,《作品与争鸣》第11期以"关于小说《惑》的争论"为总题,发表杨汜的《小说创作中的罕见现象》,秦晋的《评小说〈惑〉及对它的批评》;同期,发表安国的《唯改革才有出路——读报告文学〈企业家的形象〉》;冯立三的《走向新的生活道路的五岭儿女——评中篇小说〈相思树女子客家〉》;杜实的《〈相思树女子客家〉的艺术短长》;周翰藻的《一次可贵的尝试》;枫林的《"混沌世界"中的"混世游民"》(以上二文均原载《文学》1984年第7期,评论作品为《刘青其人其事》,发表于《文学》1984年第5期);兴纯的《也谈刘青》(评论作品同上);张维德的《魔幻　象征　新意》;金鹿水的《刻意追求形式　铸造不出佳作》(以上二文均原载《文学青年》1984年第8期,评论作品为《乡居一夜》,发表于《文学青年》1984年第5期);李加旺的《〈娘家人〉不真实》;刘学政的《〈娘家人〉含义深刻》;杨静华的《〈娘家人〉很真实》;华铭的《荒唐中有深意》(以上四文原载于1984年8月30日、9月1日、9月12日、9月13日《北京日报》);政郑的《〈萌芽〉讨论中篇小说〈太阳〉》;翁睦瑞的《影片〈再生之地〉的争鸣》;金明的《电视剧〈少帅传奇〉引起争议》;边吉的《〈童年〉是一首什么样的歌曲?》;丛边的《对〈红白喜事〉有不同意见》;仲呈祥的《陈荒煤》;林泰的《"后结构主义"》;方兴的《充分评价新中国文学的伟大成就——记中国当代文学研究会一九八四年学术讨论会》。

19日,《青年文学》第11期发表沙汀的《一幅描绘我国农村现实生活的生动画卷》(评周克芹的《果园的主人》);向北的《心灵的感召与美的呼唤》(评姜天民的《金色的树林》);南云端的《桃花依旧笑春风》(评贺慈航、谢曼丽的《这里桃花正红》)。

20日,《长城》第6期发表公刘的《诗品与人品——在一次诗歌座谈会上的发言》;木林的《扑向火热的改革洪流——读〈长城〉的两篇报告文学》;金梅的《〈昴星团之歌〉读后印象》。

21日,《文艺研究》第6期发表钟敬文的《中国民间文艺学的形成和发展》;邱紫华的《论人物形象理论的发展》;王庆璠的《关于典型化的原则和方法》;王先霈的《体验与创作》;朱存明的《说中西灵感观》;刘梦溪的《释文艺规律——八论马克思主义文艺学的发展问题》;陈力丹的《马克思与"愤怒出诗人"》;夏衍的《忆健吾——〈李健吾文集·戏剧卷〉代序》;黄永玉的《最初和最后的寓言——怀雪峰老人》;刘再复的《论悲喜性格的二重组合——兼谈崇高与滑稽》;凌申的《话剧个性探说——由电影的“电影化”引起的思考》;陈光孚的《拉丁美洲当代小说创作的特点和趋势》;莫福山、刘万庆的《关于少数民族文学的标准和特点的讨论综述》。

22日,《文学报》发表丁帆的《写出时代交汇点上的不同人物》;孙光萱的《“变”与“不变”的统一——读〈“死不着”的后代们〉的一点感想》;叶芸的《听从生活的召唤》;陈立波的《门铃将再被震落——读陆文夫的新作〈门铃〉》;陈惠芳的《走进战士队伍的诗行——读王石祥的诗集〈骆驼草〉》。

《新文学史料》第4期发表万平近的《林语堂的生活之路(续)——兼评林语堂的〈八十自叙〉》。

25日,《当代作家评论》第6期以“关于小说创作的通信”为总题,发表《张长致谢永旺》,《谢永旺致张长》;同期,发表周介人的《文学的历史感》;牛洪山的《从〈绿化树〉看张贤亮创作的一次转变》;贺兴安的《章永璘的哲理摄取力及其他——〈绿化树〉读后》;杨桂欣的《得失由人亦由天——论张贤亮的两篇中篇小说》;沈敏特的《论〈花园街五号〉中的吕莎》;郑波光的《评〈花园街五号〉中的吕况》;季红真的《沉雄苍凉的崇高感——论张承志小说的美学风格》;蔡翔的《在生活的表象之后——张承志近期小说概评》;潘旭澜的《杜鹏程短篇小说论片》;叶公觉的《峻青杨朔散文风格比较》;李振鹏的《汪曾祺短篇小说创作风格探》;李良玉的《老树新花　赫然如火——评方冰近年的诗》;王彪的《走向生活　走向心灵——说当前诗坛的一种新趋向》;彭礼贤的《“牢骚”,但决不只是牢骚……——论〈高山下的花环〉中靳开来的形象》;易明善的《略论白先勇短篇小说的语言描写艺术》;何镇邦的《长篇小说反映现实生活的新突破和新问题——关于新时期长篇小说创作若干问题的探讨》;刘齐的《耐人寻味的忧郁感》;李作祥的《文论三弊》;许振强的《评论家心中要有读者》;马增慰的《白璧之瑕　能去则去》;董兴泉的《罗烽》。

《花城》第6期发表陈辽的《时代的长轴图卷　新的反封建文学——评周梅森的系列中篇》;聂华苓的《关于台湾小说创作》。

29日,《光明日报》发表雷达的《对一个带根本性问题的思考》;汪宗元的《评论与生活》;胡德培的《军人形象的新创造——读石言的短篇小说〈魂归何处〉》。

30日,《诗刊》社诗歌刊授学院在北京举行开学典礼(《诗刊》1985年第1期)。

本月,《十月》第 6 期发表孔捷生的《大林莽》;李国文的《山和人的诗——〈高原的太阳〉读后感》;贾平凹的《变革声浪中的思索——〈腊月·正月〉后记》;同期,报道《十月》编辑部邀请部分文学评论家座谈贾平凹的三部中篇小说《小月前本》、《鸡窝洼的人家》、《腊月·正月》。

《山西文学》第 11 期发表李任中的《也谈散文的真实和杨朔的散文》。

《小说家》第 4 期发表李希凡的《漫谈蒋子龙历史新时期的小说创作》。

《当代文学研究参考资料》第 11 期发表蒋守谦的《对近几年短篇小说发展态势的思考》。

《百花洲》第 6 期发表舒信波的《谈谈宋清海笔下的人物》;林为进的《读〈家书抵万金〉》。

《福建文学》第 11 期发表何为的《我的路还在前面——〈何为散文选〉跋》;叶公觉的《读何为散文二十年》。

《星星》第 11 期发表沈美兰等的《台湾女诗人作品选析(二)》。

本月,天津人民出版社出版北京鲁迅博物馆鲁迅研究室编的《鲁迅研究资料(14)》。

内蒙古人民出版社出版屈正平的《论鲁迅小说中的人物》。

花城出版社出版谢望新、李钟声的《岭南作家漫评》。

四川省社会科学院出版社出版仲呈祥编的《新中国文学纪事和重要著作年表(1949—1966)》。

百花文艺出版社出版中国文联理论研究室编的《文学艺术概评(1982)》。

上海文艺出版社出版华中师范学院《中国当代文学》编写组编的《中国当代文学(二)》;中国民间文艺研究会上海分会编的《民间文艺集刊(第 6 集)》。

湖北人民出版社出版涂怀章的《报告文学概论》。

复旦大学出版社出版张德明的《报告文学的艺术》。

新华出版社出版王武录的《人物通讯写作谈》。

花城出版社出版张晓林的《寄短篇小说习作者》。

武汉大学出版社出版彭钟岷的《当你铺开稿纸的时候》。

人民文学出版社出版思肘的《军人的美和美的军事文学》。

三联书店出版[美]雷·韦勒克、奥·沃伦著,刘象愚等译的《文学理论》。

陕西人民出版社出版唐正序的《文艺学基础》。

12 月

1 日，《上海文学》第 12 期发表南帆的《人生的解剖与历史的解剖——韩少功小说漫评》；许子东的《曹冠龙的小说创作》。

《北方文学》第 12 期发表启华、闻之的《走向腾滔踏浪的生涯——评邓刚〈瘦龙岛〉》。

《现代作家》第 12 期发表杨甦的《对发现者的发现——序仲呈祥著〈当代文学散论〉》。

《作品》第 12 期发表陈绍伟的《面对通俗文学崛起的思索》；韩伯泉的《用生活彩线编成的花环——简评符启文的散文》。

《作家》第 12 期发表黄珅的《也谈陈奂生——与周桐淦同志商榷》；唐挚的《“北京青年作家小说专辑”琐谈》。

《青春》第 12 期发表乔良的《一代人的心律——论海南的诗并代〈机器与雕像〉序》；李杭育的《“葛川江文化”观》。

《滇池》第 12 期发表杨嘉谷的《评〈叶绿花红的夏天〉》。

《新港》第 12 期发表管蠡的《略谈梁斌的创作》；哲明的《评长篇小说〈烽烟图〉》；鲍昌的《〈二觉集〉自序》；柳晴的《〈雕像，却充满生命〉的艺术处理》；黄益庸的《“复杂性格”与“单纯性格”》；陈炳的《用心思于刻画人物》。

《解放军文艺》第 12 期发表徐红兵的《看似平常却新奇——评中篇小说〈神岗四分队〉》；艾彤的《撞车与创新》；韩瑞亭的《军事题材电影创作的佳品——写在影片〈高山下的花环〉上映时》；高洪波的《新时代的士兵之歌——李松涛诗作漫评》；平一的《解放军文艺出版社召开部队青年作家刘亚洲作品讨论会》。

《新疆文学》第 12 期发表陈艰的《我们女主人公的“牺牲癖”》；陆建华的《且看这姿态各异的雪花——读〈新疆文学〉九月号一组小小说》。

《新疆大学学报(哲学社会科学报)》第 4 期发表常征的《向作品的深处探寻——对台湾当代作家白先勇小说的再认识》。

3 日，《报告文学》第 12 期专栏“报告文学刊授园地”发表张弛的《报告文学的发展趋势》。

5 日,《广西文学》第 12 期发表肇涛的《他跨出了坚实的第一步——评于峪的短篇小说集〈离离乡间草〉》。

《延河》第 12 期发表刘斌的《一代人追求的足迹:读晓蕾的诗》;屈增民的《北国激荡的回声——读〈延河〉八四年〈北方抒情诗专号〉》。

《当代文坛》第 12 期发表王愿坚的《文学是光辉的事业——谈小说创作的第二步》;唐跃的《平实中见深刻的奥秘——张弦小说创作阅读札记》;金梅的《形色神态与环境描写——孙犁小说艺术探索》;张慧光的《千里游踪一杯清——长篇游记〈母女浪游中国〉漫评》;肖崇素的《点滴话沙汀》;李益荪的《由一种"美学思考"所引起的思考》;吴锦祥的《小说〈人生〉与电影〈人生〉——访〈人生〉导演吴天明》;燕桥的《〈人生〉怎样呼唤传统美德》;朱玛的《电影中的悬念及其运用(下)》;杨汝絅的《一个重要的抒情手段——也说"比"》;谢明德的《小说中的道具——短篇小说探微之二》;高信的《齐白石一生》;谭风的《琳琅印章共赏析(三)》;刘志勇《笑话的艺术手法及结构(二)》;乐融融的《香港文学一瞥(续完)》;吕齐的《谈谈报告文学的采访》;李保均的《灰线蛇踪　眩其奇变——谈小说伏笔》;潮辑的《文艺争鸣鸟瞰》。

《花溪》第 12 期发表张慧光的《雁宁创作得失》;专栏"散文创作十二谈"发表袁鹰的《与时代同步前进》。

《星火》第 12 期发表周崇坡的《改革家形象新议》;吴海的《照亮人们心灵的篝火——读陈世旭中篇新作〈篝火〉随想》。

6 日,《文学报》发表《让作家们放开手脚去写——夏衍等老作家谈散文创作》。

《光明日报》发表王颖的《一出震撼人心的悲剧——评〈山中,那十九座坟茔〉》。

7 日,《文艺报》第 12 期专栏"关于'复杂性格'问题的讨论"发表李国文的《小说在于"做"》,古华的《浅谈小说人物的立体认识》;同期,发表刘白羽的《巨大的心灵震动的艺术——评电影〈高山下的花环〉》;周政保的《他以自己的方式写着严肃的人生——读王蒙的系列小说〈在伊犁〉》;郭志刚的《也谈性格的辩证法》;严家炎的《读〈绿化树〉随笔》;宗和整理的《对〈绿化树〉的种种看法》(来稿摘编);张德林的《小说创作时空观谈片》;阿槐的《烟雨迷蒙水乡情——姜滇和他的小说创作》;同期,"新作短评"栏发表徐怀中评《凝眸》,梁光弟评《祖母绿》,张伯先评

《拂晓前的葬礼》，曾镇南评《神鞭》，张洁评《找乐》，林为进评《典型形象》，方顺景评《红军留下的儿子》，成志伟评《热潮集》的文章。

10日，《文汇月刊》第12期发表冯骥才的《我心中的文学》；谢望新的《评〈文汇月刊〉一九八四年报告文学》。

《北京文学》第12期发表刘蓓蓓的《“他是重生亲父母”——评〈红军留下的儿子〉》；谢云的《〈罗村在京郊〉读后随想》；李贵仁的《不只是农民意识的绝妙写照——评张洁的短篇新作〈尾沟〉》；宋垒的《观察·激情·深度——读诗随笔》。

《东海》第12期发表沈泽宜的《绿竹芊芊——湖州作者群漫评》；盛钟健的《读〈并蒂的矢车菊〉》；黄云生的《从心灵里写出真切感——读〈阿松的烦恼〉》。

《诗刊》第12期“诗苑漫步”栏发表刘湛秋的《春草集》，鲁扬的《〈长歌行〉读后》，柯原的《心灵的彩翼》，丁巴的《中外诗话》；同期，发表刘岚山的《质朴的歌——严辰诗片论》；晓雪的《我们时代的热情歌手》；晓行的《对山西省两首获奖作品的不同意见》。

《奔流》第12期发表许桂声的《抒写生活的真情——读原非的小说》；刘敏言的《突破，走向文学的殿堂——兼谈我省报告文学的创作问题》；王幅明的《散文诗散论》。

《读书》第12期发表陈白尘的《为青年剧作者呼吁》；吴泰昌的《谈叶圣陶的文学创作》；李书磊的《广阔的人生》。

13日，《文学报》发表潘旭澜的《即景抒情　托物言志——谈丁芒最近的三个诗集》；蒙万夫的《田野上庄重而深沉的歌——读陈忠实的中篇小说〈初夏〉》；丁临一的《新生活的四重奏——评中篇小说〈战争和女人〉》。

15日，《山东文学》第12期发表任民的《评电影〈高山下的花环〉》。

17日，《人民日报》发表冯牧的《没有花环的高山下——读中篇小说〈山中，那十九座坟茔〉》。

《作品与争鸣》第12期发表本刊特约评论员的《大鼓劲，大团结，实现文艺的更大繁荣》；文车辑的《〈躬耕〉讨论〈愿你倾听我的歌声〉》；唐挚的《〈棋王〉读后漫笔》；臻海的《正因写实，转成新鲜——读〈棋王〉随感》；谢俊华的《一泓平静却幽深的池塘——简评短篇小说〈最佳家庭结构〉》；兴安的《一幅差强人意的讽刺画——说说〈最佳家庭结构〉的好处与不足》；蒋国伟的《探索〈高地〉之谜——北京大学中文系专业八二级》(原载《青年作家》1984年第7期);蔚东平的《“觉今是而昨非”——〈序曲在后面的乐章〉读后》;月生的《关山度若飞——读〈序曲在后面的乐章〉的谴问》(以上二文均原载《作品》1984年第6期);孙达佑的《爱情的呼唤》;杨晨的《失望与遗憾》;范玉花的《我甘愿“下嫁”工人》;蓝应忠的《站不住脚的人物》(以上四文均原载1984年8月30日《当代文坛报》,评论作品均为《序曲在后面的乐章》);尚鸣的《是卖桃还是卖俏——评歌词〈卖蜜桃〉》(原载《歌词》1984年第1期);王礼贤的《我对〈卖蜜桃〉的看法》(原载《词刊》1984年第3期);伍雍谊的《歌词创作的追求》(原载《词刊》1984年第4期,评论作品同上);陈捷的《〈杨柳青青〉想给读者什么?》(原载1984年8月13日《北京日报》);彭文华的《〈杨柳青青〉有魅力》(原载1984年8月20日《北京日报》);陆恩浩的《抛弃简单化的欣赏习惯》(原载1984年8月28日《北京日报》);敬效的《〈当代文坛〉报讨论中篇小说〈错,错,错!〉》;金明的《如何看待改革题材文学作品中的反面形象——关于短篇小说〈花纹〉主人公德合拉的形象的争鸣》;欧阳惠译的《关于组诗〈诺日朗〉的争议》;周立文的《报告文学〈他,留在了这片土壤〉引起争议》;高晓明的《对短篇小说〈顶替〉的看法分歧》;陈圣生、林泰的《“新批评”》;以“关于中篇小说《绿化树》的讨论”为总题,发表雷达的《〈绿化树〉主题随想曲》;周良沛的《从〈绿化树〉引起的争议看〈绿化树〉》。

19日,《青年文学》第12期发表徐晓鹤的《轶事之外》(评何立伟的《单身汉轶事》);方顺景的《立意、构思及其他》(评严啸建的《烧炭时节》);张炯的《别具格调的“改革”篇——读〈猎神,走出山谷〉》;李洁非、张陵的《历史的链条及其表现——来自〈航〉的认识》。

20日,《当代》第6期发表杨柳的《交流与探索——烟台长篇小说笔会综述》;杨佩瑾等的《烟台长篇小说笔会部分发言》;张同吾等的《改革的时代呼唤改革的文学——评〈当代〉的一组报告文学》;华铭的《一个“浑小子”的真实自白——读〈雪,白色的,红色的……〉》;同期,发表刘心武的长篇小说《钟鼓楼(下)》。

《光明日报》发表滕云的《通俗文学正在起新潮》。

《文学报》发表潘亚暾的《香港文学发展的新趋势》。

“纪念丘逢甲诞生120周年学术讨论会”在广州和梅县召开。

《天津师大学报》第6期发表黄重添的《从中篇小说看台湾乡土文学发展趋向》。

《文学报》发表张步真的《捕捉信息与文学创作》。

22日,《文学知识》第6期发表周哲民的《一鳞半爪寻轨迹——贾大山的成才之路》;长青的《他的功劳在人间——读〈一位没有战功的老将军〉》;庄众的《这里有热血在涌动——读〈麦客〉》。

24日,《人民日报》发表顾骧的《〈北国草〉散论》;玛拉沁夫的《民族特色与时代精神》。

25日,《新华文摘》第12期发表陆士清的《近年来的台湾文学研究》。

27日,《文学报》以"面对通俗文学的崛起"为总题,发表孙达佑的《评论界要注意通俗文艺》,任骋的《"传奇文学热"有其必然的社会原因》,苏金伞的《可喜还是可悲——对"传奇文学热"的一点看法》;同期,发表花建的《醇了,也更美了——评王小鹰的新作》;张志忠的《军人的命运与军人的灵魂——读〈山中,那十九座坟茔〉》。

《文艺情况》第12期发表周青的《含泪忆点人》。

29日,中国作家协会第四次会员代表大会在北京开幕,胡耀邦、万里、习仲勋等莅临会场,胡启立代表中共中央书记处致祝词,巴金因病未能到场,提交书面开幕词《我们的文学应该站在世界的前列》,张光年作题为《新时期社会主义文学在阔步前进》的长篇报告,大会于1985年1月5日闭幕,王蒙致闭幕词。

30日,《光明日报》发表胡启立的《在中国作家协会第四次会员代表大会上的祝词》,巴金的《我们的文学应该站在世界的前列——中国作家协会第四次会员代表大会开幕词》。

本月,《山西文学》第12期发表李文田的《在熟悉的土地上耕耘——雏燕及其小说》。

《文艺理论研究》第4期发表徐中玉的《我们这里不应有"开端便是顶点"的作家》;张德林的《"自由联想"艺术规律探索——小说艺术谈》;张毓书的《论性格的多重色彩与质的一元化》;殷国明的《杂中不杂　杂中有一——评王蒙的〈杂色〉》;吴周文的《捕捉生活色彩和芬芳的诗——评赵丽宏的抒情散文》。

《文学月报》第12期发表胡代炜的《事业在召唤——读中篇小说〈我本该是一棵树〉》;周应节的《"我带着欢乐的微笑写诗"——读崔合美的两个诗集》;未央的《读方雪梅的几首短诗》。

《名作欣赏》第6期发表杜莲茹的《追求精神的赞歌——读散文〈月迹〉》。

《当代文学研究参考资料》第12期发表《文学八年——阎纲在“中国当代文学研究会第四次学术讨论会”上的发言》。

《清明》第6期发表陈骏涛的《关于开拓文学观念的思考——一个提纲》；余昌谷的《〈彩虹坪〉的结构艺术》；唐先田的《真实地敞开人物的心扉——〈西风·流云·枯叶〉读后》；许宏德的《曹玉林小说创作琐谈》。

《福建文学》第12期发表阮温凌的《龙飞凤舞新天地》（评闰水、陈璇的《龙凤彩带》）；陈佩贤的《她给山城带来了春意》（评曾毓秋的《山城人间喜剧》）。

《星星》第12期发表复虹等的《台湾女诗人作品选析（三）》。

《新文学论丛》第4期发表张默芸的《论林海音的小说创作》；梦花的《一幅畸形社会的真实画面——评陈若曦的新作〈突围〉》。

本月，中国人民大学出版社出版中国人民大学中国语言文学系文艺理论教研室编写、周文柏执笔的《文学理论教学大纲》。

中央广播电视大学出版社出版秦牧等著、孟繁华汇编的《当代作家谈创作》。

北京十月文艺出版社出版李准的《创作寻踪》。

江西人民出版社出版孟伟哉的《作家的头脑怎样工作》。

中国戏剧出版社出版范钧宏的《戏曲编剧技巧浅论》。

山西人民出版社出版李永生的《短篇小说创作技巧》。

春风文艺出版社出版浩然的《答初学写小说的青年》，胡万春的《漫谈自学小说创作》。

花城出版社出版培松等的《报告文学随谈》。

北京出版社出版中国现代文学研究会、北京出版社编的《中国现代文学研究丛刊（1984年第4辑）》。

百花文艺出版社出版天津市作家协会文学研究所编的《创作与评论》。

人民文学出版社出版谷斯范编的《巴人文艺论集》。

四川省社会科学院出版社出版四川省社会科学院文学研究所编的《四川现代作家研究集》。

北京出版社出版范伯群编的《冰心研究资料》。

湖南人民出版社出版李元洛的《李元洛文学评论选》，李恺玲、廖超慧编的《康濯研究资料》，缪俊杰的《缪俊杰文学评论选》。

文化艺术出版社出版《茅盾研究》编辑部编的《茅盾研究·第二辑》。

人民文学出版社出版马良春等编的《中国现代文学思潮流派讨论集》。

上海书店出版巴人的《论鲁迅的杂文》。

本季,《文艺评论通讯》第4期发表徐景熙、钱勤来的《文学批评要体现改革精神》;翟耀的《文艺评论要适应时代和创作的发展》;丁临一的《试谈领袖人物形象塑造的一个问题》;王景科的《富有特点的追求——漫谈张炜的短篇小说创作》;赵鹤翔的《读张炜的新作〈小北〉》;刘芳泽的《情与美的画卷——评胡学武的诗歌创作》;刘克宽的《哲理·激情·诗意——浅谈杜鹏程小说的议论》;纪涛、武静的《蒋子龙的创作及其现实主义道路初探》;范德忠的《林雨短篇小说浅论》;墨铸的《不眠忧社稷　无力正乾坤——浅谈〈李自成〉崇祯皇帝形象》。

《海峡》第4期发表唐隐书的《高情锁深秋——华严和她的小说世界》;廖辉英的《做第一等女人不做第二等男人》。

1985年

1985年

1月

1日,《小说导报》第1期发表夏康达的《不变之变——读蒋子龙近作札记》;辛宪锡的《情节淡化以后》;草云的《小说和诗歌的结亲》。

《小说林》第1期发表华铭的《坚韧向上的生命力——读孙少山部分近作印象》。

《上海文学》第1期发表杨文虎的《创作动机的发生》;邹平的《形象思维的内在运动——形象思维新论之一》。

《北方文学》第1期发表叶伯泉的《简评〈远方的夜〉》。

《东海》第1期发表小流的《〈人精〉随想》;海星的《这也是爱情吗?》(评《人精》)。

《西藏文学》第1期发表扎西达娃的《西藏,系在皮绳扣上的魂》;李文珊的《比翼齐飞——〈西藏文艺评论选〉序》;陆高的《是魔幻,还是现实?——读〈西藏,系在皮绳扣上的魂〉》;刘伟的《〈拉萨河女神〉别具一格》;马原的《我的想法》;李佳俊的《生活的描写和文学的思考》。

《作品》第1期发表杨应彬的《文学要努力反映改革的形势——在"84年文学与改革研讨会"上的讲话》;罗源文的《情节、细节、真实性——读陈国凯〈两情若是久长时〉》。

《作家》第1期发表吴亮的《高晓声一年来小说概评》。

《现代作家》第1期发表林为进的《献给奋斗者的颂歌——读中篇小说〈艾依克〉》。

《青年作家》第1期以"关于《那边有个"快活林"》的讨论"为总题,发表陈为民的《别具一格的小说》,何思玉的《龙种和跳蚤》,张大放的《不宜大惊小怪》,陈维莉的《将理解的任务留给读者》。

《青春》第1期发表晓剑的《没有帆的小舟——我的文学之路》;王汶石的《关于风格·散文·人物特写》。

《奔流》第1期发表任继文的《文艺批评家的积学和酌理》。

《萌芽》第1期发表华水的《生活美的开掘者——谈赵丽宏的报告文学

作品》。

《散文》第1期发表周冠群的《散文的优势及优势的发挥》；冯健男的《读〈短小散文选萃〉》。

《滇池》第1期发表马旷源的《读袁佑学作品散记》；冉隆中的《评中篇小说〈高原的太阳〉》。

《解放军文艺》第1期以“连云港笔谈”为总题，发表王炳根的《将战争描写引向“纵深地带”》，漠夫的《略谈改革潮流中的小说创作》，黄国柱的《革命英雄主义内蕴的丰富和深化》，方全林的《军人道德与感情力量的新开掘》；同期，发表山冈的《一段不应忘却的历史》；邓刚的《读〈船的陆地〉》；林祎的《读〈势能〉》；周政保的《论刘兆林小说的艺术魅力》；黄柯的《沉重》；李庆宇的《以传神之笔绘英雄群像》。

3日，《文学报》发表《我国文学的黄金时代——从中国作协第四次代表大会上获悉的数字》；以“关于《神鞭》的通信”为总题，发表《寓虚于实　以实衬虚——夏康达致冯骥才》，《对你说点实的——冯骥才答夏康达》；同期，发表戴翊、周文彬的《深刻写出中国农民的灵魂——读长篇小说〈拂晓前的葬礼〉》。

《光明日报》发表刘白羽的《正义与邪恶搏战的电闪雷鸣——关于〈山中，那十九座坟茔〉的一封信》；冯立三的《与香港作家一夕谈：中国作协第四次会员代表大会侧记》。

《报告文学》第1期发表雷达的《陈祖芬的报告文学的抒情性和哲理性》。

《小说选刊》第1期发表周政保的《崇高的悲剧——读〈山中，那十九座坟茔〉》；杨旭村的《画出复杂的灵魂——读〈村魂〉》；雷达的《我的心哟，在高原——评〈麦客〉》。

4日，《山东文学》第1期发表李国文的《努力追赶上时代的步伐》。

5日，《广西文学》第1期发表那家伦的《散文创作手记》；上官玉的《清新悦目　寓庄于谐——评短篇小说〈使命〉》；施琴的《人物环境“陌生化”手法小议》。

《文艺报》第1期以“话剧面临‘危机’吗?”为总题，发表亚之的《困境中的话剧》，叶长海的《戏剧危机小议》；以“怎样看待文艺、出版界的一个新现象”为总题，发表鲍昌的《一个引人注目的新的文学现象》，夏康达的《一个需要引导的文学潮流》，黄洪秀的《我们的文艺要开倒车吗?》；“新作短评”栏发表于晴评阿城的《会餐》，青芃评何立伟的《白色鸟》，田珍颖评矫健的《河魂》，明燕评王剑的《纵深地带》的文章；以“对文学表现变革时代的期望”为总题，发表王小强、赵素英、厉以宁、李连科、吴稼祥的文章；同期，发表季红真的《变革的时代与文学的主题——兼论近年改革题材小说创作的发展》；严文井的《一个勇敢的有意义的尝试》；李陀的《“这一个”69届初中生》；秦晋、冯立三的《来自工业改革第一线的报告——评报告文学〈主人〉》；陈喜儒的《心灵的桥梁——记旅日爱国华侨作家陈舜臣》。

《文学月报》第1期发表陈达专的《揭开了新的一页之后》；周笃佑的《努力写出人物性格的层次》。

《边疆文艺》改名《大西南文学》，第1期发表陈剑晖的《岳丁小说创作谈》。

《当代文坛》第1期发表张春生的《建国以来爱情小说鸟瞰(上)》，陈辽的《新时期小说理论的发展》；马识途的《且说我追求的风格》；费振钟的《摇曳多姿的艺术笔墨——评石言的四篇小说》；陈朝红的《农村的变革与作家的探索——评克非近年来的小说创作》；何镇邦的《读长篇小说〈新绿〉》；罗良德的《变革美——诗美的新内涵——兼评〈星星〉部分农村题材的诗歌》；胡德培的《阎纲的文学评论——从〈文学徜徉录〉谈起》；刘大枫的《关于创作与评论的“对话”》；纪申的《巴金——读者·作家·译者的真诚朋友》；吴野的《不应当被遗忘的角落》；畅游的《关于“地摊文学”》；亦浓的《多层次的文学》；张小敏、高铁翔的《关于“通俗文学”的一次座谈纪要》；谢明德的《“总是此等笔难学”——短篇小说艺术探微之三》；卢杨村的《论“繁处愈繁”》；咏枫、朱曦的《敲开音响世界的大门》；泛汶的《巴尔扎克和契诃夫“悔其少作”》；李德义的《作者为啥躲在锦帐后面?》；单复的《一代风骚多寄托——散文写作随想》；秦树艺的《杂文创作管见》；周冰、周克芹的《关于如何反映当前农村生活的通信》；蒋守谦的《漫谈小说艺术结构的几个问题(上)》。

《花溪》第1期发表微任的《读〈母女浪游中国〉》。

《星火》第1期发表贺光鑫的《〈惊涛〉艺术谈》；周劭鑫的《多彩的生活　多彩的诗——读朱昌勤的〈多彩的土地〉》。

《新疆文学》改名《中国西部文学》，第1期发表陈孝英的《他在当今中国文学中的位置》(评王蒙的创作)。

《长江文艺》第1期发表古月的《台湾女作家袁琼琼和〈沧桑〉》。

6日，《人民日报》发表本报评论员的《迎接社会主义文学新时期》。

10日，《文汇月刊》第1期发表顾骧的《兰叶春葳蕤——读周扬同志近两年来的文艺评论》；丹晨的《挑战与引导》；缪俊杰的《繁荣文艺与提高质量》；洁泯的《文学、变革、更新》；陈骏涛的《让诗情获得升华——航鹰创作印象》。

《文学报》发表祖慰的《我所写的"伦理小说"》；莫邦富的《一个紧跟时代前进的女作家——有吉和她的社会问题小说》。

《北京文学》第1期发表雷达的《所向无空间——读邹志安〈哦，小公马〉》；卢芦的《情真意切——读〈在东京的四个中国人〉》；万仕同的《律己须严　眼界要高》；孙振华的《"新棋"的联想》。

《光明日报》发表王蒙的《文学生活的全面高涨》；贺兴安的《现实向英雄发出挑战——谈〈拂晓前的葬礼〉》。

《当代文艺探索》（双月刊）创刊，福建省文联主办，主编魏世英，副主编赵增锴，第1期发表刘再复、张炯、谢冕、陈骏涛、何镇邦、曾镇南的《改革的时代与文学评论的改革——闽籍在京评论家六人谈》；蒋子龙的《黄河之水天上来——在第二次中美作家会议上的发言》（作家论坛）；郭风的《〈六十年散文诗选〉序》（作家论坛）；谢冕的《诗：审美特征的新变》；张同吾的《希望；在艰辛中孕育——关于诗歌现状的随想》；舒婷的《以忧伤的明亮透彻沉默》；李平的《真与善升华为美——读舒婷的〈双桅船〉》；楼肇明的《在中国当代文学审美理想的座标上……——张贤亮的〈绿化树〉谈片》；张陵、李洁非的《我们从哪里来？我们是谁？我们到哪里去？——〈绿化树〉启示录》；康洪的《从〈绿化树〉引起的思索》；孙绍振的《文学家的心理素质》；杨健民的《论艺术传达（上）》；林岗的《论文学中的"真"——真实性的符号学语义学研究》；墨哲兰的《视觉与思索》；陈元麟的《散文诗的系统分析》；姚一苇的《论怪诞》；林以亮的《论散文诗》（台湾文学选登）。

《江海学刊》第1期发表阎钢的《从"解放文学"到"改革文学"》。

《雨花》第1期发表包忠文、佴荣本的《新的追求　新的笑声——评高晓声的近作〈荒池岸边柳枝青〉》。

《诗刊》第1期发表朱晶的《肝胆照人——读公木近年新诗记感》；楼肇明的《憧憬，是永远也不会疲倦的——读陈敬荣诗作的一点感想》；罗沙的《辣椒之根》；杨金亭的《"贯一乃拯乱之药"》；朱先树的《为了诗歌的繁荣和兴旺——记诗刊社全国青年诗歌刊授学院开学盛况》。

《读书》第1期发表《从中外古今名著中汲取知识(座谈纪要)》;李以洪的《追求伟大的文化目标——〈沉重的翅膀〉和〈一幅画〉读后》;舒芜的《周作人的是非功过应该研究》;杨绛的《读〈柯灵选集〉》;金大陆的《关于〈美学对话〉的对话》;王蒙的《点名与署名刍议》。

12日,《羊城晚报》发表关筱、林超的《"织梦者"梁羽生》。

14日,《中篇小说选刊》第1期发表孔捷生的《林莽和人》(《大林莽》创作谈);达理的《"亚细亚",我们对你说》(《"亚细亚"的故事》创作谈);张炜的《为了葡萄园的明天》(《秋天的思索》创作谈);史铁生的《詹牧师及其它》(《关于詹牧师的报告文学》创作谈);赵丹涯的《梦·李凡·教训》(《我本该是一棵树》创作谈);哲夫的《关于〈谁坐第一把交椅〉》;流泉的《也登"大雅之堂"》(《金狻猊》创作谈)。

15日,《文学评论》第1期专栏"论坛"发表王蒙的《物质的丰富与精神的丰富》,刘宾雁的《荆棘与鲜花》,王行之的《呼唤"第一流"》,丹晨的《社会的厚爱与赐予》,洁泯的《信任　自由讨论　疏导》,裘尚川的《文学理论批评工作要继续反"左"》,陈辽、陈骏涛的《社会的变革和文学观念的变革》;同期,发表徐芳的《人与大自然关系的艺术思考——兼评近年来小说创作的一种倾向》;唐晓渡、王光明的《论张洁》;李文衡的《知识劳动美的审美价值沉浮——评几部"大反响"小说》(评论《人到中年》、《绿化树》和《故土》);南帆的《文学批评中美学观念的现实感与历史感》。

《当代文艺思潮》第1期发表石天河的《〈蝴蝶〉与"东方意识流"》;[苏]C. A. 托罗普采夫的《个性的发现——论中国的心理小说》、《王蒙:创作探索和收获》;庄众的《通俗文学浪潮及我们的思考》;西南、扬子的《写在收获与播种之间——近年来军旅报告文学创作的回顾和展望》;杜书瀛的《当代文学典型塑造问题断想》;彭万荣的《北岛和现实世界之龃龉》;孙毅的《张贤亮——当代文学的理性主义者》;梁礼玉的《历史感与当代性的统一——从两个中篇看张承志小说的艺术特色》;余斌的《对现代生活方式的深沉呼唤——评〈麦客〉兼论西部风情小说的认识价值》;管卫中的《开掘:在田园与社会的交叉处——王家达兰州田园小说断想》;任民凯的《西部精神与西部文学》;方远的《武玉笑近作的艺术特色》;王鸿生的《蕴含着历史必然性的意外心理收获——评鲁枢元的创作心理研究》;杨春鼎的《论女性美》;梦真的《对小生产观念的批判刻不容缓——关于许灵均形象的再思考》,陈舜臣述、赖育芳译《我与中国文学——台湾籍著名旅日华侨作家陈舜臣答本刊记者问》。

《暨南学报》第1期发表卢菁光的《论七等生的小说创作》。

《社会科学研究》第1期发表王瑞明、夏露的《略论林语堂〈苏东坡传〉的得失》。

17日,《文学报》发表刘白羽的《报告文学的战斗性》。

《光明日报》发表章仲锷的《反映改革潮流的佳作——谈长篇小说〈新星〉》。

《作品与争鸣》第1期发表本刊评论员的《在改革的实践中推进文艺的繁荣》;闻熙嘉的《在生活和灵魂繁荣最深处——读〈麦客〉》(原载《剧本》1984年第9期);陈刚的《〈红白喜事〉漫谈》;王敏的《也谈〈红白喜事〉的时代精神和形象塑造》;魏敏、孟冰、李冬青、林朗的《〈红白喜事〉创作琐谈》(原载《剧本》1984年第8期);李昕的《超越自己　可以求新——评邓刚的〈渔眼〉》(原载《鸭绿江》1984年第9期);李书磊的《不平凡的超越——读邓刚的新作〈渔眼〉》(原载《鸭绿江》1984年第9期);马石利的《不能满足于"鲜味"——读邓刚的小说〈渔眼〉》(原载《辽宁文艺界》1984年第6期);邓刚的《我愿长一双"渔眼"——兼答读者问》;丁东的《仅仅把人写活是不够的——从短篇小说〈糟糠之妻〉谈起》(原载1984年8月30日《太原日报》);席扬的《也谈〈糟糠之妻〉》(原载1984年10月11日《太原日报》);弘石的《关于"人物性格二重组合原理"的讨论》;汪晓京的《苏联文艺界关于青少年题材文学的讨论》(原载《苏联文学》1985年第5期)。

19日,《青年文学》第1期发表阙道隆的《来自生活的哲理和诗情——读〈在任二百四十天〉》。

20日,《人民文学》第1期发表张光年的《新时期社会主义文学在阔步前进——在中国作家协会第四次代表大会上的报告》;吕雷的《生活的积累与反刍》;马宗雄的《请辟一席之地》;左森的《范汉儒和陶莹莹》;金克义的《给杂文以应有的重视》。

《小说评论》(双月刊)创刊,主编胡采,副主编王愚、李星,第1期发表顾骧的《改革与文学》;张韧的《时代的变革与小说理论观念的拓展——近期中篇小说崛起之因的新探索》;缪俊杰的《改革题材创作的深化——〈燕赵悲歌〉与〈新星〉比较谈》;牛玉秋的《一种新的文学风格——达观风格的萌芽》;盛英的《别有一番滋味在心头——读〈枫林晚〉、〈祖母绿〉、〈错错错〉》;蒙万夫的《田野上庄重而深沉的希望之歌——评中篇小说〈初夏〉》；王汶石、陈忠实的《关于中篇小说〈初夏〉的通信》；林兴宅的《超越题材——关于题材问题的断想》；吴亮的《戛然而止后的余音——略评李杭育小说的几个煞尾》；李贵仁的《与张贤亮论〈绿化树〉的倾向性》；白烨的《一九八四年若干中篇小说争鸣述评》；陈孝英的《关于文学批评的散想》；周嘉向的《从〈燕赵悲歌〉之"悲"谈起》；铁朴的《柳暗花明又一村——读〈会计今年四十七〉》；水天戈的《人的价值的新观念——〈砍山〉读后随笔》；俞识的《沉郁悲壮的颂歌——介绍长篇小说〈两代风流〉》；雪笛的《〈沉浮〉评介》。

《羊城晚报》发表子敬的《台湾现代诗三十年一瞥》。

21 日，《人民日报》发表何镇邦的《改革的"新星"在闪烁——谈长篇小说〈新星〉》。

《文艺研究》第 1 期发表本刊编辑部根据录音整理的《钱学森同志与本刊编辑部座谈科学、思维与文艺问题》；李准、丁振海的《当前文艺创作与道德问题》；苏叔阳的《生活的挑战与戏剧的回答》；吴方的《话剧哲理性追求漫议》；刘宾雁的《生活在催迫作家》；刘春宁的《刘宾雁的讽刺艺术》；王安忆的《归去来兮》；罗大冈的《散文与散步——关于散文艺术的感想》；王好为的《山林的回忆——影片〈北国红豆〉导演后记》；聂欣如的《本色表演是电影表演的最佳选择》；王启建的《马克思主义美学史上的一次重要论战》；范大灿的《文学是历史的一部分——对卢卡契文学史观的评述》。

《北京晚报》发表张新亭的《武侠小说是文苑一葩——访香港作家梁羽生》。

22 日，《文学知识》第 1 期发表钟本康的《奔流不息的葛川江》。

《人民政协报》发表斯方、张敏的《作协大会上访香港三作家》。

24 日，《文学报》专栏"面对通俗文学的崛起"发表智量的《要通俗文学，不要"庸俗文学"》；周竞的《对通俗文学要扶植、帮助》；冰冰的《请在人们的心灵上栽花》；夏未的《传奇文学弊大于利》；同期，发表滕云的《作家应当是"高知"》；刘大枫的《海涂的韵味——读杨显惠〈海上，远方的雷声〉》。

25 日，《当代作家评论》第 1 期发表《文学如何适应经济改革的新形势——文学界经济界部分同志座谈会发言摘要》；费秉勋的《论贾平凹》；刘建军的《贾平凹小说散论》；许柏林的《当前我国农民的社会心理——评贾平凹〈鸡窝洼的人家〉》；夏刚《折射历史之光——〈腊月 · 正月〉纵横谈》；唐金海的《"浪子的悲歌回到老家来唱了”——评聂华苓近年来在国内出版的几部小说》。

《花城》第1期发表方晴、黄益庸的《〈花城〉中篇又一年》。

29—31日，中国艺术研究院外国文艺研究所《马克思主义文艺理论研究》编辑部召开编委扩大会议；座谈方法论问题（2月7日《光明日报》冬生报道《〈马克思主义文艺理论研究〉召开方法论座谈会》）。

31日，《光明日报》发表董健的《笑着告别那荒谬的年代——读陈白尘的〈云梦断忆〉》。

《文学报》发表《香港武侠小说家梁羽生的烦恼》。

本月，《十月》第1期发表缪俊杰的《典型的规律与文学的探索——关于文学创新问题的思考》。

《山西文学》第1期发表缪俊杰的《努力表现时代和民族的追求——评柯云路的长篇小说〈新星〉》；石英的《〈文明地狱〉的命运——我的第一篇小说》；关鸿的《寻找作品的调子》。

《文学》第1期发表徐文玉的《谈谈短篇小说》。

《红岩》第1期发表白烨的《文学新潮与文学新人》。

《柳泉》第1期发表陈宝云的《坚持现实与历史的统一——对深入反映农村变革生活的一点想法》；何启治的《面向生活，锐意创新——浅谈小说〈故土〉、〈雷暴〉给我们的启示》。

《福建文学》第1期发表练文修的《努力反映生活的前进步伐——读〈福建文学〉一九八四年的报告文学》；张德林的《作家的“艺术功力”》。

《文学大观》第1期发表王晋民的《近二年的台湾乡土文学》。

《当代文学研究资料与信息》第1期发表陆士清的《当代文坛的一大盛举——几年来的台湾文学研究》；武治纯的《台港文学信息》。

本月，重庆出版社出版王世德的《文艺美学论集》。

浙江文艺出版社出版唐弢的《创作漫谈》。

湖南人民出版社出版萧殷的《创作随谈录》，雷达的《文学的青春》。

三联书店出版罗洛的《诗的随想录》。

福建人民出版社出版吴战垒的《听涛集》。

中国社会科学出版社出版中国社会科学院文学研究所当代文学研究室编的《新时期文学六年(1976.10—1982.9)》。

2月

1日，《小说导报》第2期发表罗强烈的《带广角镜的笔杆儿——评肖复兴的小说创作》；雷达的《真实的困惑与虚假的“清醒”》；何西来的《睁眼和闭眼》。

《小说林》第2期发表何士光的《小说也是一种综合性的艺术》；郑九蝉的《邓刚印象记》；李福亮的《森林里的歌——读刘树德的短篇小说》。

《上海文学》第2期发表吴亮的《文学与消费》；吴若增的《当代文学分类ABC》；《青年作家与青年评论家对话　共同探讨文学新课题》。

《东海》第2期发表张德林的《情节的淡化与诗情美》；苦茶的《“端阳的命运”小议》（评《人精》）；若思的《要思考偶然事件的必然因素》（评《人精》）。

《西藏文学》第2期发表牛英才的《解放思想，深入生活，大胆开拓——我区新时期文学创作初探》；张立国的《揭示和展示生活中的美》；刘万庆、莫福山的《他耕耘在甘南草原——藏族青年作家朵藏才旦短篇小说简评》；周绍西的《生活的力量　感人的形象——浅谈〈三等世家之子〉中邦色的形象》。

《作品》第2期发表朱安的《时代的风，吹拂着文学的帆船——“文学改革和改革文学”座谈纪要》；王磊的《天真渐老冷多思——读关振东的诗集〈流霞〉》；黄虹的《生活的风情画——读梵杨诗集〈不落的星辰〉》。

《作家》第2期发表杨匡满的《序〈三门李轶闻〉》。

《青年作家》第2期发表简嘉的《邓刚印象》。

《青春》第2期发表汝捷的《若非华羽　曷别凤凰——谈振采》。

《奔流》第2期发表魏威的《新时期农村婚姻道德观念的变异——近年来部分农村改革题材中短篇小说巡礼》；王冉、王小林的《在新时期文学的格局中——谈孙方友的小说创作》。

《萌芽》第2期发表其纲的《彭见明小说的诗化道路》；曾文渊的《有耕耘才会有收获——读盛晓虹的短篇小说》。

《散文》第2期发表冯树鉴的《散文凝聚点浅见》；洪双烨的《眷眷泥土情——〈泥土，珍贵的泥土〉小札》；刘畅的《空灵的诗意美——读舒婷的〈到石码去〉》；武世文的《新奇别趣的散文》。

《滇池》第 2 期发表胡廷武的《心理描写与现实主义》;刘云海的《自然主义与现实主义的区别》;钟本康的《历史的惰性和人物的性格》;詹锦隆的《时代精神与诗》。

《解放军文艺》第 2 期发表丁临一的《毕竟东流去——读〈他到底得罪了谁?〉》;周克玉的《在中国作家协会第四次代表大会上的祝词》;石言、肖玉、徐怀中、李存葆、刘亚洲、金敬迈、胡正言的《大鼓劲　大团结　大繁荣——参加第四次作协会员代表大会的部队代表笔谈》;施放的《找到自己、确定自己、发展自己》;沈石溪的《耦合》;崔京生的《和一个假设老师的问答记录》;管谟业的《天马行空》。

3 日,《小说选刊》第 2 期发表李存葆的《文学不会给历史留下空白——谈〈山中,那十九座坟茔〉的写作》;沙汀的《一幅描绘我国农村现实生活的生动画卷——评〈果园的主人〉》;骆宾基的《时代风情——简评〈五峰楼的传闻〉》。

4 日,《山东文学》第 2 期发表张炜的《她为什么喊"大刀唻"——谈〈声音〉的创作》;苗得雨的《赏诗谈艺——读诗札记》。

5 日,《广西文学》第 2 期发表丘振声的《发展通俗文学　促进文学繁荣》;罗守让的《论小说的意境创造》;吴九成的《略谈写声》。

《大西南文学》第 2 期发表刘正强的《文学创作必须从审美感受开始》;朱静宇的《文学评论随想》;邓贤的《简评〈让阳光擦亮所有的日子〉》;王炳祥的《读短篇小说〈名花属我〉》。

《文学月报》第 2 期发表韩抗的《〈醉乡〉三议》;谢璞的《浅谈叶梦新作》;朱苏进的《超越自己》。

《长江》(季刊)改为双月刊,第 1 期发表陈美兰的《〈巴山月〉创作得失谈——长篇小说阅读札记》;缪俊杰的《改革·繁荣·创新》。

《中国西部文学》第 2 期发表孟驰北的《西部文学思想内核的设想》;张承志的《相知:谈谈小说〈雪路〉》;周政保的《章德益的幻想世界:人与自然》。

《当代文坛》第 2 期发表冯宪光的《试论社会主义文艺的商品性》;唐小丁的《文艺创作与社会经济生活》;庞耀辉的《审美作用是文学的第一功能》;周劭馨的《论中篇小说人物塑造的美学尺度》;金宏达的《情节紧张态势和典型的矛盾冲突》;王锡渭的《小说创作中的时间问题初探》;张春生的《建国以来爱情短篇小说鸟瞰(下)》;孟伟哉、刘心武的《关于〈钟鼓楼〉的通信》;丁临一的《评八四年的一组军事题材小说》;西南的《略谈近年来报告文学中的军营改革者形象》;鲁云涛的《周克芹笔下的妇女形象》;何文忠的《评字心的〈梦中的记忆〉》;马立鞭的《对古典诗歌不应该采取虚无态度》;谢明德的《反常和奇趣——短篇小说艺术探微》;彭斯远的《虚笔》;苏政勋的《"了"和"不了"的辩证法则》;杨继兴的《〈野草〉研究中的一个问题——释"难于直说"及其它》;李士文、覃明贤的《生活与"慧眼"》;蒋守谦的《漫谈小说艺术结构中的几个问题(下)》。

《花溪》第2期发表吴秀明的《一幕绝望而壮烈的悲剧——评戴明贤的历史中篇小说〈九疑烟尘〉》。

《青海湖》第2期发表任丽璋的《战斗的文学轻骑兵——漫读我省近年来的报告文学》;石英的《〈回声集〉自序》;傅德岷的《论散文的"情"》;曾绍义的《情真理深动人心——喜读〈乡土散记〉》;水青的《诗一般的散文——读〈海思〉和〈红菱〉》。

《星火》第2期以"为了跨上更高的创造阶梯——陈世旭近作《惊涛》、《天鹅湖畔》笔谈"为总题,发表陈俊山的《略谈〈惊涛〉的思想深度》,舒信波的《写出人物心灵的变化》,吴海的《〈天鹅湖畔〉的新意》,蔡燊安的《是金子,就要发光》,黄南南的《章友法性格小议》;同期,发表吴松亭的《改革文学的新篇章——读中篇小说〈冲出轨道的星〉》。

6日,《台湾文学选刊》第2期发表许达然的《海外研究台湾文学现状》。

7日,《文艺报》第2期以"对大鼓劲、大团结、大繁荣的思考——中国作家协会第四次会员代表大会部分代表笔谈"为总题,发表黄秋耘的《如坐春风》,梅汝恺的《我们的队伍是好的!》,王若望的《"哨兵论"驳议》,梁羽生的《回归·感想·声明》,贾平凹的《冬天的温度》,张辛欣的《我想》;专栏"争鸣"发表刘厚生的《从话剧的传统谈继承与发展》,浩成的《通俗文学漫谈》,王屏、绿雪的《广西"通俗文学热"调查记》,洁泯的《复杂性格问题散论》;同期,发表胡启立的《在中国作家协会第四次会员代表大会上的祝词》;巴金的《我们的文学应该站在世界的前列——中国作家协会第四次会员代表大会开幕词》;王蒙的《社会主义文学的黄金时代到来了——中国作家协会第四次会员代表大会闭幕词》;《把"创作自由"鲜明地写在社会主义文艺的旗帜上》(专论);沐阳、霄峰的《人民共和国的摇篮曲——读长篇小说〈山魂〉》;吴嘉的《人生的咀嚼——三人五首诗读后》。

《文学报》发表夏锦乾的《在"旋转"中探索——评陈继光的"新浪潮"小说》;

吴欢章的《散与不散——散文随想》；专栏“面对通俗文学的崛起”发表覃富鑫的《象鲁迅那样严肃地对待通俗文学》；天平的《“纯文学”也可进行反挑战》；针砭的《不许败坏通俗文学的声誉》；王齐志的《艺术趣味是不断提高的》。

10日，《北京文学》第2期发表浩然的《追赶者的几句话》；尹在勤的《〈信任，重新获得〉小议》；方顺景的《从时代大潮中汲取力量——〈让平庸的日子逝去〉读后》。

《雨花》第2期发表高晓声的《生活·思考·创作——在江苏省部分青年作家作品讨论会上的发言》。

《诗刊》第2期以“新诗话”为总题，发表谢文利的《红霞在眼睛深处“燃烧”》、《寺多红叶“烧”人眼》、《严寒“烧”着脚掌》，万龙生的《也谈“跨行”》，古远清的《“血痕”与“墨痕”》；同期，发表陈良运的《关于新诗的感情境界》；张志明的《喜读〈二分硬币〉》；湛伟恩的《诗情洋溢，画意葱茏——简评“叙事诗连环画丛书”》；成志伟的《读刘畅园的〈青青草〉》；苗得雨的《朴实而有诗味的想象——读田炜的一首诗》；雷恩奇的《心灵荧屏上的对比度——谈〈山乡的歌〉中的生活感受》；邢小群的《诗不应该重复别人表现过的东西》；曹燕柳的《从〈我的中国心〉所想到的》；南音的《读〈射击者之歌〉——致刊授学员林四端同志》。

《读书》第2期发表刘再复的《文学思维空间的开拓——近年来我国文学研究的若干发展动态》；戴晴的《从小书到大书　从大书到小书——读〈永玉三记〉》；王元化的《思想政治工作也要改革》；绿原的《路翎这个名字》。

11日，《人民日报》发表韩瑞亭的《在开拓中探寻心径——漫谈一九八四年军事题材小说创作》。

12日，中国作家协会创作研究室邀请二十余位在京诗人和评论家召开座谈会，讨论新时期中国新诗现状和发展前景。

14日，《光明日报》发表刘锡诚的《社会的变革与现实的合力——评〈果园的主人〉》。

16日，《红旗》第4期发表李国涛的《这一代人——读〈新星〉》。

17日，《作品与争鸣》第2期以“某些文艺小报的不健康倾向值得注意”为总题，发表田永祯的《著名评论家胡采指出某些街头小报毒化我们的生活》（原载1984年12月11日《光明日报》），施谭的《文艺小报要注意情趣与格调》（原载1984年12月5日《中国报刊》），思燕的《用什么吸引读者?》（原载1984年12月

10日《文汇报》)；以"影片《人生》争鸣"为总题，发表吴祥锦的《小说〈人生〉与电影〈人生〉——访〈人生〉导演吴天明》(原载《当代文坛》1984年第12期)；戈方的《百家争鸣说〈人生〉》；河南大学中文系83级3班影剧评论组的《关于电影〈人生〉中高家林形象的争鸣》；木水的《影片〈人生〉的悲剧冲突》；丽番的《高加林不是悲剧形象》；吴泽永的《电影〈人生〉人物塑造得失谈》；同期，发表蔡葵的《缅怀文艺事业卓越的指导者周恩来同志》；弘石、贵仑的《学习周恩来文艺著述札记三题——〈周恩来选集〉下卷读后》；雷雨的《改革，才有希望——评〈白色的诱惑〉》；海风、陈仕元、谢友良的《鲜活逼真的特区人》(原载1984年11月4日《羊城晚报》)；林文山的《形象的观念更新录》；牧惠的《真诚的谎言》；李下的《情节的矛盾破坏了性格的统一》(以上二文均评《撒谎的爱情》，原作发表于《红豆》1984年第5期)；吴宝忠的《在对立冲突中塑造的感人形象》；九思的《"铁石面孔"有余"人情事理"不通》(以上二文均原载《青海湖》1984年第8期，均评小说《开山第一炮》；原作发表于《青海湖》1984年第4期)；尹爱苏的《双手写的书，她读懂了——评〈谜样的黄昏〉》(原载《西藏文学》1984年第9期)；杨棣的《爱的选择，生活的歧途——读〈谜样的黄昏〉》(原载《作品》1984年第11期)；蒋丽萍的《我写〈序曲在后面的乐章〉》；蔡洪生的《香港电影一瞥》；刘水的《〈朔方〉对〈绿化树〉展开讨论》。

20日，《人民文学》第2期发表阿城的短篇小说《孩子王》；同期，发表胡石言、胡德培的《面对大海的沉思》；柯岩的《生活是创作的源泉》。

《当代》第1期发表谭云的《略谈"就事论事的创作思路"》；顾言的《读〈远村〉》；高小刚的《大西北和西北文学》；余之鉴的《说短道长》；王蒙的《葛川江的魅力》；本刊记者的《一幅当代社会的全息摄影——长篇小说〈新星〉座谈会纪要》；卫建林的《在生活的激流中——评〈新星〉》；孙武臣的《与时代生活同步的〈新星〉》；郑波光的《致力于典型形象的塑造——论〈跋涉者〉》。

21日，《文学报》发表贺光鑫的《柳暗花明又一村——谈陈世旭的近作〈惊涛〉及其他》；竞平、晓鸣的《传奇性与哲理性相结合的尝试——读〈龙的传人〉》；专栏"面对通俗文学的崛起"发表张炯的《通俗文学的优势》，肖雷的《一点希望》，龙渊的《通俗文学也要提高》。

《光明日报》发表李书磊的《让理性的光芒照耀生活——评孔捷生的〈大林莽〉》；韩小蕙的报道《作协研究室举办当前诗歌座谈会》。

24日,《城市时报》发表曹复的《一发而不可收: 访香港新武侠小说作家梁羽生》。

27日,《安徽日报》发表白祥兴的《武打片也是一朵鲜花: 从梁羽生的感慨说起》。

28日,《文学报》发表陈残云的《要为开放和改革唱赞歌》;翁光宇的《割不断的民族脐带——台湾新文学运动与张我军》。

《光明日报》发表李庆宇的《通俗文学创作中值得注意的问题》;李炳银的《散文创作管见》。

《深圳特区报》发表黄尚允的《立足香港;面向海外: 读〈香港文学〉创刊号》。

本月,《山西文学》第2期发表知侠的《我的第一篇小说》;张厚余、贾明生的《美在新——〈文艺报〉副主编唐达成一夕谈》;梁衡的《散文形式的哲学思考——兼谈杨朔散文的形式》;张旭东的《从杨朔散文的影响谈散文写"实"——在散文写"实"写"虚"的讨论中想到的》;本刊记者的《〈新星〉所带给我们的——记长篇小说〈新星〉座谈会》;徐双喜的《北方;牛和雁唱——评八五年一月号〈山西文学〉青年诗作小辑》。

《中国文学》(双月刊)创刊,由文化艺术出版社出版,主编丁玲、舒群;副主编魏巍、雷加、牛汉、刘绍棠,署名编委共15人。

《特区文学》第1期发表郭小东的《艰坷的汇流——评里汗的长篇小说〈绿林新传〉》;韦丘的《新的世界的颂歌——〈特区诗抄〉序》。

《清明》第1期发表胡永年的《与时代同步——城市改革题材创作座谈会侧记》。

《福建文学》第2期发表钟本康的《环境造就性格　性格征服环境》;晓行的《关于现实主义精神与创作方法多样化问题讨论简介》。

《剧本》第3期发表林克欢的《马森的荒诞剧》。

《文教资料简报》第1期发表梦花的《一幅畸形社会的真实图画——陈若曦新作〈突围〉述评》、《陈若曦和她的小说》。

《名作欣赏》第1期发表邓星雨的《领异标新二月花——读吴奔星的诗作〈别〉》;范一直的《山红涧碧　秋与云平——漫谈郭小川诗中的秋天》。

本月,三联书店出版流沙河的《隔海说诗》,邹荻帆的《诗的欣赏与创作》。

湖南人民出版社出版王春元的《王春元文学评论选》,庄钟庆的《茅盾史实发微》。

宁夏人民出版社出版李岫编的《李广田研究资料》。

春风文艺出版社出版王愿坚的《小说的发现与表现》。

3月

1日，《小说导报》第3期发表段崇轩的《且说小说的“情节构思”》；张春生的《关于通俗小说“谐趣”效应》；顾传菁的《读〈津门大侠霍元甲〉》；傅正谷、张钟龄的《读阿凤散文近作》。

《小说林》第3期发表刘兆林的《立足自己独特的生活地域》；庐湘、刘树声的《简评赵淑侠女士的〈我们的歌〉》。

《上海文学》第3期以“出席中国作协第四次会员代表大会归来笔谈”为总题，发表钱谷融的《维护创作自由，必须坚决反“左”》；王西彦的《没有弓，鸟才能不惊》；同期，发表赵祖武、叶益钧的《文学评论的术语革命势在必行》；周政保的《象征：小说艺术的诗化倾向》；周始元的《文学接受过程中读者审美感受的作用——从接受美学谈起》。

《东海》第3期发表骆寒超的《我对〈人精〉的看法》；钱志华的《也谈〈人精〉的结尾》；肖荣的《小说结构形态的发展》。

《西藏文学》第3期发表汪承栋的《〈西藏诗选〉序言》；陈世明的《诗的野趣美》。

《作品》第3期发表孔捷生的《自然·猴子·人——读〈“狗咬豹”和它的主人〉随感》；艾彤的《创作琐谈》。

《现代作家》第3期发表姜滇的《心灵的历程与情感的独特性——给吴若增同志的信》；吴若增的《请匀给我一点美——给姜滇同志的回信》。

《青年作家》第3期以“关于《兄弟伙》的讨论”为总题，发表谢海阳的《一曲不该唱的挽歌》，苏丁的《艺术结构上的得与失》，余军的《历史的悲歌》；同期，发表李霁宇、王成功的《关于〈古堡〉的通信》。

《青春》第3期发表铁凝的《自由与限制同步》。

《奔流》第3期发表樊家信的《小说的空灵之美》；刘安海的《小说的叙述基调》。

《萌芽》第3期发表蓝关的《马背上的歌手——论张承志的小说创作》。

《散文》第3期发表孙树松、焦尚志的《浓郁的诗意，动人的意境——读〈《散文》获奖作品集〉》。

《滇池》第3期发表张世平的《读〈初雪〉》；马旷源的《梅绍农诗集读后》。

《解放军文艺》第3期发表张文苑的《一部袒露真诚情怀的好书——读〈横戈马上〉随笔》；何镇邦的《全景式军事文学的有益尝试——评〈最后一个冬天〉》；李炳银的《历史的战争　新的演义——评长篇小说〈淮海大战〉、〈上党之战〉》；尚弓的《文坛观念更新的随想》；官伟勋的《"雄视百代"的铁律》。

2日，《台港与海外文摘》第3期发表编者按的《追求友情而来，愉快离港返沪：巴金希望香港的文艺青年要多写作》。

《社会科学研究》第1期发表王瑞明、夏露的《略论林语堂〈苏东坡传〉的得失》。

《徐州师范学院学报(哲学社会科学版)》第1期发表张梁的《林语堂评传》。

3日，《小说选刊》第3期发表邓刚的《读〈船的陆地〉》；胡相峰的《〈祖先的坟〉有嚼头》；李星的《病态的社会心理的镜子——读〈典型形象〉》；刘兆林的《变化；但不失独自的风格——〈船的陆地〉题外话》。

4日，《山东文学》第3期发表李先锋的《读牟崇光的三篇报告文学》；王凤胜的《漫论理解生活》。

5日，《广西文学》第3期发表《赞赏・争论・期待——关于本刊一九八四年中篇小说的评论》(来稿综述)；钟本康的《扩大人物性格的社会容量》。

《大西南文学》第3期发表胡廷武的《真实则自成高格——读李宽定的中篇小说〈遗书〉》；晓风的《文学家也要学点经济学和自然科学》；张灯的《撩起人向往云南的情思——读〈云南留韵〉等组诗随感》。

《文学月报》第3期发表陈望衡的《美，在于发现》；聂鑫森的《氛围・印象・片断・情绪》。

《中国西部文学》第3期发表高深的《我国少数民族文学与我国西部文学》；

常征的《为冰山塑像——评唐栋近作》。

《当代文坛》第3期以“大鼓劲·大团结·大繁荣”为总题，发表高缨的《回答》，周克芹的《我们的任务》，流沙河的《第三次听说创作自由》，履冰的《作家的责任和创作自由》，陈辽的《重视文艺信息的重大作用》，赵勇的《一个青年作家的足迹——略论张承志的小说创作》，郭栋、吕慧敏的《思想者·开拓者——公刘诗歌的时代特色》，吴野的《现实主义的新境界》，古远清的《杨匡汉的诗歌评论》，仲呈祥的《写好农村变革中人们的心灵历程——〈果园的主人〉任务散论》，邓仪中的《形象的时代感和时代的形象感——评〈猎神，走出山谷〉》，严肃的《汉江，记住这个夜晚》，李运抟的《艺术活力寓于不拘一格的变化中——略谈蒋子龙近作艺术形式的变异》，山花的《短诗短论》，张抗抗的《小说创作与艺术感觉》，杨贵云的《同安康人一起呼吸——写在〈汉江，记住这个夜晚〉发表后》，中岳、吕进的《关于〈新诗的创作和欣赏〉的通信》，川涛的《一幅照片的联想》，伍丁的《内核何在?》；李贵的《时间：最珍贵的赏赐——达县地区五位作者承包创作的概况》，毛乐耕的《弄潮儿向涛头立——漫谈散文的时代感》，周冠群的《虽散实聚　虽放实收——散文结构美片谈》，赵振汉的《“曲”技略论》。

《花溪》第3期发表杨大矛的《李钢和他的水兵诗》；庹修明、谢会昌的《刻意于喜剧性的艺术追求——读短篇小说〈金鸡飞过岭南来〉》。

《星火》第3期发表俞林的《创作必须是自由的》；杨佩瑾的《努力反映时代的变革生活》；陈世旭的《象蚕一样工作》；公仲的《改革文学二题》；中岳的《生动风趣非油滑　真切自然不浅浮——漫评中篇小说〈玩魔方的人〉》。

7日，《文艺报》第3期发表凤子的《作家与时代——西北行断想》；黄柯的《艺术观之变异》；何孔周的《反对“左”的倾向　实现评论自由——〈文艺报〉召开“评论自由”座谈会纪要》；冯牧的《关于创作自由和评论自由》；康志强的《宁愿看他活的微笑——记杜谈（窦隐夫）和他的诗》；卓宜休的《思念和关怀——探望周扬同志时随想》；孙荪、余非的《读〈黄河东流去〉》；刘锡诚的《改革狂飙的礼赞——读柯云路的〈新星〉》；宋遂良的《三点成一面——读了三部中篇小说以后》（评论王润滋的《鲁班的子孙》、矫健的《老人仓》、张炜的《秋天的思考》）；专栏“争鸣·话剧面临‘危机’吗?”发表曲六乙的《由话剧的困境，想起“无为而治”》，英若诚的《话剧必须朝“高、精、尖”发展》。

《文学报》专栏“面对通俗文学的崛起”发表江曾培的《重要的是加强文学与

群众的联系》;同期,发表陈娟的《民族工业始创期的新画面——读周梅森的中篇小说〈沉沦的土地〉》,丛正里的《在自由天地里大胆"出新"》,陈朝红的《农村生活的新信息——周克芹近作漫评》,胡素娟的《香港文学——"快餐店文化":著名作家金依谈香港文学现状》。

《光明日报》发表程代熙的《认真开展文学艺术方法论的讨论》。

8日,《书林》第2期发表刘亚洲的《重新认识我们的对手——我为什么写〈恶魔导演的战争〉》。

10日,《文汇月刊》第3期发表马林的《程乃珊印象记》。

《北京文学》第3期公布《北京市建国三十五周年文艺作品征集评奖获奖作品篇目(文学作品部分)》;同期,发表黄子平的《"若是真情,就经看"——读韩霭丽的小说集〈湮没〉》;郑志强的《震惊之后的思考——评〈失落在小镇上的童话〉》;王宜山的《人物描写的映衬》;许振强的《请选好"艺术视角"》。

《当代文艺探索》第2期发表吴亮、毛时安、程德培、夏中义、邹平、李劼的《更新文学批评方法——上海青年评论家六人谈》;季红真的《在创作和理论之间——关于批评的几点思考》;南帆的《文学批评家的艺术感受和理性思考——兼述作家与批评家的关系》;李平的《历史感与现实感》;汤学智的《必须重视文学研究的方法论问题》;何镇邦的《走向繁荣的一年——一九八四年长篇小说创作漫评》;杨桂欣的《论〈沉重的翅膀〉和创作自由》;曾镇南的《从地平线向着辽阔的苍穹——评〈在同一地平线上〉》;许子东的《张承志和张辛欣的梦》;袁和平的《植一棵"森林文学"之树》(作家论坛);陈骏涛的《一个文学评论者的感怀——〈文学观念与艺术魅力〉后记》(评论家论坛);刘再复的《关于〈性格组合论〉的总体构思——与魏世英同志的谈话记录》;林兴宅的《艺术生命的秘密——关于文学永恒性问题的思考》;杨健民的《论艺术传达(下)》;刘梦溪的《六论马克思主义文艺学的发展问题——与程代熙、陆梅林同志商榷》;朱大可的《电影过程论——对电影及一般美学研究方向和方法的一个探索》;陈圣生的《试谈比较文学的性质和作用》;陈乃修的《比较文学述评》。

《江海学刊(文史哲版)》第2期发表范培松的《论新时期的报告文学》。

《诗刊》第3期"新诗话"栏发表叶庆瑞的《幽默诗话(七则)》,高深的《诗兴(外一首)》,高继恒的《鸡鸣诗话(三则)》,任重远的《深沉地思考人生的爱情诗》;"诗苑漫步"栏发表刘士杰的《方殷诗选》,浪波的《心声》,小竹的《海星星》,宁宇的《绿水红帆》，龚明德的《希望的国土》；同期，发表牛汉的《我与〈华南虎〉》；吴思敬的《谈新诗的分行排列》；孙克恒的《新诗中的强劲的风》；成庶的《要讴歌新时代的改革者》；梁南的《赞开拓美之“新诗日历”》；鲁黎的《火之花——〈芦甸诗文集〉序》。

《读书》第3期发表黎安的《迎新与忆旧——访作家协会顾问夏衍》；刘再复的《文学研究思维空间的拓展（续）——近年来我国文学研究的若干发展动态》；林尘的《弗洛伊德和他的后期著作》；刘季星的《跟老舍开玩笑》；朱树锦的《关于〈吴晗传〉》；高泳源、刘兰芳的《关于〈袁水拍的诗歌〉》。

《青年评论家》发表陈弋光的《读〈打错了〉断想》。

14日，《中篇小说选刊》第2期发表张贤亮的《关于〈土牢情话〉》；楚良的《用生活酿成的思考》（《家政》创作谈）；李存葆的《从〈花环〉到〈坟茔〉》；谷新的《硬谈——关于〈父亲的桥〉》；孙力、余小惠的《生活这样告诉我》（《真诚》创作谈）；崔京生的《那里有我的父兄》（《神岗四分队》创作谈）。

《文学报》发表曹复的《〈北国草〉引起的震动——访作家从维熙》。

《光明日报》发表李陀的《突破规范的成功尝试》（关于《神鞭》致冯骥才的信）。

15日，《文学评论》第2期专栏“评论自由笔谈”发表荒煤的《评论自由与“双百”方针》，严秀的《创作之友——生活、借鉴、批评》，洁泯的《因评论自由而想起的》，顾骧的《评论必须自由》，林非的《文学的批评与内心的自由》；专栏“新人新作评介”发表徐怀中的《虽然历史是一面镜子——读〈山中，那十九座坟茔〉随感》，何西来的《从进取到衰颓——评〈拂晓前的葬礼〉中的田家祥性格》，章仲锷的《长篇小说创作的新探索——评〈钟鼓楼〉》；同期，发表金健人的《小说的时间观念》；徐志祥的《小说节奏试论》；朱向前的《小说的“写意”手法枝谈》；李本深的《说小说》；冯能保的《改革者形象的道德审美心理流向》；叶橹的《苍天云霞，洱海风帆——论晓雪的诗》；毛时安的《兰气息，玉精神——读李子云评论集〈净化人的心灵——当代女作家论〉》。

《当代文艺思潮》第2期发表李子奇的《迎接文艺创作的黄金时代——在中国作家协会甘肃分会理事（扩大）会议上的讲话》；程士荣的《通过大鼓劲和大团结达到大繁荣和大发展》；雪深的《两个“自由”的理论和政策前提》；杉沐的《论“传奇热”》；王炳根的《军事文学——新的探索与追求》；李文衡的《商品经济和农

村新人形象的个性美》；孙文涛的《知青时期歌曲漫议》；吴亮的《什么是文学读者》；袁文龙的《文艺俱乐部与信息时代》；王光明的《谢冕和他的诗歌批评》；刘强的《也谈社会进步与道德审美评价——兼与王蒙同志商榷》；刘欣大的《嫩芽，从认识论枝条抽出》；张尔进的《感情性在文艺中的客观地位》；魏珂的《作为大众传播工具的文学期刊》。

《台湾研究集刊》第1期发表黄重添的《绚烂的艺术彩光——台湾当代乡土小说管窥》。

17日，《人民日报》公布中国作协主办的第七届(1984)全国优秀短篇小说、第三届(1983—1984)全国优秀中篇小说、第三届(1983—1984)全国优秀报告文学的获奖名单，共计短篇小说18篇、中篇小说20篇、报告文学27篇。

《作品与争鸣》第3期发表左达的《造成文艺评论的健康风气——学习周恩来同志〈在文艺工作座谈会和故事片创作会议上的讲话〉》；成志伟的《一个时代落伍者的灵魂剖析——评小说〈尾灯〉》；沙汀的《一幅描绘我国农村现实生活的生动画卷》(原载《青年文学》1984年第11期)；张鸿剑的《人的真谛是自私的吗?》；孙武臣的《颂歌·忧歌·挽歌》(以上三文均评小说《果园的主人》，原作发表于《青年文学》1984年第11期)；从方的《实事求是　以理服人》(原载《新月》1984年第5期)；由元的《答〈新月〉的“求是”》；陈为民的《别具一格的小说》；何思玉的《龙种和跳蚤》；张大放《不宜大惊小怪》；陈维莉的《将理解的任务留给读者》(以上四文均原载《青年文学》1985年第1期，评小说《那边有个“快活林”》，原作发表于《青春文学》1984年第11期)；张国烈的《文学的社会作用不可忽视》；陈伟民、伍尚辉的《不该诋毁智慧》；郭华初的《一曲赞歌　一面镜子》；王一飞的《英雄的野猪和失败的猎人》(以上四文均批评小说《野猪和人》，原作发表于《青春》1984年第7期)；边吉的《影片〈滴水观音〉引起争论》；常言的《京剧〈青丝恨〉引起反响》；赵铁信的《关于日本电视剧〈血疑〉的讨论》；安定的《〈文论报〉讨论〈北方的河〉》。

17—23日，《文学评论》、《上海文学》、《当代文艺探索》、天津市文联理论研究室、厦门大学中文系文学研究所在厦门大学联合举办文学评论方法讨论会(《文艺报》本年第5期)。

18日，《人民日报》发表刘景清、章天的《反映生活奔涌的潮头——谈近年来改革题材的报告文学》。

19日，《青年文学》第3期发表陈昊苏的《勇敢地踏上不平坦的路——读中篇小说〈青年布尔什维克〉》。

20日，《人民文学》第3期发表刘索拉的《你别无选择》；同期，公布《中国作家协会1984年全国短篇小说获奖作品》；同期，发表刘白羽的《酝酿·构思·剪裁》；公木、晏明的《关于八行体诗的通信》；伊边的《读者的意愿　宝贵的信息》。

《小说评论》第2期发表杨桂欣的《描写体制改革的长篇小说一瞥》；何镇邦的《通俗长篇小说的兴起与提高》；陈深的《一个感应着时代呼唤的作家——张贤亮的艺术个性与追求》；汪宗元的《当代寓言小说的新探索——读冯骥才的中篇〈神鞭〉》；费秉勋的《贾平凹三部中篇新作的现实主义精神》；刘再复的《关于小说进化历史轮廓的一般描述》；赵祖武的《试论"十七年"长篇小说人物塑造中的几个"常见病"》；李劼的《马缨花的观念与观念的马缨花》；滕云的《说"距离"》；郁言的《魂兮归来话〈河魂〉》；晋原的《恬淡中见深沉——读〈白花苜蓿之蜜〉》；一评的《历史画卷的悲壮展现——〈崛起的群山〉读后》；霄峰的《有新意、有特色的〈醉乡〉》；权海帆的《一篇切中时弊的佳作——读〈我们这些"主任"呵〉》。

21日，《文学报》发表前度的《通俗文学之潮面面观》；阎纲的《人间要好诗——读一九八四年若干中篇小说》；张钟的《社会改革与文学多样化》。

《文艺研究》第2期以"创作要自由　戏剧要创新"为总题，发表陈顺的《话剧艺术创新之我见》，汪焉的《拓展戏剧观》，薛殿杰的《杂谈"形式"》，叶涛的《从"剧场效果"出发》，胡伟民的《开放的戏剧》，朱颖辉的《限制与反限制》，陈世雄的《多样地把握本质与现象的艺术统一》，张应湘的《趋势与得失》，滕守尧的《戏剧形式与人类情感》，林克欢的《演员与观众》；同期，发表胡启立的《在中国作家协会第四次会员代表大会上的祝词》；本刊评论员的《评论也要自由》；鲁枢元的《作家的艺术知觉与心理定势》；宗坤明的《"心理时间"浅说》；邵燕祥的《反教条主义的理论勇气——读秦兆阳〈文学探路集〉笔记》；秦兆阳的《"想象"拉杂谈》；金近的《新时期的儿童文学》。

《光明日报》发表汪曾祺的《人之所以为人——读〈棋王〉笔记》；王愚的《捕捉历史的灵魂——谈矫健在〈河魂〉中的追求》。

22日，《文学知识》第3期发表高志辰的《朴实无华的工人作家——孙少山》；高松年的《心灵波动中的时代投影——读中篇小说〈山风〉》。

《长城》第2期专栏"笔谈报告文学"发表刘宾雁的《要勇于发现》，刘亚洲的

《河北，那包围着北京的地方》，陈祖芬的《报告文学和信息》，刘真的《我与报告文学》；同期，发表王蒙的《文学的新课题》。

25 日，《当代作家评论》第 2 期发表叶公觉的《江苏“探索者”小说流派在形成中》；吴亮的《社会结构演化和开拓者的使命——对〈花园街五号〉和〈男人的风格〉的比较分析》。

《花城》第 2 期发表钟晓毅的《实行文学的改革　鼓吹改革的文学——记“一九八四年文学与改革研讨会”》。

《清明》第 2 期发表金健人的《小说的时值处理》；于佩学的《牡丹园里赏牡丹——评严阵的散文集〈牡丹园记〉》；林为进的《从〈斑竹园〉到〈明珠寨〉——评熊尚志的两篇作品》。

28 日，《文学报》发表理由的《亲切感和可信性——报告文学创作的真实性和采访理由》；周文彬的《压不扁的玫瑰花——谈台湾作家杨逵》。

29 日，中国作协第四届主席团在京举行第二次会议，会议由中国作协主席巴金主持，与会成员讨论并通过了《中国作家协会章程》的修正稿(《文艺报》本年第 5 期)。

《光明日报》发表江浓的《台湾新文学运动“不朽的老兵”——杨逵》。

“杨逵先生纪念会”在北京召开。

30 日，《华中师院学报(哲学社会科学版)》第 2 期发表江少川的《改革的时代呼唤“改革文学”——评三部反映城市题材的长篇小说》。

本月，《十月》第 2 期发表雷达的《冲出历史峡谷的湍流——评〈河魂〉》；周政保的《对改革题材小说的美学思考》。

《山西文学》第 3 期发表郑波光的《成一的手法》；曲润海的《读郑义小说臆断》；焦祖尧的《学步拾零——我的第一篇小说》。

《百花洲》第 2 期发表孔捷生的《致陈村》；陈村的《致孔捷生》。

《柳泉》第 2 期发表缪俊杰的《论新时期文学中改革人物的形象塑造》；孙昌熙、高旭东的《改革中的一盏路灯——读〈前面一串路灯〉》。

《福建文学》第 3 期发表青山的《富有青春气息的文学思考——本期女作者专号小说巡礼》；张佳的《不可漠视的痛苦——兰兮的两篇小说读后》；林焱的《幸福、迷人之乐曲——漫话几位青年女作者的小说创作》。

《中外文学研究参考》第 2 期发表焦俭的《浪迹天涯问人生——介绍台湾女

作家三毛及其作品》。

本月，花城出版社出版刘衍文、刘永翔的《文学的艺术》。

上海文艺出版社出版丁玲著、陈明编的《丁玲论创作》。

文化艺术出版社出版吴功正的《小说情节谈》。

中山大学出版社出版中山大学中文系主编的《典型与美及其它》。

人民文学出版社出版胡风的《胡风评论集(下)》。

花山文艺出版社出版唐挚的《艺文探微录》。

4月

1日，《人民日报》发表黄毓璜的《各领风骚　色彩纷呈——中篇小说创作风格多样化漫议》。

《小说导报》第4期发表冯牧的《知识青年的文学形象——〈知青小说选〉序》；盛英的《简评〈夜晚，请别敲门〉》。

《小说林》第4期发表程树臻的《改革的时代呼唤改革文学》；蒋原伦的《改革文学的新篇章——读〈生活变奏曲〉》；林为进的《〈鞋〉的容量》。

《北方文学》第4期发表缪俊杰的《改善文艺评论，促进创作繁荣》；吴学明、崔树人的《色彩斑斓的生活画卷》。

《东海》第4期发表华铭的《复杂而又单纯的人生咏叹》(评《人精》)；李遵进的《人的价值的探索》(评《人精》)。

《西藏文学》第4期发表田文的《文学批评同样是艰难的创造性劳动》；李佳俊的《她在高原寻找自己——论马丽华的诗歌创作》；陈金堂的《小说创新说(一)》。

《作品》第4期发表韦丘的《创作有自由，评论也要有自由》；贾平凹的《读〈睡狮〉——给孔捷生》；黄虹坚的《我怎样写〈桔红色的校徽〉》；煊明的《人品和诗品的水乳交融的诗集——读郭光豹的〈深沉的恋歌〉》；程平的《缤纷诗园别一枝——读杨光治的〈野诗谈趣〉》。

《作家》第4期发表韩少功的《文学的“根”》。

《青春》第4期发表陈辽的《审美层次、文学档次与通俗文学》;储福金的《谈谈我笔下的女性形象》;程树臻的《生活鼓励着我走上文学之路》。

《奔流》第4期发表肖复兴的《〈海河边的小屋〉后记》;张宇的《〈张宇小说选〉后记》。

《萌芽》第4期发表魏威的《郑彦英笔下的秦川小世界》。

《滇池》第4期发表谢冕的《滇池的孔雀翎——读一九八四年〈滇池诗卷〉》;刘正强的《谈艺术的形象性和感染力》;宜真的《读中篇小说〈帆;飘向何处〉》。

《解放军文艺》第4期发表思忖的《李存葆论》;冯牧的《震撼人心的历史足音——读报告文学〈两百个将军同一个故乡〉》。

3日,《小说选刊》第4期发表张志忠的《战争的数学:常数和变数——评〈最后的堑壕〉》。

《报告文学》第4期发表周斌的《报告文学创作中的艺术辩证法漫笔》。

4日,《山东文学》第4期发表于广礼的《探索中的新突破——评张炜的几篇新作》;吕家乡、宋遂良的《〈秋天的思索〉二人谈》;王万森的《〈海边的雪〉景物描写》。

《文学报》发表陈立宗的《他从芦青河走来——访一九八四年全国优秀短篇小说获奖作者张炜》;贺国璋的《别有一番魅力——略谈〈凝眸〉和朱苏进的艺术追求》;严岩的《还应沉在生活的底层》;陈惠芬的《水乡姑娘在北京——读陶正的〈四时〉》;郑祥安的《散发着草原芳香的鲜花——长篇小说〈含泪的云〉》。

《花溪》第4期发表丁道希的《技巧——思想与生活的审美把握》。

5日,《广西文学》第4期发表叶公觉的《一幅多彩的民族风情画——读凌渡的散文集〈故乡的坡歌〉》;彭洋的《百越境界 深沉的礼赞——组诗〈走向花山〉评析》。

《大西南文学》第4期发表万宪的《时代在呼唤诗歌——云南省诗歌创作述评》。

《长江》第2期发表杉沐的《神采之美》;羊翚的《悲壮的交响诗——读〈汉江,记住这个夜晚〉札记》。

《中国西部文学》第4期发表陈柏中的《游记散文的美学追求》;常金生、夏青的《试论中国的西部文学》。

《文学月报》第4期发表陈村的《少男少女，一共七个》。

《当代文坛》第4期发表杨甦的《关于黄济人及其创作的二三理解》；费炳勋的《贾平凹创作历程简论》；王炳根的《现实主义的开放和丰富——评〈铁床〉兼谈军事文学的一种趋向》；胡德培的《艺术魅力的秘密——〈沉重的翅膀〉为何受欢迎》；李庆信的《严峻苦涩的微笑——论沙汀小说的讽刺艺术》；张耀堂的《巴金故居考实》；仲呈祥的《叶辛小说泛论》；许志强的《超过生活的"恩赐"——读李杭育的葛川江系列小说》；余昌祥的《报告文学的人物典型化问题》；陶晓卒的《积累、时代精神及其他——在报告文学创作座谈会上的发言》；张器友的《宏观思考与文学的创新》；贺绍俊的《断臂·续书·排他性》；童恩正的《从"张南皮"说开去》；秦玉明的《城市岂是罪恶的渊薮》；晓西的《略谈安然——影片〈红衣少女〉观后》；谢明德的《叙述语言的美感机制——短篇小说艺术探微之五》；卢杨村的《话说"风趣"》；陈世明的《诗与反说》；马立鞭的《画柳与画风》；春华的《珍惜评论自由》。

《延河》第4期发表王愚的《悲剧的时代，时代的悲剧——〈极乐门〉内在意蕴琐议》；张志春的《一个有深度的文学现象——读中篇小说〈极乐门〉》；畅广元的《林之浩给人的启示——〈极乐门〉主人公谈》。

7日，《文艺报》第4期发表小薇的《新诗应该有更繁荣的前景——中国作家协会创作研究室召开诗歌创作座谈会》；沙均的《寒凝大地发春华——读长篇小说〈大地〉》；唐挚的《读〈山中，那十九座坟茔〉》；余心言的《人总是要前进的——〈高原的风〉读后》；曾镇南的《启航！从最后的停泊地——读张辛欣的近作随感》；王蒙的《公道自在人间》(张守仁散文集《废墟上的春天》序)；专栏"争鸣·怎样看待文艺、出版界的一个新现象"发表贺林的《对刀光剑影的文学沉思——谈谈近年出现的武侠小说》，高红十的《"公安题材"文学创作面面观》，无为的《"小报"的"小"与"大"》；专栏"争鸣·话剧面临'危机'吗?"发表凌申的《也谈话剧的困境——兼与亚之同志商榷》；"新作短评"栏发表张洁评郑万隆的《老棒子酒馆》，戈晨评马云鹏的《最后一个冬天》，张奥列评孔捷生的《大林莽》，吴海评周克芹的《果园的主人》的文章。

10日，《文汇月刊》第4期发表纪宇的《尤凤伟——其名其文其事》；曾镇南的《读〈老人仓〉随感》；张德林的《开拓创作的新路子》；陈诏的《文章得失寸心知》。

《北京文学》第4期公布《〈北京文学〉一九八四年优秀作品评选获奖篇目》；同期，发表阿红的《西窗诗话》。

《雨花》第4期发表梦花的《一部活脱脱的人间相——读陈白尘的〈云梦断忆〉》；叶公觉的《一枝红杏出墙来——读〈我们和人民共和国同龄〉》；严迪昌的《读黄东成诗集〈花魂吟〉》。

《诗刊》第4期发表张同吾的《时代　严格地选择诗人——艾青诗歌散论》；余之的《白色花，瞩望着明天——罗洛和他的诗》；童芜的《为了诗的繁荣——一次诗歌座谈会的摘记》；杨金亭的《致北京学员碧峰》；刘汉民的《诗的分行》。

《读书》第4期发表赵鑫珊的《我观存在主义文学》；刘再复的《杂谈精神界的生态平衡》；萧乾的《一封信引起的感触》；蔡翔的《行为冲突与观念的演变——读贾平凹的〈腊月·正月〉》；雷达的《古华小说的魅力》；柯灵的《遥寄张爱玲》；陈映真的《想起王安忆》。

11日，《光明日报》发表冯骥才的《小说观念要变——关于〈神鞭〉的复信》（回复本年3月14日《光明日报》发表的李陀的《突破规范的成功尝试》）。

《文学报》发表卢菁光的《给台湾文坛带来一股活水的张系国》。

11—13日，《台港及海外华文文学》试刊号出版，汕头大学台港及海外华文文学研究中心主办，主编陈贤茂，试刊号发表秦牧的《祝贺华文文学杂志创刊——代发刊词》；萧乾的《中国与新加坡文学交流的前景——在新加坡第二届国际华文文艺营上的讲话》；峻径的《立意新颖　形象鲜明——读〈壮心未已〉》；沈敏特的《于细微处见真情——读於梨华〈再见；大伟〉》；陈贤茂的《新加坡华文诗歌发展的轨迹——读新加坡华文诗歌四首》；黄秋耘的《记美籍华裔女作家刘年玲》；陆枚的《归侨作家赞赏长篇小说〈风雨耀华力〉》——泰华长篇小说〈风雨耀华力〉座谈纪要》；蔡敏的《世界各地华文报纸的销数》；陈布伦的《泰华文坛掠影》；黄维梁的《研究香港文学的态度和步骤》；同期，发表文学作品13篇，其中东南亚7篇，发表的文学作品范围首次拓展到了海外。此刊后改名为《华文文学》。

17日，《作品与争鸣》第4期以“关于通俗文艺的讨论”为总题，发表马光复的《异军突起的“下里巴人”》，云德的《关于通俗文学的断想》，戈平的《〈文学报〉讨论通俗文学》，东仁的《〈文艺报〉讨论通俗文学》，辛联的《〈当代文坛〉讨论通俗文学》，赵铁信的《广西对通俗文学展开讨论》；同期，发表阮明的《人民卫士的热情颂歌——评〈傍晚敲门的女人〉》；小流的《〈人精〉随想》；海星的《这也是爱情吗？》

(以上二文均原载《东海》1985年第1期,评论作品同上);刘志洪的《“诸葛赖”们不应作为楷模奉献于读者——评小说〈哈!我们这些杂牌铁路工〉》;田贞见的《沉重的笑声——也评〈哈!我们这些杂牌铁路工〉》(以上二文均原载《芳草》1985年第1期);吴瑞庭的《关于“电影文学”问题争鸣概况》;叶愚的《“复杂性格”问题的讨论在继续》;岑献的《对小说〈两情若是久长时〉看法不一》;金辉、尹卫星的《解放军艺术学院文学系讨论小说〈凝眸〉》。

18日,《文学报》发表章仲锷的《新的开拓和新的高度——简评长篇小说〈钟鼓楼〉》;王亚平的《创作成熟的作品》。

《光明日报》发表张韧的《传统文化与民族心理结构的观照——全国第三届获奖的部分中篇小说琐议》;兰山的《文艺改革随想》;吴宗蕙的《远村的幽情——读〈远村〉》。

18—24日,中国戏剧家协会第四次会员代表大会在北京召开,曹禺主持并致开幕词(《文艺报》第6期余义林的《要振兴话剧——记中国戏剧家协会第四次会员代表大会》)。

19日,《青年文学》第4期发表何孔周的《〈乱世英雄〉艺术谈》;曾镇南的《花,开在人世的荆棘丛中——读〈栽花的小楼〉》。

20日,《人民文学》第4期发表何立伟短篇小说《花非花》;同期,公布《中国作家协会第三届(1983—1984)全国优秀中篇小说获奖作品》、《中国作家协会第三届(1983—1984)全国优秀报告文学获奖作品》。

《文艺报》(周报)试刊,本期发表李准的《文学的黄金时代到来了吗?》。

《当代》第2期发表郑义的中篇小说《老井》;秦兆阳的《写作随谈两篇》;涂光群的《“自我”与客观》;傅铁铮的《写出同一类型人物的不同个性》;林大中的《变革与反思——评〈钟鼓楼〉》;张志忠的《宏阔博大的历史感——读刘心武长篇新作〈钟鼓楼〉》。

22日,《文学知识》第4期发表俞剑的《识时务者是俊杰——赏〈腊月·正月〉》;耿军、筱楠的《罗凹村的希望》。

23—27日,中国电影家协会第五次会员代表大会在北京召开,袁为殊作题为《新时期的社会主义电影在广阔的大道上前进》的报告,夏衍到会讲话(《文艺报》第6期)。

25日,《文学报》发表贾平凹的《黄土论语——读和谷散文〈原野集〉》。

《光明日报》发表雷达的《创作自由与艺术空间》;徐兆淮、丁帆的《致力于塑造农村新人的形象——简评〈春妞儿和她的小嘎斯〉》。

25—26日,中国作家协会创作研究室召开座谈会,讨论近三年(1982—1984)长篇小说创作问题(《光明日报》1985年5月9日)。

26日,《厦门日报》发表陈慧瑛的《相逢在鹭湾——旅美作家陈若曦印象》。

月底,《名作欣赏》第2期发表魏威的《衬托与蓄势——〈棋王〉的人物塑形》。

本月,《山西文学》第4期发表毕星星的《别开生面》;孟宏儒的《为小人物作传——张旺模及其小说创作简介》。

《文学》第4期专栏"笔谈创作自由"发表公刘的《创作必须是自由的》,鲁彦周的《话说创作自由》,苏中的《艺术自由杂想》,刘祖慈的《现在就看我们的了》;同期,发表[澳大利亚]陈兆华整理、戴晴译的《中国作家谈中国文学》。

《当代文学研究资料与信息》第4期发表田昉摘自福建《海峡》总第13期的《国外的台湾文学研究》。

本月,陕西人民出版社出版冉淮舟、刘绳的《魏巍创作论》。

四川人民出版社出版林兴宅的《艺术魅力的探寻》。

5月

1日,《小说导报》第5期发表乔以钢的《警世之文　坦诚之心——读孙犁的〈芸斋小说〉》。

《小说林》第5期发表焦勇夫的《一本有创作个性的小说——漫评陈瑞晴的〈北大荒的呼唤〉》。

《上海文学》第5期发表郑万隆的《我的"根"》(创作谈);张炜的《最终有人识文章——关于〈土地与神〉的一封信》;李杭育的《小说自白》;林文山的《小说的"人称"》。

《北方文学》第5期发表黄益庸的《王清学小说谈片》。

《西藏文学》第5期发表李墨的《评〈雪崩之后〉》。

《作品》第5期发表祖慰的《初识信息社会新人物》；欧阳翎的《〈走，到春天去〉读后》。

《现代作家》第5期发表刘宾雁等的《花竹园谈心——一次作家的聚会》。

《青年作家》第5期发表林锦鸿的《小议讽刺艺术——〈理发〉读后》；祈初的《读〈林霞〉杂感》；陈朝红的《变革与道德——从〈晚霞〉谈起》；刘连青的《颂歌为谁唱》（评《击毙李十二》）；建平的《读〈击毙李十二〉》。

《青春》第5期发表杨旭的《读〈青春〉报告文学的断想》；凌焕新的《"力之美"——1984年〈青春〉得奖诗歌漫评》。

《奔流》第5期发表曾凡的《突破你自己——致河南文坛的青年作家们》；吴亮的《好奇心与文学》。

《萌芽》第5期发表徐中玉的《我们正在斗争中前进——喜读〈萌芽〉1984年度获奖作品》。

《滇池》第5期发表彭荆风的《她们带着清新气息走进文坛——序〈世界〉》；于坚的《评〈扑满〉》。

《解放军文艺》第5期公布《中国作家协会第三届(1983—1984年)优秀中、短篇小说、报告文学奖获奖作品》、《一九八四年〈解放军文艺〉优秀作品奖获奖作品》；同期，发表陆文虎、张志忠、彭吉象的《系统论、比较文学及其他——杂谈军事文学的理论批评》；石言的《"演习文学"的崭新收获——〈爱与恨的交织〉序》；骆飞的《谈谈近几年军事题材小说中的感情色彩》；王燕生的《他用军人的眼睛看世界——读周涛诗集〈神山〉》。

2日，《文学报》专栏"一连串值得思考的问题——关于《柳眉儿落了》的讨论"发表涪秋、施想、杜青钢、王新德的文章；同期，发表贺旭东的《他追求小说的诗化——访获奖小说〈白色鸟〉作者何立伟》；霍靖安的《浑朴、明朗的诗——孙友田近几年诗作印象》。

《光明日报》发表韦君宜的《我喜欢长篇新作〈钟鼓楼〉》。

《台港与海外文摘》第5期发表陈晓林的《民俗文学的源流与武侠小说的定位》。

3日，《小说选刊》第5期发表荒煤的《干草芳香透我心——〈干草〉读后感》；白崇人的《喜读〈蓝幽幽的峡谷〉》。

《报告文学》第5期发表李炳银的《起飞时代的生活乐章》。

4日,《山东文学》第5期发表陈宝云的《漫议〈坟茔〉》;张达的《荒唐岁月中的严峻悲剧——评〈山中,那十九座坟茔〉》;樊龙的《历史悲剧的思索和探求——浅谈〈坟茔〉的悲剧意义》。

5日,《广西文学》第5期发表江建文的《改革题材与改革者形象的塑造——兼评〈广西文学〉城市改革题材近作》;张兴劲的《"百越境界"与魔幻现实主义——也来思考〈花山文化与我们的创作〉》;陈学璞的《报告文学的神圣使命——评报告文学〈谁家天下〉》。

《大西南文学》第5期发表汪汉洲的《纯朴、深情的时代颂歌——喜读于坚的诗》。

《中国西部文学》第5期发表王嵘的《深沉隽永的抒情诗篇——评中篇小说〈夕阳山外山〉》;胡康华的《走向开放:周政保的文学评论刍议》。

《文学月报》第5期发表康濯的《土热人亲的画幅》;潘吉光的《好短好短,好长好长》。

《当代文坛》第5期发表陶晓卒的《漫谈三个〈家〉——评巴金的〈家〉和曹禺、佐临的改编》;艾芦的《军阀时期成都的社会相——略议李劼人的几个短篇小说》;陈朝红的《周永年小说创作论》;杨甦的《与友人论〈大后方〉书》;樊星的《探索者——刘宾雁》;韩瑞亭的《"弄潮儿"的悲壮曲——谈钱钢、江永红的报告文学》;胡宗健的《何立伟小说漫谈》;范奇龙的《试论新时期文学中的知识分子形象塑造》;余昌谷的《在改革浪潮的冲击下——谈阻碍改革的人物形象的塑造》;石天河的《〈彗星〉是一首政治诗吗?》;华然的《信赖与保姆思想》;咏枫、朱曦的《"打一枪换一个阵地"》;李运抟的《小说细节真实性之一辩》;巍珂的《文学期刊动向辑览》;吴红的《评论家李希凡印象记》;潘亚暾的《陈若曦的长篇新作〈二胡〉》。

《青海湖》第5期发表李星的《一个独特的艺术天地——多杰才旦小说印象》。

《星火》第5期发表周书文的《创作观念的更新浅议》。

6日,《深圳特区报》发表东瑞的《略谈诗人舒巷城》。

7日,《文艺报》第5期发表《中国作家协会章程》;雷达的《向着自由境界的艰难迈进——读1984年获奖短篇小说札记》;鲍昌的《火红年代的交响音诗——评第三届全国报告文学获奖作品》;舒諲的《烽鼓中的脚印——读朱雯的〈烽鼓集〉》;林予、冬冠的《美的山,不平静的山——苏策的长篇小说〈远山在落雪〉读后》;严辰的《致泥土的歌者——读〈爱的花环〉》;浦伯良的《李若冰和他的〈柴达木手记〉》;吴元迈的《现实的发展和现实主义的发展》;盛钟健的《李杭育和"葛川江"小说》;专栏"争鸣·话剧面临'危机'吗?"发表向川整理的《振兴话剧之我见》,方杰的《话剧将在困境中新生》;同期,发表吉翔的《"不朽的老兵"——纪念杨逵先生》。

8日,《书林》第3期发表刘心武的《我写〈钟鼓楼〉》。

10日,《文汇月刊》第5期发表陈冲的《铁凝》。

《中国社会科学》第3期发表季红真的《文明与愚昧的冲突(上)——论新时期小说的基本主题》。

《北京文学》第5期发表张洁《我与〈北京文学〉》;陈建功的《期待着新的合作》;辛仪的《列宁和作家——读列宁致高尔基的57封书信》;徐然的《正是梅雨霏霏时——我写〈红军留下的儿子〉》;余华的《我的"一点点"——关于〈星星〉及其他》。

《当代文艺探索》第3期发表高晓声、韩少功、杨炼、顾城的《作家论坛(四篇)》;牛玉秋的《从主题思维方式看近两年中篇小说的发展》;薛炎文的《一九八四年短篇小说创作漫评》;张法的《当代文学中的两种悲——从历史和美学的观点看〈爱,是不能忘记的〉和〈黑骏马〉》;李劼的《舒婷顾城北岛及朦胧诗派论》;邢小群的《对"文化大革命"的挑战——评三部有争议的中篇小说》;徐庆年的《一簇飞溅的浪花》;李炳银的《历史的弃客　文学的典型——论贾平凹笔下的韩玄子形象》;陈辽的《文艺批评的历史经验——论建国初期的文艺批评》;蔡翔的《文学中的社会意识和美学理想》;景国劲的《新时期小说与浪漫主义》;王少青的《关于"创作方法"的思考》;彭晓丰的《控制论与形式创新》;吕俊华的《文艺创作与变态心理(上)》;赖干坚的《心理分析学派的批评方法——现代西方文学批评方法介绍之一》;郑松锟的《从〈为何写作〉看萨特的存在主义文艺观》;[美]马斯洛著、李文湉译的《自我实现者的创造力》;[英]欧内斯特·琼斯著、顾闻译的《哈姆雷特的父亲之死》;王光明、南帆的《文学评论方法论讨论会漫述》。

《诗刊》第5期发表丁国成的《赞"勘探者"——〈青年诗页〉读后》;李国涛的《论后起的山西诗界》;傅仇的《不尽诗情山中来》;彭放的《诗有别裁亦关书——〈诗的

技巧〉读后》；石天河的《一个奋进的意向——评王志杰的〈荒原的风〉》；孙克恒的《闪烁思想之光的新边塞吟唱——读诗集〈骆驼〉》；邢小群的《让事实说话》。

《读书》第5期发表时辑整理的《谈谈俗文学——记一个座谈会》；高尔泰的《愿将忧国泪，来演丽人行——一篇小说引起的感想》；李庆西的《〈沉沦的土地〉的悲剧观——兼谈小说的本体象征》；王行之的《敢于言"我"，敢于立论》；袁可嘉的《西方现代派诗与中国新诗》。

13日，《人民日报》发表张韧的《多样性、历史感、风格化——简评第三届优秀中篇小说获奖作品》。

14日，《中篇小说选刊》第3期发表映泉的《说说山里的"娘儿们"》(《桃花湾的娘儿们》创作谈)；贾平凹的《〈远山野情〉外语》；高尔品的《写在白天的话》(《大宾馆之夜》创作谈)；李准的《从"老王卖瓜"说起》(《瓜棚风月》创作谈)；王志钦的《只要是路，我就走》(《自由神下的选择》创作谈)；张健行的《我向往那纯洁的、高尚的云》(《蓝天下一朵白云》创作谈)；纯民的《凤凰山是沂蒙山里的一座》(《凤凰山恩仇》创作谈)；朱崇山的《路在延伸》(《淡绿色窗幔》创作谈)。

14—21日，文学期刊版权保护工作座谈会在广州召开(本年度《当代》第4期)。

15日，《文学评论》第3期发表王富仁的《〈呐喊〉〈彷徨〉总论(博士学位论文摘要)》(第4期续完)；吴秉杰的《"各还命脉各精神"——论新时期小说风格的多样化》；丹晨的《论张辛欣的心理小说系列》；刘建军的《贾平凹论》；韩文敏的《呈献给祖国母亲的歌——赵淑侠〈我们的歌〉读后》；张德林的《"变形"艺术规律探索——小说艺术谈》；晓钟的《微型小说刍议》；专栏"论坛"发表殷国明的《应该冲破僵化的、封闭的文学批评方法模式》，程文超的《小议当代文学研究中的信息方法》，何江南的《方法与现实和未来——由文学研究方法的创新想到的》。

《当代文艺思潮》第3期发表张陵、李洁非的《从英雄到普通人——论我国当代文学观念的转变》；王斌的《俗文学：一门善于寻找"漏洞"的艺术——兼与雅文学分析比较》；赵伶俐的《八十年代儿童文学主题走向概观》、《当代大学生视野中的当前文学——北京大学五四文学社当前文学讨论会纪要》；林焱的《论改革者的爱情描写》；包泉万的《试论现实题材创作中的"新反面形象"》；徐斐的《"模糊"的微型小说》；江晓天的《关于普及与提高的思考——兼谈有关历史剧问题》；谢昌余的《要有争雄斗奇、开风气之先的当代气魄》；谢冕的《文学性格的抉择——

谈“西部精神”》；周涛的《我们在中国西部想些什么?》；吴亮的《什么是西部精神——对“西部文学”一个问题的思考》；周政保的《醒悟了的大西北文学》；孙克恒的《西部文学浅见》；昌辉、肖云儒、余斌的《就西部文学诸问题答〈当代文艺思潮〉编辑部问》。

16日，《文学报》发表叶公觉的《好一棵相思树——谈陈志泽的散文诗集〈相思树〉》；张达的《胶东儿女的变革史——读矫健的长篇小说〈河魂〉》；苏振元的《散文创作的新收获——关于何为的访日散文》；王愚的《世事洞明与人情练达》。

17日，《作品与争鸣》第5期发表晓笋的《西瓜棚下话改革》(评《瓜棚风月》，原作发表于《人民文学》1985年第2期)；谢海阳的《一曲不该唱的挽歌》；苏丁的《艺术结构上的得与失》；余军的《历史的悲歌》(以上三文均原载《青年作家》1985年第3期，均批评《兄弟伙》，作品发表于《西藏文学》1984年第8期)；刘伟的《〈拉萨河女神〉别具一格》；马原的《我的想法》；李佳俊的《生活的描写和文学的思考》(以上三文均原载《西藏文学》1985年第1期)；冯复加的《真切感人的母亲形象——评〈穿迷彩服的儿子在微笑〉》；叶鹏的《假如——读〈穿迷彩服的儿子在微笑〉》(以上二文均原载《解放军文艺》1984年第8期)；孙达佑的《发掘人与经济变革的联系》；吴瑞庭的《关于“电影文学”争鸣概况(续)》；张抗抗的《小说创作与艺术感觉——谈感觉之一》(原载《当代文坛》1985年第3期)。

19日，《青年文学》第5期发表李清泉的《〈驽马〉漫议》；甘泉的《写出士兵心中的战场——评〈我们去打仗〉兼及战争题材创新问题》；胡采的《〈黎明的红柿林〉读后》。

20日，《人民文学》第5期发表杨炼的诗歌《飞天》；张志民的《文学笔记》。

《小说评论》第3期以“笔谈评论自由”为总题，发表肖云儒的《反躬自问——关于评论自由的几句实话》，刘建军的《首先要有观念的变更——也谈评论自由》，蒙万夫的《评论自由断想》，王愚的《评论能否自由》；同期，发表雷达的《当前小说中的农村“多余人”形象》；何西来的《历史分水岭的那一边——论变革大潮中落伍者的艺术形象》；季红真的《探索与收获——一九八四年短篇小说年鉴序》；行人的《一方水土养一方人——由〈祖先的坟〉说到赵本夫的创作个性》；冯立三的《阳光下中国人的力量——评邓刚小说的思想艺术特色》；蔡翔的《历史：悲剧中永恒的乐观运动——评周梅森〈沉沦的土地〉》；蔡葵的《〈山魂〉的人物和结构》；李炳银的《田家祥的悲剧是怎么发生的？——评〈拂晓前的葬礼〉》；李作祥的《谈〈燕赵悲歌〉中的谢德》；吴士余的《艺术形象的象征化——〈当代小说创作论稿〉之一章》；慕山的《美的昆仑和美“昆仑人”——读〈啊，昆仑山！〉》；南庄的《一代青年的悲剧——〈孩子王〉读后》；甘佳征的《一个普通灵魂的挣扎——读〈听山〉》；陈孝英的《风格——作家创作个性的“物化”》；邢小利的《理想的呼唤——读几部反映青年生活的小说》；刘齐的《假如我写惊险小说》。

21日，《文艺研究》第3期发表陈涌的《思维科学的“突破口”——读钱学森同志的谈话想到的》；王蒙的《一九八四年部分短篇小说一瞥》；周凡、朱持的《人与自然——关于张贤亮、张承志创作的美学思考》；祖慰的《怪味自诠》；陆小雅的《我的思考——〈红衣少女〉导演阐述(摘要)》；黄式宪的《新人形象与新生活的韵律——评〈红衣少女〉》。

22日，《文学知识》第5期发表《杨东明对小说的探索与追求》；王炘的《路漫漫其修远兮——记青年作家京夫的创作道路》。

《长城》第3期发表高占祥的《诗海明珠——读王致远的两部长诗札记之一》；鲍昌的《刘真论》；专栏“笔谈报告文学”发表肖复兴的《报告文学的思索》，袁厚春的《戴着镣铐跳舞的艺术》，杨镰的《报告文学随想》。

23日，《文学报》专栏“一连串值得思考的问题——关于《柳眉儿落了》的讨论”发表吴纪椿的《为龙新华签发稿单》；同期，发表航鹰的《小说的诗意美》；云飞的《从不熟悉到熟悉——周立波创作〈暴风骤雨〉的启示》。

《光明日报》发表王绯的《描画人物风貌　探求文学新路——读〈祝福你，费尔玛！〉》。

25日，《当代作家评论》第3期发表张同吾的《历史悲喜剧中的心灵奏鸣曲——诗人流沙河》；金燕玉的《论高晓声的创作个性》；彭放的《张抗抗和她的“多边形”人物》；彭定安的《张抗抗小说创作中的文化“相”——从她的两部中篇小说所作的透视》；苏丁、仲呈祥的《〈棋王〉与道家美学》。

《花城》第3期发表刘思谦的《叶文玲“小溪风格”之得失与流变》。

《清明》第3期发表苏中的《论创作自由》；段儒东、邵江天的《评江流小说集〈龙池〉》。

30日，《台湾研究集刊》第2期发表黄重添的《台湾当代乡土小说的审美追求》；许建生的《台湾大学生散文创作刍议》；王晋民的《当前台湾文艺界的一场重要论争述评》；武寒青的《洪醒夫小说艺术散论》。

31日，《中国青年报》发表王颖的《“陈大侠”的愿望：访武侠小说家梁羽生》。

本月，《十月》第3期发表秦晋等的《谈〈河魂〉》。

《山西文学》第5期发表张锐锋的《山西诗之现状与“黄河诗派”的雏形》；柯云路的《褐灰色调的山水风俗画》；韩玉峰的《时代孕育出来的硕果——〈山西文学〉一九八四年获奖小说读后》。

《文学》第5期发表陈登科的《我们的紧迫感》。

《百花洲》第3期发表牛玉秋的《艰苦的历程——评中篇小说〈蜕壳〉》；戴翊的《英雄主义的颂歌——谈中篇小说〈走通大渡河〉》。

《柳泉》第3期发表周末祥的《关于社会主义艺术美的理想》。

《福建文学》第5期发表王炳根的《艺术上的“三级跳”——论朱苏进在三部中篇小说中的美学追求》；黄海根、陈越的《一群美的探索者——漫评漳州地区几位业余作者的小说创作》。

《中外文学研究参考》第3期发表孙立川的《域外台湾文学研究一瞥》。

本月，解放军文艺出版社出版韩瑞亭的《推涛集》。

山西人民出版社出版黄修己的《赵树理研究》。

湖南人民出版社出版朱寨的《朱寨文学评论选》。

6月

1日，《小说导报》第6期发表黄桂元的《独具魅力的歌诉——评中篇小说集〈有一个美丽的地方〉》。

《小说林》第6期发表韶华的《老话新说——关于深入生活的通信》。

《上海文学》第6期发表桑晔、张辛欣的《关于〈北京人〉》；王锦园的《他不是幸运儿；他是“苦行僧”——俞天白小说长短论》；赵丽宏的《〈爱在人间〉自序》。

《东海》第6期发表牧知的《发自改造生活的激情》(评小说集《天使与野马》)；魏丁的《〈首航〉的启示》。

《西藏文学》第6期发表徐明旭的《发现、发展、危机——〈西藏文学〉1984年小说漫评》。

《作家》第6期发表陈村的《有一个王安忆》。

《现代作家》第6期发表仲呈祥的《阿城之谜》。

《青年作家》第6期发表佳峻、张华的《关于笔记的通信》。

《青春》第6期发表周新安、段志西的《谈谈张平的小说〈姐姐〉》;张平的《我写〈姐姐〉》。

《萌芽》第6期发表刘绪源的《一个正同青年时代告别的作家——试谈罗达成艺术风格的演变》。

《滇池》第6期发表郑海的《〈滹沱河记事〉读后随感》;陈定謇的《"反映生活"和"表现自我"》。

《解放军文艺》第6期以"短篇小说艺术谈"为总题,发表刘绍棠的《雕虫并非小技》,刘锡诚的《谈短篇小说的艺术构思》,林草思的《小说和诗情》,茹志鹃的《一个老兵的话——〈神岗四分队〉序》;同期,发表小尘的《谱写改革的新篇章——读〈失足未成千古恨〉》。

《作品》第6期发表潘亚暾的《余光中印象》;韦轩的《刀光剑影的"织梦者"——梁羽生》。

2日,《深圳特区报》发表海晹的《写在深圳书市之前:香港文学创作部分一瞥》。

《台港与海外文摘》第6期发表郑健娜的《"牛仔带给我们欢乐与温情"——香港漫画家王司马》。

3日,《小说选刊》第6期发表黄子平的《刘索拉的〈你别无选择〉》;柯云路的《切进感与超脱感——〈一个系统工程学家的遭遇〉创作的一点体会》;邵振国的《〈麦客〉想告诉读者些什么》;梁晓声的《〈父亲〉的遗补》;何立伟的《关于〈白色鸟〉》。

4日,《山东文学》第6期发表王忠林的《〈河魂〉的主题浅论》;张振声的《漫谈河女——〈河魂〉人物散论之一》。

5日,《当代文坛》第6期发表陈伯君的《近年来悲剧创作的掠影》。

《广西文学》第6期发表徐君慧的《一部表现伟大人物的传记文学——评长篇小说〈第一个总统〉》;雷猛发的《一要区别　二要提高——关于通俗文学的一、

二随想》。

《大西南文学》第6期发表蔡毅的《评论何妨多挑刺》；陈贤楷的《应当改善文学评论工作条件》。

《文学月报》第6期发表姚雪垠的《关于历史小说的创作》；专栏“对《少男少女，一共七个》的不同意见”发表艾友琴的《不同凡响的新篇——略评〈少男少女，一共七个〉》，华玉章的《一篇有害的小说》。

《长江》第3期发表高逸群的《文艺批评面临的挑战》；於可训的《为有理趣情话中——读苏叔阳的〈贵妃陵情话〉》；田野的《读高伐林的诗集〈破冰船〉》；方方的《遗忘的细节》（创作谈）。

《中国西部文学》第6期发表杨镰的《中国西部文明与西部文学》。

《当代文坛》第6期发表尹在勤的《傅仇近作片论》；冯志伟、孙可中的《可喜的收获——谈〈夜谭十记〉》；陈厚诚的《邵子南与〈白毛女〉》；晓华、汪政的《阿城的思索——漫说〈棋王〉、〈树王〉、〈孩子王〉》；洪欣的《张宇小说漫评》；唐正序的《文学批评家的修养》；严肃的《试论文学批评的标准——从恩格斯的论点谈起》；李建民的《深刻展现变革时代的生活和情绪的历史——评一九八四部分短篇小说创作》；陈伯君的《近年来悲剧创作掠影》；张跃生的《口述实录文学是不是文学——读〈北京人〉有感》；李运抟的《当代文学中艺术方式的跃进——关于〈北京人〉“口述实录”的初探》；杨汝絅的《含情脉脉的氛围》；董运庭的《“框架”与“有意味的形式”》；江裕斌的《“白为美”》；马立鞭的《寻找独一无二的艺术视角》；邵捷的《袁静雅和叶倩如——〈故土〉人物浅析》；田君的《山中，那十九座坟茔——致李存葆同志》；沈太慧的《埋头苦干，再拼一场——访作家浩然》；潮辑的《文艺争鸣鸟瞰》。

《花溪》第6期发表孙静轩的《诗的个性与创新》；张建建的《“我是蓝，我爱白帆”——读梅翁诗集〈彩色的波〉》。

《星火》第6期专栏“近年来长篇小说画廊漫笔”发表王愚的《用新的方式看周围世界》，何镇邦的《深厚的历史感》，蔡葵的《“同时代的行进取同一步伐”》；同期，发表江南叶的《散文诗的艺术特征——读〈星火〉“散文诗页”随想》。

6日，《光明日报》发表樊苏华的《教育与时代的文学思考——读两部反映学校生活的中篇小说》（评论《你别无选择》和《花非花》）。

《文学报》发表翁光宇的《崚嶒傲骨吴浊流——兼谈抗战时期的台湾文学》。

7 日，《文艺报》第 6 期发表余义林的《要振兴话剧——记中国戏剧家协会第四次会员代表大会》；《长篇小说创作取得长足发展——中国作家协会创作研究室召开长篇小说座谈会》；刘思谦的《小说创作中的悲剧观念》；蔡葵的《在缤纷和流动的下层生活里——谈〈钟鼓楼〉的独创性》；王蒙的《香雪的善良的眼睛——读铁凝的小说》；《从生活出发，塑造多样化的人物形象——关于"复杂性格"问题讨论的来稿综述》；谭霈生的《评电影创作的"随意性"》；"新作短评"栏发表小林评王力雄的《天堂之门》，周培松评林江的《巡天使者》，牛玉秋评王旭烽的《从春天到春天》的文章；同期，发表刘登翰的《台湾的"现代诗"运动》。

9—13 日，《诗刊》、《星星》、《诗歌报》、《诗探索》、《绿风》等 17 家诗刊、诗报负责人在北京召开座谈会(《诗刊》第 7 期)。

10 日，《文汇月刊》第 6 期发表严文井的《试说吴泰昌和他的散文》。

《北京文学》第 6 期发表尹俊卿的《梦中的绿色——关于〈清凉界〉及其他》；杨沫的《致高占祥》；高占祥的《愿我们的〈青春之歌〉唱得更嘹亮》。

《雨花》第 6 期发表王屏的《一个坚忍持恒的中国人——读〈袁相舟〉》。

《诗刊》第 6 期发表喻晓的《新时代的军旅壮歌——细读"战友诗丛"》；谢冕的《中国的青春——评〈诗刊〉历届"青春诗会"的诗人新作(见〈绿风〉第三期)；兼论现阶段青年诗》；李小雨的《还是那支芦笛　还是那颗心——访法国文学艺术最高勋章获得者艾青》；叶至诚、吴家瑾的《关于"表现我"的通信》；盛海耕的《"豌豆诗人"与"蝈蝈文章"》；玉杲的《为〈长安诗家〉出版的"袖珍诗丛"说几句话》；刘征的《"一呼"之后》。

《读书》第 6 期发表季红真的《两个彼此参照的世界——论张贤亮的创作》；曾镇南的《让世界知道他们——读刘索拉〈你别无选择〉》；匡亚明的《值得欢迎的"剧作家专论"》；袁可嘉的《西方现代派文学的来由、发展和趋向》；老木的《文艺生理学》；章鉴的《也谈"点名"与"署名"》。

《吉林日报》发表刘福才的《绘一幅香港风情人物画：记中年作家中申》。

13 日，《文学报》发表丁临一的《所见者真　所知者深——评〈凯旋在子夜〉》。

《光明日报》发表汪岁寒的《给四位青年导演的一封信》(评论电影《一个和八个》、《黄土地》、《猎场札撒》、《喋血黑谷》)；冯健男的《写出改革的新意和深度——读短篇小说〈小厂来了个大学生〉》；凤子的《看〈野人〉》；郑伯农的《漫谈文艺的节奏》。

17日,《人民日报》发表陈骏涛的《一个新高度——我看〈钟鼓楼〉》。

《作品与争鸣》第6期发表邓绍基的《俗文学与商品化》;柳静的《〈启明〉讨论文艺商品化问题》;张兴劲整理的《关于通俗文学的探讨——南宁通俗文学讨论会综述》;左达的《格调问题》;谢宏、于伟国的《倾听心灵深层裂变的风暴——读〈高原的风〉》;涪村的《在风俗中展示时代——漫话〈美女山闲话〉》;夏鸣的《要反映生活的本质真实——从〈美女山闲话〉谈起》;吴理的《吻别过去是为了明天——评短篇小说〈吻别〉》;林之丰的《不该发生的离婚事件——读小说〈吻别〉》;李作祥的《有点酸、有点甜、有点苦、有点辣——杂议〈主人〉》(原载《鸭绿江》1985年第3期);中耀的《写什么人,怎样写?——对〈主人〉的思索》(原载《鸭绿江》1985年第3期);西龙的《时代变革的剪影——读〈个体户和穷秀才〉》;京力的《能挣会花有啥可夸?——读〈个体户和穷秀才〉有感》。

18日,《文汇报》发表余仙藻的《香江北角访金庸》。

20日,《人民文学》第6期发表韩少功的中篇小说《爸爸爸》。

《当代》第3期发表闻山的《改革者形象杂谈》;张志民的《文学笔记》;胡德培的《欢呼文学新品种的诞生》;陈辽的《信息——作品》;严文井的《探索人生真谛——〈超越自我〉序》;雷达的《〈远村〉的历史意识和审美价值》;范咏戈的《"每一页都保持着高潮"的写手——读刘亚洲三篇作品》;本刊记者的《新的高度——〈钟鼓楼〉座谈会纪要》。

《光明日报》发表丁道希的《电影探索中的形式美感问题——兼评影片〈黄土地〉》;夏康达的《通俗文学健康发展之路》。

《福建论坛》第3期发表张默芸的《〈孟珠的旅程〉序》。

《唐山教育学院学报》第2期发表林承璜的《试评陈若曦早期的小说创作》。

《文学报》发表《留学生文学的鼻祖——於梨华》;翁光宇的《"失根"的苦闷,"归根"的渴望——谈旅美华人作家笔下的游子形象》。

22日,《文学知识》第6期发表韩冰的《丹青一砚写年华——记青年女作家王小鹰》。

24日,《文汇报》发表若水的《再谈南珊的哲学》。

27日,《文学报》发表夏锦乾的《历尽寒冬的老树——访路翎》;徐贲的《马克思主义文学批评的两个层次》;臧克家的《诗苑争鸣五十家——〈当代试论五十家〉序》;赖丹的《生活的漩流——读冯骥才的〈感谢生活〉》;胡世忠的《纪事抒情

之文　感时议世之作——袁鹰的〈京华小品〉》。

《光明日报》发表张炯的《画出历史蜕变中的民族魂——评李准的长篇小说〈黄河东流去〉》；郝大铮的《新风格电影简评》（评论陈凯歌、张军钊、郭宝昌、吴子牛、田壮壮的电影）。

30日，《羊城晚报：港澳海外版》发表陈浩星的《怎样认识武侠小说：新派武侠小说名家梁羽生创作谈》。

《台湾研究集刊》第2期发表黄重添的《台湾当代乡土小说的审美追求》；武寒青的《洪醒夫小说艺术散论》；王晋民的《当前台湾文艺界的一场重要论争评述》；许建生的《台湾当代大学生散文创作刍议》。

本月，《山西文学》第6期发表陈建祖的《年轻的小号——潞潞和他的诗》。

《中国文学》第3期发表萧乾的《简评〈不简单的石头〉》；秦牧的《关于〈诉——山的故事〉及其他》。

《名作欣赏》第3期发表张炯的《我读〈河魂〉》。

《特区文学》第3期发表野曼的《诗、散文诗与散文的联想》；黄伟宗的《艺术的意境》；肖彬的《青春的诗情》。

《福建文学》第6期发表郑万隆的《立体构思和开放性结构》；阮温凌的《揭开了生活的帷幕》（评《插曲》）；王义武的《此中有真意——也谈〈插曲〉》；谢春池的《〈警戒线〉的艺术价值》。

本月，解放军文艺出版社出版范咏戈的《在戎谈文》。

山西人民出版社出版高捷等编的《马烽西戎研究资料》。

湖南人民出版社出版严平编的《荒煤研究资料》。

重庆出版社出版仲呈祥的《当代文学散论》。

中国文联出版公司出版周巍峙的《文艺问题论集》。

光明日报出版社出版张德明编的《报告文学创作谈》。

湖南人民出版社出版严平编的《荒煤研究资料》；周克芹等著，杨同生、毛巧玲编的《新时期获奖小说创作经验谈》。

上海文艺出版社出版赵树理的《赵树理论创作》。

本季，《文艺理论研究》第2期发表徐中玉的《“春江水暖鸭先知”——关于“创作必须是自由的”和如何才能确保其实现的一些思考》；刘再复的《两极心理对位效应和文学的人性深度——关于“人物性格二重组合原理”心理依据的探讨》;徐开垒的《散文艺术中的人物典型塑造》;宋耀良的《论新时期诗歌的语言特色》;郑宗培的《关于微型小说的思考》;程德培的《"门槛上的人"——读徐孝鱼的中篇小说》。

《岳阳师专学报》第2期发表李运湘的《陈映真现实主义创作雏论》。

7月

1日,《小说导报》第7期发表汪宗元的《我们需要社会主义的通俗小说》。

《小说林》第7期发表王敬文的《新的追求与探索——读锦云、王毅的小说集〈丈夫〉》;张明的《简评〈抱金娃娃的人们〉》;夏重源的《大潮之中见世相——读〈一次中断的就职演说〉》。

《上海文学》第7期发表陈思和的《中国文学发展中的现代主义——兼论现代意识与民族文化的融汇》;殷国明的《艺术:在已知和未知之间》;徐俊西的《典型化理论再认识——再答程代熙同志》。

《广州文艺》第7期发表文政的《且听一阕城市改革的主旋律》。

《西藏文学》第7期发表张隆高的《我谛听着传自高原的歌声——评近两年藏族诗人的诗作》。

《作家》第7期发表刘心武的《从"单质文学"到"合金文学"》;胡昭的《祖国赤子的心声——金成辉诗集〈洁白的爱〉序》;吴亮的《中国的民众在想什么?——读张辛欣、桑晔的〈北京人〉》。

《青年作家》第7期发表松笔的《文学,探索人的感情世界——读两篇小说有感》;聂德胜的《以一斑而窥全豹——读小说〈彩色圈〉》;黄柏的《绝妙的讽刺》。

《青春》第7期发表刘静生的《读〈姐姐〉——探获奖小说艺术上不足之三》;丁柏铨的《凝聚着对生活的深入思考——评短篇小说〈小密斯〉》。

《奔流》第7期发表蔡翔的《当代小说中的自然意识》;刘敏言的《文学大树上的一片绿叶——漫谈女作家吴萍的作品》;黄培需的《文学创作的发展与文学观

念的变革》。

《萌芽》第7期发表理然的《王蒙的艺术探索——苏联汉学家论王蒙小说的技巧》;宋遂良的《可贵的独创性——谈张炜的小说创作》。

《散文》第7期发表洪双烨的《愿生命之舟在春水里航行——〈童心启示录〉读后小札》。

《滇池》第7期发表邓贤的《漫评汤世杰的高原小说》。

《解放军文艺》第7期以"短篇小说艺术谈"为总题,发表金梅的《关于短篇小说的随感》,刘兆林的《关键在于不平庸》;同期,发表黄国柱的《深度的追求——读〈今夜天狼星下〉》;谢冕的《单调和华美的和谐——评〈战友诗丛〉兼论现阶段军旅诗》;《〈中国农民大趋势〉读者来信一组》。

2日,《深圳大学学报(人文社会科学版)》第3期发表曦钟等的《柏杨和他的文学作品》;郑虹的《灵魂的裂变　自我的挣扎——试论台湾女作家欧阳子小说的人物心理》。

《岳阳师专学报》第2期发表李运湘的《陈映真现实主义创作雏论》。

2—4日,《诗刊》编辑部邀请部分在京诗歌评论家就新诗批评和研究工作的现状、批评观点和批评方法的更新问题展开讨论(《诗刊》第9期)。

4日,《山东文学》第7期发表马国雄的《谈艺术创作的审美诱导性》。

《文学报》发表王兆军的《把握人物的心理逻辑——谈〈拂晓前的葬礼〉中田家祥形象的创造》;卢菁光的《轰动台湾文坛的〈家变〉——谈王文兴及其创作》。

《光明日报》发表孙乃修的《〈黄土地〉的美学追求》。

5日,《广西文学》第7期发表丘行的《探索的探索》;黄伦生的《追寻与创造——读追求"百越境界"的几篇小说新作》;钟纪新的《也谈组诗〈走向花山〉——与彭洋同志商榷》。

《大西南文学》第7期发表丘峰的《文艺批评要有新的发现》;徐开荣的《简评〈红河水从这里流过〉》;易山的《〈神奇的玉龙山〉的语言特色》。

《文学月报》第7期发表胡宗健的《万千微尘坠心田》;专栏"对《少男少女,一共七个》的不同意见"发表黄亦鸣的《一个迷惘的追求者》,陈鹏的《当代青年的呼喊》。

《中国西部文学》第7期发表谢昌余的《亮出旗帜之后——〈中国西部文学〉1985年1、2、3期读后印象》;陈孝英、李晶的《于荒诞中见真理——读王蒙两部中篇近作的遐想》。

《当代文坛》第7期发表冯牧的《欣喜之余的遐想——序余德庄中篇小说集〈同舟的人〉》；畅游的《生命之钟礼赞——读谭楷的报告文学》；刘国铭的《岁月铸成闪光的信念——读诗集〈乡音〉》；石天河的《行云过眼见诗心——王尔碑〈行云集〉散论》；罗守让的《论湖南作家群小说创作的乡土特色》；陆文虎的《简论徐怀中的艺术追求》；张放的《古朴益显出风貌——黄裳散文一品谈》；顾国泉的《雯雯——喧嚣与繁杂年代的女儿》；秦玉明的《批评方式试论》；何开四的《评林兴宅的两篇论文》；卢杨村的《"不畏省中省，只要省中实"》；谢明德的《情节的构思——短篇小说艺术探微之六》；马立鞭的《把握感情落差》；毛乐耕的《散文的题材特点》；曾润福的《试析王蒙小说中杂文手法的运用》；涂阳斌的《散文创作应该面向火热的改革生活》；赵智的《试论想象在文学欣赏中的作用》。

《青海湖》第7期发表张舟萍的《戴厚英不只是一位小说作家》；萧枫的《艾青谈游记》；沙平的《乐景写哀　哀景写乐——读〈喜筵〉》。

《花溪》第7期发表张灯的《她在剖析人生——短篇小说集〈星光闪烁〉读后》；罗强烈的《把生活变成艺术——读蒙萌的〈搭在马凳上的擂台〉》。

《星火》第7期发表航鹰、盛英的《关于爱情婚姻伦理题材的通信》；苏辑黎、吴文丁的《它打开了一扇不寻常的人生窗户——评〈九十八级台阶上的尼姑〉》。

10日，《文汇月刊》第7期发表王若望的《一幅上海风情画——评程乃珊作〈女儿经〉》。

《中国社会科学》第4期发表季红真的《文明与愚昧的冲突(下)——论新时期小说的基本主题》。

《北京文学》第7期发表许振强的《艺术创新手法种种》；罗强烈的《文学批评中的美学观念》；王学仲的《陈建功小说的悲喜剧色彩》；母国政的《一篇迟迟写出的小说》；高爽的《戎马行中一秀才——访作家古力高》。

《当代文艺探索》第4期以"简论我国近期改革题材小说"为总题，发表陈达专的《创作的创新与突破》，唐跃的《与改革者同步前进——蒋子龙小说论稿之一》；同期，发表白烨的《理论批评史上光辉而独特的一页——周扬的文学理论批评概观》；谢冕的《从春天到秋天》；杨匡汉的《诗美的积淀与选择》；杨匡满的《诗歌和诗人都与自卑无缘》；于慈江的《新诗的一种"宣叙调"》；李黎的《意象的流动转换》；宋耀良的《论诗歌语言的继承和创新》；吴方的《试论当代中国文学批评流派的分立》；许怀中的《文艺批评的科学性散论》；陈孝英的《新技术革命与文艺研究方法的革新》；吕俊华的《文艺创作与变态心理（下）》；李国涛的《小说里的时间》；何东平的《试论香港作家刘以鬯的小说观》；李昕的《关于"小说味"的若干思考——漫谈短篇小说审美规律问题》；林为进的《漫谈小说中的爱情描写》；杨牧的《林冲夜奔——声音的戏剧》；耘之的《回归传统的一种尝试——杨牧〈林冲夜奔〉评析》。

《诗刊》第7期"新诗话"栏发表周冠群的《咏物诗要突破套子》、《给散文诗以较大的重量》、《无韵体诗与内在旋律》；同期，发表叶橹的《现实·人生·诗情》；公刘的《信手写来——关于〈沉思〉和〈仙人掌〉》；叶潮的《流沙河诗中的情境转换》；王燕生的《交流经验　互相支持　繁荣诗歌的一次盛会——诗刊、诗报负责人座谈会纪实》。

《读书》第7期"评论的评论"栏发表朱红的《"评论的自由"二题》，周介人的《批评与描述——致吴亮》；同期，发表若水的《再评南珊》；罗竹风的《读〈编辑忆旧〉所想到的》；骆寒超的《唐湜和他的〈幻美之旅〉》；东方望的《谈武侠小说和侦探小说》；金克木的《谈信息论美学》；烨红的《文艺商品化与文艺家身份双重化》。

11日，《文学报》发表张韧的《多元性与立体化的探索——读改革题材的中篇小说随感》；王敏之的《填补了一大空白——评长篇历史小说〈第一个总统〉》；吴松亭的《责任感、道德观、时代情绪——胡辛的〈四十四岁的男人〉》。

14日，《中篇小说选刊》第4期发表郑义的《太行牧歌》（《老井》创作谈）；邢卓的《〈忌日〉题外话》；陈若曦的《耿尔这个人》（《耿尔在北京》创作谈）；阿城的《又是一些话》（《孩子王》创作谈）；达理的《不仅仅是写给孩子》（《"爸爸，我一定回来！"》创作谈）；梁晓声的《人民爱和平》（《边境村纪实》创作谈）；江广生的《叛逆者的胜利》（《越过警戒线》创作谈）；程乃珊的《一点尝试》（《女儿经》创作谈）。

15日，《文学评论》第4期专栏"我的文学观"发表孙绍振的《形象的三维结构和作家的内在自由》，鲁枢元的《用心理学的眼光看文学》，刘心武的《关于文学本性的思考》；专栏"长篇小说笔谈"发表陈美兰的《期待着更强的突破力》，何镇邦的《文学观念的开拓与艺术手法的创新》，李兆忠的《长篇小说结构的艺术整体性》，盛英的《长篇小说现实主义的开放与深化》，刘齐的《长篇小说艺术探索新趋势》；同期，发表南帆的《文学批评的研究方法和研究目标》；林兴宅的《文明的极地——诗与数学的统一》；晓丹、赵仲的《文学批评：在新的挑战面前——记厦门全国文学评论方法论讨论会》；钱竞的《欲穷千里目，更上一层楼——记扬州文艺学与方法论问题学术讨论会》；胡宗健的《现代生活节奏下的情绪世界——评何立伟、聂鑫森的短篇小说》。

《当代文艺思潮》第4期发表屈选的《走向革命的美学和艺术》；戚方的《影象文化和戏剧"危机"》；王玮的《文学，你怎样面对历史——自我论辩录》；金宏达的《小说创作与历史变革时期的社会心理》；钟本康的《小说的"艺术综合"》；陈剑晖的《论新的批评群体——兼谈当代文艺批评的发展》；陈孝英的《评论家的胆、识、情——读阎纲的〈文学四年〉和〈文学八年〉随记》；曾镇南的《就"大西北文学"的发展答问》；林染的《西部诗论——从高昌壁的黄昏开始》；陈德宏的《趋于开放的甘肃小说创作》；王愚的《他从狭窄的境地里走出来——徐绍武创作散论》；孙静轩的《沉思者的独白》；顾城的《诗话录》；吴辰旭的《创新放言——关于诗的随想》；冯中一、王邵军的《新诗，呼唤着新的理论批评》；陈寿星、宰学明的《"学院诗"与"朦胧诗"》；任民凯的《探索的浪潮——当代大学生诗歌创作述评》。

17日，《作品与争鸣》第7期发表邓刚的《读〈船的陆地〉》；西南的《当代军人价值观念的新发展——评〈船的陆地〉》；魏威的《如何反映当代青年性格——评中篇新作〈你别无选择〉》(原载1985年5月13日《文汇报》)；李下的《我们时代需要的是蓝色幽默——〈你别无选择〉漫评》；李师东的《现实的无可选择与个人的表现情状——读〈你别无选择〉》；阎纲的《笑比哭难受——读短篇小说〈村魂〉》(原载《红旗》1985年第5期)；西亚的《观念更新的任务还相当艰巨——对围绕〈村魂〉的争鸣的思索》；马文仓的《张老七还不忙"告别"——也评小说〈村魂〉》；易水的《不要连孩子也泼出去!》(批评作品同上)；祁炽的《反映改革的不成功之作》；边际的《一篇引人思考的作品》(以上二文均原载《芳草》1985年第4期，评《百日县长》，原作发表于《芳草》1985年第4期)；武陵子的《"县长好像不是这样当的"——读〈百日县长〉粗感》；卫建林的《社会主义建设者的英雄史诗——评〈啊，昆仑山!〉》；任骋的《"传奇文学热"三题》；毛毛雨的《做独眼龙不可取》；步尘的《〈神鞭〉引起深入讨论》；本刊记者的《关心文学事业　积极投入讨论》(来稿综述)。

18日，《文学报》发表王学歧的《一颗〈新星〉的诞生——访青年作家柯云路》；《台湾乡土文学的一面旗帜——陈映真》；陆士清的《挺立于风雨和浪涛之间——谈台湾作家陈映真》。

《光明日报》发表康洪兴的《"危机"中孕育着"生机"——对话剧现状的一点思考》。

19日,《青年文学》第7期发表王维玲的《一代新人　一大新风——漫评"国际青年年"短篇小说报告文学征文获奖作品》。

20日,《人民文学》第7期发表刘心武的纪实小说《5·19长镜头》;徐星的中篇小说《无主题变奏》;同期,发表绿原的《悼念为真理而献身的胡风同志》。

《文艺报》第3期发表丁玲的《序〈中国当代文学史新编〉》;赵令扬的《香港文学的前途》;姚雪垠的《三毛其人及其作品》(第4期续完)。

《文艺研究》第4期以"探索戏曲发展规律　加快戏曲改革步伐"为总题;发表郭汉城的《我以为须要"正名"》,刘厚生的《必需加强理论建设》,沈亮的《戏曲的危机与生机》,曲六艺的《谈"现代化"与"戏曲化"》,齐致翔的《立足改革,大胆实践》,黄在敏的《应该重视观众社会心理活动的研究》,吴乾浩的《"话剧加唱"是一种积极探索》;同期,发表居其宏的《〈白毛女〉传统与当前歌剧创作》;刘诗嵘的《振兴歌剧三题》;巴金的《"创作自由"》;刘青峰、邱仁宗等的《关于文艺研究的"三维对话"》;徐贲的《哲学和文学研究方法论》;周宪的《文学研究方法精确性三题》;章国锋的《国外一种新兴的文学理论——接受美学》;栾昌大的《文艺的审美理想漫议》;李丕显的《深沉蕴藉的美——新时期文学的美学特征》;黎舟、阙国虬的《史诗的品格——解放区的美学个性》。

《小说评论》第4期发表贺绍俊、杨瑞平的《他们在追求理想的现实主义——知青小说的意义》;刘思谦的《读"西部小说"两题》;周政保的《〈在伊犁〉:王蒙的幽默感与思情》;吴宗蕙的《一腔激愤,一泓深情——评张洁小说中的女性形象》;陈辽的《最新社会信息的窗口——谈几篇青年作者的短篇小说》;张钟的《京华市民生活的交响乐章——读长篇小说〈钟鼓楼〉》;张守仁的《是赞歌,也是悲歌——读长篇小说〈河魂〉》;吴秀明的《一部很难组织的"教授小说"——略论长篇历史小说〈金瓯缺〉》;洁泯的《被撕裂的历史悲剧——关于〈绿化树〉》;李劼的《观念—文学,自然—人——〈黑骏马〉〈北方的河〉之我见》;翩然的《大千世界缩微——张辛欣新作〈封·片·连〉读后》;刘春的《真实描写现实关系——读〈大铁门〉》;陈杏芬的《新颖大胆之作——〈高高的铁塔〉简介》;黄益庸的《雄浑悲怆的〈沙狐〉》;杜鹏程的《古城寄语——读〈蜀道吟〉致莫伸》;高尔纯的《吹尽狂砂始得金——试论短篇小说情节的形成及其典型化提炼》;刘亚伟的《〈北方的河〉——时代的精灵》。

22日，《人民日报》发表张捐中的《土家人民心灵解放的赞歌——长篇小说〈醉乡〉读后》。

《文学知识》第7期发表杨子的《被评论教育出来的作家——记获奖小说〈干草〉的作者宋学武》；潘亚暾的《小人物的悲剧　大都市的哀歌：评香港颜纯钩的〈红绿灯〉》。

25日，《文学报》发表江曾培的《文学语言要洁而有味》；易知的《醉人的芳香——孙健忠的长篇小说〈醉乡〉》。

《当代作家评论》发表韩瑞亭的《变革时期的军事文学》；周政保的《军事文学的观念问题》；范咏戈的《步出〈花环〉以后——近三年军事文学发展走向考》；谢冕的《一个独特的诗歌世界——论当代中国军旅诗》；丁临一的《忠于生活超越生活——新时期军事题材报告文学创作的回顾》；段海燕整理的《新时期军事文学记事》；叶鹏的《刘亚洲创作论》。

《花城》第4期发表高玉琨的《赵大年论》。

《清明》第4期发表秦士元的《创作自由臆谈》；周政保的《方法与前提》。

27日，《文艺报》发表季红真的《艺术的自觉与风格的多元化——上半年短篇小说创作水平明显发展》；姚雪垠的《三毛其人及其作品》(续)。

31日，《华中师院学报(哲学社会科学版)》第4期发表张永健的《诗的凤凰正在腾飞——新时期诗歌鸟瞰》。

本月，《十月》第4期发表李杨的《杨沫生活、创作的历程》；孟繁华的《在沉吟中升起进取的风帆——评张抗抗近期小说创作》。

《山西文学》第7期发表珍尔的《风驰万壑开，云卷千峰集——谈张承信关于太行山的诗歌创作》。

《红岩》第4期发表刘彦的《随风潜入夜　润物细无声——包川短篇小说集〈逝水滔滔〉读后》；哲明的《爱情·伦理·道德——读中篇小说〈共饮一江水〉》；何国利的《〈失落的爱〉留下美丽的忧伤》。

《柳泉》第4期发表杨守森的《现实主义原则与创作方法——关于社会主义新时期创作方法问题的思考》；王凤胜的《深·真·美——评中篇小说〈古老的东方有一条龙〉》。

本月，江苏人民出版社出版陆一帆的《文艺心理学》。

黄河文艺出版社出版鲁枢元的《创作心理研究》。

湖南人民出版社出版陈辽的《陈辽文学评论选》,王愚的《王愚文学评论选》,林非的《治学沉思录》。

江西人民出版社出版王韦编的《徐懋庸研究资料》。

福建人民出版社出版《中国当代文学研究资料丛书》编委会编辑;唐金海、孔海珠编的《茅盾专集:第二卷》。

8月

1日,《小说导报》第8期发表吴秀明的《拉开了正剧的帷幕——评长篇历史小说〈庚子风云〉第二部》。

《小说林》第8期发表王绯的《航鹰印象记》。

《上海文学》第8期发表陈诏的《写出有“上海味”的城市文学》。

《文学报》发表程乃珊的《一幅上海滩的风情画——谈中篇小说〈女儿经〉的创造》;李玉芝的《要敢写人性美和人情美——谈〈达吉和她的父亲〉从小说到电影的争论》。

《北方文学》第8期发表滕云的《弥漫着新的意识的思维》。

《东海》第8期发表郑九蝉的《军人与作家》。

《光明日报》发表蔡葵的《历史的深沉的思绪——〈大地〉的美学特征》;李书磊的《文学更新与人格进化——也谈新时期小说的形象转换》。

《红旗》第15期发表韩瑞亭的《日趋高涨的军事题材文学之潮》。

《作品》第8期发表洪三泰的《他,发现了诗的精灵——读组诗〈在祖国大陆的最南端〉》;赵海洲的《纪游文与独特感受》。

《作家》第8期发表航鹰的《有意思的〈小师妹〉》。

《青年作家》第8期以“关于《折磨》的讨论”为总题,发表李华贵的《真实的形象　有益的启迪》,蓝天的《滥施的同情和不公的讥讽》。

《青春》第8期发表许世杰的《微型小说丰收的两个标志》；董健的《从悲剧性的毁灭中复活——谈〈姐姐〉的独特之意》；庞建国的《对民族精神和性格的讴歌——〈野猪和人〉的主题思想之我见》；叶梦的《当代人心灵的折光——散文〈盛夏的小巷〉评点》。

《萌芽》第8期发表王富荣的《为千百万知识青年树碑——梁晓声知青小说漫议》。

《解放军文艺》第8期发表孙犁的《对当前小说创作的几点看法》；张志忠的《宋学武创作散论》；林为进的《长歌鲁天碧——读〈中国农民大趋势〉》；黄柯的《哲学的命运》；徐乘的《字字珠玑》。

2日，《台湾与海外文摘》第8期发表《对海外华人文艺的探讨——香港的文艺发展》。

3日，《小说选刊》第8期发表于晴的《小巷中见大千世界——读陆文夫中篇小说〈井〉》；王中才的《错杂谈——〈最后的堑壕〉风格断想》；陈冲的《从负数开始》；铁凝的《渴望勇敢》；张平的《关于〈姐姐〉》；白雪林的《我想写出蒙古族自己的人物》；映泉的《关于〈同船过渡〉》；邹志安的《〈哦，小公马〉之外》。

《文艺报》第5期发表阳翰笙的《〈风雨太平洋〉序》；雷达的《水的外形　火的性格——关于〈井〉的联想》；刘心武的《碧海青天夜夜心——观黄健中新片〈良家妇女〉》。

4日，《山东文学》第8期发表杨政的《张炜的美学追求》；毛乐耕的《散文的立意》。

5日，《广西文学》第8期发表宋梧刚的《关于通俗小说的人物塑造方法》。

《大西南文学》第8期发表陈辽的《谈评论作者的理论意识》；陈达专的《读〈阴差阳错三部曲〉——致张长同志的一封信》；董保延的《亚热带性格——评〈镌刻在焦土上的诗行〉》。

《长江》第4期发表喻杉的《勿训政，勿媚俗——向文艺批评家进一言》。

《中国西部文学》第8期发表周政保的《这是一个独特的艺术世界——评最近以来的我国少数民族中短篇小说》；宇共的《西部——文学的广阔天地》；田先瑶的《有主调、有特色的交响乐章》；沙平的《〈愤怒的冰山〉读后随感》。

《文学月报》第8期发表车文仪的《振翅雄飞吧！作家，艺术家》；专栏“对《少男少女，一共七个》的不同意见”发表禹新荣的《生活就是这样》，陈瑛的《扭曲的

形象　变态的心理》，喻俊新的《生活的多旋律》。

《当代文坛》第8期发表任白戈的《在巴金、阳翰笙、沙汀、艾芜创作学术讨论会上的报告》；吴野的《人和自然在作家意识中的交织——〈南行记〉研究一得》；李庆信的《文艺界的一次盛会——"四老"创作学术讨论会在成都举行》；吕进的《傅天琳：从果园到大海》；杨景明的《"大兵"生活中的提琴——浅论简嘉小说的人物形象》；杨山的《改革激流中弄潮儿的旋律——读雁翼〈献给山城的情歌〉》；木斧的《探索者的足迹——读鄢家法的诗》；缪俊杰的《典型塑造的新开拓和新进展——浅谈近两年来部分小说电影人物形象》；叶公觉的《文坛三人行——陆文夫、高晓生、方之小说创作比较》；吴炫的《他有着自己的美学追求——姜滇小说创作随谈》；杨叔予的《苏联文学现状一瞥》；贾月成的《从四姑娘到有金桔——周克芹笔下妇女形象系列浅析》；马仁清的《邓刚大海小说的意象美》；杉沐的《微雕之美——浅谈微型小说》；钟本康的《漫话小说的音乐感》；曾永成的《痴情所寄亦幻亦真》；蓝锡麟的《逆正相生》。

《花溪》第8期发表叶笛的《从单一中走出来——简评梅翁1961—1982部分短诗》。

《星火》第8期发表胡德培的《心灵的寄托　理想的追求——读俞林新作〈在青山那边〉》；舒信波的《战争年代一曲普通人的歌——评长篇小说〈跋涉〉》。

8日，《文学报》发表冯健男的《创作自由与深入生活》；王月琴的《扎根在历史的土壤里——浅谈郑义的中篇小说〈老井〉》；聂勋材的《新绿爱春风——读〈乡音与军号〉》。

《光明日报》发表王忠明的《〈一个生者对死者的访问〉观后》；盛英的《"人"跨上了一个新的阶梯——读近期小说有感》（评论王蒙的《高原的风》）；王兆军的《拂晓前的葬礼》；矫健的《河魂》。

10日，《文艺报》第6期发表鲍昌的《文艺形势浅见》；王屏的《在干部与百姓之间》；鸣雁的《"正因为我喜欢光明"》；张抗抗的《我们需要两个世界》；萧乾的《聂华苓的历史感——〈千山外，水长流〉读后》；专栏"关于文学寻'根'问题的讨论"发表周政保的《小说创作的趋势——民族文化意识的强化》，刘火的《我不敢苟同》；专栏"文艺特征与新方法论"发表南帆的《主观的文学批评》，志谦的《文艺社会学》。

《文汇月刊》第8期发表肖复兴的《北大荒的馈赠——梁晓声印象》。

《北京文学》第8期发表罗强烈的《读者的审美自由——当代小说艺术谈》；冯立三的《困乏中的光彩更为动人——读〈阿巴李公〉》；贺光鑫的《从卢卡契的一个异议说开去》；谢海泉的《毋忘寻找你自己》；蔡田明的《艺术比生活更"永恒"》。

《雨花》第8期发表陈丽音的《今昔联系的强调——读〈寂寞的童年〉》；刘静生的《于沉沦中待崛起——读周梅森的中篇小说〈沉沦的土地〉》；陆建华的《一个被金锁链栓牢的平庸灵魂——评顾铤形象的现实意义及其不足》。

《诗刊》第8期发表金一的《长白之子——读金哲的诗》；张永健的《开花的季节到了——写在〈中国当代抒情小诗五百首〉前面》；杨匡汉的《鉴往知来——关于胡风部分诗论的断片札记》；宋垒的《意象三题》；戴砚田的《拿出优秀作品来！——河北省"芒种诗会"纪事》。

《读书》第8期"评论的评论"栏发表黄子平的《深刻的片面》；同期，发表林斤澜的《读三叶的〈未必佳集〉》；李慰饴的《对〈燕赵悲歌〉创作得失的思考》；凌宇的《神酣意热话〈醉乡〉——写给孙忠建同志的一封信》；甘阳的《人·符号·文化——卡西尔和他的〈人论〉》。

15日，《文学报》发表马烽的《群众爱听抗日故事——回忆〈吕梁英雄传〉的创作》；翁光宇的《台湾抗日文学的先锋——从为赖和平反谈起》。

《光明日报》发表何志云的《生活经验与审美意识的蝉蜕——〈小鲍庄〉读后致王安忆》；王安忆的《我写〈小鲍庄〉——复何志云》。

"旅美台湾作家文学报告会"在北京召开。

17日，《文艺报》第7期发表何镇邦的《长篇小说创作趋向多样化——上半年长篇小说创作掠影》。

《作品与争鸣》第8期发表方晓的《时代的要求和作家的责任》；晨海的《家庭的悲剧和道德的沉思——读〈黄昏的回忆〉》；闻龙的《一曲沉重的战地浪漫曲》(批评作品同下)；杨洪的《变形的画面失真的形象——评小说〈一个女人和一个半男人的故事〉》；刘润为的《莫愁前路无知己——评〈一个女人和一个半男人的故事〉》；陈俊涛的《〈大林莽〉——孔捷生的一篇力作》(原载1985年3月5日《当代文坛报》)；韦丘的《讨论会上的意识流》(批评作品同上，原载1985年2月15日《当代文坛报》)；孔捷生的《在大林莽深处》(原载1985年2月15日《当代文坛报》；启达的《〈皇陵〉之谜》；谢强的《失望的皇陵》；刘伟的《也谈〈皇陵〉》(以上三文均原载《拉萨河》1985年第2期)；蔡葵的《时代飞瀑的深沉礼赞——评长篇新作〈亚细亚瀑布〉》;翁睦瑞的《电影文学界说的争议》;秋水的《中篇小说〈祖母绿〉的得失》;本刊记者的《对获奖作品的争鸣》;禾的《〈鸭绿江〉继续讨论小说〈主人〉》;敬达的《关于〈山中,那十九座坟茔〉的讨论》;本刊记者的《关心文学事业积极投入讨论(二)》;林泰、陈圣生的《原型批评》;成志伟的《荧屏艺术的新收获——1984年电视剧漫评》。

18日,《解放日报》发表徐俊西的《走出狭弄以后——首届上海文学奖获奖小说述评》。

19日,《青年文学》第8期发表唐挚的《〈古河道〉漫议》。

20日,《人民文学》第8期发表残雪的短篇小说《山上的小屋》。

《当代》第4期发表张炜的中篇小说《秋天的愤怒》;本刊记者的《文学期刊版权保护会议纪要》。

22日,《文学报》发表孙光萱的《战斗,宽广的领域——谈〈晋察冀诗抄〉重版本》;杜鹏程的《有这样一位作家——关于田景福和他的小说》;蔡立吾的《坚实的一步——致〈桑树坪纪事〉的作者》。

《文学知识》第8期发表陈孝英、孙豹隐的《记青年作家路遥》。

《光明日报》发表苏溶的《读长篇小说〈醉乡〉》。

23日,《江汉早报》发表熊唤军的《金庸与武侠小说》。

《长江日报》发表涂光群的《一颗赤子心:记香港武汉籍女作家夏婕》。

24日,《文艺报》第8期发表严文井的《我是不是个上了年纪的丙崽?——致韩少功》;刘树纲的《〈一个生者对死者的访问〉创作琐谈》。

26—31日,《文艺报》在京举行青年文艺理论批评工作者座谈会(《文艺报》8月31日文章《一支理论新军登上文坛——青年理论批评工作者座谈会在京召开》)。

28日,《新华日报》发表黄毓璜的《不该发生的悲剧——读陆文夫的中篇〈井〉》。

29日,《文学报》发表行良的《台湾文学史上的丰碑——钟肇政的〈台湾人三部曲〉述评》。

31日,《文艺报》第9期专栏"关于文学寻'根'问题的讨论"发表凌行正的《可贵的民族精神——读报告文学〈当年他们多么年轻〉》,汪晖的《要作具体的分析》,王友琴的《我只赞成阿城的半个观点》;同期,发表唐前燕的《曾卓、杜宣是女作家吗?》;陈若曦的《从小说看台湾文学的发展》;刘再复的《文学的反思和自我超越》;专栏"文艺特征与新方法论"发表李杭育的《从文化背景上找语言》,吴亮的《方法的用途》，凯思的《文学研究与自然科学能否“联姻”》。

《文学报》发表陈若曦的《从小说看台湾文学的发展》。

本月，《山西文学》第8期发表雷达的《〈五月〉的感想》；张厚余的《对〈佳期如梦〉的一点异议》。

《名作欣赏》第4期发表钱谷融的《读〈晌午〉》；邓星雨的《山泉声声醉诗人——读谢大光的〈鼎湖山听泉〉》；李传申的《相反相成　风韵绰约——舒婷〈会唱歌的鸢尾花〉的艺术风格》。

《特区文学》第4期发表陈残云的《特区文艺漫谈》；郭小东的《朱崇山新作随谈》。

《福建文学》第8期发表孙绍振的《复合的抒情风格与寻根主题——读唐敏小说和散文》；明白的《摄影小说形式探索》；马未都的《我对写小说的一些想法》。

《安徽大学学报(哲学社会科学版)》第3期发表沈晖的《论皖籍台湾女作家苏雪林》。

《博览群书》第8期发表李硕儒的《我觉得，我认识了她——华裔女作家陈若曦印象》。

本月，四川人民出版社出版刘绍棠的《一个农家子弟的创作道路》。

浙江文艺出版社出版吴亮的《文学的选择》。

9月

1日，《小说林》第9期发表刘亚舟的《谈谈〈幸运儿〉》；李千里的《〈幸运儿〉人物描写浅析》。

《上海文学》第9期发表陈村、王安忆的《关于〈小鲍庄〉的对话》。

《北方文学》第9期发表李福亮的《大漠绿踪——评短篇小说〈沙狐〉》。

《东海》第9期发表洑海的《需要有更高的“观察点”——〈黑篷〉读后感》；红果的《为〈黑篷〉唱一曲》。

《作品》第9期发表丘峰的《贵在“对生活新的发现”》；赵雅瑶的《评孔捷生的

〈普通女工〉》。

《作家》第9期发表李杭育的《理一理我们的“根”》。

《现代作家》第9期发表仲呈祥的《小说审美观嬗变断想》。

《青春》第9期发表崔道怡的《〈姐姐〉的主旋律及其他》；黄毓璜的《简论范小青的小说创作》。

《萌芽》第9期发表曾小逸的《审美方式的个体化与世界结构的一体化——关于未来文学的假说》。

《解放军文艺》第9期以“短篇小说艺术谈”为总题，发表唐栋的《灌香肠的艺术》，何永康的《深流·泡沫·本质》；同期，发表冯健男的《战争奇观的真实写照——谈柳杞的小说创作》。

2日，《人民日报》发表陈美兰的《寻求生活的反射和回声——评长篇小说〈天堂之门〉》。

3日，《小说选刊》第9期发表贾平凹的《关于〈冰炭〉》；何秋生、杜田材的《寻找，沿着流星的轨迹——读〈流星在寻找失去的轨迹〉》；冯立三的《在历史与现实的交叉点上抒写农民命运——读〈桑树坪记事〉(节选)》。

4日，《山东文学》第9期发表姜建国的《他又攀上一级台阶》。

5日，《广西文学》第9期发表李建平的《小说观念演变寻踪》。

《大西南文学》第9期发表晓雪的《三个第一，可喜可贺——读三个少数民族作者的三部中篇处女作》；岳徒的《别有天地在人间——评中篇小说〈荒火〉》。

《中国西部文学》第9期发表黎辉的《文学：斯芬克斯之谜》。

《文学报》发表蔡葵的《〈天堂之门〉的美学追求》；向椿的《攀高枝的世俗相——读中篇小说〈虬龙爪〉》。

《文学月报》第9期发表碧野的《〈桃花源新记〉序》；冯健男的《周立波的短篇小说和儿童文学》；专栏“对《少男少女，一共七个》的不同意见”发表李浩的《新观念的渗透——简析〈少男少女，一共七个〉》。

《当代文坛》第9期发表仲呈祥的《故里情深——随沙老还乡五则》；谢宗年的《丹青难写是精神——访〈宫闱惊变〉作者吴因易》；唐跃的《合理顺情和悖理逆情的复杂呈现——张弦小说阅读札记之三》；李元洛的《独特的语法——中国诗歌语言弹性美札记》；汪震国的《散文诗哲理美浅探》；张小鼎的《文坛佳话　文苑奇葩——读〈伸冤〉最初底稿〈一笔糊涂账〉后想到的》；丁道希的《余未人创作散

论》；吴松亭的《一部深沉而厚实的长篇佳作——论秦兆阳〈大地〉的艺术成就》；杨桂欣的《反"左"的投枪和艺术的精品》；牟志祥的《秋末：韵流泻过北美大陆——读〈美国之旅〉》；李墨的《也谈"口述实录"是不是文学——兼与李运抟同志商榷》；李昌华的《远非为〈北京人〉争文学一席地》。

《花溪》第9期发表杨匡汉的《美在空灵——诗美学谈》。

《青海湖》第9期发表蒋国忠的《迟放的鲜花　馥郁的芬芳——评余易木的小说〈也在悬崖上〉》；闻三的《这不是心灵的歌唱——读〈青海湖〉七月号诗作的随想》。

《星火》第9期发表刘兆林、韩瑞亭的《关于军事文学创作的通信》；周崇坡的《浅谈〈序幕〉的人物塑造》。

8日，《书林》第5期发表胡靖的《谈〈云梦断忆〉》。

10日，《文汇月刊》第9期发表谷应的《迟开的白苜蓿——记汪浙成和温小钰》；袁兵的《三毛和她的〈撒哈拉的故事〉》。

《中国社会科学》第5期发表张志忠的《论中国当代文学流派》。

《文学报》发表王瑛的《"同题创作"不宜提倡》。

《北京文学》第9期发表郑万隆的《异乡见闻三篇》；同期，发表罗强烈的《评1984年全国获奖短篇小说的不足》；李清泉的《读〈雪霁〉所感》。

《雨花》第9期发表沈敏特的《也算序文——读〈陈辽文学评论选〉》；倪崇彦的《漫谈储福金小说近作中的男子汉形象》。

《当代文艺探索》第5期发表程麻的《关于文学研究的历史感、目的论和当代性》；杨曾宪的《典型问题系统观》；钟本康的《论人物的性格结构——兼评刘再复的"性格二重组合原理"》；孙绍振的《作家的观察力（上）——〈文学创作论〉第五章第三节》；邹平的《艺术思维的构成及其功能——形象思维新论之二》；许初鸣的《关于文学理论系统的一点设想》；石文年的《马克思的艺术目的论——关于"艺术是目的而不是手段"的思考》；刘志一的《文学是经济的上层建筑吗？——文学本质的美学分析（一）》；夏中义的《论现代派绘画的实验功能》；潘旭澜的《大阪来鸿——关于中国当代文学在日本》；李玲修的《"清水出芙蓉　天然去雕饰"——〈足球教练的婚姻〉的美学追求》；石言的《民歌的营养》；盛子潮、朱水涌的《与友人谈散文诗的主导美学性格》；包泉万的《关于散文创作中的"软化"问题》；阿文的《爱与沉思的结晶——漫谈刘再复近年来的散文诗》；毛乐耕的《漫谈何为散文的艺术意境》;郑文波的《郭风散文诗与中国山水画》;诺贝尔文学奖获得者受奖演说(四篇)。

《诗刊》第9期“诗苑漫步”栏发表吕进的《行云集》,石玉坤的《云里落下笑声》,吴昂的《追寻录》;同期,发表晓渡整理的《开拓新诗批评和研究的新局面——部分在京诗歌评论家、理论家座谈纪要》;吴奔星的《创新与精炼》;罗宗强的《说感情流程》;高洪波的《兵魂与国魂的颂歌——读〈镌刻在焦土上的诗行〉》;乌兰汗的《苏联今日诗歌一瞥》;秦岭的《我想起了我是个矿工——关于〈燃烧的爱〉的构思过程》。

《读书》第9期发表刘再复的《他把爱推向每一片绿叶》;舒芜的《文学批评史首先是文学批评本身的历史》;吴亮的《从文学理论的教条下解放出来》;柳鸣九的《“新小说”派说明了什么》。

12日,《文学报》发表陆士清的《抗日民族解放斗争的光辉记录——日据时期台湾新文学述评》。

14日,《文艺报》第11期发表谢冕的《地火依然运行——近年诗歌的发展》;李国涛的《幽默色调的寻求》(评《一个系统工程学家的遭遇》);北帆的《改革意识深处的历史情性力》(评《金锁链》)。

《中篇小说选刊》第5期发表陆文夫的《给编辑部的信》(《井》创作谈);鲁彦周的《关于〈苦竹溪,苦竹林〉的几句话》;张一弓的《莫名其胡涂》(《流星在寻找失去的轨迹》创作谈);贾平凹的《说〈天狗〉》;张辛欣的《写过的东西》(《封·片·连》创作谈);梁晓声的《〈沿江屯志话〉其人其志》。

15日,《文学评论》第5期专栏“我的文学观”发表黄子平、陈平原、钱理群的《论“二十世纪中国文学”》,李庆西的《论文学批评的当代意识》,贾平凹的《一封荒唐的信》;同期,发表李书磊的《历史与未来的精神产儿——论新时期“青年文学体”》;宋永毅的《当代小说中的性心理学》;谢冕的《断裂与倾斜:蜕变期的投影——论新诗潮》;周政保的《新边塞诗的审美特色与当代性——杨牧、周涛、章德益诗歌创作评断》;肖驰的《〈太阳和他的反光〉的反光——江河新作的民族性独创性》。

《文艺评论》第5期发表陆蔚青的《野地里的荆棘——三毛风格谈》。

《当代文艺思潮》第5期发表禹燕的《女性文学的历史与现状——兼论什么是“女性文学”》;张皓的《从传达信息看报告文学》;曹万生的《由神的膜拜到人的

讴歌——当代文艺思潮断想之一》；张东向的《近年来我国幽默理论研究述评》；管卫中的《西部文学：在西部文化土壤上》；高平的《西部文学——冷静下来思考》；吴方的《寻找文学研究的思维"突破口"——兼论刘再复"人物性格二重组合原理"的方法论意义》；王斌的《文学：当代青年探索的足迹》；滕云的《我们应该有选家》；陈桂林的《学院诗家族中的西部诗》。

16日，《红旗》第18期发表郭瑞的《对农民革命历史的沉思——读长篇小说〈大地〉》。

17日，《作品与争鸣》第9期发表本刊记者的《珍惜文学艺术在社会主义建设事业中的伟大作用——记本刊编辑部召开的关于当前文艺问题的座谈会》；陈昊苏的《勇敢地踏上不平坦的路——读中篇小说〈青年布尔什维克〉》（原载《青年文学》1985年第3期）；郑涵的《新时代的进击者》；成洛的《概念化的人物和情节》（以上二文均原载1985年6月17日《文汇报》，评论作品同上）；游焜炳的《宏大、雄浑、悲壮、深沉的交响曲——〈大林莽〉艺术谈》；晓郭的《我们走不进〈大林莽〉》；陈村的《关于〈大林莽〉的通信》（以上三文均原载1985年4月25日《当代文坛报》）；张汉基的《一篇主题不明确的小说——浅谈陶然的〈天平〉》；陶然的《陶然的信》（原载1984年10月21日香港《文汇报》"文艺"周刊）；琳宇的《关于小说〈天平〉的主题——与张汉基先生商榷》（原载1984年12月16日香港《文汇报》"文艺"周刊）；明月的《谈〈天平〉》（节选自《〈一九九七〉与〈天平〉》一文，原载1984年12月16日香港《新晚报》"星海"文艺周刊，转载标题为本刊编辑所加）；沙水的《〈公牛〉与时代潜意识》；伍然的《对〈《公牛》与时代潜意识〉的质疑》；礼平的《谈谈南珊》；若水的《再谈南珊的哲学》（以上二文均原载1985年6月24日《文汇报》）；何镇邦的《现实主义的深化和丰富——1982—1984长篇小说创作一瞥》；本刊记者的《首都三家刊物开会座谈影片〈代理市长〉》；达欣的《"报告小说"的名目能否成立通行?》；敬达的《"口述实录"体作品是不是"文学"?》。

19日，《文学报》发表贺国璋的《史诗效果的探求——周梅森系列中篇小说试探》；张守仁的《交响乐式的小说——读长篇小说〈亚细亚瀑布〉》。

《光明日报》发表王蒙的《也说主体——文学偶拾之一》。

《青年文学》第9期发表孙武臣的《生活流动中的心灵醒悟——读〈在马贩子的宿营地〉》。

20日，《小说评论》第5期发表唐达成的《短篇小说六年来发展的轮廓——

〈中国新文艺大系(1976—1982)·短篇小说集〉导言》;林焱的《论纪实小说》;高洪波的《又是一年春草绿——八四年儿童文学漫谈》;程德培的《诗意的光亮 叙事的河床——评何立伟短篇创作的艺术》;钟本康的《成一小说的艺术追求》;曾镇南的《伊犁;失去诗的诗人心中的诗——读王蒙〈在伊犁〉系列小说》;景国劲的《独特而深沉的命运交响诗——郑义中篇小说〈远村〉赏析》;李健民的《赋予题材和人物丰富的内蕴——评贾平凹的中篇新作〈远山野情〉》;陈望衡的《人和自然关系的美学思考——兼评〈迷人的海〉、〈北方的河〉》;胡宗健的《也谈何士光的创作变化得失——与雷达同志商榷》;张炜的《给雷达的一封信》;赵熙的《写出人民的力——读〈不平静的河流〉致任士增老师》;任士增的《致赵熙同志》;广种的《一部贴近时代和现实的作品——读〈一个系统工程学家的遭遇〉》;张侯的《不同的追求与抉择——读郑义的〈老井〉》;一评的《读张曼菱的〈北国之春〉》;理晴的《小说典型问题的几点思考》;郃尚贤的《〈党委书记〉的启示》。

《福建戏剧》第5期发表陈伟华的《压不扁的玫瑰花——台湾作家杨逵和他的剧作〈牛犁分家〉》。

21日,《文艺报》第12期发表《散文要更加热情地关注当代生活》;曾镇南的《黑色的魂与蓝色的梦——韩少功的三篇近作》(评《爸爸爸》、《归去来》和《蓝盖子》);李国文的《雄伟的四化交响曲》;专栏"关于文学寻'根'问题的讨论"发表刘梦溪的《文化意识的觉醒》,王东明的《文化意识的强化与当代意识的弱化》,仲呈祥的《寻"根"与世界文化同步发展》。

《文艺研究》第5期发表陈涌的《关于世界观和创作》;谢冕的《诗美的嬗替——新诗潮的一个侧影》;杨匡汉的《缪斯的空间:一个诗学空间》;孙绍振的《诗的审美直觉的误差和审美感觉的更新》;盛子潮、朱水涌的《抒情诗的情感结构和几种物化形态》;张同吾的《新时期诗美观念的发展》;颜翔林的《艺术的梦话美》;陶济的《关于意识流文学的哲学评价》;朱辉军的《潜意识与创作》;黄健中的《〈黄土地〉的艺术个性》;刘帼君的《电影表演中的下意识》。

22日,《文学知识》第9期发表辛若玉的《用笔蘸着血写成的壮美诗篇——读〈山中,那十九座坟茔〉》。

23日,《人民日报》发表韩瑞亭的《朱春雨和他的〈山魂〉》。

《深圳特区报》发表宋治瑞的《香港的儿童文学:刘厚明谈访港观感》。

23—27日,中国作家协会创作研究室与作协辽宁分会在丹东召开中篇小说学术研讨会(1985年10月17日《光明日报》)。

25日,《当代作家评论》第5期发表王绯的《探寻自己的路——航鹰的伦理道德系列篇评析》。

《台港与海外华文文学》创刊号出版,除试刊号中秦牧和萧乾的文章重发外,增发杨越的《话说海外华文文学这朵花》;忠扬的《马来西亚华文小说家方北方》;李成的《历史学家的本色——访唐德刚教授》;文洁若的《狮城盛会——记新加坡第二届金狮奖评奖及第二届国际华文文艺营》。

《清明》第5期发表静文的《小说创作的新收获——中篇小说〈空地〉讨论会纪要》。

《花城》第5期发表陈惠芬、陈素琰、刘思谦、盛英、牛玉秋、吴宗蕙的《拓展新的思想和题材空间——女性评论家笔谈第二届"〈花城〉文学奖"获奖作品》。

28日,《文艺报》第13期发表王汶石的《播种在中国的土地上》;舒芜的《作家·学问·作品》;杨旭村的《读〈流星在寻找失去的轨迹〉》;许达然的《台湾散文谈》。

30日,《台湾研究集刊》第3期发表徐杰的《白先勇短篇小说的抒情特色》;潘亚暾的《"牺牲是为了爱"——评台湾诗人杨牧的诗剧〈吴凤〉》。

本月,《山西文学》第9期发表李国涛的《读同题小说〈晨雾〉札记》。

《文学》第9期发表苗振亚的《读魏强作品记》。

《红岩》第5期发表翟大炳的《一个被打开的封闭世界——兼谈张洁小说中年知识妇女的描写艺术》。

《语文导报》第9期发表吴秀明的《新时期十部长篇历史小说评介(上)》。

《百花洲》第5期发表康濯的《读古华文论有感》;程麻的《从〈绿化树〉说到历史题材的美学升华问题——〈唯物论者的启示录〉启示之一》。

《柳泉》第5期发表夏放的《关于爱情和人生的思索——〈涅槃〉读后》;吴国光的《美丽的、热烈的、深沉的——评〈古老的东方有一条龙〉》;蒋文军的《当代青年的榜样——评中篇小说〈真诚〉中叶晓茵的形象》。

"中国之灵魂——中国银河星座"中国诗朗诵会在法国巴黎举行(《诗刊》第11期)。

《今日中国》第9期发表王兰的《"祖国的变化太大了!"——访旅美台湾作家陈若曦》。

《福建文学》第9期发表巴桐的《谈谈闽籍旅港作家群：在深圳与福建作家代表团座谈的发言》。

《深圳大学学报(人文社会科学版)》第3期发表郑虹的《灵魂的裂变　自我的挣扎——试论台湾女作家欧阳子小说的人物心理》。

本月，黄河文艺出版社出版陈鸣树、刘祥发编的《胡风论鲁迅》。

湖南人民出版社出版周扬著，缪俊杰、蒋荫安编的《周扬序跋集》。

北岳文艺出版社出版黄修己编的《赵树理研究资料》。

海峡文艺出版社出版《台湾香港文学论文选——全国第二次台湾香港文学学术研讨会论文集》。

本季，《文艺理论研究》第3期发表王晓明的《关于批评方法的意见》。

10月

1日，《小说导报》第10期发表王绯的《航鹰的创作趋向》；金健人的《视点方位与视点人物》。

《上海文学》第10期发表南帆的《论小说的情节模式》；孟悦、季红真的《叙事方法——形式化了的小说审美特性》；肖建国的《一点想法》(创作谈)。

《北方文学》第10期发表吴腾凰、杨连成的《海外的乡音——喜读赵淑侠女士长篇小说〈我们的歌〉》。

《东海》第10期发表李下的《人情和原则之间的痛苦抉择——读小说〈海地〉》；行人的《生活的信息与文学的反馈》。

《西藏文学》第10期发表于默的《金塔的启示——读益希丹增的中篇小说〈金塔〉》；鄢玉兰的《他，一颗闪烁的星——评〈极地素描〉中俄珠多吉的形象》；抒华的《关于"西部文学"的一点成见》；单超的《中国西部文学纵横谈》。

《作品》第10期发表杨嘉的《关于〈何直教授〉》。

《作家》第10期发表纪众的《非性格小说与非性格人物》；阮温凌的《心灵奥

秘在对比艺术中揭示——〈能量热量力量奏鸣曲〉人物浅析》。

《青年作家》第10期发表高尔泰的《〈绿化树〉印象记》。

《青春》第10期发表秋实的《用自己的眼睛认识世界——〈舞厅外的少女〉》；曼生的《一首清丽的诗——〈诗的故事〉点评》；周嘉华的《访作家浩然》。

《萌芽》第10期发表方克强的《孙颙和他笔下的“我”》。

《散文》第10期发表叶公觉的《笔谈散文的自然美、社会美、艺术美》。

《滇池》第10期发表奔哥的《云岭之南，“红土诗”派的诞生》；郑海的《我读〈昆明忆旧〉》。

《解放军文艺》第10期发表杨景民的《张泗琪——题材求新　立意求深》；石玉增的《刘林——在时代变迁中写人的命运》；叶鹏的《徐军——在边疆风情美中突出人性美的追述》；黄国柱的《戴俊——致力于军人灵魂世界的探索》；丁临一的《周大新——“军界道德”的评说者》。

3日，《文学报》发表杨匡汉、胡万春的《创作定势与弹性原理》(通信)。

4日，《山东文学》第10期发表徐红兵的《大浪潮在涌现——评〈北海潮〉艺术表现的时代特征》。

5日，《广西文学》第10期发表黄继树、赵元龄、苏理立的《为一代伟人立传——长篇历史小说〈第一个总统〉创造情况》；沙平的《平中见奇　发人深思——评短篇小说〈陡军的后代〉》。

《大西南文学》第10期发表区汉宗的《丰满而深邃的心灵世界——简论汤世杰的小说创作》。

《文艺报》第14期发表冰心的《我注意寻看王安忆的作品》；姜明德的《散文的哲理》；缪俊杰的《愿文学更贴近时代》。

《文学月报》第10期发表李元洛的《〈巨鸟〉三羽》；韩罕明的《话说〈话说老温其人〉》；胡宗健的《浅论韩少功小说的哲理探索》。

《当代文坛》第10期发表胡德培的《漫话〈春天的雾〉——祝艾老有一部长篇新作的出版》；吴欢章的《巴金〈随想录〉的艺术境界》；艾芦的《论〈大波〉》；吴红的《巴蜀儿女时代情——读国际青年征文四川作者获奖小说》；周良沛的《病中初读〈昨天的悲歌〉小记》；方敬的《读杨永年的诗》；罗良德的《为普通劳动者传神写照——略谈培贵的诗》；郭小东的《评晓剑的长篇小说〈泥石流〉》；何镇邦的《短篇小说艺术的新蹊径——读李国文系列短篇小说〈危楼记事〉》；基亮的《严峻深沉

的文化反思——浅谈韩少功的中篇〈爸爸爸〉及当前的"文化热"流》;叶公觉的《风正一帆悬——读袁鹰的散文》;石天河的《新诗古说——当代意象理论与中国传统诗学之比较研究》;金健人的《人物形象构成与演变轨迹》;周冠群的《酷似天籁——略说散文的自然美》;毛乐耕的《散文的情趣》;谢明德的《语言的类型和调子——短篇小说艺术探微之七》;杨汝纲的《终篇一问与诗歌形象》。

《花溪》第10期发表刘之侠的《熟悉人物,才能写好人物——读报告文学〈一个"现代人"的命运〉》。

7—12日,中央戏剧学院、北京大学、南京大学等11个单位在京联合召开首次中国话剧文学学术讨论会(《光明日报》10月24日申义的《北京举行中国话剧文学学术讨论会》)。

《星火》第10期发表周劭鑫的《漫谈宋清海的中篇小说》。

7—17日,《北京文学》编辑部在北京举办"中青年作家创作笔会"(《北京文学》第12期)。

10日,《文汇月刊》第10期发表周涛的《张承志这个人》;薛尔康的《挚友——赵丽宏印象记》。

《文学报》发表任光椿的《历史小说创作要出新》。

《北京文学》第10期发表刘再复、张德林的《关于"性格二重组合原理"的通信》;胡德培的《要有"超越自我"的精神境界》;张建设的《山川壮美　爱国情深——晏明的新山水诗》。

《光明日报》发表王蒙的《社会性不是文学之累——文学偶拾之二》;石玉增的《崇高悲壮的美学风格——读中篇小说〈凯旋在子夜〉》。

《诗刊》第10期以"深切悼念田间同志"为总题,发表臧克家的《为诗你呕心五十年——悼老友田间同志》,严辰的《怀跋涉者——悼田间同志》;同期,发表唐晓渡的《永远带着这片波涛——〈江河海协奏曲〉读后》;朱先树的《〈初步的收获〉读后》;北新的《他们将走向成熟——读〈校园下着太阳雨〉中的两组诗》。

《读书》第10期发表陈平原、黄子平、钱理群的《"二十世纪中国文学"三人谈·缘起》;乐黛云的《比较文学的名与实》;李陀的《概念的贫困与贫困的批评》;启功的《读〈静农书艺集〉》;洁泯的《要有新型的批评风度——兼谈李子云评论集〈净化人的心灵〉》;林大中的《一个人生探索者的记录——读〈三毛作品选〉》;路翎的《〈七月〉的停刊——纪念胡风逝世》。

《文汇月刊》第10期发表方仁念的《一个真诚的爱国作家——陈若曦印象》。

12日,《文艺报》发表洪铭水的《乡土文学论战后的台湾小说界》。

14日,《人民日报》发表滕云的《航鹰近作印象》。

14—20日,中国艺术研究院外国文艺研究所和华中师范大学在武汉联合召开文艺学方法论学术讨论会(11月28日《光明日报》朱丰顺的《马克思主义哲学方法论和各学科研究方法的统一性——武汉文艺学方法论学术问题讨论会纪要》)。

17日,《文学报》专栏"关于'同题创作'的讨论"发表徐燕平、夏炜的文章;同期,发表潘亚暾的《香港的乡土作家——夜访舒巷城》。

《光明日报》发表林默涵的《文学仅仅是一面镜子吗?》;曾镇南的《生才是严峻的——读〈来到人间〉》。

《作品与争鸣》第10期以"关于通俗文艺的讨论"为总题,发表陈俊涛的《区别与提高——关于〈东方美人窟〉并通俗文学问题》,本刊记者的《对〈东方美人窟〉的不同评价》(本文资料多引自《湖南文艺界》1985年第1期卞季整理的《关于〈东方美人窟〉》一文);同期,发表成志伟的《把镜头对着现实生活——纪实小说〈5·19长镜头〉读后》;王凌洁的《〈大众电影〉〈北京晚报〉讨论〈红衣少女〉》;西龙的《〈安妮丝之谜〉的朦胧美》;智珠的《莫名其妙的〈安妮丝之谜〉》;肖廉的《马儿驮着什么——给刁铁英同志的一封信》(原载《中国西部文学》1985年第6期);李府城的《"坎达拉"的寓言》(原载《中国西部文学》1985年第6期,评论作品同上);徐双喜的《仅仅因为维纳斯、缪斯是外国人吗?——论畅建康同志小说〈惑〉》(原载《城市文学》1985年第7期);张锐峰的《呼唤人性的复苏——读畅建康同志小说〈惑〉》(原载《城市文学》1985年第7期);陈凯的《教师形象不容丑化》(原载《教师报》1985年5月15日);李星的《艺术真实不等于生活真实——关于小小说〈评选〉的评价问题》(原载1985年6月2日《教师报》);丁丁的《读〈一个女人的悲剧〉》;钟文的《活着,但要记住——读〈一个女人的悲剧〉有感》(以上二文均原载《科学文艺》1985年第3期);本刊记者的《见仁见智　相互切磋》;范卫宏的《大学生座谈〈傍晚敲门的女人〉》;达欣的《〈鸭绿江〉继续探讨〈主人〉》;吴瑞庭的《〈电影文学〉就电影与文学的关系继续展开争鸣》。

19日,《解放日报》发表王晓鸥的《长篇小说何处去》。

20日,《人民文学》第10期发表贾平凹的中篇小说《黑氏》;同期,发表郭风的

《屏南随笔》。

《当代》第5期发表顾言的《从“假托性”构思法谈开去——答某同志》；费良琼的《树的联想》；罗强烈的《创造自己的批评世界》；秦兆阳的《〈啊，昆仑山！〉读后感》；李昕的《蓄满生活之水的深井——读中篇小说〈老井〉》。

22日，《文学知识》第10期发表黎辉的《农村题材创作的新收获——略谈〈流星在寻找失去的轨迹〉》。

26日，《文艺报》第17期发表潘凯雄的《从思索走向行动——关于张炜新作〈秋天的愤怒〉的联想》；《四化建设第一线的歌手——记上海文学创作的一支生力军》。

28日，《人民日报》发表秦牧的《打开世界华人文学之窗》。

29日，《文汇报》发表唐弢的《当代文学不宜写史》。

本月，《山西文学》第10期发表席扬的《张平的家庭系列小说》；李德义的《灵感随想》。

《中国》第5期以“笔谈通俗文学问题”为总题，发表丹晨的《实事求是地看待所谓“通俗文学”》，张炯的《关于通俗文学的地位和方向》，何镇邦的《浅谈通俗文学的审美特征》，谢明清的《通俗文学也是党的文学事业》，秦似的《从艺术说到魔术》，李忆民的《凡尔纳的启示》，段更新的《通俗文学与欣赏趣味》；同期，发表王若望的《开始了向愚昧的挑战——评王家斌作的〈背尸人〉》；谢永旺的《读〈神州儿女〉》。

《名作欣赏》第5期发表魏威的《以实写虚，以鸟衬人——赵本夫〈绝唱〉赏析》；杨然的《神思纵横吟苦瓜——余光中〈白玉苦瓜〉赏析》。

《语文导报》第10期发表吴秀明的《新时期十部长篇历史小说评介（下）》。

《特区文学》第5期发表陈国凯的《读三篇新人新作想到的》。

《福建文学》第10期发表李丕显的《文学独创性随想》；郭风的《我何以喜欢他们的小说——读袁和平、唐敏二同志作品的断想》；王汶石、周矢的《关于小说〈鱼汤秘方〉的通信》。

《当代文学研究资料与信息》第10期发表武治纯的《台湾两大报一九八四年文学奖简介》。

本月，人民文学出版社出版周扬的《周扬文集（第二卷）》。

上海文艺出版社出版蒋子龙的《不惑文谈》。

安徽文艺出版社出版刘湛秋的《抒情诗的旋律》。

海峡文艺出版社出版《中国当代文学研究资料丛书》编委会编辑，王兴平等编的《曹禺研究专集(下)》。

江西人民出版社出版《中国当代文学研究资料丛书》编委会编辑，陈公仲、吴有生编的《吴祖光研究专集》。

浙江文艺出版社出版程德培的《小说家的世界》。

11 月

1 日，《小说导报》第 11 期发表刘梓钰的《也谈社会主义通俗小说的特性》。

《小说林》第 11 期发表张钟的《探求者的文学——张承志小说漫笔》；和谷的《遥远的路——青年作家路遥剪影》。

《上海文学》第 11 期发表陈村的《赘语》(创作谈)；李庆西的《大自然的人格主题》；黄子平的《得意莫忘言》；杨文虎的《创作与遗忘》；贺兴安的《可曾注入自己的生命?》；贾平凹的《四月二十七日寄友人书》。

《长江》5、6 期合刊发表杨贵云的《洪水启示录》(创作谈)；杨匡汉的《徐迟的美学之树》。

《北方文学》第 11 期发表曾镇南的《哦，这一片文学的草甸子——读〈北方文学〉散记》。

《西藏文学》第 11 期发表李雅平的《西藏：西部文学的圣地》；唐展民的《西部——西部精神——西部文学——西藏文学》；李海平的《读〈降神〉》。

《作品》第 11 期发表黄虹的《读沈仁康的〈诗意美及其他〉》；蔡运桂的《他们应该离婚——读中篇小说〈分居之后〉》。

《作家》第 11 期发表吴亮的《我看德培这个人》；程德培的《结构：作为一种现实的态度——评王安忆小说近作的结构艺术》；毛时安的《对死亡的超脱和征服自然的代价》。

《青年作家》第11期发表胡德培的《锲而不舍——从艾芜修改〈春天的雾〉谈起》;以“关于小说《倪慧》的讨论”为总题,发表罗微的《它在哪里失误的——读〈倪慧〉》,毛锡茂的《在申张正义的幕后——谈倪慧》,张忠富的《效果和意图为什么相矛盾》。

《青春》第11期发表陈骏涛的《寻“根”,一股新的文学潮头》;刘舰平、聂鑫森的《关于寻根、楚文化及出新——刘舰平与聂鑫森的通信》。

《奔流》第11期发表李书磊的《赠与者的贫困——关于文艺批评的随想》。

《萌芽》第11期发表柯平的《对当代抒情诗的一点思考》;高应品的《走向世界的新一代作家——蒋子龙及其作品在国外》;崔道怡的《回忆过后是深思——〈黄昏的回忆〉读后》;陈晓东的《从狭路上走出豁口——读〈雪线下的烈焰〉有感》。

《解放军文艺》第11期以“短篇小说艺术谈”为总题,发表盛英的《写实与象征》,韩瑞亭的《求深意　务空灵》,赵鹰的《灵眼、灵神与灵手》。

《钟山》第6期发表梦花的《探索·痛苦·希望——评陈若曦创作的三个阶段》;陈若曦的《谈谈〈远见〉的男主角》。

2日,《文艺报》第18期发表吴秀明的《认识的深化和审美意识的觉醒——谈近年历史小说创作的两个新走向》;白崇人的《读〈系在皮绳扣上的魂〉断想》;钟云声的《军事文学的思虑》;梅朵的《一得之见》;杜元明的《“我们需要结实的批评家”——张天翼创作历程的启示》。

3日,《小说选刊》第11期发表雷达的《他们没有错——读〈阴差阳错〉所想到的》;曾镇南的《具有深层审美价值的笑——读〈冬天的话题〉》;尤凤伟的《关于〈山地〉》。

《报告文学》第11期发表吴国光的《知识分子的两种悲剧》。

4日,《山东文学》第11期发表袁忠岳的《李贯通小说的寻根意识与批判意识示踪》。

5日,《广西文学》第11期发表张兴劲的《迈向表现真实人生的这一步——漫议张仁胜的小说创作》;钟本康的《漫话小说的艺术氛围》。

《大西南文学》第11期发表刘福的《不熄的生命之火——简评中篇小说〈白色的火焰〉》。

《文学自由谈》(双月刊)创刊,天津市文联主办,主编冯骥才、腾云,副主编方伯敬、汪宗元，本期以“文学自由思议”为总题，发表弋兵的《自由絮语》，鲍昌的《创作自由之路——在西柏林中德作家会晤时的发言》，汪宗元的《马克思主义与文学自由》，思效的《“文学自由”与“党的文学”》，夏康达的《创作自由的新鲜感》；以“作家四人谈”为总题，发表蒋子龙的《自由的生命是真诚》，郑万隆的《文学需要什么》，李陀的《“雅俗共赏”质疑》，张辛欣的《要不要顾及读者》；以“评论的艺术”为总题，发表鲁枢元的《我所评论的就是我》；以“文学论说一家言”为总题，发表张兴劲的《当代短篇小说观念：从开放走向放大》，谢冕的《极限与选择：历史沉积的导向——论新诗潮》，王绯的《当今荒诞品格小说探微》；以“接受与阐释”为总题，发表冯立三的《黄治先形象臆想——读〈归去来〉》，邑弓的《在眼熟与陌生的背后——〈归去来〉探谈》，李洁非、张陵的《“小鲍庄”与我们的“理论”》，何镇邦的《是独创的，但不完美——谈〈钟鼓楼〉艺术探索的得失》，胡永年的《选择：在时代所提供的“空地”面前——读中篇小说〈空地〉》；同期，发表孙绍振的《把人物感情放在试管里作动态检验》；陈辽的《谈文艺发展战略》；丹晨的《困扰着世人的》；黄子平的《关于癞蛤蟆先生和蜈蚣小姐的一些传闻》；子干的《眼睛·耳朵·有心人》；吴亮的《阅读心理和人性——艺术家和他友人的对话》；钟铭钧的《艺术的思辨三题》；张春生的《批评观念需要更新》；吴若增的《民族心理与现代意识》；[苏]米·肖洛霍夫著、谭思同译的《遵照心灵的指示》（外国作家谈创作）；赵玫的《别迷失了你自己——我所看到的刘索拉》。本刊1990年至1996年改为季刊，1997年恢复为双月刊。

《中国西部文学》第11期专栏“西部文艺研讨会发言选登”发表顾骧的《西部文学：西部作家的个性追求》，王愚的《从历史运动中把握现实》，张越的《漫谈西部文艺的多民族性》，高平的《关于西部文学的思考》。

《文学月报》第11期发表朱日复的《矮子贵二形象的“这一个”》；陈村的《关于〈少男少女〉》。

《当代文坛》第11期发表邓仪中的《他找到了自己的方位——论榴红小说的幽默色调》；苏恒的《评马识途笔下的少年形象》；叶潮的《口语化与幽默感——流沙河诗歌艺术探微》；白航的《读李加建的诗》；陈俊年的《他拥有一座风景金矿——〈家住长江边〉代序》；周克芹的《从民族文化生活的层次审视生活》；化石的《要热爱大巴山人民》；克非的《挖掘生活的宝藏》；牛志强的《求新求深》；雁宁的《我的心里话》；谭力的《莫辜负时代和生活》；杨贵云的《从零开始》；李贵的《密

切关注农村的变革》;余广的《愿巴山文学之花更加绚丽芬芳——达县地区青年作者小说创作座谈会侧记》;张红梁的《试论叙事性文学作品创作中的推测——文学创作思维探索之一》;徐岱的《小说与故事》;仲呈祥的《寻"根":与世界文化的发展同步》;刘火的《有感于作家的理论兴趣》;董运庭的《"瞻之在前;忽焉在后"——从艺术看折射于其中的生活》;唐思敏的《重视研究"上帝"的心理——读〈戏剧审美心理学〉引起的联想》;郭风、罗定金的《关于散文诗的通信》;吴光华、马宗启的《历史与时代的悲剧——访〈中原大地〉作者周原》;周小茜的《黔北女儿的欢乐和悲伤——谈李宽定作品中的几个山乡少女形象》;张蚌的《王木通形象简论》。

《花溪》第 11 期发表沈太慧的《不断反思和探索——访李准》。

《星火》第 11 期发表高晓声的《文学创作的几点思考》。

7 日,《光明日报》发表钟惦棐的《评〈一个生者对死者的访问〉》;李清泉的《强化文化意识琐记》。

7—17 日,《北京文学》举办中青年作家创作笔会。

8 日,《书林》第 6 期发表戴厚英、查新华的《文学研究与人的研究》;余斌的《文学评论:方法的更新与多样化》。

9 日,《文艺报》第 19 期专栏"关于文学寻'根'问题的讨论"发表钱念孙的《文学之"根"的多向伸展和寻"根"眼光的扩大》;同期,发表孙荪的《从清浅到深厚——读张宇的〈活鬼〉等近作》;张韧的《超越前的裂变与调整》;石鸣的《应该加强对批评学的研究》;涂光群的《游子的深情——香港女作家夏婕和她的旅游文学作品》。

10 日,《文汇月刊》第 11 期发表唐纪的《金河剪影》。

《北京文学》第 11 期发表本刊根据录音整理的《不断创新——本刊举行座谈会探讨部队文艺创作》;洪子诚的《诗的"出路"》。

《雨花》第 11 期发表吴调公的《乡土之美　淳朴之情——读凤章散文集书感》。

《当代文艺探索》第 6 期发表何西来的《一九八四年〈中国文学研究年鉴〉前言》;林兴宅的《〈文艺研究新方法论〉序》;黄子平的《通往不成熟的道路——〈谢冕文学评论选〉序》;王晓明的《宽容与自信》;吴亮的《批评:干预还是参与——艺术家和他友人的对话》;谭华孚、张兴劲的《科学方法与科学态度》;程文超的《〈祖母绿〉的参照物》；周政保的《〈铁床〉负载着严峻的人生》；叶芳的《〈老马〉：孤独的世界》；韩建芬的《从新时期小说看妇女精神上的追求》；金燕玉的《论知青作家群——当代作家群考察之二》；张颐武的《崇高的文化价值的再造——新诗潮的意义》；刘湛秋的《新诗要透露新的价值观和新的感情——兼回答唐汉同志》；周佩红的《时代感召下的飞跃——评〈会唱歌的鸢尾花〉兼与周良沛同志商榷》；陈圣生的《卞之琳诗艺初探——抒情诗与音乐、戏剧和小说的联系举隅》；李洁非、张陵的《复古论——新时期文学理论问题的未来学思考之二》；蔡翔的《当代小说中的忧虑意识》；郑万隆的《杂记三题》；李联明、陈晓明的《也论文学中的"真"——兼与林岗同志商榷》；孙绍振的《作家观察力（下）——〈文学创作论〉第五章第三节》；张德林的《"视角"的艺术——小说艺术谈》。

《诗刊》第11期以"诗歌研究方法笔谈"为总题，发表黄子平的《"沽"诗和"悟"诗》，杨匡汉的《批评主体和开放意识》，程代熙的《一元化和多样化》，严迪昌的《诗歌研究方法散论》，吴思敬的《用心理学的方法追踪诗的精灵》；同期，发表金乐敏的《论臧克家的诗美》；李瑛的《答问十题——答诗刊社全国青年诗歌刊授学院问》；丁国成的《选家与诗家》；文有仁的《访波兰〈诗刊〉总编辑、著名诗人德罗兹多夫斯基》；史平的《"中国之灵魂"——法国举办中国诗朗诵会》。

《读书》第11期"评论的评论"栏发表高尔泰的《为"社会学的"评论一辩》；同期，发表何新的《当代文学中的荒谬感与多余者——读〈无主题变奏〉随想录》；陈丹燕的《〈皮皮鲁全传〉的思考特征》；陈平原、黄子平、钱理群的《"二十世纪中国文学三人谈"·世界眼光》。

12日，《文艺报》发表吴秀明的《认识的深化和审美意识的觉醒——谈近年历史小说创作的两个转向》。

《文汇报》发表晓诸的《当代文学应该写史》。

14日，《中篇小说选刊》第6期发表冯骥才的《关于〈感谢生活〉与苏联汉学家的通信》；蒋子龙的《著书不为丹青误》（《阴差阳错》创作谈）；谌容的《关于〈散淡的人〉》；映泉的《关于"下部"》（《桃花湾的女儿们（下）》创作谈）；赵大年的《三十年后》（《"二七八团"》创作谈）；顾笑言的《关于原野的记忆》（《记忆中的原野》创作谈）；肖马的《并不规则的组合》（《晚宴》创作谈）。

《光明日报》发表王蒙的《观念与本体——文学偶拾之三》。

15日，《文学评论》第6期发表王蒙的《读评论文章偶记》；刘再复的《论文学的主体性》(1986年第1期续完);贺兴安的《刘宾雁:拨开云雾、现其真相的勇士》;韩石山的《且化浓墨写青山——漫评贾平凹的中篇近作》;刘登翰的《会唱歌的鸢尾花——论舒婷》;苏丁、仲呈祥的《论阿城的美学追求》;刘谌秋的《他在荒原上默默闪光——〈昌耀抒情诗〉序》;林非的《散文研究的特点》;专栏"我的文学观"发表南帆的《文学的世界》,张承志的《美文的沙漠》;专栏"论坛"发表王晓明的《对一种缺陷的反省》。

《当代文艺思潮》第6期发表李洁非、张陵的《什么不是悲剧?——新时期文学的未来学断想之一》;盛子潮、朱水涌的《新时期小说中象征的破译和审美意义》;龙长顺的《论当代农民意识的历史优化——关于农村题材创作的思考》;吴秉杰的《新时期小说艺术的多样化趋势初探》;刘再复的《圆形人物观念与典型共名观念》;王永贵的《论文学对人类经验的定向揭示》;徐岱的《对人类艺术需要的立体透视》;杨林山、曾少祥的《叙事艺术的三级跳》;贾春峰的《振兴西部文艺:开发西部的子系统工程——贾春峰同志致本刊编辑部谢昌余同志的信》;陈德宏的《西部文艺:寻求突破面向未来的旗帜——记第一次"中国西部文艺研讨会"》;曹剑的《寻找绿色的世界——林染其诗其人》;孙豹隐、鱼乡的《意浓情茂的生活画卷——读王蒙系列小说〈在伊犁〉一至六》;古远清的《为了"西部诗歌"的繁荣》;徐金葵的《文学研究新探索得失漫议》;周始元的《"新"新批评》。

16日,《文艺报》第20期发表王愚的《文学在较深层次上的开拓》;刘美贤的《文学期刊的个性》;黄重添的《台湾新生代作家的崛起》。

17日,《作品与争鸣》第11期发表黄秋耘的《人兽之间——读〈沙狐〉的断想》;梁光弟的《使千秋万代永远崇高——电视剧〈四世同堂〉观感》;成志伟的《抗战历史的一面明镜——谈电视连续剧〈四世同堂〉的时代精神》;文通的《中宣部文艺局召开座谈会称赞电视连续剧〈四世同堂〉》;贾捷的《关于〈水与火的交融〉》;汪宗元的《悲剧的终结和喜剧的开端——读〈水与火的交融〉》;张元成的《农村需要更多的陈自强式人物——也谈〈水与火的交融〉》;韩志君的《新的生活 新的人物——读〈水与火的交融〉》(原载《朔方》1985年第7、8期);艾友琴的《不同凡响的新篇》;华玉章的《一篇有害的小说》(以上二文均原载《文学月报》1985年第6期,评《少男少女,一共七个》,作品原载《文学月报》1985年第4期);徐晓阳的《潜力的律动——读〈黎明印象〉》;鲁伟的《我的看法》(评作品同上);崔克明的《模糊而破碎的印象》(评作品同上);建之的《我对〈黎明印象〉的印象》;叶静的《〈黎明印象〉之我见》；叶青的《何必这样》（评作品同上）；何钊的《浅谈诗的分行——读〈黎明印象〉的印象》；王文的《对电视连续剧〈命运〉的讨论综述》；安东的《〈当代文艺思潮〉对“西部文学”的讨论综述》；章言的《关于“西部诗歌”的评价》；叔英的《关于“西部电影”的争鸣》；清的《“话剧面临‘危机’吗”的讨论》；黄郇的《毁誉不一的话剧〈野人〉》；赵铁信的《关于民间文学特征等问题的争论》；章珊的《模仿与独创》。

19日，《青年文学》第11期发表雷达的《从风俗洞见精神的迷失——读〈滚单鼓的老人〉》。

20日，《小说评论》第6期发表周政保的《军事题材小说的审美价值》；曲选、卢珺的《小说创作中新人天观的出现——评〈蛤蜊滩〉〈树王〉》；半知的《增强拓宽意识　推进长篇创作——陕西长篇小说创作促进座谈会纪要》；李星的《大山的沟回——读阿城的〈棋王〉〈孩子王〉〈树王〉》；张奥列的《现实的内容　浪漫的色彩——喜读长篇小说〈天堂之门〉》；何镇邦的《瑰丽的色彩　刚健的风格——简评长篇小说〈盲流〉》；王炳根的《军事文学的艺术魅力》；孙豹隐的《喀喇昆仑神魄的颂歌——评唐栋的冰山题材创作》；管卫中的《蝴蝶总是要跟它的蛹决裂的——读景风晚近的小说》；莫若言的《硝烟中的慷慨悲歌——〈凯旋在子夜〉读后》；水天戈的《又一代知识分子的心曲——〈散淡的人〉读后随笔》；一评的《愤怒后的思索——读张炜〈秋天的愤怒〉》；白烨的《当代小说的热情歌者——谈侯金镜的小说评论》；王汶石的《关于乡土文学创作的一封信——给周矢》；周矢的《致王汶石同志》；李运抟的《饮食后面的心灵——略谈阿城小说中描写人之饮食的意蕴》。

《花城》第6期发表李炳银的《论赵本夫和他的小说》。

《南京大学学报（哲学社会科学版）》第4期发表董健的《历史的转折与戏剧的命运——从中国现代戏剧史看今天的戏剧危机》。

《学术研究》第6期发表李标晶的《茅盾在香港的文学活动》。

21日，《文艺研究》第6期发表赵园的《论张天翼小说》；朱寨的《胡风的文艺批评》；吴亮的《〈小鲍庄〉的形式与涵义——答友人问》；张志忠的《贾平凹的创作：渐进与跳跃》；罗强烈的《关于阿城小说的三点思考》；吴方的《〈冈底斯的诱惑〉与复调世界的展开》。

《光明日报》发表丹晨的《历史文化形态与现代意识》；何西来的《命运和历史

的一曲悲歌——读〈邵燕祥抒情长诗集〉》。

《文学报》发表《香港儿童文学现状如何？希望大陆文学界给予支持》；白国良的《允许存在，不必提倡：与香港武侠小说家梁羽生一席谈》。

22日，《文学知识》第11期发表夏炜的《掌握闹的旋律——〈你别无选择〉得失谈》；周绍华的《这是一匹脱缰的马——读〈你别无选择〉》；何彧的《我们都别无选择——读〈你别无选择〉》。

23日，《文艺报》第21期发表孔凡青、刘思谦的《多样化：小说发展之大趋势》。

25日，《清明》第6期发表贾平凹的《读〈还阳草〉的笔记》；贺光鑫的《且说"形象的猎取"》。

28日，《光明日报》发表李书磊的《乡土观念的弱化与强化——评从〈人生〉到〈老井〉的主题变迁》。

《外国文学》第11期发表李辉、张辛欣的《典型、荒诞及其他——关于〈北京人〉、〈封·片·连〉的通信》。

《文艺评论》第5期发表陆蔚青的《野地里的荆棘——三毛风格谈》。

30日，《文艺报》第22期发表铁凝的《想起阿尔那张床》；张佳邦的《丁玲的〈旅美散记〉》；公刘的《留下了一大思索的空地——推荐陈小初的〈空地〉》；黄修己的《漫谈我国现代小说形态的变化》；陈小初的《思想是生活的灵魂——〈空地〉创作意识片断》。

本月，《十月》第6期发表曾镇南的《释〈野人〉——观剧散记》；朱子南的《新的探索——全方位报告文学——评陈祖芬的〈挑战与机会〉、〈论观念之变革〉、〈全方位跃动〉》。

《山西文学》第11期发表张颐武的《中国农民文化的兴盛与危机——对二十世纪文学一个侧面的思考》；胡正的《〈丢失的长命锁〉序》；韩石山的《他超越了自己——评田东照的小说创作》。

《名作欣赏》第6期发表叶橹的《声情并茂的叙事乐章——刘谌秋〈最后的谢幕〉赏评》。

《红岩》第6期发表仲呈祥的《祝贺之余的思考——读我省荣获"国际青年征文奖"的四篇小说》。

《柳泉》第6期发表陈宝云的《淘尽黄沙始见金——谈中篇小说〈黄沙〉有

感》；卫卫的《〈山中，那十九座坟茔〉得失谈》。

《福建文学》第11期发表叶公觉的《亭亭净植　香远益清——读〈福建文学〉一九八五年"散文专号"》；陈纾的《人的精神世界的画像——谈张洁小说的心理描写》。

12月

1日，《小说林》第12期发表胡宗健的《小说中的哲理思考》。

《上海文学》第12期发表何立伟的《酒后》（创作谈）；罗强烈的《简化——一种由繁到简和由简到繁的艺术运动——读郑万隆的短篇近作随想》；王鸿生的《叶文玲和她的"命运女神"》；龚平的《伦理题材中的非伦理因素——谈航鹰的四部中篇小说》；王斌的《陈世旭小说漫谈——从〈小镇上的将军〉到〈小说两题〉》。

《北方文学》第12期发表高洪波的《孙少山的世界——读孙少山的短篇小说》；何志云的《我来猜猜孙少山》。

《东海》第12期发表潮清的《浙东十天的启迪——〈风景路上〉后记》。

《西藏文学》第12期发表王艾生的《赤子之心　秋鹰之眼——浅评刘宾雁的报告文学》。

《作品》第12期发表黄培亮的《殷勤为折一枝归——章以武小说集〈应召女郎之泪〉序》；向彤的《特区的新人——读〈淡绿色的窗幔〉》。

《青春》第12期发表胡宗健的《叶梦和她的梦》；董健的《从全球角度看红卫兵问题——谈中篇小说〈香港十字街头〉》。

《奔流》第12期发表曾凡的《漫话文学的丰富与发展》；郑克西的《有感于不该虚构的虚构》。

《萌芽》第12期发表王富仁的《人物的道德判断、社会判断和人性判断》；魏威的《并非无前因的顿悟——王兆军的小说创作及其田家祥的人物形塑》。

《滇池》第12期发表陈定謇的《对当前武侠作品热的思考》；蔡毅的《褒耶，

贬？喜乎，忧？》（评通俗文学）；郑凡、郑海、启耀的《沉重的土地　沉重的思索——黄尧小说漫评》。

《解放军文艺》第12期发表雷达的《徐怀中风格论》；张志忠、陆文虎、彭吉象的《生活的强化与艺术的强化——近年军事题材中篇小说结构艺术短论》。

2日，《文汇报》发表施蛰存的《当代事，不成"史"》。

3日，《小说选刊》第12期发表王愿坚的《催人泪下，发人深思——中篇小说〈海地〉欣赏随笔》。

4日，《山东文学》第12期发表任孚先的《矫健小说创作的爆发力》；黄国柱的《力度、深度、分寸——从〈黑马〉看王中才小说审美品格的变异》。

5日，《广西文学》第12期发表蒋述卓的《"百越境界"与现代意识——也来思考〈花山文化〉与我们的创作》；蒙海宽的《但愿这只是一个传说——对〈黑水河〉的感知》；陈实的《黑水河的启示》。

《大西南文学》第12期发表张长的《答陈达专》；赵捷的《提炼》（创作谈）。

《文学月报》第12期发表胡代炜的《独特·清新·逼真》；张新奇的《序〈面对空阔而神秘的世界〉》。

《中国西部文学》第12期发表孙克恒的《时代的、地域的、新文化意识的多面晶体——中国西部文学散论》；梦真的《西部文学意味着什么?》。

《当代文坛》第12期发表吴方的《文学认识论变革前沿的思考》；张德祥的《从痛苦中看历史的进步与人的提高——读〈河魂〉》；晓华、汪政的《〈小鲍庄〉的艺术世界》；傅子玖的《星河尽涵泳——陈惠瑛论》；陈朝红的《他跨上了坚实的道路——杨贵云小说创作漫论》；朱启渝的《在崎岖的文学山路上攀登——略论雁宁的小说创作》；汪裕彬的《笔端正气赞英雄——读报告文学〈因为我喜欢光明〉》；孙静轩的《从大凉山走向世界——同彝族青年诗人吉狄马加漫谈》；尹在勤的《愿听他浑厚的男中音——〈男中音和少女的吉它〉片论》；袁基亮的《关于"口述实录文学"的思考》；曹建国的《简论蒋子龙小说的崇高美》；洪永平的《"繁有美恶，简有美恶"》；黄鸣奋的《文艺与仿生学》；刘耀辉的《追踪并未结束——〈张蓉芳传〉写作体会》；余瑞祥的《坚持改革　培养人才　繁荣创作——达县地区发展繁荣文学创作的情况》；远浩一的《关于拉美魔幻现实主义小说》。

《花溪》第12期发表肖德、李墨的《永不止息的追求——读〈人生之旅〉》；张建建的《美丽的忧伤——西篱〈红红的月亮〉》。

《青海湖》第12期发表李国平的《察森敖拉的创造追求》。

《星火》第12期发表金梅、戈悟觉的《关于文艺作品的时代感和生命力问题的通信》。

《文学报》发表潘亚暾的《港人心态的写照：刘以鬯新作〈一九九七〉述评》。

7日，《文艺报》第23期发表李一氓的《广告·文学·文明》；樊骏的《在遗憾和欣慰之余——重评小说〈四世同堂〉引起的思考》；黄子平的《文体的自觉》；古继堂的《八十年代台湾青年作家群》。

“纪念台湾作家张我军逝世30周年”会议在北京召开。

9日，《人民日报》发表乌热尔图的《希望关注这片文学沃土》；吴重阳的《新的拓展　新的探索——近几年少数民族文学简评》；同期，公布第二届少数民族文学创作评奖获奖篇目。

10日，《文汇月刊》第12期发表张治平的《包柏漪印象》。

《北京文学》第12期发表本刊编辑部整理的《在探索中前进——本刊第九期作品讨论会发言摘要》；陈霞的《我们增进了友谊和信任——本刊举办中青年作者创作笔会》；黄子平的《郑万隆的〈陶罐〉、〈狗头金〉、〈钟〉》；徐成森的《〈神女峰〉的启示》。

《雨花》第12期发表黄毓璜、刘静生的《史的情韵　美的旋律——论艾煊的长篇小说和散文创作》。

《诗刊》第12期以“诗歌研究方法笔谈”为总题，发表孙绍振的《从基本概念和基本方法的科学化开始》，谢冕的《自我加入的期待》，宋垒的《借用与化用》，刘士杰的《打破单一的思维模式》；同期，发表邵燕祥的《变革中的中国新诗一瞥——1985年10月13日在香港大屿山“作家交流营”的发言》；张志民的《诗的城市化与大自然——在斯特鲁卡诗歌研讨会上的发言》；张永枚的《诗的园丁——〈仙子与诗人〉之一》。

《读书》第12期发表张志忠的《在限定中掘取纵深——评朱苏进的小说创作》；李陀的《张洁笔下的现代儒生》；沙汀的《罗淑和她的〈生人妻〉》；陈平原、黄子平、钱理群的《“二十世纪中国文学三人谈”·民族意识》。

《新观察》第23期发表蓬生的《台湾武侠小说家古龙之死》。

14日，《文艺报》第24期发表秦瘦鸥的《也谈武侠小说》；郭风的《石羊及其他——文艺札记》。

17—23日，中国电影艺术研究中心、中国电影家协会和北京电影学院在京联合举办"夏衍电影创作与理论讨论会"(1985年12月19日《光明日报》)。

17日，《作品与争鸣》第12期发表本刊评论员的《文艺的多样化与总体目标》；秦丁的《不已的壮心——评〈执火者〉》；莫言等的《有追求才有特色——关于〈透明的红萝卜〉的对话》；蒋濮的《蒋濮致〈延河〉编辑部的信》；肖布的《关于〈文学研究应以人为思维中心〉的争鸣》；王愚的《悲剧的时代　时代的悲剧——〈极乐门〉内在意蕴琐议》；张志春的《一个有深度的文学形象——读中篇小说〈极乐门〉》；畅广元的《林之浩给人的启示——〈极乐门〉主人公谈》；宗仁发的《创新与开掘——读〈太阳〉记感》(原载《山东文学》1985年第4、5、6期合刊)；张平的《生活并不总是意义鲜明的故事——也说〈太阳〉》；英述的《〈文学评论〉关于文学观念的讨论》；辛力的《"百越境界"介绍》；陈圣生的《现象学》。

第二届茅盾文学奖授奖大会在北京举行(1985年12月18日《光明日报》)。

18日，《光明日报》发表冯牧的《凌云健笔人纵横——在第二届茅盾文学奖授奖大会上的讲话》；本报评论员的《为创作无愧于时代的巨著而奋斗》。

19日，《光明日报》发表王蒙的《从新名词轰炸说起——文学偶拾之四》。

20日，《人民文学》第12期发表刘心武的纪实小说《公共汽车咏叹调》；莫言的中篇小说《爆炸》。

《当代》第6期发表王朔、沈旭佳的中篇小说《浮出海面》；冯立三的《太行儿女的旧歌与新歌——读〈老井〉》；宋遂良的《诗化和深化了的愤怒——评〈秋天的愤怒〉》。

《天津师大学报》第6期发表黄重添的《台湾作家宋泽莱小说的当代性》。

21日，《文艺报》第25期以"第二届茅盾文学奖获奖者的话"为总题，发表李准的《书写民族之魂》，张洁的《感谢大家》，刘心武的《面对期望的目光》；同期，发表何志云的《沉重而发人深醒的警策——读陆星儿的几部小说》。

21—26日，中国作协创作研究室在西安召开全国文学评论报刊工作座谈会(《文艺报》1986年1月4日丁刚的《继续发展文艺理论批评的好势头》)。

22日，《文学知识》第12期发表筱楠、耿军的《作家做什么？——读〈溃疡〉》；花天文的《恶梦醒来是黎明》(评《雪痕》)。

23日,《人民日报》发表唐达成的《迎接更丰盛的收获》;顾骧的《长篇小说繁荣在望》;本报评论员的《呼喊我们时代的史诗》。

26日,《光明日报》发表黄秋耘的《读二十部长篇小说的札记》。

28日,《文艺报》第26期专栏"我看一九八五年的文学"发表鲍昌的《1985:全方位、多样化文学的繁荣》;同期,发表韦君宜的《一本畅销书引起的思考》(评论《男人的一半是女人》);张辛欣的《我看〈男人的一半是女人〉的性心理描写》;黄修己的《漫谈我国现代小说形态的变化(二)》。

29日,《光明日报》发表春林的《要处理好文艺批评中的几个关系》。

30日,《台湾研究集刊》第4期发表徐学的《〈王谢堂前的燕子〉批评方法漫论》。

31日,《海南大学学报(人文社会科学版)》第4期发表蔡美琴的《试论吴浊流的小说创作》。

本月,《山西文学》第12期发表丁冬、刑小群的《再谈振兴山西的文艺批评》;李毅的《"功夫型选手"——钟道新及其小说》;李国涛的《〈柳大翠一家的故事〉序》。

《中国》第6期发表姚雪垠的《论当前的通俗文学》;丁帆的《历史和时代的交响乐——论李杭育的"葛川江文化"系列小说》;李向东的《一组独放异彩的奇文》。

《特区文学》第6期发表蒋子龙的《有真情方有真文章》;林雨纯的《寻求特区文学的新突破》。

《福建文学》第12期发表陈孝全的《从生活深处来——李栋短篇小说集〈"最差影片"的"最佳配角"〉漫评》;杨际岚的《拂来阵阵海风——杨金远三篇小说读后》。

《中外文学研究参考》第9期发表汪舟等的《旅美台湾作家与大陆作家、学者谈文学》。

《文艺新世纪》第4—5期发表王晋民的《台湾留学生文学》;翁光宇的《光复后台湾文学发展的轨迹》。

《当代》增刊第5号发表傅林、邢菁子的《攀登高峰的人——记盲人作家郑荣臣》;晓剑的《在我们的处女地上生活——〈泥石流〉后记》。

本月,春风文艺出版社出版林斤澜的《小说说小》。

解放军文艺出版社出版刘白羽的《白羽论稿》。

本季，《文艺理论研究》第4期发表傅修延的《思考与困惑：小议文学批评方法论的体系》。

本年

《海峡》第1期改为双月刊，本期发表梅子的《刘以鬯及其创意丰盈的小说》；李元洛的《一首未唱完的歌——读亡友〈碧沛诗文选〉》。

《海峡》第2期发表武治纯的《吴浊流小说的讽刺艺术》。

《海峡》第6期发表黄维梁的《余光中的"黄金城"》；羲竑的《台湾现代科幻小说的萌芽和发展》；黄维梁的《辟邪的银耳坠——读余光中近作两首》。

《艺谭》第1期发表严恩图的《论台静农的"乡土文学"》；张禹的《论白先勇和他的"台北人"》。

《中外文学研究参考》第2期发表焦俭的《浪迹天涯问人生——介绍台湾女作家三毛及其作品》。

《中外文学研究参考》第3期发表孙立川的《域外台湾文学研究一瞥》。

《中外文学研究参考》第9期发表汪舟等的《旅美台湾作家与大陆作家、学者谈文学》。

《文教资料简报》第1期发表梦花的《一幅畸形社会的真实图画——陈若曦新作〈突围〉述评》；梦花的《陈若曦和她的小说》。

《台声》第5期发表汪舟、游欣蓓的《文学对话录——旅美台湾作家与大陆作家、学者谈文学》。

《台声》第6期发表武治纯的《日据时期的台湾新文学》。

《台湾法研究》第2期发表林凯的《品评台湾地区散文创作中的两种幽默风景》。

《徐州师范学院学报》第1期发表张梁的《林语堂评传》。

《文艺评论》第5期发表陆蔚青的《野地里的荆棘——三毛风格谈》。

《文艺新世纪》第 2 期发表卢菁光的《论〈家变〉的社会内容和认识价值》；纪楠的《台湾新文学运动纪略》。

《文学知识》发表潘亚暾的《从医卜馆看陈娟》。

《五月》第 3 期发表陈慧瑛的《陈若曦印象》。

《文学大观》第 1 期发表王晋民的《近二年的台湾乡土文学》。

1986年

1986年

1月

1日,《小说林》第1期发表林为进的《默默地为小草歌唱——谈肖复兴和他的创作》;肖复兴的《〈飘散的情思〉后记》。

《上海文学》第1期以“吴亮评论小辑”为总题,发表吴亮的《城市人:他的生态与心态》、《文学外的世界》;同期,发表王安忆的《多余的话》(创作谈);李陀的《中国文学中的文化意识和审美意识——序贾平凹著〈商州初录〉》。

《天津文学》第1期发表鲍昌的《伟大的小说时代何时到来?》;蔡葵的《小说;“认识你自己”》。

《长安》第1期发表苏育生的《着意于描写人物的心灵美——谈〈天狗〉和〈远山野情〉》;邢小利的《故事模式与心理定势——谈贾平凹部分中篇存在的一个问题》。

《北方文学》第1期发表从维熙的《创作随想录》;黄益庸的《“淡化”与“浓化”》。

《东海》第1期发表骆寒超的《赵锐勇的小说艺术追求》;赵锐勇的《给我一条浣红》。

《江南》第1期专栏“中篇小说艺术谈”发表阙维杭的《思辨与形象比翼齐飞》,杜荣根的《耐人寻味的中篇隐层结构》;同期,发表高松年的《人生价值的真谛——读〈多布库尔河畔〉》;柳岩的《民族精神的升华——读〈来自老山的报告〉》;舒尔文、郑昀的《“末代”大学生的多重变奏——读长篇小说〈“末代”大学生〉》;王嘉良的《捕捉普通教师的心灵搏动——读胡尹强的中篇小说〈动摇〉》。

《西藏文学》第1期发表张蜀华的《评〈西藏文学〉八五年特刊上的中篇小说》。

《作品》第1期发表胡世宗的《关于诗的书简——读〈孔雀泉〉致洪三泰同志》;吕国康的《诗的角度》;马雪吟的《短篇小说的结尾艺术》。

《作家》第1期发表郑万隆的《中国文学要走向世界——从根植于“文化岩层”谈起》;王肯等的《有潜力,有希望——对“吉林青年作者小说专辑”的评论》。

《青年作家》第1期发表李明泉的《根是地下的枝 枝是空中的根——浅谈

历史文化人士的视角差》;张洪的《彷徨中的追求——浅析〈监狱里的大孩子〉》;熊沛的《扑朔迷离的形象——谈谈〈监狱里的大孩子〉》。

《青春》第1期发表叶永烈的《作家的“杂”与“博”》;刘宇庆的《作家知识结构新探》;包忠文的《文学·观照·劝惩》;陆文夫的《陆文夫给曹立侃的信》;陆文夫、储福金的《陆文夫与储福金的通信》。

《奔流》第1期发表王鸿生的《智慧的成长——略论中国当代文学批评观念的衍变》;肖德、李墨的《由〈死吻〉所想到的》。

《萌芽》第1期发表朱小如的《陈世旭小说世界的昨天、今天与明天》。

《散文》第1期发表繁星的《应该关注影视文化向散文的渗透》;洪双烨的《事理兼备,文含情趣——〈谈散文的散文〉读后》。

《滇池》第1期发表区汉宗的《云南文学与红土高原的文化土壤》;邓启耀的《感知方式的探寻》;林木的《黎泉作品讨论会侧记》。

《解放军文艺》第1期专栏“军事文学——我的思考(一)”发表唐栋的《栽自己的树,扎自己的根》;王炳根的《愿战争描写来点什么》;张波的《中国军人的东方气派》;同期,发表李瑛的《爱在这里燃烧——序胡世宗诗集〈战争与和平的咏叹调〉》。

2日,《光明日报》以“加强社会责任感　提高创作质量　促进精神文明建设——西安部分文艺界人士在本报文艺部举行的座谈会上的发言摘登”为总题,发表李若冰、王汶石、杜鹏程、路遥、刘文西、贾平凹、张子良、吕冰的文章;同期,发表袁文殊的《夏衍的电影观念》;丹晨的《根植在社会生活的土壤中》。

3日,《小说选刊》第1期发表行人的《前进,生活与文学的航船!——一九八五年短篇小说概观》;陈洁的《关于〈大河〉》。

4日,《山东文学》第1期发表陈沂的《一篇耐看的作品——谈〈周末,市委书记家〉》;张辉的《左建明小说新作长短论》;山青的《读〈一个东方女性的命运〉随想》。

《文艺报》第1期专栏“我看一九八五年的文学”发表洁泯的《历史感与时代感》,季红真的《心灵熔铸的自然》;专栏“关于文学‘寻根’问题的讨论”发表刘纳的《“寻根”文学与文学“寻根”》;同期,发表夏彩的《〈公共汽车咏叹调〉唤起读者广泛共鸣》;程德培的《“连续性”的中断——当代小说创作中的叙事变化》。

5日,《广西文学》第1期发表张兴劲的《当代小说观念放大了哪些审美因素》;徐治平的《熔铸当代精神的壮乡风情画——评韦一凡的中篇小说〈碰撞〉》。

《大西南文学》第1期专栏“大西南作家谈大西南文学”发表益希单增的《大西南文学名大声响》,余德庄的《一点感想》,简嘉的《大西南好》;专栏“关于‘待续小说’的争鸣”发表赵玙的《也谈“待续小说”与“同题小说”》,转载《文摘报》的《“待续小说”质疑》;同期,发表《凤头、豹尾》(小说艺术探微)。

《文艺理论家》(季刊)创刊,江西省文学艺术研究所主办,本期发表舒信波的《雨时、如月中篇小说印象》;毛莉莲的《她们走出“桃花潭”——试论王一民剧作中的妇女形象系列》。

《文学自由谈》第1期以“作家四人谈”为总题,发表柳溪的《荧光屏前的思索》,邓刚的《我还是在平地上走吧》,陈村的《不是》,莫言的《“大肉蛋”》;以“文学论说一家言”为总题,发表滕云的《中篇好;其唯中篇而已乎?》,周介人的《文学探讨的当代意识背景》,蔡翔的《困惑的寻求——当代小说中的文化意识研究之一》,南帆的《小说中的当代意识》,韩瑞亭的《与类概念的沉闷化身告别》;以“接受与阐释”为总题,发表李黎的《浑然之象　不尽之意——舒婷诗歌研究之一》,刘梦溪的《历史的滞留——读中篇小说〈花非花〉》,李健的《成功时的失败——评〈一个女人和一个半男人的故事〉》;以“评论的艺术”为总题,发表金梅的《提倡文艺欣赏和评论中的“创造性叛逆”》,周政保的《我站在哪儿审视文学世界?》,盛英的《我爱“辛德莉拉”》(评论家之路);同期,发表李劼的《“寻根”的意向和偏向》,张炯的《文学寻“根”之我见》;张春生的《“寻根”文化意识与文学发展》;蔡爱明摘编的《附录:关于“寻根”的讨论》;李陀的《拾遗录:现代小说中的意象——莫言小说集〈透明的胡萝卜〉》;黄子平的《艺海匀谈:有点意思》;金惠敏的《马克思主义文艺理论民族化异议》;邵燕祥的《谈文学朗诵》;王昌定的《文学的继承与创新》;黄钢的《鲁迅与李四光》;陈建功的《〈陈建功小说选〉自序》;汪曾祺的《从哀愁到沉郁——何立伟小说集〈小城无故事〉序》;沈善增、赵长天的《关于〈迷失〉的通信》;赵长天的《附录:〈迷失〉(小说)》;管蠡的《迟写的评论——谈〈真诚〉》;许志安的《于平凡中见真趣——读陈吉荣的〈安乐椅〉》;王之望的《人生和社会变革的青春协奏曲——读〈北国之春〉》;钟本康的《当代小说发展的新态势——记长江三角洲当代小说研究会》(动态)。

《文学月报》第1期发表宋梧刚的《切莫等闲看——评李岸〈结冰的心〉》;肖汉初的《叶梦散文漫评》。

《中国西部文学》第1期发表谢冕的《崭新的地平线——论中国西部诗歌》；周政保的《诗的叙事与叙事的诗》。

《当代文坛》第1期发表李欣复的《信息论・思维学・文艺学——关于文艺方法讨论的一点意见》；邓仪中、畅游的《发挥优势　努力超越——一九八五我省短篇小说漫议》；胡相峰的《质朴自然　寓意深邃——读木斧的〈美的旋律〉》；石天河的《劫后荒原啭百灵——读王志杰诗集〈荒原的风〉杂话》；高国平的《"找到自己"——读〈良家妇女〉偶感》；许振强的《当代意识关照下的〈过渡年代〉》；曾文渊的《丽莎的哀怨——读陆文夫的中篇小说〈井〉》；王愚的《战争题材演变的新趋势——读两部战争题材小说新作》；张放的《隔洋握手随笔——居外同胞著述品评一弹》；刘朝谦的《爱能杀人吗？——读台湾作家琼瑶中篇小说〈我是一片云〉》；樊星的《为了我们的民族——论研究"国民性"的文学》；胡山林的《试论处理情节的基本原则》；邹中平、谭力等的《南疆归来颂英雄》；应光耀的《在宏观审视之下——沈敏特文学批评方法侧面观》；古远清的《读邵燕祥的诗歌评论》；何开四的《"诗画分界"析——关于莱辛〈拉奥孔〉和钱钟书〈旧文四篇〉的比较研究》；胡宗健的《略论小说的"趣味意识"》；晓风的《创作中的直觉与理性》；郭超的《手——心灵的第二窗户》；袁晖的《复杂的性格　扭曲的灵魂——试析〈今夜有暴风雪〉中郑亚茹的形象》。

《延河》第1期发表李万铭等的《〈他从天堂地狱来〉发表以后》。

《青海湖》第1期发表中流、中立的《当代高原生活的歌颂——浅谈钱佩衡散文的意境美》。

6日，《台港文学选刊》第1期发表陈菊的《无情人生有情人——试评吕秀莲的〈贞节牌坊〉》；白先勇的《"现代文学"回顾与前瞻》；林文月的《冷笔写热心——〈沉痛的感觉〉(银正雄)读后》；许达然、非马的《诗的对话》。

7日，《花溪》第1期发表储福金的《简评〈自然木手杖〉》。

8日，《书林》(双月刊)改为月刊，第1期发表遇罗锦的《冬天不会再来——写在〈一个冬天的童话〉一书出版之际》。

9日，《光明日报》发表刘心武的《多层次地网络式地去表现人物——我写〈钟鼓楼〉》。

10日，《文汇月刊》第1期发表郭风的《关于艺术感受力——略谈唐敏的散文》；戴晴、薛涌的《知识分子、作家及文学》。

《中国作家》第1期发表艾青的《诗论》；周红兴的《“和人民在一起是我的创作基石”——艾青访问记》；李子云的《记长者夏衍》；萧平的《他在默默地挖掘——关于张炜和他的小说》。

《文艺争鸣》第1期发表公木的《真正的争鸣在于追求》；刘再复的《争鸣家的真诚、尊严与价值》；吴亮的《我们需要什么样的争鸣》；陈白尘的《从话剧危机谈到它的出路》；孙绍振的《审美价值与认识价值、实用价值的矛盾》；鲁枢元的《难以选择中的选择》；陆贵山的《论文艺学方法论的层次结构及其相互关系》；中申的《关于文艺走向世界的断想》；刘思谦的《文学寻“根”之我见》；徐中玉的《真正贯彻“百家争鸣”，才能实现“百花齐放”》；刘梦溪的《十二论马克思主义文艺学的发展问题——关于建立具有中国民族特色的文艺学理》；白烨的《1985年若干文艺理论问题探讨述介》；程代熙的《列维—斯特劳斯和他的结构主义》；胡昭的《诗的构思之“核”》。

《诗刊》第1期“青春诗论”栏发表南帆的《诗与诗论》；王光明的《谈诗》；吴亮的《角色、橡皮与喝汤》；陈力川的《诗的空白》；黄子平的《和诗共同着命运》；朱子庆的《关于诗和现实》；唐晓渡的《我之诗观》；杨炼的《诗，自在者说——》；李黎的《诗是什么?》。

《读书》第1期“笔谈”栏发表陈平原的《文化·寻根·语码》，王友琴的《现代化进程中的文化反省》，靳大成的《文化性格的裂变与更新》；“评论的评论”栏发表林大中的《评论家的“内功”》；同期，发表季红真的《宇宙·自然·生命·人——阿城笔下的故事》；程麻的《文学批评中的系统观念与批评世界里的生机——从〈艺术魅力的探寻〉谈起》；邢沅的《立意高、难度大的创作追求》(评《白门柳》)；陈平原、钱理群、黄子平的《“二十世纪中国文学三人谈”：文化角度》。

《新观察》第1期发表古继堂、胡时珍的《介绍台湾极短篇小说(一)》。

11日，《文艺报》第2期专栏“我看一九八五年的文学”发表王安忆的《〈异乡异闻〉读后》；同期，发表朱向前的《中国军人的民族魂和军事文学的中国化——兼评部分部队青年作家近期创作》；陈天岚的《台湾文坛杂记》。

15日，《当代文艺思潮》第1期发表黄浩的《当代文学：蓝色的疯狂——评蓝色文学浪潮》(评论通俗文学兴起)；徐新建的《自发·自觉·自由——从文化发展战略看戏剧的现在过去及未来》；徐肖楠的《平衡、循环与通俗文学的勃兴》；刘武的《理想的迷惘——论〈无主题变奏〉、〈你别无选择〉、〈我们这个年纪的梦〉》；

朱大可的《焦灼的一代和城市梦——〈城市诗人〉诗集代序》；孙津的《文艺不是什么》；徐剑艺的《论人与动物的艺术关系及其在新时期小说中的体现》；张德祥的《论近年来小说视野的拓展与结构变化》；夏青、常金生的《西部文学中的妇女形象刍议》；李俊国的《西部文学二题》；吴式南的《文学生命的三段式结构和"三同"对应式》。

《文学评论》第1期专栏"新时期文学十年研究"发表宋耀良的《意识流文学东方化过程》；专栏"我的文学观"发表徐岱的《哲学观的更新与文艺学的发展》，林兴宅的《论系统科学方法论在文艺研究中的运用》，戴厚英的《结庐在人境，我手写我心》；同期，发表雷达的《论创作主体的多样化趋势》；范伯群的《三论陆文夫》；李劼的《刘索拉小说论》。

《民族文学》第1期发表向云驹、尹虎彬的《历史嬗变中的自足与突奔——〈民族文学〉一九八五年小说述评》；关纪新的《广角镜头下鲜活的形象——谈谈〈最后一个冬天〉中的我军人物塑造》。

《暨南学报》第1期发表翁光宇的《台湾新诗简论》；钟紫的《香港战后第一家人民的喉舌——〈正报〉》。

16日，《红旗》第2期发表舒晨的《作家良心的颤动——读〈公共汽车咏叹调〉》。

《文学报》发表王晋民的《继承传统和借鉴现代——台湾现代诗发展的讨论》。

17日，《作品与争鸣》第1期发表本刊评论员的《社会主义文艺评论的优势(专论)》；黄子平的《正面展开灵与肉的搏斗——读〈男人的一半是女人〉》；周惟波的《章永璘是个伪君子》；林子丰的《反映性爱和婚姻问题要有正确态度》；林查欢的《不安的灵魂在探索——〈WM(我们)〉读后》；《剧本》记者的《对〈WM(我们)〉的批评》；沙叶新的《就〈WM(我们)〉在沪首映答记者问》；花建的《艺术效果的不平衡——也谈〈WM〉》；蔡毅的《艺术追求与社会评论——也谈〈透明的红萝卜〉及其评论》；苏声的《关于电影〈一个和八个〉的争鸣》。

18日，《文艺报》发表刘沛的《尺幅文章天下事——谈〈解放军文艺〉一束小报告文学》。

《中国》(双月刊)改为月刊。

19日，《青年文学》第1期发表吴国光的《第三种荒诞及其它——访谈〈不老佬〉》。

20日，《人民文学》第1期发表雷达的《主体意识的强化》；曾镇南的《创作发展与读者心理》。

《学术研究》第1期发表刘学工的《余光中乡愁诗的民族意识感断议》；方凤雷、张硕城的《旅美作家李黎及其小说的现实主义思想》。

《小说评论》第1期发表张德祥的《近年来小说视野的拓展与结构变化》；李小巴的《小说创作中的一种背弃倾向》；赵俊贤的《论新时期小说表现崇高的审美趋向》；肖德生的《小小说的新进展——"五百字小说"》；一评的《面对新的文学现象——〈小说评论〉、〈延河〉召开部分小说讨论会记略》；许文郁的《她面对的"是整个的社会里的旧意识"》(评张洁的创作)；郭超的《他在发掘本民族独特的精神财富——漫谈乌热尔图的短篇小说及其美学观》；吴士余的《现代审美意识的新层次——读〈小鲍庄〉断想》；李国涛的《对现代派小说技巧的成果"选择"——读〈你别无选择〉》；艾斐的《黄河写沧桑　高原风俗淳——评中篇小说〈黄河在这儿转了个弯〉》；吴亮的《当代小说和圈子批评家》；陆晓声、陆光明的《小说的地方性因素》；栾梅健的《安然论》；王仲生的《翻越大山的跋涉——评贾平凹的几部近作》；秦念春的《独特的军人礼赞——读梁晓声新作〈小说两篇〉》；晋原的《读程海的〈漆彩〉》；李泳的《一部展示心灵矛盾的交响乐——读〈蓝天绿海〉》；石语的《读〈一夕三逝〉随感》；李国平的《小说时间琐谈》。

《清明》第1期发表王尚文的《艺术形象的灵与肉》；应光耀的《从"诚实的意识"里走出来——评〈鲁班的子孙〉》。

21日，《文艺研究》第1期发表钱学森的《关于马克思主义哲学和文艺学美学方法论的几个问题》；张玉能的《心理学方法在美学和文艺研究中的运用》；王永敬的《空间距离和心理距离》；张云初的《阳春白雪与下里巴人的交响——试论魏明伦剧作语言的诗意美》；何新的《"先锋"艺术与近、现代西方文化精神的转移——现代派、超现代派艺术研究之一》。

22日，《长城》第1期发表尧山壁的《时代和社会的思考——王立新报告文学创作漫评》。

《文学知识》第1期发表文一的《〈美食家〉人物谈》；叶橹的《生活内涵丰富的象征形象——艾青诗〈树〉和〈礁石〉比较赏析》；罗来勇的《将两足立于大地——青年作家刘兆林印象记》；郭永晋的《历史发展中不可避免的不幸人物——试析

〈老街尽头〉主人公成化龙的形象》。

23日,《光明日报》以“深刻反映改革和开放形势下的现实生活——广州文艺界部分人士在本报文艺部举行的座谈会上的发言摘登”为总题,发表杜埃、陈残云、华嘉、关山月、沈仁康、张棣昌、李门、吕坪的文章。

《当代文艺探索》第1期以“一九八六年文学展望”为总题,发表李黎的《一九八六——中国诗歌展望》,殷国明的《潜入浮动着的历史河流的底层》,方位的《当代中国军事文学走向观》,白烨的《理论批评将迈出与前不同的步伐》;同期,发表王愚的《历史意识的强化与小说内容的深厚——从一个侧面看新时期小说的发展》,张志忠的《小说:全面覆盖生活的趋向》,丁帆的《浅论贾平凹的四部新作》,方淳的《泡在女人眼泪里的卵石——论张贤亮〈男人的一半是女人〉中的章永璘》,陈辽的《论徐丽莎之死——兼论〈井〉在陆文夫创作发展中的意义》,庚文云的《论短篇小说的意象美——兼评何立伟的〈白色鸟〉等小说》,吴功正的《新时期小说形式美的演化》,牛波的《略论青年诗人的“古老”(节选)》,吴秉杰的《暗示性、模糊性及其他——对部分青年诗人创作的再认识》,周涛的《感慨》,王邵军的《新诗面临的选择》,滕云的《文学评论思维规律值得研讨》,曾镇南的《夏夜独语——与友人谈文艺评论书》,陈志红的《在理性思维和形象思维间架一道桥梁——试论谢望新文学评论的方法和风格》,吕俊华的《情理新论》,黄海澄的《论审美心理机制——控制论的美感论》。

25日,《文艺报》第4期以“新时期的江苏文学”为总题,发表艾煊的《和时代一起前进的江苏作家群》,刘静生、黄毓璜的《敢向高峰寄望眼——识江苏青年小说家》;同期,发表梅朵的《我对一九八五年电影创作的认识》。

《当代作家评论》第1期发表洁泯的《〈小鲍庄〉散论》;畅广元的《〈小鲍庄〉心理谈》;陈思和的《双重叠影·深层象征——谈〈小鲍庄〉里的神话模式》;李劼的《是临摹,也是开拓——〈你别无选择〉和〈小鲍庄〉之我见》;孙毅的《理性超越中的感性困惑——关于〈男人的一半是女人〉的思考》;许振强的《天凉未必秋——也谈〈无主题变奏〉兼与何新商榷》;高原新的《论张弦爱情作品的悲剧价值》;唐跃的《规定情境中的心境流露——张弦小说阅读札记之四》;南帆的《张承志小说中的感悟》;大野、北帆的《在毁灭的悲剧中展现的庄严的史诗——评周梅森的系列小说〈历史·土地·人〉》;刘思谦的《作为叙事体文学的中篇小说》;张韧的《长镜头的观照——中篇小说学术讨论会上的发言》;李洁非、张陵的《小说在此抛锚——对当代中篇小说所处位置的解说》；王东明的《审美意识的发展和深化——论几年来的中篇小说》；牛秋玉的《近年来改革题材中篇小说的发展和突破》；李作祥的《论文学中的使命感的淡化——一点杂感》；艾平的《史铁生其人及其它》。

《张家口师专学报》第1期发表张阿莉的《流浪者之歌——论台湾作家白先勇的短篇小说》。

《花城》第1期发表范若丁的《乔雪竹论》。

《新观察》第2期发表楚卿、刘晴的《〈钩心记〉等两篇——介绍台湾极短篇小说(二)》。

30日，《光明日报》报道全国文学评论、理论报刊工作座谈会在西安召开；同期，发表范咏戈的《军事文学的蓄势》。

本月，《十月》第1期发表陈祖芬的《关于报告文学的思考》。

《山西文学》第1期发表艾斐的《在探索中走向新的审美境界——论山西中青年作家小说新作的艺术特征》；陈景春的《"发愤而作"与创作心理的平衡趋势》；段崇轩的《平凡的生活中蕴含着诗和美——评郭景山的小说创作》。

《文学》(月刊)改名为《安徽文学》，第1期发表孙民纪的《许辉和他的作品》。

《当代文学研究资料与信息》第1期发表《人性、人道主义在作家创作心理上的投影——刘心武同志在中国社会科学院文学研究所举办的系列讲座上的讲话》。

《百花洲》第1期发表周政保的《追寻容量：当代小说观念的新变》；吴松亭的《论柯岩的报告文学创作》。

《红岩》第1期发表佟述的《通俗文学小议》；田由的《尺水兴波》；何国利的《〈这个城市的初夏〉谈片》；沈太慧的《对农村变革生活的思考——克非近作泛论》；翟大炳的《说舒婷爱情诗的"密码"——舒婷、何其芳、李商隐诗歌的一点比较》。

《雨花》第1期发表陈瘦竹的《〈春雷〉重版前记》；戎东贵的《向现实生活寻根——陆文夫中篇小说〈井〉探》。

《春风小说》第1期发表金钟鸣的《点燃心灵的火焰》；李玉铭的《成熟的美学思考——由〈知我者〉想到的一条美学原则》。

《福建文学》第1期发表林兴宅的《彼岸之光——读陈慧瑛的〈无名的星〉漫

笔》;钟本康的《漫话当代小说的结构》;王光明的《散文诗的内在音乐美》。

《小说评论》第1期发表殷国明的《情致:穿越在双重文化氛围中——陈若曦小说创作二面观》。

本月,文化艺术出版社出版中国艺术研究院外国文艺研究所《马克思主义文艺理论研究》编辑委员会编的《马克思主义文艺理论研究(第六卷)》。

湖南人民出版社出版王士达等编写的《文艺学常识》。

辽宁大学出版社出版杜书瀛编著的《文艺创作美学纲要》。

浙江文艺出版社出版唐弢的《创作漫谈》。

河南人民出版社出版《文学知识》编辑部编的《作家经验谈》,《文史知识》编辑部编的《中外文论简介(一)》。

黑龙江少年儿童出版社出版李培然的《儿童文学简论》。

中国人民大学出版社出版中国人民大学中国语言文学系《文学论集》编辑组编的《文学论集》。

中国戏剧出版社出版孙庆升编的《丁西林研究资料》。

江苏教育出版社出版秦家琪等编的《中国现代文学百题》。

上海书店出版洛蚀文编的《抗战文艺论集》。

湖南大学出版社出版卜庆华的《郭沫若研究札记》。

百花文艺出版社出版瞿秋白的《瞿秋白写作生涯》。

广西人民出版社出版郭成、陈宗敏的《丁玲作品欣赏》。

2月

1日,《小说林》第2期发表曾镇南的《现代派味儿的新体小说——谈谈刘索拉与徐星》;胡宗健的《绿叶衬托　云彩掩映——关于小说的非直接性描写》。

《上海文学》第2期以"陈思和评论小辑"为总题,发表陈思和的《中国新文学发展中的忏悔意识——关于人对自身认识的一个侧面》、《批评的追求》;同期,发表王晓明的《所罗门的瓶子——论张贤亮的小说创作》。

《文艺报》第5期专栏发表斯陆的《深井出旺泉——谈刘心武的纪实小说》；魏威的《对现代宗教的彻底摒弃——评中篇新作〈黄泥小屋〉》；伍焱的《评论要写得明晰》；宋永毅的《一个迎面而来的文化现象——对部分小说中性描写问题的思考》。

《长安》第2期发表刘路的《让文学放射出时代的光彩》；田奇的《新诗的结构与感受》。

《天津文学》第2期发表乔山的《关于文学与道德的思考》；航鹰的《情节并非一张旧网》；王定昌的《"望天"不负有心人——读〈九庄奇闻〉兼致杨润身同志》。

《北方文学》第2期发表雪影的《夜读杂记》(评《你别无选择》、《一夕三逝》)。

《东海》第2期发表魏丁的《沈贻伟小说的个性色彩》；范裕华的《集体力量，至高至上——读〈大海·浮尸·人〉》。

《红旗》第3期发表刘白羽的《〈亚细亚瀑布〉漫谈》。

《西藏文学》第2期发表鄢玉兰的《生活——在平凡中闪光》；海岑的《西部文学与西藏文学》。

《作家》第2期发表古华的《从古老文化到文学的"根"》；以"吉林青年作者小说专辑"为总题，发表王家男等的文章。

《青年作家》第2期发表谭兴国的《文学向生活靠拢——读〈北京人〉随想》；吴野的《当代文学中的焦灼感》。

《奔流》第2期发表孙荪的《做作家和读者的真诚朋友》；梅惠兰的《由突破带来的艺术活力》；李书磊的《活鬼、执火者与寻找轨迹的星——读作品漫笔》。

《萌芽》第2期专栏"一九八五年小说发展笔谈"发表其纲的《超验：对世界的理解与艺术的追求》，方克强的《奇零人和现代意识》；同期，发表陈思和的《换一种眼光看人世——赵本夫小说艺术初探》。

《滇池》第2期发表邓贤的《穿透现实生活的艺术折光——评黎泉的小说创作》；姚社成的《那山，是极远的——〈远山〉浅评》；白云的《模糊数学与文学批评》。

《解放军文艺》第2期发表周克玉的《让军事文学在精神文明建设中发出光彩》；李瑛的《肩负起军事文学的光荣职责》；刘白羽的《我的一点感想和意见》；李存葆的《在变化中寻找自己》；韩静霆的《在"喧哗与骚动"中思考》；刘兆林的《离

题较远的一些想法》。

3日,《小说选刊》第2期发表唐挚的《在纪实中所蕴含的启迪——读〈信从彼岸来〉》;以"读者短评四则"为总题,发表张洪民、中原、王贻发、裘索的文章。

4日,《山东文学》第2期发表徐磊、朱建民的《冷峻的反刍　有益的探索——浅评〈一个人的海滩〉》;孟蒙、李新宇的《从〈花环〉到〈坟茔〉所显示的发展轨迹》;清才的《战争与命运的交响曲——评〈甩出轨道的星〉》。

5日,《广西文学》第2期发表肇涛的《谈武剑青长篇小说创作》。

《大西南文学》第2期发表邓启耀的《人生与审美价值世界的探寻——云南青年文学散论》;林为进的《谈近几年来历史小说创作的几点不足》;陈辽的《文学评论也要"短平快"》;李挺奋的《血肉之躯、灵气之物——谈小说人物性格的主体性》。

《文学月报》第2期发表郭风的《在放生池前》(文艺札记);胡德培的《不做"乏味的人"——艺术规律探微》。

《中国西部文学》第2期发表孟驰北的《要有自己的眼睛——"开发者文学征文"获奖作品述评》;郭挺的《西部文学的新探求——读董立勃的一组短篇小说》。

《青海湖》第2期发表李燃的《略谈文艺的真实观》。

《当代文坛》第2期发表吴红的《香港归来话文学:访老作家艾芜》。

6日,《光明日报》发表沈图的《时代精神与作家的责任感——从长篇小说〈过渡年代〉说开去》。

《深圳特区报》发表乐融融的《评〈香港文学〉月刊》。

《台港文学选刊》第2期发表马森的《七等生的情与思》;叶石涛的《七等生揭去了一层面纱》;明淼的《闺怨之外——以实力论台湾女作家》;杨云、涂碧的《琼瑶的天空琼瑶的梦——琼瑶系列言情小说初探》;钟玲的《香港女性小说家笔下的时空与感性》;刘以鬯的《拆不开的文学链》;李英豪的《香港的文学面貌》。

7日,《花溪》第2期发表高洪波的《一个讲故事的诗人——读李发模的叙事诗》。

8日,《文艺报》第6期发表本报评论员的《创作自由和文艺工作者的社会责任》;同期,专栏"我看一九八五年的文学"发表刘谌秋的《没有轰动的诗与诗在心灵的波动》。

《书林》第2期发表牛汉的《写在〈沉默的悬崖〉出版之际》；吴越的《关于〈括苍山恩仇记〉的一些回顾》；葛兆光的《认识自我——读〈美国寻梦〉与〈北京人〉的随想》。

10日，《文汇月刊》第2期发表丹晨的《难以下咽》（文艺短论）。

《北京文学》第2期发表张德林的《场面与人物——小说艺术谈》；冯立三的《为了告别那个荒凉的世界——评莫言的〈枯河〉及其他》；范咏戈的《拷问灵魂的"一瞬"间——读〈只不过是一瞬间〉》；许道信的《谎言下的死亡——读乔典运的〈借笑〉》。

《诗刊》第2期发表鲁枢元的《诗与诗人俱在——读〈诗刊〉1月号〈青春诗论〉随感》；程光炜的《诗的现代意识与社会功能》；罗宗强的《说色感（上、下篇）》。

《读书》第2期"评论的评论"栏发表郭宏安《批评是一种对话——读托多罗夫的〈批评之批评〉》；同期，发表甘阳的《传统、时间性与未来》；陈平原、钱理群、黄子平的《"二十世纪中国文学三人谈"：艺术思维》；宋耀良的《立足于时代思潮的前沿——简评〈当代文艺思潮〉》。

11日，《长安》第2期发表刘路的《让文学放射出时代的光彩》；田奇的《新诗的结构与感受》。

13日，《光明日报》发表张光年的《出色的答卷——陈祖芬系列报告文学读后记》；黄式宪的《来自泥土的诗情——〈咱们的退伍兵〉随想录》；胡永年的《富有历史思索的选择——评中篇小说〈空地〉》；华然的《从扶植通俗文艺说开去》。

14日，《泉州晚报》发表黄重添的《台湾新旧文学的论争》。

15日，《文艺报》第7期专栏"我看一九八五年的文学"发表《中篇小说得失谈》（曾镇南、雷达、刘蓓蓓、曹文轩、张韧参加谈话）；同期，发表杜国清的《诗社与台湾新诗的发展》；黄重添的《台湾女性小说的发展》。

《文学评论》第2期发表应红的《从〈现代文学〉看台湾的现代派小说》。

《民族文学》第2期以"《爱，在夏夜里燃烧》五人谈"为总题，发表王蒙的《并非世外桃源的故事》，阎纲的《伤心最怕血泪情》，金一的《零思碎想》，高深、吴重阳的《真理的善、美和力量的魅力》。

16日，《红旗》第4期发表荒煤的《咱们的新天鹅之歌——漫谈三部反映农村生活题材的新片》。

17日，《作品与争鸣》第2期发表博野的《谈〈男人的一半是女人〉的得与失》；

陆荣椿的《战士的姿态掩不住卑怯的灵魂》；罗玲的《政治上的志士　道德上的小人》；严文井的《我是不是个上了年纪的丙崽》；何思丝、耿丽莉的《关于〈爸爸爸〉的对话》；路融的《一次有特色的学术讨论会——记武汉文艺学研究方法论学术问题研讨会》；高尔泰的《只有一枝梧叶　不知多少秋声——读〈绿化树〉有感》；肖布的《〈文汇报〉就〈文学研究应以人为思维中心〉继续争鸣》。

18 日，《中国》第 2 期发表宗诚的《少女眼中的战争与和平——漫评庞天舒的两部中篇新作》；孙犁、谌容的《孙犁与谌容的通信》。

18 日和 3 月 1 日，中国社会科学院文学研究所文艺理论研究室召开关于刘再复《论文学的主体性》的讨论会，由钱中文主持。

19 日，《青年文学》第 2 期发表李存葆的《读〈箫中的月亮〉》。

20 日，《人民文学》第 2 期发表谌容的《减去十岁》。

《当代》第 1 期发表柯云路的《夜与昼(上卷)——长篇小说〈京都〉第一部》；王汶石的《关于〈跋涉者〉致焦祖尧》；陈辽的《反映抗日战争的全景性作品——读〈南京的陷落〉》。

《光明日报》发表孙犁、周申明的《关于传记文学的通讯》；张文苑的《航天之路的开拓者——评长篇小说〈神箭故乡〉》。

《南京大学学报(哲学社会科学版)》第 1 期发表陈白尘的《中国话剧的过去、现在和未来——在重庆雾季艺术节上的讲话》。

22 日，《文艺报》第 8 期专栏“我看一九八五年的文学”发表林为进的《真诚地面对人生和社会——读一九八五年的报告文学》，邓刚的《文坛出现了空前的活力》；同期，发表周克玉的《让军事文学在精神文明建设中发出光彩》；刘锡诚的《哲学的火炬与历史的迷津》；蒋守谦的《扬长避短与扬长补短——从茹志鹃作品风格变化想到的》；同期，报道总政文化部召开部分部队作家创作座谈会。

《文学知识》第 2 期发表焦性德的《团火，在巨变中燃烧——〈执火者〉给人的启示》。

25 日，《文艺理论研究》第 1 期发表钱谷融的《关于艺术性问题——兼评“有意味的形式”》；许子东的《陀思妥耶夫斯基与张贤亮——兼谈俄罗斯与中国近现代文学中的知识分子“忏悔”主题》。

27 日，《光明日报》发表西南的《民族魂魄的律动——读长篇小说〈亚细亚瀑布〉》；孔智光的《戏剧是夕阳艺术吗？——与凌申同志商榷》。

《文学报》发表古继堂的《泥土放出花千簇——谈台湾乡土诗人吴晟》。

月底，《名作欣赏》第1期发表魏威的《心态历程的艺术凸现——谈〈荒魂〉的景事描写》；李传申的《深邃·悲壮·跃动——北岛的〈岛〉探幽》；张放的《诗意浩荡；情采飞扬——余光中散文〈山盟〉欣赏》。

本月，《山西文学》第2期发表孙荪、黎辉、曾凡的《〈五月〉漫话》；席扬、路登、石兴泽的《〈血魂〉笔谈》。

《文学家》第1期专栏“陕西中青年作家研究·贾平凹专辑”发表《贾平凹答〈文学家〉问》，费秉勋的《贾平凹与中国古代文化及美学》，陈华昌的《贾平凹散文与中国传统审美意识》，韩望愈的《贾平凹散文的特质、意境和语言》，李星的《贾平凹——一个不断实现着的自我》。

《中篇小说选刊》第1期发表张贤亮的《关于小说的篇幅》（《男人的一半是女人》创作谈）；彭见明的《写在产金的土地上》（《古河道》创作谈）；张宇的《〈活鬼〉余话》；汪浙成、温小钰的《从“一主二仆”说起》（《小太阳的苦恼》创作谈）；张笑天的《走进心灵深处》（《前市委书记的白昼和夜晚》创作谈）；谭力、昌旭的《但愿悲剧不再重演》（《蓝花豹》创作谈）；江曾培的《柔美与壮美的交融　哲理与诗意的交汇——评小说集〈北国红豆也相思〉》。

《青年作家》第2期发表谭兴国的《文学，向生活靠拢——读〈北京人〉随想》。

《雨花》第2期发表北帆的《突破“憾”的云围……——读苏支超的短篇小说〈憾〉》。

《春风小说选刊》第2期发表高峰的《观念与生活》；王忠志的《法制文学何以无法》；亦闻的《引人遐思的力量何在》。

《福建文学》第2期发表南帆的《小说的虚构——“可能”的选择》；陈岑的《瓶无新旧　酒必芳醇——读〈倾盖集〉引起的关于旧体诗词的一些感想》；张振宇的《把握艺术的黄金点》。

《台声》第2期发表刘登翰的《在重建传统中走向世界——漫谈大陆新诗潮与台湾现代诗运动》。

《文教资料》第1期发表陈若曦的《美国华文作家苦乐谈——在柏林〈中国文学座谈会〉上讲话》；曹禺的《天然生出的花枝》；梦花的《“我是为中国人民写作的！”——访加籍华人女作家陈若曦》。

本月，浙江文艺出版社出版孙青纹编的《洪深研究专集》。

人民文学出版社出版李何林的《李何林文论选》。

中国文联出版社出版吴重阳、杨晖编的《踏入文学之门：少数民族作家谈创作》。

解放军文艺出版社出版冉淮舟编的《迎着八面来风》。

陕西人民出版社出版《人民文学》编辑部编的《作家文牍》。

3月

1日，《广州文艺》第3期发表余柏茂的《美的追求——读黄天源小说断想》。

《小说林》第3期发表江曾培的《春江水暖鸭先知》；胡德培的《“城市”与“乡村”》；赵捷的《基调》。

《文艺报》第9期发表《满足群众的需求要密切与群众的联系——文艺界知名人士座谈新时期“文艺与群众”的关系》；易明善的《刘以鬯——刻意创新的香港作家》。

《文学月报》第3期发表胡宗健的《文学的根和叶——兼论湖南青年作家》；弘征的《折射出诱人而神秘的天空》(评《文学月报》的“校园诗会”栏)。

《天津文学》第3期发表伍文、方斜的《回答时代的呼唤——论当代文学反映现实生活、体现时代精神问题》；林为进的《新时期小说流派雏形初探》；甘铁生的《在文化变迁中把握中国人心理素质的演进》。

《长安》第3期发表王燕生的《〈旱原人〉感动了我》；侯雁北的《创作闪想》。

《北方文学》第3期发表李福亮的《文清·情切·义长》；闻歌的《文风还是朴素些好》。

《东海》第3期发表阎纲的《小城新闻多——读潮清中篇小说〈风景路上〉》；王愿坚的《催人泪下，发人深思——中篇〈海地〉欣赏随笔》。

《江南》第2期专栏“中篇小说艺术谈”发表董德兴的《当代中篇传奇结构的艺术特征》，竺洪波的《略谈中篇塑造人物形象的优势》，杜荣根的《再谈中篇小说的隐层结构》。

《西藏文学》第3期发表张隆高的《评论自由与西藏文学现状》。

《青年作家》第3期以“关于《河的眼睛》的讨论”为总题，发表刁其俭的《迷惘的灵魂》，张建基的《读文明的深情呼唤》，章邦鼎的《善乎，恶乎？》，黎明的《谈刘广林性格的变化》；同期，发表苏丁的《小说的危机》。

《青春》第3期发表《张弦给青春主编曹立侃的信》。

《奔流》第3期发表鲁枢元的《在艺术与人的地层中》；宋协周的《春来江水绿如蓝——读诗集〈弯路上的小花〉序》；刘思的《江南江北入梦来——读青年诗人王中朝的近作》。

《萌芽》第3期专栏“一九八五年小说发展笔谈”发表蔡翔的《文化意识和文化选择》，魏威的《〈百年孤独〉和八五年的新时期小说》。

《散文》第3期发表荧光的《繁荣散文亟需发展创新》；武世文的《散文，行进在广阔的道路上》。

《滇池》第3期发表彭荆风的《我和短篇小说——〈红指甲〉后记》。

《解放军文艺》第3期发表钱钢的《唐山大地震——“7.28”劫难十年祭》；徐怀中的《凝神于北纬40°线的思考》；喻晓的《妙笔尺幅写惊魂》。

2日，《厦门大学学报(哲学社会科学版)》第1期发表黄重添的《从新生代创作看台湾文学的发展》。

3日，《小说选刊》第3期发表雷达的《在蜕变中奋进——一九八五年中篇小说印象记》。

《报告文学》第3期发表吴国光的《伦理的困惑与新生》。

4日，《山东文学》第3期发表张达的《寻找自己　超越自己——评尹世林的小说创作》。

5日，《广西文学》第3期发表杨炳忠的《当代瑶族文学的一朵新花——蓝怀昌小说集〈相思红〉漫议》；林芳的《文学批评和多维性思维》；沙平的《一篇有份量的小说——读〈古老的油榨〉》；杨克的《根植于脚下的土地》(评邱灼明的诗歌)。

《大西南文学》第3期发表王祖训的《为军事文学的繁荣助威》；赵坤的《文学与能源》。

《中国西部文学》第3期发表肖云儒的《谈谈西部精神问题》；曾绍义的《土地·奇观·珍珠——吴连增散文漫笔》；何西来的《文学评论的情与理》。

《文学自由谈》第2期以“作家四人谈”为总题，发表林斤澜的《短篇短见》，李杭育的《通信偶得》，杨润身的《想起赵树理　做农民贴心人——在〈九庄奇闻〉讨论会上的发言》，王家斌的《面对蛊惑》；以“接受与阐释”为总题，发表曾镇南的《生命乐章的第一次变奏——读中篇小说〈变奏〉》，杨桂欣的《肖万昌：一个扎扎实实的“土皇帝”形象——读张炜的〈秋天的愤怒〉》，黄泽新的《笑声在心灵里震颤——读航鹰〈谐谑二题〉》，李晶的《“我”的自失与自珍——读〈从春天到春天〉》，煊汝的《来自读者的回音——天津市群众文学欣赏意向调查》；以“评论的艺术”为总题，发表何志云的《致鲁枢元的信》，陈骏涛的《文学批评：多职能的综合》，李庆西的《文学评论也是一种人生态度(评论家之路)》；以“文学论说一家言”为总题，发表夏刚的《等待深入开拓的土地——关于性爱题材的美学与观察》，张赣生的《我和你一起面对现实世界》，费振钟、王干的《蒋子龙的小说观念——读〈不惑文谈〉》；同期，发表戈兵的《社会效益面面观》；吴方的《当代杂文“生死”观》；吴泰昌的《〈生活的痕迹〉序》；陈孝英的《艺术与科学：正在迎面走来的两极》；吴祁六的《倘若真有所谓“文墓”》；邹平的《现实主义是不够用了嘛?》；王斌、晓鸣的《关于现实主义的通信》；李洁非、张陵的《现实主义概念(新时期文学思想未来学思考之三)》；李陀的《拾遗录：谁来呐喊》；黄子平的《艺海勺谈：没意思》；陈丹青的《读安忆的小说及其他——来自美国的信》；刘俊光的《王安忆：一个新的里程碑》；陈思和的《对古老民族的严肃思考——谈〈小鲍庄〉》；周梅森、赵本夫的《我们有我们的路》(文学通信)；赵玫的《孙犁印象》(作家剪影)；[苏]鲍·李福清作、谭思同译的《论中国当代中篇小说及其作者(节译)》；伍晓明的《作品与释解——略谈解释学》；《老作家是否还有新活力——天津、河北联合举行杨润身创作讨论会》(动态)。

《当代文坛》第2期发表《〈蓝花豹〉笔谈(六篇)》；陈朝红的《面向时代　探索人生——一九八五我省中篇小说漫评》；杨甦的《王群生小说创作散论》；吴秀明的《为巾帼英雄塑象——谈〈白莲女杰〉中王聪儿形象的得与失》；周政保、方位的《青年军旅诗人论(之三)》；胡德培的《传记文学的新境界——围棋国手陈祖德和他的〈超越自我〉》；黄立宇的《谈贾平凹个性和他的散文创作》；吴红的《香港归来话文学——访老作家艾芜》；夏文的《魏钢焰和他的文学创作》；黄书泉的《他造就了自己——与李杭育一席谈》；洪永平的《向文学研究纵深领域冲刺——刘再复“性格组合论”系列论文评述》；熊忠武的《论新时期文学观念之嬗变》；郑海的《少数民族文学新人的崛起》；青人的《沉重悠远的历史感悟与深刻明晰的当代意识——读郑义的两部中篇力作》；张君恬的《奇趣中的求索——汪曾祺小说中的“异人”形象》；董运庭的《“只在此山中　云深不知处”——谈艺术的间离效果》；毛乐耕的《锦绣文章美如画——散文的画面艺术》；李北星的《艺术幻觉：审美静观中的心理哗变》。

6日，《光明日报》发表李书磊的《文学对文化的逆向选择——评寻根文学思潮及其争论》。

《台港文学选刊》第3期发表耘之的《纯情的选择——从席慕蓉的诗集谈起》；古剑的《聂华苓的中国情意结——关于大陆、台湾、香港文学的对话》；王晋民的《论张系国科幻小说的思想艺术特色》；武寒青的《激情、沉思与诗——许达然散文读后》。

7日，《花溪》第3期发表成建三的《战士自有战士的性格——谈陈茂荣笔下的军人形象》；顾平的《力量与韧——陈茂荣生活与创作谈片》。

《文学报》发表艺舟的《“我的根仍扎在那儿”——记台湾散文家郭枫》。

8日，《文艺报》第10期发表西南的《大海情深——读刘白羽的长篇报告文学〈大学〉》；李劼的《文学的时代意识与时代的文学意识》。

10日，《文汇月刊》第3期发表丹晨的《未敢忘却》(文艺短论)；桑晔的《寄陈若曦》。

《中国作家》第2期发表梁晓声的《京华见闻录》；苏晓康的《洪荒启示录——洪汝两岸防灾纪实》；於可训、吴亮的《自觉意识·主体精神——关于文学批评的通信》；张辛欣的《撕碎，撕碎，撕碎了是拼接》。

《文艺争鸣》第2期发表谢冕的《追求的历程——现阶段诗歌的简要回溯》；李准的《时代的大变革和爱情的新思考——爱情婚姻描写中的观念更新》；钱念孙的《世界文学时代的民族文学》；邵大箴的《文艺的民族性和世界性》；纪众的《思辨哲学与思辨哲学的文学批评》；陆梅林的《方法论放谈——兼论一元论和多样化》；北川、庆国的《令人遗憾的审美错位——〈男人的一半是女人〉中的探索与失误》；荒甸的《一部意义深广的力作——读〈男人的一半是女人〉》。

《北京文学》第3期专栏“《异乡见闻》与文学的寻‘根’——郑万隆作品讨论会”发表苏予的《在生活、创作中寻找和塑造自己》，陈骏涛的《郑万隆的艺术世界》，陈墨的《浅谈〈异乡见闻〉的不足》，张韧的《〈异乡见闻〉与寻“根”文学》，谢云的《也谈寻"根"》，孙武臣的《"过去"就在"现在"里》；刘蓓蓓的《题外的话》。

《诗刊》第3期公布中国作家协会第二届（1983—1984）全国优秀新诗（诗集）获奖名单；同期，发表曾镇南的《冷峻的诗美——〈一个老女人的故事〉读后》；刘征的《寓言诗的构思》；唐湜的《关于〈幻美之旅〉》；牛汉的《学诗手记（七则）》；邵燕祥的《晨昏随笔》；盛海耕的《语感：越灵敏越好》；吕进的《诗剧与剧诗》。

《读书》第3期发表李庆西的《说〈爸爸爸〉》；萧乾的《一叶知春——读〈张辛欣小说集〉有感》；陈平原、钱理群、黄子平的《"二十世纪中国文学三人谈"：方法》；朱辉军的《艺术系统与系统方法》；唐小兵的《后现代主义：商品化和文化扩张——访杰姆逊教授》。

13日，《光明日报》发表雷达的《时代怎样选择文学——从〈新星〉谈起》。

15日，《文艺报》第11期专栏"我看一九八五年的文学"发表绿雪的《85年长篇小说的两面》。

《当代文艺思潮》第2期转载《文艺报》2月6日评论员文章《创作自由和文艺工作者的社会责任感》，并加编者附言；同期，发表王鲁湘、李军的《一阴一阳之谓道——〈绿化树〉、〈男人的一半是女人〉的本体象征及其它》；费振钟、王干的《论"文化"小说——新时期小说艺术漫论之四》；孙静轩的《中国新诗六十年片论》；雷达的《人的觉醒与反封建主题的推衍——〈葬礼〉〈思索〉〈愤怒〉比较谈》；李丛中的《论当前的社会心理与当前的文学创作》；郑伯农的《反映论的历史命运》；戴钢的《浪漫主义—现实主义传统和艺术革命》；《西部军事文学的长进与拓展——"西部军事文学研讨会"发言选载》；文乐然等的《西部作家视野中的西部文学——部分中、青年作家答本刊编辑部问》；林染的《骆驼队仍在神秘悲壮地跋涉——谈西部意识》。

《文艺评论》第2期发表巴波的《必须深入生活》；彭放的《"小说"与"文化"》；张德林的《关于"时"文学、"人"文学、"俗"文学》；吴士余的《新时期小说史诗化趋势——〈当代小说创作论稿〉之四》；顾亚维的《时代的女性文学》；喻权中、王超英的《论中国文化发展史长河中的北大荒文学》；于子牛的《阀门在哪里》；蔡翔的《文学、经验和形而上学》；周忠厚的《创作方法和手法要多样化》；贾明的《文学接收中的马太效应》；曾镇南的《阿城论》；赵鑫珊的《文学与精神病学》；袁明华的《铃·窗·井——有感于陆文夫的物件巧用》。

《文学评论》第2期专栏“我的文学观”发表本刊记者的《几位青年军人的文学思考》；李存葆的《在变化中寻找自己》；李杭育的《“文化”的尴尬》；陈晓明的《作家群和读者群的文化反应》；专栏“新时期文学十年研究”发表李洁非、张陵的《被唤醒的美学意识：悲剧》；同期，发表曾镇南的《南方的生力与南方的孤独——李杭育小说片论》；孙荪的《从〈大河奔流〉到〈黄河东流去〉——论转折时期李准的创作》；邵燕祥的《关于文学研究的通信》；铭文的《第三届台湾及海外华文文学讨论会综述》。

《长江》第2期发表彭葆的《海上的老水手——读曾卓的诗》；王又平的《街头巷尾的文化性格——方方笔下的市民们》；夏香的《华莎及我的台湾之旅》。

《民族文学》第3期发表陶立璠的《一支新军在崛起——读少数民族女作家创作》。

16日，《红旗》第6期发表胡采的《关于当前文艺问题的思考》。

17日，《作品与争鸣》第3期发表张炯的《要干预生活与灵魂》；李准的《主体意识和文艺繁荣》；易杨的《对故事片〈黄土地〉的争论》；郗龙的《〈戏剧报〉讨论〈野人〉》。

18日，《中国》第3期发表高尔泰的《关于文学评论的随想——为“社会学的评论”再辩》；牛汉的《诗的新生代》。

19日，《青年文学》第3期发表张兴劲的《向世界展示“这一代”青春的灵魂——关于中篇小说〈“尤伟”们〉的随想录》。

20日，《人民文学》第3期发表莫言的《红高粱》。

《小说评论》第2期发表朱寨、阎纲、顾骧、何西来、王愚、白烨的《小说观念和创作方法——〈新小说论——评论家十日谈〉之七》；景国劲的《论近年小说批评的发展趋向》；牛玉秋的《展现精神觉醒的进程——读〈秋天的思索〉和〈秋天的愤怒〉》；蒋守谦的《第五步：读〈5.19长镜头〉联想》；单正平的《纯美的艺术——读邓友梅市井小说的一点思考》；顾传菁的《一个有血有肉的伟人——谈〈第一个总统〉中孙中山艺术形象的塑造》；马威的《寓浓情与朴素——短篇小说〈山风〉读后》；李作祥的《当代人眼中的五十年代——评〈过渡年代〉》；李运抟的《“我”留真情在人间——新时期青年小说创作审美特征一探》；朱向前的《天马行空——莫言小说艺术评点》；胡采的《浅议反映论及其他——〈西部中青年作家论〉序》；陈深的《我谛听到大山深处的呼唤——致〈农民的儿子〉作者的信》；云阳的《西北回族人民的一段心史——读〈黄泥小屋〉》；东辛庄的《做时代的秘书——读〈公共汽车咏叹调〉随笔》；一评的《文化的扬弃与文化的建设——读聂鑫森〈脑髓卷〉》；何人的《〈男人的一半是女人〉异议》；李建民的《多义性：小说对当代生活审美把握的拓展》；郑义的《就〈农民儿子〉致海波》；乐黛云的《当代西方文艺思潮与中国小说分析(六)》；汪淏的《试论纯小说的自立性及其模糊设计》。

《光明日报》发表李清泉的《雅俗相通者的话》。

《清明》第2期发表羽军的《斯人虽已没——关于张恨水的评价问题》；冯能保的《艺术感受纵横谈》。

《唐山教育学报》第1期发表林承璜的《刀锋犀利　游刃有余——谈〈游园惊梦〉中钱夫人性格的刻画》。

21日，《文艺研究》第2期发表《文艺报》评论员的《创作自由和文艺工作者的社会责任感》；周凡、文德培的《当代文学风俗化倾向的美学评析》；曹晓乔的《开创时期话剧文学的民族化》。

22日，《文艺报》第12期专栏“我看一九八五年的文学”发表刘厚明的《小溪也要奔腾》(评论儿童小说)，韩瑞亭的《骚动不宁的绿营文场》(评论军事文学)。

《长城》第2期发表张从海的《简评〈长城〉一九八五年获奖小说》。

23日，《当代文艺探索》第2期“华东师范大学校友专号”发表许子东的《文学批评中的“我”》；南帆的《文学与情感认识论》；沈乔生的《紧张和放松》；李劼的《战争文学三层次——文学是人学思考之三》；宋耀良的《十年文学一瞥》；晓丹的《忧郁的爱情与爱情的忧郁——谈谈李杭育小说中的爱情描写》；夏中义的《文学素材的艺术心理分析》；张擎的《绞架下的世界和秋千上的梦——成人文学和儿童文学的荒诞性比较》；邓键的《精神病理因素对文学创作的影响》；魏威的《现实主义心理描写艺术手段的历史发展》；朱大可的《论艺术及其美学的有序化》；欣明的《形态美学与小说语象的流变》；方克强的《论文学的真实系统》；夏志厚的《长青的生命之树——文艺理论观念变革思考之三》。

25日，《当代作家评论》第2期发表徐兆淮、丁帆的《时代性·人性·个性》；王舟波、刘忱的《淡蓝透明到似有若无——何士光小说的情绪基调及其成因》；蔡葵的《“习惯于从容地谈论”它——读〈男人的一半是女人〉》；吴方的《断想〈男人的一半是女人〉》；刘蓓蓓的《兽·人·神——关于〈男人的一半是女人〉》；李树声的《难得的永恒　难释的解——漫谈〈男人的一半是女人〉》；张陵、李洁非的《两个章永璘与马樱花、黄久香》；谭秉生的《光明、美丽和真诚的歌者——何立伟和他的小说创作》；夏晓昀的《漫谈何立伟的小说》；古远清、高进贤的《为社会主义新人立传——评肖复兴的报告文学》；邹平的《一部具有社会学价值的当代小说——读刘心武的〈钟鼓楼〉》；夏刚的《当代启示录——高行健话剧世界面面观》；王强的《他的世界与世界的他——刘再复散文诗人格意象初探》；李黎的《从舒婷看新诗潮的实绩——舒婷诗歌研究之六》；江岳的《评方方的小说创作》；徐新建的《文学的"怪圈"——读刘心武〈5.19长镜头〉之断想》；张巨才、汪培庄的《人物性格的二重组合原理与模糊结合论》；尧正的《互渗律：一种新的艺术关系》。

《特区文学》第2期发表陈残云的《广东文学创作能上去吗?》；秦牧的《对广东文学创作的一些看法》。

《收获》第2期发表颜元叔的《在黑暗中端着一盏灯——评〈进香〉》。

27日，《文学报》发表艺舟的《"我的根仍扎在那儿"——记台湾散文作家郭枫》。

29日，《文艺报》第13期发表严文井的《〈断桥〉读后感》；王屏的《她寻找到了什么——〈寻找合适去死的剧中人〉读后》；吴秉志的《人心温热的歌》(评史铁生的《插队的故事》)；张志忠的《镌刻在废墟上的启示录——读钱纲的〈唐山大地震〉》；贺兴安的《转化性格的艺术探求》。

本月，《十月》第2期发表张光年的《出色的答卷——陈祖芬系列报告文学读后记》；冰心的《从〈经济和人〉里所呈现的陈祖芬形象》；苏桦的《党和人民翘首以待》(评陈祖芬的报告文学)。

《山西文学》第3期发表马烽的《〈深山里的哥哥〉序》；徐双喜的《黄土高原与〈小城故事〉——周同馨的诗》。

《当代文学研究资料与信息》第3期发表滕云的《大文学的时代——当今文学总体结构上的十点变化》；梅朵的《对一九八五年电影创作的认识》。

《百花洲》第2期发表周劭鑫的《向大地的深层掘进——评近年来农村改革题材中篇小说创作》；贺光鑫的《试谈小说情节的选择与开掘》。

《红岩》第2期发表吕进的《散文诗的语言》；王锡渭的《散文中的印象描写》；刘火的《读〈峡谷人家〉致赵剑平》。

《雨花》第3期发表吴周文的《清芬的酒　醉人的诗——首届双沟散文奖获

奖作品漫评》。

《春风小说选刊》第3期发表章直的《主题的朦胧美——喜读马秋芬的新作〈浪漫的旅程〉》。

《福建文学》第3期发表宋耀良的《文学·文化·心态——文学中文化寻根问题的探讨》；徐荆的《真挚的情感　纯净的诗风——读爱情组诗〈荆棘丛中的花朵〉》。

《广东社会科学》第1期发表许翼心的《香港文学在中国现代文学史上的特殊地位》。

《芙蓉》第2期发表李元洛的《海阔天空论诗——台湾诗人余光中访问记》。

《台声》第3期发表黄重添的《关于台湾文学研究的断想》；古继堂的《八十年代台湾青年女作家群》。

本月，湖北人民出版社出版司马云杰的《文艺社会学论稿》。

四川省社会科学院出版社出版苏鸿昌的《文艺理论基础》。

广东人民出版社出版饶芃子、谭志图的《文学入门》。

上海文艺出版社出版蒋孔阳的《美学与文艺评论集》。

四川文艺出版社出版流沙河编的《同文学青年谈心》，易明善等编的《何其芳研究专集》。

内蒙古人民出版社出版包明德的《文苑思絮》。

文化艺术出版社出版中国艺术研究院《现状研究丛书》编辑部编的《艺文论集(一)》、《艺文论集(二)》，中国郭沫若研究学会《郭沫若研究》编辑部编的《郭沫若研究(第2辑)》。

南开大学出版社出版南开大学中文系《文学研究年刊》编辑部编的《文学研究年刊(1985年第1辑)》。

湖南文艺出版社出版丁玲创作讨论会专集编选小组编的《丁玲创作独特性面面观：全国首次丁玲创作讨论会专集》。

北岳文艺出版社出版李国涛的《文坛边鼓集》。

广西民族出版社出版周作秋等编的《当代文学问答》。

作家出版社出版中国作家协会创作研究室编的《当代作家论(第一卷)》。

中国青年出版社出版孟繁华、吴丽燕的《新时期小说与诗歌十讲》。

辽宁大学出版社出版刘思谦、孔凡青的《小说追踪》。

人民文学出版社出版中国社会科学院文学研究所资料室编的《鲁迅研究资料索引》。

4月

1日,《小说林》第4期发表马加的《群星灿烂的北方》;王建新的《浅谈吴若增小说中的农民形象》。

《上海文学》第4期发表程德培的《被记忆缠绕的世界——莫言创作中的童年视角》;张志忠的《一个现代人讲的西藏故事——马原小说漫议》;李振声的《商州:贾平凹的小说世界》。

《长安》第4期发表李健民的《历史感的探寻与当代意识的观照——读中篇小说〈黑龙沟的传说〉》。

《天津文学》第4期专栏"小说论坛"发表李哲良的《小说家和美学》,卢君的《寓真于诞》,罗强烈的《由"实"而"虚"的追求及其艺术表现》,李书磊的《不透明小说及其它》,刘敏的《"举类迩而见义远"》;胡德培的《"酒精"与"茅台"》。

《北方文学》第4期发表韦健伟的《黑龙江的歌——读张连荣的〈北疆三题〉》。

《东海》第4期发表肖荣的《漫谈小说语言的整体性》;沈文元的《传统文化的别一面——〈顶子的故事〉读后》。

《西藏文学》第4期发表扎西达娃等的《"西部文学"与西藏文学七人谈》;行健的《穿破这高原的迷雾》。

《作品》第4期发表张奥列的《突破原有的审美模式》;竺柏岳的《略谈人物性格的支撑点与丰富性》;张化祥的《一个促人警醒的青年形象》。

《作家》第4期发表毛时安、吴亮、李劼、蔡翔、许子东的《"文学寻根"五人谈》;专栏"我看吉林青年小说创作"发表纪众的《哲学意识的觉醒——谈我省青年小说创作及对他们的批评》,章平的《摆脱框架寻找真实的构成》。

《青春》第4期发表王正湘的《熔雅俗于一炉》。

《奔流》第4期发表陈辽的《一九八五：创作潮流的共存、竞赛和渗透》；黎辉的《日渐强化的主体意识》；艾云的《田中禾新作〈春日〉讨论会纪要》。

《萌芽》第4期专栏“一九八五年小说发展笔谈”发表吴亮的《对一九八五年小说的几点辩护性思考》，毛时安的《纪实性：文学把握世界的别一种方式》。

《散文》第4期发表曾绍义的《从“身边琐事”的小圈子中挣脱出来》；田野的《散文随想录》。

《滇池》第4期发表晓雪的《他行进在红土高原的山道上——论米思及的诗》；怡文的《流萤在闪烁》。

《解放军文艺》第4期“军事文学·我的思考(二)”栏发表范咏戈的《站在新的临界线上的眺望》，刘兆林的《我对自己的一点想法》，金辉的《研究战争与民族心理》，李本深的《拿起你的魔杖》；同期，发表黄国柱的《张卫明小说艺术特色漫谈》；毛乐耕的《散文与艺术想象》；高松年的《悲壮真实的心灵剖析》；王安刚的《滤除了美的实体的结构分析》。

3日，《小说选刊》第4期发表陈骏涛的《心灵的疏导与沟通——读刘心武的两篇纪实小说》；王兆军的《致张炜》。

《光明日报》发表邵牧君的《喜看〈黑炮事件〉》。

4日，《山东文学》第4期发表宋遂良的《悬崖上的“爱情”——评中篇小说〈天山雪深〉》；马立诚的《评郑万隆的近作》；姜静楠的《提供了一个了解西方的窗口——我读〈狮身人〉》。

5日，《广西文学》第4期发表罗守让的《小说创作哲理美的追求》。

《大西南文学》第4期发表吴德辉的《评论和创作，相辅而相成——与诗集获奖者晓雪一席谈》；仲源的《烈火海涛见情怀——柯仲平诗作艺术风格浅谈》；刘强的《漫议幽默小说的艺术特征和结构方式》。

《文艺理论家》第2期发表张炯的《前进中的文学理论批评》；陈良运的《当代新诗艺术的意象化趋势》；蒋天佐的《他们耕耘在文学评论的原野上》；周劭鑫的《他心中有一块圣地——读俞林〈在青山那边〉断想》。

《中国西部文学》第4期发表陈孝英的《撒落在伊犁河畔的“露珠”——谈祖尔东·沙比尔小说的民族特色和喜剧风格》。

《青海湖》第4期发表文山的《美的追求　美的赞歌——格桑多杰的〈黎明分

娩的新城〉》；沙平的《诗的故事　诗的形象——读中篇小说〈在部落的废墟这边〉》；林芳的《文艺批评和多维性思维》。

7日，《花溪》第4期发表张建建的《戴明贤小说漫评》；徐建新的《方法·观念·时代——关于文艺研究的思考》；张时荣的《传统与当代》。

10日，《北京文学》第4期发表成志伟的《如此"标新立异"》；张毓书的《藏头露尾　摇心移神——小说悬念漫笔》；胡德培的《要甘于寂寞——艺术规律探微》。

《诗刊》第4期发表公刘的《1986：历史的回声》；屠岸的《诗歌艺术向纵深的发展——第二届全国优秀新诗获奖诗集读后》；刘湛秋的《1985年的中国新诗——〈1985年诗选〉编后记》；木斧的《直白未必不是诗——为〈今天的宣言〉一辩》；记一的《读者不欢迎"严肃"刊物吗?》。

《读者》第4期"评论的评论"栏发表南帆的《选择的进步》；同期，发表李振声的《贾平凹的散文世界：情致与启悟》；王干、费振钟的《一九八五：〈人民文学〉》；金克木的《文艺的地域学研究设想》；李丕显的《艺术、直觉与表现》。

《台港与海外华文文学》第1期出版，顾问委员会成员有萧乾、杨越、秦牧、夏衍、黄秋芸、曾敏之等，主编陈贤茂，本期发表潘真的《开拓新领域，敢为天下先——访香港青年评论家黄维梁博士》；巴桐的《处在转变时期的香港文学》；罗隼的《香港文学杂缀》；巴桐的《大家都来谈香港文学——至罗隼先生的信》；紫帆的《意料之外，情理之中——谈〈无腿的人〉结尾的戏剧性逆转》。

12日，《文艺报》第15期发表冯骥才的《面对文学试验的时代》；从维熙的《"五老峰"下荡轻舟——读〈红高粱〉有感》；李幼苏的《"西部文学"管窥》；陶洁的《也谈严肃作家与通俗文学》。

15日，《民族文学》第4期发表顾骧的《润物细无声——读壮族青年女作家岑献青的〈江村〉》；王文平的《西去断想——读〈去拉萨的路上〉有感》；宋遂良的《东方式的温情和西方式的经营——简评〈子遇子路〉》。

16日，《红旗》第8期发表陈涌的《文艺学方法论问题》(评刘再复的文学观点)。

17日，《作品与争鸣》第4期发表戈平的《端正文艺工作的指导思想》；戚启的《〈第一滴血〉是一部什么影片?》；白化的《国内外关于〈第一滴血〉的争论》；杨志今的《中宣部文艺局和中国影协召开电影座谈会》；曹天成的《文艺的发展趋势及未来预测》;冀元璋的《1984 年苏联〈文学报〉关于“正面人物”问题的讨论》;汪鸣的《作家的自尊心和作品的倾向》。

18 日,《中国》第 4 期发表刘晓波的《无法回避的反思——由几部知识分子题材的小说所想到的》。

19 日,《文艺报》第 16 期发表蓝翎的《新时代的“救荒策”——读〈洪荒启示录〉的启示》;李元洛的《“批评家即艺术家”》;《小说〈无主题变奏〉引起争鸣》。

《青年文学》第 4 期发表凌宇的《“湘军”的年轻“将校”们——散谈湖南青年作家及其小说》。

20 日,《人民文学》第 4 期发表滕云的《乱花渐欲迷人眼》。

《当代》第 2 期发表蒋子龙的《蛇神》;柯云路的《夜与昼(下卷)——长篇小说〈京都〉第一部》;郁林清的《文坛四忌》;缪俊杰的《“文化意识”和文学“寻根”小说》;郑义的《这一瞬间凝结了永恒——读〈古墙〉漫想》。

《福建论坛》第 2 期发表包恒新的《台湾新文学的开拓者——张我军》。

22 日,《文学知识》第 4 期发表田中禾的《我写〈五月〉》。

24 日,《光明日报》发表《古华致萧乾信》。

《文学报》发表东瑞的《谈我小说创作的角度》;张默芸的《爱情·婚姻·社会——谈台湾爱情小说》。

25 日,《文艺理论研究》第 2 期发表陈纾、管权的《蒋子龙小说的悲剧精神》;唐跃的《时间的艺术——兼析〈钟鼓楼〉时间的艺术处理》;席承的《围绕着〈新星〉的议论》;滕云的《批评的主体意识、多元态势与综合态势》;王愚的《在多样化的面前》。

26 日,《文艺报》第 17 期发表南丁的《喧闹的一九八五》;张一弓的《一个“记者”的文学思考》;张宇的《小说闲话》;冯牧的《谈周政保的军事文学评论及其它》;刘索拉的《适当地为自己说说……》;李庆西、黄育海的《走向未来的阵容——谈谈〈新人文论丛书〉》;白烨的《文学主体性问题引起关注》;钟丹的《关于文学“寻根”的对话——中国作协湖南分会中短篇小说座谈会侧记》;同期,以“新时期的河南文学”为总题,发表何秋声的《〈莽原〉的追求》,杨东明的《在多样化中创造自我》。

28 日,《中国妇女报》发表游欣蓓的《“写作使我有一种使命感”访台湾女作家施叔青》。

30日，《文史杂志》第2期发表黄清华的《许地山先生在香港》。

31日，《台湾研究集刊》第1期发表黄重添的《台湾乡土文学的一个波澜——读钟肇政的两个三部曲》；刘登翰的《在两种文化的冲撞之中——论施叔青的小说》。

月底，《名作欣赏》第2期发表叶橹的《平中见奇突　奇中寓深意——贾平凹〈一个老女人的故事〉赏评》。

本月，《山西文学》第4期发表杨士忠的《〈黄河诗派〉质疑》；谢泳的《〈晋军崛起〉后的沉思》。

《文学家》第2期发表曾绍义的《散文与艺术通感》。

《中篇小说选刊》第2期发表杨贵云的《安康的赐予》（《陕南的天，中国的天》创作谈）；程家政的《应珍惜历史的纪念》（《青春的纪念》创作谈）；刘心武的《试试看》（《公共汽车咏叹调》创作谈）；徐小斌的《走出那条无形的轨迹》（《对一个精神病患者的调查》创作谈）；石定的《关于〈天凉好个秋〉》；周易、树棻的《说点“老话”》（《伴飞》创作谈）；李宽定的《愿象生活一样朴素》（《山林恋》创作谈）；竹林的《感谢农村》（《没有热量的萤光》创作谈）；苏晨的《〈小家碧玉〉的情爱》。

《安徽文学》第4期发表郭长德的《关于〈幸福的一对儿〉的对话》。

《福建文学》第4期专栏“小说观念更新笔谈”发表周介人的《小说的自觉意识》，吴亮的《当代小说中的理性精神》，程德培的《小说是什么？》，蔡翔的《小说和角度》。

《台声》第4期发表田野的《〈桥〉的回忆》；张怀瑾的《桥与路》。

《华人世界》第1期发表吴正的《诗的主题及其变奏》。

本月，陕西人民出版社出版袁良骏的《鲁迅研究史（上）》，李景彬的《周作人评析》。

北京大学出版社出版闵开德、吴同瑞的《鲁迅文艺思想概述》。

天津人民出版社出版单演义的《鲁迅与瞿秋白》。

河南少年儿童出版社出版樊发稼的《儿童文学的春天》。

湖南文艺出版社出版谢冕的《谢冕文学评论选》。

北京大学出版社出版孙庆升的《曹禺论》。

中国文联出版公司出版陈晓兵编的《怎样踏上作家之路》，山西文学编辑部编的《我的第一篇小说》。

海峡文艺出版社出版张器友、王宗法编的《李季研究专集》。

昆仑出版社出版昆仑出版社编的《军事文学的新浪潮》。

人民文学出版社出版陈思和、李辉的《巴金论稿》。

四川省社会科学院出版社出版四川省社会科学院文学研究所抗战文艺研究室编的《抗战文艺报刊篇目汇编》。

南京大学出版社出版吴炫编著的《文学评论十面观》。

江西人民出版社出版傅修延、夏汉宁的《文学批评方法论基础》。

湖南文艺出版社出版碧野的《愿与青春结伴》。

广西人民出版社出版林泽生、黎伟东编的《中外名家论创作技巧》。

北京师范大学出版社出版北京师范大学中文系文艺理论教研室编的《美学文学论文集》。

中国社会科学出版社出版中国社会科学院外国文学研究所、《外国文学研究资料丛刊》编辑委员会编的《列宁文艺思想论集》。

辽宁大学出版社出版栾昌大的《文学典型研究的新发展》。

内蒙古人民出版社出版《文艺美学论丛(第一辑·1985年)》。

文化艺术出版社出版中国艺术研究院外国文艺研究所《马克思主义文艺理论研究》编辑委员会编的《马克思主义文艺理论研究(第7卷)》。

5月

1日,《小说林》第5期发表曾镇南的《一九八五年文学琐谈》;刘春的《一个复杂的形象　一个受伤的灵魂——评〈一个没用的男人〉》。

《文学月报》第5期发表陈达专的《徘徊的一九八五》;陈淞的《出人意料的结尾——肖建国三篇小说结尾艺术探微》。

《长安》第5期发表胡采的《努力提高作品的思想质量和艺术质量——在西安市文艺作品获奖作者表彰会上的讲话》;周大鹏的《大团结、大鼓劲、大繁荣》。

《天津文学》第5期专栏“笔谈散文”发表袁鹰的《不必感到寂寞》，姜德明的《散文三议》，吴周文的《提倡“美文”》，谢大光的《散文观念需要变革》，赵玫的《我的当代散文观》，林希的《散文无定格》。

《北方文学》第5期发表洪钧的《也谈小说的“淡化”及其他》。

《东海》第5期发表何永康的《情节的弹性》；骆寒超的《艺术的追求》；毛闯宇的《暂时的困惑——读〈唉，财富！〉》。

《江南》第3期发表金健人的《似真似幻的荒蛮世界——评闻波的中篇小说〈地窖子〉》；骆寒超的《张烨的〈隐显在长城上的面孔〉》；专栏“中篇小说艺术谈”发表戴翊的《历史感与个性化》。

《红旗》第9期发表丁忱的《我们有——比地更光亮的东西——对于〈唐山大地震〉》。

《作品》第5期发表并岛的《“巧”与“拙”——读〈令人烦恼的看相术〉》。

《作家》第5期专栏“我看吉林青年小说创作”发表冬木的《作家，建立起你“个”的主体性》，郭力家的《关于吉林小说创作新态势断想》。

《青年作家》第5期发表易丹的《关于〈小说的危机〉的质疑——与苏丁同志商榷》；李陀的《小说观念与艺术规范》。

《青春》第5期发表叶永烈的《人才文学的兴起》；陈辽的《作家的“领地”》。

《奔流》第5期发表於可训的《关于人的生态、心态及其他》；王大海的《通向人物心灵深处的路》；魏威的《为纷繁的生活问题而创造》。

《萌芽》第5期发表刘绪源的《在生活的天平上觅取真谛》。

《散文》第5期发表黄陲的《怎样写好散文——关于游记散文的创作》。

《滇池》第5期发表黄尧的《造山年代——横断风景之一》；胡廷武的《多色的梦——读长篇小说〈青春梦幻曲〉》。

《解放军文艺》第5期发表丁临一、张廷竹的《关于〈兵趣〉、“刊物口味”及其他》；何永康的《“小虫”是怎样赶上“大象”的?》；唐弢的《〈创作漫谈〉增订版序言》；同期，公布《一九八五年〈解放军文艺〉优秀作品获奖名单》。

《文史杂志》第2期发表黄清华的《许地山先生在香港》。

3日，《小说选刊》第4期发表王蒙的《梁有志他》；郑万隆的《关于〈远雷〉》；陶正的《自圆其说》。

《文艺报》第18期报道《文学自由谈》、《光明日报》对“雅俗共赏”问题展开争鸣；同期，发表邵燕祥的《探索：这是一个崇高的字眼》（上海文艺出版社出版的《探索诗选》序言）；丁宁的《花开犹带泥土香——读李天芳散文集》；陈天岚的《台湾文坛杂记（三）》。

4日，《山东文学》第5期发表王凤胜的《漫谈文艺界的团结问题》；王万森的《戏外有戏——评〈台上台下〉》；刘玉杰的《一篇发人深思的好作品——浅评〈最后的晚餐〉》；张鹄的《文学语言必须新鲜》。

5日，《广西文学》第5期发表彭洋的《文学时代精神的三个层次和文学形式》；琼柳的《反馈意识的冷思考——浅谈新诗的抒情》。

《大西南文学》第5期发表范道桂的《生活的色彩与作家的审美角度——评〈大西南文学〉1985年短篇小说》；苗得雨的《好象有美的音符在飞翔——略论散文的音乐美》。

《中国西部文学》第5期发表王蒙、周政保的《〈小说与诗的艺术〉序·后记》；上官玉的《西部文学的新开拓》；欧亚的《不能再这样"野"下去了》；李力、权力莉的《〈边地精灵〉评论两篇》。

《文学自由谈》第3期以"文学论说一家言"为总题，发表何新的《当代中国文学中的存在主义影响——再论当代文学中的荒谬感与多余者》，肖云儒的《中国西部文艺发展的客观条件和有利因素》，甘泉的《社会心态"标本"的撷取与解剖——〈5·19长镜头〉、〈公共汽车咏叹调〉谈片》，郭小东的《知青文学态势论要》；以"作家四人谈"为总题，发表何士光的《憋足的感想》，王安忆的《我在逆向中寻找》，孙健忠、蔡测海的《一方水土养一方人家》；以"评论的艺术"为总题，发表白烨的《社会主义文学的维护者和探路者（评论家之路）——谈陈涌的文学理论批评》，殷国明的《当代文学批评面临的"断层"》；以"接受与阐释"为总题，发表牛玉秋的《超越灾难和死亡——李存葆创作中的悲剧新因素》，罗强烈的《魔幻结构与一种精神形态的对应——读〈系在皮绳扣上的魂〉》；同期，发表弋兵的《在历史经验的面前》；鲍昌的《新时期十年的文学理论批评》；龙渊的《象征蕴涵：当代小说的艺术追求》；徐学清、温子键的《谈文学作品中痛感描写的嬗变》；马婀如的《张贤亮的新视角——读〈男人的一半是女人〉札记》；王绯的《性崇拜：对社会修正和审美改造的偏离——从〈男人的一半是女人〉的性描写说开去》；越客的《"曲高和寡"平议》；赵晓笛的《"雅俗共赏"毋庸置疑》；一粟的《也谈"雅俗共赏"》；李陀的《拾遗录（三）：行到水穷处　坐看云起时——批评意识小议》；黄子平的《艺海勺谈(三):意思的“涌现”》;汪宗元的《通往艰难之途》;张贤亮的《关键在于改造和发展我们的文学》;何立伟的《蔡测海君的人和文》;危羚的《新意蕴于激情中——读鲍光满的〈地下球王〉》;刘卫国的《心灵的呼唤——读宋崇光的〈舞厅外的少女〉》;黄桂元的《会唱歌的小星——读田晓菲的〈快乐的小星〉》;吴亮的《周介人印象》(作家剪影);李欧梵的《捷克现代民族诗人塞浮特》。

《当代文坛》第3期发表吕进的《新时期十年:新诗,发展与徘徊》;绍六的《寻求严肃文学与通俗文学的切点》;曹继强的《试论色彩与文学》;夏文的《和时代同步前进——读我省八五年部分报告文学作品》;贾平凹的《读金平小说笔记》;彭斯远的《幽默冲淡　刚柔并济——流沙河文风一瞥》;尹在勤的《耕耘生活耕耘美——徐康〈耕耘的抒情〉片论》;刘彦的《曾宪国小说创作刍议》;阳翰笙的《潜心研究我们自己的历史——张大明著〈现代文学沉思录〉序》;高信的《“鲁迅不喜欢〈阿Q正传〉”质疑》;向荣的《并非偶然的恋旧——“寻根热”兴发的心理轨迹》;黄洁的《寻根能拓展民族文化意识吗?》;黄树凯的《评刘心武的两篇纪实小说》;吴光华的《新颖·细腻·脱俗——谈〈黄河东流去〉的爱情描写》;叶公觉的《秦牧紫风散文风格比较》;李成军的《在开拓中发展——简论张炜的小说创作》;倪志兵的《试论新时期讽刺小说的艺术嬗变》;何志云的《文学批评的更新与辩证精神》;杨品、王君的《开拓思维空间与采用科学态度》;洪欣的《评论家的艺术敏感断想》;岑杰的《文学创作的“射门意识”》;吴光镭的《儿童需要喜剧》。

5—10日,“新时期文学讨论会”在复旦大学举行,与会者就新时期文学的成就、不足与前景,1985年文学的态势,西方现代派文学对新时期文学的影响等方面进行讨论(《文学评论》1986年第4期“学术动态”《新时期文学讨论会述略》)。

6日,《台港文学选刊》第5期发表杨牧的《林泠的诗》。

7日,《花溪》第5期发表张建建的《忧郁的乐观主义——蒙萌小说印象》;秋阳的《于细微处见精神》。

8日,《光明日报》发表孙犁的《散文的虚与实》。

9日,《上海文化艺术报》发表力康整理的《琼瑶的天空,琼瑶的梦》。

10日,《文艺报》第19期发表《探求“城市诗”新路需百家争鸣》;张颐武的《灵魂火焰的燃烧——读成一的系列小说〈陌生的夏天〉》;同期,报道《当代》杂志召开柯云路的长篇小说《夜与昼》讨论会。

《文艺争鸣》第3期发表白烨的《深层次地走向多样化——小说新动向概观》;滕云的《小说文化意识的觉醒》;张韧的《问题小说的沉浮与审美意识的嬗变——评刘心武的两篇小说》;尹均生的《论"报告小说"的兴起》;刘纳的《新时期小说与宗教》;张炯的《世界格局中的当代中国文学》;谢冕的《冲突与期待:加入世界的争取——论新诗潮》;朱晶的《"我所评论的就是我"?——致鲁枢元同志》;郝亦民的《创造主体与主体意识》;林默涵的《应该用什么准则来要求作家》;王若望的《作家"准则"读后感——与林默涵同志对话》;程代熙的《J·皮亚杰的结构主义的要义》;张万晨的《新时期电影界的主要论争》。

《中国作家》第3期发表周梅森的《黑坟》;涵逸的《中国小皇帝》;曾卓的《和大学生对话》;李书磊的《文学、文化与生活进步——致郑义》。

《长江》第3期发表顾志成的《愿你喜欢它,朋友——〈少女〉读后》。

《北京文学》第5期发表蔡翔的《追寻的痛苦——张承志的一九八五年小说概述》;余飘的《由"红嘴绿鹦哥"说开去》;张颐武的《人·爱·英雄主义——谈阿海的〈英雄的颂歌〉》;宁然的《谈〈勃尔支金荒原牧歌〉的失误》。

《诗刊》第5期发表公刘的《两篇序文和一次对话》;高红十的《高原女子的心韵——梅绍静和她的诗》。

《读书》第5期"评论的评论"栏发表李庆西的《文学批评与"文化—心理"整体意识——季红真文学论文集〈文明与愚昧的冲突〉编辑手记》;同期,发表黄子平的《小说观念突破前行的轨迹——读〈当代短篇小说43篇〉》;李子云的《同一社会圈子里的两代人——与女作家李黎的通信》;林大中的《文学的纯文学研究——评韦勒克、沃伦的〈文学理论〉》;黄集伟的《〈隔海说诗〉的漫想》;郭宏安的《读〈获诺贝尔文学奖作家丛书〉随想》;郑冈的《〈棋王〉与热力学第二定律》;治平的《集体表象与心史的研究》。

13日,《苏州大学学报(哲学社会科学版)》第3期发表赵沛霖的《关于台湾南社的初步认识》。

15日,《当代文艺思潮》第3期整期以"第五代批评家专号"为总题,发表谢昌余的《第五代批评家》,陈思和的《中国新文学发展的圆型轨迹》,陈晋的《文艺观念的当代命运》,朱大可的《文学批评:科学文化和宗教文化的对话》,蔡翔的《野蛮与文明:批判与张扬——当代小说中的一种审美现象》,周政保的《现阶段军事题材小说创作的危机感》;李书磊的《从"寻梦"到"寻根"——关于近年文学变动的札记之一》；郭小东的《文学：骚动与漂泊》；李洁非、张陵的《一九八五年中国小说思潮》；李庆西的《谈点儿“文化”，谈点儿“寻根”，再谈点儿别的》；邹华的《胡风在中国现代美学史上的地位》；李黎的《诗人论——对诗歌审美创造主体的考察》；徐亮的《艺术语言的三层次》；刘树生的《中国的“实验影片”与第五代电影》。

《文艺评论》第3期发表宋学益的《作为作家的质量》；喻权中的《文学创作需要新的群体意识》；林焱的《论怪诞小说》；张志忠的《领异标新二月花——对小说创作新潮的思索》；李国涛的《缭乱的文体(三章)》；程德培的《当代小说中的“空白”意识》；何志云的《当代军人的境界、灵魂与风骨——兼谈军事文学创作的几个问题》；赵玫的《父亲、图腾及幻灭——女人从理想走向现实》；应光耀的《人物性格的整体观——兼论改革者形象的性格塑造》；杨春时的《艺术个性与艺术的超越性》；孙绍振的《论科学的本质和艺术的本质之间的“误差”》；杨运泰的《学习海外文化与发展社会主义民族文化》；吴亮的《关于批评的随想》。

《文学评论》第3期发表文学研究所文艺理论研究室的《自由地讨论，深入地探索——关于刘再复〈论文学的主体性〉一文的探讨》；刘晓波的《一种新的审美思潮——从徐星、陈村、刘索拉的三部作品谈起》；王绯的《张辛欣小说的内心视境与外在世界——兼论当代女性文学的两个世界》；王干的《历史·瞬间·人——论北岛的诗》；缪俊杰的《需要震撼心灵的时代曲——从电视剧〈新星〉引起的反响说开去》；饶曙光的《创新与极端——对创立批评流派的一点思考》；李黎的《诗歌的价值及其实现方式》；陈晋的《文学实体构成的自主性》；熊忠武的《当代小说趋势二题》；同期，专栏“新时期文学十年研究”发表杨匡汉的《中国新时期的诗美流向》。

《民族文学》第5期发表晓雪的《新的文学，春的赞歌——中国新文艺大系〈少数民族文学集〉(1949—1966)序》；赵大年、谢明清的《关于〈二七八团〉的通信》。

16日，《红旗》第10期发表蓝翎的《歪风刮出新“齐人”——读小说〈吃客〉》。

17日，《文艺报》第20期发表《建议尽快设立国家文学奖——中国作协召开改进文学评奖工作座谈会》；柴与言的《流沙河与台湾诗》；邓友梅的《拿起笔来没压力了》；林克欢的《对世界模型的整体把握——写出属于自己的剧评来》。

《作品与争鸣》第5期发表辛衮之的《创作自由和编辑的职责》；安国的《荒诞

的;真实的——读〈减去十岁〉》;何新的《当代文学中的荒谬感与多余者——读〈无主题变奏〉随想录》;许振强的《天凉未必秋——兼与何新商榷》;布白的《对影片〈少年犯〉有不同意见》;布之的《对〈公共汽车咏叹调〉提出质疑》;王敏的《在争论中迫近艺术的本质》。

18 日,《中国》第 5 期发表高尔泰的《当代文学及其部分评论的印象》;于荣建的《谈城市诗》。

18—24 日,当代历史小说创作问题座谈会在湖北黄州举行(1986 年 6 月 21 日《文艺报》)。

19 日,《青年文学》第 5 期发表林幺的《现代价值观与爱神的解放》。

20 日,《小说评论》第 3 期发表胡采的《作品要闪耀时代光辉》;秦兆阳的《创作问题漫议》;王炳根的《对近年战争描写的思考》;林焱的《论新笔记小说》;李劼的《文化的个性与个性的文化——〈棋王〉与〈蓝天绿海〉的评说》;陈继会的《历史与现实组合的艺术形态——兼谈张一弓中篇小说的艺术结构》;张陵、李洁非的《说侯七——由张宇的〈活鬼〉所得》;李贵仁的《一个特定时代的"忏悔录"——〈男人的一半是女人〉辨析》;萧静的《找寻历史与现实的对应关系——读〈男人的一半是女人〉》;刘一东的《论微型小说情节的审美特征和审美功能》;王光明的《批评家的良知和我们的理论——读何西来〈新时期文学思潮论〉》;邢小利的《一幅历史与人的艺术画卷——读〈黑龙沟的传说〉》;晓江的《非雅非俗　也雅也俗——读〈转弯处发生车祸〉》;俞识的《时代风云　万千气象——读柯云路〈夜与昼〉(上)》;理晴的《读戴厚英新作〈落〉随感》;张侯的《家庭也要改革——读毛锜的〈孩子啊,孩子〉》;陈杏芬的《新奇的构思——试析陈洁的〈大河〉》。

《清明》第 3 期发表张兴劲的《以理性的思辨穿透"荒诞"——评中篇小说〈那——原始的音符〉》。

21 日,《文艺研究》第 3 期发表王蒙的《谁也不要固步自封》;王炳根的《更新战争描写的艺术观念——对军事文学长篇小说创作的思考》;林斤澜的《谈"叙述"》;李陀的《意象的激流》;何立伟的《美的语言与情调》;阎广林的《喜剧的审美效果》;汪耀进的《盲人与悲剧》;刘强的《荒诞派喜剧及其表现方法的借鉴》;[美]詹明信的《现实主义、现代主义、后现代主义》;陈平原的《林语堂的审美观与东西文化》。

22 日,《长城》第 3 期发表刘锡诚的《潮清的艺术世界》。

《文学知识》第 5 期发表董学文的《语言艺术的神奇魔力——文学的审美特征》。

23 日，《当代文艺探索》第 3 期发表陈晋的《论文学人物性格的立体结构》；曾永成的《性格系统的整体性和透明性——性格“魔方”及其它》；武少文的《试论人物矛盾性格的形态》；成理的《王蒙研究述评》；赵越胜的《〈随想〉与随意——读〈读《无主题变奏》随想录〉献疑》；北村的《王一生形象系统新论——谈〈棋王〉的超越功能》；盛子潮、朱水涌的《追求：从迷惘到坚定——新时期小说青年形象风貌一面观》；贺兴安的《何立伟作品碎语》；叶公觉的《佳构出妙文——当前长篇小说在艺术结构上的新探索》；何龙的《走向立体的文学批评》；咏枫、朱曦的《理解因素与艺术创造》；胡宗健的《认识论和审美性：生活的原生美——概说当前小说创作的一种新动向》；艾斐的《关于当代文学流派的理论思考》；费振钟、王干的《多维结构——小说空间的拓展——新时期小说艺术漫谈之三》；李振声的《情感片札》；宇峰的《杨炼论》；耿占春、耿占坤的《新诗的创造性想象》；林君桓的《音乐的命运》。

24 日，《文艺报》第 21 期发表王干、费振钟的《他憧憬史诗的辉煌——评周梅森的系列小说〈历史·土地·人〉》；雷达的《一首严酷的命运交响曲——读〈风眼泪〉兼及“大墙文学”》；吴方的《小说文体实验功能及评价》；古华的《我的文学自白》；黄毓璜的《小说的变化与艺术的和谐》；李陀的《影片〈黑炮事件〉随笔》。

25 日，《当代作家评论》第 3 期发表夏刚的《无主题变奏：中国梦寻——对 1985 年中短篇小说的散点透视》；郭瑞的《长篇小说历史感的艺术表现与人物体系》；金燕玉的《论女作家群——新时期作家群考察之三》；曾镇南的《周梅森论》；吴慧颖的《反思之钻向远古愚昧的沉积层掘进——读韩少功的〈爸爸爸〉》；胡宗健的《韩少功小说的艺术琐记》；陆跃文的《〈你别无选择〉与“黑色幽默”》；卢敦基的《刘索拉〈你别无选择〉的美学意义》；何镇邦的《精心营造小说艺术的“苏州园林”——陆文夫近作漫议》；思蜀的《〈井〉析》；李炳根的《“怪味”祖慰与他的“怪味”小说》；蔡翔的《悲剧·叛逆·诗情——评郑义的〈远村〉、〈老井〉》；余光中的《散文艺术世界》；南帆的《确定性的力量——吴亮〈文学的选择〉》；李伯勇的《文学评论注意力的转移——评雷达〈小说艺术探胜〉、〈文学的青春〉》；何龙的《余光中的散文艺术世界》。

《收获》第 3 期发表冯骥才的《三寸金莲》；丘彦明记录的《联合报中、长篇小说奖总评会议纪实》。

《花城》第3期发表缪俊杰、何启治的《论苏叔阳的创作》。

《特区文学》第3期发表陈剑晖的《需要真正的文学品格》。

29日,《光明日报》发表曹利华的《"寻根"思潮中的一种错觉——与李书磊同志商榷》;何火任的《显现心灵的奥秘——试谈谌容小说艺术的一次突破》。

31日,《文艺报》第22期发表金近的《儿童文学和浪漫主义》;汤锐的《新的收获——读1985年〈儿童文学〉获奖作品》。

本月,《山西文学》第5期发表段崇轩的《面对又一代人的挑战——读〈那是个幽幽的湖〉断想》;丁东的《在文学的云梯上攀登——漫评近期的〈山西文学〉》。

《百花洲》第3期发表胡宗健的《困扰着的和激赏着的——论小说中的历史文化意识》。

《红岩》第3期发表佟述、罗良德、刘彦的《克非长篇小说〈满目青山〉笔谈》;钟惦棐的《吱余走笔——〈电影的锣鼓〉自序》;吴功正的《小说家的审美感知》;胡德培的《"改"的艺术——艺术规律探微》;刘火的《创新与判断力》。

《雨花》第5期发表胡永年的《〈残棋〉印象》;徐采石、金燕玉的《悲剧的成功和成功的悲剧——论陆文夫小说近作的悲剧意义》。

《春风小说选刊》第5期发表丛九的《失掉理性的悲剧——读〈罗丹的两尊雕像〉》;宫思的《在悲剧后面——读〈罗丹的两尊雕像〉》;克治的《在刻画人物上下功夫》。

《台声》第5期发表梁学政的《林海音女士与北京的骆驼》;周青的《〈乱都之恋〉仅剩下的七首诗》。

本月,广西人民出版社出版徐迺翔编的《文学的"民族形式"讨论资料》。

北京大学出版社出版侯健的《文学通论》。

外国文学出版社出版吴元迈的《探索集》。

四川文艺出版社出版王之望的《文学风格论》,左人的《细节描写技巧》,高嵩的《张贤亮小说论》。

浙江文艺出版社出版韩少功的《面对空阔而神秘的世界》。

百花文艺出版社出版滕云的《小说审美谈》。

上海文艺出版社出版冯骥才的《我心中的文学》。

湖北人民出版社出版唐正序的《文学批评研究》。

陕西人民出版社出版孙津的《西方文艺理论简史》。

湖南文艺出版社出版[英]安纳·杰弗森等著、包华富等编译的《西方现代文学理论概述与比较》,卜庆华的《郭沫若评传》。

吉林教育出版社出版刘柏青等编的《日本学者中国文学研究译丛(第一辑)》。

重庆出版社出版石天河的《文学的新潮》。

黑龙江人民出版社出版邹云方、傅明和编著的《中国现代文学名著选评》。

湖南人民出版社出版杨绛的《记钱钟书与〈围城〉》。

辽宁教育出版社出版黄景魁编的《现代文学名著评析》。

浙江大学出版社出版鲍昌主编的《中国当代文学选评(上):1949～1985》。

百花文艺出版社出版陈白尘的《陈白尘写作生涯:作家生活与创作自述》。

安徽文艺出版社出版沈敏特的《春闹集》。

北京十月文艺出版社出版胡絜青、舒乙的《散记老舍》。

海峡文艺出版社出版张炯的《新时期文学论评》,封祖盛的《台湾现代派小说评析》。

百花文艺出版社出版《文汇月刊》编辑部编的《小说与小说家》。

陕西师范大学出版社出版黎风的《鲁迅小说艺术讲话》。

6 月

1 日,《小说林》第 6 期发表曾镇南的《读〈小鲍庄〉》;韦健玮的《〈少女漂泊记〉读后感》;石加的《向高点攀登　向深层掘进——谈〈疯人戏〉的题材开拓》。

《上海文学》第 6 期发表凌宇的《重建楚文学的神话系统》。

《文学月报》第 6 期发表车文仪的《扇形铺开的巨幅全景画》;未央的《文学的功能与“寻根”》;韩少功的《寻找东方文化的思维和审美优势》;李元洛的《楚文学与湖南当代小说家群》;肖为的《我对“寻根”的看法》。

《天津文学》第 6 期发表柏金的《新曲——心曲》(评《浪漫的黄昏》);梁斌的《栩栩如生的风俗画廊》(评《都市人家》);哲明的《新时代的交响曲》(评刘怀章的报告文学)。

《东海》第 6 期发表张光昌的《异风·童趣·诗情——评龙彼德的三部儿童小说》;徐夕明的《报告文学三题》。

《西藏文学》第 6 期发表宋之前的《童话与小说——评〈采蘑菇的少女〉》;李佳俊的《要人性,不要狗性——简评嘎玛维色的〈人们;狗们〉》;王雅琴的《〈代价〉之价》;予一的《卍——幸福之谜》;刘志华的《新秩序的诞生——点评〈太阳下的闲话〉》;李海平的《这是一条椭圆形的路——简评〈进藏人〉的主人公形象》;唐展民的《一捧贝壳,一束鲜花——小小说五篇评介》。

《红旗》第 11 期发表孙珉的《东隅已失　桑榆非晚——读小说〈减去十岁〉》。

《作品》第 6 期发表张奥列的《情绪:社会共同心理的观照——读小说〈借用阶段〉》;《一部气势磅礴的佳作——林经嘉中篇新作〈急流〉讨论会纪要》。

《青年作家》第 6 期以"关于《不平静的柳河渡》的讨论"为总题,发表吴红的《要正确反映农村改革生活》,王耻富的《评秦勾践的人生悲剧》,崇宜的《三人谈》;同期,发表袁阳的《小说的危机——审美主体衰减的时代》;松笔的《总体思考与哲理的表现》;尹鸿的《小说的现状与前景》。

《青春》第 6 期发表黄浩森的《美的通道——说通感》。

《奔流》第 6 期发表许建平的《伸手抓住两个世界——齐岸青印象片断》;张俊山的《默默地耕耘在这块土地上——评陈俊峰的诗》;朱子南的《这里,洋溢着中原情调——评湖涌散文集〈黄河月〉》。

《萌芽》第 6 期发表王炳根的《独树一帜的森林文学——谈袁和平的创作个性》;艾云的《你,并不孤独——我所认识的鲁枢元》。

《滇池》第 6 期发表骆一禾的《当万物聚在一起的时候》(评《滇池》发表的诗歌);杨振昆的《关于民族题材作品的美学思索——袁佑学彝族题材小说读后》。

3 日,《小说选刊》第 6 期发表于晴的《〈名医梁有志传奇〉印象》;映泉的《由驴子引起的联想》。

4 日,《山东文学》第 6 期发表崔道怡的《别有洞天——从〈洞天〉看到的》;岂凡、凤山的《发展、裂变中的文学——一九八五年短篇小说阅读札记》。

5 日,《广西文学》第 6 期发表陈实的《走向花山;走向远方——评诗丛〈含羞草〉》。

《大西南文学》第6期发表陈慧的《一个永恒的文学主题》；邓启耀的《纪实文学审美琐谈》；王淑珍的《贴近生活　干预生活——"纪实文学"与青年作家的锐气》。

《文化宫》第6期发表连锦天的《旷野里一束黄玫瑰——〈这三个女人〉和台湾新女性主义小说》。

《中国西部文学》第6期发表鲁力的《一篇走火入魔的小说——评〈野马·野人·野狼〉》；小梵的《哪儿出了毛病——浅谈〈野马·野人·野狼〉的全知观》；王西平的《西部文学一枝花》；向阳的《读〈当门子〉》。

《延河》第6期发表董墨的《读〈极乐门〉随感》；胡采的《诗情、哲理相结合——读程海的〈漆添〉》；王愚的《一点浩然气——读〈市长张铁民〉有感》；王杲的《读〈牌坊的贞洁〉所想到的——给叶延滨同志的信》。

《青海湖》第6期发表燎原的《魔镜折射出的逆光——〈秋夫诗九首〉读后》。

7日，《文艺报》第23期发表《当代长篇小说创作的一大收获——人民文学出版社召开〈活动变人形〉讨论会》；吴秉杰的《彼岸便是此岸——漫评〈红鱼〉》。

《花溪》第6期发表张时荣的《"冲嫂"及其他——赵剑平短篇小说印象》；寒星的《诗，时代的轨迹》。

10日，《文汇月刊》第6期发表缪俊杰的《评论的热情与清醒》；唐挚的《雷达印象》。

《文学家》第3期发表谢冕的《黄土地：一棵树站在路边》；以"梅绍静诗歌短论小辑"为总题，发表陈策贤、闻频、子页、渭水、田奇、刘斌、岛子的文章。

《北京文学》第6期发表陈祖芬的《一个民族的觉醒》；锦云的《狗爷儿传奇》；钱光培的《处在两峰之间的文学——论近几年文学发展态势》；章琥的《评论家的贫乏和困惑——高尔泰"再辩"析》。

《诗刊》第6期发表唐达成的《诗应沟通千百万人的心灵》；古远清的《进入春天花圃的新诗评论——新时期十年诗评概述》；王若谷的《顺势铺垫与逆势铺垫》；陈超的《关于诗歌的"形象密度"》；吴开晋的《诗的灵感再议》。

《读书》第6期发表朱厚泽的《文化氛围与文化开放》；李洁非、张陵的《莫言的意义》；刘再复的《艰难的课题——写在〈性格组合论〉出版之前》；高尔泰的《文化传统与文化意识》；陈力川的《西方两大文学观与批评观的演变——读托多罗夫两部近作的启示》。

15日,《民族文学》第6期发表那仁格日勒的《新时期的蒙古文学创作》。

《上海青少年研究》第6期发表梁红英的《当代少年纯情的梦幻与琼瑶的小说》。

17日,《作品与争鸣》第6期发表徐敬亚的《深圳诗坛的第一支兰花草》;郑欢道的《评〈深圳诗坛的第一支兰花草〉》;韦君宜的《一本畅销书引起的思考》(评《男人的一半是女人》);马修雯、张渝国的《也是思考——兼与韦君宜商榷》;田家的《怎样评价〈男人的一半是女人〉(综述)》;臻海的《通俗文艺的普及与提高》;《刘长瑜、邓友梅争论〈红灯记〉》;东仁的《对电视剧〈新星〉的不同意见》;秋泉的《寻"根"的呼声与对其意义的肯定》。

18日,《中国》第6期发表牛波的《置身其中:北岛》;靳大成的《只有"一个"缪斯——文学批评模式与相对的理论价值观》。

19日,《青年文学》第6期发表王维玲的《切入改革深层的力作》(评《急流》)。

20日,《当代》第3期发表柯云路的《夜与昼(补遗四章)》;胡德培的《人民文学出版社三十五年长篇小说漫谈》;张韧的《评〈将军的世界〉》;江毅的《〈新星〉引起的思考——北大团委〈新星〉座谈会纪实》。

21日,《文艺报》第25期以"为了历史小说的拓宽与突破"为总题,发表顾汶光的《驱策千古　以为我用》,李兆忠的《何处是大道?》,凌力的《历史小说的历史感》,吴越的《历史小说与反封建》;专栏"关于文学主体性问题的讨论"发表徐俊西的《也谈文艺的主体性和方法论》;同期,发表陈忠实的《感受一下》。

22日,《文学知识》第6期发表范培松的《于"荒唐"中现真情》;董学文的《最全面地反映人——再谈文学的审美特征》。

25日,《文艺理论研究》第3期发表南帆的《小说的技巧十年——1976—1986年中、短篇小说的一个侧面》;吴方的《文学作为"虚构"的历史——从历史意识、历史哲学的角度看文学》;李兆忠的《论冯骥才小说的艺术特色》。

27—30日,由北京作协分会和北京市文联研究部主办的全国第一次"新诗潮研讨会"在北京举行(据《诗刊》本年第9期)。

28日,《文艺报》第26期发表《如何出现反映"文革"的史诗性作品》(茹志鹃、邵燕祥、谌容、铁凝、戴晴、钱纲六人访谈);乌热尔图的《文学的河流》;殷晋陪的《历史的嬗变和道德的困惑——〈焦大轮子〉读后随想》;何镇邦的《〈蛇神〉印象》;

张炯的《达到的和没有达到的》(评论蒋子龙的《蛇神》)。

本月,《山西文学》第6期发表胡正的《〈祭妻〉序》;西戎的《〈耧铃丁当的季节〉序》;韩石山的《凌云健笔意纵横——评长篇小说〈草岚风雨〉》;《黄河儿女的性格——老作家王汶石给李生泉的信》。

《中篇小说选刊》第3期发表林经嘉的《从丁一的原型说起》(《急流》创作谈);王安忆的《匆匆道来》(《好姆妈、谢伯伯、小妹阿姨和妮妮》创作谈);蒋子龙的《以男人星系闻名于世的女人》(《长发男儿》创作谈);莫言的《十年一觉高粱梦》(《红高粱》创作谈);张炜的《男人的歌唱》(《秋天的愤怒》创作谈);晨哥的《不是哀乐》(《神曲》创作谈);傅连理的《为了这片热土》(《樊氏狗肉铺》创作谈);高光的《评小说集〈她需要重新开始生活〉》。

《名作欣赏》第3期发表吴周文的《失落的梦　悲剧的美——何为散文〈山乡的渡船老人〉赏析》。

《安徽文学》第6期发表天杰的《关于〈少个耳垂子算啥〉的通信》。

《雨花》第6期发表薛尔康的《〈花街〉自序》;曹天成的《摒除心理惰性——读〈在等待新车的路途上〉》。

《春风小说选刊》第6期发表于艾淅的《简议〈两角菱〉》;陆景林的《一个老党员的情操——混谈〈青山伐不去〉》。

《福建文学》第6期发表李黎的《诗与美的巡礼——读〈舒婷、顾城抒情诗选〉》;阮温凌的《青春回归曲——〈绿色回归线〉赏析》。

《广东社会科学》第2期发表张振金的《华侨抗日的历史画卷——评杜埃的〈风雨太平洋〉》。

《华文文学》第2期发表陈贤茂的《散文创作的新尝试——读杜南发的散文〈海上〉》;柏杨的《中国人·中华人——新马港之行　我见我闻我思我写之二》;巴尔的《扬帆泰华文学海洋三十年的沈逸文》。

《汕头大学学报(人文版)》第3期发表陈贤茂的《新加坡华文诗坛的历史回顾》。

本月,陕西人民出版社出版李国涛的《Stylist:鲁迅研究的新课题》,罗钢的《浪漫主义文艺思想研究》。

江苏教育出版社出版陈金淦的《鲁迅研究的历史与现状》。

人民文学出版社出版林辰的《鲁迅述林》。

浙江文艺出版社出版余凤高的《鲁迅杂文与科学史》。

北岳文艺出版社出版郑笃编的《山西民间文学论文选》，蔺羡璧、吴开晋主编的《中国当代文坛群星(一)》。

辽宁大学出版社出版陈辽的《新时期的文学思潮》。

百花文艺出版社出版周立波著、刘景清编的《周立波写作生涯》。

时代文艺出版社出版李小为编的《李季作品评论集》。

北京大学出版社出版张钟等的《当代中国文学概观》，张文田主编的《文学写作》。

海峡文艺出版社出版马良春的《惴惴集》。

上海文艺出版社出版[法]罗杰·加洛蒂著、吴岳添译的《论无边的现实主义》。

海峡文艺出版社出版张德林的《小说艺术谈》。

北方文艺出版社出版关沫南的《在创作道路上探索》。

广东教育出版社出版林焕平主编的《文学概论新编》。

华东师范大学出版社出版黄世瑜主编的《文学理论新编》。

湖南人民出版社出版艾芜的《文学手册》。

安徽文艺出版社出版[苏]尼古拉耶夫著、李辉凡译的《马克思列宁主义文艺学》。

7月

1日，《广州文艺》第7期发表张奥列的《一个不出场亮相的主人公——读〈长空启示录〉》。

《小说林》第7期发表栾振国的《意境深厚　耐人咀嚼——〈小说林〉84、85年超短篇佳作点评》。

《长安》第7期发表蓝晔的《求做“真正有才华的文学家”——读巴威的短篇

小说〈邻居，一个单身汉〉》；维安的《探索中的迷失》；费秉勋的《创作方法是多样的》。

《天津文学》第7期发表缪俊杰的《从“吞不下吐不出巨大的毕加索”谈起——关于如何对待当前艺术探索的一点浅见》；吴亮的《当代小说中的平民精神》；冯苓植的《蜗牛居的失重感》。

《东海》第7期发表汝瞳的《文明之火——读〈古牧地〉》。

《江南》第4期发表骆寒超的《扩展抒情视野的可喜趋势——评〈江南〉复刊以来的诗歌》；高松年的《时代感召下的自我超越——评郑九蝉小说创作的流变》；专栏“中篇小说艺术谈”发表钟本康的《当代中篇小说叙事形态的变化》。

《红旗》第13期发表宏亮、佩衡的《清清塘水何处来——读〈枯塘纪事〉》。

《西藏文学》第7期发表张蜀华的《一篇有改革气息的佳作》(评《祭牛》)。

《作品》第7期发表并岛的《于无声处听哀歌》；孔捷生的《第五届新人新作奖漫议》。

《作家》第7期发表程德培的《完整性的破裂——当代小说形态的新变》；专栏“我看吉林青年小说创作”发表杨文忠的《困惑、焦灼与现代意识的觉醒》，张晓春的《生活，在年轻的心中蒸馏》。

《青年作家》第7期发表孙静轩的《诗的相通性及其他》；胡德培的《文学的突破口》；古建军的《创新与观察》；永严的《“那诗没写完呢!”——〈猎人〉小析》；张大放的《谈周克芹的〈绿肥红瘦〉》；汤中骥的《真诚与胆识——谈〈梦呓〉的艺术追求》；曹天成的《惊心动魄的悲剧——读〈在巫山极深处〉》。

《青春》第7期发表陈达专的《批评的机趣》；汝捷的《性格在这里交锋》。

《奔流》第7期发表齐岸青的《这种生命存在方式——我所认识的张一弓》；李宗林、夏启良的《情发襟中　笔落天外——读叶文玲的近期散文》；赵国栋的《“远村”与现世——关于寻根的思考》。

《萌芽》第7期发表许国良的《关鸿的小说与小说中的关鸿》；陈村的《多彩的吴亮》。

《散文》第7期发表熊述隆的《散文的困惑与沉思》；扶筠的《散文在深广的大地上开掘——从本期几篇散文新作谈起》。

《滇池》第7期发表区汉宗的《艺术思维方式的思考——云南青年文学漫评》；黄尧的《立体景观——横断风景之二》；王锐的《边地文学之路：作家对自身

文化背景的超越》；陈志聪的《读〈爱的诞生〉》。

《解放军文艺》第 7 期发表莫言的《高粱酒》；席扬的《在时代理性中崛起的“军人”》；骆飞的《读张泗琪的几篇“囚犯小说”》。

2 日，《云梦学刊》第 2 期发表吴澧波的《心灵中的一片原始森林——浅评欧阳子的〈魔女〉》。

3 日，《小说选刊》第 7 期发表陈广斌的《草原文学的奇葩——谈路远及其作品》；李陀的《读〈红高粱〉笔记》；贾平凹的《对〈火纸〉要说的》。

《光明日报》发表贺敬之的《研究她整个的革命实践和文艺实践——致丁玲作品讨论会》。

《报告文学》第 7 期发表吴国光的《中国的梦魇》（评《未能走出“磨坊”的厂长》）。

《文学报》发表梦花的《海外华人生活的投影——陈若曦近作印象》；白国良的《我还是那颗赤子之心：访香港作家东瑞》。

4 日，《山东文学》第 7 期发表罗守让的《写意的小说艺术——新诗期小说风格多样化的审美谛视》；吕家乡的《主客契合出诗情》。

5 日，《广西文学》第 7 期发表文平的《金色的年华要出金色的作品——广西青年文学工作者会议纪实》；李建平的《文学反映时代的内涵、途径及批评眼光》；高云的《一朵潮头的浪花——读小说〈踩过荆棘〉》。

《大西南文学》第 7 期发表武晓明的《文学批评角度面面观》；李丛中的《作家们，请快去追踪生活的信息》；雁寒的《诗魂兮，归来》。

《文学自由谈》第 4 期以“作家四人谈”为总题，发表乌热尔图的《我属于森林》，陈冲的《试谈文学的内部结构》，马原的《被误解的快乐》，张炜的《南山的诱惑——兼谈〈秋天的愤怒〉》；以“文学论说一家言”为总题，发表陈涌的《关于文化遗产》，刘登翰的《“朦胧诗”：昨天和今天》，王炳根的《格局的打破与超稳定的产生》；以“评论的艺术”为总题，发表宋耀良的《批评，面对时代文学潮流的思考》；朱向前的《文学批评的“隔”与“不隔”》，曾镇南的《文学寻“根”研究刍议（评论家书简）》；以“接受与阐释”为总题，发表夏康达的《〈蛇神〉：倾注着作家的整个心灵和全部人格》，李劼的《〈冈底斯的诱惑〉与思维的双向同构逻辑》，张普的《破译“心灵的密码”》；同期，发表弋兵的《致新时代的探索者》；鲍昌的《现实主义：在纵与横两条轴线上发展——新时期十年的文学理论批评（续一）》；施彧的《杨炼：交叉小径上的蒙面人》；陈晋的《批评——科学？文学？——谈文学批评的本位性与开放性》；肖强的《寻根意识与全球意识的融汇——评韩少功的文学主张和近期创作》；李国涛的《文学不必退让》；方今的《开放·引进·融合》；许锦根的《为产生伟大的作家开辟道路》；蒋力的《第二届新诗评奖有感》；雷声宏的《创作与评论携手共进》；杜景华的《创作动机论》；石英的《散文的自由与不自由》；叶公觉的《布谷啼音　百鸟闹枝——读柴德森的散文集〈海月园〉》；许志安的《以纯情的视角观照生活——评高维晞小说集〈爱情的风帆〉》；宋安娜的《以同龄人的名义——读〈皮夹克党人〉》；黄子平的《艺海勺谈（四）：陌生化》；李子云的《淡泊明志　宁静致远——冰心印象》；金梅、叶之蓁的《关于创作中的感觉和理性问题》；《本刊编辑部在京举行新时期作家恳谈会》；《文学与现代文明研讨会在深圳举行》（动态）。

《文艺报》第27期发表夏衍的《也谈新名词和外来语》；李洁非、张陵的《读〈据点〉随想》；吴国光的《对人性恶的洞观与超越——评中篇小说〈第三只眼〉》。

《文艺理论家》第3期发表郭小东的《论作为生命形态的知青文学》；丁道希的《电影意识觉醒中的朦胧》；成志伟的《文艺作品中的性爱描写》；吴秉杰的《关于文学寻"根"问题的思考》；吴海的《小说创作的潜流仍在奔涌——读两个短篇新作的思索》。

《中国西部文学》第7期发表周政保的《小说创作的两种思考》；张锐的《西部文学散论》；沙平、河子的《〈野马·野人·野狼〉争鸣摘要》。

《当代文坛》第4期发表吴方的《小说现代化与视点效应》；胡宗健的《试论湖南青年作家的创新》；尹在勤的《注意——通向心灵之门（〈心理诗学〉之一章）》；傅书华的《渗透与创新——试论新时期小说创作中的现代主义因素》；吴野、李保均等的《〈春天的雾〉笔谈（五篇）》；孙静轩的《不做表情便是最好的表情——谈谈傅天琳和她的诗》；晓华、汪政的《莫言的感觉》；张君恬的《谈〈透明的红萝卜〉的一点缺憾》；苏双碧的《历史真实和艺术虚构的协调——读长篇历史小说〈忠王刘秀成〉》；奎曾的《蜀中灵气　塞外文采——兼评川籍作家郑大海的〈红柳的故乡〉》；蓝天、苏丁的《浅析〈树王〉的深层结构》；臧连明的《在广阔的历史背景上雕塑"怪人"形象——评传记文学〈文坛"怪人"——吕荧〉》；贾月成的《姜汤小说创作散论》；丁小卒的《是"解放"；还是扭曲加深？——漫谈〈男人的一半是女人〉》；石天河的《与批评家谈〈男人的一半是女人〉》；高建国的《当前诗歌评论的几个问题》;咏枫、朱曦的《"绘心"原可通"文心"》;秦玉明的《文学描写中的矫情》;蓝锡麟的《也谈巧合》;毛乐耕的《散文与幽默》;夏文的《文艺评论要更上一层楼》。

《青海湖》第7期发表朱军的《海岸线的启示——读燎原的〈蓝色的海岸线〉》。

7日,《花溪》第7期发表徐新建的《诗歌:微笑拥抱着的痛苦》。

8日,《书林》第7期发表戴厚英的《〈人啊,人!〉及其他——我和我的"三部曲"》。

9—16日,辽宁、上海、福建、浙江、北京、天津、广东的四十多位青年评论家会集大连旅顺口,参加由作协辽宁分会和上海分会联合举办的"新时期文学十年历史经验"讨论会,这是第一次对十年新时期文学作这样规模的认真讨论。(见本年《当代作家评论》第5期。)

10日,《文汇月刊》第7期发表王若水的《关于"双百"方针的若干问题》;邹荻帆的《推荐〈大弥撒之思〉》。

《文艺争鸣》第4期发表何西来的《对于当前我国文艺理论发展态势的几点认识》;肖君和的《要用马克思的"生产论"指导文艺》;潘凯雄、贺绍俊的《新时期文艺理论批评群体浅析》;陈晋的《文艺批评发展的几个理论问题》;程德培的《难言的苦衷——探讨中篇小说艺术的困惑》;周介人的《小说的借鉴:技巧　观念　意态》;李的《荒诞:关注现实的一种艺术方式》;艾春的《正确认识西方现代派文学》。

《中国作家》第4期发表周梅森的《黑坟》(续上期);何志云的《陈建功素描》;毛时安的《人性的泯灭与复归》。

《北京文学》第7期发表吴秉杰的《〈落霞〉与从维熙的创作》;侠的《现实主义在发展,创作方法在丰富——本刊举行"现实主义及其发展"座谈会》。

《光明日报》发表何志云的《艰难时世中的险峻人生——谈长篇小说〈蛇神〉》。

《诗刊》第7期专栏"关于叙事诗的讨论"发表范方的《开拓叙事诗的思维空间》,罗沙的《我对叙事诗的看法——致范方》;同期,发表晓渡整理的《改革和诗四人谈》;金谷的《上海诗界探讨城市诗创作问题》。

《读书》第7期发表周宪、杨坤绪的《文化发展的历史曲线》;崔之元的《追求传统的创造性转化——写在林毓生〈中国意识危机〉出版之际》;[美]拉兹洛的

《致〈用系统论的观点看世界〉的中国读者》；何新的《〈新星〉及〈夜与昼〉的政治社会学分析》；李黎的《文学书简——给李子云的第一封复信》；陆文虎的《艺术上的巧妙构思——读〈雷场上的相思树〉》；雷达的《模式与活力——贾平凹之谜》；陈圣生的《比较文学与文学理论》；吴强的《超越自我》；李景阳的《"表现即艺术"不是克罗齐的命题》。

《台湾研究集刊》第2期发表庄明萱、黄重添的《从吴浊流的创作看风格对文学的影响》；孙瑞珍的《苏雪林生平年表》。

12日，《文艺报》第28期发表荒煤的《滴水虽有限，情深应如海——对〈桑树坪纪事〉有感》；洁泯的《蜕变期》；林斤澜的《旧人新时期》；蹇先艾的《感人至深的传记文学——〈大地英杰〉读后》；曾镇南的《从历史和现实中提取新的东西——〈在马贩子的宿营地〉读后》；路远的《寻找草原之魂——〈在马贩子的宿营地〉创作断想》。

15日，《当代文艺思潮》第4期发表刘武的《怀疑的时代》；宋耀良的《一九七六年，文学新潮的发端》；李洋的《交叉网结点上的智慧果及其品尝——当代少数民族小说创作新潮分析和思考》；李作祥的《一篇有才气但有点模仿痕迹的小说和一篇同样有才气但有点常识性错误的评论——评徐星的〈无主题变奏〉和何新的〈当代文学中的荒谬感和多余者〉兼论当代文学的发展与变化》；高行健的《我与布莱希特》；李庆信的《"新反面形象"说质疑——与包万泉同志商榷》；陈大康、漆瑗的《人物性格的数学抽象与定量分析》；周宪的《科学一体化进程中的文学学》；李准的《实践呼唤着文艺管理学的诞生》；孙绍先的《文学创作中妇女地位问题的反思》；徐剑艺的《中国小说现代主题的民族化表现》；冯黎明、阳友权、周茂君的《新时期文学与民族文化心理结构》；鹿永建的《新时期军旅小说女性描写的美学分析》；蔡翔的《他以自己的方式写着自己的人生——周政保评论的评论》。

《文艺评论》第4期发表徐剑艺的《论新时期小说中传统文化的价值观》；汪政、晓华的《悲剧哲学的新探索》；黄叔泉的《忧虑的目光注向这一片沉重的土地——关于农村题材小说的思考》；陈辽的《走向世界以后——谈新时期文学在世界文学格局中的地位》；王干、费振钟的《"男性"的声音——新时期小说漫谈》；林为进的《男性的雄遒与力量的礼赞——从〈孤岛〉看文学作品中的男子汉性格》；李小江的《妇女研究与妇女文学》；叶伯泉的《试论艺术观察的审美特性》；南帆的《论诗的语言与散文语言的区别》；马威的《天津国内外文艺理论信息交流会》;樊星的《青年批评家的崛起》;郭银星的《〈棋王〉和〈小鲍庄〉》;薛晨曦的《张洁小说的道德感探讨》;[法]玛丽·皮埃尔的《张抗抗——中国当代女作家》;张劲旭的《现象学与文学和文学批评》。

《文学评论》第4期专栏"发展马克思主义文艺理论笔谈"发表潘凯雄、贺绍俊的《走出思维定势后的选择——论新时期文艺理论批评的新调整》;专栏"新时期文学十年研究"发表吴秉杰的《论新时期小说创作中的"假定形式"》,张韧的《文学与哲学的浸渗和结盟的时代——"中篇小说十年启示录"之一》;专栏"我的文学观"发表蔡翔的《知识分子与文学》;同期,发表吴方的《对一种"不理解"的思考》;范培松的《解放散文》;王晓明的《在俯瞰陈家村之前——论高晓声近年来的小说创作》;陈达专的《韩少功近作和拉美魔幻技巧》;程光炜的《诗的现代意识与社会功能——与谢冕同志商榷》。

《民族文学》第7期发表《时代,民族,艺术——首届少数民族文学创作理论讨论会发言摘要》。

《文学评论》第4期发表蔡师仁的《探讨东南亚华文文学与中国现代文学关系——厦门大学首届华文文学研讨会综述》。

16日,《红旗》第14期发表徐俊西的《关于现实主义文学的思考》;王春元的《文学批评和文化心理结构》(回应《红旗》第8期发表的陈涌的《文艺学方法论问题》);雷达的《天道有常　精进不已——读〈名医梁有志传奇〉》。

17日,《光明日报》发表张炯的《杂谈"雅""俗"共赏》。

《作品与争鸣》第7期发表杜元明的《王蒙的新探索》(评《名医梁有志》,作品发表于《十月》1986年第2期);冯立三的《〈贞女〉沉思录》;牛玉秋的《对妇女问题低层次的理解》;申江的《通俗文学的新收获——读〈神鞭〉》;秋泉的《文学的"根"在哪里?应当如何表现它?——文学寻"根"问题讨论概述之二》。

《文学报》发表古继堂的《她们的心灵是美的喷泉——读台湾女诗人的诗》。

18日,《上海文化艺术报》发表朱承天的《琼瑶印象记》。

19日,《文艺报》第29期发表刘宾雁的《生活驱使我进入这个场地》;莫言的《惟有真情才动人——读〈第Ⅵ部门〉》;春草的《我怎样看琼瑶小说和它的读者》;于晴的《委婉、细腻而又深沉》(《湍溪夜话》序);同期,专栏"关于文学主体性问题的讨论"发表程代熙的《对一种文学主体性理论的思考和述评——与刘再复同志商榷》。

《青年文学》第7期发表何孔周的《在喜剧中的悲剧——〈始祖鸟蛋〉的启示》。

20日,《小说评论》第4期发表黄毓璜、刘静生的《张力与负荷——读中篇小说札记之一》;缪俊杰的《封建主义的幽灵与时代意识的觉醒——读近年来部分反封建主题的小说》;徐剑艺的《论新时期小说的美学时空美》;吴方的《震荡着的历史反省——读〈天良〉与〈桑树坪纪事〉》;费秉勋的《论贾平凹小说创作中的现代意识》;李云飞的《试论蒋子龙小说创作的美学追求》;宋遂良的《"莽秀才"的历史悲剧》;邢沅的《当代现实主义历史小说的新探索——试论〈白门柳〉的艺术追求》;胡永年的《具有双重层次的艺术世界——评萧马的中篇小说〈纸铐〉》;黄书泉的《"圈子"小说家与批评家的"圈子"——兼与吴亮同志商榷》;朱向前的《谈"隔"——关于文学批评的批评之二》;祁述裕的《理性:一个不应被遗忘的因素——对理性在小说创作中作用的思考》;章耿的《农民:中国的脊梁——读〈桑塬〉》;陈少禹的《〈减去十岁〉谈》;孙豹隐的《淡笔素描透深邃——读〈晴朗的星期天〉》;水天戈的《富有西部特色的鸣奏——读〈走出大峡谷〉》;肖云儒的《你在塞北拖出一片江南的绿地——戈悟觉作品读后》;权海帆的《奉献精神的礼赞和呼唤——读〈黄河西岸的群山〉》;魏雅华的《科幻小说的危机》。

《西北师院学报(社科版)》第3期发表党鸿枢的《试论林海音散文的艺术结构》。

《清明》第4期发表王朝垠的《勇于力之歌——读蔡测海小说〈母船断想〉》;沈天鸿的《并不规则的组合——试论肖马的现实主义》;彭燕郊的《洁白的诗——读晏明的诗集》。

21日,《文艺研究》第4期发表钱学森的《美学、社会主义文艺学和社会主义文化建设》;张玉能的《试论审美活动中的意志》;高名潞的《'85青年美术之潮》;汪曾祺的《关于小说语言》;祖慰的《"元感情"的浮想》;张辛欣的《在交叉路口》;张志忠的《论莫言的艺术感觉》;李思孝的《精神分析学与文艺学》;袁可嘉的《西方结构主义文论的成就与局限》。

22日,《长城》第4期发表冯健男的《不平庸的心态——读冯敬兰的中篇小说》;黄绮丽的《深沉的思考——读中篇小说〈不可说,不可说〉》;刘润为的《年轻的一代在选择——〈从春天到春天〉〈从春天到秋天〉读后》。

23日,《当代文艺探索》第4期发表白雪明的《评陈涌〈文艺学方法论问题〉》;

汤学智的《关于文学主体性问题的几点看法》；刘心武的《应该用什么准则来开展批评》；叶纪彬的《论艺术创作客体的特殊性——艺术反映论研究之一》；孙津的《论形式结构》；周上之的《论审美系统》；贺绍俊、潘凯雄的《面对一个文化现象的思考——论新时期小说中的性意识》；程然的《突破性爱描写的禁区——兼论〈男人的一半是女人〉的性爱描写》；宋丹的《距离感：〈坟茔〉创作与评价的再认识》；金志华的《为社会更趋完善而奋笔——程乃姗创作思想浅窥》；赵夫青的《关于报告小说的美学思考》；奔哥的《云岭之南：一个诗派的诞生——为创立"红土诗"派而作》；德万的《对一首诗的评论看西方文学批评的递嬗演进》；孙乃修的《从西方文学发展史和美学理论看"自我表现"》；王明贤的《美学的重心与艺术的美学——兼谈〈当代西方美学〉》；费良琼的《传统艺术与现代艺术的界线——艺术漫笔之五》；普丽华、赵国泰的《合作者的心理基础》；[英]J·库勒著、木子译的《结构主义·人物》；[美]M·H·艾布拉姆斯著，李嘉娜、辜也平译的《读者反应批评》。

24日，《光明日报》发表夏康达的《邵南朴是真正属于你的——致蒋子龙》。

《文学报》发表曹复的《业余创作依然多产——访新加坡汉语作家周国灿》。

25日，《当代作家评论》第4期发表陈晋的《作家的世界与作家的批评》；郭永涤的《难产前的阵痛——1985年文学批评訾议》；陈辽的《周扬论》；朱向前的《莫言小说"写意"散论》；钟本康的《现实世界·感情世界·童话世界——评莫言的四部中篇小说》；谢欣的《心灵的渴望与追求——读莫言小说集〈透明的红萝卜〉》；杨纯光的《"结合部"散文艺术视觉——梁晓声创作论》；郜元宝的《梁晓声创作初识》；苏了的《评〈树王〉的天人观和悲剧意识——兼与梁晓声、孔捷生、张承志等人比较》；邱成学的《真诚，呼唤批评睁开第三只眼睛——我读张贤亮中篇系列小说及其评论》；枫谷整理的《我们看〈男人的一半是女人〉——一次讨论的综述》；许文郁的《晶体——清纯与复杂交合的魅力——张洁小说艺术琐谈》；谢海泉的《刘心武两篇纪实小说的"宽爱"主题与"心析"艺术》；李振声的《陈村小说景观》；费振钟、王干的《对古老土地的沉思——赵本夫小说民族心理结构的呈现》；吴奕锜的《"缺乏"演出了一出悲喜剧——兼谈〈黑氏〉给我们的启示》；王洁的《陈建功小说艺术初探》；王世同的《寻"根"也应该坚持历史辩证法》；刘建中的《人、作品及其它——贾平凹印象记》；章仲锷的《新星闪耀处——柯云路印象记》。

《花城》第4期发表肖云儒的《刘绍棠论》。

《收获》第4期发表王淯的《大珠小珠落玉盘——台港海外作家评家眼中的〈杀夫〉》。

25—31日，中国当代文学研究会第五届年会暨新时期文学十周年学术讨论会在呼和浩特召开(1986年8月30日《文艺报》)。

26日，《文艺报》第30期发表刘再复的《挚爱到冷峻的精神审判——评王蒙的〈活动变人形〉》。

31日，《光明日报》发表翼梓整理的《关于文学的主体性和文艺学方法论的争鸣》(8月1日续完)。

本月，《人民文学》新增刘心武、李子云、邵燕祥、贾平凹为编委(见《人民文学》第7期)。

《山西文学》第7期发表邢小群的《阵痛期的心灵记录——张石山诗歌浅议》；胡正的《〈谢俊杰小说集〉序》。

《红岩》第4期发表翟大炳的《文学作品中女性描写的"二律背反"》；胡德培的《太满语空灵——艺术规律探微》；文铮的《散文中的哲理内涵》。

《雨花》第7期发表余力的《情发于中——读惠浴宇散文》。

《春风小说选刊》第7期发表谷长春的《在生活的激流中获得创作自由》；张秀枫的《钻研和寻找"新的棋局"——读〈砝码〉随想》。

《福建文学》第7期发表徐学的《孔孟风骨幽默文章：试谈林语堂其人其文》。

本月，鹭江出版社出版黄重添、庄明萱、阙丰龄的《台湾新文学概观(上)》。

吉林大学出版社出版刘中树的《鲁迅的文学观》。

湖南人民出版社出版陈早春的《绠短集》。

中国民间文艺出版社出版丁乃通编著、郑建成等译的《中国民间故事类型索引》。

北岳文艺出版社出版汪景寿编著的《台湾短篇小说选讲》，许毓峰等编的《闻一多研究资料》。

辽宁大学出版社出版春荣的《新时期的乡土文学》，周敬、鲁阳的《现代派文学在中国》。

岳麓书社出版朱光潜等的《我所认识的沈从文》。

江西人民出版社出版曾镇南的《生活的痕迹》。

鹭江出版社出版张默芸的《乡恋·哲理·亲情：台港文学散论》。

四川文艺出版社出版程新编的《港台·国外谈中国现代文学作家》。

陕西人民出版社出版陆耀东的《徐志摩评传》。

中国文联公司出版王朝闻主编的《中国新文艺大系·1976—1982（理论三集）》。

上海文艺出版社出版刘再复的《性格组合论》。

8月

1日，《小说林》第8期发表罗守让的《哲理：从时代的民族的历史深层意识中抉取——新时期小说艺术的审美谛视之一》；吕福田的《人的沉沦与马的觉醒——评〈马头里的思想〉》。

《文学月报》第8期发表叶蔚林的《对"寻根"的几点看法》；聂鑫森的《新的追求；新的突破》；潘吉光的《奉献给航天开拓者的歌》。

《长安》第8期发表王喆的《目迷五色，曲径通幽——读〈长安〉"实验小说"》；费秉勋的《"寻根"是现代意识的表现之一》。

《天津文学》第8期专栏"小说论坛"发表李哲良的《危机乎？生机乎？》，谭兴国的《小说创作的哲理性》，牛玉秋的《小说写给谁看？》。

《北方文学》第8期发表赵振鹏的《从"七寸子"的压迫下解放出来！——读吕耀滨的短篇小说〈七寸子〉》。

《东海》第8期发表魏丁的《在时代和生活面前——读〈东海〉84、85年获奖小说》；若思的《路，从自己的脚下延伸——读王仲明的两部中篇小说》；王仲明的《路在脚下》。

《红旗》第15期发表王必胜的《时代弄潮儿的新品格——读小说〈急流〉》。

《作品》第8期发表杨光治的《历史小说〈长恨之谜〉及其他》。

《作家》第8期发表公木的《致乔迈——报告文学集〈爱之外〉代序》；章平的

《小说的成功：超越单一的审美层次》。

《青年作家》第8期发表何世平的《严肃小说与流行艺术》；吴野的《高灵敏度的艺术概括——谈〈青年作家〉一九八五年度的几篇讽刺小说》；陈朝红的《刺梨儿的酸涩和回甜——读讽刺小说选〈玛茜表姐；欢迎您〉》。

《青春》第8期发表袁厚春的《象与不象——关于〈省委第一书记〉》。

《萌芽》第8期发表周克芹的《我读〈激荡的大宁河〉》。

《散文》第8期发表黄悦新的《漫谈散文的"趣"》。

《滇池》第8期发表彭荆风的《对边地小说写作的思索——兼评刘锡诚〈论边地小说新潮及其前景〉》；白云的《结构主义的文学批评方法》。

《解放军文艺》第8期发表阿城的《遍地风流（之十一）》；余秋里的《在解放军文艺出版社建社35周年纪念会上的讲话》；周政保的《寻觅的思考与苦闷》；李彤的《为母亲哼一曲翻新的童谣——〈季节桥〉先读随感》；汪守德的《文学应给战争中的智性描写一席之地》。

2日，《文艺报》第31期发表《以现代意识反映现代生活——本报邀请部分文艺理论界人士座谈"文学与现代意识"问题》；朱寨的《韦君宜和她的〈母与子〉》；李彤的《犁：中国牌知识分子的开拓——读焦祖尧的报告文学〈犁〉》；《〈昆仑〉编辑部召开小型座谈会漫谈军事文学创作近期的发展和问题》；同期，专栏"关于文学主体性问题的讨论"发表杨春时的《充分的主体性是文艺的本质特征——与陈涌同志商榷》（回应《红旗》第8期发表的陈涌的《文艺学方法论问题》）。

3日，《小说选刊》第8期发表白崇人的《关于扎西达娃小说的几点想法》；曾镇南的《谈扎西达娃的小说》；张晓明的《他找到了自己的位置》；扎西达娃的《新的起点》；谌容的《省得费事——关于〈减去十岁〉》；李敬泽的《上半年短篇小说掠影》。

4日，《山东文学》第8期发表陈宝云的《读作品札记》；《明珠自有慧眼识　微山湖畔话短长——〈小说选刊〉与〈山东文学〉联合召开李贯通作品座谈会》。

5日，《广西文学》第8期发表蒋述卓的《批判国民性中的劣根性——我国现代和当代文学中的一个传统》；蒙海宽的《对普通农民历史意识的把握——读韦一凡小说集〈隔壁官司〉》。

《大西南文学》第8期发表田世云的《生活、创作及作家的素质》；谢明德的《变形与认同》；陈贤楷的《乡土、时代、作家》。

《中国西部文学》第8期发表周涛的《读列子的散文》；马卫的《强化主体　张

扬精神》;云帆的《泥热河告诉我——读短篇小说〈泥热河〉》。

《青海湖》第8期发表曹阳的《秋高·爱深·春潮急——读肖黛散文诗〈秋〉》。

10日,《文汇月刊》第8期发表雷达的《为了爱和因爱而生的疾愤——读王润滋的〈小说三题〉札记》。

《文学家》第4期专栏"陕西中青年作家研究·陈忠实专辑"发表陈忠实的《创作感受谈》,蒙万夫的《陈忠实论》,王愚的《从总体上把握农民的精神历程》,白烨的《人生的压抑与人性的解放》。

《北京文学》第8期发表莫言的《高粱殡》;赵玫的《淹没在水中的红高粱——莫言印象》;李洁非、张陵的《现实主义概念与当代现实主义文学实践》;孟繁华《评短篇小说〈铃的闪〉》;泾渭河的《畅快,是畅快——刘树德小说〈畅快〉读后》。

《诗刊》第8期专栏"关于叙事诗的讨论"发表叶橹的《缺少的和需要的》;同期,发表张同吾的《改革,深刻的时代命题》;曾镇南的《"诗与改革"漫笔》;戴砚田的《珍视诗歌的兴旺势头》。

《读书》第8期专栏"评论的评论"发表吴方的《挑战与回应:一个文学动力学原理》;同期,发表孟悦的《〈走向世界文学〉——一个艰难的进程》;曾镇南的《负荷着时代的痛苦的灵魂——评〈男人的一半是女人〉》;殷小苓的《千年孤独之后——对杨炼〈礼魂〉的探讨》;李庆西的《谈"创作谈"》;吴晓东的《"现代主义"的反动》。

14日,《光明日报》发表缪俊杰的《当代意识观照下的农村图景——读小说〈支书下台唱大戏〉》。

《文学报》发表阎纯德的《台湾评出八五年十大好书》。

15日,《民族文学》第8期发表《民族文学研究》评论员的《民族特质·时代观念·艺术追求——对少数民族文学创作理论的几点理解》。

16日,《文艺报》第33期发表张晓明的《小说在高原的足迹——读扎西达娃的创作》;小薇整理的《〈三寸金莲〉引起争鸣》;同期,专栏"关于文学主体性问题的讨论"发表王春元的《文学的外部规律和内部规律》。

《红旗》第16期发表郑伯农的《也谈文艺观念和文艺学方法论问题》;吴秉杰的《隐痛后面是更新——读小说〈隐痛〉》。

17日,《作品与争鸣》第8期发表蔡毅的《且说姚桂花——读古华的〈贞女〉》;曹天成的《封建礼教祭坛上的牺牲》;陈圣生的《对〈男人的一半是女人〉的审美道德批评》;秋野的《〈男人的一半是女人〉的讨论正在引向深入》;东仁的《关于提高军事题材文艺创作质量的讨论》;秋泉的《文学寻"根"与对传统文化的选取》。

18日,《中国》第8期发表白烨的《商州的魅力——贾平凹中篇近作漫论》;唐俟的《"真的恶声"——读〈苍老的浮云〉》;冯其庸的《读金庸》。

19日,《青年文学》第8期发表韶华的《寻找自己新的起步点》;李洁非、张陵的《青年作家与探索性作品》;李书磊的《变异:消失的与凸现的》;贺绍俊、潘凯雄的《在两个世界撞击中的理想升华》。

20日,《人民文学》第8期发表李国文的《危楼记事之末》。

《当代》第4期发表童大林的《经济改革与文化艺术的撞击与反馈——谈〈新星〉》;本刊记者的《勇敢的探索　可喜的势头——〈夜与昼〉座谈会纪要》;柯云路的《现代现实主义——从〈夜与昼〉谈我的艺术追求》;曾镇南的《历史的报应与人的悲剧——谈〈活动变人形〉及其他》;朱盛昌的《〈当代〉七年》。

《北京广播电视报》发表《也谈琼瑶热》。

21日,《光明日报》发表李准的《"现代意识"和它的参照系》;蒋子龙的《通信论〈蛇神〉——蒋子龙致夏康达》。

《书刊导报》发表《武打重来与琼瑶热》;王志重的《"琼瑶热"给我们带来的启示》。

22日,《新文学史料》第3期发表陈子善的《王任叔在新加坡报刊作品目录(初稿)》。

23日,《文艺报》第34期发表张贤亮的《社会改革与文学繁荣——与温元凯书》。

《北京文学》和《光明日报》联合举行老舍创作讨论会(1986年8月28日《光明日报》"文艺动态"栏)。

《北京文学》编辑部和《光明日报》文艺部联合邀请部分在京作家、评论家举行了老舍创作研讨会,出席者有端木蕻良、朱寨、吴祖光、李清泉、汪曾祺、玛拉沁夫、刘绍棠、苏叔阳、刘锡诚、刘麟、邵荣昌、李陀、陈世崇、王行之、陈建功、舒乙等,《北京文学》主编林斤澜、《光明日报》文艺部主任张常海主持会议,《北京文学》第10期刊登会议发言摘要。

25日,《文艺理论研究》第4期发表宋耀良的《新时期文学主题反思特性及形态过程》;李衍柱的《第十个文艺女神的再生——关于文艺批评的主体性的思考》;李劼等的《批评观念与思维逻辑论纲》。

25日—9月7日,《诗刊》、《当代文艺思潮》、《飞天》编辑部在兰州、敦煌联合举办了诗歌理论研讨会(见《诗刊》第12期《富有成果的诗歌理论研讨会》)。

28日,《文学报》发表《把戏剧与社会意识结合——台湾著名编剧吴念真》。

30日,《文艺报》第35期发表《革命战争题材文学亟需全方位突破——总政文化部、中国作协在京联合举办革命战争题材创作座谈会》;李清泉的《赞赏与不赞赏都说——关于〈红高粱〉的话》。

本月,《中篇小说选刊》第4期发表冯骥才的《与阿城说小说》(《三寸金莲》创作谈);梁晓声的《"陈词滥调"重谈》(《京华见闻录》创作谈);史铁生的《第三十七节是创作谈》(《插队的故事》创作谈);张笑天的《写在君子兰蒙尘的时候》(《梦断君子兰》创作谈);谌容的《也是横向联系》(《走投无路》创作谈);朱苏进的《还有一个生灵》(《第三只眼》创作谈);陆昭环的《关于惠安女子》(《双镯》创作谈)。

《名作欣赏》第4期发表李传申的《新奇的诗意　迷人的境界——杨炼的诗〈蓝色狂想曲〉赏析》。

《当代文学研究资料与信息》第8期发表白烨的《文学主体性问题引起关注》;陈明燕的《报告文学,全社会都在关注着你》;李劼的《新时期文学与电影粗略谈》。

《安徽文学》第8期发表张器友的《更新了的诗美观念——读陈所巨的〈玫瑰海〉》。

《雨花》第8期发表费振钟、王干的《古黄河滩上的足迹——论赵本夫创作的艺术追求》;黄东成的《新苗出土润雨花——读崔益稳的诗》。

《春风小说选刊》第8期发表斯民的《文艺思考二题》;蒋巍的《〈金丝猫〉的失而复得》;姚远的《美的发现和美的表现——读短篇小说〈从希望滩出发〉》。

《福建文学》第8期专栏"蔡其矫作品讨论会文稿选登"发表《邹荻帆、张志民同志的来信》,蔡其矫的《蔡其矫诗作朗诵会自序》,谢冕的《诗人的命运》,吴嘉的《"生命有力量医治创伤"》;同期,发表俞兆平的《海与人——评汤养宗的新诗作》。

《台声》第8期发表萧伦添的《社会压抑下的性祭典——浅谈台湾电影〈杀夫〉、〈暗夜〉、〈玉卿嫂〉》;陶锦源的《台静农先生二三事》。

《文学研究参考》第8期发表古继堂的《一九八五年台湾文学研究概述》。

《汕头大学学报(人文版)》第4期发表杜丽秋、蔡敏、陈凡的《新加坡华文小说的今昔》。

本月，华中工学院出版社出版《文艺学专题研究》编写组编著的《文艺学专题研究》，王先霈、范明华的《文学评论教程》。

上海文艺出版社出版高晓声的《生活·思考·创作》。

北京大学出版社出版佘树森的《散文创作艺术》。

中国民间文艺出版社出版中国民间文艺研究会研究部编的《民间文学理论译丛·第一集》，中国民间文艺研究会理论研究部编的《中国民间传说论文集》。

山东文艺出版社出版钱谷融的《文学的魅力》。

中国社会科学出版社出版赵毅衡的《新批评：一种独特的形式主义文论》，王训昭等编的《郭沫若研究资料》，黄曼君、马光裕编的《沙汀研究资料》。

北京大学出版社出版严家炎等编的《中国现代文学论文集》，洪子诚的《当代中国文学的艺术问题》。

中国文联出版公司出版朱寨主编的《中国新文艺大系·1976—1982(理论二集)》。

复旦大学出版社出版复旦大学中国语言文学研究所编的《中国新文学研究(第一辑)》。

上海书店出版霁楼编的《革命文学论文集》。

南京大学出版社出版胡若定、黄政枢主编的《当代中国文学名著提要与评析》。

广西人民出版社出版林焕标、卢斯飞的《孙犁作品欣赏》。

新疆人民出版社出版正一的《论鲁迅精神》。

春风文艺出版社出版王吉鹏的《〈野草〉论稿》。

天津人民出版社出版徐鹏绪的《鲁迅小说理论探微》。

9月

1日，《广州文艺》第9期发表张奥列的《文学的呼唤：现代都市意识——黄锦鸿小说初探》。

《小说林》第9期发表宋德胤的《论北大荒文学的民俗美》；平青的《北大荒人的后代——王左泓和他的小说》。

《长安》第9期发表蕾苓的《抚息不干净的魂灵》；高信的《茅盾自评〈子夜〉说》；孙豹隐的《从柳青的深入生活得到的启发》；林金水的《诗艺辨踪——象征派手法管窥》。

《文学月报》第9期发表谢冕的《序〈野葡萄的风〉》；胡宗健的《闹剧与怪剧的审美》；罗守让的《走向厚实，走向深沉——评新作〈山影〉、〈山野情〉兼及其艺术风格的变化发展》。

《文艺理论与批评》(双月刊)创刊。

《天津文学》第9期发表吴若增的《残雪的愁思——我读〈阿梅在一个太阳天里的愁思〉》。

《北方文学》第9期发表迟子建的《长歌当哭》(创作谈)；宋学孟的《关于迟子建》。

《东海》第9期发表李遵进的《他们值得赞美吗？——评〈道是无情〉》；毕明的《有益的探索——读〈道是无情〉》。

《江南》第5期发表封秋昌的《挺立于长城脚下的子民们——评中篇小说〈长城的子民们〉》；专栏"中篇小说艺术谈"发表盛子潮、朱水涌的《情节淡化的两种走向及其艺术秩序》。

《红旗》第17期发表郭建模的《一曲呼唤友爱的歌——读短篇小说〈长廊情〉》。

《作品》第9期发表黄向农的《试论秦牧旅游小品的美学价值》；曾汉华的《小论简炼》。

《青年作家》第9期发表李兴武整理的《〈女雇员轶事〉争鸣录》；毛迅、易丹、陈庄、罗建中的《超越"盆地眼光"强化"自主精神"——四川小说创作现状分析四人谈》。

《青春》第9期发表谭元亨的《浓烈的民族色彩与鲜明的当代意识》。

《奔流》第9期发表杨飏的《后生可畏——我省青年作家创作述评》；何彧的《男人们，中原的男人们哦——读李佩甫小说有感》。

《萌芽》第9期发表於可训的《当代农村社会的道德"教化"诗——论叶明山

的小说创作》。

《散文》第9期发表汉基的《怎样写好散文——关于教师的散文创作》。

《滇池》第9期发表刘云海的《谈〈一个日本女人的命运〉的典型性》;邓贤的《两点有益的启示和教训——评短篇小说〈断肠崖〉》;陈本仁的《我读〈断肠崖〉》。

《解放军文艺》第9期发表马原的《拉萨生活的三种时间》;石言的《“中子星”》。

2日,《文艺报》邀请北京文艺界人士座谈巴金的《随想录》(五集)(1986年9月6日《文艺报》发表《巴金〈随想录〉五集全部完稿——本报邀请首都文艺界人士座谈》)。

3日,《小说选刊》第9期发表王希坚的《从〈洞天〉中想到的》;曲延坤的《“要心正意诚”》;任孚先的《微山湖上荡轻舟》;宋遂良的《“山东有个李贯通”》;尤凤伟的《作品之外的话》;李贯通的《我的负疚的文学》;牛玉秋的《中篇小说半年印象》;韩少功的《好作品主义》。

4日,《山东文学》第9期发表李贯通的《〈洞天〉喃喃》(创作体会);缪俊杰的《别有洞天看新潮——读李贯通的〈洞天〉》;苗得雨的《读诗赏艺》。

5日,《广西文学》第9期发表陈雨帆的《要获得富于现代感的结构——关于广西民族文学发展的思考》;农能学的《太阳输给他殷红的血——读黄承基的两组诗》。

《大西南文学》第9期发表李丛中的《云南民族文学在寻找自己的位置》;徐维良的《向新的高度迈进——本期小说述评》。

《中国西部文学》第9期发表周政保的《新疆文学的战略问题》。

《文学自由谈》第5期以“作家四人谈”为总题,发表李欧梵、李陀、高行健、阿城的《文学:海外与中国》;以“评论的艺术”为总题,发表何西来、雷达、曾镇南、冯立三的《中年评论家自省》(对话),陈骏涛的《翱翔吧,“第五代批评家”!》,季红真的《蹒跚的脚步——〈文明与愚昧的冲突〉后记》;以“文学论说一家言”为总题,发表曾镇南、何西来、雷达、冯立三的《当前的文学缺什么?》,陈传康的《哲学改革与文学主体性》,丹晨的《塑造新的民族灵魂——关于“文化”问题的思考》;以“接受与阐释”为总题,发表陆文虎的《莫言和他的〈红高粱〉》,林为进的《古堡·天良·人》,周实的《神奇的〈舍巴日〉》,孙达佑的《大墙里边也有杜鹃花——读航鹰的小说〈大墙内外〉》;同期,发表张光年的《谈文学与改革》;王蒙的《从儿童文学说起》；弋兵的《谈谈质量问题》；绿雪的《印发长篇小说新方式赞》；张啸虎的《愿鲁迅由天上回到人间》；达流的《体系是灰色的》；苏中的《说“味儿”》；谢泳的《作家应有“危机感”》；储瑞耕的《杂文之批评》；复旦大学中文系82级的《王蒙在〈杂色〉以后——大学生“新时期文学”讨论课纪要之一》；李陀的《拾遗录（四）：不可“流行色”——漫议“创新”》；黄子平的《艺海勺谈（五）：意思和意义》；张同吾的《批评的选择与自我选择——〈小说艺术鉴赏〉后记》；周涛的《诗的执着的朋友——序〈闻捷的诗歌艺术〉》；颜纯钧的《和孙绍振聊天》。

《当代文坛》第5期发表艾芜、蹇先艾、马识途、韦翰、晓雪、益希单增、杨益言的《繁荣大西南文学创作（笔谈七篇）——竹海笔会后的思索》；沙汀的《〈新绿〉笔记》；吴野的《〈满目青山〉的艺术追求》；牛玉秋的《在两种文化的冲突中寻找停泊的港湾——〈梦里的港湾〉读后》；曾祥麟的《走向社会　走向群众——读〈炼虹朗诵诗选〉》；何镇邦的《八五年长篇小说面面观》；俞兆平的《诗歌语言的组合张力》；曾镇南的《以幽默的方式掌握现实》；高松年的《从一己坎坷走向广阔世界——张廷竹小说创作初论》；张小元的《试论作家的审美心理结构》；东红的《形象新论》；金平的《不倦的雕刀——与青年作家张建功倾谈记》；郑波光的《苦苦追寻失落的民族魂》；潘亚暾、王义生的《陈若曦的长篇新作〈二胡〉》；王晓峰、张一波的《当代短篇小说情节的强化与淡化》；喜勇的《飞翔的诗——兼评周涛的诗》；雷家仲的《记任白戈、沙汀同志二三事》；周旋的《略谈评点》；冉隆中的《怀旧情绪与创作观》；王尧的《散文艺术的嬗变》；林道立的《散文创作理论的羸弱与理论的瘠薄》。

《青海湖》第9期发表罗放的《总是在艰难里跋涉——宏亮其人其诗》。

6日，《文艺报》第36期发表王屏的《去雁来鸿——一个新的生活领域对文学的召唤》。

7日，《花溪》第9期发表何士光的《点滴的“畅想”》；戈梅的《无尽的岁月》（评何士光的创作）；罗强烈的《批评思维的分蘖》；施楠的《选择与发现》。

7—12日，中国社会科学院文学研究所主办的“中国新时期文学十年学术讨论会”在北京召开，近300人参加（《文学评论》1986年第11期）。

10日，《文汇月刊》第9期发表碧野的《可爱的阿黑——评丘峰的〈人牛〉》。

《中国作家》第5期发表冯岑植的《猫腻》；孙静轩的《一颗枣树——诗人张志民剪影》；陆文夫、何镇邦的《小说创作二人谈》。

《北京文学》第9期发表汪曾祺的《安乐居》;罗强烈的《我所理解的现实主义》;白烨的《现实主义的随想》;刘亮盈的《现实主义是永远年轻的》。

《诗刊》第9期专栏“关于叙事诗的讨论”发表吕进的《用两只眼睛看世界》,叶潮的《叙事诗面临选择——兼评〈诗刊〉五月号“小叙事诗专辑”》。

《读书》第9期发表黄克剑的《价值取向与文化整体——读余英时的〈从价值系统看中国文化的现代意义〉》;王逸舟的《马克思主义是指南还是公式——评陈涌的〈文艺学方法论问题〉》;李劼的《创造,应该是相互的——评〈男人的一半是女人〉的性观念》;贺兴安的《反思与前瞻》。

《文艺争鸣》第5期发表高占祥的《关于文艺形势问题》;王春元的《文艺学方法论研究中的若干问题》;李的《“荒诞川剧”〈潘金莲〉引起的争鸣》;卫建林的《创作个性问题》;鲁枢元的《再谈文学评论的主体性——答何志云、朱晶同志》;陆梅林的《这是一个重要的问题——〈应该用什么准则来要求作家〉读后》;吕俊华的《也谈应该用什么“准则”来要求作家》;吴方的《在“杂色”后面——对王蒙小说局限性的思考》;凤子的《对当前话剧创作的思考》;杨匡汉的《智力的系统性——新诗学探索之一》;刘中树的《鲁迅研究的回顾与思考》;《目前我国小说中性描写的问题》。

《诗刊》和《诗探索》编辑部联合约请了参加中国社会科学院文学研究所主办的“新时期文学十年学术讨论会”的部分专家、评论家,以“诗歌观念的变革和诗的反省”为专题,进行了热烈的讨论。会议主要就十年诗歌创作和诗歌观念的发展演进进行了回顾和总结,参加研讨会的有刘湛秋、谢冕、杨匡汉、晓雪、曾镇南、楼肇明、樊发稼、王光明、唐晓渡、刘晓波等三十余人。

11日,《光明日报》发表张韧《“大墙文学”的得失与〈风泪眼〉的新探索——致从维熙》。

《文学报》发表卢菁光的《在“怪异”背后——谈台湾“现代小说怪杰”七等生》。

13日,《文艺报》第37期发表潘凯雄的《“她”不再寻找“男子汉”——读〈流星〉兼谈女性文学的自主意识》;彭荆风的《小说的歧路》;冯立三的《寄同情于功当罪罚者——读〈走投无路〉》;溪清的《对〈走投无路〉的说“长”道“短”》。

15日,《长江》第5期发表朱承天的《琼瑶印象记》。

《当代文艺思潮》第5期发表余斌的《论中国西部文学》;唐晓渡的《大西北与

诗人之魂——评章德益的诗》;黄浩的《孤独男子汉：历史的印象——论当今改革文学人物的倾向性气息》;余之的《中国影星传记的思考——影星传记创作散论之一》;徐夕明的《新时期儿童文学创作鸟瞰》;季广茂的《儒学文化的积淀与发展中的山东文学——关于“山东作家群”的思考与批判》;阎真的《超越观念——评第一阶段改革题材小说的艺术缺陷》;陈德宏的《新时期文学：中国和世界的对话——访美国芝加哥大学教授李欧梵》;李兆忠的《批评——一门表述的艺术》。

《文艺评论》第5期发表刘思谦的《崇高没有泯灭——新时期小说的审美价值》;辛晓征、郭银星的《悲剧的现代含义——对新时期小说一种美学倾向的思考》;吴士余的《形象构成的指向性归属——当代小说创作论》;张超的《关于文学活动系统的人为性》;李洁非、张陵的《请已故的大师们原宥——有感于卢那察尔斯基的一篇文章》;徐岱的《文学的三维世界——对文学语言审美功能的矢量测定》;金健人的《艺术结构的外部联系初探》;张春宁的《“改革文学”与知识分子形象》;李小江的《中国妇女文学的踪迹》;叶式生的《天然去雕饰——谈〈北大荒的呼唤〉的性格描写》;黄濛的《在几块土地上同时耕耘——读李庆西评论之印象》。

《文学评论》第5期专栏“新时期文学十年研究”发表刘纳的《在逆象中行进的新时期文学》(正文标题为《在逆现象中行进的新时期文学》),丁帆、徐兆淮的《新时期乡土小说的递嬗演进》,杨义的《当今小说的风度与发展前景——与当代小说家一次冒昧的对话》,周介人的《新潮汐——对新评论群体的初描》,郭小东的《论知青作家的群体意识》,余纪、杨坤绪的《走向世界和未来的起点——论电影新潮》。

《民族文学》第9期发表平实的《一项不可忽视的任务》;郑海的《从无到有簇簇新绿》;宾堂的《来自土地的呼唤——海涛小说漫议》。

17日,《作品与争鸣》第9期发表赵武的《自由的思考和切实的争鸣》;蓝翎的《新时代的“救荒策”》;王必胜的《一直深沉、激愤的歌》;倪荷生的《到底给了我们什么“启示”》;胡永年的《传统社会心理的折光——读〈无记名投票〉》;李彡的《大惑不解的投票结果》;陈孝英的《漫议“动物题材小说”》;畅广元的《在人际关系中感受、理解和表现人》;李健民的《关于描写人和动物关系的小说创作》;弓长的《诗不需要解释》;吴鸣的《随意不是一种权力》;孟伟哉、洛夫、流沙河《隔海谈艺》;敏泽的《论〈论文学的主体性〉——与刘再复同志商榷》;冷铨清的《论文学的内部规律和外部规律——与陈涌同志商榷》;秋泉的《关于“文化断裂”论——文学寻“根”问题讨论概述之四》。

18日，《羊城晚报》发表吴泰昌的《施叔青与她的〈香港的故事〉》。

19日，《青年文学》第9期发表唐达成的《入世与开放——寄语一代文学青年》；雷达的《波动与蜕变——对十年来青年创作的一点思索》；张同吾的《一代人的呼声——青年诗作简议》；李小山的《青年文学随想》。

20日，《人民文学》第9期发表高行健的《给我老爷买鱼竿》；刘西鸿的《你不可改变我》。

《小说评论》第5期发表吴秉杰的《“文化”寻根与“寻根文学”——评一股文学潮流》；滕云的《“寻根”的选择》；吴秀明的《历史真实与作家的现代意识——关于这几年长篇历史小说创作的一个断想》；雷达的《论〈鬈毛〉——关于当代青年精神的一个侧面》；丁临一的《评〈亚细亚瀑布〉——兼谈我国战争文学的创作问题》；夏康达的《〈蛇神〉在蒋子龙的创作整体中》；谢欣的《悲剧的性格　悲剧的人生——读王蒙长篇近作〈活动变人形〉》；洁泯的《历史颤动中的心灵变异》（评《河魂》）；龚平的《试谈小说道德性把握的基本前提》；李劼的《道德·历史·文学——关于〈故土〉的批评》；曾镇南的《外迫力和内驱力的交绥——谈王蒙艺术创新的思想契机》；汪政、晓华的《感悟三境界——张承志、阿城、汪曾祺比较片谈》；刘春的《历史的痛苦——读小说〈焦大轮子〉》；一评的《读〈三寸金莲〉随感》；马养奇的《真实是艺术的美——读〈风暴，又是风暴〉》；秦鹰的《读贾平凹的〈火纸〉》；俞玉的《混沌迷茫中的活力——读莫言新作〈高粱酒〉》；张侯的《最有魅力的是人——读〈人的魅力〉》；王汶石的《就〈峡谷〉致朱玉葆》；王淑秧的《评赵淑侠〈塞纳河畔〉的“根”意识》。

《文艺报》第38期发表《新时期文学从复苏走向兴盛》；吴秉杰的《困惑引出的思考——评〈小说三题〉兼及王润滋的创作》；费振钟、王干的《愿他飞向更广阔的空间——何立伟小说创作断想》；丁帆的《对传统文化的深刻反省——〈梦生子〉读后》；丹晨的《各种思想并不都打上阶级的烙印——兼评“百家”即“两家”》（回应《文艺报》年第34期发表的张贤亮的《社会改革与文学繁荣——与温元凯书》）；吴元迈的《关于现代意识和文艺的思考》；贾平凹的《一点感悟》。

《清明》第5期发表金健人的《人称转换时的视点变化》；李国文的《真善而后美——陈源斌小说集〈美的饥饿者〉序》。

21日，《文艺研究》第5期发表程德培的《受指与能指的双重角色——关于小说的叙述者》；夏中义的《传达的美学情调与符号机制》；罗强烈的《主体性与文学语言的选择》；宋耀良的《人的主题与文体自觉的对应性——新时期文学研究之一》；柯岩的《有这样一个人——我读田地的儿童诗》。

22日，《长城》第5期发表马嘶的《骚动的节奏，淳厚的乡情——唐山文学创作掠影》。

《文学知识》第9期发表於可训的《寻根：多样化的审美追求》；夏厦的《气短情长——读报告文学〈洪荒启示录〉》。

23日，《当代文艺探索》第5期“女评论家专辑”发表李子云的《近七年来中国女作家创作的特点——在联邦德国“现代中国文学讨论会”上的发言》；刘蓓蓓的《惶惑：面对一九八五年的中篇创作》；刘思谦的《小说张开了纪实的翅膀——纪实小说审美特性初探》；牛玉秋的《中篇小说中的爱情悲剧》；刘爱民的《在历史的“开阔地”上——一九八五年报告文学漫评》；赵玫的《新感觉形态一二》；北明的《流极而生趣　气概自成章——〈你别无选择〉形式风格探》；吴宗蕙的《〈井〉的悲剧力量》；高原的《轮椅上的探索与开拓——浅谈史铁生的小说创作》；[印]雷克哈·汉吉著、张楠译的《创造力：存在主义的艺术观——萨特的美学理论》；刘牛的《拉奥孔新探——电影评论和文学评论之界说》；陈晓明的《文学的苦闷》；韩贺的《人与诗》；陈良运的《“主题思想”异议》；谭新的《我来质疑》；郑云翔的《面向没有路的荒原走去——从皮亚杰建构学说得到的有关文学的某些启示》；朱小如的《现代小说结构现象与本质的变化》；陈定謇的《气质和风格》；毛仲伟的《感伤与审美趣味》；孔孚的《谈现代山水诗创作》。

25日，《光明日报》发表何孔周的《意念的游丝和形象的失重——〈蛇神〉得失谈》。

《当代作家评论》第5期专栏“新时期文学十年的历史经验(上)”发表陈思和的《中国当代文学中的现代战斗意识——论现实战斗精神在新时期文学中的一种变体》，夏刚的《十年：世纪的冲刺——对“劫后文学”的双焦点参照透视》，王东明的《若无新变　不能代雄——新时期文学散论之一》，王晓明的《在语言的挑战面前》，郭小东的《众神渴了：论知青文学的孤独感》，李劼的《略述新时期文学的两次裂变》，张擎的《女性文学的娇弱、雄化和无性化》，卜曙明的《在蝉蜕、裂变中更新、完善——“新时期文学十年历史经验”讨论会纪实》；同期，发表王安忆的《男人和女人　女人和城市》；南帆的《批评：审美反应的阐释》；於可训的《祖慰论》;陈晓明的《在强力和野性的后面——评蒋子龙的〈蛇神〉》;吴宗蕙的《读韦君宜的〈母与子〉》;李国涛的《〈小鲍庄〉的问题及其它》;风子的《〈小鲍庄〉再辨析——兼与有关评论者商榷》;唐鸿棣的《"须教自我胸中出"——论沙叶新的话剧创作个性》;彭礼贤的《陈世旭的创作特色——论〈小镇上的将军〉和〈惊涛〉四题》;刘火的《何立伟的遥远与贴近》;孙毅的《来自苦闷之门的颤音——评孙惠芬的〈小窗絮语〉》。

《花城》第5期发表夏康达的《蒋子龙的小说艺术》。

《特区文学》第5期发表林经嘉的《竞争与爱情的交织——读李兰妮的中篇小说〈他们要干什么〉》;钱超英的《写生活的真滋味——从李兰妮新作谈特区小说创作的一个问题》;黄伟宗的《爱情　人情　诗情——读谭日超的〈爱的复苏〉》;刘达文、蔡宝山的《李昂和她的"女性主义"小说》;李昂的《我的创作观》。

《文学报》发表桐文的《海峡两岸的文学交流——陈若曦谈台湾和大陆文学》。

《新观察》第18期发表蓬生的《台湾女作家群及"闺秀文学"》。

27日,《文艺报》第39期以"巴金《随想录》五集笔谈"为总题,发表张光年的《语重心长》,王蒙的《最诚恳的呼号》,冯牧的《这是一本大书》,唐达成的《真知灼见·人间至情》,刘再复的《里程碑式的作品》,袁鹰的《他呼唤着作家的历史责任感》,谌容的《只因为是真话》,汪曾祺的《责任应该由我们担起》,张洁的《旧势力、旧制度的无畏的批判者》,李存光的《巴金文学道路上又一座丰碑》。

本月,《山西文学》第9期发表郑波光的《"黄河诗派"之我见》;焦祖尧的《一点读后感》(小说集《柳翠枝告状》序)。

《广东社会科学》第3期发表李源的《一个寂寞的歌人——论琦君的创作》。

《星星诗刊》第9期发表程光炜的《从台湾现代主义的诗歌衰落说开去——兼与伊旬同志商榷》。

《当代文学研究资料与信息》第9期发表刘爱民的《在历史的"开阔地"上——1985年报告文学漫评》;晓笋的《对农村变革生活的思考——克非近作泛论》;以"二位评论家谈《蛇神》"为总题,发表张炯的《达到的和未达到的》,何镇邦的《〈蛇神〉印象》。

《百花洲》第5期发表程麻的《性爱:一个文艺伦理学命题》;公仲的《循着爱的足迹;我看到了——评〈循着爱的踪迹〉》。

《红岩》第5期发表石天河的《诗歌语言与信息符号——非“信息论诗学”浅议之一》;李哲良的《谈情说理》;罗良德的《开掘情感的“敏感区”——梁平近作片论》。

《雨花》第9期发表唐再兴的《一个令人费解的命题——评〈老不读三国〉》;钟若明的《从苦涩到冷嘲——读陆永基的小说〈老不读三国〉》。

《春风小说选刊》第9期发表洪斌的《传统写法与“小说革命”》;张少武的《不可孤立地描写偶然事件》;韩夫的《绿树成荫子满枝——读〈春风〉近期的小小说》。

《福建文学》第9期专栏“小说观念更新笔谈”发表孙绍振的《纵向的探索和横向的检测》,林兴宅的《我观小说的特质与功能》,南帆的《叙事之“事”》,王光明的《超越故事:小说在这里起飞》,王炳根的《小说:嫁接的年代》,李洁非、张陵的《小说观念的选择》;同期,发表蔡葆真的《我心目中的散文》。

本月,山西人民出版社出版林志浩编的《新文化运动的先驱鲁迅》。

广西人民出版社出版王晋民的《台湾当代文学》。

知识出版社出版王献永的《鲁迅杂文艺术论》。

北京师范大学出版社出版王富仁的《中国反封建思想革命的一面镜子:〈呐喊〉〈彷徨〉综论》。

北京出版社出版辛宪锡的《郁达夫的小说创作》。

人民文学出版社出版杨义的《中国现代小说史》。

花山文艺出版社出版刘哲的《无名评论》。

上海文艺出版社出版赵园的《艰难的选择》。

辽宁大学出版社出版王建中等编的《东北现代文学研究论文集》。

中国文联出版公司出版中国文联理论研究室编的《一九八四年文学艺术概评》。

花城出版社出版陈光孚的《魔幻现实主义》,杨匡汉的《缪斯的空间》,林岗的《符号·心理·文学》,叶廷芳的《现代艺术的探险者》。

山西师范大学出版社出版[美]杰姆逊著、唐小兵译的《后现代主义与文化理论:杰姆逊教授讲演录》。

海峡文艺出版社出版江曾培的《小说虚实录》。

中国文联出版公司出版王笠耘的《小说创作十戒》,齐彬编的《作家剪影》。

湖北教育出版社出版刘安海的《文学理论要略》。

10月

1日，《小说林》第10期发表刘国民的《我的文学摇篮》；黄益庸的《关于迟子建短篇小说的思索》。

《上海文学》第10期发表林伟平的《新时期文学一席谈——访作家李陀》。

《文学月报》第10期发表李元洛的《洞庭湖边的芦笛——读杨梦芳〈乡野之歌〉兼论当前诗歌创作》；刘景好的《读康濯新作〈家书抵万金〉》；杨铁原的《星繁月朗楚天阔——〈潇湘诗辑〉漫评》。

《长安》第10期发表高文斌的《时代意识——艺术生命的源泉》；田长山的《古城文学谈》；邢小利的《走自己的路——记青年作家晋川》。

《天津文学》第10期发表鲍昌的《论新时期文学的宏观走向》；雷达的《关于城市与文学的独白》。

《北方文学》第10期发表罗莎的《他醒了——读〈七寸子〉有感》。

《东海》第10期发表洑海的《独具特色的改革现实——也谈〈道是无情〉》；卜钝的《以有情论"无情"——也评〈道是无情〉》。

《红旗》第19期发表黎辉的《鲜明的个性　时代的风采——读报告文学〈七品知县〉》。

《作品》第10期发表柯可的《南国新枝秀——广东省第五届新人新作获奖中篇小说漫评》；黄虹的《歌唱生活的艺术——读郭玉山诗集〈南方甜甜的爱〉》；轼子的《珠江，飘来一束浪花——简介〈珠江文丛〉(第一辑)及其作者》。

《作家》第10期发表雷达的《北国的活力　新锐的锋芒——读吉林青年作者部分小说漫笔》；章平、郭力家的《豁达，为了生命的延续——读公木诗〈致一位不相识的青年诗人〉》。

《青年作家》第10期发表刘中桥的《人生一隅的心态图——读〈度日如年〉》。

《奔流》第10期发表林为进的《新时期文学发展趋势探胜》；黎辉的《可贵的文学眼光——三篇处女作读后》；陈弋光的《世俗·炼狱·艺术——〈人与雕塑〉札记》。

《萌芽》第10期发表王中才的《游山者——范咏戈小记》；宋永毅、张子敬的《世情微观中的沉思——刘观德和他的小说创作》。

《散文》第10期发表周冠群的《不拘一格》；扶�的《怎样写好散文——关于大学生的散文创作》。

《滇池》第10期发表于坚的《"横断意识"——当代云南文学的内驱力》；吴德辉的《寻根与云南文学》。

《解放军文艺》第10期"纪念红军长征胜利50周年作品专号"公布《第二届"中国人民解放军文艺奖"获奖作品篇目》。

《汕头大学学报(人文版)》第3期发表陈贤茂的《新加坡华文诗坛的历史回顾》。

2日，《光明日报》发表从维熙的《现实主义的深化与自我完善——就〈风泪眼〉答张韧》。

3日，《小说选刊》第10期发表曾镇南的《乔良小说创作杂谈》；朱苏进的《古老的话题》；于德才的《关于〈焦大轮子〉》；罗强烈的《关于〈小说三题〉的分析与联想》。

《深圳青年报》发表刘晓波的《新时期文学面临危机》。

《报告文学》第10期发表马立诚的《面对他，我们应当自省——评报告文学〈寻梦者的生活流〉》。

4日，《山东文学》第10期发表林斤澜的《试填"□□"——读〈女子世界〉》；聂在富的《有益的尝试——读山青实验长诗〈少年行〉》；以"《女子世界》评论二则"为总题，发表刘玉杰、张达的文章。

《文艺报》第40期发表王蒙的《洋洋大观　匆匆十年》；绍凯的《读王安忆近作两篇兼及其他》；秦晓鹰的《资本主义是不可逾越的吗？——与张贤亮同志的一个观点商榷》；徐启华的《从〈伤痕〉到〈森林之梦〉》。

《光明日报》发表金涛的《从海峡那边吹来的风——记白少帆纵谈"琼瑶热"》。

5日，《广西文学》第10期发表程世洲的《文学多样化与当代性》。

《大西南文学》第10期发表范林清的《探索民族生活的美——评李钧龙近几年来的小说创作》;一叶的《纪实风物散文的新收获——读〈云南风物志〉》;赵捷的《心有灵犀一点通——浅说通感艺术》;陈达专的《浅谈思维模式的对转与置换》。

《文艺理论家》第4期专栏"庐山笔会"发表雷达的《新时期文学的"生命之流"》,林兴宅的《反叛——流贯在新时期文学中的时代精神》,傅修延的《对跋涉者精神重负的检视》,冯建民的《理论的困惑》,王培公的《戏剧,在思考》,孟繁树的《戏曲理论工作者的使命感》,黄文锡的《行进在"不定式"中》,秦裕权的《摸一下大象的背脊——电影理论、评论一瞥》,王云曼的《现代性和多样性的结合——"新时期电影"的一条经验》,丁道希的《啼笑因缘——新时期影视戏曲片漫谈》;蓝凡的《画意·舞魂·笔墨·灵躯——一场艺术界悄悄的深刻变革》;同期,发表朱向前的《谈晚近军事题材小说创作的"疲劳感"——关于军事文学创作现状的检讨之一》;何孔周的《创作的新走向和观念的新拓展》。

《中国西部文学》第10期发表陈柏中的《加强主体意识　高扬人道精神》;吉班的《那是你无法预知的世界——读〈走驿西〉》;丁子人的《走向繁荣的新疆兄弟民族小说创作》。

《青海湖》第10期发表燎原的《哀军,哀军,哀军必胜——读王度诗兼谈我省诗歌创作》。

6—8日,来自全国各地的七十余位诗评家和诗人参加了重庆西南师范大学举办的中国新时期诗歌研讨会(《诗刊》第12期田菱的《新时期诗歌研讨会在重庆举行》)。

7日,《花溪》第10期发表伊星的《烙印——评华莎的三部游记》。

8日,《书林》第10期发表谢冕的《并非遥远的期待——读黄子平的文论集〈沉思的老树的精灵〉》;曹正文的《琼瑶小传》。

10日,《文汇月刊》第10期发表王元化、柯灵、吴强的《〈随想录〉三人谈》;张景超的《刘宾雁报告文学的崇高美》。

《文学家》第5期发表沈奇的《过渡的诗坛》;李星的《当代文学创作中的〈农民儿子〉》。

《北京文学》第10期发表曾镇南的《关于现实主义的学习、思考和论辩》。

《诗刊》第10期以"给邓小平、胡耀邦、赵紫阳的诗"为总题,发表一组诗歌。

《读书》第10期发表周介人的《新尺度——评一年来的〈文学评论〉》;叶芳的《文明与愚昧的倒错——读〈桃源梦〉随笔》;张承志的《生命的流程——为小说集〈北方的河〉而写》;蒋原伦的《粗鄙——当代小说创作中的一种文化现象》;董鼎山的《文学作品与电影》。

11日,《文艺报》第41期发表曾镇南的《在改革大潮中呛水的智识者——读达理长篇新作〈眩惑〉》;刘宾雁的《成功者的画廊》;吴国光的《知识的悲剧与知识分子的颂歌——评叶永烈的一组报告文学》。

15日,《民族文学》第10期发表秦文玉的《神秘:探索的一个话题》;叶禾的《〈黄泥小屋〉的美学思考》。

16日,《红旗》第20期发表张炯的《新时期文学的革命现实主义》。

17日,《作品与争鸣》第10期发表肖汀的《举类迩而见义远——读〈猫眼儿〉》;封秋昌的《随意性与独创性——读莫言的〈红高粱〉》;蔡毅的《在美丑之间……——读〈红高粱〉致立三同志》;王春元的《文学批评和文化心理结构》;郑伯农的《也谈文艺观念和文艺学方法论问题》;盛雷的《〈文汇报〉就谢晋电影模式展开争鸣》;布白的《〈当代文坛〉讨论〈男人的一半是女人〉》。

18日,《文艺报》第42期发表荒煤的《〈红尘〉读后》;阮章竞的《读性描写随感》;鲁枢元的《论新时期文学的"向内转"》。

《中国》第10期发表刘晓波的《与李泽厚对话——感性·个人·我的选择》。

19日,《青年文学》第10期发表曾镇南的《读〈火船〉》;丹晨的《一支古老的歌——读伊始的〈大潮〉》;吴秉杰的《人性的追求——〈罪人〉断想》。

20日,《人民文学》第10期发表史铁生的《随想与反省》。

《当代》第5期发表张炜的《古船》;冰心的《喜读〈超越自我〉》;韦君宜的《读〈跋涉者〉》;本刊评论员的《追求》;何新的《〈新星〉及〈夜与昼〉的政治社会学分析》;黄源的《关于〈东平之死〉》;庞瑞垠的《事实·题材·文学观念》;《一部富有艺术探索精神的长篇小说——〈蛇神〉座谈纪要》;王小平的《对中国传统文化的深刻反思——长篇小说〈活动变人形〉座谈纪要》。

《语文学习》第10期发表张冰文的《关不住的春光　压不扁的玫瑰花——台湾文坛老园丁杨逵》;张炳隅的《台湾文学摭谈》。

22日,《北京广播电视报》发表《怎样看待"琼瑶热"》。

《文学知识》第10期发表张生瑞的《从林震到李向南》。

23日，《光明日报》发表滕云的《批评观与批评主体的演变》；苏华的《“琼瑶热”与“情”“爱”空白的省思》。

25日，《文艺报》第43期发表李敬泽的《辉煌的启悟——读张承志近作两篇》；李下的《一个挑战者带来的震撼——读陈冲的〈超群出众之辈〉》。

《文艺理论研究》第5期发表方可强的《阿Q和丙崽：原始心态的重塑》；白烨的《近期文学理论批评动向》。

《世界博览》第11期发表潘荻的《琼瑶热、台湾文学及其他——与加拿大籍台湾女作家陈若曦一席谈》。

本月，《山西文学》第10期发表陈坪的《文学在告别天真——柯云路、史铁生、张石山近作管窥》。

《中篇小说选刊》第5期发表从维熙的《〈风泪眼〉纪事》；柯云路的《引出“现代现实主义”宣言》(《一个系统工程学家的遭遇》创作谈)；冯苓植的《笼子里的鸟和笼子外的人》(《虬龙爪》创作谈)；梁晓声的《颠倒的补白》(《从复旦到北影》创作谈)；李克威的《关于〈红方块〉》；丁茂的《老生常谈》(《组织问题》创作谈)。

《名作欣赏》第5期发表张目的《一种“满不在乎”的诗——〈外科病房〉评析》；于慈江的《孤独的醒者与绝望的期待——〈呼救信号〉评析》；李元洛的《一阕动人的乡愁变奏曲——读洛夫〈边界望乡〉》。

《当代文学研究资料与信息》第10期发表沈太慧的《和谐、自由、宽松的学术讨论会——中国当代文学研究会第五届年会侧记》；张炯的《中国当代文学研究会工作报告》。

《安徽文学》第10期发表徐蕴冬的《你可真不含糊——致郭传火》；程东安的《寻求小说创作的轻松感》。

《雨花》第10期发表黄毓璜的《读黎化的三篇小说》；刘静生的《真实的时代人生》。

《春风小说选刊》第10期发表井林的《时代　变革　乡情——读侯树槐的新作〈古朴村风情〉》。

本月，四川文艺出版社出版陈辽的《马克思主义文艺思想史稿》。

中山大学出版社出版中山大学中文系主编的《比较与探索》。

长江文艺出版社出版沈太慧的《艺术形象与典型》，陈全荣的《艺术真实》，仲呈祥的《创作的生活源泉》，何火任的《艺术情感》。

重庆出版社出版程代熙的《海棠集》。

希望出版社出版西戎的《寄语文学青年》。

贵州人民出版社出版王强模的《小说写作艺术》，杜惠荣、王鸿儒的《蹇先艾评传》。

天津人民出版社出版张大明的《三十年代文学札记》，张占国、魏守忠编的《张恨水研究资料》。

语文出版社出版秦亢宗、刘一新的《中国现代文学题解》，汪兆骞选编的《当代优秀小说选析》。

北京语言学院出版社出版朱金顺的《新文学资料引论》。

浙江大学出版社出版鲍昌主编的《中国当代文学选评（下）：1949—1985》。

少年儿童出版社出版李惠芳、朱美士编的《高士其研究专集》。

湖南文艺出版社出版张立慧、李今编的《巴金研究在国外》。

云南教育出版社出版周鉴铭的《新时期文学》。

人民文学出版社出版范伯群、曾华鹏的《鲁迅小说新论》。

浙江文艺出版社出版张梦阳的《鲁迅杂文研究六十年》。

南开大学出版社出版刘正强的《鲁迅思想及创作散论》。

11月

1日，《小说林》第11期发表曾镇南的《说〈黑氏〉》；张春宁的《蔷薇的呼唤——近年讽刺小说漫谈》。

《上海文学》第11期发表杨匡汉的《主题的超越意识——当代文学笔记之一》。

《文艺报》第44期发表周政保的《“隐形伴侣”：人与人性的艺术洞察》；王晋民的《台湾著名作家王拓谈台湾文学》。

《文学月报》第11期发表顾尔南的《创新旗帜掩盖下的彷徨意识——〈桃源

梦〉批判》；舟挥帆的《执着的爱恋与深情的赞歌——袁伯霖和“森林诗”》；张春宁的《大时代交响乐中的嘹亮短笛——读雷加散文特写集〈火烧林〉》。

《长安》第11期发表畅广元的《一种奇怪的争鸣心理》；刘斌的《〈陕西新诗十年〉补述》。

《天津文学》第11期发表李哲良的《“蛇神”的“灵魂”》；罗强烈的《真实一辩》；咏枫、朱曦的《假如你有双画家的眼睛》。

《北方文学》第11期发表蒋原伦的《童心般的真诚——读迟子建的〈小说三篇〉》。

《东海》第11期发表黄晓杭的《可悲的献身精神》；汝瞳的《悲壮的献身精神——读〈道是无情〉》。

《江南》第6期发表魏丁的《对独特性和多样化的追求——〈江南〉一九八六年第四期小说一瞥》；专栏“中篇小说艺术谈”发表宋耀良的《画框式结构的开放性探求》。

《红旗》第21期发表姚雪垠的《创作实践和创作理论——与刘再复同志商榷》；刘亚湖的《赞歌一曲寄深情——读报告文学〈众多的学生记着她；这是最珍贵的〉》。

《西藏文学》第10、11合期发表王蒙的《现代化与传统文化》；张治维的《让文艺成为精神文明之花》；杭宁的《新时期西藏小说创作漫谈》；李佳俊的《文学，民族的形象》；降边嘉措、张晓明的《藏族新诗开拓者的路》。

《作品》第11期发表连介德、黄思天的《直率坦诚，不拘一格——评〈欧外鸥之诗〉》；邓国伟的《评陈国凯的〈好人阿通〉》。

《作家》第11期发表朱晶的《地域、人生与现代意识——洪峰近作印象》；韩少功、骆晓戈的《作家书简》（评《女女女》）。

《青年作家》第11期发表《文化大革命与文学——白桦答本刊记者何世平问》。

《奔流》第11期发表曾凡的《追求境界——论主体的自由超越》；雷达的《献给黄土高原的热烈恋歌——序郑彦英的〈恩爱三部曲〉》；吴芜的《爱情·有情·人情——〈但愿人长久〉读后》。

《萌芽》第11期发表徐温的《北国军营风情画——刘兆林小说创作谈》；陈继光的《为吴士余画像》。

《散文》第11期发表荧光的《顶花戴露　鲜嫩可喜》；徐天喜的《略论散文的走向》；柳嘉的《思想的翅膀》。

《滇池》第11期发表杨红昆的《在贫困的土地上的思索——也谈边地小说》；陈定謇的《超越裂谷——当前小说热潮一瞥》；宇丹的《似曾相识燕归来——〈深深奈何巷〉谈片》。

《解放军文艺》第11期发表蔡葵的《冲突・哲理・当代意识》；王炳根的《自我・道德・人道》；金梅的《归趋于统一效果》；张文苑的《人民赢得战争的历史丰碑》。

《台湾研究集刊》第3期发表韦体文的《试论林海音小说的独特性》；郑通涛的《略谈廖蕾夫的〈隔壁亲家〉方言运用的鲜活性》。

3日，《小说选刊》第11期发表王干、费振钟的《悲剧："人"的失落与发现——评周梅森的小说》；乔良的《沉思——关于〈灵旗〉的自言自语》。

《人民日报》发表中国新闻社的《大陆方有"琼瑶迷"　台湾又现"阿城热"》。

3—6日，中国当代文学国际讨论会在上海举行(1986年11月8日《文艺报》发表《栅栏门在中国土地上打开》)。

4日，《山东文学》第11期发表李先锋的《人的价值的失落与寻找——读王润滋的近作兼谈一种文学观念》；罗强烈的《交响乐韵律与艺术形象的独到选择——读〈大江和高山的回声〉》；杨晓洲、李掖平的《读孙国章〈抒情诗八首〉》。

4—6日，中国作家协会在上海金山主办了中国当代文学国际研讨会(《上海文论》1987年第1期)。

5日，《广西文学》第11期发表郭超、李耀先的《磅礴壮观的革命瀑布——琐谈〈瀑布〉的"风雨三杰"及其他》；陆地的《自白——在陆地小说讨论会上的自白》；黄伟林的《象征化带来的多义性——读张宗栻的小说〈褐色山麓〉》；小萍的《革命历史题材文学创作大有作为——陆地小说创作讨论会在邕召开》。

《大西南文学》第11期发表蔡毅的《让现代理性更多地注入文学——关于云南文学创作的思考》。

《中国西部文学》第11期发表本刊整理的《"殷切的希望，深刻的启迪"——记冯牧同志关于中国西部文学的论述》；余斌的《"西部文学"二题》；白烨的《"西部文学"的名与实——兼与林默涵同志商榷》；陈柏中的《群体追求与个性创造》；李元洛的《江南有塞外的知音——读骆之诗兼论边塞诗创作》。

《文学自由谈》第 6 期以“评论的艺术”为总题，发表《青年批评家自省(座谈会)》，谢冕的《批评寻找位置——序季红真评论集〈文明与愚昧的冲突〉》，南帆的《〈理解与感悟〉后记》；以“作家四人谈”为总题，发表谭甫成的《当代严肃文学主题的转移》，林希的《文学即召唤》，谷应的《童趣的失落与中国人身上的志气》，姜天民的《也谈“自我表现”——致吴若增》；以“文学论说一家言”为总题，发表林为进的《近年长篇小说的明显不足——结构》，杨匡汉的《诗：作为时空综合的艺术》，林岗的《理论研究中的分析精神》；以“接受与阐释”为总题，发表何志云的《时代的碑铭　人生的礼赞》，张韧的《报告文学的新写法——读理由〈香港心态录〉想到的》，许志安的《一个小说家的悲剧在哪里——评长篇传记小说〈一个小说家的悲剧〉》；同期，发表弋兵的《宽松环境的几个因素》；鲍昌的《无法回避的人性、人道主义问题的论争——新时期十年的文学理论批评(之三)》；杨斌华的《张承志：在失去喧嚣之后》；赵玫的《自新大陆——关于张承志及其小说》；郜元宝的《简单的描述：古典・象征・浪漫——张承志小说片论》；张厚余的《邵燕祥谈新诗》；阿吾的《同一时空中的两条河流》；林斤澜的《前言后语》；兆政的《邂逅邓刚一日谈》；《中国人再不能裹足不前了！——天津青年文学评论组漫谈〈三寸金莲〉》；吴嘉行的《试析〈一百年的孤寂〉》。

《当代文坛》第 6 期发表杨曾宪的《当代小说为何超越了危机？——兼论艺术民族化现代化并举的必要性》；徐新建的《历史题材与现代意识——语义学同戏剧学的一次碰撞》；王国全的《艺术直觉：非直觉的审美透视力》；陈辽的《文学十年：主体意识从苏醒到自觉》；林为进的《报告文学十年初探》；戎东贵的《创作平移与思维定势——对小说创作现状的一点思考》；叶潮的《试论模糊语言的诗美功能》；曾绍义的《诗化的散文与散文的诗化——唐大同散文略论》；松鹰的《一曲神奇的草原之歌——读张世俊小说集〈柔情的荒野〉》；罗良德的《爱的情感和美的思辨——读徐国志诗集〈留在红叶上的梦〉》；张奥列的《丁一：超出乔厂长模式的人物——中篇小说〈激流〉得失谈》；郭踪的《〈古堡〉：改革文学的新风姿——兼论形成中的贾平凹风格》；黄书泉的《伦理道德小说的新探索——评长篇小说〈冬夏春的复调〉》；何启治的《熔金铸史写春秋——苏叔阳的思考和追求》；罗强烈的《我的批评观》；晓风的《也谈“社会学的”评论》；伍新明的《方法：一种考察的形式——审美批评的方法在批评中的地位》；叶延滨的《“大将风度”——与青年诗友谈诗》；陈士豪的《试论知青文学悲剧风格及其演变》；龚盖雄的《社会心理生

态环境的解剖刀——评〈蛇神〉》；吕洪文的《其味难求　其味可寻——散文创作偏见谈》；周冠群的《散文的松动美》；王锡渭的《心口误差描写谈片》。

《青海湖》第11期发表章灿的《大地的胸腹在这里——读格桑多杰的诗所想到的》。

6日，《光明日报》发表陈晋的《关于文艺的现代意识》。

《文学报》发表连介沃等的《台湾市民生活的风情画——略谈黄凡的创作》。

7日，《花溪》第11期发表张灯的《关于伍略小说的对话》。

8日，《文艺报》第45期发表鲍昌的《如何评价十年来的新时期文学》；包明德的《鄂温克狩猎文化的审美再现——略评乌热尔图中篇新作〈雪〉》；王愿坚的《文学，走向历史深处——喜读〈灵旗〉等三部写长征的中篇小说》。

9日，著名文学史家李何林去世。

10日，《文汇月刊》第11期发表缪俊杰的《"曲高"与"和寡"》(文艺短论)。

《中国作家》第6期发表罗强烈的《命运感与传统模式》。

《北京文学》第11期发表张韧的《现代城市意识的探求与困惑——谈中篇小说〈超出群众之辈〉及其它》；赵运通的《一个真正的共产党员——谈短篇小说〈支书下台唱大戏〉》。

《诗刊》第11期专栏"关于叙事诗的讨论"发表马萧萧的《我对叙事诗的反省》；同期，发表王燕生、雷霆的《第六届"青春诗会"侧记》；何锐的《以人的名义发出的呼吁——读张志民的〈梦的自由〉》；叶橹的《我读〈天安门广场〉》。

《文艺争鸣》第6期发表牧欣的《万里、陆定一、朱厚泽、王若水等同志——论"双百"方针》；林兴宅的《文艺本质之辩》；缪俊杰的《"现代意识"——值得探讨的一个理论命题》；未眠的《现代意识理解上的几个问题》；马相武的《新时期小说：文学观念的全方位拓展》；王干、费振钟的《现代史诗的雏形——兼评周梅森〈历史·土地·人〉》；范硕的《评〈"二月逆流"纪实〉的真实性》；李作祥的《文学批评中的美学风范问题》；赵强的《儿童文学的困境》；程代熙的《罗兰·巴尔特的结构主义文艺观》。

《读书》第11期发表王蒙的《理论、生活、学科研究问题札记》；晓华、汪政的《老年的城市与青年的城市——陈建功小说谈片》；北帆、大野的《走向独立的批评——李庆西文学评论略说》。

13日，《光明日报》发表童道明的《新的戏剧现实主义——话剧〈狗儿爷涅槃〉

观后》。

15日,《文艺报》第46期发表张光年的《努力表现当代中国人民的精神风貌(中国作家协会第四届理事会第二次全体会议开幕词)》;王愚的《从总体上把握时代的走向》;谌容的《新时期——自由的文学》;高尔泰的《当代文学的主旋律》。

《文艺评论》第6期发表吴宗蕙的《新时期文学中的女性悲剧》;方卫平的《我国儿童文学研究现状的初步考察》;樊星的《根与信念——关于"寻根"的思考》;黄书泉的《"旋转的世界"与"迷人的海"——当代文学断想》;宋耀良、花建的《论当代新哲理小说》;郝佳的《新时期文学十年学术讨论会综述》;彭放的《新时期小说创作研讨会综述》;杨春时的《论新现实主义》;朱国庆的《艺术本体论》;张超的《关于文学活动系统的人为性(续篇)》;李运抟的《湍流中的热血男儿歌——梁晓声纪实文学创作论》;张光昆的《坚硬·蓬勃·灿烂——从梁晓声说到北大荒文学风格》;张兴劲的《"鬈毛"启示录——读陈建功中篇小说新作》;胡宗健的《当代性:在情趣的横流中升华——论刘兆林的部分小说》;兴安的《论乌热尔图的小说艺术》;牛耕的《谈传记文学的艺术加工》;童道明的《"不规则"说》;周荷初的《诗的评论　评论的诗——略论文学评论中美感的诱发》。

《文学评论》第6期以"中国新时期文学十年学术讨论会"为总题,发表徐觉民的《开幕词》,朱寨的《闭幕词》,张光年的《起死回生、青春焕发的十年》,王蒙的《小说家言》,刘再复的《论新时期文学主潮(内容摘要)》,本刊记者的《历史与未来之交:反思、重建、拓展(讨论会纪要)》;专栏"新时期文学十年研究"发表陈思和的《当代文学中的文化寻根意识》,缪俊杰的《人物性格塑造的突破与超越》,林克欢的《戏剧的超越》;专栏"我的文学观"发表吴予敏的《从文化角度看文学》,林斤澜的《我看"看不懂"》,杨文虎的《文学:面临电视时代的挑战》。

《当代文艺思潮》第6期发表高旭东的《略论中国当代文学发展的三个逻辑层次》;林焱的《论选择的一代》;白木的《脚手架下的河流——当代诗歌之我见》;杨子敏的《必要的,更是有益的》;谢昌余的《努力建设我们现代的诗学理论体系——在"新诗理论研讨会"闭幕式上的发言》;屈选的《知识分子的文化心态——近期小说中知识分子形象的分析》;梦湖的《中学生——大学生:性意识在小说中的变化》;胡河清的《张洁爱情观念的变化——从〈爱,是不能忘记的〉、〈方舟〉到〈祖母绿〉》;李新宇的《改革者形象塑造的危机》;肖君和的《论文学的主体客体性》;钟本康的《沟通文学内部规律和外部规律的研究——李庆西的文学评论》;尹虎彬的《从单质文化到双重文化的负载者——论新时期少数民族青年作家对民族文学的贡献》;李文衡的《民族优根的曲折与延伸——从〈最后一枪〉谈别一种文学"寻根"》。

《民族文学》第11期发表王科的《辽西乡土情　山村风俗画——论李惠文的长篇新作》。

17日,《作品与争鸣》第11期发表本刊评论员的《加强马克思主义在文艺建设中的指导作用》;张炯的《乡土有芳草——读〈不虚此行〉》;顾晓鸣的《"三寸金莲":故事的焦点与文化的焦点——读中篇小说〈三寸金莲〉》;颜睢文的《小脚的学问及其他——杂感两则》;林兴宅、邹振东、朱水涌、鲁夫、盛子潮、王欣的《〈黑马群〉笔谈》;魏明伦的《是非且听百家鸣——〈潘金莲〉附记》;李兴普的《新·奇·美——看荒诞川剧〈潘金莲〉》;寒末的《三赞〈潘金莲〉》;孔达的《〈潘金莲〉的荒诞之处》;王世德的《谈谈〈潘金莲〉的不足》;杨振喜的《透过人生看社会——评〈名医梁有志传奇〉》;冯立三的《祭奠的也应该是能复活的——读〈红高粱〉复蔡毅同志》;本刊记者的《开展学术争鸣,表彰研究成果——记中国当代文学研究会第五届年会》。

18日,《中国》第11期发表巴铁的《他的执拗　他的热情——理解廖亦武》。

《经济日报》发表王玉斌的《"琼瑶热"中话琼瑶》。

19日,《青年文学》第11期发表曾镇南的《徘徊在人与非人之间的灵魂——评〈橡皮人〉》;孙武臣的《生活流动中的又一次心灵醒悟》。

20日,《人民文学》第11期发表李锐的《厚土》;丹晨的《谈〈据点〉的语言和风俗及人性描写》。

《小说评论》第6期发表王干、费振钟的《纪实:一种新的审美态度——新时期小说漫论之九》;胡宗健的《近年来小说中性爱描写的若干形态特点》;韩梅村的《论小说发展中的一种趋势》;理晴的《张承志的世界:超越与超越之后——评〈黑骏马〉〈北方的河〉〈黄泥小屋〉》;钟本康的《当代意识观照下的吴越文化形态——评李杭育的"葛川江小说"》;叶公觉的《高晓声小说风格面面观》;金燕玉的《论陆文夫的创作个性》;周政保的《〈红高粱〉的意味与创造性》;王科的《升华生活的素质——论金河的小说创作》;胡德培的《变革时期绚烂多彩的生活画卷——喜读柯云路的长篇新作〈夜与昼〉》;张德林的《审美视角与艺术深度——小说艺术谈》;李满的《神是怎么造出来的——读王润滋〈小说三题〉札记》;一评的《酒向人家都是问——读苏叔阳的〈老舍之死〉》；秦鹰、波海的《娇美的音韵人化的自然——读〈美丽瞬间〉》；张艳茜的《读王安忆中篇〈荒山之恋〉》；周良沛的《关于〈荒火〉的通信》；子心的《谈谈小说的叙述角度》。

《清明》第6期发表苏中的《当代儒林群象图——〈同窗〉人物谈》。

《福建戏剧》第6期发表林克欢的《〈台湾剧作选〉后记》。

21日，《文艺研究》第6期发表李泽厚的《谈技术美学》；吴江的《也谈文艺评论》；徐贲的《文学批评的相关性》；贺兴安的《从技艺走向艺术的当代评论》；夏刚的《语文学批评——当代小说研究断想》；盛子潮、朱水涌的《小说的时空交错和结构的内在张力》；谭学纯、唐跃的《语言情绪：小说艺术世界的一个层面》；韩石山的《〈阴差阳错〉的文化意识》；王永敬的《反思·开拓·突破——评荒诞剧〈潘金莲〉》；周宪的《科学主义与人本主义的冲突——现代美学和艺术科学方法论考察之一》；罗务恒的《现代西方文学艺术与近现代西方文化主题》；周永明的《论当代西方文学批评的整合倾向》。

22日，《长城》第6期发表高光的《春天的系列——评王旭烽〈从春天到春天〉、〈从春天到秋天〉》；赵秀忠的《发自肺腑的忧愤之作——读刘真的〈没有窗帘的家〉》。

《文艺报》第47期专栏"'中国当代文学国际讨论会'发言选"发表[美]林培瑞的《"土"与"洋"——试析四篇当代中国小说里的一个常见的主题》；[日]近藤直子的《中国当代小说的风景》。

23日，《当代文艺探索》第6期以"福建评论新人专号"为总题，发表陈晓明的《文化冲突与文学张力》，颜纯钧的《文学的信息论问题》，洪申我的《形象思维与模糊思维》，林君桓的《艺术的求简趋势》，王光明的《论散文诗的审美特征》，朱水涌、盛子潮的《走向诗的小说》，萧春雷的《传统文化的反省与选择——评王安忆〈小鲍庄〉和韩少功〈爸爸爸〉》，陈仲义的《历史磁场的现实引力》，俞兆平的《论趋向纯粹美的诗》；同期，发表王炳根的《主体意识的觉醒和强化——对福建小说创作的思考》；林焱的《山魂茶韵——释唐敏小说中的文化观念》；华孚的《文明的野蛮与沉睡的优势——〈双镯〉里的文化启示录》；北村的《历史中的自然和现实中的历史及未来——论袁和平的"森林文学"》；刘牛的《开放的十年——1976至1986电影创作回顾》；杨健民的《论作家的经验世界——从艺术感觉角度探讨》；徐学的《艺术世界有机整体的统摄——〈王谢堂前的燕子〉批评方法漫论》。

25日,《当代作家评论》第6期专栏"新时期文学十年的历史经验(下)"发表陈骏涛的《一个多元化的文学时代》,李振声的《中国当代小说的还原性趋势》,陈剑晖的《骚动与喧哗——新时期文艺思潮一瞥》,毛时安的《小说的选择——新时期小说发展的一个侧面速写》,赵玫的《知识女性的困惑与寻找——女性文学在新时期十年中》,屈选的《青年作家:多元文化意识的选择》,梁永安的《批评的本质》,郭银星、辛晓征的《文学批评的历史意识》,夏刚的《十年:世纪的冲刺(续)——对"劫后文学"的双焦点参照透视》;同期,发表潘凯雄、贺绍俊的《"浅薄"·"内虚"·期待》;李源的《为批评客体一辩》;吴方的《腐朽与神奇间的反思——读〈怪世奇谈〉》;夏康达的《当代文坛上的一部奇书——读〈三寸金莲〉》;邹平的《且说〈三寸金莲〉——阅读反应批评》;王绯的《缠足文化的迫力——说说〈三寸金莲〉》;艺峰的《追求和谐,但总是寂寞——铁凝小说创作论》;王斌、晓鸣的《智慧的痛苦——读铁凝的〈近的太阳〉》;林焱的《裹着谐谑的忧患——关于冯岑植〈猫腻〉的对话》;王灿的《读阿城〈棋王〉二题》;陈非的《〈男人的一半是女人〉再评》;青人的《向平庸和世俗的挑战——对〈无主题变奏〉的一种理解》。

《花城》第6期发表路遥的《平凡的世界》第一部;季红真的《李杭育初论》。

《特区文学》第6期发表钱超英的《我读大平的小说》。

27日,《光明日报》发表吴秉杰的《文化的人类学追求与文化的社会学追求——评今年小说中的"文化热"》。

29日,《文艺报》第48期发表应红的《艺术与现实:中国文学天平上的两极——"中国当代文学国际讨论会"侧记之一》;李洁非、张陵的《小说叙事观念的调整——读〈红高粱〉、〈灵旗〉、〈黑太阳〉所想》;同期,专栏"外国汉学家谈中国文学——'中国当代文学国际讨论会'发言选"发表[苏]李福清的《中国当代文学中的传统成分》;[加拿大]杜迈可的《文学历史与文学批评》;[联邦德国]阿克曼的《读"误解"的益处》。

本月,《山西文学》第11期发表吴思敬的《多侧面地展示现代军人的心灵——读〈从梦河里漂来的花瓣〉》。

《当代文学研究资料与信息》第11期发表刘再复的《新时期文学的突破和深化——在新时期文学十年学术讨论会上的发言摘要》;王蒙的《小说家言——在

新时期文学十年学术讨论会上的讲话》；王蒙的《洋洋大观　匆匆十年》；陈骏涛的《一个多元化的文学时代——新时期文学十年学术讨论会论文纲要》。

《红岩》第6期发表刘火的《论民俗小说的美学特征》；田由的《读〈无人知晓的世界纪录〉——致王永贵》；翟大炳的《一纸之隔的天才与疯狂》；石天河的《诗歌语言与信息符号——非“信息论诗学”浅议之二》。

《安徽文学》第11期发表唐先田的《潘军和潘军作品印象》。

《雨花》第11期发表丁柏铨的《大胆的有价值的探索——评短篇小说〈春天的圆圈〉》；牧惠的《闲话杂文说邓拓》。

《春风小说月刊》第11期发表李玉铭的《小说创作中的“现代意识”问题》；隐喻的《小议〈金丝猫〉》。

《福建文学》第11期发表盛子潮、朱水涌的《逆向思维与作家的美学发现》；蔡厚示的《伟业千秋映汗青——读长篇历史小说〈将军愤〉》；杨建民的《情趣：浓缩了的野味——〈乡野情歌〉一面观》。

本月，中国人民大学出版社出版林志浩的《鲁迅研究（上）》。

陕西人民出版社出版韩望愈的《汶石艺概》，赵明等编的《李季研究资料》。

江西人民出版社出版吴海的《创作探求录》，周邵鑫的《文学的求索》。

浙江文艺出版社出版季红真的《文明与愚昧的冲突》。

天津人民出版社出版张菊香、张铁荣编的《周作人研究资料》。

人民文学出版社出版刘再复的《文学的反思》。

黄河文艺出版社出版弘征的《艺术与诗》。

四川文艺出版社出版[美]罗里·赖安、苏珊·范·齐尔著，李敏儒等译的《当代西方文学理论导引》。

时代文艺出版社出版赵乐甡等主编的《西方现代派文学与艺术》。

重庆出版社出版周冠群的《散文探美》。

三联书店出版杨绛的《关于小说》。

东北师范大学出版社出版刘世剑的《小说概说》。

安徽文艺出版社出版刘森辉的《小说探骊》。

北岳文艺出版社出版张永如的《小说创作刍论》。

江西人民出版社出版吴松亭的《小说创作艺术谈》。

上海文艺出版社出版曹禺的《曹禺论创作》，刘梦溪的《文艺学：历史与方法》。

海峡文艺出版社出版何火任编的《当前文学主体性问题论争》。

红旗出版社出版红旗杂志编辑部文艺组编的《文学主体性论争集》。

12月

1日,《广州文艺》第12期发表暨南大学文艺学研究生的《神秘？坟墓？意淫？性变态？——关于小说〈医生和他的朋友〉的讨论》。

《小说林》第12期发表曾镇南的《从〈找乐〉到〈鬈毛〉——兼谈创作的客观生活基础》;刘春的《支援和他的小说》。

《上海文学》第12期发表陈伯海的《新时期文学观念中的"互补"原理》。

《长安》第12期发表王仲生的《冷静中的突破》;段崇轩的《升华,艺术构思的关键环节》。

《文学月报》第12期发表康濯的《治伤思过和"寻根"——韩少功小说集序》;潘吉光的《一曲愚蛮人生的悲歌——杨克祥〈玉河十八滩〉读后》;王开林的《痛苦力的回流——评聂沛的〈一个五重奏〉》。

《天津文学》第12期发表张炯的《新时期十年文学的艺术流向》;苗雨时的《当代审美艺术关照下的生命情调——新时期诗歌创作的一个侧影》。

《北方文学》第12期发表韦健伟的《船儿已经驶出港湾——读"我省青年作者小说专号"印象》;李琦的《酽茶及其它》。

《东海》第12期发表钱志华的《这是一出令人深思的悲剧——评〈道是无情〉》。

《红旗》第23期发表刘润为的《物质的丰裕与精神的贫困——读中篇小说〈旧庄院的废墟上〉》。

《西藏文学》第12期发表曾绍义的《散文的历史感——略评秦文玉的散文创作》。

《作品》第12期发表李丘峰的《“题材学”的新开拓——读黄树森的〈题材纵横谈〉》。

《作家》第12期发表李劼的《具象块面・心理呈示・状态文学——〈爸爸爸〉和〈小鲍庄〉的探讨》;魏威的《一次志在强力跃进的尝试》;肖逸的《创作的自由试验和艺术的自觉选择——“吉林青年作者小说专号”讨论会综述》。

《青年作家》第12期发表卢跃刚的《瞧这山东高密汉子——莫言和他的小说》;以“对‘四人谈’的讨论”为总题,发表林文询的《我真诚希望》,田由的《先粉碎自己》,阿来的《一点感受》。

《青春》第12期专栏“和王心丽谈《不安分的春天》”发表俞律的《春天属于不安分的人们》,沈存步的《是不是有点儿庸俗了》。

《奔流》第12期专栏“城市文学笔谈”发表王舟波的《城市的“石头化”与文学的天职》,刘思的《城市・时装模特儿・文学——关于“城市文学”的断想》,田中禾的《文学的乡土性、哲理性、世界性思考》,于宏的《牵人一缕愁思》。

《萌芽》第12期发表王富荣的《纵横开合,不乏大家手笔——赵长天小说漫议》;王野、陈墨的《荒山与城市,男人和女人——评〈荒山之恋〉、〈小城之恋〉》。

《散文》第12期发表世炎的《谲不失真,奇中有味》;叶公觉的《散文的擒纵》;罗公元的《向更高的层次进军》。

《滇池》第12期发表杨振昆的《文学观念与文学创作》;王屏的《杂花生树群莺乱飞——一九八五年全国中篇小说述评》;张庆国的《录像后面的意义》(评何群的《今晚有录像》)。

《解放军文艺》第12期发表陈墨、王野的《论余占鳌》;纪鹏的《时代在呼唤新的军旅诗群》。

3日,《小说选刊》第12期发表季仲的《艰苦的路程》;蔡海滨的《立足本省;扶植新人》;海迪的《生活与象征》;陆绍环的《在幽闭的女性心灵点一盏灯》;林焱的《超脱困境》;徐星的《绝不“拿着豆包当点心”》。

4日,《山东文学》第12期发表石言的《关于〈屠户〉的通信》;张达的《抒真情　写实感——读〈屠户〉》;邢广域的《当代意识　聊斋神韵——〈物异〉读后随想》;徐红兵的《〈物异〉艺术得失谈》;姜言博的《古风流韵——读姜建国的散文诗》。

《文学报》发表古继堂的《台湾报导文学的崛起》。

5日,《广西文学》第12期发表周鉴铭的《用自己的眼睛看取生活——读孙步康的小说〈食虎者〉》;梁昭的《诗美流向与当代意识——新时期诗歌的一点思考》。

《大西南文学》第12期发表晓雪的《散文与诗》;张长的《美·出自真》;杨振昆的《散文的美质》;张永权的《散文离不开生活》;毛乐耕的《散文的景中情和情中景》。

《中国西部文学》第12期发表《面对大西北文学界的思考》;王愚的《立足于中国西部》;公刘的《关于西部诗歌的现状与前景》;陈艰、刘维钧、李云帆的《〈好的去处〉三人谈》。

《青海湖》第12期发表阿亮的《没有风流的岁月——读组诗〈拓荒者醒来〉》;李艽的《流动的"旋律",封闭的"圈地"——评析两个不同历史时期的女记者》。

5—7日,江苏省作协在南京召开周梅森、黄蓓佳作品讨论会(《雨花》1987年第2期)。

6日,《文艺报》第49期专栏"外国汉学家谈中国文学——'中国当代文学国际讨论会'发言选"发表[澳]白杰明的《潜在的传统——记大陆"新时期"的个性散文》,[英]摩纳尔的《几个痴的看法》;同期,报道张炜的长篇小说《古船》在《当代》本年第5期发表后反响强烈。

7日,《花溪》第12期发表何志云的《张石山创作印象》。

10日,《北京文学》第12期发表刘蓓蓓的《多样化中的现实主义》;许道信的《放不下悬着的心——读〈狐狸谷〉》;嵇山的《未必"大惊小怪"》。

《深圳风采》第12期发表杨云等的《琼瑶的天空,琼瑶的梦》。

《诗刊》第12期发表金丝燕的《诗的禁欲与奴性的放荡》;袁忠岳的《中国新诗的选择》;钟文的《语言的樊笼》;陈超的《"人"的放逐》;杨光治的《诗论的文风亟须端正》;杨子敏的《必要的,更是有益的》;谢昌余的《努力建设我们现代的诗学理论体系》;宋垒的《感觉·意象·板块思维》。

《读书》第12期发表张汝伦的《文化的反思——读金克木的两部文化论集》;李振声的《自缚与被缚——对陆文夫小巷人物心理模态的一种观察》;林兴宅的《我们时代的文艺理论——评刘再复近著兼与陈涌商榷》;王蒙的《理论、生活、学科研究札记(续)》;赵一凡的《丹尼尔·贝尔与当代资本主义文化批评》;柳苏的《曹聚仁在香港的日子》。

11日,《光明日报》发表何满子的《现实主义与人道主义——与刘再复同志商兑》。

14日,《人民日报(海外版)》发表罗逸清的《龙马精神御之书——我认识的钱歌川先生》。

15日,《民族文学》第12期发表庹修明的《刻意于民族化、大众化的艺术追求——侗族作家刘荣敏及其小说创作》。

17日,《作品与争鸣》第12期发表本刊评论员的《要不懈地攀登》;冯骥才的《关于〈三寸金莲〉——与阿城说小说》;张炯的《达到的和未达到的》(评《蛇神》);何镇邦的《〈蛇神〉印象》;夏康达的《邵南孙是真正属于你的——致蒋子龙》;蒋子龙的《通信论〈蛇神〉——致夏康达》;何孔周的《意念的游丝和形象的失重——〈蛇神〉得失谈》;上官玉的《西部文学的新开拓——简评〈野马·野人·野狼〉》;欧亚的《不能再这么"野"下去了——〈野马·野人·野狼〉读后》。

18日,《光明日报》发表唐因、孟伟哉、郑万隆的《文学与道德——作家三人谈》。

《中学语文教学》第12期发表古继堂的《阅读和思考——评琼瑶、三毛热》。

19日,《青年文学》第12期发表高原的《躁动在林莽里的歌——读〈黑森林〉》;张韧的《得到的与失落的——〈女人太多太少的世界〉漫议》。

《人民政协报》发表汪舟的《文学应负起人民讲坛的重任——王拓谈台湾作家及文学》。

20日,《人民文学》第12期发表孔捷生的《升官图》;梅朵的《我们的报告文学》。

《文艺报》第51期发表潘凯雄的《悲剧意识的嬗变和自我中心状态的局限——读梁晓声的长篇小说〈雪城〉》;张同吾的《多层次的感知领域——城市诗简说》;绿原的《读〈无题抒情诗〉》。

《当代》第6期发表林大中的《当代历史的一个断面——评〈桑那高地的太阳〉》。

《人民日报(海外版)》发表童力的《也谈琼瑶的作品——与刘心武同志商榷》。

22日,《文学知识》第12期发表武国华的《以情生文的一页心帆——〈白色鸟〉赏析》。

24日;作协山西分会、《小说选刊》编辑部在太原联合举行李锐作品讨论会(《小说选刊》1987年第2期)。

25日,《文学报》发表程乃珊的《“快餐式”文化——香港文化一瞥》。

26—29日,深圳大学主办的第三届台港海外华文文学讨论会在深圳大学召开。

27日,《文艺报》第52期发表罗强烈的《小说的实验性与审美心理结构的调整》;王汶石的《画出了秦岭的性格》(评《沉寂的五岔沟》)。

28—29日,《花城》、《小说评论》编辑部在北京召开路遥长篇小说《平凡的世界》作品研讨会(《长安》1987年第4期)。

31日,中国作家协会、中国共产主义青年团中央委员会、中华全国总工会联合举办的全国青年文学创作会议在北京召开(《文艺报》1987年第1期发表《全国青年文学创作会议隆重开幕》)。

《汕头大学学报(人文版)》第4期发表杜丽秋、蔡敏、陈凡的《新加坡华文小说的今昔》。

本月,《山西文学》第12期发表李国涛的《经验的世界和语言的世界》。

《名作欣赏》第6期发表曾绍义的《满说金马的哲理散文——〈蝼蚁壮歌〉》。

《当代文学研究资料与信息》第12期发表雷达的《文学近况三题》;缪俊杰的《文学的喜悦与期待》。

《安徽文学》第12期发表沈敏特的《纷纷思绪录——读〈安徽文学·散文专辑〉》。

《雨花》第12期发表丁柏铨、陈建新的《有胆量的改革和有缺陷的改革者》;李振声的《自缚——他缚:对陆文夫小巷人物心理模式的一种观察》。

《福建文学》第12期发表南帆的《小说意识的解放——评〈城疫〉、〈黑马群〉、〈平安夜,平安夜〉》。

《广东社会科学》第4期发表赖伯疆的《群体意识和个人智慧的巧妙结合——浅谈泰华文学中的“接龙小说”》;何慧的《被记忆缠绕的世界——聂华苓的中国情意结》。

《台声》第12期发表赵民子的《读〈从乡土文学窥视“台湾意识”〉有感》。

《语文导报》第12期发表王易的《琼瑶小说讨论俯拾》。

本月,上海文艺出版社出版《文艺论丛(第23辑)》。

人民文学出版社出版[法]斯达尔夫人著、徐继曾译的《论文学》,朱正的《鲁迅回忆录正误》。

北岳文艺出版社出版艾斐的《文学创作的思想与艺术》。

少年儿童出版社出版贺宜的《小百花园丁随笔》。

云南民族出版社出版范道桂的《探求集》。

山西师范大学出版社出版[英]伊格尔顿著、伍晓明译的《二十世纪西方文学理论》。

三联书店出版方孝岳的《中国文学批评》。

陕西人民出版社出版施建伟的《中国现代文学流派论》,宋建元的《鲁迅小说探微》。

华东师范大学出版社出版王晓明编的《文学研究会评论资料选(上)》,王训昭编的《湖畔诗社评论资料选》。

四川省社会科学院出版社出版李士文的《李劼人的生平和创作》。

天津人民出版社出版张菊香、张铁荣编的《周作人研究资料》。

四川文艺出版社出版毛文、黄莉如编的《艾芜研究专集》。

广西人民出版社出版金钦俊的《何其芳作品欣赏》,蒙书翰、白润生、郭辉编的《苗延秀包玉堂肖甘牛研究合集》,王晋民的《台湾当代文学》。

上海书店出版[法]明兴礼著、王继文译的《巴金的生活和著作》。

浙江大学出版社出版郭志今、刘卫主编的《当代浙江文学概观》。

山西人民出版社出版郭志刚的《孙犁创作散论》。

云南人民出版社出版朱运宽编的《迎接云南青年文学的自觉时期:昆明青年文学评论选》,中国民间文艺研究会云南分会等编的《云南民间文艺源流新探》。

浙江文艺出版社出版黄子平的《沉思的老树的精灵》。

解放军文艺出版社出版王新民编的《沈西蒙研究专集》,南帆的《理解与感悟》,何寅泰编的《梁信研究专集》,石明辉等编的《傅铎研究专集》,黄柯的《碰撞集》。

西北大学出版社出版西北大学鲁迅研究室编的《当代作家谈鲁迅(续集)》。

山东大学出版社出版山东省鲁迅研究会编的《阿Q正传新探》。

青海人民出版社出版吴小美的《虚室集》。

湖南人民出版社出版孙用的《〈鲁迅译文集〉校读记》。

本年

《厦门大学学报(哲学社会科学版)》第1期发表黄重添的《从新生代创作看台湾文学的发展》。

《上海青少年研究》第6期发表梁红英的《当代少年纯情的梦幻与琼瑶的小说》。

《深圳风采》第12期发表杨云等的《琼瑶的天空,琼瑶的梦》。

《海峡》第2期发表潘真的《评亦舒的长篇小说〈银女〉》。

《海峡》第5期发表阙国虬、林淦生的《爱与恨的倾斜——评〈草浪〉》;林承璜的《〈山路〉反省的是什么?——与台湾钱江潮先生商榷》。

《海峡》第6期发表宋泽莱的《一个作家对环境和文化的省思》。

《艺谭》第6期发表梁若梅的《吴浊流创作思想论》。

《文教资料》第1期发表陈若曦的《美国华文作家苦乐谈——在柏林〈中国文学座谈会〉上讲话》;曹禺的《天然生出的花枝》;梦花的《"我是为中国人民写作的"——访加籍华人女作家陈若曦》。

《华人世界》第4期发表严文井的《〈张秀亚作品选〉小引》。

《西北师院学报》第3期发表党鸿枢的《试论林海音散文的艺术结构》。

《文史杂志》第2期发表黄清华的《许地山先生在香港》。

《文学研究参考》第8期发表古继堂的《一九八五年台湾文学研究概述》。

1987年

1987年

1月

1日,《上海文学》第1期发表雷达的《灵性激活历史》;郭小东的《母性图腾:知青文学的一种精神变格》;以“李庆西评论小辑”为总题,发表李庆西的《新笔记小说:寻根派,也是先锋派》,《文体也是方法》。

《长安》第1期发表侯雁北的《创作闪想二题》。

《北方文学》第1期发表张抗抗的《寻找对生活的独特感受——在〈北方文学〉散文笔会上的发言》。

《写作》第1期发表何侃的《昨夜的灯火和自己的陷阱——略谈琼瑶和她的小说》。

《文学报》发表朱晓进的《文艺批评要进行价值判断》;王安忆的《面对自己》;张锡昌的《丰姿多彩,方兴未艾——香港儿童文学发展面面观》。

《东海》第1期发表钱志华的《试论审美敏感区域和小说结构的关系》;鲁人的《当代小说写实意识之更新》。

《光明日报》发表李清泉的《大相径庭的作品解释——谈陈冲〈超群出众之辈〉有感》。

《西藏文学》第1期发表张隆高的《〈女活佛〉:人性开掘的美学思考》。

《青春》第1期绪英的《读〈尾声〉随想》;宋青海的《寻找生活的源头活水》;俞律的《文学和鬼神》;叶永烈的《“偷拍”任大星》。

《奔流》第1期发表孙荪的《被删掉了的……》;李书磊的《一个文学批评者的自我反省》。

《萌芽》第1期发表《翁史烈教师答本刊编辑部问》;李洁非、张陵的《〈鬈毛〉结构中的理性主义》;陈静漪的《当代文学中的自然模式》。

《滇池》第1期发表杨振昆的《审美情感的成功传递》;张国庆的《中篇小说〈地火〉讨论会部分发言纪要》;何群的《我感到很沉重——权充〈地火〉创作谈》;彭荆风的《作家通信》。

《解放军文艺》第1期发表本刊记者的《书库·1986·关于战争文学的对话——革命历史题材小说创作座谈会纪要》。

2日，《河北文学》（月刊）创刊，本期发表李文珊的《三点希望——代发刊词》；雷达的《文化与“人”化——谈一个创造问题》；李伟的《具体可感　以实求虚》。

3日，《小说选刊》第1期发表邓友梅的《关于〈杀夫〉》；程德培的《“生者”与“死者”的交谈——读陈村〈死〉》。

《文艺报》第1期发表巴金的《致青年作家》（致全国青年文学创作会议的贺信）；唐达成的《漫谈〈天津文学〉》；李国文的《好一个李锐》；陈宝云的《苦难——〈古船〉结构之核心》；王必胜的《〈古船〉的韵味》；李倩的《对文学理论批评现状的几点诘难》；鲁真的《琼瑶成名的背后——兼谈皇冠老板平鑫涛的经营才干》。

《报告文学》第1期发表张其海、李祯林的《逆境中崛起的作家——记李延国》。

4日，《山东文学》第1期发表李下的《大地对社会主义精神文明建设的热切呼唤——评〈七月流火〉》；张辉的《黄河故道上的当代观照——读〈白杨村事变〉》；姜静楠的《读〈我是一个农家女儿〉》。

《小说选刊》、《青年文学》编辑部在京联合召开“王朔作品研讨会”（《青年文学》本年第4期）。

5日，《大西南文学》第1期发表汤世杰的《种籽与土地——云南文学断想之一》；陈见尧的《文学呼唤真实》；冯永祺的《优势·个性·质量——对〈大西南文学〉的一点思考》；杨苏的《一句座右铭》；《来稿综述——读者对〈在云南，有这样一个贫困山区〉的反应》；梁兆斌的《云南民族文学腾飞的躁动——评〈少数民族作家作品专号〉及其他》。

《中国西部文学》第1期发表孟驰北的《〈桑那高地的太阳〉的启示》。

《文学自由谈》第1期以“文学论说一家言”为总题，发表邹平的《文学的原型——形象思维新论说》，黄泽新的《新时期文学发展态势二题》，周基亭的《兔子可以吃肉吗》，钱念孙的《研究文学与文学研究》，黄子平的《艺海勺谈：“意思”的传达》；以“评论的艺术”为总题，发表丁帆、费振钟、王干的《建设独立的批评价值观念》，缪俊杰的《“知音其难哉！”》，周政保的《顾骧、王愚评论选读后感》，行人的《我愿架设一座小桥》；以“接受与阐释”为总题，发表李运抟的《一方更为喧腾的艺术世界——一九八六年纪实小说掠影》，俞巴立的《读〈爸爸爸〉笔记三则》，冯立三的《成熟的愤怒　壮丽的决裂——读〈秋天的愤怒〉》；同期，发表晓雪的《俯仰终宇宙，不乐复何如?》；柯岩、马瑞芳的《创造，应该是最有力量的美》；白崇人的《少数民族文学创作需要批判性的光彩》；日复的《"文学反思"中的反思》；金紫千的《诺贝尔文学奖金统计分析》；毛丹青的《关于文学与哲学的思考》；杨键的《漫话"津味"》；刘文飞的《形式的内容性》；王向峰的《评论并不带有授勋和批判的意义》；金梅的《孙犁小说人物对话的特点》；马威的《手与人生》；江苏作协青年创作组的《梅汝恺与我们》；朱珩青的《情绪·情感·文体意识——谈莫言的小说》；常智奇的《理论准备不足将使莫言没言——读〈断手〉有感》；应雄的《莫言的艺术感觉与现代生活》。

《当代文坛》第1期发表荒煤的《爱护、发挥每一个作家的优势——〈沙汀小说艺术探微〉序》；邓仪中的《胡笳的选择》；朱启渝的《浅桥小说创作散论》；殷白的《序李贵小说集〈带枪的总编〉》；何世进的《激流之中写风情——评李乔亚的小说创作》；李庆信的《飞向开阔的天地——读〈萌芽〉"四川青年作家作品专号"》；王愚的《历史意识的强化与审美追求的深化——对新时期小说创作的一个思考》；杨匡汉的《多维的空间感——新诗学断想》；马嘶的《论当代散文体》；徐岱的《符号的构成——对作家"语言痛苦症"的心理曝光》；刘心武的《中西文化撞击与作家的选择——在眉山短篇小说研讨会上的发言》；崔道怡的《小说的时代性及其他——在眉山短篇小说研讨会上的发言》；郭永涤的《扎西达娃小说漫评——兼谈中国西部文学》；王家伦的《乔雪竹小说的发展和深化》；张毅的《共识性审美关系与小说创作——从〈新星〉中李向南的评价说起》；张拓、瞿维、张鲁的《关于〈白毛女〉的通信》；周兵的《大胆的开拓 不懈的追求——柯云路笔下系列人物形象刍析》；奔哥的《感觉的诗化及其传达》；刘火的《多一种写法，再多一种写法》；熊光的《"感情独白"与宽容精神》；董运庭的《宽容的批评与批评的宽容》；李晓峰的《浅议大学生生活小说的知识性意蕴》；刘光的《"僵尸的乐观"与"活人的颓唐"》；林云的《四川文学界的一次盛会——四川文学评论座谈会侧记》。

《延河》第1期发表伯言的《热闹与寂寞》；谢昌余的《第二个十年》；李沙铃的《时代·个性·联合》。

《青海湖》第1期发表洛轲可的《西部；一棵孤傲的风景树——刘宏亮诗作的孤独意识》。

《湖南文学》第1期发表何立伟的《拣一个话题》；李元洛的《清新婉约，绮思无穷——台湾诗人郑愁予三首爱情诗欣赏》。

《解放军文艺》、《小说选刊》联合在京举行矫健小说新作讨论会(《小说选刊》1987年第7期)。

7日,《天津文学》第1期发表唐达成的《漫话〈天津文学〉》;廖静仁的《永恒的年轻》;黄泽新、刘敏、黄桂元、辛宪锡、于明夫、映勤、郭栋的《本刊一九八六年作品选评》。

《花溪》第1期发表张韧的《"现代意识与文学"十二谈:现代意识对文学的特殊重要意义》;沈太慧的《沙汀同志谈话散记》。

8日,《文学报》发表晓江的《力争第二个十年有个飞跃——参加全国长篇小说创作座谈会日记摘抄》;潘旭澜的《把笔浓蘸故园情——读〈雪泥鸿爪中南海〉》;张新的《"无情世界的感情"——评长篇小说〈袈裟尘缘〉》。

《光明日报》发表张钟的《在现代与传统的交叉点上——陈建功的当代城市小说谈》。

10日,《小说界》第1期发表以"新时期十年小说五人谈"为总题,发表陈骏涛的《小说:从多元并峙到多元融汇》,李兆忠的《小说的综合艺术效应》,陈墨的《新时期小说形态的发展》,孟悦的《对文化符号进行重新编码》,李以建的《对传统审美心理结构的挑战》。

《文艺报》第2期发表冯牧的《祖国和人民寄希望于你们》(全国青年文学创作会议闭幕词);冰心的《介绍三篇好小说》(评《支书下台唱大戏》、《继续操练》、《本市市长无房住》);陈薇、温金海的《与莫言一席谈》(第3期续完);易知的《一位老作家的苦闷——访柯灵》;张卫的《终未跳出传统的樊篱——评刘晓波的思维方式》(回应1986年10月3日《深圳青年报》发表的刘晓波的《新时期文学面临危机》)。

《诗刊》第1期"新诗话"栏发表高平的《"流派"》、《"高音"》、《一种反常》、《月光·灯光》,未凡的《疏密有致》、《"野者,诗之美也"》;同期,发表刘湛秋的《接受读者的选择》;李元洛的《诗歌语言弹性美札记》;张贻玖的《毛泽东同志和诗(三篇)》。

《读书》第1期发表金克木的《文化三型·中国四学》;吴晓东的《"走向冬天"——北岛的心灵历程》;刘小枫的《接受美学的真实意图——〈接受美学文选〉编后》;张明亮的《未甘术取任缘差——杨绛〈记钱钟书与《围城》〉读后》;林兴宅的《我们时代的文艺理论(续完)——评刘再复近著兼与陈涌商榷》。

《特区工人报》发表铭鼎的《百川归海，声势壮阔：第三届全国台港海外华文文学讨论会掠影》。

13日，《文论报》发表宗介华的《琼瑶小说与儿童文学》。

15日，《文艺争鸣》第1期发表曾镇南的《王蒙与〈爱，是不能忘记的〉引起的争鸣》；张未民的《新时期小说的生命意识》；胡永年的《新时期小说的青春期——对近两年中短篇小说创作态势的总体估价》；汪宗元的《文学主潮新态势》；於可训的《社会学批评在新时期的更新和开放》；孙歌的《文学批评的立足点》；陆学明的《批评的错觉——文学批评活动的心理分析》；张同吾的《诗的现状与未来》；徐芳的《被矛盾折磨的诗歌现实》；林为进的《市井风俗小说何去何从？——从〈三寸金莲〉说起》；邓牛顿的《〈小城之恋〉及其它》；同期，以“洪峰小说讨论”为总题，发表杨存的《洪峰小说的文化批判》，姜铮的《洪峰小说与现代西方人本主义哲学》，费振钟、王干的《洪峰的生命世界：关于〈奔丧〉的一些话》，李敬泽的《〈奔丧〉及其它》。

《文学评论》第1期专栏“新时期文学十年研究”发表雷达的《民族灵魂的发现与重铸——新时期文学主潮论纲》，邹平的《新时期文学中的现代主义渐进》，南平、王晖的《1977—1986中国非虚构文学描述——非虚构文学批评之二》，谭湘的《面向新时期第二个十年的思考——〈文学评论〉召开小型座谈会纪要》；同期，发表王蒙的《文学三元》；严纯钧的《张承志和他的地理学文学》；陈越的《民族化：一个防御性的口号》。

《民族文学》第1期发表向云驹、尹虎彬的《民族文学考察散记》；张承源的《石韫玉而生辉　水怀珠而生媚——记白族老作家杨苏》。

《当代文艺思潮》第1期发表晋白川的《艺术开放性和多元化倾向——新时期文艺思潮探源之一》；雨石的《“讽”与“美”的差异》；戴剑平的《一种道德观念与一种文学模式——对现、当代文学中两类女性形象系列的考察》；管卫中的《军事文学中的人道主义——换一种眼光看新时期军事文学的发展及其意义》；邹荻帆的《中国新诗在前进》；杨斌华的《整体观照：在历史与当代的交汇中——略谈陈思和的文学批评》；王玮、徐侗的《新时期文学中的“现代幽默”论纲》。

《钟山》第1期发表黄毓璜的《对象的超越和对象的丧失》；丁帆的《批评选择的随想》；王干的《我的树在哪里？》；费振钟的《批评，第二次选择的风景》；许文郁的《对人性本体的检视与反思——对张洁的小说〈他有什么病？〉》；刘火的《有感于理论家写小说——关于李庆西〈人间笔记〉的断想》;吴炫的《文学的圈子》;王安忆的《锦绣谷之恋》;吴亮的《少一点杂碎汤》;张辛欣的《也算故事,也是回答(代创作谈)》;雷达的《论金河的社会心理小说》。

《书林》第1期发表周玉明、余民等的《面向三毛的世界》。

17日,《文艺报》第3期发表缪俊杰的《质朴深沉的悲剧美——评朱晓平的〈私刑〉和"桑树坪"系列中篇》;邹平的《现代都市美的失落和寻找》;刘心武的《也谈文学观念》;袁和平的《面对困惑的世纪》;专栏"关于文学理论批评现状及走向的讨论"发表刘锡诚的《没有文学的批评》;同期,报道中共上海市纪委1月13日作出开除中国作协理事、上海作协理事王若望党籍的决定;《花城》和《小说评论》编辑部召开路遥的长篇小说《平凡的世界》讨论会。

《作品与争鸣》第1期发表曹天成的《"敞开心扉给人看"——读〈一个人事干部离休后的反思〉》;晓鸣的《现代意识对"人"的透视——读〈小城之恋〉》;饶曙光的《焦灼中的思考与挣扎——读〈小城之恋〉断想》;文洁的《〈文汇报〉讨论〈小城之恋〉》;李明泉的《社会生态和生命意义的变形透视——读荒诞小说〈火宅〉》;税海模的《荒诞与荒诞意识——〈火宅〉失误试析》;邹忠民的《生命的自伤与自救——评〈顶楼〉》;宋家宏的《在苦涩中品味人生——〈楼顶〉之我见》;曹敏的《小说是不是出现了危机》。

《特区工人报》发表魏摘的《香港的快餐式文化》。

19日,诗刊社举办创刊三十周年招待会(1987年《诗刊》第2期)。

20日,《小说评论》第1期发表张德祥的《论新时期小说的历史意识》;路遥的《〈路遥小说选〉自序》;周政保的《呼唤长征的史诗——评长篇小说〈迭山芳魂〉》;刘路的《就〈睡着的南鱼儿〉致邹志安》;李庆西的《他在寻找什么?——关于韩少功的论文提纲》;黄国柱的《〈橄榄〉:世界意识和世界眼光——兼谈中国文学走向世界》;钱念孙的《时务·俊杰·历史——从肖马的三个中篇看其思想的矛盾性》;常智奇的《一篇哲学意识萌动的作品——浅谈贾平凹的〈火纸〉》;董大中的《评〈古墙〉》;杨斌华的《生命的苦闷和饥渴——读王安忆的中篇小说〈小城之恋〉》;李国涛的《小说文体的自觉》;潘凯雄的《现实在心理世界的重建——关于〈河东寨〉及其联想》;奎曾的《读〈猫腻〉》;甘以雯的《深沉的性格　多彩的人生——读〈李氏家族的第十七代玄孙〉》;李昺的《透过人性搏斗的历史反思——读〈荒流〉》;王海波的《新时期婚姻爱情小说的伦理思考》;殷国明的《情致:穿越在双重文化氛围中——陈若曦小说创作二面观》。

《上海文论》(双月刊)创刊,中国作家协会上海分会与上海社会科学院文学所主办,主编徐俊西,副主编顾卓宇、吴亮,第1期发表蒋孔阳的《加强作家主观的人格力量》;钱谷融的《关于文艺问题的随想》;王蒙的《〈思维,在美的领域〉序》;刘梦溪的《〈文艺学: 历史与方法〉前记》;谢冕的《中国,一个缩影: 诗的和平的骚动》;张韧的《文学是反思——"小说十年启示录"之二》;夏仲翼的《关于文学批评观念》;李庆西的《文学没有解释》;陈思和的《〈随想录〉: 巴金后期思想的一个总结》;郜元宝、宋炳辉的《文化的命运和人的命运——论王蒙〈活动变人形〉》;陈惠芬的《性别——新时期文学的一种"内结构"》;南帆的《小说: 演变与选择》;贺绍俊、潘凯雄的《审丑: 艺术的别一魔力——新时期部分小说审丑意识初探》;北村的《超越意识: 超阶级和超实体——文学超越意识沉思录之一》;毛时安的《琼瑶的梦和读者的世界——从读者接受看"琼瑶热"》;魏威的《主流文学·俗文学·美文学——关于通俗文学的发展和走向的一点感想》;胡玮莳整理的《中国当代文学——外国学者如是说》。

《清明》第1期发表李书崇的《文学家的最大世界》;白榕的《别了,上帝——评〈被上帝遗弃的女儿〉》。

21日,《文艺研究》第1期发表钱学森的《社会主义精神文明建设与文艺工作》;王蒙的《面对一种新形势》;冯牧的《前进与思考——当代文学的重要标志》;夏衍的《对当前文艺形势的随想》;冯至的《欣慰与"困惑"》;荒煤的《一个衷心的希望》;王元化的《关于文艺学问题的一封信》;魏善浩的《文艺美学的一个核心问题——社会主义文艺审美理想讨论会综述》;李丕显的《审美理想片议》;毛崇杰的《现代主义崛起　审美理想沉落》;南帆的《论小说艺术模式》。

22日,《文学报》报道《当代》编辑部在北京召开张炜的长篇小说《古船》座谈会;同期,发表顾国泉的《要有大跨度的超越意识——也评〈平凡的世界〉》;唐跃的《"近距离"和"远距离"——肖马中篇创作谈片》;牧惠的《吴有恒的杂文》。

《长城》第1期发表马嘶的《谈河北小说创作的现状和前景》。

《光明日报》发表李书磊的《用怎样的态度表现农民——略论朱晓平的创作》。

23日,《当代文艺探索》第1期发表北帆的《〈黄泥小屋〉总体象征谈片》;李陀的《文学批评与智力游戏》;丁竹的《论北岛悲剧英雄主义美学思想》;盛英的《爱的权力·理想·困惑——试论新时期女作家的爱情文学》;王锦园的《论新时期微型小说热潮》;何镇邦的《长篇小说的审美特征及其变化》;叶公觉的《新时期散文发展浅说》;陈思和、郜元宝的《关于〈橄榄〉的对话》;李炳银的《兴奋、冷静与焦躁——新时期文学思维走向侧识》;曹季军、潘承凡的《陆文夫与高晓声比较谈》。

24日,《文艺报》第4期发表《旗帜鲜明地坚持文学的社会主义方向　立场坚定地反对资产阶级自由化》,《文学界要理直气壮地反对资产阶级自由化》;姜德明的《读孙犁的散文》;丁振海的《也谈当前创作中的性描写》;雷达的《它超越了平庸——〈雪野〉沉思录》;班马的《当代儿童文学观念几题》;白先勇的《白先勇谈台湾文学》。

25日,《当代作家评论》第1期发表李作祥的《人的重新发现——论作为一种文化想象的刘再复》;林兴宅的《我们时代的文艺理论——评刘再复的文艺观》;杨建民的《沉思在理性自由中的文学灵魂——刘再复文艺理论述评》;东瑞的《刘再复的散文诗创作和探索——读〈深海的追寻〉、〈告别〉、〈太阳·土地·人〉》;庄严的《因素空间与人物性格的二重组合原理》;张巨才的《文学理论内规律与外规律的哲学基础》;殷晋培的《大潮起伏中的心灵漩涡——读达理的第一部长篇小说〈眩惑〉》;许振强的《对改革的一种反思——评达理的长篇小说〈眩惑〉》;丁帆的《突破眩惑,创造新的心理世界——读〈眩惑〉断想》;王干的《生活的插曲的心态观照——〈眩惑〉的叙述形态略说》;费振钟的《我看〈眩惑〉》;丁柏铨的《改革的大潮与知识者的心态——简评〈眩惑〉》;邢富君的《眩惑:时代心理的变异——谈〈眩惑〉中的严奉农》;苏陇的《对辽宁1986年小说创作的思考》;腾云的《青春作赋　壮岁长歌——从一代作家的蝉蜕看新时期文学》;[联邦德国]阿克曼的《同中国当代文学结缘份》;周政保的《太阳;让大地燃烧起来吧——评长篇小说〈桑那高地的太阳〉》;叶鹏的《死亡·军人·感觉——晓桦军旅诗创作论》;冒炘、庄汉新的《候鸟的歌唱——徐开垒论》;李星的《理想,在现实中运动——邹志安小论》;罗振亚的《北大荒诗与西部诗美学差异》;蒋子龙的《杂感二则》;李劼的《写在即将分化之前——对"青年评论家队伍"的一种展望》;吴方的《"泼凉水"与逆向批评》。

《收获》第1期发表贾平凹的《浮躁》。

《花城》第1期发表白烨的《人道主义——一个不断演进的文学潮流》。

《特区文学》第1期发表刘再复的《作家的良知和文学的忏悔意识——读巴

金〈随想录〉》；吕炳文的《在时代潮流中更新、发展——一九八七年〈特区文学〉所发报告文学作品漫议》；关鸿的《艺术与女性》；刘达文、蔡宝姗的《台湾的"龙应台旋风"》。

《海峡》第1期发表张爱玲的中篇小说《沉香屑——第二炉香》、《茉莉香片》；同期，发表张国祯的《张爱玲启悟小说的人性深层隐秘与人生观照——评〈茉莉香片〉和〈沉香屑——第二炉香〉》；翁光宇的《寓人生启迪于爱情描写之中——琼瑶的〈女朋友〉》。

《特区文学》第1期发表刘达文的《台湾的"龙应台旋风"》。

《山东师大学报(社会科学版)》第1期发表[日]山田敬之著、韩贞全译的《台湾文学断面(节译)——以七十年代为中心》。

《张家口师专学报》第1期发表张阿莉的《流浪者之歌——论台湾作家白先勇的短篇小说》。

26日，《光明日报》发表本报评论员的《王若望、刘宾雁被开除党籍说明了什么?》。

30日，《光明日报》发表《刘宾雁〈第二种忠诚〉等三篇报告文学内容严重失实》。

《文艺学习》发表刘剑梅的《"琼瑶热"与小说的消费性》。

31日，《文艺报》第5期发表本报评论员的《共产党员作家必须在政治上与党保持高度一致》；汪曾祺的《林斤澜的矮凳桥》；仲呈祥的《新时期电影文化的哲学渗透》；李国文的《人情练达即文章——谈谈李晓》；专栏"关于文学理论批评现状及走向的讨论"发表陈骏涛的《当前理论批评建设管见》；同期，报道中共人民日报社机关纪委1月23日决定开除人民日报社记者、中国作协副主席刘宾雁的党籍。

本月，《山西文学》第1期发表雷加的《一则传闻——"鳝鱼"的故事》；杨京的《断想》。

《小说月报》第1期发表康华的《西部土地上的辛勤耕耘——新疆小说创作掠影》。

《红岩》第1期发表陈伯君的《民族文化与民族魂——近年来寻根文化及评论的思考(致A书简之二)》；张云初的《新时期小说女性悲剧形象论》；石天河的《非"信息论诗学"浅议之三》；胡德培的《"我写不出"——艺术规律探微》；马立鞭

的《艺术加减法》；戴达奎的《最好的蜜是从蜂巢中自动流出的》。

《安徽文学》第1期发表邵江天的《平庸酿造悲剧——评〈都市的荒野〉》。

《福建文学》第1期以"新时期文学十年论稿选登"为总题，发表宋耀良的《社会问题小说的演化》，颜纯钧的《文学对自身的反思》。

24家电台联合举办《当代诗坛》专题联播节目(《诗刊》第3期)。

《海峡》第1期发表翁光宇的《寓人生启迪于爱情描写之中——琼瑶的〈女朋友〉》；徐学的《我看琼瑶小说》。

《中国建设》第1期发表鲁真的《试析海峡两岸的"琼瑶风"》。

《当代文学研究资料与信息》第1期发表古继堂的《台湾报导文学的崛起》。

本月，少年儿童出版社出版金近的《童话创作及其它》。

江苏教育出版社出版冯耘青等的《中国当代文学述评》。

2月

1日，《小说林》第2期发表刘蓓蓓的《谌容的新着数》；屶潇的《对〈金丝猫〉的经济学思考——简论米亚的形象》。

《长安》第2期发表李健民的《她追求真诚——李佩芝散文创作摭拾》；邢小利整理的《强化自主意识　发出自己声音——"陕西省青年文艺理论批评工作者座谈会"纪要》；李国平的《小议〈荒流〉》。

《北方文学》第2期发表骆宾基的《文艺理论的危机——也谈"方法论"》。

《西藏文学》第2期发表徐明旭的《痛苦的理想主义者的自白——读龚巧明的遗作〈通往极地〉》；高叶梅的《雪野的困惑》；平杰的《并不寂静的雪野——读〈绿色的喧哗〉》。

《东海》第2期发表盛子潮的《作家审美心理结构和文学的美学发现》；钟本康的《小说视角的选择》；王德林的《鲁迅的"拟许钦文"》。

《光明日报》发表林默涵的《〈劫后文集〉题记》。

《作家》第 2 期发表何立伟的《关于残雪女士》；黄浩的《都市文学：南京路背后狭弄中几只灰色的精灵》；鲁枢元、曾卓的《鲁枢元与曾卓的通信》。

《青春》第 2 期发表本刊评论员的《坚持四项基本原则　繁荣社会主义文学》；樊夫的《小说之“淡”》；萧浩的《我们仍然需要“生活”》；赵怀庆的《隔与不隔》；龚勉的《既不要捧　也不要打倒》；风来易的《说“热”》；范岱的《且说“诺贝尔文学奖”》。

《奔流》第 2 期发表杨飏的《情思漫漫——读散文集〈东湖情思〉》；阎纲的《尖锐，但是用喜剧——读〈乡醉〉》。

《滇池》第 2 期发表区汉宗的《云南文学审美流向寻踪》；白云的《谈比较文学的研究方法》。

《解放军文艺》第 2 期发表周政保的《小说描写的此岸与彼岸——军旅文学自由谈(一)》。

《台湾研究集刊》1986 年第 4 期发表黄重添的《多刺的“玫瑰”与冰冷的“小寡妇”》；徐学的《琼瑶小说的情节构式及其爱情观》。

2 日，《河北文学》第 2 期发表封秋昌的《弥补缺憾中的追求——读铁凝的〈长河落日篇〉》；陈超的《青年诗人群落简评》。

3 日，《小说选刊》第 2 期发表陈骏涛的《开掘人性的深度——朱苏进近作两篇读后》；矫健的《想想人类》。

4 日，《山东文学》龚曙光的《冷峻的反思与热烈的期待——评王金年以机关生活为题材的小说》；王希坚的《生活土壤中培育的花朵——长篇小说〈野色〉读后》；朱德发的《写出现代国人的灵魂》；杨政的《爱河，在“八月的故乡”涌流——郭保林和散文〈八月，成熟的故乡〉》。

5 日，《大西南文学》第 2 期发表王祖训的《希望与期待》；赵坤的《给〈大西南文学〉编辑部的一封信》；苏策的《题外话》；施荣华的《闪耀着八十年代革命英雄主义光芒的诗篇》；杨迎萃的《谈〈在缤纷的色彩中〉的艺术效果》。

《中国西部文学》第 2 期发表本刊记者的《奋发努力　繁荣创作》；杨玉生的《进军和代价——〈毛拉麦迈江〉侧像》；虞翔鸣的《〈远巢〉札记》。

《文学报》发表黄国柱的《马背上的歌手——记青年作家张承志》；吴欢章的《不老的诗心——评辛笛近作》；李劼的《从〈游神〉看意象故事》；应雄的《理解〈鬈毛〉超越〈鬈毛〉》。

《花溪》第2期发表庄之亮、刘希亮的《沉淀了的沸扬——介绍毛志成和他的作品》;傅珊珊的《一日印象——毛志成侧记》;张韧的《"现代意识与文学"十二谈②:主体意识的张扬》;白航的《生活·美·诗——读诗随想》。

《延河》第2期发表胡采的《从多层面着眼谈有关文艺问题——在陕北创作题材讨论会上的发言》;白烨的《是叹号,又是问号——读〈睡着的南鱼儿〉致邹志安》;夫炼的《面对难描难画的历史——评中篇小说〈隔山姐妹〉》。

《青海湖》第2期发表唐俟的《非期许的对话和约会——读残雪的两个短篇》;边军的《美术事业的开拓——〈龙羊峡画展〉礼赞》。

《湖南文学》第2期以"周立波学术讨论"为总题,发表林蓝的《写给周立波学术讨论会的一封信》,庄汉新的《不死精灵　严峻的期待》,周冕章的《周立波故乡生活短篇的风俗风情美》,刘健安的《周立波文艺观对我们的影响》;同期,发表聂鑫森的《着笔于故事之外》;刘强的《诗的材料和情感的变形——胡的清内向性的艺术手法》。

7日,《文艺报》第6期发表本报评论员的《批判政治上的"全盘西化"论》;李国涛的《"山药蛋派"小说新枝——读中篇小说〈血泪草台班〉》;陈思和的《面对太阳的渴望与激情——谈嵇伟中篇〈我的太阳〉》;张奥列的《在生活的旋流里》(评《中王》);孙津的《当代批评意识六种》;丁涛的《析"源出意念的思考模式"——评话剧〈田野又是青纱帐〉》;高鉴的《评"庸俗社会学——社会学——审美戏剧"的三阶梯衍进方式》;专栏"关于文学理论批评现状及走向的讨论"发表张首映的《两种批评理论及方法》。

《天津文学》第2期发表吴秉杰的《"问题"与"问题小说"——对一个文学常识性问题的独白》;李书磊的《荒诞与苦恋——关于文学和人的随笔之一》;刘乐群的《北京味·上海味·天津味》。

8日,《光明日报》发表苏华的《对小说性描写的一些看法》。

10日,《诗刊》第2期发表严迪昌的《诗人的不安与不安的诗情——漫论刘祖慈的诗》;唐晓渡的《女性诗歌:从黑夜到白昼——读翟永明的组诗〈女人〉》;罗洛的《诗的寻觅者——记张烨》;林莽的《在诗中相识——记牛波》;喻权中的《游向海洋的大马哈鱼——青年诗人庞壮国剪影》;陈力川的《诗的空白(之二)》;吴奔星的《节奏·诗意·散文美》;苏敏的《〈梦的自白〉令人激动》。

《读书》第2期发表黄子平的《"龙卷风"的功能》;龙应台的《我在为你做一件

事》;苏炜的《有感于美国的中国学研究》;文刃的《来自拉美当代小说的启示》。

12 日,《文学报》发表林承璜的《陈若曦的"三通文学"》。

13 日,《光明日报》发表《文艺理论与批评》编辑部的《新春的"反思"》。

14 日,《文艺报》第 7 期发表俞天白的《想起了罗曼·罗兰》(创作谈);李国文的《一束鲜花的悲喜剧》(评《献上一束夜来香》);陈晋的《平民的生活与贵族的艺术——部分青年文艺创新的内在矛盾》。

15 日,《民族文学》第 2 期发表丹珠昂奔的《时代、文化、哲学与少数民族文学创作》;李全喜的《读叶圣陶〈内蒙日记〉》;陆地的《衣带渐宽终不悔——纪念黄勇刹》。

16 日,《红旗》第 4 期发表孙武臣的《这里,有两个贫穷的富翁——读〈赵家屯今日有好〉》。

17 日,《作品与争鸣》第 2 期发表成志伟的《探索中学生心灵的奥秘——报告文学〈多思的年华〉读后有感》;曾镇南的《读〈火船〉》;黄木春的《对畸形性行为的装饰与哀挽——读〈火船〉》;闵一之的《缺乏正确、深刻的审美判断——也谈〈火船〉》;冯大庆的《形式花俏而内容苍白的"三个色块"》;怡燕的《关于"三个色块"的三点感觉》;刘洪耀的《赞"三个色块"的探索精神》;王永毅的《读〈黄鹤楼——枇杷山〉有感》;胡天风的《但愿不是故伎重演》;丁国成的《诗歌评论要实事求是——读〈黄鹤楼——枇杷山〉及其评论》;吴亮的《从期待到逃避》;路融的《我是他——读〈今夕是何年〉后的意识流》;东仁的《议论纷纷"琼瑶热"》;刘建英的《关于谢晋电影的争论在继续》;曹广军的《对〈阴阳大裂变〉的争鸣》;晓行的《在不同评论中发展文艺批评——〈蚀〉三部曲的争鸣》。

19 日,《文学报》发表程德培的《冲突的魅力》(评《混沌的世界》)。

《光明日报》发表刘白羽的《谈艺日记四则》;成志伟的《文艺观念探讨中的一种妙论》。

20 日,《当代》第 1 期发表顾言的《文学随想录》;白桦的《我们的自信》;舟仓的《文学三块说》;徐明旭的《论〈新星〉〈夜与昼〉的政治、文化价值》;陈冲的《多研究些问题,少标榜些"主义"》;本刊记者的《对知青运动的再认识——长篇小说〈桑那高地的太阳〉座谈会》。

国家民族事务委员会、中国作协在北京召开座谈会,批评《人民文学》发表丑化侮辱藏族同胞的小说《亮出你的舌苔或空空荡荡》,《人民文学》副主编周明代表编辑部作了检查,作协书记处责令主编刘心武停职检查,编辑部公开检查(《文艺报》1987年2月28日报道《国家民委中国作协召开座谈会严肃批评》)。

21日,《文艺报》第8期发表格桑居冕、耿予方的《岂容丑化藏族人民》(批评《人民文学》1987年第1、第2期合刊发表的《亮出你的舌苔或空空荡荡》);《人民文学》编辑部的《严重的错误　沉痛的教训》(对发表《亮出你的舌苔或空空荡荡》的检讨);蒋守谦的《短篇小说的艺术复归》;李扬的《卑微者的财富——有感于当代文学批评》;南帆的《读者是什么?》;同期,发表黄重添的《台湾女性小说的发展》;同期,报道《解放军报》开展如何提高军事题材文艺创作质量的讨论。

22日,《新文学史料》第1期发表[日]秋吉久纪夫作、卞立强译的《台湾的孤魂诗人杨华——三十年代中国文学的一个侧面》;李华飞的《隔海祭诗魂——忆覃子豪》。

《文学知识》第2期发表潘亚暾、汪义生的《刘以鬯和他的〈陶瓷〉》。

26日,《文学报》发表杜元明的《琼瑶写情的特色和局限》。

28日,《文艺报》第9期发表《人民日报》评论员的《接受严重教训　端正文艺方向》(批评《人民文学》发表《亮出你的舌苔或空空荡荡》);李国文的《写出些新意》;洁泯的《创新的艰难》;高红十的《追求和理想的歌——评〈有一支关于蓝头巾的歌〉》;洪明的《民族传统与文艺现代化》;朱晓平的《也说"突破"》;王蒙的《青春的推敲——读三篇青年写青年的短篇小说》(评《你不可改变我》;洪峰的《湮没》;余华的《十八岁出门远行》);黄子平的《对"普遍性"的寻求——现代语言学和文学批评漫谈》;林平兰的《他仍然是一位高产作家——访艾芜》。

本月,《山西文学》第2期发表王祥夫的《散文十年谈——新时期山西散文浅探》;李国涛的《读李锐新作〈厚土〉七篇》;杨茂林的《我的第一篇小说》。

《小说选刊》第2期发表晓雪的《彩云之南的小说新军》。

《中篇小说选刊》第1期发表周昌义的《〈国风〉自白》;张石山的《"遗风"题外》;莫伸的《但愿……》;马原的《方法》;钟道新的《〈部长约你谈话〉自由谈》;郑万隆的《天阶湖的理想》;仇学宝的《〈癫狂〉和半殖民地文化胎记》。

《安徽文学》第2期发表彭拜的《似乎缺点审美——新时期文学管窥》。

《雨花》第2期发表肖文苑的《下定义的困难》;陈克勤的《编辑与宽容》。

《福建文学》第2期以"新时期文学十年论稿选登"为总题,发表北村的《小说现状和模式的艺术考》;陈志铭的《诗的朦胧美及其"度"》;佘树森的《你正潜入海的深层——致傅子玖同志》。

《文学知识》第2期发表潘亚暾、汪义生的《刘以鬯和他的〈陶瓷〉》。

《广东社会科学》第1期发表庄容开的《竞气相期;中华儿女——第三届全国台港海外华文文学学术讨论会述评》;黄秀玲的《华美作家小说中的婚姻主题》。

《安徽教育学院学报(社会科学版)》第1期发表徐永龄的《一部可歌可泣的伟大民族史诗——评钟肇政的〈台湾人三部曲〉》。

《名作欣赏》第1期发表李元洛的《海外的中国管弦乐——读新加坡诗人周粲的〈管〉与〈弦〉》。

《芒种》第2期发表许建生的《走出自我　投入现实——八十年代台湾新诗发展新动向的考察》。

本月,大连工学院出版社出版赵持平、王吉鹏的《鲁迅思想作品论稿》。

天津人民出版社出版王林、郭临渝的《读鲁迅的诗与诗论》。

陕西人民出版社出版何西来的《探寻者的心踪》。

时代文艺出版社出版李炳银的《文学感知集》。

内蒙古人民出版社出版云照光的《云照光文艺理论集》。

广西人民出版社出版[美]韦恩·布斯著、付礼军译的《小说修辞学》。

工人出版社出版吴思敬的《诗歌基本原理》。

漓江出版社出版林建法、管宁选编的《文学艺术家智能结构》。

中国人民大学出版社出版全国马列文艺论著研究会主编的《马列文论研究(第八集:马克思主义美学与文艺学专集)》。

3月

1日,《小说林》第3期发表张韧的《一个卖肉女人之成功的与失落的——评〈温柔的绞杀〉》;李计谋的《单纯、多义及其他——漫评〈小镇上,有一片开阔地〉、〈臭镇悲老〉》。

《上海文学》第3期发表王斌、赵小明的《当代小说中的价值判断》；以“李劼评论小辑”为总题，发表李劼的《试论文学形式的本体意味》、《我的理论转折》。

《长安》第3期发表权海帆的《说〈古塬〉》；赵秉申的《难忘的故土——〈古塬〉读后感》。

《北方文学》第3期发表李福亮的《野性的天地，男人的世界》；苏连科的《走自己的路》。

《东海》第3期发表缪俊杰的《在创作的新旅程上——关于〈风景路上〉系列小说给潮清的信》；骆寒超的《艺术直觉与诗歌创新——〈诗坛沉思录〉之二》；无邪的《追求者的足迹》。

《作家》第3期发表顾城、鲍昌的《怎样理解文学作品的社会效果》；程德培的《叙述语言的功能及局限——新时期小说变化思考之一》。

《奔流》第3期发表刘彦钊的《生活的沉思　深情的行吟——读潘万提的〈故乡恋情〉和〈多情的土地〉》。

《萌芽》第3期发表方克强的《原始主义与寻根文学》；张奥列的《吕雷小说创作的敏感区》；尹江的《在诗与美的园圃中》。

《解放军文艺》第3期发表本刊评论员的《坚持四项基本原则把继承与创新历史地统一起来》；席扬的《雄性文化作为审美存在的特殊形式——新时期军事文学沉思录之二》。

2日，《河北文学》第3期发表曾镇南的《读铁凝的〈晚钟〉和〈色变〉》；孙达佑的《陈冲改革题材小说漫笔》。

《山东师大学报(哲学社会科学版)》第1期发表[日]山田敬三作、韩贞全译的《台湾文学断面(节译)——以七十年代为中心》。

3日，《小说选刊》第3期发表李云良的《蓝色的追踪——关于〈牌友〉》。

4日，《山东文学》第3期发表周海波的《矫健的豪气与张炜的才气》；李发展的《没有坏人的悲剧——也评〈白杨村事变〉》；章亚昕的《诗是人格理想的象征》。

5日，《大西南文学》第3期发表区宗汉的《行动与选择》；杨荣昌的《社会心理与文学创作》；朱洪东的《原因的散文》。

《中国西部文学》第2期发表周政保的《淡雅而富有意味的散文艺术——略评列子系列散文〈旧事〉六篇》；边谷的《语言美的追求者——试析虞翔鸣小说的语言特色》。

《文学报》发表肖云儒的《防止倾斜的一个支点——谈中国西部文学的艺术意义》；方科的《文学作了自己的发言——读〈东方起动点〉》。

《文学自由谈》第2期以"文学论说一家言"为总题，发表夏志厚的《也谈现代意识与当代文学》，吴炫的《文学中的"人"》，刘慧英的《生存的思索和爱情的内省——谈女性文学的主旋律》，胡宗健的《纪实性小说：文学的又一座大厦——兼论张辛欣的〈北京人〉和〈在路上〉》，陈达专的《韩少功近作与魔幻现实主义》；以"评论的艺术"为总题，发表潘凯雄、贺绍俊的《多文化格局中的失调：批评理论与批评实践的分离》，王力平的《批评：在深刻的片面之后》，李炳银的《两翼共振 合作并进——〈文学感知集〉后记》；以"关于长篇小说《离异》的讨论"为总题，发表张春生的《从"非情节抒写"看〈离异〉》，刘武的《〈离异〉并不成功》，刘卫国的《〈离异〉不如"翡翠"》，杨键的《骚动社会的严肃思考》；以"接受与阐释"为总题，发表何启治的《壮阔、激越、凝重的历史长歌——略论〈古船〉的史诗色彩》，蔡葵的《创作的新变与开拓——读〈蛇神〉》，吴方的《〈鼠精〉：幻象演出与经验把玩的世界》，苏杭的《摆脱误会的漩涡——〈侯隽的路〉浅谈》，王勇的《读陈村的〈一天〉》；同期，发表乌热尔图的《我的写作道路》；周良沛的《流派与立派》；许瑞生的《悲剧观断想》；陈吉荣的《走马灯》；徐航州的《创作的轻率和批评的浮躁》；孔耕蕻的《堂吉诃德式的批评不可取》；李晶的《浅谈悟觉对视觉的超越》；汪抗的《法制・文学・民主》；张德林的《"结尾"的艺术——小说艺术谈》；闻树国的《试说当代小说中的语言意识》；刘俊光的《她从那条路上来——茹志鹃速写》；戴静、张承志的《黄泥小屋来客之一：在路上》；复旦大学中文系82级的《刘索拉：夏天的骚动》；阎纯德的《关于中国文学的对话》；谭嘉的《岂止是妙手偶拈得——试析阿城的〈树王〉》。

《当代文坛》第2期发表聂荣贵的《在中国作家协会四川分会第三次会员代表大会上的祝辞》；马识途的《振奋精神，开拓前进，迎接四川文学事业的更大繁荣——在作协分会第三次会员代表大会上的报告》；沙汀的《现实主义小议》；张毅的《虚设的实在与真实的神话——试论当代文学创作中的多元互慎格局》；邹忠民的《论大手笔——对中国文学龙凤的祈飞辞》；王成军、李乃华的《试论传记文学》；罗守让的《小说空灵三境界》；曹顺庆的《文学本质三要素——对文学本质的重新思考》；房赋闲的《矫健：在两种文化边缘的开拓》；余昌谷的《肖马中篇小说的理性因素》；叶潮的《论四川青年"文化诗"流》；何开四的《简论吕齐报告文学的艺术特色》；尹在勤的《蓝色的羽翅——蓝羽和他的诗》；苏川的《闯出自己的一条生路——评张放的散文》；何锐的《探索，面临新的抉择——评王剑的三部长篇小说》；张秀熟的《〈廖平学术思想研究〉序——由本书出版到当前中国文化信息》；周大可的《〈战士文艺作品选〉序》；段百玲的《一部全面研究郭沫若历史剧的专著——读高国平〈献给现实的蟠桃〉》；吕红文的《从"味"说到"气"——序"散文创作偏见谈"》；阴通三的《"弹"与"意"》；王实的《略谈情绪与小说》；吕澎的《译书偶得》；刘乐群的《"开会"的艺术描写》；金平的《由"浮躁"延展的话题——与贾平凹病榻谈》；川涛的《团结奋斗；谱写四川文学的新篇章——作协四川分会第三次代表大会在成都召开》。

《湖南文学》第3期发表吴慧颖的《小农理想王国的破灭——评莫应丰长篇小说〈桃源梦〉》；樊篱的《从〈爸爸爸〉看韩少功的探索》；于沙的《活鲜鲜的细节沉甸甸的真情——读刘犁农村人物系列抒情诗》；蔡测海的《文学；煤气罐及其他》。

5—8日，首届东南亚华文文学研讨会在厦门大学召开，主题为东南亚华文文学与现代中国文学。

7日，《文艺报》第10期发表理由的《报告文学面临挑战》；季红真的《小说创作中的性描写刍议》；马立诚的《灵魂裂变的阵痛——评水运宪中篇小说近作〈裂变〉》；李小山的《保持了自己的特色——读黑子的〈三人贩〉》；赵丽宏的《关于散文的随笔》。

《天津文学》第3期发表李哲良的《"拳头作品"哪里来？——试谈当代中国作家和读者的思维方式与人格结构》；张毓书的《人的超越意识——文学的当代意识断想》。

《花溪》第3期发表李叔德的《性心理的严肃探索者——论李静的小说创作》；孙少山的《巴山来的李静》；张韧的《"现代意识与文学"十二谈③：流贯文学十年的反思意识》；井旭东的《追寻艺术的自觉——谈伍略新作〈热风〉随想录》；木斧的《我选择了诗》。

10日，《中国作家》第2期发表洪峰的小说《瀚海》；同期，发表唐挚的《读〈命运瓦砾场〉随想》；王维洲的《我心中的艾青》。

《诗刊》第3期"新诗话"栏发表沙白的《"迫降"》、《"取长补短"与"扬长避短"》、《"媚俗"与"欺世"》，盛海耕的《"句句有删，足见其疏"》、《大欢喜与大厌恶》、《口号与诗》；黄益庸的《别出心裁》；同期，发表梁南的《旧话新说：朦胧与晦涩》；吴思敬的《超越现实　超越自我——江河创作心理的一个侧面》；臧克家的《带刺的红花》；陈残云的《打开窗户看海洋》；陈仲义的《诗人的独创意识》。

《读书》第3期发表郭宏安的《电视：文学批评的新媒介——访法国文学批评家贝尔纳·比沃》。

《台港文学选刊》第1期发表叶石涛的《新一代台湾小说家的翘楚》；宋泽莱的《呼唤台湾黎明的喇叭手》；金耀基的《对小人物的关爱》；彭瑞金的《赛夏的声音——评吴锦发的小说》。

12日，《文学报》发表古继堂的《铸一家诗风——谈台湾诗人非马的诗》；顾如梅摘编的《在洛杉矶与白先勇对话——把心灵痛楚变成文字》。

14日，《文艺报》第11期发表林沙的《"〈林海雪原〉不是为某人立的传"——访曲波》；蔡葵的《改革，在向我们挑战——谈1986年几部反映改革生活的长篇小说》；韶华的《普通人的世界——致张斌》；王干、费振钟的《失落之后的寻找——读黄蓓佳的小说》；叶辛的《作家、编辑、多样化》；专栏"关于文学理论批评现状及走向的讨论"发表张韧的《批评的尴尬》。

15日，《文艺争鸣》第2期发表谭解文的《传统文化与文学"寻根"——与李书磊同志商榷》；陈孝英的《论新时期文艺中的喜剧性》；李万武的《我看当代文坛上的"性"冲击波》；同期，以"洪峰小说讨论"为总题，发表王肯的《我看洪峰》，洪峰的《我的说话方式》。

《文学评论》第2期发表罗强烈的《小说叙述观念与艺术形象构成的实证分析》；胡宗健的《韩少功近作三思》；专栏"新时期文学十年研究"发表许子东的《新时期的三种文学》，周政保的《寓意超越意识的滋长与强化——新时期军旅小说的一种判断》。

《民族文学》第3期发表余学军的《试论伍略创作及当代苗族小说》；陆庸的《赵银棠，纳西族第一位女作家》。

《当代文艺思潮》第2期发表陈惠芬的《找回失落的那半："认识你自己"——关于女性文学的思考兼及人类意识的提高等等》；亦清的《一个充满活力的支点——也谈"寻找男人"的女性文学》；钱荫愉的《她们是全部世界史的产物——文学创作中妇女地位问题的再反思》；陈辽的《一九八六：中短篇小说创作潮流和

走向》；陈思和的《精神漫游的历程——略谈蔡翔的批评个性》。

《江南》第2期发表《一种模式的定势及其突破》；竺洪波的《在多重关系中展现时代主题——读中篇小说〈拜江猪〉》；盛子潮的《王彪大海诗的美学追求》。

《钟山》第2期发表叶兆言的《状元境》；同期，发表陈辽的《我看江苏文学十年》；朱持的《街上流行红裙子——我看"新潮"中的江苏文学》；戎东贵的《江苏文学美学个性断想》。

《书林》第3期发表顾晓鸣的《让我们来理解琼瑶和她那美好的故事》。

16日，《红旗》第6期发表胡采的《关于当前文艺问题的思考》。

17日，《作品与争鸣》第3期发表安国的《科技工作者的方向——读〈"两弹"元勋的秘密历程〉》；艾克恩的《推进文艺创作与争鸣的根本所在——兼评资产阶级自由化思潮》；刘庶的《新旧是非之间——由对陈涌文章的批评所想起的》；王愿坚的《文学，走向历史深处——喜读〈灵旗〉等三部写长征的中篇小说》；王力平、范国华的《评乔良的新作〈灵旗〉》；乔良的《沉思——关于〈灵旗〉的自言自语》；曾镇南的《在罪与罚中显示社会心理的深度——读〈一半是火焰，一半是海水〉兼谈法制文学的深化》；陈一水的《性犯罪的教科书——评〈一半是火焰，一半是海水〉》。

19日，《文学报》发表《"我只会这样写东西"——阿城在美国谈写作》；曾镇南的《少男少女心理世界的透视——读三篇报告文学随想》；程德培的《盲之流》（评《盲流世家》）。

《青年文学》第3期发表华铭的《旧梦与新生的交缠斗争——〈生死都在黎明〉读后》。

20日，《人民文学》第3期发表汪曾祺、林斤澜的《社会性·小说技巧》；同期，发表本刊编辑的《严重的错误　沉痛的教训》（就刊登《亮出你的舌苔或空空荡荡》一事道歉）；任世琦的《让坏事变好事》；土登忘布、任锦华的《不能让危害民族团结的"文学"腾飞》；丹珠昂奔的《我的几点看法》。

《小说评论》第2期发表宋耀良的《新时期小说理性因素的三种表现形态》；朱水涌、盛子潮的《新时期小说的多重世界和艺术秩序》；张汉杰的《当代小说，在"夹缝"中间》；一评的《一部具有内在魅力的现实主义力作——路遥长篇小说〈平凡的世界〉（第一部）讨论会纪要》；西南的《走向开放的革命战争历史文学——从〈灵旗〉、〈马蹄声碎〉、〈夕阳红〉说起》；顾传菁的《他在寻找自己——谈韩震霆军事题材小说的艺术追求》；李炳银的《对桑塬的爱和恨——评朱晓平的几篇小说》；王必胜的《新奇凝意一枝花——祖慰小说谈》；何镇邦的《西部开拓者的命运——读长篇小说〈桑那高地的太阳〉》；费秉勋的《论〈古堡〉》；荒甸的《悖离现代意识的抉择和追求——也论阿城》；水天戈的《民族智慧的凝聚——读林希的中篇小说〈茶贤〉》；春生的《激昂奋进的命运之歌——读晓蕾中篇新作〈困窘的小号〉》；韩星的《残桥上的困惑——读王润滋中篇新作〈残桥〉》；陈一辉的《寻找·发现·超越——论王安忆近年来的艺术追求》。

《上海文论》第2期发表徐中玉的《现代意识与文化传统》；柯灵的《答客问(之二)——关于文化问题的断想》；张军的《忽然想到》；夏刚的《文学的当代意识：一种历史和审美的跨度》；立文的《焦灼地期待着：对断裂与超越的随感》；蒋国忠的《什么是文学的世界性》；李劼的《在死亡面前的人生观照——文学是人学的思考之一》；殷国明的《从一种选择到多种选择——对中国现代文学发展趋势的历史理解》；李其纲的《小说的陌生化形态——近年来小说艺术发展的一个侧面》；张怀久的《人生价值的追寻——"知青文学"审美观念的嬗变》；陈伯海的《艰难的转折——十九世纪中国文学文化的反思》；曾镇南的《通往心灵的幽径——王蒙小说中的爱情主题》；吴洪森的《评〈小城之恋〉与〈荒山之恋〉》；唐俟的《迷失在虚伪中的诚实——也评〈男人的一半是女人〉》；胡玮莳整理的《在中国当代文学国际研讨会上中国作家认为……》。

《语文学习》第3期发表稽山的《白先勇的吸引力》。

《清明》第2期发表周政保的《刘祖慈的〈五彩梦〉与"五彩梦"》；张禹的《众里寻他千百度——陈所巨诗片段》；唐先田的《对于战争年代的反思——简评〈慧眼〉》。

21日，《文艺报》第12期发表荒煤的《我们需要更多的忠魂篇——〈中国都市的震撼〉读后》；李一安的《历史纵深感的凸显——读刘绍棠长篇新作〈敬柳亭说书〉》；张炜的《超脱　责任心　哲学　现代意识》；楼肇明的《读苏叶散文〈总是难忘〉》；贺兴安的《批评标准的双向运动——谈谈"评价标准是作品本身"》；杜余的《振兴话剧的新础石——1987年首都话剧界迎春联合演出述评》；陈丁沙的《评丁涛的"审美戏剧"观》(回应1987年2月7日《文艺报》发表的丁涛的《析"源出意念的思考模式"——评话剧〈田野又是青纱帐〉》)。

《文艺研究》第2期发表严昭柱的《社会主义文艺审美理想与当代文艺》；蒲

震元的《三秋树美　二月花新——意境形态、风貌与审美理想》；栾昌大的《审美理想再漫议》；王长安的《审美与意志之思考——与张玉能同志商榷》；陈孝英的《可喜的探索——谈〈胡桃坡〉〈长歌行〉塑造人物的喜剧手法》；孟悦的《隐喻与小说的表意方式》；蔡骧的《电视特性研究》；王蕴明的《社会主义戏曲艺术审美特征的发展趋向》。

22 日，《长城》第 2 期发表曾镇南的《从灶火悼到老万——评〈木樨地〉兼谈铁凝艺术才能特质的另一面》；冯健男的《人生，怪有意思——〈绿〉的启示》。

23 日，《当代文艺探索》第 2 期发表李树声的《今天从何处来——新时期部分历史小说管窥》；吴方的《描述走向选择和自决的过程——新时期小说中的农民文化形态》；曾镇南的《独拔于世的散文体小说——王蒙小说总体成就评价之一》（第 3 期续完）；吕芳的《"心理剧本"中善与恶的研究——论王安忆近作对人性丰富内涵的探索》；杨炼的《诗的自觉》；杨匡汉的《佯谬语言》；李欧梵、古远清的《关于〈家变〉的对话》；梦花的《这就是她——初评陈若曦的散文》；潘亚暾、汪义生的《徐訏文学观初探：为纪念徐訏逝世六周年而作》。

25 日，《当代作家评论》第 2 期发表宋炳辉的《宽容背后的激情——王蒙小说创作的自我超越》；汪淏的《"生活多美好"——王蒙小说美学思想探寻之一》；曾镇南的《在中西文化碰撞中挣扎的畸形人物——论倪吾诚》；林焱的《知识分子灵魂的审视——评〈活动变人形〉》；周政保的《关于〈杂色〉的杂谈》；卢敦基的《指向新的性格思想和美学范畴——王蒙〈在伊犁〉简评》；方克强的《两极对位与散点透视：金河创作模式论》；马俊山的《金河小说创作的艺术世界》；陈宝云的《张炜对自己的超越——评〈古船〉》；宋遂良的《真实的人生，完整的人性——〈古船〉人物漫议》；吴俊的《原罪的忏悔，人性的迷狂——〈古船〉人物论》；晓雪的《邵燕祥论》；程德培的《面对"自己"的角逐——评王安忆"三恋"》；吴亮的《告别 1986》；夏刚的《路边闲话：1986 中国小说品格批评》；陈思和的《近于无事的悲剧——沈善增小说艺术初探》；林兴宅、朱水涌的《真诚的归真与困惑——读唐敏的中篇小说〈诚〉》；吴炫的《批评即苛求》；朱振亚的《淡而有味》；夜萍、晓舟的《近年山东青年作家小说创作巡礼》；向荣的《"巴蜀之谜"与文学观念的倾斜——1985 年部分四川小说印象谈》。

《花城》第 2 期发表顾骧的《文学人性十年》。

《海峡》第 2 期发表菩提的《读三毛的〈倾城〉》；荻果的《含苞带露的"野生植

物”——读云鹤〈野生植物〉》;潘莛的《王新果和他的〈情爱;在香港〉》。

26日,《文学报》发表古继堂的《铸一家诗风——谈台湾诗人非马的诗》;如梅的《历史小说创作如何水到渠成——台湾小说家高阳谈创作》。

28日,《文艺报》第13期发表林斤澜的《短中之短》;陈素琰的《读宗璞散文》;中国作家协会西藏分会的《一篇丑化、侮辱藏族人民的劣作——对马建的〈亮出你的舌苔或空空荡荡〉的严肃批评》;韩石山的《沉下去的和升上去的——李锐和他的〈厚土〉》。

《厦门大学学报(哲学社会科学版)》第2期发表韩通的《厦门大学海外函授学院举办华文文学研讨会》。

《文学报》发表林为进的《细品着人生的苦酒:读〈酒徒〉》。

31日,《台湾研究集刊》第1期开始公开发行,本期发表潘亚暾、汪义生的《陈若曦小说论》;黄志萍、徐博东的《试析丘逢甲诗歌的艺术特色及其诗歌理论》;庄明萱的《评叶石涛对台湾文学继承与发展传统问题的见解》;[日]山田敬三作、黄重添译的《关于战后台湾文学史基础的研究》。

《文学报》发表《三毛不再流浪——加那利群岛归来答记者问》。

本月,《山西文学》第3期发表本刊记者的《〈厚土〉:民族文化心理积淀的“厚土”——李锐作品讨论会纪要》。

《小说月报》第3期发表瑶莲的《青海小说剪影》。

《红岩》第2期发表林亚光的《有关创作的两个问题的思考》;重庆师专湖光文学社的《关于〈太阳神〉讨论辑要》;林为进的《〈母亲〉的道德光彩》;吴向北的《沈重与他〈晚开的黑月季〉》;林彦的《秃笔与断臂》;江晓天的《长篇小说〈李自成〉二卷诞生前后》。

《安徽文学》第3期发表杨忻葆的《可怕的人际“链”性结构——读〈食物链〉》;钱念孙的《歪打正着的背后——简评刘本夫的〈男人泪〉》;韩子英的《辛辣犀利,切中时弊——〈软功京胡变奏曲〉读后》;宋冬生的《爱,是不能忘记的——读〈吻别〉》。

《雨花》第3期发表黄毓璜的《生命的扭曲和心灵的执拗——读唐炳良的两篇小说》;吴周文、林道元的《无法规避的抉择——第二届双沟散文获奖作品概评》。

《福建文学》第3期以“新时期文学论稿选登”为总题,发表钟本康的《重视变态心理的描写》；同期，发表王家新的《人与世界的相遇》；王维桑的《茅盾——作家的知友和良师》。

广东省归侨作家联谊会主办文学座谈会，主题为泰国、新加坡文学新动向。

《台声》第 3 期发表许达然的《日据时期台海小说里的知识分子形象》；杜国清的《流派与台湾新诗的发展》；黄重添的《在微观与宏观的结合上探索：第三届台港及海外华文文学学术讨论会随想》；刘登翰的《特殊心态的呈示和文学经验的互补——从当代中国文学的整体格局看台湾文学》。

《深圳大学学报（人文社会科学版）》第 1 期发表胡经之、荣伟的《艺术美的探求——台港及海外华人美学一瞥》；钟文的《中国当代文学中的台湾文学》；潘亚暾、徐葆谕的《国际共研学术　相互促进提高——第三届全国台港及海外华文文学学术讨论会综述》；张韵的《第三届全国台港及海外华文文学学术研讨会在我校召开》。

《语文月刊》第 3 期发表苏锡的《龙应台及其〈野火集〉》；李长浏的《一曲乡愁家国情——读余光中的诗〈乡愁〉》。

《中国青年政治学院学报》第 2 期发表华翔的《“琼瑶小说模式”对当代青年文化观念的效应》。

《文学研究参考》第 3 期发表安兴本的《台湾学者谈现代西方思想动态和文学困境》。

本月，上海文艺出版社出版余秋雨的《艺术创造工程》。

中国人民大学出版社出版中国人民大学中国语言文学系编的《文艺学方法论讲演集》。

四川省社会科学院出版社出版苏恒、李敬敏主编的《文学原理新论》。

陕西人民出版社出版朱子南的《报告文学创作谈》。

湖南人民出版社出版严家炎的《论现代小说与文艺思潮》。

浙江文艺出版社出版王富仁的《先驱者的形象：论鲁迅及其他中国现代作家》，蔡翔的《一个理想主义者的精神漫游》，浙江省茅盾研究学会编的《论茅盾的创作艺术》。

百花文艺出版社出版弋兵的《日新集》。

解放军文艺出版社出版周政保的《军事文学的观照》。

中国文联出版公司出版中国社会科学院文学研究所鲁迅研究室编的

《1913—1983 鲁迅研究学术论著资料汇编(第三卷：1940—1945)》。

4 月

1 日,《上海文学》第 4 期发表曾镇南的《苦涩的画卷——评王蒙的〈新大陆人〉系列小说》;吴亮的《爱的结局与出路——〈荒山之恋〉〈小城之恋〉〈锦绣谷之恋〉的基本线索》;顾晓鸣的《〈神鞭〉和〈三寸金莲〉：小说体的“文化分析”》。

《长安》第 4 期发表李国平的《批评的命运和批评家的品格》;苏冰的《新建文学观念体系描述》。

《东海》第 4 期发表白毅的《关于文学的“当代意识”的思考》;张德林的《小说象征的流动美与可变性》;方卫平的《在儿童文学理论园地不断开拓》。

《西藏文学》第 4 期发表李佳俊的《在改革和开放中更新文学观念》。

《作家》第 4、5 期合刊发表何立伟的《关于蒋子丹》;南帆的《批评自述》;费振钟、王干的《走向哲学的深邃意境——小说的时—空意识》。

《青春》第 4 期发表俞律的《人学非文学》;徐廷华的《错位》;若干的《“功夫在诗外”一解》。

《奔流》第 4 期发表杜田材的《创新：宽阔而狭窄的路——从李佩甫近作说到创作的突破》;上官玉的《文学评论与“情”——文艺随笔之一》。

《萌芽》第 4 期发表《李春芬教授答本刊记者问》;初林的《新作短评：物的象征意义——读马原短篇新作〈爱物〉的一点随想》;斯思的《意想不到的反响——〈钱,在寻找出路〉引出的波澜》;冀汸的《具有鲜明当代意识的心声》;许振强的《乐天　自信　热忱——青年评论家刘齐印象》;夏刚的《“魔方”的魔力——当代中国文学中的川端康成》。

《滇池》第 4 期发表杨尹达的《爱与被爱,才是完整的人生——读一组女性诗作的联想》;刘云海的《边地小说门外谈》;吴然的《创作通信》。

《解放军文艺》第 4 期发表郭林祥的《在全军文工团座谈会上的讲话(一九八

七年三月十八日)》;张志忠、宋学武的《关于战争文学的通信》。

《世界日报》(菲律宾)发表庄钟庆的《遐思与遥望》。

2日,《大西南文学》第4期发表罗守让的《心灵主体对题材客体的同化和征服》;宋木林的《“荷风送香气;竹露滴清响”——读何玉茹的中篇小说〈绿〉》。

《文学报》发表潘承凡、曾继军的《希望填补这些“空洞”——从“陈奂生眩感”谈起》;心宁的《令人忧虑的“性描写热”》;梁红英的《突发的与永恒的——〈献上一束花〉读后》。

《光明日报》发表魏巍的《明星,穿过岁月的风尘——读峭岩叙事长诗〈高尚的人〉》。

《深圳大学学报(人文社会科学版)》第1期发表潘亚暾、徐葆煜的《国际共研学术　相互促进提高——第三届全国台港及海外华文文学学术讨论会综述》;张韵的《第三届全国台港及海外华文文学学术研讨会在我校召开》。

3日,《小说选刊》第4期以“一九八六年中短篇小说漫评(一)”为总题,发表王干的《河床正在拓宽》;白烨的《语体与文体——八六年小说一面观》;夏刚的《沉寂,是下一轮高潮的前奏吗?》;同期,发表林和平的《我的思考——关于〈腊月〉的几行闲话》;斯冬的《他在通俗与纯粹之间——王朔作品研讨会综述》。

4日,《山东文学》第4期发表毛书征的《“老调”淡忘故重弹——读鲁迅文章有感》;宋协周的《文如其人　其人堂正——肖鸣短篇小说集〈青山祭〉序》;吕家乡的《灵感·构思·意象——读两首献给教师的好诗》;王晓家的《〈红楼梦〉里的比喻》。

《文艺报》第14期发表李炳银的《在现实生活中不断完善与发展——读几篇报告文学新作有感》;蔡翔的《活在历史事件中的人——兼谈周梅森的〈黑坟〉、〈军歌〉》;范培松、王尧的《“花街”上的“留恋果”——读薛尔康的散文》;古继堂的《女作家异军突起——1986年台湾文学一瞥》。

5日,《大西南文学》第4期发表杨知秋的《谈谈文化交流中的几个问题》;杜东枝的《文艺反映论随想——关于文学艺术中的再现与表现问题》;何敏的《比“皇后”更珍贵的——试评小说〈躲藏的“皇后”〉中扎古形象的塑造》。

《中国西部文学》第4期发表陆天明的《难说是体会的体会——也来谈〈桑那高地的太阳〉》。

《花溪》第4期发表舒信波的《不是一组笔名——记中年夫妻作家雨时、如月》;吴松亭的《对人生的思索与解剖——雨时、如月小说创作管窥》;张韧的《“现代意识与文学”十二谈④:潜流的忧患与涅槃的互补意识》。

《湖南文学》第4期发表本刊记者的《旗帜鲜明地建设社会主义文学——记作协湖南分会召开的省会部分作家座谈会》。

7日,《天津文学》第4期发表何镇邦的《新时期文学形式演变的趋势——对一种复杂文学现象考察的提纲》;陈望衡的《艺术审美中情感的两极发展》。

《光明日报》发表李方平的《民族化:一个战略性的口号——兼评陈越〈民族化:一个防御性的口号〉》。

作协上海分会诗歌组、《文学报》和《诗刊》在沪联合举行座谈会,就诗与现实、诗与城市改革以及诗坛现状等议题进行了热烈的讨论(1987年《诗刊》第6期)。

8日,《云南日报》发表杨明的《对“琼瑶热”的看法》。

9日,《光明日报》发表白海珍的《她在寻找中变化——铁凝小说近作漫评》。

《文学报》发表施国英的《被扭曲的女性心态:施叔青的小说世界》。

10日,《诗刊》第4期“新诗话”栏发表丁力的《猜诗》,盛海耕的《中国诗歌的灵魂》,陈良运的《“反常合道为趣”》,黄邦君的《出其不意》;同期,发表公刘的《冷暖君自知——谈宫玺近作〈冷色与暖色〉》;杨金亭的《读〈大寨:诗的纪实〉纪感》;潘大华的《一百朵鲜花——〈短诗百家百首〉》;刘征的《种刺琐忆——〈春风燕语〉里几首寓言诗的诞生》;尹在勤的《注意——通向心灵之门》。

《读书》第4期发表王绯的《大音希声　大象无形——读〈轻轻地说〉的感觉描述》。

《台港文学选刊》第2期发表黄重添的《台湾女性小说发展景观》;季季的《燃起魅力的野火——龙应台》。

《沈阳师范学院学报(社会科学版)》第2期发表张仲景的《谈台湾新文学运动的开拓者赖和的小说创作》。

11日,《文艺报》第15期发表刘思谦的《“改革者文学”的得失及其悲喜剧》;吴秉杰的《读〈黑猫〉》;吴方的《小说思维与反讽形式》;建国的《一位老诗人的心曲——访冯至》。

15日,《民族文学》第4期发表王文平的《凝重的“紫墙”》;顾朴光的《浓郁的乡情生活的赞歌——凌渡〈生活的坡歌〉》;苗岭、王康的《新芽,在追求中破土——读黄琼柳的组诗〈人,山〉断想》;任佳的《藏族作家降边嘉措》。

《书林》第4期发表沈志屏的《"琼瑶热"与当代读者的文化意识——通俗文学的可读原理初探》。

16日,《文学报》发表海岑的《褒贬之间——读〈新星〉、〈古船〉若干评论的一点感想》;戴翊的《评论家的困惑和追求》;范咏戈的《做变革时代的书记员——报告文学集〈攻击,攻击,再攻击〉读后》;李安东的《逃避陷阱——读〈玩一回做贼的游戏〉》。

《红旗》第8期发表姚雪垠的《继承和发扬祖国文学史的光辉传统——再与刘再复同志商榷》(第9期续完)。

17日,《作品与争鸣》第4期发表闻通的《坚持四项基本原则是发展社会主义的根本保证》;吴思敬的《痛苦使人超越——读梁小斌的〈断裂〉》;小星的《读〈断裂〉随记》;张书林的《〈断裂〉的断裂处》;张鹰的《〈断裂〉随想点滴》;杨存的《洪峰小说中的文化批判》;姜铮的《洪峰小说与现代西方人本主义哲学》;费振钟、王干的《洪峰的生命世界:关于〈奔丧〉的一些话》;李敬泽的《〈奔丧〉及其它》;纯菁的《琼楼玉宇的天上宫阙——试评琼瑶小说的爱情世界》;阮明的《如真如幻　如梦如歌——略谈琼瑶小说的写情特色》;紫千的《多点具体分析》;俞律的《春天属于不安分的人们——和王心丽谈〈不安分的春天〉》;沈存步的《是不是有点儿庸俗了》;《〈女雇员轶事〉争鸣录》;金实秋的《个人应该代表人类的理性——简评〈潘金莲〉及刘宾雁〈评川剧《潘金莲》〉》;卞国福的《浅谈文艺事业人才的规划和开发》;章珊的《中国文人怎样玩弄女性——鲁迅的若干论述》。

《联合时报》发表翁璇庆的《留取心魂相守——记台湾女作家》。

18日,《文艺报》第16期发表《必须坚持文艺的社会主义方向——文艺界人大代表、政协委员谈当前文艺工作》;权延赤的《写任务就是写世界》;应雄的《开放的小说意义——中篇小说〈瀚海〉的叙事分析》;吴俊的《生活,意味着选择与冲突——评中篇小说〈腊月〉》;王愚的《直接经历着历史的人民——评路遥的长篇新作〈平凡的世界〉(第一部)》。

19日,《青年文学》第4期发表方顺景的《读〈陡坡〉》;罗强的《孤注一掷的生命冲动》;志涂的《自觉的创作心态及语言的魅力》;周昌的《原本就没有爱》;韩春旭的《我想》;何志云的《喜剧乎?悲剧乎?》;李以建的《陆地与河滩——两种对立因素的冲突》。

20日,《人民文学》第4期发表费秉勋的《贾平凹商州小说结构章法》;王鲁湘的《诗与象》。

《当代》第2期发表本刊记者的《济南、北京举行座谈会讨论长篇小说〈古船〉》。

《中国青年政治学院学报》第2期发表华翔、汪发元、陈德中《"琼瑶小说模式"对当代青年文化观念的效应》。

21日,《光明日报》报道4月6日—12日,《红旗》杂志文艺部、《光明日报》文艺部、《文艺理论与批评》编辑部在河北涿州召开组稿座谈会,就文艺领域反对资产阶级自由化,巩固和拓展马克思主义文艺思想阵地等问题交换意见。

23日,《文学报》发表俞天白的《意会性的魅力》。

25日,《文艺报》第17期发表何雨的《对诗的思索——访诗人李瑛》;张雷的《读冈夫的〈草原风雨〉》;苏平的《改革年代的心态图景——读海笑的长篇小说〈部长们〉》;公刘的《他也是海王星——介绍诗歌新人汤养宗》;滕云的《呼唤史诗》;林承璜的《写实、开拓、突破——兼谈陈若曦的近期创作》。

《文艺理论研究》第2期发表徐岱的《批评的功能与批评家的使命》;[美]施叔青的《与〈棋王〉作者阿城的对话》;[菲律宾]黄凤祝的《试论〈棋王〉》。

30日,《文学报》发表冰夫的《质朴深沉的乡土恋歌——读郑义的诗集〈湖岛〉》。

《光明日报》发表贺敬之的《一枝鲜艳的金达莱花——评〈金哲诗选〉》。

本月,《福建文学》第4期以"小说观念更新笔谈"为总题,发表袁和平的《叙述结构、地域精神与神话世界》,陆昭环的《让小说更接近心灵》,唐敏的《为了更真切地再现生活》,海迪的《超越语言功能》,李海音的《啊,啊,啊》,杨少衡的《换符谈》;同期,发表王兆军的《底层社会的色、型、味——谈游慈琛的小说〈残冬〉》;许劲草的《你说出了我们女孩子的心——读〈女孩子的花〉致唐敏同志》。

《山西文学》第4期发表郑波光的《从"五月"到"秋天"——评田中禾的两篇小说》;星星的《小说形式变革散论》。

《小说月报》第4期发表余见的《方兴未艾的江西小说发展势头》。

《中篇小说选刊》第2期发表王星全的《〈白马〉创作小记》;达理的《寻找感觉》;霍达的《〈红尘〉赘语》;刘克的《窗外》;肖建国的《关于〈中王〉》;唐栋的《〈雪神〉及其他》。

《雨花》第4期发表姚光义的《关于黎光的小说的通信》;金严、穆肃的《从〈金戒指〉的结尾谈起》；王菊延的《〈紫楼〉印象》。

《台声》第4期发表非马的《从翻译看一首台湾现代诗》；武治纯的《台湾八十年代政治小说的拓展》；连锦添的《探寻台胞的内心世界——记台籍青年作家甘铁生》。

《名作欣赏》第2期发表李元洛的《亦豪亦秀的健笔——读新加坡诗人淡莹的〈楚霸王〉与〈伞内·伞外〉》。

《语文月刊》第4期发表孙连仲的《〈失火的大堂〉运用模糊语的艺术》；古继堂的《袁琼琼和她的〈沧桑〉》。

本月，湖南文艺出版社出版卢今的《论鲁迅散文及其美学特征》，[苏]波斯彼洛夫主编、邱榆若等译的《文艺学引论》。

上海文艺出版社出版刘心武的《斜坡文谈》，吴亮的《艺术家和友人的对话》。

作家出版社出版余心言的《美，需要呼唤》。

中国文联出版公司出版徐采石编的《陆文夫作品研究》。

花山文艺出版社出版阎纲的《文学八年》。

海峡文艺出版社出版林兴宅的《艺术生命的秘密》。

上海社会科学院出版社出版王文英的《夏衍戏剧创作论》。

北岳文艺出版社出版王国维著、周锡山编的《王国维文学美学论著集》。

5月

1日，《小说林》第5期发表牛玉秋的《不同价值观的并存——读〈你不可改变我〉》；张捷的《一曲悲怆的颂歌——读长篇小说〈绿川英子〉》；王左泓的《打篮球和写小说》。

《北方文学》第5期发表黄益庸的《也谈走向世界》。

《长安》第5期发表《在反对资产阶级自由化的斗争中锻炼提高——西安市文联召开学习座谈会》；韩梅村的《审美趣味转移的沉思》；邢小利的《略谈文学中

的性描写》。

《西藏文学》第5期发表顾效荣的《评〈西藏文学〉藏族古典文学专号》；俄日的《比喻形象，寓意深刻——简评〈水木格言〉》。

《东海》第5期发表陆炎的《文艺性质与社会效应》；毕明的《谈小说创作的“内化”倾向》；金风的《小说主题的层次合成》；谢志强的《一种逃避现实的假定形式——读〈冷冻〉》。

《作家》第4、5合期发表南帆的《批评自述》；费振钟、王干的《走向哲学的深邃意境——小说的时—空意识》。

《奔流》第5期发表孙荪的《文学的斯芬克斯之谜》。

《萌芽》第5期发表方克强的《穿透冷峻人生的反思——评金宇澄小说创作》；陈慧中的《清醒的困惑——谈谈王晓明给我的一些印象》。

《滇池》第5期发表周良沛的《沉思——在八十年代同云南文学创作的五十年代对视》。

《解放军文艺》第5期发表小尘的《永远坚持社会主义事业的正确方向》；郭德芳的《冷峻：为了未来——关于三篇描写长征的小说》；周政保的《观照眼光与现代意识——军旅文学自由谈(之二)》。

2日，《河北文学》第5期发表白海珍的《基本的问题依然是为群众的问题——纪念〈在延安文艺座谈会上的讲话〉发表四十五周年》；华岱的《坚持自己的路——余畅诗作漫笔》。

《文艺报》第18期发表《在新的历史条件下重新学习〈讲话〉 繁荣发展社会主义文艺——访在京部分文艺界人士(一)》(访刘白羽、华君武、陈荒煤、曾克)；丁临一的《一次历史性的伟大检阅——评袁厚春的报告文学〈百万大裁军〉》；顾骧的《形散神凝，自然隽永——读汪曾祺的〈桥边小说三篇〉有感》；叶君健的《〈绿川英子〉，对一个世界语作家的追忆》；李敬泽的《工业的缪斯》(评《甜的铁，腥的铁》)；陆志成的《从战士到作家——访人大代表、作家陈登科》。

3日，《小说选刊》第5期以“一九八六年中短篇小说漫评(二)”为总题，发表王鸿生的《感觉世界的迁徙》，费振钟的《在历史与哲学之间——86年小说创作的一个视点》；同期，发表雷达的《关于短篇创作活力的思考》；张曼菱的《跨文化的传诵——关于〈唱着来唱着去〉》。

《报告文学》第3期发表《“舞星”袁厚春》。

4日，《山东文学》第5期发表张达的《论史诗的思想品格》；贺立华、谭好哲的《与郑义谈天》。

5日，《大西南文学》第5期发表本刊评论员的《坚持"二为"方向和"二百"方针——纪念〈在延安文艺座谈会上的讲话〉发表四十五周年》；《秦基伟、杨白冰给〈含笑花〉的复信》；彭荆风的《生命之船的力——〈断肠草〉后记》；乔传藻的《我写〈腊梅〉》；许华斌的《小草的启示——简析丁玲的〈我是一棵小草〉》；张鸿鑫的《没有故事的故事——浅评〈三家村的故事〉》；本刊记者的《贴近生活的一次实践——〈大西南文学〉组织作家访问鲁布革》；范道桂的《意识的断想与文学的抉择》。

《文学自由谈》第3期以"文学论说一家言"为总题，发表吴秉杰的《对于现实主义讨论的讨论——读若干理论批评文章有感》，董大中的《"山药蛋派"今如何》，谢泳的《报告文学及其态势评析》，庄志民的《朝阳学科：审美心理学》；以"评论的艺术"为总题，发表席扬的《今日的作家将被谁所创造——试论当代批评与创作的新型关系》，丹晨的《一位马克思主义文艺理论家的经验》；以"接受与阐释"为总题，发表曾镇南的《静珍静宜合论——〈活动变人形〉人物论》，何镇邦的《时代的折射与人生的探求——〈石评梅传〉中关于爱情悲剧的描写》，木弓的《读〈吴泰昌散文选〉》，鲁藜的《纯真的信念是诗中的阳光——读罗飞的〈银杏树〉有感》，吴俊的《面对永恒的死亡——评陈村的〈死〉》；同期，发表弋兵的《向着时代　想着全局——关于反对资产阶级自由化的一封信》；扎西达娃的《你的世界》；柴德森的《回归到大森林的反思》；江浩的《散散荡荡地说》；陈景春的《编辑的"自由"与作家的"不自由"》；李厚基的《"开始就是顶点"辨》；崔俊德的《浅谈创作与评论的"互渗"》；顾传菁的《爱和理解拉起手来》；苏继迅的《天津青年文学状况浅析》；王绯的《捉住了四只色彩斑驳的小鸟——关于小小说和余小慧的〈小小说四题〉》；刘卫国的《读航鹰的〈寻根儿〉》；王爱英的《超越自我——读宋安娜的〈五月农家〉》；朱兵的《刘白羽散文谈片》；准淮的《从历史的悲剧到人性的悲剧——谈周海森的小说》；潘旭澜的《〈诗情与哲理〉跋》；陈思和的《答友人问——〈中国的文学整体观〉序》；聂震宁的《黄河古道之魂——序赵本夫小说集〈绝唱〉》；方淳的《戏谑初论》；李江树、张承志的《黄泥小屋来客之二：瞬间的跋涉》；黄子平的《艺海勺谈：论误解》。

《当代文坛》第3期发表春华的《人民是文艺工作者的母亲——学习邓小平同志关于文艺工作论述的一点体会》；汪政、晓华的《批评的本体相位》；许建民的

《文学时间再探》;王世德的《与刘晓波对话——如何评估和展望新时期文学》;孙静轩的《沈重其人其诗》;张红继的《贺星寒小说艺术风格管见》;刘士杰的《朝夕叠印　今昔交响——读叶延滨诗集〈二重奏〉》;基亮的《"寻根"的反思——评韩少功近作》;宛丁的《晓钢诗歌片论》;樊星的《文学的魂——张承志、莫言比较论》;吴松亭的《历史的严峻与悲剧的雄浑——谈〈红尘〉的思想艺术特色》;履冰的《真实永远是艺术的生命》;彭晓丰的《一种新小说形态:感觉世界中的思索与惶惑》;曹纪祖的《新诗:竞争的潜力在哪里?》;郑祖杰的《文学创作的性描写》;龚明德的《马克思主义文艺思想研究的一个重要成果——简介陈辽著〈马克思主义文艺思想史稿〉》;刘大军的《简评〈侏罗纪荒煤〉》;郭剑新的《〈白马〉的意蕴》;张君恬的《〈落花时节〉话沧桑》;臧连明的《时代精神的写照　民族魂魄的传真——朱晓平短篇小说〈老兵冯喜〉读后》;流沙河的《序张新泉〈爱是一条河〉》;马安信的《〈边界·有一轮残月〉后记》;王东复的《诗味·理趣·理障》;周荷初的《审美错觉与艺术真实》;毛乐耕的《散文与艺术生态》;张未民的《小说与戏剧——兼谈一种双向对逆运动》;彭斯远的《儿童短篇小说艺术走向管窥》;尹在勤的《文学:面对今日的少男少女——1986年〈中学生文艺〉作品漫议》;银甲的《坚持四项基本原则　繁荣社会主义文艺》。

《青海湖》第5期发表朱军的《突破岩壁,与世界对话——班果〈羌域〉读后》。

《湖南文艺》发表叶梦的《真实,散文的生命》;杨里昂的《巧裁乡韵入诗篇——介绍青年诗人谢午恒》;子干的《色精内白　圆果抟兮——〈阳光与阴影〉中陈所长的性格特征》;文贵忠的《感情悲喜中的性格因素——读〈月光奏鸣曲〉》。

7日,《天津文学》第5期发表蒋子龙的《致宋履进——〈改革,在聪明与实干之间的选择〉读后》。

《花溪》第5期发表华铭的《孙少山的小说世界》;傅星的《孙少山其人》;张韧的《"现代意识与文学"十二谈⑤:纪实——小说审美的新潮》;汤国铣的《艺术直觉与创作》。

8日,《光明日报》发表韩瑞亭的《惊听回视的悲壮记实——读报告文学〈志愿军战俘记事〉》。

9日,《文艺报》第19期发表《在新的历史条件下重新学习〈讲话〉繁荣发展社会主义文艺——访在京部分文艺界人士(二)》(访吴印咸、吕骥、古元、袁文殊、罗烽、秦兆阳);艾克恩的《延安小米的哺育　延安精神的鼓舞——〈延安文艺运动纪盛〉问世感言》；彭吉象的《年轻心灵的颤动与呼喊》（评《解放军文艺》1987 年第 4 期的一组"尉官文学"）；邵凯的《对〈神事〉的社会学思考》。

上海文学艺术院邀请部分文艺评论家、作家、艺术家和报刊编辑四十余人，举行发展马克思主义文艺评论的研讨会（《作品与争鸣》1987 年第 10 期。）

《团结报》发表《台湾长篇小说〈寒夜三部曲〉在大陆出版》。

10 日，《诗刊》第 5 期"新诗话"栏发表曾卓的《"你用什么写作"》，林希的《形象结构》，吴辛的《诗与大自然、社会》；同期，发表陈良运的《诗，属于审美领域》；盛海耕的《八个年轻人的两种诗探索》；刘茂胜的《我观儿童诗》。

《特区文学》第 2 期发表刘文达、蔡宝山的《廖辉英的小说舞台》；孔捷生的《你在改变我》；林承璜的《论陈若曦的"三通文学"》。

《读书》第 5 期发表苏丁的《却道天凉好个秋——阿城的悲剧意识》；小川的《什么是"形式主义的文学批评"？》；郭宏安的《〈批评生理学〉：自发的批评》。

15 日，《文艺争鸣》第 3 期发表张炯的《关于我国文学民族化与现代化的对话》；张奥列的《用审美眼光打量世界——关于文学未来十年的断想》；李杨的《批评的文化立场与政治立场》；李长夫的《也谈文学批评的立足点——与孙歌同志商榷》；陈辽的《也谈"文化热"》；葛中义的《寻找文学中人的现实与位置》；李昕的《模式的禁锢与观念的障碍——关于改革题材小说的思考》；南帆的《论小说的复合模式》。

《文学评论》第 3 期发表林非的《散文创作的昨日和明日》；苏丁的《近年来小说中的三种人生主题比较——兼论中西文化在当代文坛上的冲突》；曾镇南的《惶惑的精灵——王蒙小说片论》；滕云的《历史的前进运动与作家的道德思考——说说"王润滋论题"》；谭湘的《文学：用心灵去拥抱的事业——全国青年文学创作会议拾零》；汪晖的《在历史与价值之间》；吴方的《"反思"谈片》。

《民族文学》第 5 期发表孟和博彦的《曲折的历程，辉煌的成就——内蒙古民族文学四十年》；玛拉沁夫的《少数民族文学在中国的地位》。

《当代文艺思潮》第 3 期以"纪念《讲话》发表四十五周年"为总题，发表杨植霖等八人的文章；同期，发表钱海毅的《论两种电影美学模态》；丁帆、徐兆淮的《论新时期小说中人物主体性的二度显现》。

《江南》第 3 期发表陆炎的《老问题，再思考——重温〈在延安文艺座谈会上的讲话〉有感》；冰叶的《对当前文学理论一些问题的随想》；商兵的《作家的使命感和社会生活的本质》。

《钟山》第3期发表陈辽的《青松应须升千尺——评江苏青年评论家群体》；林斤澜的《读小说随笔二题》；张宇、周梅森的《历史和文化对人的冶炼与压迫——兼谈长篇小说〈黑坟〉》；魏平的《美的感悟　美的创造　美的传递——第二届双沟散文奖获奖作品略评》；钱竞的《〈广仁宫〉轶事》。

《广东社会科学》第2期发表李国柱的《香港文学研究的过去式、现在式、未来式》。

16日，《文艺报》第20期发表《在新的历史条件下重新学习〈讲话〉　繁荣发展社会主义文艺——访在京部分文艺界人士(三)》(访王蒙、欧阳山尊、刘绍棠、乌热尔图、周巍峙)；梁斌的《我在深入生活》；杨润身的《到"源泉"中去深入生活》；张炯的《纪念〈在延安文艺座谈会上的讲话〉发表四十五周年》；李洁非、张陵的《"读"的实现》；高洪波的《"风雨山河壮　文章日月新"——访老作家舒群》；同期，报道5月10日《在延安文艺座谈会上的讲话》发表四十五周年学术讨论会在人民大会堂小礼堂开幕，余秋里、胡乔木、胡启立等中央领导出席。

17日，《作品与争鸣》第5期发表石彦的《反对资产阶级自由化　发展社会主义文艺》；杜元明的《中国农民创业致富的志气歌——读报告文学〈红光照亮田野〉》；李下的《一个挑战者带来的震撼——读〈超群出众之辈〉》；李清泉的《大相径庭的作品解释——读〈超群出众之辈〉有感》；陈冲的《请多关照》；何香久的《无韵的咏叹——同中篇小说〈瞬间与永恒〉的主人公徐为的对话》；曹凡的《人，是永恒的》；李遵进的《他们值得赞美吗？——评〈道是无情〉》；毕明的《有益的探索——读〈道是无情〉》；古继堂的《情感与现实——也论琼瑶的创作特色》；张炯的《深沉的反思与探索——读冯德英的长篇小说〈染血的土地〉》。

20日，《小说评论》第3期发表刘思谦的《喧哗与骚动：小说十年思潮概况》；李文衡的《自由的脚步与文学结构演进新趋向——读近两年若干小说印象》；曾镇南的《现实主义的新创获——论〈平凡的世界〉(第一部)》；丹晨的《孙少安和孙少平》；李健民的《从现实和历史的交融中展现人物的心态和命运》(评《平凡的世界》第一部)；陈宝云的《道德的感情化与感情的道德化——张炜创作一题》；汪政、晓华的《矫健〈小说八题〉印象——随机批评一束》；旷若谷的《论〈雪城〉的悲剧意识》；花建的《历史深度和新鲜美感——俞天白小说漫评》；牛玉秋的《性爱·感情·婚姻与民俗——评〈血泪草台班〉》；苏冰的《纪实小说：文体创新实验的意义》；张侯的《观念·命运——读阎强国的〈红色的云雾〉》；理晴的《读马原新作〈错误〉随感》；姚逸仙的《静观世态心灵——读韦昕的〈电话·世态〉》；张志春的《深挚淡远　自成一格——读峭石的中篇小说》；杨炳彦的《我看〈蛇神〉》；李今的《张承志小说诗的素质》。

《上海文论》第3期发表丁锡朋的《继承延安传统　端正文艺方向》；姜彬的《学习毛泽东文艺思想　发展社会主义文艺》；陈辽的《论文艺反映论和文艺主体性的统一》；陈鸣树的《方法论：中国与世界》；黄子平的《文学批评：专业态度和大众效应》；王欣的《文学批评界的符号迷宫》；刘鸿模的《社会批评模式在中国的历史命运》；刘景清的《探索与迷惘——续谈陈村的小说》；程德培的《陈村小说中的生与死》；吴士余的《文化人格的定向显示》；花建的《文艺社会学理论体系初探》；朱栋霖、朱寿桐的《作家研究的深层次与多视角——兼评汪应果的〈巴金论〉》；徐启华的《论小说家职业选择》；潘向黎的《直面生活：为生者与死者——谈新时期挽悼散文》。

《清明》第3期发表许宏德的《近几年小说的象征艺术》；方卫平的《在儿童文学学术海洋里荡桨而驶——谈蒋风的儿童文学研究》。

《万象》第5期发表舒倩的《三毛近况》。

21日，《文艺研究》第3期发表李心峰的《艺术批评——艺术审美理想的调节机制》；陈圣生的《文艺批评的比较方法论》；陆梅林的《观念和方法的关系》；李准、丁振海的《关于文艺学讨论中的两个问题》；萧德明的《历史剧的现实主义进程》；钱念孙的《论文学的逆向发展》；陈平原的《中国小说叙事时间的转变——从"新小说"到"现代小说"》。

22日，《长城》第3期发表徐光耀的《幽默贾大山》；陈冲的《〈睡屋〉的突破及其它》。

23日，《文艺报》第21期以"纪念《在延安文艺座谈会上的讲话》发表四十五周年"为总题，发表吴雪、于蓝、耿恭让的文章；同期，发表彭真的《在部分延安时代文艺老战士座谈会上的讲话》；李希凡的《一点感受　一点认识——重读〈在延安文艺座谈会上的讲话〉》；陈孝英的《新时期文艺中的喜剧意识》；王石的《人民：作家之根——访老作家碧野》；同期，报道5月19日中国作协召开座谈会，纪念《在延安文艺座谈会上的讲话》发表四十五周年。

《当代文艺探索》第3期发表叶素青的《客观真实与主观真实的统一——当

代报告文学新“质”初探》;宋耀良的《两种批评的互补——本体论批评与主体性批评比较研究》;蓝田玉、陈剑晖的《批评: 前进中的分化与徘徊——1984 至 1986 年文学批评一瞥》;钟文的《中国当代文学中的台湾文学》。

25 日,《当代作家评论》第 3 期发表雷达的《她向生活的潜境挖掘——说〈麦秸垛〉及其它》;李国文的《外行话》;蔡葵的《寓变于不变之中——铁凝近作漫评》;吴秉杰的《爱的追求与结晶——铁凝作品印象》;李兆忠的《激流,在深层涌动——谈朱晓平的四部中篇小说》;吴方的《桑树坪风景——〈私刑〉的印象与随想》;贺绍俊、潘凯雄的《桑树坪里话“自我”——朱晓平部分小说创作漫评》;蒋苒、邵永胜的《突破,在坚守中实现——读朱晓平的“桑树坪”系列作品》;吴亮的《马原的叙述圈套》;郭银星、辛晓征的《评论马原小说的两难设计》;马原的《哲学以外》;李振声的《贾平凹与李杭育: 比较参证的话题》;汪家明的《此中有争议 欲辨已忘言——谈汪曾祺的两部小说集》;何志云的《陈建功和他的小说世界——为〈鬈毛〉的英、法译本而作》;张同吾的《“炼狱诗人”评述》;林道立的《颤栗的自审——梁晓声〈从复旦到北影〉〈京华见闻录〉扫描》;张志忠的《未曾衰竭的青春——读〈雪城〉兼论梁晓声》;吴奔星的《“似狂潮在我胸中翻腾”——读黄东成的诗》;李敬泽的《于德才: 文化与时代》;王东明的《谢友鄞小说创作一瞥》;朱珩青的《选择并不轻松——读黄尧的〈荒火〉集》;于冰的《一滴东方泪,万载民族魂——评阎月君的〈月的中国〉》;胡宗健的《湖南小说家论——关于地域空间意识和艺术变革意识》。

《花城》第 3 期发表《一部具有内在魅力的现实主义力作——路遥的长篇小说〈平凡的世界〉(第一部)座谈纪要》;李星的《无法回避的选择——从〈人生〉到〈平凡的世界〉》。

《海峡》第 3 期发表卓钟霖的《〈将军愤〉与我的思索》;林建法的《悲愤荡气的民族魂——读卓钟霖的长篇历史小说〈将军愤〉》;林承璜的《郭枫其人其诗》。

28 日,《文学报》发表毛闯宇的《无法忘却的“生死场”——读〈方生方死〉》。

《厦门大学学报(哲学社会科学版)》第 3 期发表黄重添的《台港近期小说发展管窥》。

30 日,《文艺报》第 22 期发表陈美兰的《珞珈书简——就当今长篇小说创作致友人》;刘锡诚的《把握住创作思潮中的动向》;林焱的《老树新绿——新笔记小说摭谈》;马加的《回顾延安文艺座谈会》;张抗抗的《也谈散文》。

《台湾研究集刊》第2期发表封祖盛的《从〈杀夫〉一瞥李昂的文化探索》;朱二的《论非马的诗》;徐学的《新批评的倡导者颜元叔与台湾文学批评的演进》;[日]山田敬三作、黄重添译的《关于战后台湾文学史基础的研究(续)》。

本月,《山西文学》第5期发表焦垣生的《关于〈秋事〉的夜思》;段崇轩的《鼎力开掘人物的深层心理——评廖山海小说创作》;段荃法的《我的第一步》。

《小说月报》第5期发表张奥列的《广东小说界一瞥》。

《东海》发表汪政、晓华的《可贵,捎带一点遗憾——读映泉〈乱世英雄〉随感》。

《红岩》第3期发表欧恢章的《关于提高文学艺术文化品格问题的思考》;佟述的《神秘的"自我"和难懂的"文学"》;陈伯君的《崇高的放逐与呼唤》;缪俊杰的《辛酸凄婉的悲喜剧——评中篇小说〈杂院的现代史〉》;费声的《余德庄小说人物漫评》;毛时安的《城市·人·文学——读〈红岩〉的四个中短篇》。

《安徽文学》第5期发表刘景清的《谈"超前意识"》。

《福建文学》第5期发表郭风的《关于散文观念》;莱笙的《诗歌创新与传统美学——关于范方〈还魂草〉诗集的一点思考》;何龙的《走向复合的文学创作》;柯文溥的《艾芜笔下的厦门和闽西》。

《雨花》第5期发表梦花的《关于陈若曦、琼瑶、三毛作品的断想》。

《文学研究参考》第5期发表古继堂的《一九八六年台湾文学研究综述》。

本月,人民文学出版社出版周介人的《文学:观念的变革》。

山东教育出版社出版李衍柱、朱恩彬主编的《文学原理简明辞典》。

重庆出版社出版王朝闻的《论戏剧》。

陕西人民出版社出版缪俊杰的《新潮启示录》。

6月

1日,《小说林》第6期发表杨世伟的《社会意识和生命意识的融合——读张抗抗的〈隐形伴侣〉》;庚文云的《小说民族形式断想——兼评何立伟小说的结构艺术》。

《北方文学》第6期发表陈也奔的《对当前文学创作几种倾向的浅思》。

《上海文学》第6期以"程德培评论小辑"为总题,发表程德培的《批评·分析·解读》、《折磨着残雪的梦》;同期,发表宋耀良的《文学新思潮的主要审美特征与表现形态》。

《长安》第6期发表费秉勋的《论贾平凹的诗》;田耒的《横看成岭侧成峰——漫话诗歌"弹性美"》。

《东海》第6期发表一帆的《文艺战线的一项长期任务》;李遵进的《"自我变现"的反思》;汪习麟的《创造独特的劳动成果》。

《西藏文学》第6期发表洲塔的《忧国忧民　壮声英慨——藏族学者根敦群培诗作赏析》。

《作家》第6期发表吴亮的《韩少功感性视域》。

《奔流》第6期发表曹增渝的《对弱者灵魂的关注和透视——田中禾小说片论》;赵福生的《彷徨于恐惧和希望之间》。

《萌芽》第6期发表曹阳的《从生活中发现美——读〈萌芽〉1985—1986年度获奖作品》;夏仲翼的《文学视角的差异——当代苏联文学漫笔之二》;陈駒声的《陈駒声教授答本刊编辑部问》。

《解放军文艺》第6期发表周政保的《军事文学作家的"乡土"》;陈墨的《文化与神话——文学创作自由谈之三》。

《新疆大学学报(哲学社会科学版)》第2期发表常征的《深邃,在复杂丰富的底层——论〈金大班的最后一夜〉中金兆丽的性格》。

2日,《河北文学》第6期发表曾镇南的《读小说杂记》;邹忠明的《论近年文学创作中的"返归"倾向》。

3日,《小说选刊》第6期发表魏威的《知青小说之我见》;洪峰的《关于普拉蒂尼》。

4日,《山东文学》第6期发表王万森的《山色水色和杂色——论刘玉堂的作品》;林敏的《月食过后分外皎——读〈食甚;北京时间二十点〉》;于音的《率真得可爱　愚顽得可怕——读〈小盆地〉》。

《文学报》发表白先勇的《我的三位启蒙老师》。

5日,《大西南文学》第6期发表陈达专的《结构模式变革与视觉转化》;赵捷的《潜意识中爆发的显意识——浅说艺术灵感》；刘正强的《从“出书比写书难”说起》；霜天的《从青年路说到标点符号》；鹃的《大西南文学近期活动和评论界的反应》。

《延河》第6期发表王汶石的《面对现实的思考》；任士增的《从黄土地中来》；玉杲的《我赞美白天鹅》；贾平凹的《赵伯涛其人其文》；肖云儒的《困惑与期待》；董墨的《把笔墨献给劳动者》；贺抒玉的《读〈悟〉》；邹志安的《背景无言》；李天芳的《真诚地喜爱人》，田奇的《隐笔与显笔》；陈忠实的《文兰之“快”》；莫伸的《〈又一个清晨〉读后》；闻频的《掘进；掘进》；子页的《走入历史》；徐岳的《人是一个新与旧的混合物吧》；王戈的《字面以外》；峭石的《荒诞与真实》。

《湖南文艺》第6期发表本刊评论员的《认真解决根本方向问题——纪念〈在延安文艺座谈会上的讲话〉发表四十五周年》；胡宗健的《大家风范与“小家子气”——论古华的小说》；凤子、康濯的《关于当前文学创作的通信》；崔合美的《一束清香的野花——读周晓萍的诗》；许有为的《期待春天的诗人——致黎牧星》。

6日，《文艺报》第23期发表蔡葵的《呼唤革命历史文学的新生面——评杨佩瑾的〈霹雳〉〈旋风〉和〈红尘〉》；余斌的《〈状元境〉中的两个世界》；叶君健的《作家自己写的评论》，祖慰的《创造性思维的美感生长点》；白烨的《小说文体研究概述（一）》；许建生的《对本土的沉思与呼唤——台湾近年来诗作的新特点》；高华的《琼瑶与亦舒》。

7日，《天津文学》第6期发表段更新的《谈艺术感觉》；段崇轩的《回归与超越——关于结构小说的断想》；佘树森的《散文不妨“野”一点》；陈炳德的《有感于“草径不剪，落英不归”》。

《花溪》第6期发表刘绪源的《陌生的与熟悉的——〈氿畔〉引起的美学思考》；宋琳的《我所认识的赵丽宏》；张韧的《“现代意识与文学”十二谈⑥：现代城市意识的失落与寻求》；沈太慧的《春天的呼唤者，执着的追求者——记作家李国文》。

10日，《中国西部文学》第5、6期合刊发表本刊记者的《发扬“讲话”精神　端正文艺方向》；本刊评论员的《坚持社会主义方向　保证文学创作的健康发展》；雷达的《他乘羊皮筏在生活之河漫游——谈谈王家达中短篇小说的审美特色》；黄键、韩子勇的《激情的理性——周政保〈小说与诗的艺术〉读后》。

《诗刊》第6期专栏“纪念《在延安文艺座谈会上的讲话》发表四十五周年”发

表臧克家的《治诗病，有良方——纪念〈在延安文艺座谈会上的讲话〉有感》，朱子奇的《纪念·回忆·感触》，杨子敏的《自我·现实·人民》；同期，发表钱光培的《致新诗形式的创新者》；苏金伞的《论诗"短见"》。

《特区文学》第3期发表李小甘的《生活的呼唤——对特区文学的后顾前瞻》；黄伟宗的《欧阳山的语言艺术》。

《读书》第6期发表汪政、晓华的《〈古船〉的历史意识》；黄梅的《女人与小说》；王光明的《把世界的诗歌纳入视野》；郭宏安的《〈批评生理学〉：职业的批评》。

香港作家协会成立。

《台港文学选刊》第3期发表何龙的《奇妙的文字方阵——余光中散文艺术评介》；陈映真的《大众消费社会和当前台湾文学的诸问题》；许翼心的《台湾现实主义文学的再出发——兼评复刊的〈文季〉》。

12日，《光明日报》发表刘白羽的《形势呼唤着史诗性的军事文学巨著》。

13日，《文艺报》第24期发表雷达的《气之为本　色之为容——从金河小说谈一种把握生活的方式》；刘润为的《〈睡屋〉：张峻一篇引人注目的中篇近作》；陆文虎的《给孩子们的礼物——读马云鹏的〈只有我还活着〉》；白烨的《小说文体研究概述(二)》。

15日，《民族文学》第6期发表李洋的《阿拉腾草原的诉说》；阿达的《他在一个偏僻的角落里耕耘收获——壮族作家杨柳及其书信体小说》。

《中国文学研究》第2期发表张良泽的《台湾文学近况》。

17日，《作品与争鸣》第6期发表方亮的《拼搏精神的礼赞——读〈"生命"变奏曲〉》；准淮的《一次值得称道的自我蜕变》；柯宋的《我对张洁的苛求——读中篇小说〈他有什么病?〉》；许文郁的《对人性本体的检视与反思——读张洁的小说〈他有什么病?〉》；龚邵东的《古老的悲怆》；张宇光的《破碎的棺材》；《〈关于在碧寮村度过的耶诞之夜〉的讨论》；陈冠学的《大巧若拙——评〈关于在碧寮村度过的耶诞之夜〉》；谢冕的《崭新的地平线——论中国西部诗歌》；李元洛的《江南有塞外的知音——读骆之诗兼论新边塞诗创作》；海宇亮的《创造性——文学创作的生命》；左达的《中国人与中国文》；丁子人的《在冷漠与苍白的后面——关于中篇小说〈楼顶〉的对话》；陈圣生的《"妇女主义批评"》；阮明的《海峡彼岸的文言白话之争》；秋野的《七嘴八舌话红楼——关于电视连续剧〈红楼梦〉的争鸣》。

18日,《文学报》发表莫伸的《决不能动摇自己——对当前小说创作的一点思考》。

19日,《光明日报》发表梁斌的《我的文学观——致友人书》。

《青年文学》第6期发表瘦马的《面对新的生活》;老木的《读〈辽西风情录〉小札》;白野的《〈读报〉的结构》;张克检的《神女应无恙》;月恒的《迷惘的寻觅和寻觅的迷惘》;古道的《听这故事 说那故事》。

20日,《文艺报》第25期发表周崇坡的《新时期文学要警惕进一步"向内转"》(回应《文艺报》1986年10月18日发表的鲁枢元的《论新时期文学的"向内转"》);郭铁城的《审美内容:实践着的社会人生——关于话剧创作的思考与丁涛同志商榷》(回应《文艺报》1987年2月7日发表的丁涛的《析"源出意念的思考模式"——评话剧〈田野又是青纱帐〉》);饶芃子、黄仲文的《同是香江飘泊者:评白洛〈新来香港的人〉》;秦牧的《探照灯下看澳门——读李鹏翥新著〈澳门古今〉》。

《当代》第3期发表刘白羽的长篇小说《第二个太阳》。

25日,《萌芽》、《小说选刊》联合在浙江省上虞县举办青年文学创作讨论会(《小说选刊》1987年8月)。

27日,《文艺报》第26期发表王必胜的《军魂壮歌唱大风——周大新近作二篇读解》;李国文的《劳动的礼赞》;古华的《从〈苏仙传奇〉说起》;宋遂良的《从〈山地〉到〈秋风的旅程〉——读尤凤伟近作》。

30日,《鲁迅研究动态》第6期发表朱双一的《关于近期台湾鲁迅研究情况简介》。

本月,《山西文学》第6期发表金近的《生活引起我要写》;谢俊杰的《生命和成长的颜色》;李德才的《看〈炸碛〉说老六》。

《小说月报》第6期发表黄毓璜的《江苏小说掠影》。

《中篇小说选刊》第3期发表谌容的《我爱花吗?爱,不爱……》;贾平凹的《〈古堡〉介绍》;铁凝的《一个人和半个世纪》;何士光的《关于〈苦寒行〉》;洪峰的《无话则长》;四海、生义的《我的一翼》;莫言的《人有时是难以理喻的……》。

《雨花》第6期发表李牛的《两点不足——读〈黑松林〉、〈桥〉》。

《福建文学》第6期发表何少川的《坚持文艺的社会主义方向——纪念〈讲话〉发表四十五周年》;《纪念〈在延安文艺座谈会上的讲话〉发表四十五周年作协福建分会、〈福建文学〉编辑部、〈当代文艺探索〉编辑部联合召开座谈会》;李丕显的《审美理想与小说突进》；邹平的《形象思维断想与札记》；心城、营官的《新时代的赞歌》；曾毓秋的《红楼秘法识小录》。

《文学评论家》第3期发表袁成兰的《乡思·乡愁·乡梦——评当代台湾诗人舒兰的诗集〈乡色酒〉》。

《名作欣赏》第3期发表李元洛的《山灵与秋神——痖弦〈山神〉与何其芳〈秋天〉(二)对读》。

《语文月刊》第6期发表王廉官的《琼瑶及其成名作〈窗外〉》；陆文绩的《琼瑶小说的特点与局限》；古继堂的《奉献·牺牲·宽容——评琼瑶作品中的母亲形象》。

本月，春风文艺出版社出版古继堂的《柔美的爱情——台湾女诗人十四家》。

宁夏人民出版社出版刘福勤的《阿Q正传创作论》。

陕西人民出版社出版王愚的《人·生活·文学》。

中国友谊出版公司出版林海音的《剪影话文坛》。

上海文艺出版社出版中国社会科学院文学研究所编的《衷心感谢他：纪念何其芳同志逝世十周年》。

解放军文艺出版社出版李达三、何沪玲编的《胡奇研究专集》。

广西人民出版社出版康平编的《吴伯箫研究专集》。

江西人民出版社出版唐达成、马中行的《两人集》。

北京大学出版社出版张钟等的《当代中国文学概观》，宗白华的《艺境》。

吉林大学出版社出版栾昌大的《文学典型学说史概观》。

7月

1日，《长安》第7期发表董子竹、李贵仁、张中亮、李健民的《当前文学创作和理论批评四人谈》。

《西藏文学》第7期发表田文的《相遇——非美学的联想》；张华的《贡嘎山、

给你一只全新的符号——评藏族诗人列美平措的诗歌创作》；张永祎的《人物命名的寓意的掘进和拓展》。

《东海》第7期发表林晓峰的《文学，走出你的峡谷》；魏丁的《艺术思维过程中的理性因素》；孙明江的《引人深思的图景》。

《作家》第7期发表陈村的《话说王小鹰》；吴亮的《韩少功理性范畴》；曾镇南的《散文遐思》。

《青春》第7期发表蔡之湘的《走出"三室一厅"》；杨志俊的《"古怪"》；张震麟的《鲁迅、老舍的启示》。

《奔流》第7期发表陈辽的《短篇小说创作七人谈》；黎辉的《乔典运新时期创作略论》。

《萌芽》第7期发表朱小如的《一半是钦佩　一半是惋惜——杨显惠小说创作心理初探》；吴亮的《我的老朋友毛时安》。

《滇池》第7期发表《我需要崭新的生活——李必雨答本刊编辑问》。

《解放军文艺》第7期发表陈墨的《文化与神话——文学创作自由谈之三》；朱向前的《急需一双理论的翅膀》。

2日，《河北文学》第7期发表李新宇的《当代青年知识分子形象系列中的一个重要缺憾》；陈超的《晴碧远连云——读刘章的诗集〈北山恋〉随想》。

《文学报》发表乐嘉乐的《她爱唐诗宋词——记台湾女作家罗兰》。

《中国文学研究》第2期发表张良泽的《台湾文学近况》。

《固原师专学报》第2期发表李元洛的《隔海的缪斯——论台湾诗人余光中的诗》。

3日，《小说选刊》第7期发表杨世伟的《山道上的人生投影——读〈牛贩子山道〉》；何士光的《写在〈苦寒行〉之后》；翁新华的《友人赠我金错刀——关于〈再生屋〉》。

《报告文学》第7期发表西庭的《片言只语话鲁生》。

4日，《山东文学》第7期发表田仲济的《序〈流动演员〉——祝福一位默默的耕耘者》；清才的《在淘石大浪中寻找自己——论陈炳熙的小说》；刘玉杰的《生活是创作之源——读〈喜丧〉》。

《文艺报》第27期发表缪俊杰的《开拓艺术审美的新天地——评钟道新的小说〈经济风云〉》；李国文的《〈瀚海〉所提示的》；赵玫的《向着自由的长城——读张

承志的长篇小说〈金牧场〉》;童庆炳的《文学的"向内转"与艺术创作规律——兼评〈新时期文学要进一步警惕"向内转"〉》;史铁生的《读洪峰小说有感》;韩东的《苏童和他的小说》。

5日,《大西南文学》第7期发表陈先义的《英雄回到了人间——浅评〈大西南文学〉一组战地报告文学》;林为进的《愈开愈鲜艳的民族文艺之花》;何龙江的《这里有一片期待耕耘的宝地——我省部分著名作家与国家级科技专家座谈会侧记》;刘永年的《一股具有强烈迸发意识的潜流——"花山笔会"读稿札记》;谭伯礼的《铜都的一次文学笔会》。

《中国西部文学》第7期发表贾那布尔的《坚持毛泽东思想,繁荣社会主义文艺创作》;潘自强的《他发现了自己的天地——郑柯近期短篇小说断想》。

《文学自由谈》第4期以"当代文学思考"为总题,发表周政保的《长征笔会的三部中篇小说的意义》,李晶的《美的自虐——几部中篇小说断想》,康达的《关于"曲高和寡"与没有标点》;以"接受与阐释"为总题,发表李国文的《意在言外——读马原小说》,伍志军的《一个危险的信号——王安忆近作印象》,李振声的《文化的接续——王家新的〈中国画及其他〉读札》,魏威的《〈盲流〉的选择》,史言的《底气不足的"愤怒"——也读张炜〈秋天的愤怒〉》;以"评论的艺术"为总题,发表陈圣生的《现代文学批评类型的探究》,刘火的《文艺批评的"怪圈"》;同期,发表本刊评论员的《严肃地对待自己的职责——编者自勉的话》;鲁迅文学院作家班的《青年作家的自省》;鲍昌的《文化厚壤里开出的苍白的花——〈罗素散文集〉序言》;马威的《道德世界的探索者——航鹰小说论》;赵玫的《瞧!这个阿城》;[日]冈林信康作、张承志译的《绝望的前卫满怀希望》(黄泥小屋来客之三);黄子平的《说隐喻(艺海勺谈)》;[美]威姆萨特、布鲁克斯作,哲明译的《小说与戏剧:宏大的结构(上)》;莫伸的《我的质疑》;何立伟的《作家的感觉》;周骥良的《中国作风与中国气派》;冯育楠的《通俗文学杂谈》;郭超的《主体意识与客观物象的复合——象征》;张宏梁的《作家思维的灵活性》;刘敏的《色彩——心灵的映照》。

《当代文坛》第4期发表毛泽东的《同音乐工作者的谈话》;吴野、邓仪中、左人、李庆信、郭踪的《反映农村变革　紧扣时代脉搏——克非长篇小说〈野草闲花〉笔谈(五篇)》;陈朝红的《自有诗心如烈火——论木斧的诗》;袁忠岳的《从大地之子到大海之子——论李纲的诗之路》;屠新蓉的《自我的贫困——〈超越贡嘎岭〉人物意蕴琐谈》;曾镇南的《改革与开放中的悲喜剧——从〈你好,哈雷彗星〉

谈文学与改革》;李元洛的《壮怀绮思　老树新花——论诗人丁芒近作》;张跃生的《叙述角度、方式及其他——何立伟小说片论》;孙荪的《中年一代爱情意识的觉醒——评申爱萍的〈爱情诗篇〉》;李一安的《不断超越的探索——莫应丰短篇新作小议》;木斧的《诗在无止境的追求中》;谭楷的《寂寞而没有尽头的路》;艾芜的《〈松耳石项链〉序》;李济生的《〈巴金六十年文选〉编后琐谈》,陈伯君、苏丁的《黎明的躁动与黄昏的宁静——从张承志、阿城的生命悲剧意识看中西文化在当代文坛上的交汇》;李大伟的《论散文的形式审美规范——由当前散文发展状况引起的思考》;傅德岷的《关于散文家现代意识的思考》;舒展的《比喻的俏皮》;咏枫、朱曦的《留诗的倩影于小说艺术——文学家艺术修养纵横谈》;刘天瑞的《析"最富于孕育性的顷刻"——读诗小札》;张运初的《苦乐相伴的人生世相——读廖时香中篇小说〈乐胆〉》;何国利的《瞩望与期待——关于〈石庙〉的断想》;黄树凯的《努力走出新路——简评〈清宫无名号案卷〉》;潘亚暾、汪义生的《台湾长河小说中两座相互辉映的丰碑——比较〈台湾人〉和〈寒夜〉两个三部曲》;夏文的《学习〈讲话〉精神　壮大马克思主义文艺理论队伍》。

《延河》第7期发表白描的《郑歌龙印象》;王吉星的《只眼读〈雪暮〉》;李若冰的《读〈珍藏〉》;路遥的《冷静中的燃烧》;王丕祥的《汉江的女儿》;杜鹏程的《愿能写出有分量的新作》;李小巴的《回旋的市声》;京夫的《名流未必真君子》;王愚的《沉重的人生之歌》;李星的《晓光小说一观》;沙石的《爱的细语　心的歌唱》;李建民的《令人惊醒的心态披露》;陈孝英的《鸽子·人·艺术》;王炎的《孤寂与进取》;晓蕾的《杨争光的颦眉》;韦昕的《人情世态的针砭者》;胡采的《文学的呼唤》。

《青海湖》第7期发表陈墨的《人:历史与诗的连接点——评小说〈十三世达赖喇嘛〉》。

《湖南文学》第7期发表刘舰平的《你骨子里是什么?》;石太瑞的《新秧犹待小喧催——读龚湘海的诗》;谢冕的《肖汉初的诗——序诗集〈覆船山〉》。

《长江文艺》第7期发表李元洛的《松涛竹韵故园心——读旅美诗人彭邦祯〈冬兴四首〉》。

《西北师大学报》第4期发表刘洁的《试论聂华苓的小说创作》。

7日,《天津文学》第7期发表刘大枫的《文学感性问题的思考》;张毓书的《当代意识对民族传统文化的审美观照》;张圣康的《创作与童年心理积淀》;肖文苑的《篇篇恨不奇》。

《花溪》第7期发表陈朝红的《乡土气息与幽默色调——榴红小说的艺术追求》；孙静轩的《榴红印象》；张韧的《“现代意识与文学”十二谈⑦：时代变革与道德的困惑》。

《戏剧评论》编辑部在北京举行曹禺剧作讨论会（《文艺报》1987年7月18日发表《曹禺剧作研讨会在京举行》）。

9日，《文学报》发表雷达的《文体自由与精神自由——读矫健的〈古树〉》；李子云的《人格力量的颂歌——读张承志的〈辉煌的波马〉》；金童的《改革时期普通人的心态——读〈夜夜狂欢〉等三部长篇》。

10日，《中国作家》第4期发表鲍昌的《展示一个人世间最艰难的课题——报告文学集〈阴阳大裂变〉序言》；曾镇南的《灵性与人性交融的极致——评〈黄黄儿和它的伙伴〉》。

《诗刊》第7期专栏“纪念抗日战争五十周年”发表朱先树的《时代的歌者——艾青访问记》；“新诗话”栏发表成庶的《斯大林习诗》，刘征的《铺展与凝聚》，叶橹的《联想力的运用》，梁谢成的《水至清则无鱼》；同期；发表丁国成的《当代诗词这朵花……——记全国第一次当代诗词研讨会》；臧克家的《致当代诗词研讨会的信》；杨金亭的《旧体诗的出路在于创造》；刘湛秋的《关于诗的传统和创新的思索》；胡征的《诗，在心上的轨迹》；开愚的《真诚和宽疏——记魏志强》；刘强的《刘波的追求》。

《读者》第7期发表李庆西的《史家笔法与诗家风度——关于黄子平与〈沉思的老树的精灵〉》；赵越胜的《语言就是语言——读海德格尔晚期著作》；郭宏安的《〈批评生理学〉：大师的批评》；董鼎山的《法国“新小说”两大师——萨洛特与罗布-格里耶》；徐海昕的《管窥文学批评中的“历史主义”》。

《厦门文学》第4期发表廖半林的《港台新诗与文学观念述略》；明月的《外来客眼中的香港人——评施叔青的九篇香港的故事》。

11日，《文艺报》第28期发表何镇邦的《努力创作当代知识分子的群像——简评俞天白的四部长篇小说》；张奥列的《一曲心灵的咏叹调——燕治国〈小城〉略说》；鲁枢元的《大地和云霓——关于文学本体论的思考》。

14日，《光明日报》发表唐式昭、李世凯的《饱蘸激情写苍生——评浩然长篇新作〈苍生〉》；张先瑞的《“寻根”作品刍议》。

15日,《文艺争鸣》第4期发表张同吾的《论新时期诗歌审美观念的嬗变》;南帆的《再论小说的符合模式》;晓华、汪政的《一种文学　两种文化——论城市和乡村两种文化意识》;王炳根的《审视“农民英雄主义》;黄邦君的《诗的主体意识——兼评黄淮的诗》;刘登翰的《特殊心态的呈示和文学经验的互补——从当代中国文学的整体格局看台湾文学》;蔡师仁的《东南亚华文文学与中国现代文学关系——厦门大学首届华文文学研讨会综述》。

《文学评论》第4期发表本刊编辑部的《认真学习〈在延安文艺座谈会上的讲话〉,切实推动文学研究工作——纪念〈讲话〉发表四十五周年座谈会纪要》;南帆的《论小说的心理—情绪模式》;李国涛的《汪曾祺小说的文体描述》;盛子潮、朱水涌的《感觉世界:新时期小说的一种形态》;梁一孺的《民族化——文学繁荣发展的必由之路——与陈越同志商榷》(回应《文学评论》1987年第1期发表的陈越的《民族化:一个防御性的口号》);陈骏涛的《批评:在通往成熟的道路上》,黄子平的《关于〈沉思的老树的精灵〉》。

《民族文学》第7期发表谢明清、扎拉嘎胡的《关于〈嘎达梅林传奇〉的通信》;汪承栋的《笛声悠扬》;黎化的《白山绿水浩荡情——朝鲜族诗人南永前印象》。

《当代文艺思潮》第4期发表蒋守谦的《当代意识:新时期小说发展的思想导向》;魏威的《当代人的家庭婚姻观——关于婚姻题材报告文学的随想》;蔡世连的《古老土地上的痛苦选择——论张炜〈古船〉的文化意蕴》;温子建、徐学清的《从热情的赞颂到冷静的叙写——新时期报告文学第三次浪潮的轮廓描述》;[苏]C·A·托罗普采夫作、徐家荣译的《王蒙散文中“没实现的冲突”》;季成家的《呼唤一个新的文学时代——评阎纲新时期文学评论》;徐剑艺的《试论文化现实主义——新时期小说现实主义形态论之一》。

《钟山》第4期发表张炜的《创造随笔四则》;南帆的《陈村:小说的才华与境界》;北帆、大野的《追求小说的立体交叉——论赵本夫的创造趋向》。

16日,《文学报》发表晓苏的《直面爱情,直面人生——谈亦舒的小说》。

17日,《作品与争鸣》第7期专栏“纪念《在延安文艺座谈会上的讲话》发表45周年”发表张炯的《正确对待创作主体与客体的关系——学习〈在延安文艺座谈会上的讲话〉札记》,博野的《开展正常而健康的文艺批评——学习〈在延安文艺座谈会上的讲话〉随想》;同期,发表陆荣椿的《改革浪潮中的某些农村干部心态的真实写照——评中篇小说〈浣江发大水〉》;权海帆的《说〈古塬〉》;赵秉中的《难忘的故土——〈古塬〉读后感》；草明、孟波、庞瑞垠的《关于〈东平之死〉的三封信》；黄源的《关于〈东平之死〉》；庞瑞垠的《事实·体裁·文学观念》；于逢的《"东平之死"所引起的》；邵德怀的《李勃的悲剧与〈离异〉的意蕴》；徐翔的《李勃——穿牛仔裤的"道学家"》；凡丁的《挣断这柔软的锁链》；连介德的《适得其反的社会效果》；辛联的《"性"风吹得文人醉》；何满子、耿庸的《关于当前文学的一、二问题》。

18日，《文艺报》第29期发表雷达的《在新的起跑线上——近期短篇小说创作的瞻顾》；王炳根的《对人的进一步思考——谈朱苏进的近作》；黄国柱的《军旅：永恒的幽默——中篇小说〈"士官生"〉咀味》；朱子奇的《谈"谷雨文学创作丛书"诗歌集》；於可训的《小说文体的变迁与语言》；吴亮的《说矫情》；唐晓渡的《一种启示：于坚和他的诗》；张伟的《蹒跚在新旧文学之间——兰社和〈兰友〉》。

19日，《青年文学》第7期发表贾漫的《天蓝色的窗口》；包明德的《扶他们跨上骏马——〈青年文学〉对内蒙古新人佳作的培育》。

20日，《人民文学》第7期发表朱子奇的《重温〈讲话〉随想》；李清泉的《由"开门七件事"说开去》。

《小说评论》第4期发表公刘的《关于中国当代文学的一点总体印象》；郭小东的《相交的环：两代作家论略》；杨桂欣的《新时期爱情小说描写的两种趋向》；周政保的《〈浮躁〉：历史阵痛的悲哀与信念》；徐兆淮的《论周梅森小说的深层意识》；北帆的《论史铁生小说的艺术变奏》；沈敏特的《老开的思维和感觉——论陶正的〈假释〉》；张兴劲的《命运的悲剧和人的悲剧——读〈福林和他的婆姨〉》；陈坪的《"李向南性格"的心理学分析》（评柯云路的《夜与昼》）；冯立的《描绘多层面的历史和形象——〈隔山姐妹〉读后》；任孚先的《一个复杂性格的商业资本家形象——评长篇小说〈风流少东〉》；王斌、赵小明的《〈麦秸垛〉的象征涵义》；刑跃、邢小群的《〈麦秸垛〉质疑》；陈村的《我读〈古船〉》；王戈的《沉实见精神——读雷达的文学评论》；俞晓的《死亦为鬼雄——读〈头颅〉》；春生的《璀璨的民族生命之花——读小说〈雌潮〉》；一评的《〈神事〉的思索》；吕金龙的《追求引出的反思——读〈警察和流氓同追一个少女〉》；秋水的《值得珍惜的感悟——读〈一个女人的遭遇〉》；陈辽的《历史·文化因素·美——评〈沙沱情暖〉》；王晋民的《施叔青近期小说介绍》。

《清明》第4期发表沈敏特的《当代文学的文化思考》；苏中的《〈剪影〉随

想录》。

《上海文论》第 4 期发表乙丁整理的《白先勇谈台湾文学》。

21 日，《文艺研究》第 4 期发表吴元迈的《关于马克思主义文艺学的基础》；张首映的《文艺学家构架论》；阿甲的《无穷物化时空过　不断人流上下场——虚拟的时空，严格的程式，写意的境界》；蓝棣之的《领异标新二月花——唐弢文学论文的风格特征》；唐弢的《关于"西方影响与民族风俗"》。

22 日，《长城》第 4 期发表白海珍的《这里是一片文学的绿洲》；赵秀忠的《社会心态的散点透视》。

《文学知识》第 7 期发表潘亚暾、汪义生的《香港社会的浮世绘：白洛长篇小说漫评》。

23 日，《文学报》发表徐采石、金燕玉的《生活·文化·哲理——谈〈清高〉》；林伟平的《拉拉杂杂话〈清高〉》；尤倩的《穿过历史的烟云——读长篇小说〈从前，当我年轻时……〉》。

《当代文艺探索》第 4 期发表《梁晓声：纠缠在历史与美学的评价之间——复旦大学中文系八二级讨论实录》；陈墨的《莫言：这也是一种文化——评〈红高粱〉、〈高粱酒〉、〈高粱殡〉》；郭小东的《回到起点：论知青文学中人的悲剧》；邵建的《现代人寻找灵魂——追论寻根之"根"》。

25 日，《文艺报》第 30 期发表李英儒的《耕罢赘言》(《女儿家》创作谈)；李国文的《真功夫好》(评谢友鄞的小说)；赵宝奇的《梨花场上的"多余人"——何士光近作〈苦寒行〉》；江曾培的《〈橄榄〉：鲜美的"橄榄"》；缪俊杰的《期望用更多的心血浇灌这片热土——关于改革题材文学创作的深化问题》；伍林伟的《"向内转"与文学的现代意识》。

《当代作家评论》第 4 期发表朱向前的《宋学武和他的"战争心态小说"——对宋学武创作发展的"倒金字塔式"模态描述》；张志忠的《战争：新生活从这里开始——庞天舒近作简议》；公刘的《山因诗而增添了高度——序刘毅然的〈野情〉》；田岚、方丽茹的《刘兆林和朱苏进异同小议》；丁临一的《"军人是人"：一个永恒的创造命题——关于新时期军事文学发展走向的思考》；李国涛的《李锐的气质和艺术》；蔡润田的《〈厚土〉及由〈厚土〉想到的》；陈坪的《深切的体察与理解——评〈厚土〉的艺术追求》；马风的《氛围的营造和渲染——〈厚土〉的艺术支点》；李锐的《"锄禾日当午"及其它》；周政保的《〈黑坟〉：新写实小说的卓越探索》;戎东贵的《周梅森中篇小说的历史意识》;魏希夷的《再说周梅森——读〈革命时代〉、〈黑坟〉、〈军歌〉》;杨铁原的《艰难的审美:徐晓鹤小说创作论略》;周实的《有得亦有失》;蔡测海的《徐晓鹤散论》;王必胜的《读谌容近作三篇漫笔》;李洁非、张陵的《〈轻轻地说〉:女性问题思考》;程德培的《活着是不容易的——读〈死是容易的〉》;董朝斌的《超越死亡——评〈死是容易的〉》;于建明的《耕耘在自己的土地上——漫评赵长天的小说创作》;陈继会的《张一弓:寻找与超越》;罗强烈的《张涛的小说:回眸与凝视》;吴洪森的《小说的本体意义——张涛小说及其他》;邵凯的《并非真的没有意义——读〈生活——没意思的故事之七〉》;木弓的《许谋清的〈赤土路上的送葬队伍〉》;陈雷的《摆脱无聊的笼罩》;张奥列的《岭南文学的流行意趣——广东小说的创作态势》;邱熊熊的《叶维廉的诗与传统》。

《花城》第 4 期发表包忠文的《一部震撼人心的时代曲——读长篇小说〈危城〉》。

《海峡》第 4 期发表孙慰川的《"三毛热"与现代意识》;王慧骐、王东明的《他用"自己的声音"歌唱》。

28 日,《光明日报》发表范咏戈的《探求英雄主义与当代意识的壁合——新时期军事文学管窥》;同期,报道《小说选刊》、《芒种》联合召开乡土小说讨论会。

本月,《山西文学》第 7 期发表王作人的《思想和艺术深化的印记——读〈黄土地上的童话〉》;蒋勤国的《平凡生活中的人性美和人情美——王祥夫及其小说》;雷加的《与生活同在》。

《小说月报》第 7 期发表包德明的《盛开的草原文学之花》。

《红岩》第 4 期发表吕进的《诗学的三个基本意识》;官晋东、董剑的《〈法律外的航线〉写作前后——沙汀如何走向文学道路的》;傅德岷的《方敬和他的散文创作》;何世进的《略论雁宁小说中的大巴山人》;沙鸥的《走自己的路——读梁上泉近著〈多姿多彩多情〉》。

《安徽文学》第 7 期发表紫千的《看小说随感》;余英杰的《来点"海派文化"的风骨》。

《福建文学》第 7 期发表佘树森的《散文的自我超越》;徐学的《新兴的散文呼唤新的散文理论》;叶公觉的《旅外散文的新开拓》;一秋的《生活之树常青》;柯文溥的《庐隐笔下的鼓岭景物》。

《文学知识》第 7 期发表潘亚暾、汪义生的《香港社会的浮世绘：白洛长篇小说漫评》。

《鲁迅研究月刊》第 7 期发表朱二的《新马华文杂文创作与鲁迅》。

本月，辽宁人民出版社出版[美]乌尔利希·韦斯坦因著、刘象愚译的《比较文学与文学理论》。

山西师范大学出版社出版深圳大学比较文学研究所编的《比较文学讲演录》。

漓江出版社出版徐非光的《艺术属于人民》，郑伯农的《艺海听潮》。

山花文艺出版社出版牟国胜、严蓉仙编的《文艺十二讲》。

文化艺术出版社出版[英]特里·伊格尔顿著、刘峰译的《文学原理引论》。

长江文艺出版社出版王光明的《散文诗的世界》。

花城出版社出版[英]E·M·福斯特著、苏炳文译的《小说面面观》。

少年儿童出版社出版任大霖的《儿童小说创作论》。

吉林大学出版社出版[日]伊藤虎丸等编的《日本学者研究中国现代文学论文选粹》。

辽宁大学出版社出版刘卓的《市井风情录——小巷文学》。

湖南文艺出版社出版杨健民的《论茅盾的早期文学思想》。

内蒙古人民出版社出版刘景清的《李准创作论》，内蒙古当代文学丛书编委会编的《奎曾、郭超文学评论选》。

四川文艺出版社出版罗强烈的《星期日评论》。

8 月

1 日，《小说林》第 8 期发表肖风的《小说中描写的初恋——〈文学与爱情〉之一章》；栾振国的《奇特、完整、意外——评姜胜群的超短小说》。

《上海文学》第 8 期发表陈幼石的《竹林小说艺术片谈》。

《文艺报》第 31 期发表刘立封的《向祖国人民报告——写在报告文学集〈火

箭回旋录〉出版之际》;刘白羽的《中华民族精神的凝聚——读大兴安岭灭火报告文学》;刘剑星的《新时期文学面临着思考》;唐宁的《余秋雨和他的艺术理论工程》;殷晋培的《于德才和他的关东汉子》;陆嘉明的《在现实与心灵之间表现诗美——车前子诗创作的审美视角》。

《东海》第8期发表刘新的《重哉斯任》;区文的《"文化热"的沉思》;钟本康的《审美意识的拓展和小说观念的演化》;胡曾范的《高楼将从空屋对面耸起——谈蔡康的两篇小说》。

《西藏文学》第8期发表李佳俊的《星辰,在营房上空冉冉升起》。

《作家》第8期发表陈思和的《声色犬马　皆有境界——莫言小说艺术三题》;朱晶的《真挚——读梅洁的散文》。

《青春》第8期发表叶楠的《从罗丹的一次"自控"说起》;杨柳力的《时间的艺术》。

《奔流》第8期发表耿恭让的《关于当前文艺问题的思考》;刘思谦的《我的困惑与选择》;青人的《喧闹之后的沉静——1986年河南小说创作印象》;陈炳德《且说"杂文"、"随笔"》。

《萌芽》第8期发表曹阳的《在探索中求发展　在发展中争开拓——为成立萌芽杂志社董事会致读者》;严北溟的《严北溟教授答本刊编辑部问》;公刘的《给未音同志》;光浩、朱蕊的《竹林的世界》;关鸿的《创造力断想》。

《滇池》发表区汉宗的《灵与肉的调适——论马宝康小说的"乐感文化"特征》;王鉴骅的《文学如逃避时代是没有出路的》;毛志成的《小谈"层次"》。

《解放军文艺》第8期发表傅钟的《军队文艺工作的光荣历程——〈中国人民解放军文艺史料选编〉》;谢冕的《移位中的寻求——评"百家军旅诗"兼论军旅诗的现状》。

2日,《河北文学》第8期发表苗雨时的《语言意向——诗的基本艺术符号》;郑士存的《读者的情趣与作家的社会责任》。

3日,《小说选刊》第8期发表罗强烈的《〈苦寒行〉随想录》;范若丁的《那明灭的群山——〈白河纪梦〉及其他》。

4日,《山东文学》第8期发表朱德发的《王统照的文学批评标准》;姜建国的《心韵——读飞雪的散文近作》;王忠林的《对优良传统的呼唤——读〈苦柳情〉》。

5日,《大西南文学》第8期发表赵廷光的《愿老山将士的心灵美光照人间》;

苏策的《军事文学的基点》；周良沛的《〈老山诗〉前言》；孙大卫的《"博"与"专"》；雁寒的《大胆地"异想天开"》。

《中国西部文学》第8期发表[苏]艾特玛托夫的《相互协作的范围》；仲一的《他在瀚海戈壁跋涉——何永鳌印象》。

《文教资料》第4期发表吴奔星辑注的《胡适晚年谈诗》。

《延河》第8期发表肖云儒的《柔的刚化和梦的实在——〈唐古拉之梦〉读后》。

《青海湖》第8期发表若�的《笔涉圣洁，不可造次——关于性描写的几点思考》。

《湖南文学》第8期发表慕贤的《俏也不争春——读罗长江散文两篇》；谭谈的《生活造就我　人们哺育我》；蒋子丹的《关于自信》；古华、斯顿伯克的《古华与斯顿伯克的通信》。

6日，《文学报》发表安尚育的《新诗潮流向：回归与升华》；曾镇南的《刘西鸿小说印象》；郑恩波的《人物——小说的生命——读刘绍棠的〈豆棚瓜架雨如丝〉》。

7日，《天津文学》第8期发表黄桂元、刘敏的《超越困境　面对时代文学潮流的思考》；张韧的《纪实小说的美学形态》；夏康达的《〈黑砂〉——一篇有"根"的小说》。

《光明日报》发表柯岩的《围墙工厂——介绍〈大墙丛书〉》。

《花溪》第8期发表李德于的《黄河远上白云间——读〈自强〉》；张韧的《"现代意识与文学"十二谈⑧：文化的层次、属性与现代文化意识》。

8日，《文艺报》第32期发表《改革是我们时代文学的主旋律——在京部分文学评论家举行促进文学反映改革座谈会》；王蒙的《〈黑森林〉读后漫笔》；邹荻帆的《读陈显荣的讽刺诗》；李国文的《谈"化"》(评《挣扎》)；朱向前的《宋学武短篇结构艺术演进——"线型"—"线面结合型"—"立体空间型"》；阮幸生的《评对一种文学现象的描述——与周崇坡同志商榷》。

10日，《诗刊》第8期"新诗话"栏发表木斧的《写不出来不硬写》、《纯在不纯之中》，何顺安的《诗坛——竞技场》，阴家坪的《取与舍》、《作诗四忌》，王若谷的《十年改两字》；同期，发表谢冕的《巨变不产生眩惑——〈诗人丛书〉第五辑读后》；晓钢的《当代杞人忧诗录》；尹安贵的《生活流　意识流　流向何方?》；陈少松的《诗，切近生活吧》；刘强的《叙事诗也是心灵的外化——读〈为了影子〉致郑玲》。

《读书》第8期发表吴方的《追摹本色　赋到沧桑——〈厚土〉的余音》；黄梅的《玛丽们的命运——“女人与小说”杂谈之二》。

11日，《光明日报》发表公仲的《台湾文学研究的新开拓——评〈台湾当代文学〉》。

14日，《光明日报》发表玛拉沁夫的《一部富有震撼力的作品——读小说〈金牧场〉有感之一》。

15日，《文艺报》第33期发表牛玉秋的《大潮过后的千道小溪——1987年上半年中篇小说创作概观》；杨匡汉的《取法乎诗的实验——读中篇小说〈蓝天高地〉》；孙克恒的《昌耀：他的诗和诗的世界》；张炯的《也谈文学“向内转”与艺术规律》；王安忆的《渴望交谈》；邹霆的《重看〈北京人〉随想》。

《民族文学》第8期发表鲍昌的《将要实现渴望的种子——〈新时期中国少数民族小说选〉序言》；杨志一、过伟的《侗笛悠悠——评介〈当代侗族短篇小说选〉》。

16日，《红旗》第16期发表雷达的《说〈清高〉》。

17日，《作品与争鸣》第8期专栏“重新学习《在延安文艺座谈会上的讲话》”发表洛杭的《坚持“二为”方向　促进文艺繁荣》，成志伟的《切实增强文艺工作者的社会责任感——重读毛泽东〈在延安文艺座谈会上的讲话〉有感》；同期，发表李下的《“战士自有战士的爱情……”》；苏华的《生活的太阳在闪光——雁北地区三位文学新人的新作读后》；马骏的《塞上破土而出的一颗草芽——兼评〈这弯弯的倒流水〉》；沐霆的《失去平衡的价值判断——评中篇小说〈泥径〉》；叶纪彬的《八十年代的忏悔者——读晓剑同志的小说〈泥径〉》；南山、生民的《历史卷轴的初现——读长篇小说〈平凡的世界〉》；顾国泉的《要有大跨度的超越意识——也评〈平凡的世界〉》；陈涌的《关于中国化的马克思主义文艺理论的几个问题》；布之的《关于电影〈错位〉的讨论》；肖丁的《话剧〈狗爷儿涅槃〉反映强烈》；盛雷木的《话剧〈死罪〉争鸣热烈》。

《世界日报》(菲律宾)发表潘亚暾的《一部不寻常的散文集——读陈思的〈故园行〉》。

19日，《青年文学》第8期发表高原的《文学对生活的透视点》；晓璐的《刚刚是早晨》；王长安的《关于“黑圈儿”的思考》；蒋原伦的《北国的苍茫；北国的力》；白野的《女歌手及其他》；木屐的《有关一次实验》；黄鉴之的《从愤怒到宽容》；阿瞻的《三言两语》。

20日，《文学报》发表徐明旭的《未必自由的长旅——读张承志的长篇小说〈金牧场〉》；戎东贵的《人生的失落与人生的寻求——谈李国文近作〈没意思的故事〉》。

21日，《光明日报》发表钱虹的《优美失落之后——从王安忆近作看其审美意识的变化》。

22日，《文艺报》第34期发表《把改革题材文学创作提高到新的水平——人民日报社与本报在北京联合召开座谈会》；徐怀中的《刘宏伟小说创作的蜕变》；刘齐的《夜话〈中尉们的婚事〉》；张照明的《〈嘎达梅林传奇〉的艺术世界》；李春林的《东方的狡黠——关于“东方意识流”的随想》。

25日，《文艺理论研究》第4期发表许子东的《刘心武论——〈新时期小说主流〉之一章》。

27日，《文学报》发表孙静轩的《凝重沉郁的悲剧色彩——王志杰和他的〈荒原的风〉》；杜元明的《一花一木见温存——关于琦君的散文》。

28日，《人民日报(海外版)》发表澄蓝的《游子思乡曲》。

29日，《文艺报》第35期发表张抗抗的《心态小说与人的自审意识》；季红真的《心灵深处的圣地》(评王小平的创作)；李国文的《苦涩的写照》(评《清高》)；周保红的《生命意识的积极跃动——评赵丽宏散文集〈爱在人间〉》；王仲的《什么是新时期文学的“总体趋势”——与鲁枢元同志商榷》；吴方的《“虚构”一解：胸无成竹》。

《团结报》发表邹云峰的《冰莹三嫂谈冰莹》。

《上饶师专学报(社会科学版)》第4期发表汪义生的《从〈红鼻子〉看姚一苇戏剧的悲剧精神》。

《小说评论》第4期发表王晋民的《施叔青近期小说介绍》。

本月，《广东社会科学》第3期发表李源的《赤诚燃起的情理之光——评许达然的散文艺术》；何慧的《为中国文学添一色异彩——评欧阳子的小说》；苏卫红的《李汝琳小说创作浅论》。

《语文月刊》第7、8期发表李浚平的《谈〈孟珠的旅程〉的语言艺术——从语言手段的选用看其艺术风格》;苏锡的《朱秀娟的〈女强人〉为何受欢迎》。

《山西文学》第 8 期发表李国涛的《读〈悠悠桃河〉漫记》;杨茂林的《写在“卧牛”奋起之日》。

《小说月报》第 8 期发表赵智的《从盆地中崛起——四川小说创作的现状与前景》。

《中篇小说选刊》第 4 期发表蒋子龙的《找到“流泻”的方式》;原非的《不是创作谈》;张系国的《一个作家的心路历程》;张欣的《做文学的个体户》;东苏的《寻找“雪豹”》,窦强的《说说“盲流点”》;哲夫的《寻找“金矿脉”》。

《安徽文学》第 8 期发表潘军的《小说者言》;王玉祥的《读荒芜的纸壁斋诗》;韩羽的《凑趣》。

《雨花》第 8 期发表陈瘦竹的《文学应当为“人生”——任天石〈叶圣陶小说选〉序》;凌进的《读〈雌潮〉》。

《福建文学》第 8 期发表叶志坚的《写我熟悉又令我激动的东西》;龙城的《为有源头活水来——叶志坚小说漫议》;张春吉的《关于文学的功利观问题》;练文修的《诗歌创新与“二为”》;蔡葆真的《散文创新的点滴体会》。

本月,湖南文艺出版社出版[苏]谢曼诺夫著、李明斌译的《鲁迅和他的前驱》,吴福辉等编的《张天翼论》,何西来的《文艺大趋势》。

漓江出版社出版郭小东等著的《我的批评观》。

东北师范大学出版社出版南村编的《吉林作家研究》。

西藏人民出版社出版张隆高的《引玉集:张隆高文艺评论选》。

学林出版社出版应国靖的《文坛边缘》。

浙江人民出版社出版[法]埃斯卡皮著、于沛选编的《文学社会学:罗・埃斯卡皮论文选》。

辽宁人民出版社出版肖凤的《文学与爱情》。

江西人民出版社出版江西省文联文艺理论研究室编的《文艺研究新方法论文集》。

辽宁大学出版社出版王向峰主编的《现代文艺科学原理》。

人民文学出版社出版何新的《艺术现象的符号——文化学阐释》。

文化艺术出版社出版中国艺术研究院马克思主义文艺理论研究所《马克思主义文艺理论》编辑委员会编的《马克思主义文艺理论研究(第九卷)》。

9月

1日,《小说林》第9期发表罗守让、罗守道的《试论小说叙述方式的变化与发展》;宋德胤的《再论北大荒文学的民俗美》。

《上海文学》第9期发表吴洪森的《来自生活底层的文学——评〈死是容易的〉及〈深的山〉》。

《北方文学》第9期发表黄永和的《清溪奔快;桃花烧山》。

《东海》第9期发表罗东的《坚持方向　繁荣创作》;史行的《继承　发展　团结　繁荣》;汪浙成、温小钰的《生活是我们最好的老师》;洪铁城的《问诗人》。

《西藏文学》第9期发表刘志华的《喧哗与平静:面对色彩缤纷》。

《青春》第9期发表刘海粟的《和六小龄童谈猴戏的表演》;陈鸿翔的《朴庸居札记》,高加索的《原始的生命之歌》。

《奔流》第9期发表陈世明的《论新诗"非加和性"的整体胜利》;冯其庸的《龙腾虎跃　波谲云诡——读长篇系列小说〈康熙大帝〉》;韶华的《从神化到人化——序长篇叙事诗〈神力〉》。

《萌芽》第9期发表腾云的《焦点对着精神的人——读〈亚丁湾梦恋〉》;夏康达的《读〈白月亮〉》;吴若增的《破灭的力量——读〈归途〉》;航鹰的《纪实小说的新视角——〈半个太阳,半个月亮〉读后》;范曾的《范曾教授答本刊编辑部问》。

《滇池》第9期发表戴达奎的《现代抒情诗的视角选择》;陈本仁的《边地的长河——云南边地小说刍议》;秦家华的《请尊敬读者》。

《解放军文艺》第9期发表周克玉的《努力描绘当代军人风貌》;陈墨的《文化与神话——文学创作自由谈之四》;石玉增的《历史的沉思和现实主义的深化——读冯德英长篇小说〈染血的土地〉》;陆文虎的《关于军旅文学的三言两语》。

2日,《河北文学》第9期发表马嘶的《在现代文明的坐标上选择生活——评玉湖的中篇小说〈震荡后的震荡〉》;刘哲的《坚实的步伐——读薛勇的小说新作》。

3日,《小说选刊》第9期发表缪俊杰的《把病态的人生世相撕破给人看——

读李晓的三篇小说》；彭荆风的《发现存在的美——我写〈送你一片云〉》；王毅的《我的悟》。

《文学报》发表张韧的《"娘儿们"的愚昧与文明的碰撞——谈映泉的小说》；王守德的《屈辱与灵魂的回光——评周大新的〈风水塔〉》；龙应台的《给猫挂铜铃的老鼠——龙应台自问自答谈评论》。

4日，《山东文学》第9期发表杨政的《简论新时期的山东小说创作》；耿建华的《〈现代诗歌艺术与欣赏〉评介》；陈兵的《一首告别昨天的歌——读〈老人魂〉》。

《光明日报》发表苏华的《使命感、凝重感和教师风节——评中篇小说〈铁一中的"第三世界"〉》。

5日，《大西南文学》第9期发表刘选略的《努力塑造当代人民警察的形象》；冯家聪的《鸣谢与希望》；曾昭贵的《可贵的探索　可喜的收获》；韩冷的《浅谈我国法制文学的繁荣和社会效果》。

《文艺报》第36期发表王必胜的《改革题材文学：一条深长的河流》；吴国光的《〈冷血〉中的血性》；宋遂良的《文学探索和探索文学》；郜元宝的《也谈小说的叙事观念更新》。

《中国西部文学》第9期发表杨牧的《这方水土上的另一只眼睛——话说"伊犁诗丛"》；何西来的《王悦和她的散文》。

《文学自由谈》第5期以"当代文学思考"为总题，发表郭小东的《论知青文学的死亡意识》，张厚余的《亵渎文学的"大潮"》，张首映的《心态平衡与小说的性态把握》，恒学的《文学，不能漠视读者》；以"评论的艺术"为总题，发表石明的《在新名词浪潮的背后》，龙渊的《价值：自觉的独立的创造的——对评论的评论》；以"接受与阐释"为总题，发表孙郁的《在毁灭中搏生——评陆天明的〈桑那高地的太阳〉》，宋遂良的《追求真理；热爱人生——读熊得兰的〈真〉》，子干的《也谈人情练达即文章——读李国文短篇小说〈生活〉》；同期，发表方今的《文学要注意倾听实践的声音》；部队作家十人谈的《军事文学的现状与展望》；彭荆风的《也谈作家的想象力》；周梅森的《无主题变味谈》；王之望的《"点五"的魅力——读张少敏、肖亦农〈西风古道〉》；张映勤的《闪烁着希望和幻灭的迷魂泉——读王家斌的〈雪人部落〉》；张同吾的《在爱与美的幽径里寻觅——读陈茂欣近作简论》；郭栋、马志力的《诗的情感绿原与现代意识——评向峰的〈死港与天界〉》；[美]威姆萨特、布鲁克斯作，哲明译的《小说与戏剧：宏大的结构(下)》；林斤澜的《读书杂记之一：虚实》；俞伟超、张承志的《黄泥小屋来客之四：诗的考古学》；黄子平的《艺海勺谈："摇来摆去"》；金梅、范小青的《文学创作的现实意识与超越意识》；徐怀中的《〈遥远的黎明〉序》；左森的《散文创作札记（二题）》；[英]华兹华斯的《文学创作所需要的能力》；王斌、赵小鸣的《迷宫之门——马原小说论》；晓华、汪政的《谈马原的小说操作》；李洁非、张陵的《马原的〈错误〉及随想》；贺绍俊、潘凯雄的《柔软的情节——马原小说近作中的叙述结构》。

《当代文坛》第5期发表金燕玉的《论新时期军旅作家群》；盛子潮、朱水涌的《新时期小说形式创新的奥秘和意义》；缪俊杰的《托尔斯泰：如果我是沙皇……——关于文风的随感》；陈达专的《殊途同归的"南北二功"——韩少功与陈建功比较》；李东晨、祁述裕的《缪斯的失落与我们的寻找——兼评〈爸爸爸〉和〈棋王〉》；徐岱的《也谈文学和文化——寻根小说得失谈》；曹天成的《蜕变期的中年知识分子心态——谈〈沙漠〉》；敬芝的《评中篇小说〈沙漠〉的思想倾向》；邓仪中的《以追光蹑景之笔　写通天尽人之怀——论戴安常的诗美追求》；沙鸥的《长跑者的脚印——评梁上泉的诗》；李士文的《惊涛骇浪扑面来——读〈大江千古事〉等长江漂流报告文学》；岳瑟的《咏〈白马〉——读王兴泉小说〈白马〉感怀》；吴周文、林道立的《不停地寻觅绿洲的游牧者——论柯蓝的散文诗》；费振钟、王干的《史诗与人及作家的主体意识——周梅森系列中篇〈历史·土地·人〉漫论之二》；颜纯钧的《〈峡谷回声〉——历史的回声》；李洋的《魔伞：关于失落的话题——从罗吉万的〈菌子王〉说开去》；林亚光的《二十世纪一股世界性的文学新潮（上）——现实主义与"超现实主义"相结合》；张慧光的《两种情致　一样规律——从〈母女浪游中国〉到〈我的中国之旅〉》；马识途的《谈谈雅文学与俗文学》；公木的《读张讴〈第二种大陆〉》；陈敬容的《五人诗选序》；胡德培的《对时代和历史的反思——评说〈桑那高地的太阳〉》；吴英的《我以我血写人生——读长篇小说〈死是容易的〉》；何世进的《气韵生动　别具一格——评雁宁的〈牛贩子山道〉》；高扬的《一幅闪着奇异光泽的人生图画——读邓刚长篇小说〈白海参〉》；夏文的《勇于创新　繁荣创作》。

《青海湖》第9期发表马光星的《美的深层次，新色彩——读土族作者鲍义志的短篇小说》。

《湖南文学》第9期发表杨桂欣的《贵在脱俗——读蔡测海的〈六月的信札〉》；李达轩的《大爱与大恨的统一——评长篇小说〈畸人传〉》；李元洛的《隔海

的心祭——读台湾诗人洛夫的〈水祭〉》;弘征的《深沉和壮美的风——银云的诗和散文创作》。

7日,《天津文学》第9期发表刘乐群的《城市的当代生态心态与艺术创造工程》;黄桂元的《关于黄晓满的诗》。

《花溪》第9期发表广林的《李叔德小说略论》;王蓬的《他坦率地表现着自己》;张韧的《"现代意识与文学"十二谈⑨:变革意识——时代与文学的幽灵》。

8日,《光明日报》发表周申明的《对当前文学批评与现实改革的几点思考》。

10日,《文学报》以"悲壮的史诗——长篇小说《皖南事变》笔谈"为总题,发表张德林的《历史构思与艺术构思的统一》,阙中一的《历史教训　永志不忘》,黎汝清的《不历艰险　难见新奇》,翟仲卿的《难写的题材写好了》。

《中国作家》第5期发表石英的《方纪这些年》;蒋力的《曾卓,这棵老树》。

《诗刊》第9期发表吕进的《新时期诗歌的逆向展开》;叶橹的《充实与空灵》;袁忠岳的《鼓·花·弦——评安谧三首小叙事诗》;刘文飞的《八十年代的苏联诗歌》;杨光治的《夜读札记(二则)》;贾长厚的《由一首短诗及其评价想到的》,朱琅的《花的启迪》。

《读书》第9期发表南帆的《文艺社会学的当代轮廓——读〈现当代西方文艺社会学探索〉》;李庆西的《读〈流动的圣节〉》;唐弢的《关于艺术方法论》;刘康的《俄国形式主义批评与"现实主义成规"》。

《阅读与写作》第8、9期发表董新明的《既"真"且"美"——读台湾女诗人席慕蓉的〈七里香〉》。

11日,《光明日报》发表丁临一的《历史的批判与人生的反思——评长篇小说〈中尉们的婚事〉》。

12日,《文艺报》第37期发表冯立三的《一组凝练的现实人生图景》;马立诚的《明天将要迎接什么?——评中篇小说〈昨天刚刚过去〉》;张长的《凤凰花的眷恋》(《凤凰花与火把》跋);金立的《在语言悖论的面前》;杨劼的《关于"向内转"的命题与概念》;专栏"吉林文学青年之页"发表王肯的《话说爱护》;纪众的《杨咏鸣和他的小说创作》;关德富的《努力寻求对生活的深层把握——王德忱小说读后》;王斌的《奔突于林莽与荒原之间——吉林青年谈诗》。

15日,《文艺争鸣》第5期以"李杰戏剧作品讨论"为总题,发表杜清源的《审美主体意识的觉醒》,林克欢的《文化自觉与文化心理——评〈田野又是青纱帐〉的得与失》，关德富的《李杰的探索与追求——评〈田野又是青纱帐〉》，温愠的《李杰剧作的悲剧意识》；同期，发表陈晋的《发展与选择——新时期文艺走向分析》；李下的《论新时期文学对道德观念变化的表现》；李文的《关于琼瑶小说的思考》。

《文学评论》第5期发表朱持、陆耀文的《文学的困惑与审美的二元视角——论一种文学现象》；黄毓璜的《大写的历史　大写的人——简论周梅森的小说创作》；周梅森的《那是个辉煌的梦想》；徐兆淮的《赵本夫小说创作的蜕变轨迹》；赵本夫的《还是慢慢道来》；许振强的《马原小说评析》；王绯的《在梦的妊娠中痛苦痉挛——残雪小说启悟》；王干的《辉煌的生命空间——杨炼的组诗》。

《民族文学》第9期发表玛拉沁夫的《意会——读张承志的〈辉煌的波马〉》；李乔的《多彩多姿的瀑布》。

《当代文艺思潮》第6期发表胡河清的《论阿城、莫言对人格美的追求与东方文化传统》；蔡翔的《故乡的记忆——当代小说中的精神文化现象之二》；李裴的《神秘——一个被忽视的小说审美范畴》；方淳的《论无之美——当代文学现象的背景研究之一》；李洁非、张陵的《探索、实验性小说困难论》；梦白的《新时期文艺研究思维的张扬者——试论刘再复新时期文艺评论》。

《江南》第5期发表肖荣的《生活、创作、审美理想》。

《钟山》第5期发表韩少功的《答美洲〈华侨日报〉记者问(代创作谈)》；吴秉杰的《韩少功小说创作探问》；张抗抗的《人我两化(代创作谈)》；张韧的《三点架构：现代灵魂的审视与拯救——张抗抗小说的艺术世界》；林斤澜、戴晴的《关于艺术描写中的"虚"与"实"的对话》；何立伟、储福金的《关于文学语言的对话》。

由北京大学世界文学研究中心等校内外13家单位发起的国际海涅学术讨论会在北京大学开幕，来自联邦德国、民主德国、美国、日本及香港地区和内地的50余位学者出席了会议(1987年《诗刊》第11期)。

《社科信息》第9期发表文牛的《陈映真谈台湾文艺思潮的演变》。

《阜阳师范学院学报(社会科学版)》第3期发表杨洪承的《台湾中国现代文学研究概述》。

17日，《作品与争鸣》第9期发表本刊品评论员的《迎接改革深化的大潮》；张炯的《军魂与国魂的歌唱——评话剧〈血染的风采〉》；申申的《思考・困惑・混乱——读孙武笔下的〈海〉》;思汶的《唱给〈渔歌〉的和声》;曲直的《〈遥寄鱼龙洞〉得失小议》;胡德培的《发掘生活的新意——读〈二黑、赛虎和我们家和POINTER〉》;何正秋的《拥抱未来时必经的阵痛——读〈二黑……〉》,张晓龙、赵伯涛的《关于〈战争故事〉的对话》;许自强的《战争与人性的一场虚幻之战——评〈战争故事〉》;平杰的《并不静寂的雪野——读〈绿色的喧哗〉》;高叶梅的《雪野的困惑》;西龙的《这不能叫抄袭之作》;谷鸣的《〈小城之恋〉叫我对王安忆产生惆怅》;王庆文的《一篇掩饰流氓罪的法制文学作品》;沈兰萍的《要有健康的美感》;唐树平的《追求感官刺激的艺术标本》;东仁的《电影〈斯巴达克斯〉争鸣录》;周海波、陈圣生的《文艺心理学》。

18日,《光明日报》发表洁泯的《关于〈母与子〉的断想》。

《世界日报》(菲律宾)发表潘亚暾的《多声部的抒情合奏——楚复生诗歌赏析》。

《上海文化艺术报》发表《一见如故,三毛表姐弟话四十年沧桑　血浓于水,初版新作赠大陆读者》。

19日,《文艺报》第38期发表冯骥才的《我为什么写〈三寸金莲〉》;李国文的《谈〈五色土〉》;丁帆的《黄河精灵的艺术创造——赵本夫〈涸辙〉随想》;黄子平的《文学与印刷》;杨朴的《"向内转":新时期文学发展的必由之路——与周崇坡同志商榷》;王正的《探索改革时期人们心灵的变化——话剧〈感〉观后》。

《青年文学》第9期发表朱卫国的《生存着,就总是困惑的》;阿特的《三言两语》;李以建的《架设心灵的爱之桥梁》;曾镇南的《三三小论——读〈喜船·鬼船〉》;骆宾基的《〈大洋彼岸的龙雾〉读后随笔》;胡德培的《历史啊,你这个怪物》;朱向前的《短暂而漫长的"一瞬间"》。

20日,《小说评论》第5期发表李洁非、张陵的《作者和拟想的作者——新时期文学写实性小说的叙事问题》;李新宇的《论新时期文学中的个性意识》;栾梅健的《对新时期小说创作中"农民性"问题的思考》;程德培的《灵魂的堕落与拯救——〈盲流世家〉的组合结构》;李国涛的《哲理象征文体——读谌容近作漫记》;黄书泉的《从现代意识到现代审美意识——谈张洁的近作〈他有什么病〉》;周海波、赵歌放的《两种文化氛围中的情感冲突——李贯通小说谈片》;张炯的《健笔纵横画史诗——读杨书案的历史小说》;董子竹、曹安东的《我想起了契诃夫——评高友群的历史小说创作》;马以鑫的《新时期小说中的审丑现象》;黎辉、曹增瑜的《历史的道路和人性的冥想——评〈古船〉中对苦难的思索》；龚平的《对小说题材的理性把握——从三篇争鸣小说谈起》；路遥的《〈人生〉法文版序》；王汶石的《就〈自然铜〉致孙见喜》；刘留春的《二度梨花凝新意——读何士光的〈苦寒行〉》；水天戈的《在那清高的背后——读陆文夫的〈清高〉》；方云、立柱的《一篇小说对"错"的研究》(评薛冰的《物价之错》)；孙豹隐的《尊重人的位置——读〈七月・山塬・星空〉》；徐肖楠的《近年自然小说中的背景与象征》。

《上海文论》第5期发表罗洛的《文学的边界》；陈丹晨的《中国新文学建设和世界文学——在维也纳中国当代文学国际讨论会上的发言》；陈思和的《同步与错位：中外现代文学比较》；刘亚东的《原型理论、积淀说、文化心态断想——略析二十世纪西方文学批评的精神基础及中国文化的接受机制》；徐明旭的《改革文学向何处去》；华声的《试论抽象性文学艺术的形式特征——简化——简评近年来小说文学的抽象化现象》；方柯的《当前文学中时代精神的动态审美发生》；周介人的《走向明智——致〈访问梦境〉作者孙甘露》；李振声的《说蒋子丹》；周政保的《中国西部诗歌的美学精神》；朱大可的《诗神的迷误》；杨文虎的《创作传达的发生》；陈晓明的《超越"粗陋理性"》；康序的《文学亚理论十二品》。

《清明》第5期发表孙梁的《意识流与社会性——〈达洛卫夫人〉中译本代序》；蔡翔的《个人的痛苦——当代小说中的精神文化现象之一》；王文彬的《发生在封建文化结构生存的轰鸣——论〈狂人日记〉》。

《台湾研究集刊》第3期发表徐学的《姚一苇历史剧的现代性与民族性》。

21日，《文艺研究》第5期发表本刊记者的《在改革开放中建设有中国特色的马克思主义文艺学》；张玉能的《马克思主义美学研究新成果——兼论刘刚纪实践观美学思想》；徐亮的《再现，表现，还是显现？——关于艺术本体论的一个探讨》；郎绍军的《论新潮美术》；彭德的《走向现代的中国美术》；汪岁寒的《电影剧作构思：史与诗——袁牧之对〈小小环球〉的迷狂》；陈平原的《传统的创造性转化与小说叙事模式的转变——从"新小说"到"现代小说"》；赵毅衡的《小说叙述中的转述语》；陈牧、蒋锡武的《稳定与多变的心态合流——三千名观众的审美意象分析》；许自强的《谈疏野》；邓健生的《深邃美》；周永明的《原型论》；马小朝的《神话的复活——也谈文学的神话原型》。

22日,《光明日报》发表张立国的《试论报告文学的新发展》。

23日,《当代文艺探索》第5期发表马绍娴的《爱情、理想、道德的光芒——评〈凯旋在子夜〉》;王彬彬的《文学与时代的错位——对与自然作斗争的硬汉的质疑》;应光耀的《爱情描写中母性爱的文化心理思考》;潘亚暾的《香港文学素描》。

25日,《当代作家评论》第5期发表赵玫的《自新大陆——关于张承志小说的民族意识》;李洋的《无边的漫旅——J·M世界与张承志的寻求》;陈晓明的《复调和声里的二维生命进向——评张承志的〈金牧场〉》;贺绍俊、潘凯雄的《缠绕着恋乡情节的现代小说——读许谋清的乡土小说》;李洁非、张陵的《许谋清和他的乡土小说》;陈晋的《开掘混杂深层的乡土心态——许谋清小说评论》;罗强烈的《〈三十六块缸片〉的文体及其它》;黄子平的《笔记人间:李庆西小说漫议》;吴亮的《人的尴尬境况——评李庆西的〈人间笔记〉》;李树声的《寻觅中的新思考——从几部历史小说谈起》;何镇邦的《多样的艺术探求　绚丽的历史画卷——杨书案长篇历史小说创作漫评》;吴秀明的《一部并不"风流"的书——读左云霖的长篇历史小说〈风流天子〉》;夏中义的《文学生命论》;李黎的《在融合中铸造东方的现代诗境——对当代中国新诗潮与西方现代主义诗歌之间关系的一个考察》;黄毓璜、刘静生的《论〈危楼记事〉》;吴俊的《莫言小说中的性意识——简评〈红高粱〉》;张松魁的《站在文学殿堂入口的辽宁青年作家群》;钟晓毅的《批评位置的选择与自我调节——关于陈骏涛的文学评论》;陈思和的《文学书简两则》;叶鹏的《生命极限与灵魂极限——读中篇小说〈昆仑殇〉》;木弓的《席建蜀的〈枫树桠〉》;邵凯的《啊!兄长们——读〈旧戏〉》;郑波光的《从"山药蛋派"到"晋军崛起"——山西小说作家概观》。

《光明日报》发表李书磊的《双重视点与双重感悟——也评〈活动变人形〉》。

《收获》第5期发表洪峰的《极地之侧》;余华的《四月三日事件》;苏童的《1934年的逃亡》,孙甘露的《信使之函》。

《花城》第5期发表张小东的《在思维空间的拓展中构筑智的世界——论祖慰的报告文学世界》;傅禄纲的《理解——爱的天平——读戴厚英散文〈送〉》;胡真的《长跑诗人之歌——读韩笑近作〈南国旅伴〉〈白山黑水〉随感》。

《海峡》第5期发表张建设的《诗飞海峡彼岸——记诗人晏明及其作品》;南帆的《象征与氛围——读杨少衡的〈彗星岱尔曼〉》;朱春花的《介绍黄凡》;郭风的《关于音乐抒情诗——读鲁萍同志作品的漫想》。

26日，《文艺报》第39期发表叶鹏的《新诗潮中的军旅诗》；江晓天的《发自心灵的歌——谈〈沙沱情暖〉》；李师东的《故事的再造和发现——读路远的两篇近作》；钱谷融的《对一种文学评论的评论》；谭伟民的《改革中的社会心理与作家的职业责任》；黄国柱的《军人的攀援和顿悟——青年诗人李晓桦印象》。

28日，《戏剧文学》第9期发表赵风的《为台湾同胞刻写风采——读〈游园惊梦〉》。

本月，《小说月报》第9期发表王敏之的《壮乡小说创作实貌》。

《红岩》第5期发表苏光玉的《坚持〈讲话〉精神，发展社会主义文学——重庆文学工作者学习讨论〈在延安文艺座谈会上的讲话〉》；杨甦的《读〈忧魂〉札记》；仲呈祥的《长教桃李泣春风——悼恩师钟惦棐先生》；胡德培的《一个作家 多种笔墨——艺术规律探微》；翟大炳的《何其芳与"九叶"诗人陈敬容的创作轨迹——兼说库恩范式理论的借鉴作用》。

《安徽文学》第9期发表陈所巨的《拒绝成熟的痛苦及其他——写诗札记》；龙彼得的《西湖诗话》；周志友的《跃渊和他的报告文学》。

《东南亚》第3期发表白蓝的《首届华文文学研讨会在厦门大学举行》。

江苏文艺出版社出版杨光中、曾立平编的《文学与X》。

本月，上海文艺出版社出版陆文夫的《艺海入潜记》。

花山文艺出版社出版周申明的《双花赏评》。

辽宁大学出版社出版李春林的《东方意识流文学》。

四川大学出版社出版梅子、易明善编的《刘以鬯研究专集》。

解放军出版社出版冉淮舟的《屋下碎语：关于文学观念的思考》。

湖南文艺出版社出版陈漱渝的《鲁迅史实求真录》。

10月

1日，《北方文学》第10期发表李佳的《读〈世风绘〉随感》。

《西藏文学》第10期发表《舒展着的边缘——读小说〈巴康〉》。

《东海》第10期发表骆寒超的《现代派与中国新诗》;李遵进的《文学对现实的超越随想》;西南的《重提一个老话题》;梅忆的《黄黄之覆,足以为训——读〈黄黄的一生〉》。

《作家》第10期发表曾镇南的《"我赞美咱们这股乱忽劲儿"——读王蒙的〈铃的闪〉、〈致"爱丽丝"〉、〈来劲〉》;黄浩的《北方闲谈:晚来的收获季节——关于近年吉林青年小说创作的散漫感想》;唐挚的《〈缤纷的文学世界〉序》;冯骥才的《请君快降下来》;程德培的《诗的现实——关于阅读的能动作用》。

《青春》第10期发表丁以强的《忆方之同志在洪泽湖》。

《奔流》第10期发表胡山林的《析我国基本文艺消费层及其欣赏要求》。

《萌芽》第10期发表《李光灿教授答本刊编辑部问》;王果的《魅力所在——读黄宏地的〈小米〉》;曾卓的《他将飞得更高》;郭小东的《论朱晓平的小说》。

《滇池》第10期发表刘正强的《鲁迅、现实主义及现代主义》;汤世杰的《人生和艺术的超越——序刘扬诗集〈淡季〉》。

《解放军文艺》第10期发表周政保的《战争文学的价值问题——军旅文学自由谈(四)》;汪守德的《悲与喜交织出的青春之歌——评严歌苓的长篇小说〈绿血〉》;王宛平的《超越与困惑——我读〈挣扎〉》。

《文学报》发表姚伯良的《"我是来寻求对话的"——访台湾女作家施叔青》。

《阜阳师范学院学报(社会科学版)》第3期发表杨洪承的《台湾中国现代文学研究概述》。

1—4日,北京人民艺术剧院演出的话剧《狗爷儿涅槃》引起较大的社会反响,为此《文艺研究》编辑部和北京人民艺术剧院联合召开了学术讨论会(《文艺研究》1988年第1期)。

2日,《河北文学》第10期发表铁凝的《寻找生命——读刘景乔、刘继忠短篇小说有感》;陈冲的《铃声中的随想》;鲁守平的《错位的困惑》;封秋昌的《在新的选择面前》;蒋守谦的《城市经济改革的深化和作家探索意识的加强——读陈冲的〈大雨滂沱〉》。

3日,《小说选刊》第10期发表曾镇南的《〈瀚海〉挹滴》;许谋清的《倾斜的星空——关于〈死海〉及其他》;罗莎的《植根乡土　思考人生——许谋清"新乡土小说"讨论会综述》;姚逸仙的《黄土地上的崛起——陕西文学新军小说创作座谈会纪要》。

《文艺报》第40期发表曾卓的《在艺术的道路上——谈谈王家新的诗》；潘蓉的《李永珍的牺牲与卫道——读鲁彦周长篇新作〈古塔上的风铃〉》；李国文的《昆仑殇〉读后》；张志忠的《从倒影中看取人生——崔京生创作论》；陈晋的《形式：在文学探索中的不同意义》。

4日，《山东文学》第10期发表李先锋的《论周大新近作的超越意识》；田仲济的《〈学海见闻录〉序》；季桂起的《一篇具有新意的佳作——读〈焚席〉》。

5日，《大西南文学》第10期发表徐维良的《多色彩、多层次、多角度、多功能》；由甲的《〈大西南文学〉少数民族作者笔会座谈会》。

《中国西部文学》第10期发表曾绍义的《心灵世界与空灵之美——李佩芝散文论》；沙平的《一首悲壮的抒情诗——读〈多情的泰勒河〉》。

《延河》第10期发表姚逸仙的《黄土地上的崛起——陕西文学新军三十三人小说创作座谈会纪要》。

《青海湖》发表赵园的《有感于陈士濂的〈金刚杵〉》。

《湖南文学》第10期发表陈达专、胡宗健的《从众——一种普遍而又复杂的创作心理现象》；康濯的《悼凡容——朱凡同志》；李昆纯的《葱管流出一串深沉的乡音》；晓宫的《个性·现代派·土壤》。

6日，《光明日报》发表唐先田的《触及改革深层的新作——读〈古塔上的风铃〉》；魏心宏的《史无尽　宫未央——小议〈未央宫〉》；楼肇明的《散文集〈爱的期待〉读后》。

《人民日报》发表流沙河的《读〈蜀人赠扇记〉》。

7日，《天津文学》第10期发表张德林的《艺术借鉴中的审美观》；黄桂元的《读诗漫笔(之二)》。

《花溪》第10期发表吴裴的《生生死死的困惑：读陈村小说》；黄石的《老友陈村》；张韧的《"现代意识与文学"十二谈⑩：急遽嬗变的价值意识》。

10日，《文艺报》第41期发表高光的《维护生存空间的搏斗——读郑秉谦长篇近作〈海市奇观〉》；贾平凹的《化整为零与聚零为整》；彭吉象的《人的创造力的礼赞——朱春雨长篇小说管窥》；唐湜的《话说"东方意识流"》(回应《文艺报》1987年8月27日发表的李春林的《东方的狡黠——关于"东方意识流"的随想》)；江岳的《回顾与展望——新时期文学"内""外"观》；赵智的《建构女性的神话——青年女诗人翟永明的诗作》；柯蓝的《心中的灯火——兼答爱好散文诗的青年朋友》。

《特区文学》第4期发表张系国的《萧飒的小说》。

《台港文学选刊》第5、6期发表古继堂的《文学的对话——在芝加哥八月"台湾研究国际研讨会"上》；陈千武的《台湾现代诗的性格》；陈映真的《台湾四十年来文艺思潮的演变》。

《诗刊》第10期"新诗话"栏发表知非子的《全息意象诗》，盛海耕的《不见爱情的"爱情诗"》、《含不尽之意于言外》，余之的《"失约"的爱情》，岳洪治的《美人的服装与诗歌的形式》；同期，发表朱先树的《希望的花朵——读刊授学员作品专辑》；晓雪的《时代旋律；民族心声——新时期十年的少数民族诗歌》；刘大平的《你的名字，叫天籁》；李逊的《赭红色的韵律——记杨克》。

《特区文学》第4期发表郭小东的《思想着的芦苇——论李兰妮》；吕炳文的《真挚委婉的心曲奏鸣——读费岚岚的诗》。

《读书》第10期发表鲁枢元的《生命与社会的冲突——读长篇心理分析小说〈隐形伴侣〉》；王干的《透明的红萝卜——我读顾城的〈黑眼睛〉》；黄梅的《"阁楼上的疯女人"——"女人与小说"杂谈之三》；陈辽的《再现多棱多角的历史》。

15日，《文学报》发表叶鹏的《在理想的终极目标面前——也谈〈金牧场〉》；李炳银的《生活就是这样丰富多彩——读中篇小说〈五色土〉》；王彬彬的《令人疑虑的叙述方式》（评《金牧场》）；苗福生的《辨析不同实质的"理想主义"》（评《金牧场》）。

《民族文学》第10期发表金水的《独特·清醒·质朴——评李传峰小说集〈退役军人〉》，吴重阳的《草原，是她的故乡——台湾蒙古族女诗人席慕容及其创作》。

16日，《红旗》第20期发表曾镇南的《艰难而漫长的路：读何士光的〈苦寒行〉》。

17日，《文艺报》第42期发表雷达的《各自须寻各自门——记陕西作家对当前若干文学问题的思考》；欣原的《阳光、雨水、生命、火……——漫评宫玺的诗集〈无声的雨〉和〈抒情的原野〉》；吴秉杰的《面对发展了的审美形态》。

《作品与争鸣》第10期发表方亮的《敢为人民鼓与呼》；王堃的《〈来劲〉确实来劲》；张玉君的《读〈来劲〉的印象和思考》；苏志松的《我读〈来劲〉不来劲》；蒋守谦的《强烈深沉的历史感——评中篇小说〈瀚海〉》；德耘的《历史感：历时性与共

时性的统一——谈〈瀚海〉的艺术得失》；居延的《改革需要道德力量》；萧枚的《给改革者以历史的评价》；程德培的《〈古船〉沉浮》；冯立三的《历史和人的全面凸现——评张炜的长篇小说〈古船〉》；黎辉、曹增渝的《历史的道路与乌托邦的幻想——评〈古船〉的社会改造观》；海岑的《褒贬之间——读〈新星〉、〈古船〉若干评论文章的一点感想》；陈笑的《〈古船〉札记》；素英的《关于"女性文学"的讨论综述》；布之的《文学思潮纵横谈——发展马克思主义文艺评论研讨会》。

19 日，《青年文学》第 10 期发表川水的《独特的着眼点》；阿秋的《让灵魂充满真正的爱》；瘦马的《关于独立意识》；雷达的《痛苦而欣慰的告别——略论〈水上吉卜赛〉系列小说》；华铭的《故事　意蕴　象征——且说〈黑藻〉》；伊始的《不是黑色，是紫色——读〈黑吊桥〉》。

20 日，《人民文学》第 10 期刊发消息，称刘心武已恢复主编工作。

《当代》第 5 期发表雷达的《民族心史的一块厚重碑石——论〈古船〉》；刘征的《由"狂泉"想到的》；何开四的《生活的原色和喜剧性的表现》；花建的《探索新的人生价值和小说美感——从〈古宅〉看俞天白的创作追求》。

22 日，《文学报》发表张云初的《比血更浓的诗河——台湾女诗人李黎的还乡诗》。

24 日，《文艺报》第 43 期发表刘思谦的《农民灵魂的深层发掘——评乔典运的小说》；胡良桂的《〈美仙湾〉：精神的蜕变与新生》；陈敬容的《成果与展望——读当代青年女诗人创作》；朱向前的《我看新时期文学的"向内转"》；鲁真的《作家・诗人・沙龙・老板——台北文坛拾趣》。

25 日，《文艺理论研究》第 5 期发表谢冕的《空间的跨越——诗歌运动十年(1976—1986)》；纪众的《试论哲学小说》；金健人的《中国新时期文学向何处发展?》；钟本康的《试析小说内涵的二重性》。

31 日，《文艺报》第 44 期发表高宁的《神圣的忧思》(评《神圣的忧思录》)；顾骧、林为进的《追求着雅与俗的交汇——谈武剑青的创作》；久平的《交错与转机　惶惑与兴奋——读〈小姐同志〉随想》；曾镇南的《新时期文学"向内转"之我见》。

本月，《山西文学》第 10 期发表李文田的《〈秋事〉人物谈》。

《小说月报》第 10 期发表王炳根的《处于上升时期的福建小说》。

《中篇小说选刊》第 5 期发表姜滇的《生活所赋予的》；冯苓植的《我写〈落凤枝〉》，张笑天的《并不是耸人听闻的故事》；何祚欢的《为着现在和将来》；王旭鸣的《但愿有更多的人理解她》；鄂华的《写在〈归去来兮〉之后》；刘健安的《〈金鲤湖〉的事》。

《雨花》第10期发表陈歆耕的《血写的史册——徐志耕与〈南京大屠杀〉》。

《安徽文学》第10期发表徐文玉的《质朴·浅出·创新——从〈老闸〉〈浅滩〉看苏生的创作》。

《福建文学》第10期发表宋耀良的《十年文学思潮概述》；俞元桂的《散文写作随想》；柯文溥的《现代作家与闽中风物》。

《名作欣赏》第5期发表李元洛的《此马非凡马——台湾旅美诗人非马作品欣赏》；梅芳杨的《也谈〈白玉苦瓜〉》。

《华文文学》总第3期发表潘亚暾的《创新　培苗　桥梁——访香港老作家刘以鬯先生》；云林的《读〈秀子姑娘〉》。

《语文月刊》第10期发表古继堂的《冷冷的美感　新颖的诗体——谈台湾女诗人林冷的诗》。

本月，南开大学出版社出版李景彬的《鲁迅周作人比较论》。

辽宁教育出版社出版肖新如的《〈野草〉论析》。

红旗出版社出版姚雪垠的《创作实践与创作理论》。

海燕出版社出版洪汛涛的《儿童·文学·作家》。

上海文艺出版社出版张贤亮的《写小说的辩证法》。

黄河文艺出版社出版白烨的《文学观念的新变》。

人民文学出版社出版金开诚的《文艺心理学概论》。

漓江出版社出版姚一苇的《艺术的奥秘》，赵增锴的《艺术技巧与魅力》。

11月

1日，《小说林》第11期发表刘思谦的《读〈厚土〉印象》；郑彬的《试论短篇小说的模糊情节》；沈泓的《读王娘的两篇小说》。

《上海文学》第 11 期发表赵玫、张承志的《荷戟独彷徨》(访谈录);吴亮的《〈金牧场〉的精神哲学》。

《红旗》第 23 期发表顾骧的《平芜尽处是春山——读长篇小说〈古塔上的风铃〉》。

《西藏文学》第 11 期发表赵智的《关于小说与小说家的一点随想》。

《作家》第 11 期发表吴亮的《组织化的城市和个性化的文学》。

《青春》第 11、12 期合刊发表何仃的《人生伤离别》;周芝生的《数学中的诗》;徐光灿的《长话短说》;邹放放的《"矩"的随想》。

《奔流》第 11 期发表刘清惠的《关于一个文学问题的思考》;孔祥科的《"我们"的公案》。

《萌芽》第 11 期发表侯宗濂的《侯宗濂教授答本刊编辑部问》;李士非的《〈陶都〉印象》;李黎的《向着自在的艺术空间——杨炼诗歌评述》;方方的《剪个于可训的影》。

《滇池》第 11 期发表郑海的《谙熟人生　却留一片光明——汪曾祺印象记》。

《解放军文艺》第 11 期发表小尘的《深化和发展改革文学创作》;周克玉的《多出作品,多出人才,为军队建设服务》;陈墨的《理想的冲突(上):文学创作自由谈之五》;王必胜的《火光映出的思索——读报告文学〈兴安岭大山火〉》。

澳门笔会成立,梁披云任会长。

2 日,《河北文学》第 11 期发表曾镇南的《冲出云围的日出——读〈等待日出〉》。

3 日,《小说选刊》第 11 期发表何镇邦的《战士的"根"及其它——读中篇小说〈五色土〉》;毕淑敏的《我写〈昆仑殇〉》。

《报告文学》第 11 期发表小粒的《闲话陈冠柏》。

4 日,《山东文学》第 11 期发表樊发稼的《情愫深沉　意蕴绵邈》;吴开晋的《叙事诗创作的新收获——读〈市委书记三部曲〉》;刘玉杰的《〈飞绪〉的思考》。

5 日,《大西南文学》第 11 期发表朱志辉的《期待更多的反映优秀科技工作者的好作品问世》;闪谆昌的《促进更多的优秀专业技术人才脱颖而出》;何龙江的《他们从那个神奇的世界走来——评本期发表的一组报告文学作品》。

《中国西部文学》第 11 期发表任一鸣的《中国西部妇女历史命运及其价值表现》,都幸福的《理解;是沟通文化的桥梁——读张曼菱两篇新疆题材小说随想》。

《文学自由谈》第6期以“当代文学思考”为总题，发表周佩红的《城市诗发展走向漫议》，宋丹的《魔幻现实主义：文化的寻根与现代的神话》，刘密的《人类意识：对寻根文学的一种理解》，孙桂森的《取己之长，补己之短——从鄂伦春的文学谈起》，刘绪源的《关于“神秘感”的思考》；以“评论的艺术”为总题，发表董学文的《我的理论反思》，周政保的《关于宏观批评的批评》，黎慧的《谈西方女权主义文学批评》，王君、杨品的《逆向思维与文学批评》；以“接受与阐释”为总题，发表何恩玉的《一部过渡性的作品——〈黄河东流去〉得失管见》，李今的《张承志的〈金牧场〉》，金国华的《当理想形象走入“神间形象”之后——〈第三只眼〉悲剧性小析》，慈公的《〈白日梦〉解读》，张春生的《素花一枝悄然开——读长篇小说〈当代骑士〉》；同期，发表黎平的《倒退是没有出路的》；本刊整理的《报告文学的命运》；蒋子丹的《无标题自白》；李庆西的《小说是什么》；朱晓平的《小说就是小说》；徐剑艺的《论新时期小说的符号化倾向》；林斤澜的《读书杂记之一：“杂取种种话”》；蔡时济、张承志的《黄泥小屋来客之五：老人的眼睛》；黄子平的《艺海勺谈：读“空白”》；毛崇杰的《文学非理性主义短谈》；刘纳的《谌容小说面面观》；孙连仲的《琼瑶的模糊语》；冉淮舟、郭志刚的《关于〈孙犁创作散论〉的通信》；黄国柱的《被凝练了的历史情思——序胡世宗的诗集〈沉马〉》；陈剑晖的《〈文学的星河时代〉后记》；关纪新、王科的《让“德布达理”唱下去——〈当代满族短篇小说选〉序言》；许志安的《天津青年作者群在崛起之中——也谈天津青年文学基本状况》；叶廷芳译的《布莱希特论现实主义和现代主义》；[美]肯尼斯·G·约斯顿作、林建法译的《海明威与塞尚：描绘自然》。

《当代文坛》第6期发表杜书瀛的《创作与接受》；谢冕的《错动和漂移：诗美的动态考察——论新诗潮》；刘海涛的《论小说创作中的象征主义手法》；钟本康的《感觉的超越　意象的编织——莫言〈罪过〉的语言分析》；陈墨、朱霞的《爱的悲剧与人的命运——评王安忆小说“三恋”》；王菊延的《浪起潮涌　吞吐万象——金河短篇小说创作简论》；吴秉杰的《新形态、新追求、新途径——重评李国文〈危楼记事〉系列》；胡宗健的《知识者形象与文化对他的选择——几部知识分子题材小说的思考》；李庆信的《回归中的超越——沙汀新作〈红石滩〉读后》；王江的《〈风波〉引起的思索》；吴野的《史诗式的宏大画卷——〈月落乌啼霜满天〉初读印象》；吴秀明的《顾氏兄弟构筑的“天国世界”——关于〈天国恨〉修改本的断想》；哲明的《白云飘香意绵绵——〈送你一片白云〉读后》；贺黎的《都市女性的抗争——评贺星寒中篇小说〈女人的断裂层〉》;朱安玉的《炮火硝烟中的人物群像》;公木的《读〈母子诗集〉随想》;孙静轩的《序〈一个彝人的梦想〉》;曹家治的《"随",散文的独特审美特征》;闵乐晓的《诗与生命意识》;谢海泉的《艺术黑箱:作家创作心理探微》;李累的《和文艺界谈谈交朋友》;白航的《有关凡夫俗子的诗——略谈当今某种诗潮》;林亚光的《二十世纪一股世界性的文学思潮——现实主义与"超现实主义"相结合》;赵世富的《一个平易近人的长者——怀念钟惦棐同志》;川涛的《改革呼唤着文学》。

《延河》第11期发表周介人的《一代人有一代人的心事》;李星的《多样化的新格局》;白烨的《延河逐浪高》。

《湖南文学》第11期发表方桦的《魂系青云心系山——读〈故乡〉》;彭东明的《深的山——〈故乡〉作后赘语》;曹潺的《传统文化:一个亟待自审与苏生的命题——中篇小说〈叉〉散论》。

《散文世界》第11期发表张同吾的《艺术的自焚和结晶——读余光中的〈沙田山居〉》。

6日,《光明日报》发表谭健的《面向改革的纪实文学——从〈东方纪事〉上的三篇纪实作品谈起》。

7日,《文艺报》第45期发表陈冲的《改革文学的难点》;李以建的《从〈麦客〉到〈祁连人〉》;周松林的《人性的审视:倾斜与希望》(评《倾斜》);高红十的《仅仅是六个……——由报告文学〈啊,老三届〉说开去》;华铭的《庸常人生之幽叹》(评《烦恼人生》);李劼的《略论小说的故事性》;赵长天的《呼唤故事》;沙林的《滇云之旅——访著名评论家冯牧》;徐兆淮的《范小青创作新变之印象》。

《天津文学》第11期发表韩少功、阎振宇、潘凯雄、贺绍俊的《〈文学散步〉三篇》;黄泽新的《论我国荒诞文学的审美特征》;黄桂元的《读诗漫笔(之三)》。

《花溪》第11期发表黄祖康的《和国正市井小说概评》;廖国松的《和胖轶事》;张韧的《"现代意识与文学"十二谈⑪:现代小说文体意识的复苏》。

10日,《小说界》第6期发表徐铸成的《回忆杨刚片断》;江曾培的《斯人至刚;斯文至真——读杨刚的〈挑战〉》。

《中国作家》第6期发表李洁非、张陵的《再论什么不是悲剧》。

《诗刊》第11期专栏"国际海涅学术讨论会"发表绿原的《并非没有可能——亨利希·海涅诞辰190周年;中国为此举行纪念会》,柯岩的《我们为何聚集在这里》，林阳的《国际海涅学术研讨会在京召开》；同期，发表王燕生、北新的《求异存同　各领风骚——第七届“青春诗会”拾零》；陈良运的《诗，可以无感而发吗？——对〈诗的禁欲与奴性的放荡〉的思辩》；唐湜的《理性和智慧的抒情——读〈屠岸十四行诗〉》；戈健的《当代诗歌：呼唤着真挚——读〈诗刊〉四月号中年诗人作品专辑有感》；香港《世界中国诗刊》社论《回归传统，迈向新古典主义》。

《特区文学》第11期发表吕炳文的《一个重要的议题——略论特区文学创作的个性》；谢金雄的《〈天堂众生录〉的启示》。

《读书》第11期发表汪政、晓华的《冒险的叙述和对阅读的挑战——〈瀚海〉散谈》。

由人民文学杂志社、解放军文艺社联名倡议，全国101家文学期刊共同发起的“中国潮”报告文学征文活动在北京举行新闻发布会，征文时间起于1987年11月1日，讫于1988年9月30日（1987年11月14日《文艺报》发表《全国百家期刊发起“中国潮”报告文学征文》）。

12日，《文学报》以“革命历史题材——六人谈”为总题，发表周政保、肖玉、莫言、黎汝清、丁临一、王炳根的文章；同期，发表邵凯的《也许并不遥远——读〈遥远的白房子〉》；周导的《看到的不仅仅是历史——雷国华谈台湾剧作〈自烹〉》。

14日，《文艺报》第46期发表谷苇的《更丰富地表达从生活和时代中所得到的一切——“丹顶鹤散文节”记盛》；唐晓渡的《实验诗：生长着的可能性》；蒋原伦的《民间传说与当代小说——由〈遥远的白房子〉谈起》；陈国凯的《笑比哭好》；梅朵的《谢晋的艺术与影片〈芙蓉镇〉》。

15日，《文艺争鸣》第6期发表胡宗健的《文学批评的多向式和互补式结构》；徐甡民的《面对思想和感情的困惑——评中学生题材的心理小说和早恋作品》；李炳银的《对〈京华烟云〉人物塑造的几点看法》；杨小滨的《意义熵：拼贴术与叙述之舞——马原小说中的后现代主义》；胡平的《一个不算陈旧的故事——与程德培同志商榷》；同期，以“李杰戏剧作品讨论”为总题，发表谷长春的《成功的探索及其启示》；王肖麟的《〈田野又是青纱帐〉的戏剧本体论意义》；李杰的《迷惘的雨丝》。

《文学评论》第6期发表季红真的《忧郁的土地，不屈的精魂——莫言散论之一》；林克欢的《高行健的多声部与复调戏剧》；李庆西的《古老大地的沉默——漫说〈厚土〉》；蔡葵的《〈隐形伴侣〉：对传统模式的定向爆破》；陈墨的《寓言的世界与世界的寓言——〈金牧场〉主题阐释》；张光年的《关于〈王蒙论〉的通信——〈王蒙论〉序》；同期，“学术动态”栏报道8月31日《文学评论》编辑部邀请在京部分刊物、报纸、出版社的编辑和评论家召开长篇小说创作信息交流会；同期，发表李元洛的《隔海的缪斯——论台湾诗人余光中的诗艺》。

《民族文学》第11期发表晨宏的《新一代的歌——近年来云南少数民族青年诗作者和他们的诗作》；[苏联]H·T·费德林的《民族性与全人类性》。

《当代文艺思潮》第6期(终刊号)发表李新宇的《在鲁迅的道路上艰难迈进——论新时期文学中的民族文化自我批判》；李哲良的《科学与人：未来文学的发展趋势》；赵学勇、魏韶华的《中国新文学对自然生命形式的两次呼唤》；于青的《苦难的升华——论女性文学女性意识的历史发展轨迹》；席扬的《知青笔下的中国农村》；徐钢、金燕玉的《开放—趋同—分化——新时期文学现象鸟瞰》；王干的《直觉的苏醒：思维结构的嬗变与调整——论朦胧诗的认知方式》；野渡的《逃离自我与现象的还原——论新诗的“客观化”潮流》；季成家的《探索生活和创作的奥秘——读秦兆阳的文学评论》；《当代文艺思潮》编辑部的《再会了，朋友！——终刊致读者》。

《钟山》第6期发表胡宗健的《抽象：小说创作的新走向》；吴炫的《文学的不自信》；杨斌华的《生活的思索：惶惑与超度——评张炜〈海边的风〉》；顾国泉的《辨明与廓清》。

《读书》第11期发表文刃的《再谈来自拉美当代小说的启示》。

《书林》第11期发表程伟礼的《琼瑶小说中的“文化冲突”》。

《散文世界》第11期发表张同居的《艺术的自焚和结晶——读〈沙田山居〉》。

17日，《作品与争鸣》第11期发表智杰的《倒淌河礼赞——读〈喜看春水向西流〉有感》；王斌、赵小鸣的《〈麦秸垛〉的象征涵义》；徐采石、金燕玉的《生活·文化·哲理——谈〈清高〉》；林伟平的《拉拉杂杂话〈清高〉》；顾同耀的《如果我写〈魔瓶〉——致德选》；齐守安的《小说〈魔瓶〉读后》；石玉增的《梦的迷惑——读董保存中篇〈梦，绿色的〉》；丁临一的《深衷浅貌——读董保存中篇新作〈梦，绿色的〉》；常丕军的《用改革精神推动艺术管理学的研究——大连艺术管理学研讨会述评》。

19日，《青年文学》第11期发表李兆忠的《耐人寻味的艺术暗示》；邵凯的《漫游“窄街”后的精神漫游》；张祝丰的《自费评论》；双因的《三言两语》；林为进的

《爱的深沉与痛苦——评〈天镇老女人〉的内在意蕴》。

20日,《小说评论》第6期发表吴予敏的《以历史的广角镜头追踪民族文化形态》;赵俊贤的《新时期小说审美意识形态的复合状态》;陈少禹的《试论民歌与新时期小说创作》;本刊记者的《时代心理的整体把握——贾平凹长篇小说〈浮躁〉讨论会纪要》;董子竹的《成功地解剖特定时代的民族心态——贾平凹〈浮躁〉得失谈》;李星的《混沌世界中的信念和艺术秩序——〈浮躁〉论片》;缪俊杰的《五岭儿女的悲歌与欢歌——评古华小说对妇女命运的思考》;[联邦德国]黄凤祝的《从张辛欣的〈在同一地平线上〉谈起》;张宇的《〈白河纪梦〉拾零》;陈昆峰的《在变异的人生、心态中取值——谈张弦的〈焐雪天〉》;赵秉申的《女人·命运·时代——陈忠实中篇小说〈四妹子〉编辑杂谈》;何静的《披露灵魂深处的历史积垢——评中篇小说〈发生在货场里的〉》;俞晓的《冷血中热流——周梅森中篇新作〈冷血〉漫议》;张侯的《烦恼中的寄托——读池莉的〈烦恼人生〉》;沙平的《诗的故事　故事的诗——读胡登科的〈远方的雨〉》;韩梅村的《失落中的觅求——评韩起〈青青的竹〉》;孙见喜的《传统美德的叙事曲——评沙石小说集〈夏夜静悄悄〉》;韩鲁华的《厚土:透视民族文化心理结构的艺术视觉——读李锐小说〈眼石〉等三篇》。

《上海文论》第6期发表江曾培的《论〈皖南事变〉在长篇创作上的突破》;蒋守谦的《短篇小说的又一模式——读〈来劲〉随笔》;许振强的《沉思:在当代社会生活矛盾中——金河小说的理性精神》;戴翎的《向着心态的深层掘进——论程乃珊的小说创作》;于建明的《正常人的世界——谈沈善增的长篇小说〈正常人〉》;朱向前、刘密的《"农村"包围"城市"——关于二十世纪中国文学一种现象的跛脚比喻》;徐甡民的《并非"西化"——评近期小说中的失落、迷惘、孤独》;翁永康的《哲学思考与美学追求——谈近几年来的上海话剧创作》;墨非韵的《性和性描写:马克思、恩格斯怎样论述》;王晓明的《〈所罗门的瓶子〉后记》;陈引驰的《诗语与解脱——比较中的考察》;李劼的《论意象小说——比较〈猫城记〉与〈城堡〉》;姜铮的《沫若自传:寻找"自我世界点"》。

《清明》第6期发表吴亮、程德培、王晓明、陈村的《上海青年评论家评论小辑》。

21日,《文艺报》第47期以"革命历史题材小说创作笔谈"为总题,发表王愿坚的《史里寻诗——革命历史题材文学创作断想》,王愚的《扩展空间　寻求超越》，丁临一的《把创作重心真正放到写"人"上来》，周政保的《历史：文学的对象与契机》；同期，发表赵翼如的《批评的缘分——王干、费振钟和他们的文学评论》。

《文艺研究》第6期发表刘刚纪的《试论社会主义文艺的本质特征》；钱中文的《论文学观念的系统性特征》；杜书瀛的《文学物象》；高行健的《对一种现代戏剧的追求》；钱宁的《诗即隐喻》；李国涛的《小说文体的深层与表层》；罗务恒的《释义即评价——当代西方文学批评的功能辨析》；徐贲的《元批评 元历史——詹姆森的马克思主义释义学》。

22日，《长城》第6期发表杨振喜的《寻觅青春王国的群体》。

《新文学史料》第4期发表张禹的《杨逵·〈送报伕〉·胡风》。

23日，《当代文艺探索》第6期(终刊号)发表王干的《新的转机——第五代—新生代—后崛起的一代》；孙绍振的《现代意识和古典的意境——论范方的现代诗追求》；《莫言：沸腾的感觉世界的爆炸——复旦大学学生"新时期文学"讨论实录之五》；李万钧的《试论莫言小说的借鉴特色和独创性》；李洁非、张陵的《马原小说与叙事问题》；於可训的《怪味：变革时代的奇异的文学景观——论祖慰创作的外来影响》；理晴、陈春林的《现实主义精神与超越现实——从蒋子龙近年中长篇小说谈起》；梅惠兰的《水之性情与山之精神——李杭育与贾平凹创作比较》；黄晓玲、徐新建的《从虚构到纪实——三毛作品与私小说》。

24日，作家出版社召开贾平凹长篇小说《浮躁》的讨论会(1987年12月5日《文艺报》)。

25日，《当代作家评论》第5期发表李子云的《女作家在当代文学史所起的先锋作用》；蔡翔的《世俗的喧哗——当代小说中的精神文化现象之三》；李炳银的《灵魂的欠缺——长篇小说的不足》；孟悦的《一个不可多得的寓言——〈矮凳桥风情〉试析》；李庆西的《说〈矮凳桥风情〉》；罗强烈的《矮凳桥系列小说的叙事结构》；李洁非、张陵的《矮凳桥文体》；贺绍俊、潘凯雄的《矮凳桥作雾中看——〈矮凳桥风情〉的别一种读法》；刘阳的《大海与陆地间的徜徉——邓刚近年创作揽掠》；郭春明的《一个寻觅的神话——读邓刚的〈白海参〉》；王宗绍的《语言艺术的魅力——读邓刚的长篇小说〈白海参〉》；黄子平的《穿过文学的开阔地之后——宋学武小说漫议》；石玉增的《在艺术流变中的超越自我——韩静霆军事题材小说的艺术追求》；邹平的《女性视野里的〈烦恼人生〉——阅读反映批评》；程德培的《总归要漂移的——读李杭育的长篇新作〈流浪的土地〉》；徐德明的《黄蓓佳双重征服的新姿态》；刘振声的《〈离异〉：思辨的悲剧》；李园生的《高晓声和喜剧的自觉——论陈奂生的系列小说》；安东的《范小天殷小唯创作浅论》；张啸虎的《有这样一只啄木鸟——黄瑞云其人其寓言小议》；夏锦乾的《文学假如没有象征……——对木青短篇小说的一种认识》；朱自强的《儿童与成人相读两不厌——简论盖壤的〈太阳孩和小绿裳〉》；唐晓渡的《太阳下的花序——读马丽华的诗》。

《收获》第 6 期发表余华的《一九八六年》；王朔的《顽主》；格非的《迷舟》。

《花城》第 6 期发表安尚育的《社会心理的深刻解剖——评谌容的〈献上一束夜来香〉》；王蒙的《选择的历程》。

《海峡》第 6 期发表赵朕的《认同中国文化的结晶——论陈若曦小说的美学风格》；徐学的《余光中：散文艺术的革新者》；明月的《黄河浪逐浪高——黄河浪诗歌赏析》；陈长浩的《介绍吴锦发》。

26 日，《文学报》发表姚社成、伍维春的《生与死的困惑——谈几篇"文革"题材小说的局限与不足》；徐兆淮的《乡情·风俗画·现代意识——读柏原近作两篇》；汪迅的《相逢一笑，论世谈文——台湾作家汪笨湖与上海同行会面侧记》。

27 日，《光明日报》发表冯牧的《文艺工作者的新的历史使命》。

28 日，《文艺报》第 48 期发表《创作理论的思索需要深化——评论界就历史观与道德观冲突问题展开讨论争鸣》；张韧的《改革的反思："他回过头看着自己"》；刘绍棠的《读渐坤的乡土散文》；同期，以"关于当代诗歌走向的对话"为总题，发表刘谌秋、谢冕、丁力、宋垒、张同吾、钱光培、陈燕妮的文章。

本月，《山西文学》第 11 期发表张厚余的《当代意识的弘扬与文化心理的透射——评王子硕小说近作》；谢泳的《试论报告文学的学术化倾向》；郭书琪的《近水楼台》。

《小说月报》第 11 期发表李国平的《陕西小说创作管窥》。

《红岩》第 6 期发表欧恢章的《在文学"向内转"问题讨论中引起的思考》；李敬敏的《批评的生命》；杨珍妮的《在时代洗礼中追求新世界的里程——评柳嘉的回忆性散文》；范明的《人之抒情：培贵的选择与探索——诗集〈彩色人生〉扫描》。

《雨花》第 11 期发表应雄的《二元心态：现代人面对传统——读恽建新的三个短篇》；魏平的《地域、人生和命运的观照——评沙黑的三篇小说》；一泓的《〈皖南事变〉讨论会侧记》。

《百花洲》第6期发表叶永烈的《〈劫难〉及其作者》。

《安徽文学》第11期发表苏中的《凝炼的短篇小说——读〈洋槐·古槐〉有感》;徐静的《以小见大　平中见奇——读〈春日在天涯〉》;安徽大学中文系部分教师的《谈〈周作人"风波"之始末〉及其他》。

《福建文学》第11期发表郑松生的《文艺创作与理性渗透》;俞兆平的《诗歌流派的观察视角》;曾焕鹏的《写实与象征的宁馨儿——陈文和散文诗两面观》。

《广东社会科学》第4期发表陈实的《苗秀前期小说创作论》。

本月,中国人民大学出版社出版《新华文摘》编辑部编的《文艺理论论点选编(1978年底—1987年初)》。

三联书店上海分店出版南帆的《小说艺术模式的革命》,许子东的《当代文学印象》。

长江文艺出版社出版王先霈、张方的《徘徊在诗与历史之间:论小说的文体特性》。

辽宁大学出版社出版陆文彩的《中国现代文学女性形象初探》。

湖南文艺出版社出版[苏]安基波夫斯基著、宋永毅译的《老舍早期创作与中国社会》。

中国社会科学出版社出版曾镇南的《王蒙论》。

12月

1日,《小说林》第12期发表李计谋的《各呈文采　婀娜多姿——一九八七〈小说林〉短篇小说选评》;黄秋耘的《读〈姑娘跑向罗马〉的随想》;李丽的《他是海娃、雨来、张嘎的兄弟——评孙幼忱的长篇〈通向奇异世界的小路〉》。

《西藏文学》第12期发表郎宝燕的《诗的意志》;江永长的《民族的,世界的》。

《上海文学》第12期发表陈思和的《赵长天的两个侧面:人事与自然》。

《东海》第12期发表白毅的《创新断想》;区文的《鱼头"药方"在何方》;谢志

强、王学海、孙明仁的《读者谈作品》；吴似鸿的《回忆许钦文》；本刊的《抄袭者戒》。

《作家》第12期发表孙苏的《邈远深邃的〈古船〉》；肖逸的《吉林小说创作整体层次的提升——〈作家〉第九期“吉林作家小说专号”讨论综述》；未民、纪众的《强烈的现实感和浑厚的历史感——关于〈作家〉九月“吉林作家小说专号”的对话》；何孔周的《作家与世界在深层感觉中的凝聚——读〈百年星光〉札记》。

《萌芽》第12期发表《卢鹤绂教授答本刊编辑部问》；沙白的《悲壮的美》；奎曾的《他在耕耘自己的土地——读路远的草原小说启示》；朱苏进的《昨天的王炳根》；沈刚的《纪实小说：时代的呼唤》。

《滇池》第12期发表汪曾祺的《文学语言杂谈》。

《解放军文艺》第12期发表胡可的《话剧〈生者与死者〉读后》；石玉增的《一曲黄河魂的颂歌——读王世阁长篇小说〈航迹〉》。

2日，《河北文学》第12期发表陈晋的《在自审中走向成熟——新时期创新文艺发展二题》；华岱的《别具一格写大师——读〈齐白石轶事〉漫笔》。

3日，《小说选刊》第12期发表吴方的《“真实”：追触与契会——刘恒小说泛论》。

《报告文学》第12期发表时明的《艺术迷宫的闯荡者——韩静霆》；朱璞的《怎样突破？——〈芳草〉召开都市生活小说创作对话会》；西水的《他有自己的追求——记杨显惠作品讨论会》。

《文学报》发表世琳的《社会万花筒与文学的责任——台湾女作家李昂、廖辉英谈文学创作》；周唯一的《思乡之情浓似酒——台湾诗人舒兰的乡情诗》。

4日，《山东文学》第12期发表王建、吕家乡的《呼唤“人”的新觉醒——读中篇小说〈怪哉〉》；刘增人、张欣的《茉莉送友谊　花香飘万家——读诗集〈茉莉花集〉》；伊洛的《李广田怎样写〈圈外〉》。

5日，《大西南文学》第12期发表陈辽的《谈文学批评层次和模式的交叉与互补》；王子威的《也谈“形散神不散”》；黄吉生的《面对“欧化”浪潮的沉思》；刘正强的《就散文诗〈野草〉的“难于直说”谈谈象征艺术》。

《文艺报》第49期以“关于长篇小说的理论探讨(一)”为总题，发表杨晓杰的《河南作家的思考：深入农民魂》，文理的《长篇小说也要讲究艺术形式》，吴方的《“长”的旨趣——关于当代长篇小说的理论支点》；同期，发表古继堂的《和台湾著名老诗人桓夫谈诗》。

《中国西部文学》第12期发表丁子人的《艺术追求与实践效果——关于中篇小说〈黑土红土〉的对话》；蔡宇知的《一帧用文字完成的全息摄影——关于〈黑土红土〉的通信》。

《湖南文学》第12期发表李元洛的《青山有约——读匡国泰〈如梦的青山〉》；彭见明的《水中水语》；袁千正的《谢璞，审美意识的自我超越》；王开林的《1987年〈大学生诗笺〉之一瞥》。

7日，《天津文学》第12期发表罗强烈的《文谭三题》；钱竞的《说"探索文学"》；张颐武的《掌故的魅力》；黄桂元的《读诗漫笔(之四)》。

《花溪》第12期发表王鸿儒的《走向自觉的"人学"意识——雨煤小说纵论》；何光渝的《雨中煤》；张韧的《"现代意识与文学"十二谈⑫：这是确立自己哲学意识的时代》；张建建的《〈九疑烟尘〉的结构语言——兼谈历史小说叙述观念的变化》。

10日，《诗刊》第12期发表吴开晋的《青果累累待时光——近期青年诗人创作印象》；李元洛的《品花随想——读山东文艺出版社〈齐鲁诗花〉》；赵恺的《诗之思》；犁青的《回归传统的台湾现代诗——简介台湾现代诗的发展和现状》。

《读书》第12期发表金克木的《从〈三寸金莲〉谈"挖根"小说》；张晓丹的《打通一堵墙——读南帆的〈理解与感悟〉》；杨匡汉的《诗人琴弦上的Sonnet变奏——〈屠岸十四行诗〉读后》；李庆西的《挑战意识与自我超越——关于〈文学的当代性〉》；刘康的《从胡适的方法论说到伽达默尔的阐释学》。

《台湾研究集刊》第4期发表庄明萱的《评廖辉英的〈今夜微雨〉》；许建生的《〈牛肚港的故事〉艺术结构管见》；何笑梅的《〈等待春天〉人物浅析》；朱二的《谈台湾几部反映青少年问题的小说》。

11日，《光明日报》发表吴国光的《作为文化现象的改革和改革文学》；耕晨的《改革激流中的时代新人——中篇小说〈荒滩〉读后》。

12日，《文艺报》第50期发表胡石言的《〈皖南事变〉的突破与启示》；徐开垒的《生活拨动了他的心弦——读史中兴散文集〈用心弦弹奏的乐章〉》；魏钢焰的《欢腾的小溪——李佩芝散文谈》；黄柯的《泥石流情思——简评〈一个女兵的悄悄话〉》；朱立元的《文学批评主体性的限度》。

15日，《民族文学》第12期发表杜国景的《现代意识观照下的侗族历史文化心态——读侗族作家滕树嵩的长篇小说〈风满木楼〉》;关义秀的《为有心头酒更醇——记黎族第一代作家龙敏》。

17日,《作品与争鸣》第12期发表项大山的《从生活的散文中抽出诗来——读报告文学〈柴达木情思〉断想》;胡石言的《他找到了自我》;李国文的《谈〈五色土〉》;老川的《〈五色土〉座谈纪要》;叶小帆的《激变中的失落》;葛芸生的《难懂,但要刮目相看》;张兴劲的《模仿的尴尬》;晓普的《此风不可长——读〈大别山轶事〉有感》;郑牛的《平中见奇　丑中见美——读小说〈大别山轶事〉》;蔡毅的《风云·山谷·倒流水——也谈雁北三位文学新人的作品》;常丕军的《关于〈论新时期文学的"向内转"一文引起的争论〉》。

18日,《光明日报》发表胡德培的《读〈痴汉和他的女人〉》。

19日,《文艺报》第51期以"关于长篇小说的理论探讨(二)"为总题,发表邓刚的《面对长篇》,程德培的《长篇小说的艺术在哪里?》;同期,发表绿雪的《"成也萧何,败也萧何"——谈〈皖南事变〉的得失》;刘锡诚的《昨夜风雨——谈包川的〈外省人物风情〉》;黄毓璜的《历史的涡旋和人的自我实现——读杨旭的报告文学》;张伟的《六十年前之〈伴侣〉——香港第一本文学杂志记略》。

《文学评论》编辑部、《报告文学》编辑部联合召开以报告文学为主题的作家、评论家对话会(《文学评论》1988年第2期发表朱新建的《面对方兴未艾的报告文学世界——报告文学家、评论家对话会纪实》)。

《青年文学》第12期发表胡言的《谈谈〈黑潮〉》,山风的《野火浓烟催人醒》;双因的《三言两语》;白野的《三言两语》;石一宁的《阿狗背后的悲剧》;夏红的《超越与渗透》;梅子的《三言两语》;黑箭的《三言两语》;月恒的《三言两语》;李陀的《李锐给我们带来了什么?》。

20日,《人民文学》第12期发表周宪的《文化视界论》;王宁的《超学科比较文学研究》;林大中的《应该是谁的忧思》;同期,发表1986年度"我最喜欢的作品"推选结果。

《当代》第6期发表柯云路的长篇小说《衰与荣(〈京都〉第二部上卷)》;肖复兴的报告文学《和当代中学生对话》。

24日,《文学报》发表李国涛的《不可无一,不必有二——马原小说的叙述方式及其影响》;谢海阳的《准确地描绘中学生的心灵——读〈青春梦幻曲〉》;魏威的《面对死亡的选择——读短篇新作〈静静的山谷〉》;王东明的《探索,在小说与故事之间——评〈嘎达梅林传奇〉》;邢小利的《说深道浅话批评》。

25日,《文艺理论研究》第6期发表荣伟的《评新时期文艺思潮中的浪漫化倾向》。

《光明日报》发表理宏的《〈乍暖还寒〉的语言特色》。

26日,《文艺报》第52期发表阎晶明、谢泳整理的《敞开心扉的对话》;叶廷芳的《内向化——一种矫正片面的倾斜》;林焕平的《略论"向内转"文学》;潭湘《关于新时期文学"向内转"讨论的来稿综述》。

27日,《鲁迅研究动态》第12期发表朱二的《鲁迅;梁实秋和白璧德新人文主义》。

29日,《光明日报》发表黄华英的《恢复历史的真相——阿甲谈京剧〈红灯记〉创作经过》。

31日,《文学报》以"报告文学笔谈"为总题,发表苏晓康的《报告文学的苦恼和出路》,陆星儿的《感受与相通》,祖慰的《亚流;新潮流》。

《上饶师专学报(哲学社会科学版)》第4期发表汪义生的《从〈红鼻子〉看姚一苇戏剧的悲剧精神》。

本月,《山西文学》第12期发表[日]矢内九子的《日本女作家给〈山西文学〉的信》;李国涛的《王博勤的"天桥小说"》;李大伟的《在混沌的山坳里勤奋耕耘——评常捍江的小说创作》;张笑天的《开启久已关闭的后窗》。

《小说月报》第12期发表杨斌华的《近期上海小说创作一瞥》。

《中篇小说选刊》第6期发表高建群的《给我一匹黑骏马》;李锐的《余思种种》;刘西鸿的《随谈》;俞天白的《不该再偏颇了》;刘震云的《〈塔铺〉余话》;徐小斌的《并非矫情》;赵本夫的《原汁原味?》。

《安徽文学》第12期发表忆明珠的《小草的心——寄H》;沈小兰的《贫穷和诱惑——夜读〈半生记〉》;叶公觉的《自由地抒写人生和社会——读艾煊的散文》。

《福建文学》第12期发表王光明的《新时期的散文诗》;陈素琰的《已经实现的和不曾实现的》;白峰的《黄大铣历史小说的审美特征片谈》。

《名作欣赏》第6期发表李元洛的《唱给西湖的情歌——读香港诗人黄河浪的西湖诗》。

《语文月刊》第12期发表古继堂的《朦胧·淡雅·悠远——评台湾女诗人罗

英的诗》。

本月，中国友谊出版公司出版黄维梁的《香港文学初探》。

辽宁大学出版社出版白少帆、王玉斌、张恒春、武治纯主编的《现代台湾文学史》。

华中师范大学出版社出版刘九洲的《艺术意境概论》。

山东大学出版社出版本社编的《中国首批文学博士学位论文选集》。

湖南文艺出版社出版王春元、钱中文主编的《文学理论方法论研究》，王蒙的《文学的诱惑》。

春风文艺出版社出版孙绍振的《文学创作论》。

上海文艺出版社出版程德培的《小说本体思考录》。

昆仑出版社出版王颖的《报告文学之门》。

北岳文艺出版社出版蔺羡璧、吴开晋主编的《中国当代文坛群星(二)》。

内蒙古人民出版社出版内蒙古当代文学丛书编委会编的《内蒙古文艺评论选》。

青海人民出版社出版吴泰昌的《书山偶涉》。

中国文联出版公司出版徐采石编的《艾煊作品研究》。

浙江文艺出版社出版陈平原的《在东西文化碰撞中》。

长江文艺出版社出版郝孚逸的《作家的时代责任》。

辽宁大学出版社出版范咏弋编的《新时期的军事文学》。

广西人民出版社出版廖子东的《鲁迅研究新论》。

本季，《中国人民警官大学学报》第4期发表杜元明的《谈三毛作品的特色》。

本年

《艺谭》第3期发表白祥兴的《略论三毛作品的艺术特色》。

《当代文艺思潮》第2期发表党鸿枢的《香港散文的新序列》。

《抗战文艺研究》第 1 期发表单翥凤的《香港抗战文学运动的两个阶段》；粟多贵的《血泪凝铸的鲜花——台湾抗日文学述评》。

《抗战文艺研究》第 3 期编者按：1987 年 7 月 23 日到 25 日，香港中华文化促进中心举办了四十年代港穗文学活动研讨会，内地参加者有华嘉、鸥外鸥、陈颂声、苏光文、文天行；本期发表苏光文的《抗战文学在香港——试论三十年代末、四十年代初出现在香港的文学》；鸥外鸥的《抗战前后香港文坛琐忆》；华嘉的《从〈华商报〉看四十年代香港文学》；文天行的《强烈的民族感　深厚的故乡情——谈抗战时期东北作家在香港创作和发表的小说》；陈颂声的《论〈文艺生活〉与华南的新文学运动——兼谈其对海外的影响》。

《华人世界》第 2 期发表邓友梅的《我看施叔青》。

《华人世界》第 3 期发表王晋民的《一部多层面的小说》。

《华人世界》第 5 期发表彦火的《陈映真的自剖和反省》。

《外国文艺思潮》第 4 期发表《略论新加坡华文文学》。

《西南师范大学学报(哲学社会科学版)》第 4 期发表粟多桂的《简论琼瑶小说》。

《写作》第 1 期发表何侃的《昨夜的灯火和自己的陷阱——略谈琼瑶和她的小说》。

《新书报》第 6 期发表梅中泉的《林语堂巨型长篇小说〈京华烟云〉》。

图书在版编目(CIP)数据

中国当代文学批评史料编年. 第五卷,1984—1987/吴俊总主编;方岩,李媛媛本卷主编. —上海:华东师范大学出版社,2016.5
ISBN 978-7-5675-5253-1

Ⅰ.①中… Ⅱ.①吴… ②方… ③李… Ⅲ.①中国文学-文学批评史-1984—1987 Ⅳ.①I206.7

中国版本图书馆 CIP 数据核字(2016)第 114112 号

中国当代文学批评史料编年

第五卷:1984—1987

总 主 编　吴　俊
总 校 阅　黄　静　肖　进　李　丹
本卷主编　方　岩　李媛媛
策划编辑　王　焰
项目编辑　陈庆生
特约审读　洪昱珩
装帧设计　崔　楚

出版发行　华东师范大学出版社
社　　址　上海市中山北路 3663 号　邮编 200062
网　　址　www.ecnupress.com.cn
电　　话　021-60821666　行政传真 021-62572105
客服电话　021-62865537　门市(邮购)电话 021-62869887
地　　址　上海市中山北路 3663 号华东师范大学校内先锋路口
网　　店　http://hdsdcbs.tmall.com

印 刷 者　上海中华商务联合印刷有限公司
开　　本　789×1092　16 开
印　　张　22.5
插　　页　4
字　　数　365 千字
版　　次　2017 年 10 月第 1 版
印　　次　2017 年 10 月第 1 次
书　　号　ISBN 978-7-5675-5253-1/I·1533
定　　价　110.00 元

出 版 人　王　焰